邹牧仑文化系列

伴孔子周游 _{上卷}

伴孔子周游 上卷

邹牧仑 / 著

深圳出版发行集团
海天出版社

图书在版编目（CIP）数据

伴孔子周游：全2册 / 邹牧仑著. —2版. —深圳：海天
出版社，2013.4
（邹牧仑文化系列）
ISBN 978-7-5507-0648-4

Ⅰ．①伴… Ⅱ．①邹… Ⅲ．①孔丘（前551～前479）
—生平事迹 Ⅳ．①B222.2

中国版本图书馆CIP数据核字(2013)第008839号

伴孔子周游（上）
BAN KONGZI ZHOUYOU (SHANG)

出 品 人　尹昌龙
责任编辑　林星海　于志斌
责任技编　蔡梅琴
封面设计　李松璋书籍设计工作室

出版发行　海天出版社
地　　址　深圳市彩田南路海天大厦　（518033）
网　　址　www.htph.com.cn
订购电话　0755-83460293(批发)　83460397(邮购)
设计制作　深圳市龙墨文化传播有限公司（电话:0755-83461000）
印　　刷　深圳市希望印务有限公司
开　　本　787mm×1092mm　1/16
印　　张　37
字　　数　550千
版　　次　2013年4月第2版
印　　次　2013年4月第1次
印　　数　1-4000册
定　　价　68.00元（全2册）

再版自序

　　10年之后，几部文化旧著能够在同一个出版社再出新版，很觉意外。出版方嘱写再版前言，我没有多少话好说。在此，衷心感谢读者诸君，在这个五光十色、瞬息万变、欲望沸腾的时代，伴随我跋涉了一大段跨越时空的漫长思想旅途。

　　作为此次旅行的发起者和引导者，我深知，这旅途中几乎没有醉人的鸟语花香，没有辉煌灿烂的殿宇楼台，没有温馨芬芳的血缘亲情，没有慷慨悲歌的英雄业绩，没有风花雪月的诗情画意；有的只是动荡岁月里的疾风骤雨，只是变革时代里的混乱无序，只是金戈铁马留下的处处残骸，只是荒凉废墟上的簇簇荆棘，只是礼崩乐坏后的人心叵测。

　　但人类精神文明的历史正是从这里拉开了沉重的帷幕。从公元前7世纪到公元前4世纪的300年间，从幼发拉底河、底格里斯河到印度河、恒河，到黄河、长江，再到地中海北岸的爱琴海域，维系东西方世界政治文明纽带的封建制、民主制以及帝国体制，纷纷陷于空前危机。这时，几位人类的伟大启蒙者和思想导师——索罗亚罗斯、释迦牟尼、老子、孔子、苏格拉底、柏拉图、亚里士多德——突然间横空出世，混沌一团的世界顷刻间呈现出理智的光芒。他们以自己的博大知识、超人智慧、悲天悯人的情怀所提炼出来的新思想、新学说，指引着穷年累月笼罩在刀光剑影之中不得解脱的人类从蒙昧中觉醒。

　　思想的闸门一旦打开，便犹如高山之流水，很难再被截留；智慧的光芒一旦喷射而出，历史的天空便流光溢彩。于是，孔武有力的武夫被摘掉了王冠，装神弄鬼的神棍被赶下了神坛，道貌岸然的骗子被撕去了面具。曾经四处流淌着血污、泛滥着罪恶的人生道路，开始路线清晰、方向明确，真善美向人们招手致意，人类与野兽就此拉大了距离。我不能想象，如果人类历史上没有出现这几位思想巨人，没有出现过这个所谓的"突破时代"，人类社会将何去何从？如果没有这几位巨人留下的思想瑰宝来激发我们的想象力，则人类的精神家园将是何等荒芜、贫瘠和凄凉！

　　该文化系列此次再版，受出版社之托，对全部书稿进行了简单的梳理，纠正了一些词语文字方面的谬误，个别章节有所增删，但思想主旨没有变化，叙述体例亦大体保持原貌。笔者以为，文化思想作品不唯受限于作者之学识，亦受限于作者之写作环境、写作时间、写作情绪和写作目的。今日之我已非昨日之我，今日再写释尊、老子、孔子以及耶稣，可能与10年前大不相同，因时过境迁耳。

　　10年来，该套文化系列蒙读者不弃，提出许多宝贵意见，受益良多。批评意见，全部收下；溢美之词，愧不敢当。至于一些良好的修改建议，则大多非我精力和能力之所及。台湾余先生在《道德经旁说》一书上用红色朱批，谬奖该书是他所见到的最好"道德家"注释本，但令他感到遗憾的是，在老子思想的关键处，拙著不能直下判断，致使著者亦不能在精神上获得解脱，直白地说，就是不能真正走上道家的生命修炼，也就达不到生命的超越。对此，我无话好说。我得承认，我对老子思想乃至于佛教的理解，尚局限于学理方面的探讨，不能从宗教信仰立场以及生命豁决层次上进行大幅度超越，因为我从来都不是任何一门宗教的信徒。立于世俗社会理解宗教，我更倾向于发掘和阐述其历史文化里的生命和生活意义，而刻意回避了其理论中关于超越生命的种种修行法门。站在一个凡夫俗子的立场上，我比较赞同孔子"敬鬼神而远之"的态度，我更愿意接受儒家的人间伦理道德学说。

我在一部尚未出版的著述的前言里写道：

> 儒释道三位一体的中国传统文化，向中国人分别提供了解决生活实际问题的现实主义和唯物主义，解决精神问题的自然主义和唯心主义，解决心灵问题的神秘主义和超验主义。从这些原创文化理论中演绎出了中国人朴实无华的生活观、恬淡平和的自然观和圆满丰盈的生命观。就人类生活方式中所产生出的一般生命现象而言，内心充实和神智清明的中国人既少有精神分裂症患者，也比较罕见精神时时处于极端亢奋的宗教狂，他们对待事物一般采取的是中庸之道而拒绝走向异端和极端。针对人类历史演进历程中经常表现出失去理智的病态行为，中华文化哺育出的中国人的生活态度，无疑更贴近真实的人生。（《俗眼看耶稣》前言）

坦言之，在思想文化领域，尤其是在精神文明领域，我不欣赏一切极端、异端的思想。纵观古今中外历史，从异端和极端思想泛滥处爆发的往往是人类的充满了变态、病态、盲目、迷惘的心理追求，而在异端和极端思想大行其道的岁月里，则随处充斥了人们反常、狂热、疯狂的行为表现，它们屡次把人类推向灾难的深渊。幸福之到来，缓慢而平和；灾难之产生，突然而剧烈。处于大变革时代的人们，要时时警醒，理想主义的画饼从来都不能充饥，它们只是人类幻想的泡沫。

最后，对出版社前任领导张合运先生、旷昕先生，现任领导尹昌龙先生、毛世屏先生、于志斌先生，尤其对志斌、星海二先生，郑重地说声谢谢。

邹牧仑

2013年3月15日于北美

目　录

引言·风雪走天涯

华夏历史新篇章

公元前498年，在中国历史上的年号是周敬王二十二年，按照鲁国的编年史，则是鲁定公十二年。这一年年底，鲁国迎来了有史以来最为寒冷的一个隆冬。差不多自入冬以来，从口外刮来的朔风便裹挟着冰冷的寒流，一阵阵地呼啸着从地面上吹过，引起了天地万物的战栗；天上似乎永远是灰蒙蒙的一片阴霾，仿佛在寒流的袭击下失去了生机，一副垂头丧气的样子。

周历的十二月底（按：夏历一年之初为建寅，殷历为建丑，周历为建子，周之十二月底即殷之十一月底或夏之十月底，亦略等于现在的公历11月底。然春秋之际，礼坏乐崩，东周中央政府每年已经不再向各国颁布新历，各国历法之实施或以周历、或以殷历、或以夏历，并不一致。古代中国对春、夏、秋、冬四季的文字定义，则以夏历的月份排列最为合理，所以自汉代恢复之后沿袭至今——即现在仍然使用的农历。孔子主张实行夏历，但鲁国的历法却以周历排列。为了叙述方便，本书在下面章节里凡涉及年代，均弃周历而以公历、夏历混合用之），正值年头岁尾之际，是鲁中地区一年之中阴阳交替的时节，时冷时暖、忽雨忽雪，并没有一定之轨。即使是终年辛苦劳作的农夫及工商们，这时也大多不太出门去劳动了，何况今年初冬的气候是如此之恶劣，差不多为近百年来所罕见。

天寒地冻，对普通老百姓来说，并不感到特别难过，只有在这样的寒冷天气里，才使那些平日里非常珍惜时间的人也能为自己的一时偷闲找到合理的借口。此时，他们把自己终年含辛茹苦的疲惫身体委曲在低矮茅屋里的暖炕上，就好像寄身于天堂一般，愉快地享受着从熊熊炉火中散发出来的一片温馨的家庭气氛，一年来的疲劳和艰辛就尽皆化为了一缕缕飘渺而去的淡淡云烟。腊祭已过，大傩之日将近，无论男女老少或贫富贵贱，家家户户都以极其欢快的心情期盼着盛大祭日的到来。

这一日，天还没有完全放亮，一辆几乎没有任何修饰的简陋马车，已经在曲阜城里坎坎坷坷的马路上颠颠簸簸地行进着了。这时，整个鲁国都还沉浸在黎明前的睡梦中，从逞强好胜而性格软弱的鲁定公到飞扬跋扈却色厉内荏的三家公卿以及举国的老百姓，都不知道自己的国家里此刻正在发生着什么。不但鲁国，整个混战动荡的中国也根本没有人知道，亦没有人会想到，一个华夏民族的历史巨人正在凄凄惶惶地告别他的祖国。就在这一瞬间，华夏的传统历史已进入了一个新里程。

西去的大道上空空荡荡的没有一个行人，也没有一辆过往的车马，只有充满了寒气的朔风在不知疲倦地劲吹着。

孔子满腹心事地端坐在车子正中，一脸肃穆、满怀愁肠。车子已行驶了许久，孔子忽然用手挑起了围在车厢四周以御风雨霜雪的皮革帘子，回首远眺，就看到了一座城市的朦胧轮廓，也看到了紧紧地跟随在车子后面的弟子们。这时，他吩咐驾车的冉有暂且停下车子，缓步走下了车。

弟子们纷纷围拢上来，把孔子包围在了中间。这时，人们立即就可以发现，孔子的身材果然十分高大魁梧，不愧"长人"的称号（据史书记载，孔子身高九尺六寸）。子路、冉雍的身材也都算是高大魁梧了，但在孔子身边一站，就分明矮了一小截。这也叫一些熟悉历史典故的人们很自然地联想到孔子的父亲，那个以双手托起了城门的大力士——鲁大夫叔梁纥，他身高十尺，居然比孔子还高出了整整四寸。

面对着的这个人——他的五官都有些与众不同，方正的面庞而下颌却宽大而突出，额头宽广却有些低陷，嘴巴棱角分明却微微凸露着牙齿，鼻梁挺拔而鼻孔有些外露，双目炯炯有神却眼窝低陷。这当然不能算是一张英俊面孔，如果分别地看，五官中的每一个部分都多少有些缺陷，但它们搭配到了一起，就具有了一股肃穆慈祥和不怒而威的逼人气势。显然没有人能够面对这种气势而无动于衷，所有具有使命感和进取心的人，几乎立即就能在这股气势下迸发出心灵深处的强烈震撼。

孔子，他的相貌以及服饰处处都体现了一个大融合时代的特点，他于举手投足之中所流露出来的矛盾气质犹如一股脉息强烈的射线，可以直透人心，令人油然生出一种要么必须打倒和毁灭、要么就依附和崇拜的强烈感觉。入时与过时、华贵与雍容、斯文与尊严、朴素与庄重、体面与简朴、急迫与从容、现代与传统，都在一片祥和气氛的点缀下得到了恰如其分的融合、体现和展示，这是一种特殊气质。

孔门弟子

当孔子在人群中看到了子路、子骞、子渊、子有、子我、伯牛、仲弓以及子贱、子羔、子长、子思、子容等一干心爱弟子时，就不由欣慰地微笑了。他情不自禁地走上前去，握住了颜回的手，温和地说：

回啊！天气这样冷，你身体不好，本不该来的。

颜回恭身为礼道：

先生已是50多岁的人了，以一身而系天下之安危，既然能远行，回正当青壮之年，如何行不得？回生也晚，受先生启蒙日浅，时时感到生也有涯而学无止境，此生既有幸追随夫子，如何能离须臾？

望着颜回清癯苍白却充满智慧的年轻面孔，孔子不禁轻轻地嘘了一口长气，自己此番辞别家乡故里，周游中原诸国，正所谓天涯浪迹，不知最终落脚何方？像子渊这样单薄的身子骨能吃得消吗？

颜回，字子渊，亦名颜渊，鲁国的平民子弟。他自少年起，即随同父亲颜路一起从孔子学，迄今已经14年了。颜回天赋奇秉、聪明过人、举一反三，且人品敦厚端庄、性情明达澹泊、志向高远、律己甚严。

孔子曾赞叹地说：

> 贤哉回也！一箪食，一瓢饮，在陋巷。人不堪其忧，回也不改其乐。贤哉回也！
>
> （《雍也》篇）

在孔门三千弟子中，每个人除了要接受严格的文化知识教育以及当时还不能普及的技术技能培训外，还要进行某些方面和某种程度上的礼仪道德训练。所以，在孔子几十个登堂而入室的高足中，每个人都不但拥有丰富的知识和专门技术，且具有良好的道德操守和独立不倚的高贵品质。但在心性和学养方面都具有极佳禀赋者，则颜回之外不作第二人想。近年来，颜回之学术道德已俨然为众弟子之首。孔子非常欣赏颜回的人格品质，每每以自己有颜回为高足而自喜，颜回是孔子所激赏的衣钵传人。

孔子迅速地把目光从颜回身上移开，他不愿让心思敏捷的颜回发现自己心里的担忧。这一年，颜回刚满24岁，虽然正当青春韶华年纪，但由于长年呕心沥血地钻研思想学术，又因家里生活困难，缺乏比较充足的食品营养，所以身体一直很虚弱。孔子对颜回身体的担忧不是没有道理的，他实在是很珍惜颜回这个难得的继承人。

一个敦厚稳重的健壮躯体落入到了孔子视野之内，孔子内心中颇感欣慰。闵损字子骞，鲁国的平民子弟，年纪刚满20岁就投身于孔子门下。闵损比孔子小15岁，过了这个年之后就进入了孔子所说的不惑之年（40岁），这也是他就学孔子的20周年了。此人神态安详、举止稳重、气宇端庄，周身散发出一种祥和气息，令所有接近者都能顿时感到心旷神怡。闵损是孔子最早期的弟子之一，长期追随孔子，处处严格要求自己，在道德礼仪方面的修养似已前进到了心无旁骛的地步。同时，他还致力于社会伦理关系方面的学术研究，学问学术上也已达到了炉火纯青的程度。而且，闵损还是一名具有深远历史影响的著名孝子，其出色的孝行在后来流行甚广的帝国政府官方颁布的《二十四孝图》中名列前茅。闵损对家庭内部继母以及同父异母兄弟之间的复杂关系，都处理得非常成功，获得孔子的高度评价。

子曰：孝哉闵子骞，人不间于其父母昆弟之言。

（《先进》篇）

对道德礼仪的笃信以及对政治权力的冷漠态度，使闵损获得了极为纯净的心灵，他宁愿始终跟随孔子澹泊以养志而避免进入勾心斗角的政界。据说，有一次鲁国的执政季子准备让闵损担任自己领地费邑的行政长官，这在一般人的眼里，无疑是一次重要的命运转机，而闵损却淡淡地回答道：

善为我辞焉，如有复我者，则吾必在汶上矣。

（《雍也》篇）

在一个只重视表面虚荣而无视实质的浮华时代，推辞掉一个官职当然比讨到一个官职容易得多，没有人再来劝驾，所以，闵损也根本不必逃避到汶上，他仍然完整无损地追随在孔子身边。许多人对闵损的态度大惑不解，孔子却对闵损此举极表赞赏。

站在闵损身边的是一位举止端庄、神态严肃、彬彬有礼的青年学者。看到这个人犹如帝王一般雍容华贵的风度，无论什么人都不会想到他居然出身于一个贫穷潦倒的家庭，其父冉伯牛是一个不务正业的市井无赖，为国人所不齿。此人姓冉名雍，字仲弓，亦称子弓，鲁国平民子弟，年纪与颜回相仿佛（冉雍生于公元前522年，小孔子29岁）。冉雍是孔子中期学生中之佼佼者，其人沉默少语，不善于语言交际，但性情之刚直，道德品质之高尚，学术人格之纯粹，素为孔子所赞赏。孔子私下里认为，以仲弓的品质、气质及才能之卓越，是完全可以充任一国之君主的。

子谓仲弓曰：犁牛之子，骍且角，虽欲勿用，山川其舍诸？

（同上）

冉雍身边站立着一位风姿绰约、谈笑自如的青年人，看样子年岁与颜渊相仿，却显得精神抖擞，神态和举止中也颇有些桀骜不驯。此人姓宰名予，字子我，齐国的世家子弟。宰予入学比颜渊晚得多，至今不过五六年时间，却已深得孔门语言交际之真传。其人熟悉诗书、艺术以及历史典故，言辞机智凌厉、才智亦机敏过人，在孔门之中完全可以与后来的子贡做等量齐观。但行为却有时逾越常规，未免不符合礼的要求，孔子对他就不得不严加管束。宰予的头脑过分聪明且才思敏捷，有时在行动上亦不免难以兑现语言上的承诺。其实，孔子在内心里却非常欣赏宰予的才智。

一阵寒风吹过，弟子中有人发出了一阵剧烈的咳嗽，孔子寻声望去，只见冉耕面色苍白地站在人群中，不时地用手捂着嘴巴，显然是在努力控制着自己的咳嗽，以免引起孔子的注意。孔子走上前去，轻轻地拍着冉耕的肩头说：

你已经患了感冒，这样的大风雪天气，本该在家多休息几天，何必急着跟来呢？赶紧到车子上休息去吧。

冉耕闻言，欲说些什么，但一阵咳嗽上来，只好又捂住了嘴巴，只能急急地摇手，示意自己不能到车里去。

冉耕是鲁国的平民子弟，字伯牛，年纪比闵损还要大许多，比孔子也只小7岁，现在已是47岁的人了。他与琴张、曾点、颜路、子路、仲弓一样，是孔门最早期弟子之一，追随孔子已经20多年了。冉耕虽然拖家带口，家庭负担很重，但其向道向学之心却异常地执着而坚定。他既能周到地照顾家庭而孝敬父母，又长期追随孔子而努力向上，两个方面居然都做得相当出色，可见其毅力和意志之坚韧卓绝。在孔门弟子中，冉耕与颜渊一样，以杰出的德行著称，而他的身体状况也恰好与颜渊一样虚弱，此为孔子所深叹者。在这一瞬间，孔子的神情又变得有些黯淡了。

何必去父母之邦

一张张熟悉的面孔——在孔子面前晃过，大概有20多人吧。这样一个不同寻常的群体——尽管其中有老有少、有强有弱却尽皆才智优异之士——在当时封建的列国之中是相当罕见的，而在后来的大一统帝国就完全绝迹了。眼下，他们之中有的人是曾经担任过政府要职的卸任官员，有的人是正担任着要职的政府官员，另外一些人虽然尚未显达但要拾取功名富贵也是唾手可得的事情，但此刻他们却义无反顾地与孔子共进退。在孔子事业最暗淡的时候，他们毅然舍弃了个人的事业，追随孔子走上了流亡之途。孔子心中一阵激动，猛然间感到自己此次出走，是不是有些孟浪？

想到这里，孔子心中就布满了一片阴霾，他有些神情索然地伫立在扑面而来的凛冽寒风中，远眺着形态朦胧的曲阜城，心情无比沉重。他突然想起了前辈朋友鲁大夫柳下惠——就是那位以坐怀不乱而闻名天下乃至至今仍然传为佳话的鲁国上大夫——对待自己家乡故国的态度，也许他是对的呢？据柳下惠亲口对朋友说：

柳下惠为士师，三黜。人曰：子未可以去乎？曰：直道而事人，焉往而不黜？枉道而事人，何必去父母之邦？

（《微子》篇）

以柳下惠之德、之才、之贤、之人格品行和名誉地位，无论到了列国中的哪一个国家，取得一个士师（训练和管理士大夫的政府官员）的地位应该是毫无问题的，而柳下惠却接受了三次无端贬黜的命运而泰然自处。不能不承认，柳下惠所提出的以直道和枉道的不同方式事奉君主的问题，在春秋晚期人际关系变得极端复杂的社会环境里，尤其是在上下僭越成风、整个官场奢侈腐败、昏天暗地的政界，确实是个相当尖锐的问题，也是每个要为君主政权服务的士大夫所无法回避的问题。

柳下惠的个人意见未尝不代表了一个时代的潮流，一个士大夫如果始终采取一种刚直不阿态度来处理国家大事和对待君主，虽然天下的国家很多，但走到哪里都会遭到同样的贬黜命运；如果采取了一种委曲求全态度处理国事和对待君主，则根本就不必离开自己的祖国。这岂不是说，以直道行事，走遍天下也没有不遭受贬黜的；而采取枉道行事，则到处都会受到礼遇。这是一个何等古怪的世界和多么离奇的世道啊！孔子当然是以直道行事的，是不是终生都要遭受贬黜流离之苦？

灰蒙蒙的天空上，不知从什么时候开始飘落起稀稀疏疏的小雪，风是愈加猖獗且冷峭了，看它那种气势汹汹的模样，好像是在竭力鼓动着一场大风雪的出现，却又似乎是在努力制止着它们的降临。态度迟疑不决就不免有些行为反常，这种反常行为引起了自然界的连锁反应，导致了天时和气候的骤然变化。但风和雪一旦纠缠在了一起，吃亏的当然是软绵绵的雪。本来应该成为一种叫做雪花的东西，却在飘落的途中受到刀子一般的冷风的无情切割，就变成了一些犹如细小颗粒一样的霰。

孔门高徒曾参说：

阳之精气曰神，阴之精气曰灵。神灵者，品物之本也，而礼乐仁义之祖也，而善否治乱所兴作也。阴阳之气，各从其所，则静矣。偏则风，俱则雷，交则电，乱则雾，和则雨。阳气胜则散为雨露，阴气胜则凝为霜雪。阳之专气为电，阴之专气为霰，霰电者，一气之化也。

（《大戴礼记·曾子天圆第五十八》）

将阴阳二气作为大自然的神灵（此神灵指的是神奇和灵验，不是妖魔鬼怪那种东西），再将神灵作为万物之本原而与礼乐仁义的深刻道理连接在一起，则阴阳的微妙变化就跨出了自然的范围，直接牵涉到了人世间的兴衰治乱以及个人的品德操守。所以，天时之变幻，不但可以考验个人之品格操守，也经常能够反映出世道之变迁。

霰，亦被后世喜欢写诗填词的文人们称为"稷雪"，说的就是一些像稷米一般大小的雪粒。如果将它们的形状放大了来看，就好像是些没有了花瓣做羽翼的败落花朵，残缺、丑陋、委琐而没有任何风采，赤裸着身子就从天而降，显然是反常气候的反常产物。但对于每一个遭遇者来说，霰与朔风以及冰雹全然没有区别，打在人的脸上，就如同针扎一般，虽然不能造成后果严重的伤害，却令人感到十分难过。

风雪弥漫之中，一切生灵自然都逃之夭夭。天地万物一旦被裹胁到了大风雪之中，就被掩饰起了真实面目，变得有些高深莫测，本来土里土气的曲阜城一时显得很突兀。远看绵绵如带的城墙中间，有一个高大而雄伟的城门，孔子知道，那是曲阜的雩门。每年四五月份的少雨季节，村民们就组织起浩浩荡荡的祈雨队伍，从这个城门出发，到距离20多里外泗水和洙水合流的地方去举行隆重的祈雨典礼。如今时令不佳，千年古城也只有屈尊纡贵，饱受暴风雪的欺侮侵袭而无可奈何了。

风雪仍然肆无忌惮地在空旷的中原大地上怒吼驰骋，孔子则犹如雕塑一般伫立在风雪中，一动也不动。他的视野长久地停留在远方那一片银装素裹的城墙上，思绪也仍然环绕着城墙里面的王国在驰骋，那里是他魂牵梦绕的地方。

往事越千年

鲁国，这曾经是一个何等显赫辉煌的诸侯国家！漫天阴霾下的曲阜城，勾起了孔子对历史的清晰记忆。

公元前1064年，西周开国元首武王壮年病逝。次年（前1063年），成王诵幼年即天子位，以叔父周公临朝摄政。因新生王朝正处于天下多事之秋，周公须留在京师主持封建帝国的开国创业大计以及迅速扑灭风起云涌的地方反叛势力，所以，中央政府特封周公之长子伯禽于鲁，使之承祀周公。

最初——公元前1063年，西周中央政府对所有在颠覆殷商帝国战争中立有战功的功臣亲戚们进行第一次封土授爵，鲁国的受封地点在河南西部地区，都城名鲁山（今河南鲁山县），是一个规模不大的侯爵国家。周公东征平息了武庚（商纣王之子）三叔叛乱之后，为了加强对东部殷商旧地的控制，伯禽受朝廷之命，率部辗转迁徙到山东中部的曲阜，土地和人民都获得了扩大和增加，俨然东方大国。而鲁国在规模、体制、礼仪、规格等方面所享受的待遇，中央政府按照周公的地位而加以认定，享有仅次于宗周天子的崇高地位。

从公元前1063年到现在（公元前498年），究竟是多少年了？孔子屈指一算，已经有565年之久了。他蓦然想起周初当年分封时的盛况，当日鲁国地位之尊贵，在几百个受封的诸侯国家中绝对是首屈一指。孔子想起了卫国大夫子鱼，他在几年前曾对朋友们讲述过这段历史，也不知他的资料来源究竟出自哪部经典？子鱼说：

> 昔武王克商，成王定之，选建明德，以藩屏周，故周公相王室，以尹天下，于周为睦。分鲁公以大路之旗，夏后氏之璜，封父之繁弱，殷民六族：条氏、徐氏、萧氏、索氏、长勺氏、尾勺氏，使帅其宗氏，辑其分族，将其类丑，以法则周公，用即命于周，是使之职事于鲁，以昭周公之明德；分之土田陪敦，祝宗卜史，备物典策，官司彝器，因商奄之民，命以伯禽，而封于少皞氏之虚。
>
> （《左传·定公四年》）

一个已经存在了将近600年之久且具有高度发达的礼仪文明的先进国家，会在这日益急迫惨烈的兼并战争中消失吗？孔子虽不愿去多想，却还是忍不住要想，而一旦想起来，就忍不住要放声一哭。

　　这是中国春秋时代已经接近了尾声的一年。西周初封时期所存在的数百个诸侯国家（据记载有八百诸侯国，能查询到的不过160多个），在此前数百年中，经过了无数次惨烈的战争之后，已经日益稀少了。如果仅以国家的数量而言，中原大地已不是那么拥挤了。

　　现在，中国的政治局势已经相当明朗，无论以天时、以地利、以人和，宗周天子都无法再重振雄风了。北部中国（黄河以北）的土地人民已尽皆成为晋国（还有个刚刚从戎狄包围圈里突围出来的燕国）的囊中物；与晋国南北鼎立的楚国，虽然几次遭受新兴吴国的重创，却仍然占有了南部中国（黄河中游以南、长江以北，以及汉江、淮河流域）的大部分地区；胡汉混杂的西北地区，则被新兴的秦国所全部攫取。

　　如果以洛阳为轴心把中国划分为东南西北四个部分，则只有东部的局势比较复杂。齐国虽然可以称为东部老大，但鲁国、宋国、卫国以及曹国、蔡国、陈国，都是一些历史绵长、文化悠久、经济发达及政治地位和国际声望都比较高的国家，在日益酷烈的兼并战争中，也都还能继续苟延残喘，它们之间最后鹿死谁手，似乎还没有一定。

　　在西周的各个分封国中，东部地区所有封国的开国者都拥有比较特殊的身份和地位。齐国的开国者是西周政权得以建立的第一号功臣姜尚，鲁国的开国者是拥有丰功伟绩的摄政王周公的大公子伯禽，宋国则是殷商帝国的唯一血胤延续——微子的新封国。其他如卫国是文王子康叔的封地，曹国是文王子叔铎的封地，连小小的杞国也是大禹的后裔，而陈国则是舜的后裔，它们都应该算是名门之后而当之无愧了。上述国家连同河南中部和山西南部的诸国，共同构成了地理方位以及文化概念和历史传统意义上的中原地区。对于东部和中部地区的这种复杂局面，后来人实在说不好是福是祸？熟悉一点历史的人都知道，当春秋大变动时代的序幕刚刚拉开，华夏四周的那些落后蛮夷之国都忽然间从地角天涯外冲杀出来，先进的中原诸国从此就没有了片刻的安宁。

　　自古以来，蛮族人对付文明人，就像野狼对付家犬一样，虽属同类却没有半点血缘亲情。蛮族之所以被称为蛮族，从一个比较直观的角度看，因为他们是一些脱离了某些区域性先进文明主体而独立存在的部族。长期以来，他们公然以烧杀掳掠的能力做衡量标准，以此赢得社会地位、社会赞誉、物质财富；从另外一个概念化的角度看，是因为他们始终不曾经历过先进文明、文化的洗礼和熏陶，习俗礼仪便与文明地区全然不同。所以，在文明人看来，他们的想法和行为都是野蛮的。

这些古代的勇士和征服者们，往往是古代先进文明和先进文化的克星，每一个文明发源地和文化发达地区能否长久存在？都要看能否有力地抵制住他们频繁的武力骚扰。在一般情形下，他们总是力图以暴力征服手段在发达地区获得了征服者的丰厚经济利益后，再来坐享文明领导者的尊贵地位，而他们在行为上却处处表现得缺乏文明教养的最起码礼数。春秋中期以降，面对着周边蛮族的步步进逼，中原各国已经一退再退，眼下好像已经退缩到了生死存亡的边缘，再也没有退路了。

看起来，中原的所有国家确实是病入膏肓、不可救药了。未来的华夏会是一番怎样的凄凉景象？一股阴冷的寒流一时间袭遍了孔子周身，他几乎不敢继续思考下去，当来自四裔的雄壮战士手执干戈挺进并占领中原后，2500年来含辛茹苦、艰难创业所结出来的文明硕果，经历过三个强大王朝所惨淡经营出来的华夏繁华地区，会不会转瞬变成一片片文明废墟？古老中原将面临的是不是斯文扫地、衣冠坠地、花果飘零？那时，中原人民是不是被迫要接受一个野蛮残暴的政权来领导？

改朝换代

孔子猛然想起了发生在560多年前的一段历史陈迹。那时，已经在中原核心地带巍然屹立了600多年的强大威武的殷商帝国，虽然一时被一个喜欢恶作剧的国王（商纣王）及其夫人（苏妲己）搞得有点名声不佳，但文化发达、技术进步、人口众多，整个国家仍然处于兴盛发展时期。这时，来自西部的一股文化落后却实力强大的军事力量突然出现在中原大地，刹那间，整个局面就发生了根本的转变。

东西部两股强大政治势力的最后较量，在帝国首都朝歌城外30里靠近淇水的一片荒野（牧野）上展开。战争进行得惨烈无比，几十万士兵舍生忘死地英勇战斗，使河水为之变赤，连兵器都漂了起来，史书上"血流漂杵"的记载是一点也不夸张的。

最后，西部叛军的联合力量战胜了势单力孤的东部国军，600多年来苦心经营的巍峨壮丽的帝国大厦于顷刻间就化为了令人惨不忍睹的废墟。此后，经过周公——这是孔子最尊敬的政治偶像——亲自率领大军三年东征，昔日繁华似锦的殷商故地，中原繁华地，处处只剩下了断垣残壁；数百万聪明智慧的殷商儿女，他们都到哪里去了？恐怕最好的命运，也不过是被集体分配给新贵们当牛做马罢了。

> 分鲁公……殷民六族：条氏、徐氏、萧氏、索氏、长勺氏、尾勺氏……分康叔以……殷民七族，陶氏、施氏、繁氏、锜氏、樊氏、饥氏、终葵氏……
>
> （《左传·定公四年》）

一个发达国家里的进步民族，居然集体变成了奴隶。孔子追忆至此，已不觉泪眼朦胧。自己是殷商帝国亡国遗民的后裔，所幸的是，自己的先祖渊源于殷商帝国硕果仅存的宋国，而且，他们都诞生在世袭的贵族家族，否则，真不知自己的命运会如何？

孔子虽然精通三代王朝的历史典故，却不是一个沉湎于历史往事中无力自拔的人，他明了古今朝代更迭中的奥秘，深知国家尤其是一个政权的寿命比一个人的寿命长不了多少。

殷商帝国存留了640多年的辉煌历史，已被周人用差不多同样的时间掩饰得了无痕迹了。

孔子曾感叹道：

> 殷礼，吾能言之，宋不足征也，文献不足故也；足，则吾能征之矣。
>
> （《八佾》篇）

春秋时代的绝大多数人，即使是一些号称知识渊博的学者，他们对于殷商王朝的历史，除了知道一部商纣王和苏妲己夫妻的宫廷秽史外根本就一无所知，他们本来应该拥有的对历史的正确领悟力，显然已经被新王朝的文化政策所窒息甚至扼杀干净了。

孔子感到奇怪，几百年来，几乎就没有人会发动一下自己的思考力来进行一点正确的历史联想，殷商帝国遗留下来的那些精美青铜礼器以及上面众多连词成章的优美文字，无疑包含着一个政治、经济和文化发达的进步民族在漫长岁月里所创造出的无数辉煌灿烂的浪漫传奇；而殷商帝国那一片庞大的国家遗产中——南包荆襄、西逾秦岭、北抵大漠、东临大海——的每一寸土地，都一定蕴藏着无数金戈铁马、慷慨悲壮的英雄史诗。战争与武力的大浩劫之后，注定是历史的空白，旧的篇章已经断绝而新的篇章尚待书写，一个波澜壮丽的伟大时代就会在很短的时间里被人们遗忘得干干净净。

西周新王朝的执政者们要涂抹历史，孔子并不认为有什么不妥，所有的新政权的开创者们，都不但要制定出新文化政策，也要塑造和建立起适合国家生存发展的新历史观。而且，让亡国遗民们干净、彻底地忘掉他们曾经拥有过的辉煌业绩和英雄历史，也许可以算是西周开国圣贤们对他们的关照和爱护，以免他们过分沉湎于过去的历史记忆而忽视并丧失了现在的存在。胜利者带血的刀口和枪尖上，不但有真理也有历史，千古如一，圣人临国的西周当然也不能例外。在孔子看来，如果殷商帝国一定要败亡，则败亡在周人的手里，可能算是一个比较合理的结局，在当日中国，周民族可以算是仅次于殷商的文明民族了。无论文王、武王或周公，都可算是中国历史上难得一见的出色政治家，他们以比较合理的方式接收了殷商帝国的全部遗产，并以自己的独特方式确立起以血缘关系为纽带的封建联邦制国家。

但是，文明损失的代价已嫌太大，历史演进中的负面影响斑斑可见，它使得整整几代人难以忘却那些惨烈的场面。

现在，历史同样在五六百年这个时间段摇摇欲坠，这是已经应验在了三代王朝身上的一个不祥数字。

中国第一个王朝——夏（公元前2140年—前1711年），在不到500年的地方跌倒了，从此再没有爬起来；

殷商帝国（公元前1711年—前1066年）在超过了600年的地方跌倒了，也没有能够再爬起来。

杞人忧天

宗周和中原诸国眼下所面临的处境，较之当年的夏王朝以及殷商帝国晚期的局面都更加凶险万分。当年，不过是一个不务正业的独裁者（夏桀与商纣，皆非二人本名，乃后人主要是周人根据他们的作为以及自己的政治需要所奉上的恶谥，而历史事实未必如此）断送了一个帝国的全部基业；如今，却是整个中原人在断送着一个华夏。

想到这里，孔子禁不住热血沸腾，万万不能让过去的那些改朝换代的血腥历史重演，即使周朝封建体制在政治上已经回天乏术，但中原传统文化却要绵延长久。孔子认为，渊源于中原地区的华夏古老传统当然并不是没有纰漏之处，但它既然经过了至少2500年悠久岁月的检验，就足够证明它是这一片辽阔土地和众多人民的合理产物。

可惜，中原所有国家的上层贵族和下层人民，都年复一年地沉溺于盲目追求之中，很少有人愿意对未来的那些不可捉摸的事情担忧。一个性情忧郁的杞国人曾经存在过一种可贵的忧患意识，却被时人嘲讽为"杞人忧天"，一时在中原各国传为笑谈。可孔子并不这样看，他认为那个杞国人非但一点也不可笑反而很有先见之明，中原传统的文明之天地难道不是已经处在全面的大崩溃之中？杞国是大禹（即夏朝）后裔所封建的三等伯爵诸侯国家，这个眼下已经完全衰败了的小诸侯国，在西周以来的500多年间，已经在强国和大国的压迫下，被迫先后数次迁徙了居住地点，大夏王朝的那一段艰苦卓绝的华夏创业史，也已在反复迁徙中被日益忘却了。

历史和传统正是在人们熟睡着的眼皮下，悄悄地溜走了！

孔子曾感叹道：

夏礼，吾能言之，杞不足征也。

（《八佾》篇）

迁徙在大多数时候便等于是逃亡，杞国人民饱受了颠沛流离之苦，因此能够产生出非常强烈的危机感。其实，只要稍稍具有一点常识，就不会否认"忧天"的必要性，可惜现代人是普遍缺乏基本常识的。时人除了那些时髦而虚伪的追求之外，对恶劣局面之咄咄逼来，居然没有一丝觉悟，也没有一丝危机感。孔子为此心里感到极度不安，一种带有深沉文化底蕴的凄苦心理，使他的身体有些颤抖。

一只散发着热力的大手稳稳地挽住了摇摇欲坠的孔子。原来，子路一直默默地站立在孔子身旁，20多年来，每一次当孔子成功或落难的时候，子路都是紧紧地跟随在孔子的身前身后，也都是这同样的举动，无论他自己当时的处境是非常恶劣或得意。

功败垂成

看到子路，无论风雪如何肆虐，孔子都立即感到了一阵温暖，在这一瞬间，孔子周身充满了力量。无论何时何地，也无论在怎样狼狈困顿的情形下，只要有子路站在身边，孔子就会感到信心百倍。

望着体魄健壮而充满阳刚之气的子路，在如此天气，也只身着一袭破旧的长袍，孔子不禁感叹道：

> 衣敝缊袍，与衣狐貉者立，而不耻者，其由也与！不忮不求，何用不臧？
>
> （《子罕》篇）

衣衫褴褛立于达官贵人的珠光宝气之中而能不亢不卑、坦然自处、依然故我，这就是无欲无求故无所畏惧的子路，是暴虎冯河而一身是胆的子路，是千万人中独来独往的子路。看着子路，孔子不禁百感交集，子路的命运，何尝不是自己命运的缩影！由啊（子路名仲由，子路乃字，鲁国卞人）！比自己仅小9岁，今年该是45岁了吧？这个勇敢、坦诚、直率、豪爽、开朗、侠义、疾恶如仇且多少有些鲁莽的弟子，追随自己已经20多年了。这20多年里，从早期办学到为政为宦，始终与孔子风雨同舟、相濡以沫、同进同退，无论在何等艰难困苦的岁月里，子路始终是孔子最虔诚的弟子、最坚定不移的追随者、最得力的助手和最亲密的朋友，孔子从内心深处感谢着这位年长的弟子。

几个月之前，正担任鲁国执政季孙氏（鲁国三桓之一，操纵鲁国实权）家宰职务的子路，按照孔子所设计的政治改革方案，鼓动季孙氏进行了一场颇具声势的废除封建割据运动。

春秋晚期，列国之间的政治局面十分有趣，各国诸侯由于专擅了天子的征伐之权而肆意进行着扩大国家疆域的活动，经过200多年的征战厮杀，一些大国的国家实力和君主权力都已超过了西周天子，自然不肯再听中央政府的号令；与此同时，各国的贵族也在国家版图扩大过程中扩大了自己的势力范围，从此拒绝服从国君的命令；而在各个公卿的领地和采邑内，那些把持了地方实权的家臣们也借助混乱的局面，纷纷背叛自己的主人。从下到上的层层反叛——即所谓"陪臣执国命"——构成了新时代的鲜明特色。

四分了鲁国公室的"三桓"是鲁国近几十年来最具权势的世袭贵族，他们本人都居住在都城曲阜来控制国家的朝政，而他们的采邑却分散在各处。这些采邑，他们除了分别委派家臣进行管理外，自己则很少，甚至从来也不到这些地方去。家臣们一旦管理了一方政权，就拥有了进行武装割据的实际权力，他们也就追随着时代新风尚，努力效法着上层人物们的通行做法，毫不客气地纷纷扩充自己的势力，悍然把贵族的领地变成了自己的封疆。早已架空了鲁君的三桓，这时开始面临着自己家臣的反叛。因此，三家贵族自从鲁昭公末年以来，就试图通过"堕都"来限制家臣急剧膨胀的势力。

孔子和子路的堕都主张，在开始时获得了三桓的支持和响应，却遭到了三桓家臣的武装反抗。叔孙氏首先堕毁了自己的武装据点——郈，这次行动进行得比较顺利。但季孙氏的领地——费邑，就不那么容易堕毁了，执政季孙试图以武力堕费，遭到了费邑地方势力的反对。邑宰公山不狃、叔孙辄不仅率领费人公然进行抵抗，且亲自指挥叛民挺进到了国都，武装袭击鲁君的宫廷。鲁君被迫躲避到季氏的住处，费人随后追击到了季氏之宫，鲁君与季氏只好躲到了武子之台上。据记载：

> 仲由为季氏宰，将堕三都，于是叔孙氏堕郈，季氏将堕费，公山
> 不狃、公孙辄帅费人以袭鲁，公与三子入于季氏之宫，登武子之台，

费人攻之，弗克。入及公侧。仲尼命申句须，乐颀，下伐之，费人北，国人追之，败诸姑蔑，二子奔齐，遂堕费。

（《左传·定公十二年》）

正担任大司寇职务的孔子急忙调动了国家的正规军，才击溃了地方势力的叛乱，并顺利地完成了堕毁费地的任务。

这时，鲁国的政治形势可以说是一片大好。如果能够接着使孟孙氏主动堕毁自己的封建据点——郕，则清除了封建割据和武装分裂局面后的鲁国，在代理宰相孔子的亲自主持下，也许会发生重大变化。

华夏道德礼仪文化的重镇——鲁国，一旦强大起来，则整个国际社会的局势将会随之而发生重要变化，这是可以预期的诱人前景；在鲁国领导下，中原与四裔之间的关系或许会出现重要转机，从而使始终处于被动挨打局面中的华夏诸国就势摆脱目前的困境，这也是可能出现的崭新局面。

这种具有文化道德意义的华夏历史传统的恢复工作，当然最好是由鲁国来进行，除了西周中央政府和西周天子之外，也许只有鲁国才有资格代替穷途末路的宗周来号令天下，这里毕竟仍然是周公享用牺牲的地方。春秋时期的几个霸主（春秋五霸的说法不一，此处以齐桓公、宋襄公、晋文公、秦穆公、楚庄王属之）之所以不能使霸业维持长久，好像就是因为道德威望和政治资格不足。如果孔子的宏伟计划得以顺利进行，则蒸蒸日上的中原文明将会获得持续发展的历史良机，而一个面貌全新的东周王国也许真的会在鲁国得到确立，这是一个颇具诱惑力的大胆设想。

这次堕三都行动，是由孔子直接策划和亲自领导，并得到了鲁君和三桓家族的支持。《公羊传》记载说：

曷为帅师堕郈？帅师堕费？孔子行乎季孙，三月不违，曰：家不藏甲，邑无百雉之城。于是帅师堕郈，帅师堕费。

（《公羊传·定公十二年》）

三个武装据点中的两个已经顺利地堕毁了，大功即将告成。但孟孙氏却临时改变了态度，拒绝堕毁自己的城市。

> 将堕郕，公敛处父谓孟孙，堕郕，齐人必至于北门。且郕，孟氏之保障也，无郕，是无孟氏也，子伪不知，我将不堕。冬十二月，公围郕，弗克。
>
> （《左传·定公十二年》）

这次堕郕的行动，由于公敛处父的蓄意挑拨，遭到了孟孙氏的坚决抵制。其余两家看到这种局面，也就改变了态度，他们开始以一种坐山观虎斗的态度来默观事态的演变。二十几天前，性急而缺少城府的鲁定公亲自率兵包围了郕，力图武力堕都，结果不能成功。眼见得一派形势大好的国家复兴局面，忽然间就土崩瓦解了。

围绕在这场涉及多种利益关系和多种利害矛盾的斗争中，国内各色人物由于切身利益之所在而立场亦截然不同，许多小小的意外插曲却在整个大局中起到了决定成败的关键作用。孟孙虽然顽固不化，但孟孙和鲁君都还不足以左右大局。三桓之中，季孙氏力量最大因而权力也最大，他的态度坚定与否，可以影响到全局之成败。

本来，子路在季孙氏身边可以担负起更加重要的责任，他如果能够继续影响季孙氏的话，则直到十几天之前，大局都还不致最后颓败。但这些天以来，曲阜城中人心惶惶，一些别有用心的人乘机制造矛盾和拨弄是非，使各种各样的流言蜚语四处传播。孔子的一个学生名叫公伯寮，是见诸记载的孔门之中唯一一个心理阴暗的势利小人，他在老师事业的最关键时刻，却在季孙氏面前挑拨季孙与子路的关系。公伯寮的这种卑劣行为，极大地影响了季孙对子路的信任。据《论语》记载：

> 公伯寮诉子路于季孙，子服景伯以告，曰：夫子固有惑志于公伯寮，吾力犹能肆诸市朝。
>
> （《宪问》篇）

子服景伯这个人出身贵族世家，颇具才干，可能也是孔子的早期弟子，他在后来的鲁国历史上很有名气。现在，他非常气愤地把公伯寮私下里进行的挑拨离间活动告诉了孔子，并希望能够通过自己的力量来扭转不利局面。

面对着整个形势于突然间急转直下，孔子于无可奈何之余，就把它归诸于天意和命运。以孔子的睿智，当然并不认为区区一个公伯寮私下里能够在历史转变的大局中起到什么了不起的作用。

> 子曰：道之将行也与，命也；道之将废也与，命也。公伯寮其如命何？
>
> （同上）

而且，在切身利益相关的时候，父子兄弟之间尚且常常兵戎相见，及门弟子又怎么样？孟孙兄弟（郕邑是孟孙氏的世袭领地，此孟氏兄弟是孪生，皆孔子早期弟子。此后，老大南宫适长期追随孔子，孔子以自己的侄女妻之；老二仲孙何忌则继承了孟孙氏的世袭公卿地位并执掌家政，此处反对孔子堕都的是老二）还不是自己的早期弟子吗？为什么其他两家贵族权臣都能够接受孔子的堕都主张，而他却公然反抗？事实上，公伯寮的行为，也未尝不代表了全体鲁国人对这次政治变革的基本态度，如果它是人心所向和大势所趋，则公伯寮之挑拨能如何？如果反之，则公伯寮不挑拨又能如何？

所以，孔子断然拒绝了子服景伯的建议，这个建议是通过子服景伯在季孙面前行使公伯寮刚刚使过的"诉"的手段，诛公伯寮于朝市（即市场）。孔子对这种枭雄们的惯用伎俩，一点也不感兴趣。

子路既然已失去季孙的信任，当然无法继续留在季孙身边发挥作用，就只有辞职。而季孙氏一旦离开了子路为之出谋划策，就根本没有自己的一丝主见。当时位高权重且飞扬跋扈的三桓原本是三个很懦弱无能的封建大家长罢了，他们虽具有影响局势发展的权力和地位，却只擅长于把局势向最糟糕的、最不利和最坏的方向引导。于是，由孔子和子路师徒所联合策划和导演的一场轰轰烈烈的政治改革运动，到此就只好无声无息地偃旗息鼓了，殊令人扼腕叹息！但直到此时，虽然"堕三都"的行动一时受阻搁浅，但孔子对于整个振兴计划还没有完全绝望，如果不是接着就发生了"女乐事件"的话。

女乐与马车

国内的反对派始终处心积虑地在遏止着孔子振兴鲁国的计划，国外的敌对派也对仍然主持鲁国国政的孔子充满了畏惧和警戒。孔子参与国政仅仅3个月时间，鲁国的局面就发生了重大变化，据记载：

> （孔子）与闻国政三月，粥羔豚者弗饰贾。男女行者别于途。途不拾遗。四方之客至乎邑者，不求有司，皆予之以归。
>
> （《史记·孔子世家》）

鲁国的这种蒸蒸日上的局面，有些像周文王时期偏居渭水流域（岐山）时的局面，如果假以时日，则未尝不能带动其他国家的追随和效法。但当时的国际局面却比周文王时代复杂得多，而孔子也不拥有周文王那样的地位和权力。所以，鲁国的振兴及孔子的新政都没有持续多久，就引起了周围邻国的强烈不安。

其中对孔子执政戒备最深的是齐国的君臣。齐国，这个濒海国家在西周时期的封建殖民史上，与鲁国渊源甚深，关系友好却互相戒备。原来，姜太公姓姜名尚，字望，因初封在吕地，亦称吕望，太公及尚父等称号则是文王、武王父子对他的尊称。周人于平定了三叔（武王姬发的三个兄弟）和武庚的联合叛乱之后，鉴于东部沿海地区的复杂局面，复封吕尚于濒临东海的齐地，以便就近监视那些心怀叵测的殷商贵族。姜尚于立国之初期，因齐地近海，地皆浇卤不毛之地，不适合农耕以及种植业的开展，因此不得不大力发展商品经济，这一时的权宜之计，导致了齐国经济的长期兴盛发展。同时，齐国在文物制度及文化礼仪方面也相当进步，遥遥领先于中原其他国家却落后于鲁国，孔子认为：

> 齐一变，至于鲁；鲁一变，至于道。
>
> （《雍也》篇）

这种文化上的差别，使生活优裕的齐国人心理上感到长期委屈。尤其是齐国人与其他国人相处时，颇能以文化进步而自豪；而一旦与鲁国人相处，就多少有点抬不起头来的自卑感。好在齐国在国家实力上一直遥遥领先于鲁国，齐国人颇以此而自慰。现在，鲁国的国力如果迅速强大起来，则齐国颇感难以自处。因此，齐国对鲁国的改革以及孔子的复兴举措，始终怀着一种戒备心理。

近百年来，齐国是一个国力强弱变化起伏很大的国家，自从齐桓公和管仲——那曾是一个群星灿烂的时期——先后故去之后，便不再产生比较出色的政治家了。但齐国后来的执政者们却因为羡慕和缅怀先祖的赫赫威名，就时常产生出许多错觉，误认为自己就是齐桓公和管仲一流的出色人物。事实上他们当然不是，连合格的继承人都不是，他们充其量不过是些刻意模仿先人风格的拙劣赝品而已。即使当时齐国最出色的人物——晏婴，也从来没有做出过什么惊天动地的事业，不过是徒逞口舌之能罢了。所以，这些习惯于自以为是的政治家们对其他国家——尤其是鲁国——的强大和复兴，总是抱有一种欣赏和嫉恨相交织的复杂心理，这虽然是一种并不罕见的破落户心态，却无药可治。孔子在31岁时，曾因内乱在齐国逗留过一两年的时间，齐国的君臣都十分了解孔子的才能。于是，他们站在狭隘的国家主义的立场上，就不免对整个国际局势做出了极端错误的判断。

> 齐人闻而惧曰：孔子为政，必霸；霸则吾地近焉，我之为先并矣。盍致地焉？
>
> （《史记·孔子世家》）

以称霸和兼并土地来估量孔子的东方复兴计划，齐国的政治家已可算是目光短浅之辈了，而他们接下来作出的对策就更加可笑，齐国的执政者们居然采取了一个十分荒唐而且近乎卑劣的手段，就是向鲁国君臣赠送了80名色艺俱全的美女和30辆装饰华美的驷车（由4匹马驾乘的车）。堂堂第一流的东方超级大国，居然以一种古老且令人不齿的美人计及贿赂手法来打击一个与自己世代和睦相处的友好邻国，已殊失光明正大的武士风格，也很难说是什么像样的策略。史书记载：

于是，选齐国中女子好者八十人，皆衣文衣而舞康乐，文马三十驷（按：驷即四，三十驷为一百二十匹马），遗鲁君。陈女乐文马于鲁城南高门外。季桓子微服往观再三，将受，乃语鲁君为周道游，往观终日，怠于政事。

（同上）

更加令人难以置信的是，就是这么一个很下作卑劣的小手段，居然真的就一下子瓦解了一心图强的鲁国君臣的意志，把一个正在徐徐振兴起来的大好局面彻底断送掉。先是季桓子改换了便服，三番五次偷偷摸摸地去现场进行观摩，获得了良好感觉后，这位敢于私自僭用天子八佾之舞的权臣，不知怎么却涌出了有福同享的想法，就郑重地邀请鲁定公一起去观瞻。君臣二人沿着一条宫廷暗道潜行到了曲阜的南门外，足足地饱看了一整天，长期以来始终勾心斗角的一对君臣，居然在女乐文马问题上达成了共识。

于是，人们不无悲观且绝望地看到，时至春秋晚期，素以勇武与谋略著称的姜太公后代和素以礼仪与智慧著称的周公后代，都已堕落到了何等不堪的地步！

序幕既然拉开了，后面的喜剧和悲剧角色便接二连三地粉墨登场了。鲁国国君和三位权臣按照权力大小和地位高低很合理地分配了这些美女和马车之后，就情不自禁地放下了自己的本职工作，日日夜夜欣赏着那些美丽的脸庞，倾听着那些靡靡之音，一腔子的蓬勃朝气就化做了一缕缕沉沉暮气。

当鲁国的权力者们失去了进取心之后，便开始对那些没有休止的国事和朝政产生出了极端的厌倦心理，他们觉得自己把无穷精力和大好时光都投入到那些根本不能获得彻底解决的琐碎事物中，简直是无聊之极。这样的心理一出现，他们对整个国际形势产生了一种全然不同的看法，甚至产生出一种大功告成的错觉，这时，他们忽然觉得自己过去的工作实在是过于认真负责了，也实在是太过辛苦了。现在，一下子拥有了这么多美女和马车，无论如何也应当停下来休息和享乐一下了。

据《论语》记载：

> 齐人归女乐，季桓子受之，三日不朝，孔子行。
>
> （《微子》篇）

当他们的心理追求呈现出一片空白之后，就感到豪华的游车胜过了兵车而美女滑润的肌肤则胜过了权力的印玺；当他们的行为一旦完全堕落之后，便对一切行为高尚的人士感到了一种失去体面后的仇视；而当一种仇视心理在肚子里扎下了根之后，一些人便自然而然地成为他们的眼中钉和肉中刺。

尽管如此，鲁定公及三家贵族并没有公然驱逐孔子，因为自己的放浪行为而公开驱逐一名忠心耿耿的国家贤臣，这些花花公子们都还没有这种胆量和魄力，他们只不过因为心虚而有些不好意思再见到孔子而已。所以，双方的关系就开始变得有些尴尬，这是所有沉沦者与高蹈者之间普遍存在着的人格对立，根本无法调和。如果孔子仅仅是一名志在功名利禄的普通士大夫，后面什么事情都不会发生，非但代相会继续担任下去，也许还会分到若干美女和马车以换取对他们的支持和理解。

但孔子不是普通人，这一点鲁定公和三桓心里都非常清楚，所以，他们也就没有拿出马车和美女来自讨没趣，只是以一种冷淡态度而不是贿赂手段来故意疏远孔子。当然，孔子也并不甘心自己苦心设计多年的远大理想，就如此轻而易举地破灭在这些犹如酒囊饭袋般的君臣之手，他还要继续坚持不懈地努力和奋斗下去，鲁国虽然与宗周一样已不可救药，但中原的其他国家也可能还存在着一线希望。总之，华夏的文化传统和礼仪文明不能就此断绝，为此，孔子即使肝脑涂地也在所不辞。

理想社会的图景

绵绵不断的思绪飘荡到了这里，孔子的眼前幻化出一幅灿烂的图景，那是他朝思暮想、梦寐以求的理想境界：

> 大道之行也，天下为公，选贤任能，讲信修睦。故人不独亲其亲，不独子其子，使老有所终，幼有所长，矜寡孤独废疾者，皆有所养。男有分，女有归。货恶其弃于地也，不必藏于己，力恶其不出

于身也，不必为己。是故谋闭而不兴，盗窃乱贼而不作，故外户而不闭，是谓大同。

（《礼记·礼运篇》）

  当然，在战争烽烟已经燃遍整个中原大地的时代，孔子对大同理想的具体落实已不抱任何希望了，那个时代距离孔子毕竟已经过去了至少2500年。漫漫2500年的时空距离足以使沧海变做良田、高山化为平谷、神奇化为腐朽。孔子不似他的前辈哲人老子那般固执，他知道那个时代确实是一去而不复返了，即使个别优秀人物能够抱着一种殉道的心理去刻意追求，至多也不过是独善其身而已。

  这时，孔子忽然想起了老子，那是一位明察秋毫、高瞻远瞩的伟大智者，他以游戏风尘的手段成功地保护了自己，更以消极避世的姿态掩饰起了他那些令人发聋振聩的高远理想，他该是何等的聪明理智啊！

  想起了老子，也就想起了20年前与老子相聚的那些日子，一旦想起了，事情就恍如发生在昨日。那是鲁昭公二十四年秋，鲁卿孟釐子临死时遗命其二子孟懿子与南宫敬叔师事孔子习礼。大约因为这个缘故，孔子得到了鲁君在经济上（一辆马车和驾车的竖子）的资助，达成了他多年的愿望。

  洛阳之行以及与老子的会面，使孔子的学问获得了突飞猛进的进步。一个生活在春秋时代诸侯国家里的平民学者，只有在观瞻了宗周的礼器及大量文物典籍后，并且也一定要有老子这样具有博大精深学问的长者来加以辅导，才能获得学问的圆熟和贯通。在此期间，孔子对礼的理解最终达到了融会贯通的程度，而在此之前，孔子充其量不过了解了一些礼仪方面的常识而已。据记载：

  孔子观乎明堂，睹四门墉有尧舜之容，桀纣之象，而各有善恶之状，兴废之诫焉。又有周公相成王，抱之负斧扆南面以朝诸侯之图焉。孔子徘徊而望之，谓从者曰：此周之所以盛也，夫明镜所以察形，往古者所以知今。人主不务，袭迹于其所以安存，而忽忽所以危亡，是犹未有以异于却走，而欲求及前人也，岂不惑哉！

（《孔子家语》卷三）

孔子经过与老子这样一些高贤的相互切磋以及对周代文物的亲身观摩，学术与思想俱获得了巨大进步。据记载：

> ……问礼于老聃，访乐于苌弘，历郊社之所，考明堂之则，察庙朝之度，于是喟然曰：吾乃今知周公之圣与周之所以王也。……自周返鲁，道弥尊矣，远方弟子之进盖三千焉。
>
> （同上）

10个月后，孔子返回鲁国，便成了名副其实的礼乐学方面的专家。在那样一个礼坏乐崩、天下大乱的苦难岁月，传统文化以及礼仪道德差不多都已经销声匿迹了，能够把已经近乎灭绝的礼乐文化融合进时代新思想加以重新诠释的学者是相当罕见的。孔子之所以获得了这样出色的巨大成就，确是拜老子所赐，这一年，孔子34岁。这时，孔子经过了将近20年的学习和实践，尤其是经过将近一年的洛阳留学之后，终于可以确认自己在事业上开始有所树立，达到了"三十而立"。

记得临行之际，老子有几句赠言：

> 吾闻富贵者送人以财，仁者送人以言。吾不能富贵，窃仁人之号，送子以言曰：聪明深察而近于死者，好议人者也；博辩广大危其身者，发人之恶者也。为人子者，毋以有己；为人臣者，毋以有己。
>
> （《史记·孔子世家》）

真奇怪，20年来，为什么从来也没有想起过？对于所有那些刻意避世的思想高蹈者或洁身自好的隐者，老子的劝告也许是对的，但对于一名立志救世的仁者，就不会产生多么重要的影响。孔子虽然感叹：

> 昔大道之行与三代之英，吾未之逮也，而有记焉。
>
> （同上）

但能赶上"大道之行"的时代固然很好，没有赶上也就算了。孔子并不准备逃离火热而沸腾的现实生活去追求那种虚无缥渺的自我成就的理想，他对于老子那种近乎自私的处世态度以及不惜离群索居来保护自己生命的行为，虽然从来没有进行过公开指责，但自己是决不采取的。孔子的现实理想是：

> 今大道既隐，天下为家，各亲其亲，各子其子，货力为己，大人世及以为礼。城郭沟池以为固，礼义以为纪；以正君臣，以笃父子，以睦兄弟，以和夫妇，以设制度，以立田里，以贤勇知，以功为己。故谋用是作，而兵由此起。禹汤文武成王周公，由此其选也。此六君子者，未有不谨于礼者也。以著其义，以考其信，著有过，刑仁讲让，示民有常。如有不由此者，在执者去，众以为殃，是谓小康。
>
> （《礼记·礼运篇》）

以个人的聪明才智和博大胸怀而一手奠定了三代小康局面的禹、汤、文、武、周公等三代之英，是孔子努力效法的榜样。

师徒之间

现在，孔子之所以毅然决然地辞别了家乡故国，投身到了战火纷飞的中原大地，就是要亲自寻找一块实现三代王道理想的合适土地。他已经有些迫不及待了，他预感到自己的年龄和瞬息万变的局势都没有给自己留下比较充裕的时间，他如果要赶在那些落后大国中的某一个以武力统一中国之前，以和平手段来阻止这种不幸局面的出现，就只有以自己的老迈之身与整个强权世界相抗争。

想到这里，一种神圣而庄严的悲壮情感油然涌上心头，他感到一介匹夫的力量非但可以抗衡一个时代，而且完全可以改变一个时代。眼前有周公在指引着道路，脚下是神州的万里山河，他还有什么顾虑呢？

此刻，孔子满含深情地注视着自己的一群弟子，弟子们也都同样深情地注视着这位令人肃然起敬的导师，师徒之间在相互注视的瞬间，一种彼此理解和信任的深厚感情就相当融洽地汇合到了一起。

孔子知道，自己20多年来兴办私学过程中的含辛茹苦和惨淡经营的最优秀成果，都已经集中在这里了。

这漫天大风雪！这茫茫流亡路！已不仅是对自己毅力、才能、信念、理想、人格和意志的检验，也是对自己新式教育的严峻考验，更是对自己的神圣理想究竟是否适合中国的真切检验。孔子完全相信，这是一股实现人类最伟大抱负的精华力量，他们中的每一个人都拥有过人的才能和超群的天资，他们中的许多人都有能力做一国之将相、一国之君、一代之宗师甚至万世之圣贤。

有了这样一股具有巨大能量的新生力量，即使改造整个中国乃至整个世界也绰绰有余，何况区区一国哉！

大风雪中，孔子浑身上下已是一片洁白，犹如一尊已经存在了亿万年的宇宙精灵，要以自己的一付血肉之躯支撑起已经倾斜的天地。弟子们都仰望着自己敬爱的老师，他们相信孔子胜过相信自己。

眼前，风雪交加、征程漫漫，正所谓"风雨如晦，鸡鸣不已"。没有人能够明确知道这一步迈出去的结果会如何？是福是祸？是地狱抑或天堂？他们都无暇思考。弟子们认定了孔子的道路就是自己的道路，哪怕这条道路真的是走向刀山火海，他们也会毫不犹豫地紧跟着孔子冲进去。他们都深深地了解孔子的伟大品格和高尚情操，这是一名自愿把个人命运与整个时代命运紧紧拴连在一起的历史伟人，这是一名试图以孤身力量挑战整个天下的道德巨人，这是一名千年万载也难得一现的时代圣者，这是一名名声将永远不朽的民族精灵，这也是一名全天下人的慈祥导师。

弟子们都能深切地感觉到，作为个人的短暂一生，能够有幸追随孔子这样空前绝后的伟大人物，已算是自己莫大的运气。也许他们都知道，跟随孔子去进行那种明知不可为而为之的艰苦工作，很难得到荣华富贵，甚至接踵而来的可能是终生的贫穷以及无尽的灾难，但他们无法舍弃孔子。

风雷激荡的大变动时代，因为把一些性格特殊、品质高尚的伟大人物通过微妙的方式结合到了一起，就因此拉开了新时代的沉重帷幕。孔子和他的弟子们在接下来的漫长流亡中，虽然终究没有能实现他们高远的政治理想，而野蛮人的脚步也随后就踏入了中原核心地区，但一个带有华夏传统的伟大道德理念，却在流亡中最后形成了。此上2500年概念模糊的历史文化传统，在这一群人的漫长流亡生活及苦痛经历中得到了最后的淬炼而成为光芒四射的民族瑰宝，构成了华夏文明此后2500年经久不散的国魂，逼迫着所有进入到中原的蛮族征服者，都必须主动进行脱胎换骨的文明洗礼。

走向天下

这时，冉求快步走上前来，向孔子恭身施礼道：

天寒地冻，夫子年事已高，还是上车赶路吧。

冉求字子有，鲁国平民子弟，是孔门早期弟子中的出色人物，为人处世干练精细、足智多谋、敢作敢为、随机应变、富有承担力，善于理财和理政，时时充任孔子文化学校中的财务总管。冉求比孔子小29岁，却已经跟随孔子10多年了，此时正是风华正茂的年纪，而冉求身上所显现的风流文采正是孔门教育的典范。这是一个身材矫健、行动敏捷、浑身上下都透着精明和才智的实干家，举止却彬彬有礼。

马车迎着大风雪向着西北方向的苍茫大地，缓缓地行进了。

远溯当年：

孔子从2500年以来源远流长的古代华夏文明传统中汲取了丰富的文化营养，幻化为他办私学、兴教育、倡道德、复礼仪、立道义、救乱世、兴灭国、反霸权、行仁政种种特行独立主张的无穷动力；他秉持着古老华夏民族的浩然正气，视富贵如浮云、一腔热血、两袖清风、茕茕独立、傲视王侯、睥睨千古，以孑然一身抗衡着劈面而来的时代滚滚逆流；他犹如一个来自地心深处的孤独幽灵，独自徘徊在正处于沉沦之中的神州大地，就引起了这一方热土上的风生云走、天地色变，他的学说并没有感动当代，却随即就风靡了后世万代；他以道德、良知为准绳，明知不可为而毅然为之，在烽火连天、动乱不已的中原大地，流亡14载、奔走十余国、跋涉千万里、栉风沐雨、含辛茹苦、颠沛流离，阻于卫、扼于宋、困于陈蔡而矢志不移，为生民立命、为天地立心、为往圣继绝学、为万世开太平，铮铮铁骨、风标日月；他以一介书生的卑微地位，肩挑起天下兴亡的匹夫之责，以清贫学者的微薄力量，担负起中原传统文化继往开来之历史重任；

他高擎着华夏文明的传薪火炬，以自己的博大胸怀、渊博知识和超人智慧，构筑起华夏民族文化教育的辉煌殿宇，为中华民族树立起万世不移的光辉师表，万古千秋，典范常在、丰碑永存！

2500年来，孔子光辉的伦理思想和雍容博大的道德精神以及他个人的高尚人格，已演变为中华川流不息文明洪流中的中流砥柱，幻化为华夏民族持久不衰的思想源泉，从来没有人能扑灭这一蔟燃烧着人类旺盛生命力的文明之篝火，也从来没有人能扼断这一股流淌着人类智慧和灵感的思想之清流。

对于中华民族来说，孔子决不仅仅是一个空洞的名字，而是充满了真实意义的精神偶像，其价值之大和分量之重均不可估量，随着时间的无限推移，人们对他的崇拜之情亦将永无止境。而他对人类与国家、世道与人心、道德与伦理、公正与平等、和平与正义、友爱与和谐、真理与谬误的看法一旦传播开来，就在人们内心深处埋下了辨别价值是非标准的种子。这一粒看起来毫不起眼的小小种子，随后就生根、发芽和破土而出，随着岁月之流逝，便逐渐成长为参天巨木。它根深蒂固、枝繁叶茂、生机勃勃，历经千秋万载而永不枯萎，成功地庇护了一方辽阔水土及这方水土上的芸芸众生。

2500年之后，重新感受一个大时代的精神真谛，或许使自己的灵魂因此而受到崇高的洗礼而不致向下沉沦。

只有深切地了解一个时代的高尚和伟大而不是专注于下流和渺小，只有正确地理解一个时代的思想精华而不是咀嚼于文化垃圾，人类的心灵才会为之而舒展、而从容、而开阔、而升华、而光芒四射；反之，则萎缩、则紧张、则狭小、则沉沦、则暗淡无光。须知，一个国家的命脉从来都不是也没有被把持在一伙自命不凡的独裁帝王手中，尽管他们往往乐于这样来认识自己——犹如一些在泥塘里打滚却误以为自己是可以翻江搅海的龙王的泥鳅一样——而是被存留在一些高尚者的心灵深处，从这里涌现和喷放出来的一言一行，都是用点点滴滴的生命血浆所酿成的宇宙精华。

一个英雄辈出的时代，同时是一个盲目和残暴的时代；而一个圣者出现的时代，才是理智和智慧的时代。人类惧怕英雄也就理解了英雄，天下英雄在世之日都成为正义和真理的化身；人类尊重圣者便也就讨厌着圣者，天下圣者在自己的存身之日，都不免若惶惶丧家之犬，死后却香烟缭绕。然而，历史的脚步，正是在英雄与圣者的挨肩擦臂中恍然而去，它步履匆匆，甚至来不及给庸俗及下流者留下投机取巧的孔隙。

回顾不断飞逝而去的历史往事，人们可以惊异地发现，正是那些时代精灵们的那些可笑的抗拒时代潮流的迂腐行为——而不是所谓雄才大略和哗众取宠——才会使一个健全民族中的健全人民从中获得灵性的启迪和生命意义的真正豁决。一个富有道德自律性的文化民族，一个具有强大生命力的历史国家，也许根本就无须过多地攫取空间和占有时间，时间和空间都终有耗竭和穷尽之时日。但只要拥有了一名真正意义上的道德伟人和思想巨人，就会形成为不可摧毁的伟大力量。在宇宙洪荒的无穷进化和演变之中，在汹涌澎湃、浩荡不息的历史长河之中，永远也不会沉沦。

下面，我们将追随着孔子的马车融入那个悲壮而惨烈的历史画面之中，去领会那个至今仍跳动着强烈脉搏的特殊岁月，去感受一辆简陋且破败的马车是怎样抗衡和冲击了一个苍白惨淡的时代！

风雪依然，在凄冷的苍穹下，万物都一派萧索。

天地茫茫，大路漫漫，没有开端亦没有止境。

马车渐行渐远……

这是公元前498年，孔子54岁。

一 · 和谐中求生存

辞别故国

转眼就到了第二年春天，这是周敬王二十二年，鲁定公十三年，卫灵公三十八年，亦即公元前497年4月（夏历二月）。鲁中大地冬去春回，天气骤然变暖，天地万物都呈现出一派欣欣向荣的景象。

此前，孔子一行一直逗留在鲁国靠近卫国边境线上的一个叫做屯的地方，并没有迅速离境。孔子为什么迟迟数月仍然徘徊在国境线上踌躇瞻望？是因为马车的行进速度太慢？有时甚至还不如步行，但这并不是主要原因；是因为春夏之交的道路泥泞难行？尤其在一处叫做大野泽的地方，耽搁的时日不能算少，但也不是主要原因；实在是孔子对鲁国怀有深厚的感情，也还对鲁国的当权者们残留着一丝幻想。无论鲁国对待孔子如何，却毕竟是他的父母之邦，如果鲁君和三桓能够回心转意，孔子还是愿意与他们继续合作下去的。就事论事，孔子的王道理想之实现，也确实以鲁国最为适宜。40多年前，晋卿韩厥使鲁，曾观书于鲁太史，在观瞻了易象与春秋之后赞叹说："周礼尽在鲁矣。"（《左传·昭公二年》）所以，尽管子路多次催促动身，孔子却回答说：

> 鲁今且郊，如致膰乎大夫，则吾犹可以止。
>
> （《史记·孔子世家》）

为什么一定要等到郊祭之后，子路以及大多数弟子都不能明白，但颜渊却十分清楚夫子的用心，他对子路说：

按照郊祭的惯例，当祭祀事毕，主祭的国君要给在朝执政的士大夫每人送上一块祭祀用过的烤肉。赠肉，说明朝廷仍把这位士大夫当作国家的股肱之臣；如果朝廷没有送上这份烤肉，就说明已经不把这个人作为国家的栋梁了，所以，通过赠肉与否可以看出朝廷的意图。据说鲁国今年的郊祭定在了春分这一天，尔等无须再催逼夫子，等春分一过，我们马上可以动身去卫国，也许可以返回曲阜了。

子路愕然道：

我听说郊祭之礼，一般是在冬至这天进行，《礼记》谓：

> 郊之祭也，迎长日之至也，大报天而主日也。……万物本乎天，人本乎祖，此所以配上帝也。郊之祭也，大报本反始也。
>
> （《礼记·郊特牲》）

颜回笑道：

郊祭之礼是夏代的传统，当然以夏代的节气进行，不仅是冬至，有时也安排在夏至。本来郊祭是天子专擅的祭祀活动，但因周公有大勋于周，故鲁国享有与天子同样的祭祀权力。郊祭本来应该是有固定日期的，但自殷商及西周先后改朔以来，因建月不同，致使天文、节气、月份、时令都不能一致，故郊祭的日期也不得不随之而变异。尤其春秋以来，郊祭在时间方面已经没有什么限制了。

春分已过，孔子仍然耐心地等待了三天。第四天上午，孔子忽然吩咐大家准备起程，众人皆不解其故，只有子路暗暗佩服颜渊的心思敏捷而且善于揣测夫子的心理，难怪夫子对他总是另眼相看。

孔子和他的弟子们都是轻装简行，每人不多的几件衣物以及炊具杂物，立刻就可以装束停当，只是搬弄那些竹简帛书以及陶制礼器颇费了些力气。当孔子徐徐走出客栈时，一切都早已准备就绪了。

孔子用双手扶正了自己的方型冠冕，最后回望了一下春意盎然的故国大地，正要登车，只听得远处传来了一声呼叫！

孔子寻声望去，只见在不远的大道上，一辆轻便简易的马车，正在向自己所在方向疾驶而来。春日到来后，车子已撤去了皮革帷幕，所以，孔子早已看到车上的人影，那正是季孙氏的家臣师己。孔子心中不禁涌起了一阵波澜，莫非是鲁君或季孙派此人送烤肉来了？如果那样，自己还走不走呢？

千思百虑之际，师己的马车已经驶到了面前。孔子怀着一种复杂矛盾的心情期待着。如果人们想到，以孔子的身份、地位和高贵的人格，居然是期待着一块烤肉的出现，千古之后也还令人感到辛酸。

双方依照例行礼仪，下车互相见礼后，孔子已经感到心中有些发冷，他没有看到师己手里有肉，就知道自己与鲁国的缘分已经彻底地结束了。这样也好，免得自己总是对家乡故国存留着过多的情感。

原来，师己是代表季孙来替孔子送行，这对孔子来说，仿佛一记闷棍打在天灵盖上。这不是明明白白地驱逐我吗？这当然不能怪师己，这根本不关他的事。师己是个老实本分的好人，他以个人身份一再向孔子表示深深的歉意。

夫子则非罪。

（《史记·孔子世家》）

意兴阑珊的孔子听了师己这句很有感情的安慰话，心中已觉宽慰了许多。他对师己的理解和远道前来送行表示了衷心的感谢。随后，孔子郑重地从车子上拿出了一把斑驳陆离的古琴，满面春风地问师己：

足下有兴趣听我唱歌吗？

师己以及众弟子都怀着极浓厚的兴趣，欲听夫子在这样的时候，究竟以一种怎样的心态来唱怎样的歌？

优雅的琴声徐徐响起，悠悠扬扬地飘荡开来，就仿佛具有巨大的穿透力及亲和力，顷刻就切入到了春天的气息中，与和煦的春风融合之后便相互激荡，一下子就压倒了艳阳普照的满院春色。

这时，一阵清亮的歌声响起，众人都竖起了耳朵倾听，不觉沉浸在荡气回肠的激奋之中，只听歌中唱道：

彼妇之口，可以出走。

彼妇之谒，可以死败。

盖优哉游哉，维以卒岁！

（同上）

琴声凄婉，震撼万物；歌声豪迈，催人远行。师己情不自禁地流出了眼泪，弟子们则仿佛听到了催发的战鼓，都神情亢奋地准备踏上征途。即使征途的前面就是陷阱和牢狱、坟墓和死亡，他们也义不容辞。

人口增加之后

无论春秋后期的列国关系如何复杂恶劣，鲁、卫两国在大多数时候都算是友好邻邦，所以，国境线上也总是一派平和气象。孔子一行人根本无须办理什么入境手续，马车就已经行驶在卫国境内了。

本来，孔子是执意要与弟子们一同步行而不肯独自乘车的，但弟子们一致认为，刚刚到达了卫国的地界，应该讲究一点体面。孔子毕竟是鲁国尚未卸任的大司寇，乘坐一辆简陋的马车已颇见寒酸，如果与弟子们一同步行在马路上，就不仅有失等级上的体统以及鲁国的国家尊严，而且会给他人造成一种逃难一般的感觉。孔子是一个讲究兼善天下的圣者，当然并不在乎什么逃难感觉这些琐碎问题，但涉及等级礼仪和国家尊严，他便不得不郑重考虑。于是，他采纳了弟子们的意见。

冉求的驾驭技术很娴熟，马车十分平稳而不疾不迟地行进在卫国东部的大道上。春风微拂、艳阳高照、晴空万里，孔子连日来的烦闷心情也一扫而光。他正襟端坐在马车上，神态优雅地侧顾左右，卫国的国家治理情形也就一目了然了。在此之前，孔子并不是没有出过国，他几乎从少年时代就为了生计而不得不奔波于列国之间；中年的时候，为了获得礼仪方面的知识，曾经西去洛阳，向老聃先生问礼；随后，又紧跟在鲁昭公之后，避乱去了齐国。在齐国，孔子不但见到了齐国的君主齐景公，会见了齐国名相晏婴，还在齐国的著名乐师那里有幸聆听到了已经失传的韶乐。

孔子自幼丧父，与寡母相依为命，从小根本没有得到学习的机会，他之所以能够成为中国历史上空前绝后的伟大学者，完全是靠着自学而成大才，而勤学勤问则是其中最重要的步骤。

据孔门弟子后来的回忆：

子禽问于子贡曰：夫子至于是邦也，必闻其政，求之与？抑与之与？

子贡曰：夫子温、良、恭、俭、让以得之。夫子之求之也，其诸异乎人之求也与！

（《学而》篇）

每到一个国家，孔子并不是去寻找赚钱机会或去游山玩水，而是到处打听该国的政治状况及民间习俗。所以，卫国的治理情形，孔子在入境之后，经过随意浏览，就已留下了深刻的印象。

不由得感叹地说：

卫国的人民看起来很多啊！

正在驾车的冉有，闻言心中一动，急问道：

人口增多之后，是不是要增加些什么呢？

孔子答曰：

当然是要让人民生活富裕起来了。

冉有接着问：

人民富裕起来之后，还要增加些什么呢？

孔子毫不犹豫地答道：

还要对他们进行教育啊！

子适卫，冉有仆。

子曰：庶矣哉！

冉有曰：既庶矣，又何加焉？

曰：富之。

曰：既富矣，又何加焉？

曰：教之。

（《子路》篇）

冉有闻言，深深感到这短短几个字之中，其实包含了治理国家的至为深刻的道理。增加人口不只是为了单纯的军事目的，也不只是为了强迫他们为国家而奉献徭役和赋税，国家的根本任务是使人民获得富裕；富裕也并不是仅仅在物质上获得满足，而是在人民获得富足之后，再提高他们的文化知识。经过这样的几个步骤之后，一个国家才会拥有一个具有高度精神文明的国民群体，才算是一个名副其实的强大国家。

冉有又问道：

然则，在当今武力流行的世道里，一个既富裕又讲究礼仪的民族，恐怕很难在强国大国之虎视眈眈下安然无恙。那些既贫穷又缺乏教育却很强大的国家，始终把目光瞄准了这些富国，所以，要让一个礼仪国家存在，就不能完全放弃武备。夫子以为如何？

孔子微笑说：

国家进行较为积极的武备自然是必要的，不要说在当今的时代，就是在礼仪流行的时代，一个独立国家也不能没有武备。在一个暴力流行的时代，如果放弃了武备，无疑是自掘坟墓。而且，即使是一个讲究礼仪的民族，也不都是些文弱书生，关键是，应该提倡一种怎样的武备？就一般的情形而言，人民在经过几年的正确教育之后，会获得一种保护自己国家的责任心，这时，国家就具有反击任何强敌的力量了。

善人教民七年，亦可以即戎矣。

（同上）

冉有问道：

善人教民七年？是不是应该问一下这个善人教的是什么东西？如果教的仅仅是礼仪、仁义、孝道，弟子看还是难以派上战场的，岂不闻"书生遇见兵，有理说不清"的老话，让文质彬彬而入孝出悌的人到战场上去拒敌退敌杀敌，岂不是为渊驱鱼？

孔子道：

汝之所言是对的，善人教民，如果教的仅仅是行为礼仪以及善良的品行，当然是无法抗衡强暴的。所以，

以不教民，战，是谓弃之。

（同上）

书生当然不是士兵，但不等于不能成为一名优秀士兵，而训练出一名合格的士兵并不比教育出一名书生容易，合格的士兵并不只是武艺和力量。所以，上面所说的意思是：如果不对人民进行任何军事训练，就将之投入战场，就等于让他们去白白送死。

卫国的土地

春风吹拂着中州大地，卫国境内的道路状况很好，平坦宽敞整齐。大道两旁的榆树、槐树、白杨树、柳树、榕树，都各自盛开了一树树的花朵，各种不同的花香温温柔柔扑进了人们的鼻孔里，透入到心扉中，令人心中升腾起一种懒洋洋地异样感觉。

对于这块土地，孔子真是太熟悉了。刚一进入卫国境内，他的感觉就好像回到了久别的家乡一样，非但一点也不陌生，反而油然生出一种非常强烈的亲切感。孔子并不是第一次来卫国，卫鲁两个国家距离这样近，分封和立国的时间也差不多，从民间社会的风情民俗、礼仪习俗直到国家的政策法律都没有多少差别。而且，两国边境上的限制也比较少，根本不像齐鲁边境，有那样长的一道长城横跨东西，只从表面上就可以看出两个国家的彼此警戒，而且边境上的盘查也相当严厉。

鲁卫之间的边境线很长，却几乎从来也没有设置任何人为的障碍，长期以来，两个国家的人民可以像走亲戚一样自由地穿越国境走动。所以，孔子从少年到中年，曾因公因私多次到过卫国，在他的心底深处，也从来没有把卫国当作不同的国家，只是作为自己的另外一个去处而已。但从中年之后，准确地说，自从34岁那年西去洛邑会见老子途经帝丘之后，就再也没有到过卫国。这20年来，孔子实在是太忙了，居然忙到荒疏了这一片与自己有着特殊感情的热土，他为此感到心里有些歉然。

是的，无论孔子自己承不承认，但埋藏在他内心深处的故国情结始终是存在着的，并且随着对东周中央政府及鲁国当局的日益失望而愈来愈浓烈。追本溯源，孔子对卫国的爱恋，不能不伸延到一段非常遥远的历史岁月之前。人们也只有通过对历史的准确领悟并能够穿透弥漫的岁月云烟，才能够发现一个富有饱满感情的真实孔子。

原来，卫国所在的土地，正是原来殷商帝国的京畿之地，上距孔子560多年前的殷周牧野之战，就发生在距离朝歌西门外的30多里的地方（河南汲县西南25里）。20年前，孔子在去洛阳途中，曾以一个遗民的身份专门去凭吊了这个著名的古战场。

朝歌，曾经是强大的殷商帝国的晚期国都，虽然仅仅经历了商纣王一代君王的建设，但适值殷商帝国处于强盛繁荣时期，国家的土木建设亦分外追求雄壮和堂皇，所以，朝歌城不但规模恢弘庞大，且气势磅礴、美奂绝伦。殷商覆灭之后，周武王封纣王之子武庚于此，大体上拥有原来帝国京畿的规模，以延殷祀。后来（公元前1063年）武庚偕同西周三叔以及商奄旧地的诸侯举行反周叛乱，周公亲自率兵弹压，诛武庚及三叔，并取消了殷人对商奄地区的占有权，另外封微子于宋（公元前1060年），以延殷祀。具有重要地位的殷商旧地，则被分封给本来在康地的康叔。据史书记载：

> 分康叔以大路、少帛、綪茷、旃旌、大吕、殷民七族……封畛土略，自武父以南，及圃田之北竟，取于有阎之土，以共王职，取于相土之东都，以会王之东蒐，聃季授土，陶叔授民，命以康诰，而封于殷虚。
>
> （《左传·定公四年》）

作为周族近亲贵戚的封国，卫国占据了宗周之外最重要也最发达地区，一时间地位尊崇、显赫无比，这样的好日子大约维持了400年之久。但进入春秋时代不久，卫国的厄运就接二连三地出现，偏偏卫国自从那位长寿且长袖善舞的卫武公（他活了95岁的高龄，在位55年，是见诸史书记载中最长寿的国君）辞世之后，后来临国执政的国君一个比一个无能，在日益剧烈的列国争霸战中，卫国每每处于下风。

公元前660年，当时执政的卫君是历史上以荒唐著名的懿公。他是一个极富浪漫性格和生活情趣的君侯，有着文人或诗人一样的性格、嗜好和雅趣。他对仙鹤和女人的兴趣显然超过了大臣和男人，断然把鼎食、安车、肥马以及国家的爵位，都毫不吝啬地奉献给了仙鹤和美女。这样，当一支来自北方的狄人军队进攻都城朝歌时，大臣、武士和国人都袖手作壁上观，等待着懿公以仙鹤和美女退敌。仙鹤与女人当然不能执干戈而卫社稷，结果，狄人一鼓作气攻破了城池，杀懿公及仙鹤，掠走了所有女人和财帛，屠戮光了青壮男人，最后以一把大火烧掉了朝歌，灭亡了卫国。

卫国亡国之后所以还能够东山再起，是借助于当时特殊的国际环境。中原国家中正好出现了一个急公好义的霸主——齐桓公，他打着"尊王攘夷"的旗号，组成了当日中原各国之间的国际联盟，十几年来确实为中原各国做了许多救死存亡的工作。但各国诸侯如果不是被戎狄打上了国门，却还不太承认戎狄的厉害，齐桓公苦于没有鲜明生动的事实来教训一下那些狂妄而不知死活的诸侯们。所以，卫国所出现的亡国事件，正好成为齐桓公用来对列国诸侯进行形势教育的绝妙教材。卫国（还有邢国和杞国的情形也是如此）的亡国（如果它一定要灭亡的话）可谓发生得恰到好处。

随后，齐国立即联合宋国共同收容了卫国散落在外的逃亡难民，仅招集起730人；再从两个附庸小国——共和滕——的人民中分出5000人，重新在卫国旧地建立了卫国。国家建立之初期，暂时居住在一个叫曹的地方，齐桓公赠送了乘马四匹，祭服五称，牛、羊、豕、鸡、狗各三百，以为卫国君民日常生活之用品。两年之后（公元前658年），齐桓公率领诸侯为卫国修筑了楚丘城，卫国在这一年算是正式复国。

大概是卫国的地理位置实在过于重要，卫国在楚丘立国后的29个年头里，根本没有一天好日子过。楚丘（河南滑县东南60里）实际上是紧贴着黄河之南的一小块黄土高坡，迁居此处的卫国人民时时刻刻眼看着黄河那一幅浊浪汹涌、泥沙俱下、气象万千的样子，就好像生活在风口浪尖上的渔民一样，心里怎么也无法踏实下来；而且，北方戎狄仍骚扰如故。公元前629年，屡屡尝到了破城甜头的狄人又包围了楚丘，欲再次获得破城后的丰厚收获。但这次卫国显然已经不敢托大，眼见得自己根本不是狄人的对手，就主动地撤离了楚丘，把一座空城留给了做着好梦的狄人。

卫国不得不再次迁都到了帝丘（河南濮阳西南30里），这里是中国古代文明的重要发源地之一。远在2000多年前，曾经是五帝之一颛顼（黄帝之子）的帝王之都，在史书上充满神奇功能的颛顼大帝曾使这里成为当日天下共同朝拜的政治文化中心。三代以来，这里虽已成为一片废墟，但兴胜之地，总还保留些大都会的余脉。

现在，孔子的马车四平八稳地逼近了帝丘。

三年获得成功

在当日中国残存的诸侯国家中，尽管卫国屡遭重创，已经有些破败不堪。但在孔子论资排辈的眼里，仍然是很有分量的国家。而且，孔子并不认为自己的主张与国家实力之强弱有什么关系，只要实现了他所设计的政治蓝图，小国、弱国、穷国马上就会变得富庶而且强大。孔子还认为，按照西周分封制度中的尊卑辈分，勉强够资格来着手进行先王之道实验的国家，除了鲁国就是卫国了，其他新近崛起的强国，孔子并不放在眼里。所以，当孔子远远望见卫国国都帝丘高高的城墙时，不免显得有些激动。鲁国变法失败之后，他对卫国寄予了很高的期望，尤其在旅途中，看到卫国的国家治理情形似乎很有章法——他当然不知道公元前660年之前的老卫国是什么样子，就现在的卫国来说，国家规模和社会发展程度并不比鲁国齐国以及宋国逊色。所以，孔子更加增添了无穷信心，他满怀豪情地对冉有道：

> 苟有用我者，期月而已可也，三年有成。
>
> （《子路》篇）

孔子的看法也许并不错。卫国自从迁都帝丘之后，国力确实恢复得很快。从公元前629年至公元前497年，一共也不过132年的时间，卫国不但已经恢复到旧日的人口数量，除了黄河以北的土地经常成为晋国的掠夺目标以外，黄河以南的疆域则大致恢复了旧有的规模。而且，都城帝丘的繁荣进步，不但远远胜过了昔日的临时都城——楚丘，也胜过了当年的故都——朝歌。经过卫国人民100多年的艰苦卓绝的奋斗，帝丘已经俨然成为中原地区最为著名的大都会之一，由于地理位置的重要以及水陆交通的便利，许多重要的国际会议都在这里召开，卫国依然是个很有分量的国家。

一辆破旧马车上正襟危坐着一位神情肃穆、气象庄严的老人，卫国的老百姓看不出这个人究竟属于什么身份？什么地位？看神态和举止则犹如王侯一般尊贵，但王侯怎么能乘坐一辆如此破旧的马车？后面居然跟随着二十几个装束不一、年岁不一的人。这样的一支队伍无论走到哪里，都会成为奇观。越是接近帝丘，大道上的车马和行人越多，向孔子一行投来的目光也越多，目光中无不带着浓浓的疑惑。

转瞬，马车来到了帝丘的东大门，就见城门下已经有一大簇人等候在那里，他们一看见马车，就急忙迎上前来。孔子在很远处就已发现了这个人群，而且认出了其中几个老朋友，他们是：卫大夫王孙贾、卫公子荆、卫大夫公孙拔、卫大夫宁俞、公明贾等，至于子路的连襟弥子、妻兄颜邹（或曰颜雠由）等一干人众，孔子都还不曾相识。孔子急忙提前立起身来，执绥而正立于车上。待车距离迎接者大约一箭之地，孔子便吩咐停车，然后，徐步走下车来。这期间，迎接者也刚好赶到车前，时间把握得真是间不容发、恰到好处，孔门弟子自是见多不怪，迎接者则面露赞许之色。

王孙贾带头走到孔子面前，双方行礼如仪后，便是相互寒暄。迎接者先向孔子一行道乏慰劳，然后表示热烈欢迎，孔子则向迎接者表示衷心感谢等等。这时，公孙拔走到前面，向孔子小声地说：

敝国君本来是要亲自欢迎夫子的，不巧，前数日与齐侯有约，现在率军到边地垂葭去了，大约月底才能回来。

孔子惊问道：

两国会盟，为何要率领军队赴嘉会？

公孙拔长叹一声道：

夫子莫怪，此处不便谈话，容后详谈。

孔子见状，也就不再追问。

接下来，王孙贾便问起孔子的日程安排以及住宿等等。

卫大夫宁俞以及卫灵公的近臣弥子瑕都表示自己的居所宽敞，足以容纳孔子一行。

孔子一一谢过了众人的好意之后说：

小徒子路早已与他的妻兄颜陬大夫联系过了，颜大夫已经应允，我等暂时就寄住在那里，不必有劳诸位了。

颜陬走上前来，先与子路相互问候，然后恭身向孔子问安。

于是，众人相互告别后，孔子一行搭乘颜陬带来的几辆马车，直向颜府驰去。

远虑与近忧

孔子抵卫的消息，在帝丘不胫而走，引起了卫国朝野间的不小轰动，连日来慕名而来的拜访者络绎不绝，以至孔子略无闲暇，对卫国的一些老朋友反而找不出时间来叙谈了。这一日晚饭过后，孔子便与弟子们聚在一处，专门讨论卫国的内政问题。

原来，昨日下午，卫大夫公孙拔特地前来颜府拜望孔子，在交谈中隐隐约约地告诉孔子，卫君与齐侯在垂葭的会面，并不是什么缔结友好盟约，而是相约去联合讨伐晋国。

孔子闻言大惊，这个消息如果不是由忠厚稳重的公孙大夫透露，他怎么能相信？目前晋国虽然因卿大夫之内讧，国家颇伤了些元气，但虎病雄风在，晋国还不是卫国这样的小国所应该招惹的。也许齐国去掠掠虎须尚可令人理解，它毕竟与晋国国力相若，卫国的举动则无论如何都令人匪夷所思。公孙大夫谈起来，也是不住地叹气。

公孙大夫又接口道：

这100多年来，敝国虽然在经济上获得了一点进步，但国家政治却始终没有纳入正轨。在目前这样的大国争霸局面下，卫国能够勉强生存，已实属万幸。不要说晋国这样的大国是万万得罪不起，就是宋国、郑国这样的中等国家也是万万不能主动去寻衅的。敝国君近年来频频有些出人意表的越轨举动，在四邻已经树敌不少了。发生了这样事情当然怪我们这些做大臣的，不但没有一点眼光，而且时时想入非非。

孔子问道：

然则战事进行得如何？

公孙长叹道：

事实上，近忧现在就已经来了。据昨日从垂葭前线赶回来向夫人报告消息的一个官员所反映的情形：

> 十三年春，齐侯、卫侯次于垂葭，实郹氏，使师伐晋，将济河，诸大夫皆曰不可，邴意兹曰：可。锐师伐河内，传必数日，而后及绛；绛不三月，不能出河，则我既济水矣。乃伐河内，齐侯、卫侯皆敛诸大夫之轩，唯邴意兹乘轩。齐侯欲与卫侯乘，与之宴，而驾乘广，载甲焉。使告曰：晋师至矣。齐侯曰：比君之驾也，寡人请摄，乃介而与之乘，驱之。或告曰：无晋师，乃止。
>
> （《左传·定公十三年》）

以孔子的修养，听了公孙大夫这一段绘声绘色的描述，也不觉莞尔而笑。但孔子是讲究礼仪的，尤其在国际间的交往活动中就更加注意讲话的分寸，公孙拔虽然对卫灵公的举动感到不满，却没有进行任何道德意义上的指责，可见卫灵公这个人还是有些意思的。自己要在卫国施展宏图，当然要注意自己的言行，避免授人以柄。

见孔子不语，公孙拔只好自己开口道：

其实，这次战事的发生，倒也不能全怪敝国君鲁莽冲动，晋国本来是近百年来各国衷心拥戴的中原霸主，但它现在无论在各方面的表现都实在很差劲，对南方楚国、吴国的横行霸道一味妥协退让，致使江汉两淮间诸国纷纷覆灭。当下晋国内部六卿专权，晋君失柄，政出多门，对各小国、弱国不仅横征暴敛，且飞扬跋扈、盛气凌人。

孔子道：

何以见得？

公孙拔道：

不知夫子是否知道发生在周敬王十八年的一件事？这桩丑闻使鄗国人民和鄗国君从此与晋分道扬镳。

孔子大感兴趣地问道：

公孙先生能否讲来？

公孙拔侃侃而言：

　　（周敬王十八年，鲁定公八年，卫灵公三十三年）晋师将盟卫侯
于专鄄，赵简子曰：群臣谁敢盟卫君者？涉佗、成何曰：我能盟之。
卫人请执牛耳，成何曰：卫，吾温原也，焉得视诸侯？将歃，涉佗捘
卫侯之手及腕，卫侯怒，王孙贾趋前曰：盟以信礼也，有如卫君，其
敢不唯礼是事，而受此盟也？卫侯欲叛晋，而患诸大夫，王孙贾使次
于郊，大夫问故，公以晋诟语之，且曰：寡人辱社稷，其改卜嗣，
寡人从焉。大夫曰：是卫之祸，岂君之过也？公曰：又有患焉，谓
寡人，必以而子与大夫之子为质。大夫曰：苟有益也，公子则往，群
臣之子敢不皆负羁絏以从？将行，王孙贾曰：苟卫国有难，工商未尝
不为患，使皆行而后可。公以告大夫，乃皆将行之。行有日，公朝国
人，使贾问焉曰：若卫叛晋，晋五伐我，病何如矣？皆曰：五伐我，
犹可以战。贾曰：然则如叛之，病而后质焉，何迟之有？乃叛晋。晋
人请改盟，弗许。

　　　　　　　　　　　　　　　　　　　　（《左传·定公八年》）

　　晋国的公卿大夫如此无礼于敝国君，当然是卫国的奇耻大辱，无论卫
国如何弱小，毕竟是天子册封的独立诸侯国家，不是晋国的附庸，晋国如
何可以如此蛮横无礼，岂非欺人太甚！所以，举国哗然。
　　而且，齐国这几年一直挑唆卫晋之间关系，它试图借晋国衰败而有
所作为。这次伐晋，本是齐侯的主意，但根据敝国掌握的情报，他对晋国
根本就畏之如虎。按照兵法常例，两国大军师次垂葭，理应迅速抢渡黄河
天险，在晋军主力赶到之前，则卫国的河内之地唾手可得。但齐侯胆小如
鼠，晋军尚且未到，自己已经心寒胆裂，如此讨伐，不过自取其辱而已。
以夫子高见，晋国对此次事件，会善自罢休吗？
　　孔子叹道：

　　人无远虑，必有近忧。

　　　　（《卫灵公》篇）

　　听了这区区八个字，公孙拔已经感到非常满意。孔子不是别人，他

的这八个字已经把什么内容都包括进来了，公孙拔为之心折。孔子无意过多表示自己的看法，这是对的。一个暂时寄住异国的客人，对别国的事情还没有多少了解，就妄发议论，此为孔子所深厌之。公孙拔自然也不能在背后对自己的国君枉自非议，接下来的谈话也就没有多少实际内容了。随后，交谈了一些风土人情，公孙拔即告辞而去。

你是精美的器具

这一日黄昏，孔子刚刚用过晚饭，正闭目作息。颜回蹑手蹑足地来到孔子身旁，向孔子附耳道：

颜陬先生求见。

孔子急忙敛衣正冠，吩咐有请。少时，只见颜陬与几个人快步走进房间，弯腰致礼。

孔子与颜陬见过礼后，便不再理会其他人，他的目光紧紧盯在一个青年人的身上就再也没有移开片刻。只见这青年大约二十三四岁左右的年纪，身材适中、步履稳健、衣饰光鲜，但这些都不是孔子所留心之处，他看到的是：该人五官周正、器宇轩昂、目光炯炯、神采飞扬，于举手投足之间，处处流露出了令人赞叹的聪明伶俐。

孔子在见面的一瞬间，感到这个青年真是可爱极了。

颜陬见状，急忙上前介绍道：

这位是敝邑近年出现的青年才俊，复姓端木名赐，字子贡。子贡的聪明才智，在鄙国远近闻名，且饱读诗书、富有韬略，为敝国学界新星；此外，子贡在敝国商界，也颇为知名。闻夫子驾临敝邑，特来求见。

这时，只见子贡跨前一步，翻身拜倒在地，双手奉上一物。

孔子见了这个小包，不觉颔首微笑。原来子贡奉上的小包，并不是什么珍贵东西，只不过是十束腊肉而已。十束腊肉是孔子招收学生的微薄学费，所以，主动奉上腊肉，其用意也就相当明确了。孔子对于子贡此举相当满意，从子贡刚刚进屋，孔子就看出了他的底蕴，这不仅是个极其聪明的人，而且颇富财帛。这样身份的人，孔子当然见过许多，他们往往以大方的出手试图进入孔门，却都被孔子婉拒了，办教育决不是讨饭吃，那些暴发户们都看错了孔子。现在，子贡以极恭敬的方式献上符合礼数规定的束脩，孔子感到很愉快，他觉得自己一双观察人的老眼还没有昏花。

本来，孔子已打定主意，在流亡中不再招收弟子，他感到自己没有办法在旅途中进行正常教学，如果不能教学而招收弟子，不是误人子弟吗？现在，从一看到子贡时，就已经从心里把他认为自己的弟子了，他感到与子贡有一种天然存在的师徒感情，所以，孔子就不得不破自己的例了。

孔子对子贡的行为举止感到很满意。子贡的感觉也几乎与孔子的感觉一样，在进屋的刹那间，就情不自禁地被一股强大的气势所震慑，这是他20多年的人生经历中所不曾出现过的。子贡自幼聪明过人、语言滔滔，又精于计算和运筹，从20岁涉足商场，至今不过三四年时间，已俨然为一方豪富。所以，他在平日里的表现，也颇有一种盛气凌人的气势，这是所有成功者普遍存在的东西。但从看见孔子的瞬间，他知道自己今后的一生就属于这个人了，他感到这位面目慈祥而神态威严的老者身上喷发出一种人类最崇高的精神，他眼下还说不出这是什么精神，但他已经被陶醉甚至征服了。他忽然感到自己的精神一时出现了一片空白，自己难道会迷失了自己？他感到有些慌张，不禁问道：

赐也如何？

（《公冶长》篇）

他听到了一个深沉的声音说：

女器也。

（同上）

子贡疑惑地问道：

何器也？

（同上）

同样的声音回答道：

瑚琏也。

（同上）

这不啻为当头棒喝！子贡猛然觉得心头泛起一阵剧烈的颤动，他预感到自己以往那种跨州越国、结骑连驷、纵横四方的商旅生涯连同那种声色犬马、斗富夸豪、一掷千金的生活马上就要结束了，也许自己很快就会追随着这位看起来有些穷困潦倒的人奔向一个新的世界，开始新的人生，那里是什么？有什么？结果是什么？他觉得根本用不着自己去进行认真思考，他只知道，面前端坐着的这位老人会把他带入一个崭新的天地之中，那里面存在着宇宙天地之间的一种最伟大和神秘的东西。

卫灵公的野心

卫灵公悻悻地从前线归来，自己的心里不免有些灰溜溜的感觉。出发时，他曾有意选择在一个热闹非凡的下午召开誓师大会，回来时却心虚地等到了晚上。所谓乘兴而来，败兴而归，说的大概就是这种情形。

一个月的时间过去了，孔子早已知道卫灵公从前线扫兴归来的消息，却始终没有得到来自朝廷的任何消息，也没有得到灵公的召见。而且，本来经常到这里来走动的一些卫国士大夫也逐渐来得稀少了。孔子不仅心中烦闷，卫灵公当然不会不知道自己已经到达卫国很长时间了，他为什么这样久没有召见自己呢？难道卫灵公是一个只知道逞勇斗狠的莽夫，并不想从根本上振兴卫国？

孔子的处境一如在鲁国时。转眼春去夏来，天气已经日趋炎热，卫国朝廷里一点与自己有关的动静都没有，孔子一时不觉有些心烦意乱。临行匆匆，准备的川资并不丰厚，现在拖累了这样一大群人，都寄住在颜家，虽然颜大夫始终招待得很热情周到，但终究不是长久之计，颜大夫位置不高，毕竟财力有限。孔子感到这次卫国之行，前景并不令人乐观。幸好，新入门的弟子子贡颇饶财货，见到孔子手头日见拮据，又知道夫子的脾气，不敢直接奉献财货，只好时时间接地对颜家进行关照。众弟子都知道子贡的资助，只有孔子一人蒙在鼓里。

卫灵公虽然为人冲动鲁莽却并不懵懂，他当然早已知道孔子来到了卫国，而且知道孔子在卫国这一段时间的所有活动，他不但知道孔子一行到达的日期以及时辰，连孔子一行的住宿场所、孔子对卫国以及自己此次出征的态度，甚至也完全明了孔子来卫国的意图。卫灵公本来是个好奇心很重的人，非常想早点见见这位名动天下的当代圣人，或许他真的能指出一些振兴卫国的良好建议也未可知。甚至他此次与齐国进行的联合军事行动，也主要是为了会见孔子而谋划的，他非常希望自己通过这次军事胜利而获得孔子的赞扬，进而使孔子一心一意地辅佐自己。但自己的这次军事行动实在是丢人现眼，他不但不好意思见到孔子，甚至连自己的大臣也不愿意看到。卫灵公同时也是个自尊心很强的人，所以好奇心遇到了自尊心也只好退避三舍。所以，从前线归来后的几个月里，他几乎日日都泡在了内宫里，什么人也不见。

二十几年来，卫灵公为了提高卫国在国际上知名度，为了使卫国恢复几百年前的一流大国地位，曾经多次亲自率军进行远程征战，认真说起来，也可算是鞍马劳顿、功在社稷了。但令卫灵公，也逐渐让国人扫兴的是，这一系列军事行动除了造成国家财政日益拮据外，并没有使国家获得任何实惠，却把自己折腾得够呛，精力身体都每况愈下了。这些日子与南子夫人及众姬妾在一起厮混，颇觉得舒心惬意。

孔子，是无论如何要尽快见一见的，卫灵公在心中不断地提醒着自己，这样重要的一位国际名人、礼仪大师既然已屈尊来到了卫国，不管他是否对卫国有实际用处，但如果长期冷落在一边，难免要引起国际上以及国内舆论的议论纷纷，这个远贤良的罪名自己无论如何也担不起，也不必担。这一日，他吩咐身边的弄臣弥子瑕，迅速安排与孔子会面的时间。卫灵公一旦恢复了自信心，就希望尽快见到孔子。

数日后，神色黯然的卫灵公与神情肃穆的孔子，已经面对面地坐在了一起，自然是卫灵公在面南的上位就座，而孔子则在面北的客位就座。双方位置相对，便互相善意而友好地打量着对方。

卫灵公一看到孔子，就在心里暗暗称奇。他是个喜欢武力、也努力追求强大威猛的人，生性不能安分，只看到了孔子的九尺六寸身高，就觉得很了不起，且不论其他方面的才能，卫国的士大夫里就没有一个有如此身高的。看到孔子，也还没有等到孔子说话，卫灵公就感到自己简直是在宫廷里养活了一群侏儒和废料，国家怎么强大得了？

接下来，卫灵公就感觉到了孔子身上所散发出的一种逼人气势，他说不好那究竟是一种什么东西，只是感到了一种前所未有的压力，这种压力充斥四周，甚至流动在空气之中。他久经沙场，也算得上见多识广，却一时有些慌乱，不由得想起了前几天齐景公对自己谈过的夹谷之会，事情已经过去了两年多，齐景公尚心有余悸。

> 夏，公会齐侯于祝其，实夹谷。孔丘相。犁弥言于齐侯曰：孔丘知礼而无勇，若使莱人以兵劫鲁侯，必得志焉。齐侯从之。孔丘以公退，曰：士，兵之！两君合好，而裔夷之俘以兵乱之，非齐君所以命诸侯也。裔不谋夏，夷不乱华，俘不干盟，兵不逼好。于神为不祥，于德为愆义，于人为失礼，君必不然。齐侯闻之，遽辟之。将盟，齐人加于载书曰：齐师出境，而不以甲兵三百乘从我者，有如此盟。孔丘使兹无还揖对曰：而不反我汶阳之田，吾以共命者，亦如之。齐侯将享公，孔丘谓梁丘据曰：齐、鲁之故，吾子何不闻焉？事既成矣，而又享之，是勤执事也。且牺象不出门，嘉乐不野合，飨而既具，是弃礼也。若岂不具，用秕稗也。用秕稗君辱，弃礼名恶，子盍图之！夫享所以昭德也，不昭，不如其已也。乃不果享。齐人来归郓、讙、龟阴之田。
>
> （《左传·定公十年》）

齐景公几十年来在晏婴等辅佐下，励精图治，在国际社会里名头颇响，却在自己的家门口栽在孔丘手里。

所以，当卫灵公向齐景公谈到了孔子即将造访卫国时，齐景公便非常郑重地告诫卫灵公，孔丘这个人的才干谋略以及人品性情都是无可挑剔的，他的那一大群弟子中真是人才济济，每个人都能够独当一面，如果他们能真心诚意地帮助卫灵公，则卫国之振兴简直是翘首可待。尽管如此，起用孔子一定要格外地小心在意，虽然孔子在国君面前很注意自己的身份地位，但只要在位当权，就很容易使国君处于傀儡地位而无声无臭。现在，卫灵公看到孔子，感到齐景公的告诫确是肺腑之言。

同时，孔子也在细细地端详着这位近些年来在国际舞台上颇显峥嵘的卫灵公。凭直观就可以看出，这是个极不安分的人，这从几年来他四处惹是生非的事实可以得到充分证明，他好像与卫国周围的所有国家的睦邻关系都不太好。虽然如此，卫灵公以一个中小国家的国力，长期如此胡闹折腾，而卫国尚能维持一个不算太差的局面，这个卫灵公也一定有他的过人之处。接下来，孔子便发现，这个人虽然乍看似鲁莽，却并不是一个头脑糊涂的人，他的思路很清晰细密。而且，卫灵公无疑是一个开朗、豪爽、有度量的人，虽然性情有些漂移不定，甚至时时有出人意表的言行。

卫灵公开口就问道：

居鲁得禄几何？

（《史记·孔子世家》）

孔子是一个志在天下的人，从来不计较个人的利益得失，对于财富看得很淡。对卫灵公的问话，只好漫应曰：

奉粟六万。

（同上）

于是，性情爽快大方的卫灵公亦付孔子粟六万。接着，卫灵公问起了鲁国近来的政治经济外交方面的情形，孔子当然不愿把个人遭遇与国家大事联系在一起，以此来抬高自己的分量。所以，有关堕三都、齐人赠女乐车马，以及春祭不致膰等事情，都按下不提，只略微提到了鲁国政治、经济的一般状况。最后，孔子告诉灵公：

鲁、卫之政，兄弟也。

（《子路》篇）

鲁卫两个国家的开国者，一个是周公的弟弟康叔振铎，一个是周公的长子伯禽，辈分不同而地位相等。它们几乎同时分封于武王灭殷之初期，又再封于周公东征之后；两个国家也同样是二等侯爵，它们共同担负着防止东夷西下的企图，也担负了监视殷商遗民以及异姓封国的齐、宋、陈的任务，更承担着拱卫东都洛邑的重要责任。所以，孔子认为这两个国家在政治、经济、文化方面没有什么差别，确是合乎情理的说法。

卫灵公闻言，没有什么表示，也没有进一步提出什么问题，当然也没有提到重用孔子的问题，双方的会见就到此结束。

战争这种东西

孔子与卫灵公的会见，没有取得令人满意的结果。卫灵公神情恍惚，心志似仍驰骋在戎马倥偬之边疆，亦似在内宫禁闱之中，或者二者兼而有之。孔子虽然遇事达观，但至此也已知道，自己在卫国很难得志。把卫灵公与鲁定公相比，显然没有什么优劣之分，能力才智亦不过仲伯之间而已。但无论如何，卫灵公总还是一个大方人，孔子在鲁国以大司寇职而位居上卿之尊，不过奉粟六万。卫灵公与自己毫无牵连，而且似乎也不准备起用自己，那么，自己就不过是一个普通侨民，卫灵公却以上卿之俸禄相赠，这份情谊也算是难能可贵了。所以，孔子在心里对卫灵公抱有相当的好感。

粟就是小米，当日各个诸侯国的士大夫统属贵族阶层，他们各自拥有自己面积大小不等的采邑作为衣食之源。但近些年，国家已无土地进行分封，在政府任职的高级官员没有采邑，国家便从国库中拨出若干实物作为薪俸。六万究竟代表了多少价值？后人已经不易考证，有人认为是六万小斗，数量相当于汉代的二千石，似近是。

粟是当时国际社会中最为流通的实物，随时可以交换到其他物质。孔子手里有了六万的入息，便觉得长期住在颜大夫家里十分不便，二三十人的大摊子，颜府再大，也给人家造成许多困难。所以，孔子及其弟子很快就在靠近宫殿的市区，租赁了一所独立的院落，作为临时居处。从此，孔子和弟子们终于各自有了住处。卫灵公没有给孔子安排任何工作，但薪俸却如此优厚，也算是照顾贤者的意思了。卫国政府方面也没有委派任何事情，孔子便日日与自己的弟子探讨学术，却也乐在其中。

转瞬，鸿雁南飞，豫中大地已经是深秋初冬季节了。连日来秋雨绵绵，阴云连日不开，孔子便日日在屋子里与弟子们论学讲道。这一日天气骤然降温，天空上飘起了零零星星的小雪花。孔子端端正正地坐在房子的中庭里，弟子们纷纷围坐在周围，很随意地交流着近来的学习收获。冉求坐在孔子左侧的一个木墩上，静静地倾听同学们的发言，脑子里却一直思考着一些大问题，时时流露出沉思的神态。

忽然，孔子对冉求笑道：

求啊！在思考什么问题？何不说出来，让大家听听？

冉求听到孔子发问，急忙站起身来，行礼道：

请夫子原谅，求刚刚想起了在赴卫途中与夫子的谈话，夫子说"善人教民七年，亦可以即戎矣。"求想，无论什么性质的战争，都是不讲原则、规则、道义的暴力行为，是人类的非理性产物，依照人类的善良本性，本来是应该杜绝所有战争的。但是，人类虽然看起来是在不断进步，但战争这种违反人性的东西——与人类热爱和追求生命的原则恰好相反，却不但没有消除，反而日益扩大了规模、加强了阵容，使其残酷性更加突出。请问夫子！一个国家究竟在什么条件下可以消除战争？

孔子颔首道：

你提出的问题很重要，但涉及的相关问题太多，恐怕不是几句话就可以解释清楚。战争的典型特征是暴力，暴力则直接侵犯和剥离了文明进步的内涵，所以，战争和暴力违反了人类对文明进步的理智追求。但是，人类不仅是理智的生灵，也还是非理性的生灵，当理智战胜了非理智的时候，战争和暴力便会受到有力地抵制；而当非理智战胜了理智的时候，战争便会成为一种群体参与的狂热活动。所以，讨论战争和暴力问题，可以分为两个层面，一个来自于个人的内心冲动，一个来自于外在的强加。

冉求道：

怎样来理解个人内心的暴力追求呢？

孔子道：

暴力的追求和表现是人类心灵紧张的产物，是把个人意愿、欲望强加于人的典型表现。就我个人来说，我的理智勉强能够抵制那些非理智冲动，所以，我始终是一个坚定不移的和平主义者。

冉求道：

夫子是怎样以理智来抵制非理智呢？

孔子道：

我基本上能够克制四种人们常犯的毛病，即：不凭空揣测，不主观武断，不坚持己见，不唯我独尊。

《论语》写道：

> 子绝四：毋意，毋必，毋固，毋我。
>
> （《子罕》篇）

冉求道：

夫子这样的圣者，是其他人没有办法进行效法的。求想知道，一般的君子怎样才能克制心中的非理智想法？

君子无所争

孔子道：

作为一名讲求人道和人性的君子，首先要做到不争。这个理论是老聃先生所发明的，看起来很消极，其实蕴涵着极深刻的人生哲理。不争夺利益，不争夺权力，不争夺名誉，不争夺财富，就是说，在大多数人所热衷于追逐争夺的所有地方，君子都应该自动地退到一旁。也许君子唯一需要表现出争的姿态，就是在射箭的时候。但即使在射箭比赛的时候，也要表现出不争的姿态，互相谦让着走上靶场，比赛完毕，再互相谦让着退下来之后，对饮上一杯酒，这样的争，才是君子之争。

子曰：君子无所争，必也射乎。揖让而升，下而饮，其争也君子。

（《八佾》篇）

冉求欣然道：

求已经明白了！作为一名孜孜进取的君子，体现在社会行为中的最重要表现就是不争——尤其是在那些炙手可热、利益纷争的场所。君子应该自觉地努力提高自己的德行，克制自己的欲望，极力避免使自己成为大众中的一个普通分子，他们应该在行为上表现得与众不同。但对于一般民众来说，应该如何限制那些争夺发生呢？

孔子道：

中人之性也，有余则侈，不足则俭，无禁则淫，无度则逸，从欲则败，是故鞭扑之子不从父之教，刑戮之民不从君之令。此言疾之难忍，急之难行也，是故君子不急断、不急制。使饮食有量、衣服有节、宫室有度、畜积有数、车器有限，所以防乱之原也。夫度量不可明，是中人所由之令。

（《孔子家语》卷四）

在某些比较特殊的历史时期，君子的个人行为可以直接影响和决定社会风气的趋向，而在另外一些比较特殊的历史时期，小人的群体行为则往往能够影响和决定社会风气的趋向。但在大多数的历史时期，多数普通人的追求、嗜好、性格和表现，决定着社会风气的趋向。所以，国家法令、社会习俗、民间舆论也大抵以普通人的行为趋向为取舍标准，以教化为己任的君子，也是以教化普通人为主要目标。

冉求道：

君子在教化中应该注意什么？

孔子道：

国家衰败、社会动荡、天下混乱，主要原因就是争，争的目标固然很多，但利益之争是一切争夺的中心。自有生民以来，利益从来没有得到合理以及身体强弱和力量大小的分配，这是引起争夺的原因之一。但由于人们的能力、智慧、知识、头脑以及身体强弱和力量大小都不相同，适合于自己所生存的社会环境的人，自然会获取一些超过平均水平以上的利益；反之，则往往丧失了自己应该获得的利益。在许多时代里，只要适应者们能够不表现得过分贪婪，不攫取过多的利益，他们与一些利益失落者们尚可勉强维持一个和谐局面。但是，如果那些得意者不能适当地约束自己，使自己的行为走上贪婪和残暴，则和谐的局面就会立即破裂。这时候，得意者与失意者都会鼓起自己的勇气来进行武力对抗。

所以，从失意者方面说，在绝大多数时代里只能安分守己、逆来顺受，而一旦鼓起了抗争的勇气，就不能不痛恨贫穷，就会走向动乱之途；从得意者方面说，自己不能以仁义行事，却对别人不能以仁义行事表现得痛心疾首，这也是社会动乱频发的根源。

子曰：好勇疾贫，乱也。人而不仁，疾之已甚，乱也。

（《泰伯》篇）

冉求小心翼翼地问道：

君子对于社会的丑恶现象不能表现出痛心疾首吗？

孔子道：

对于社会丑恶表现得痛心疾首，是对社会的关切，这没有什么不对。关键是指责别人的同时，要格外注意自己的行为。自己本来就不仁不义，却不知道自省，不加以检讨，而对别人的不仁不义却洞若观火、横加指责且视若毒虫猛兽，就只能激化社会矛盾。

众弟子听到这里，都点头称善。

杀身成仁

这时，子路站起来问道：

听了夫子关于战争的议论，由闻之异常欣喜。夫子的议论很精彩，由基本上能够接受。但由感到困惑的是，君子难道一点也不能崇尚勇敢吗？那样，君子岂不是一群任人宰割的窝囊废！

孔子有些愠怒地说：

由啊！一提到了武力、战争、暴力、勇敢这些东西，你就来了精神。君子不是不能够勇敢，却绝对不提倡勇敢。君子亦讲求勇敢，但在君子的行为中，勇敢只是在一种崇高道德精神引导下的行为，这种行为是为了达成一种精神追求；小人所讲求的勇敢，则只是一种缺少精神动力的单纯行为，所以经常表现出一种亡命精神。君子和小人都应该讲仁义，在这一点上，君子和小人没有区别。君子以仁义为自己行事的准则，如果只有勇敢而没有仁义，就会到处惹是生非；小人如果只有勇敢而没有仁义，就会成为强盗。

子路曰：君子尚勇乎？

子曰：君子义以为上。君子有勇而无义为乱，小人有勇而无义为盗。

（《阳货》篇）

子路愕然道：

仁义难道是所有人行为中都必须坚守的准则？

孔子道：

当然如此。关于仁义之广泛内涵，我现在还没有研究得透彻圆熟，所以，今天不能进行深入探讨。但可以指出：所有的志士仁人，没有人会为了谋求个人生存而损害仁义的原则，却有人以自己的生命来成就仁义的精神。

子曰：志士仁人，无求生以害仁，有杀身以成仁。

（《卫灵公》篇）

子路闻言，激动地说：

夫子说得实在好！"杀身成仁"这几个字，不但显示出夫子理想，也透露出夫子为了真理和道义而献身的精神，这种精神在未来的岁月里，必然成为一切读书人为之奋斗和努力的目标，由很希望能够实践这种精神。由想知道，如果夫子将要率领一支三军齐备的军队，愿意与什么样的人一起共事呢？

孔子看了子路一眼，笑道：

赤手空拳去与老虎搏斗，不用船只就去冒险渡河，这样做一直到死而不知改悔的人，我是不与他共事的。我希望与自己共事的人，是能够在事情的紧要关头而有所畏惧，善于谋划而使之成功的人。

子路曰：子行三军，则谁与？

子曰：暴虎冯河，死而无悔者，吾不与也。必也临事而惧，好谋而成者也。

（《述而》篇）

子路毫不介意地大笑起来，接着道：

我看不一定这样，能够赤手空拳与老虎搏斗，能够不用渡船就趟过河去，就凭着这种勇气，还有什么军队不能战胜？

孔子定定地看着子路，说：

由啊！你实在是太不谦虚也太好逞强好胜了。以这种做人态度，在日常生活中已经难免要大触霉头，如果在战争中，就不免要丧命！你可知道？现在进行的一般战争都是交战双方的生死对决，双方将士都一定会怀着同仇敌忾的必胜信心，没有那支军队虚弱到凭几名莽撞的敢死队员就被击败的程度，如果那样，战争就成了区区几个人的事情，根本就不必兴师动众了。你应该记住：

三军可夺帅也，匹夫不可夺志也！

（《子罕》篇）

子路一时默然无语。

崇尚武力者不得好死

这时，南宫适站起身来，施礼道：

刚刚得闻夫子与子有和子路的谈话，受到诸多启发。夫子不但提到了君子的行为，提到了勇敢与仁义的关系，提到了战争的性质以及作战的策略，且在言语中流露出一种伟大的和平主义精神，我完全同意夫子的见解。在一些史书记载中可以了解到，古代时期的一些著名武士和勇敢者都不能得到善终。如后羿是最高明的弓箭手，夏奡力气大得能够在陆地行舟，但他们都没有能够善终。相反，大禹和后稷二人，都是依靠发展农业生产而终究取得了天下。可见，武力是没有前途的。

孔子听了南宫适的话，脸上露出赞扬的神色，一时没有回答。

南宫适说完，见夫子一时没有回答，也不知想起什么事情，就走出了房门。这时，孔子面对众人赞叹道：

这个人是个君子啊！这个人崇尚德行啊！

《论语》写道：

> 南宫适问于孔子曰：弈善射，奡荡舟，俱不得其死。然禹、稷躬稼而有天下。夫子不答。南宫适出。子曰：君子哉若人！尚德哉若人！
>
> （《宪问》篇）

子路不以为然地说：

这是个很普通的道理啊！知道了也没有什么了不起！

孔子肃然道：

由啊，不能这样理解问题，能够成为道理的东西都是很简单的，但能够认识出来就不简单了。后羿和奡个人是夏朝的两个著名人物，他们都曾经拥有了天下，也都是英勇善战的人物，却不但没有得到善终，而且丧失了天下，可谓身败名裂。大禹和后稷都不讲求武力，亲自率领着自己的人民而从事农耕事业，看起来没有什么特别轰轰烈烈之处，却因此而获得了天下。由啊！你能这样对比着来分析历史问题吗？

子路说不出话来了。

孔子长叹道：

我这一生，在三件事情上是非常慎重的。

子路道：

是怎样的三件事呢？

孔子道：

一个是祭祀之前的斋戒沐浴，一个是对于战争，一个是对疾病。

> 子之所慎：齐、战、疾。
>
> （《述而》篇）

说毕，见弟子们一片沉默，便接着道：

一个人为了能够消除心中的暴戾之气，必须在日常生活的小事上注意检点自己的行为，决不能时时留存着一些残暴不仁的心理而不加收束地任其发展，并在这种心理指使下去进行一些不仁慈的事情。比如，在河边钓鱼，能够钓到鱼的时候，就不必下网；用弓箭来狩猎，不在夜间用弓箭去进行偷袭那些正在栖息的动物。

《论语》写道：

> 子钓而不纲，弋不射宿。
>
> （同上）

弟子们都表示叹服。

孔子颔首微笑，正要开口表态，只见南宫适从院子外面匆匆走到孔子跟前，附耳向孔子悄声说了几句话。孔子闻言，微微色变道：

看来，我们只有走了？

谣言四起

众弟子闻言，均感到意外，不明白夫子听了南宫适的几句话之后，何以忽生去意？虽然卫灵公至今没有重用孔子的意向，但六万俸禄不能说不丰厚，如果不是有更好的去处，似乎不必如此来去匆匆。

究竟是什么事情迫使孔子一定要马上离开卫国？原来，以各国的政治状况比较而言，如果说齐国和鲁国都没有什么像样的政治家，则卫国的士大夫也好不到哪里去。自从孔子一行抵达卫国之后，卫国的士大夫原本以为孔子不过是来卫国一时居住，知道内情的人也不过以为孔子只是与鲁定公和季孙一时政见不同，临时出来暂避风头，等到定公和季孙回心转意，就会立即返回鲁国。所以，他们对孔子以及弟子都极表欢迎，他们中的大多数人也确实是非常崇敬孔子的学术人品的。但后来看到孔子有在卫国长期逗留的意图，而且好像有在卫国谋求职务的意图，便感到有些不安。

等到卫灵公亲自召见了孔子并奉上了优厚俸禄后，一些人便有点控制不住自己的满腔嫉恨了。这个人（孔子）只不过有点虚名而已，有什么了不起，居然使主公（国君的称呼）如此器重？还没有正式任命什么职务，就已付给了六万薪俸。六万，那不是大国上卿的薪酬吗？照这种情形看，卫灵公当然是准备重用孔子，至于重用到什么程度，人们虽然无从猜测，但肯定是大用，即使是上卿的地位，也是毫不奇怪的。

这样，自从卫灵公召见之后，帝丘城里就开始传播各种各样关于孔子的谣言。谣言谈不上有什么恶毒用心，也并没有什么攻击点，只不过说孔子的那一套东西是对卫国士大夫们很不利的东西，所以，曾在鲁国引起了国君和士大夫之间的纠纷。谣言进一步指出，孔子虽然被称为圣人，但他那一套陈腐过时的东西，对国事毫无裨益。

等到孔子真正弄清了谣言的内容，神情反而轻松了许多，他并不认为这些谣言有过多的诽谤之处，只不过说明了一些简单的事实，这些事实也确实曾经发生过——通过堕都加强国家和君主的权力，孔子并不想否认。但孔子知道，这样一来，自己在卫国已经没有实现政治理想的机会了，他心中已萌去意，只是也还不必急于动身。

转眼两个多月时间已经过去，周历的十二月份，北方的节气又已经进入到了初冬季节。孔子离开曲阜已整整一年了，来到卫国也已将近十个多月。鲁国方面一直没有什么消息，武装割据的三都自然还在，鲁定公和三桓当然也还沉溺于歌舞之中。卫灵公自从夏天召见了孔子一次之后，便再也没有什么动静，也好像不太理会朝廷事务，只是与南子夫人躲在后宫的温柔乡里，快活度日。卫国已经没有值得留恋之处了。

卫国的士大夫见孔子仍然无动于衷，便有点老羞成怒的意思。此后，谣言不但日益扩大，而且内容也有些不堪入耳了。更有甚者，居然有人跑到内宫里去向卫灵公打小报告，诋毁孔子。对于孔子，卫灵公既没有想重用亦没有想得罪，他完全是按照对待国际名人的标准给了孔子一个比较优厚的报酬，如此而已。谣言初起的时候，他并没有放在心里，但听到了许多谣言之后，就不免产生了猜疑。据记载：

> 居顷之，或谮孔子于卫灵公，灵公使公孙余假一出一入。孔子恐获罪焉，居十月，去卫。
>
> （《史记·孔子世家》）

当天下午，孔子一行又冒着隆冬时节的刺骨寒风，匆匆上路了。临行的时候，卫国没有任何人送行。

我不是葫芦

其实，孔子之急于去卫也并不是因为公孙余的一出一入，对这些政治上的犹如打谜语一样的行为，孔子未必就放在心上。原来，晋国在十月份之后发生了诸卿之间的剧烈内讧，至年底愈演愈烈。先是晋国执政赵鞅（即赵简子）在范氏、中行氏的联合进攻下败走晋阳。但驱逐了赵鞅之后，诸卿之间仍不能相容，相互之间内战又起。原来，在赵鞅奔赴晋阳之后，赵鞅的党羽以政府名义讨伐范氏和中行氏，二氏不敌，乃奔据朝歌。根据《史记》记载，这时，赵鞅似乎有意邀请孔子入晋。

十二月中旬，孔子收到了一份来自晋国的文词热情的邀请函，这是赵简子的家臣佛肸发出的。中牟是范氏的采邑，中牟的邑宰佛肸因家主的叛逃而失去了政治上的依托，因此占据了中牟暂时依附赵氏。以孔子的猜测，佛肸可能是代表赵简子邀请自己，也可能是他自己想试图借助孔子以成就割据大业。据《论语》记载，当孔子表示了欲应佛肸之召后，弟子们议论纷纷，反响不一，子路是坚决反对的。

> 佛肸召，子欲往。子路曰：昔者，由也闻诸夫子曰："亲于其身为不善者，君子不入也。"佛肸以中牟叛，子之往也，如之何？
>
> （《阳货》篇）

对于子路带有挑衅性的质问，孔子一点也没有生气，他以一种实际和很风趣的语言回答子路道：

> 然，有是言也。不曰坚乎，磨而不磷。不曰白乎，涅而不缁。吾岂匏瓜也哉？焉能系而不食！
>
> （同上）

见子路不语，孔子解释道：

由啊！我以前确实说过那样的话，但此一时彼一时也，事物都是瞬息万变的，我也不会一成不变呀。古语不是说最坚硬的美玉，怎样琢磨都不会损坏；最白的美玉，怎样洗刷都不会变色。我并不是一个能够被分成两半的葫芦，永远拴在那里不吃不喝啊！

子贡问道：

假设有一块美玉在这里，是把它储存在一个盒子里面藏起来？还是寻找一个能够有欣赏力的商人而拍卖掉呢？

自从子贡入门以来，年纪虽轻却阅历丰富，去过的国家和城市非常之多，孔门弟子无人及之。子贡又是一个反应极其灵敏、擅长言辞的人，他的入门给孔子的客居生活带来了不少乐趣。现在，子贡虽然好像是在问韫椟是否存在着求售的问题，实际则是问犹如美玉一样的人，是不是也存在着待价而沽？这是一个虽然有些俗气却极为实际的问题，子贡以非常巧妙的语言方式向孔子提出了一个令孔子难以解答的问题。众弟子都觉得这个问题提得非常好，这也是大家很久就想知道的问题。

孔子当然明白子贡话里的弦外之音，但这个问题看起来简单，其实却牵涉许多实质性问题，该怎样回答呢？

孔子思索有顷，断然道：

卖掉啊！当然是卖啊！我就是在这里待价而沽呢。

> 子贡曰：有美玉于斯，韫椟而藏诸？求善贾而沽诸？
> 子曰：沽之哉！沽之哉！我待贾者也！
>
> （《子罕》篇）

　　众弟子听了，都大吃一惊。夫子以一种感叹的语言来表达他急于求售的心理，在过去是从来没有过的。在他们的印象里，品行高洁而性格清高的夫子几乎从来不曾提到过这些与王道理想无关的个人仕途问题。现在孔子居然把自己比喻为一件等待出售的商品，众弟子都感到有些困惑不解，莫非因为子贡是商人，而夫子则对商言商？莫非夫子终于开始大彻大悟，已经厌倦了过去那种简朴清贫的生活？

　　看到大家脸上一片木然和困惑的表情，孔子就知道弟子们误会了，他们没有明白自己语言中的确切含义。

　　说些什么好呢？孔子一时感到茫然。

美哉水

　　孔子要西去晋国，是由于在卫国不能行其道，不得已而求其次。孔子当然不会扶植赵简子，而是试图去晋国实现理想。

　　周历十二月中旬，正是黄河秋水泛滥后的安静时期。卫国的都城帝丘实际上可以算是坐落在黄河边上的大城市，但帝丘附近并没有正式港口。孔子要从帝丘渡河去晋国，有两个渡口距离较近。其一，从帝丘东北行数十里至濮阳，濮阳城北部有二城，一曰铁丘城，一曰戚城，二城均为重要的黄河渡口。东部地区的诸侯欲赴晋，大多从此处渡河。其二，西南行数十里，是黄河于公元前602年改道之后的分流处（黄河与漯河），这里有长寿津渡口（河南滑县东北），自从黄河改道后，位于南部和河南中部的诸侯欲前往晋国朝聘，必须经过卫国，经过卫国则大多要取道长寿津。

　　孔子如赴佛肸之约，则中牟位于殷虚之南（河南汤阴县西50里），两个渡口的距离基本上相等。至于赵简子所在的晋阳，则远在山西中部（山西太原市），孔子当时并没有考虑前去。由于孔子有意观赏卫国的旧都楚丘以及改道后河漯合流的景观，因此，一行人便取道西南方向而行。

　　次日，孔子在路上遭遇了一场大雨雪，结果不得不在楚丘城里耽搁了数日。自从卫国迁都之后，楚丘屡次受到狄人的攻占掠夺，城墙颓败，古迹焚毁，人民星散，已非旧日规模。小小的街市，不用几个时辰就可饱览无余。直到第五日，估量着道路已通，但这时晋国的局势却已发生了变化。

> 十二月辛未，赵鞅入于绛，盟于公宫。
>
> （《左传·定公十三年》）

不久，就听说重新执政的赵鞅诛杀了晋国的两个贤臣——窦鸣犊和舜华，孔子听到这个消息之后，知道此行已经没有什么意义了。像赵简子这样翻脸无情的政客，自己怎么能去与他共事？而且，这样的人物也肯定不会欢迎自己。但孔子仍坚持着来到了长寿津渡口，他在这里终于看到了改道后的黄河。

> 孔子既不得用于卫，将西见赵简子。至于河，而闻窦鸣犊、舜华之死也……
>
> （《史记·孔子世家》）

初冬的黄河，水面还没有结冰，水势很小却非常清湛。天气温和，但河面上的北风很锐利，吹到人们的脸上，也就冷到了心里。

孔子伫立在高高的黄河大堤上，寒风吹动着他的一袭黑色长袍，他的面容就像冬日的天空一样惨淡。天已黄昏，初冬的残阳病恹恹地挂在西北方的黄河尽头处，大地一派萧索苍凉。

孔子不觉仰天而叹：

> 美哉水，洋洋乎！丘不得济此，命也夫。
>
> （同上）

对于这次晋国之行，孔子也是满怀着理想而踏上征途的，他无论如何也想不到，命运再次嘲弄了他。

这时，黄河空旷的水面上传来一阵歌声，歌声雄壮悲怆，回荡在暮色苍茫的原野上，激起了大堤的回声。

> 伯兮朅兮，邦之桀兮。
> 伯也执殳，为王前驱。
> 自伯之东，首如飞蓬。
> 岂无膏沐，谁适为容。
> 其雨其雨，杲杲出日。
> 愿言思伯，甘心首疾。
> 焉得谖草，言树之背。
> 愿言思伯，使我心痗。

孔子知道这是卫风，听歌词的意思似乎对卫灵公的好大喜功怀有极大的不满，孔子又长长地叹了一口气。

这是公元前497年，孔子55岁。

二·卓然而立于乱世

何陋之有

孔子乘坐的马车，在朔风呼啸中沿着黄河附近的大道缓慢而迂回地行进，既没有明确目的地，也就没有固定的方向。

转眼立春已过，孔子一行在一处偏僻的驿馆中度过了一个凄凄凉凉的节日。

去年秋冬时节，晋国的内乱日益扩大了规模，赵简子的翻脸无情，使孔子的晋国之行化为泡影。观察人类历史的种种表现是非常有趣的，它大体上也是追随着人类的嗜好而展开。国家与国家之间的战争大抵选择在春暖花开的美好季节，是不是在万物欣欣向荣的季节里，人们的情绪也都处于一种极端亢奋状态，迫切需要进行宣泄？而国家内部的阴谋仇杀以及宫廷政变则大多选择在深秋以及隆冬进行，是不是在深秋和隆冬万物萧条的季节里，人们的心理也一片黯淡而无所寄托，就需要把一年积累下的仇恨就着肃杀的天气来进行一个了断？抑或人们一旦委曲起身体休息下来，就禁不住要酝酿起心中的阴谋？人类好像是永远也不能使自己的身心闲暇下来的。

孔子的命运，在某定程度上代表了华夏的历史命运，至少孔子本人是自觉地把个人命运与历史命运连在一起，他的人生重要阶段几乎都与重大的历史阴谋和巨大的社会变迁牵连在一起。一个完全拒绝采取武力、暴力和阴谋手段来宣泄个人情感和了结私人恩仇的崇高者，一旦身不由己地被卷入到国家的一系列暴力和阴谋事件之中，则不是历史发生巨变就是崇高者惶惶出走，千万年的人类历史就是这样持续进行着的。历史当然并不介意一个人的命运如何，它永远都按照自己的固定节奏而演进或循环。于是，时间追随着历史，历史拥抱着时间，肆无忌惮地行进着。

孔子眼睁睁地望着波涛滚滚的黄河之水（已经到了冰封时节）而踟蹰

不前，依靠晋国而推行三代王道，本来是大有成功希望的伟大事业，但临河而不能渡，岂非命欤？

历史急匆匆地迈入到了公元前496年，这是周敬王二十四年，鲁定公十四年。

晋国已经去不得，孔子感到心中有些不安。弟子们都建议回到帝丘去，反正临行的时候，也没有与卫国的君臣正式告别，这一次出来就权作旅游。其实，卫灵公和卫国的公卿士大夫们即使知道了孔子的这次出行，也不过把它视为普通的出游而已，没有人会当作什么了不得的大事，出去了不是还不到两个月的时间吗？而且，卫国政府发放的六万的俸禄还一定会保留在那里，难道夫子会畏惧那些谣言吗？

孔子当然并不畏惧谣言，他从小因为在出生问题上有些疑点，就时时有些风言风语被一些好事者愉快地传播着。可以说，孔子是在谣言和诽谤嘲讽中长大的，他知道这些东西究竟是怎么回事，这些东西击不倒孔子。但孔子却是个自尊心很强的人，既然已经离开了卫国，就不愿意再灰溜溜地回去。

天地茫茫，究竟到哪里去呢？《论语》说：

> 子欲居夷。
>
> （《子罕》篇）

弟子中有人大声说：

> 陋，如之何？
>
> （同上）

孔子大笑道：

> 君子居之，何陋之有？
>
> （同上）

看到孔子脸上开始露出了祥和的笑容，弟子们已经感到吃惊，听到了孔子这八个字之后，都一时感到了心灵的巨大震撼。君子，这是一个何等崇高的称号！君子也许一生都在穷困潦倒中度过，但他们的完善人格却是永远不可征服的。落后及野蛮，其奈君子何！简陋与贫穷，于君子何有哉！

孔子微笑道：

我们到陈国去吧？

弟子都恍然大悟。

陈国虽然僻处淮河流域，却是虞舜之后，当然不能算蛮夷。陈国所在的太昊之墟（今河南开封之东南以至安徽亳州之间的地带），现在已经被楚国和吴国蚕食得差不多了，陈国基本上成了楚国的附属国。如果说楚国是已经进入了华夏的蛮夷，那么，陈国则可以说是刚刚退化到了蛮夷阶段的华夏。陈国和楚国，代表了中原和四裔的关系。

于是，孔子一行开始向南方行进。

匡人其如予何

一路上，孔子在大多数时间里都与弟子们一同步行，车子就成了装载日用杂物的辎重车。但每到了一处城邑市镇，弟子们为了照顾孔子的威信和尊严，便强迫他上车。以孔子的愿望，宁愿与弟子们一同步行，也不愿端坐在车子里与杂物为伍。

立春之后，中原大地的气候就立即开始变暖，一路南行，残雪已经很少，可以多少看出一些春天的意思了。

这一日，天近黄昏，孔子一行一路行来，不觉已经走出了几十里路程。正在疲乏饥渴的时候，忽见远处出现一座城市的朦胧轮廓，弟子们便又把孔子动员到了车子上，大家不由得加快了脚步，向前赶去。当大家兴冲冲地来到了城墙下面，认真地打量着这座陌生的城市，却不知道它究竟叫什么名字，连博学洽闻的孔子也说不上来。

忽然，正在驾车的颜高用鞭子指着城墙上的一处缺口兴奋地说：

这个城邑叫做匡啊！我当年随从阳虎的军队来进攻这座城市的时候，

就是从这个缺口进去的。

颜高是个出身下层社会的粗人，从学日短且着重于六艺方面，平日里大家谈论诗书礼仪等学问以及天下国家大事时，他几乎插不上嘴。现在，他忽然发现了大家甚至连夫子都不知道的事情，精神就显得格外振奋，嗓门提得很高。当时，谁也没有想到，这一声大喊，居然喊出来一场很大的祸事来。

城门楼下，有几个匡人正站在那里闲谈，猛然听得一声大叫，就不免生出了几分好奇心，他们向发声处歪了歪脑袋，就看到了这支奇特的队伍。这支队伍确实是很奇特，发现者都会产生兴趣。这几个匡人亦如此。他们细细看去，发现了正在徐徐下车的孔子，就大吃一惊，这不是鲁国的那个凶蛮霸道的阳虎吗？他怎么又来了？

原来，匡是一座小城，原本亦是一个很小的附庸城邦国家，坐落在山东和河南交界处的长垣县西北30里处，这个地区当时是卫、鲁、宋三国相互接壤的边界地区。长期以来，三国为了争夺这个小城，时时发生纠纷。但三个国家的实力没有多少差别，谁也无法在此获得优势地位，匡的归属也就始终没有确定。几年前（鲁定公六年），阳虎在鲁国掌权，他说动了季孙等三家，由自己率领鲁国的正规军，偷袭了匡。占领了匡之后，阳虎军队在城里很是干了些非法活动，一座富裕的小城被蹂躏得不成样子。鲁军的烧杀掳掠激起了当地人民的反抗，最后灰溜溜地撤出了匡城。

这家伙在这傍晚时候到这里来干什么？反正不会有什么好事。

这几个匡人对自己的城邦，都很有些公民的责任心，他们之中便有人急急地跑了去报告当时执政的城主匡简子。匡简子猛然听到这个消息，大惊之下，也没有分辨真伪，就立即派军队包围了这一伙来历不明的人。

既然没办法进城，孔子和弟子们就只好在城外的被包围之处扎下了一个小小的营寨，暂时驻扎下来。孔子迅即派人与对方进行交涉，报复心切的匡简子根本不予接见。这时的局面十分危急，弟子们都很忧虑，如果匡简子的头脑一发热，指挥着士兵冲上来，后果就不堪设想了。

孔子却坦然地说：

> 文王既没，文不在兹乎？天之将丧斯文也，后死者，不得与于斯
> 文也。天之未丧斯文也，匡人其如予何？
>
> （《子罕》篇）

就这样，孔子及其弟子整整被包围了五日。孔子一行于行旅之中，虽然也总是多少储备着一点物品以供急需，但现在还没有进城就被包围起来，所余物品非常有限，哪里能够支持多久？这时，许多弟子都有些忍不住了，尤其是头脑容易发热的子路，几次要冲出去与匡人进行决斗，而且，双方似乎已经发生了若干次小规模冲突，这使得临时驻地先后移动了几次。

据史书记载，当时的情形是：

> 简子将杀阳虎，孔子似之，带甲以围孔子舍。子路愠怒，奋戟将下。孔子止之曰："由，何仁义之寡裕也？夫诗书之不习，礼乐之不讲，是丘之罪也。若吾非阳虎，而以我为阳虎，则非丘之罪也，命也！我歌，子和若！"子路歌，孔子和之。曲三终而围解。
>
> （《韩诗外传》）

孔子坚决反对以武力手段来解决因误会而引起的冲突，他采取的办法是最和平的方式——唱歌，歌声是从危难中发出，自然是激奋的。歌词中不但申诉了是非，而且倾诉了文王的理想。

匡人听到歌声，就知道自己弄错了。他们都知道，阳虎只会杀人，哪里懂这些斯文之道，他们似乎也知道包围的是什么人了，这使他们感到惶愧不安，就悄悄地撤除了包围圈，却不好意思向孔子当面道歉。

第二天一早，弟子们忽然发现住地周围，已经静悄悄地没有一人。才终于大大地松了一口气。但孔子的表情却仍然很忧郁沉闷，众弟子不知是何原因。忽然，孔子看到颜渊从远处急急赶来，赶紧站起身来，对颜渊道：

> 吾以女为死矣！
>
> （《先进》篇）

颜渊神情很疲惫，但看到孔子之后的神态却充满了激动，欢欣之情溢于言表，他兴奋地回答孔子道：

> 子在，回何敢死？
>
> （同上）

经过将近几个月劳而无功的奔波，黄河岸边受阻，匡地被围，弟子们身心俱疲，孔子感到以眼下的状态已经很不适宜再做长途跋涉了，陈国之行只好等待将来了。现在，只有硬着头皮再回卫国去。

末之难也

其实，孔子出去了几个月，卫国的君臣及士大夫们都没有特别注意。正值年关前后，国家和私人之间的各种祭祀以及送往迎来的应酬活动很频繁，卫灵公和他的大臣们手忙脚乱地忙活了两个月。在此期间，卫国君臣之间出现了矛盾，不久，卫灵公公然驱逐了自己的长辈公叔戍。

据文献记载：

> 初，卫公叔文子朝，而请享灵公。退，见史鳅而告之。史鳅曰："子必祸矣。子富而君贪，罪其及子乎？"文子曰："然。吾不先告子，是吾罪也。君既许我矣，其若之何？"史鳅曰："无害。子臣，可以免。富而能臣，必免于难，上下同之。戍也骄，其亡乎？富而不骄者鲜，吾唯子之见；骄而不亡者，未之有也。戍必与焉。"及文子卒，卫侯始恶于公叔戍，以其富也。公叔戍又将去夫人之党，夫人诉之曰："戍将为乱。"
>
> （《左传·定公十四年》）

孔子抵达帝丘之日，正是公叔戍出奔之时，所以，根本没有人关注孔子的行踪，按月送到的小米，堆满了一院子。

孔子一行仍然住进了那所还没有退租的院落。朝廷的公卿大夫们正忙于互相排挤倾轧，没有人再对过去的那些流言蜚语感兴趣，孔子好像一个闲人一样被搁置起来。卫灵公自从见过孔子匆匆一面之后，便再也没有召见，也从来也没有向大臣们打听过孔子的事情，孔子被卫国的君臣们忘到了脑后，所以，孔子的来去并没有受到注意。

孔子的心情很不好，他之所以居留在卫国委曲求全的目的，当然不是为了那六万俸禄，孔子如果继续留在鲁国，鲁国政府的俸禄也不会取消的。而且，即使与鲁君及季孙氏撕破了皮面，孔子凭着那么多弟子，也还不至于挨饿。孔子出来是为行道，是为了使自己的理想能够救治中国的乱世。他也不是没有想过天下的老鸦都是一样黑的，但他试图以自己的真诚感动出来一个有天下之志向的大有作为君主。他始终坚信：

人能弘道，非道弘人。

（《卫灵公》篇）

某日黄昏，孔子独自闷坐在春日夕阳下的屋子里，一时心潮起伏。正好身边的石几上摆放着一只玉磬，孔子便顺手拿起了小棒，铿铿锵锵地敲了起来。很快，他就进入到了一种忘我状态。这时，院子外面正好有一个背着草笼子的老汉路过这里，忽然听到了一阵音调深沉而内涵雍容阔大的击磬声，一时兴起，就驻足倾听。

子击磬于卫，有荷蒉而过孔氏之门者，曰：有心哉，击磬乎！

（《宪问》篇）

开始时，老汉的感觉还不错，就称赞说：

这磬声中用心很深，这个击磬的人啊！过了一会儿，便听出了磬声中的理想和抱负，就不觉蔑视地说：

鄙哉，硁硁乎！莫己知也，斯已而已矣！深则厉，浅则揭。

（同上）

现在，孔子在他的流亡生活中首次碰到了这样一位有些佯狂避世的隐者。荷蒉者好像是抱持了与老子相同生活态度而且也是多少有些学问的人，行为上有点愤世嫉俗的样子，自己不高兴做的事情便也不高兴别人去做。他听出了孔子磬中的弦外之音后，就愤愤地说了几句很难听的骂人脏话，意思是说：

真卑小啊！你自己这样又臭又硬、顽冥不化、不随潮流而变通，真是一点也不了解自己，也不知照顾好自己。其实，为人应该随波逐流，如果落脚在深水中，就踏石而渡；如果落脚在浅水中，只要揭起衣裳就可以了。

孔子听到了这几句脏话后，心里产生出一种极不舒服的感觉，就停止了击磬，在心中感叹地自问：

果哉！末之难矣！

（同上）

遇上了这样根本不体谅别人而自己就进行果决判断的人，孔子感到自己没有什么办法可以与他沟通。

随后，孔子师徒搬到了卫大夫蘧伯玉家。

子见南子

孔子的暂时离去，虽然瞒过了卫君及满朝文武大臣，却没有瞒过一个人，这就是南子夫人。原来，她经过暗诉公叔戌于卫灵公，并促成了驱逐公叔戌出走的计划获得成功之后，在卫国朝野中的形象很差。公叔戌当权日久，在朝中的余党甚多，他们一旦捕捉到南子私生活方面的一些劣迹，就大造声势舆论，南子感到自己在卫国的日子很不好过。

但南子夫人是个绝顶聪明的女人，她在处境窘迫的时候，就立即想到了孔子，孔子是国际闻名的礼仪宗师和道德圣人，如果能够多少得到孔子的支持，则她在朝野士人百姓的心目中自然会增加威望。所以，孔子不在卫国多日，南子是完全知道的，因为她急切期待着与孔子及早见面，几乎天天打发人去看孔子，但她对任何人都没有透露孔子出走的消息。有一次，卫灵公无意间问起了孔子的情形，她还帮助掩饰了过去。

所以，孔子回来不久就接到了南子夫人请求会见的请柬。请柬上的文字写得很客气，也相当得体：

> 四方之君子不辱，欲与寡君为兄弟者，必见寡小君。寡小君愿见。
>
> （《史记·孔子世家》）

南子的这一套说辞很厉害，她明确地告诉孔子，要想见到卫灵公以及获得卫灵公的重用，就须首先获得她的欢心，也必须先拜见她。她似乎拿准了孔子极力要在卫国谋求职务的心理，这个女人果然有些与众不同。

孔子反复辞谢不得，就只好勉强答应见面。这在孔子实在是不得已之举，自己既然无路可走，又见不到卫灵公，如果再与南子伤了和气，还怎么在这个国家待下去呢？他只好强迫自己接受了这个屈辱的会见。

其实，所谓见面，也不过是隔着帘子谈几句话而已。在那个时代，虽然所谓"男女之防"还不曾设置起一道高墙，但国君夫人也还是不能抛头露面的，南子虽然敢于外出与情人幽会，却还是不敢在宫廷里随意会见陌生人。

> 夫人在絺帷中，孔子入门，北面稽首。夫人自帷中再拜，环佩玉声璆然。
>
> （同上）

不多一会儿，会见完毕。孔子有些扫兴而又高兴地说：

> 吾乡为弗见，见之，礼答焉。
>
> （同上）

但孔门的所有弟子都是些心高气傲的人，他们除了感到这件事不对头之外，也不忍心他们尊敬的老师为了一个区区的仕途，居然去会见这样一个名声不好的女人。最感到愤慨的是性格急躁的子路，但当他听到了消息的时候，这次会见已经结束了，他仍然忍不住跑去质问孔子。后人当然不知道子路质问了些什么？他为什么要质问？是不是因为孔子平日对女人很轻视，使他的弟子们也颇不以女人为然，尤其是对一个名声不好的女人，孔门一定是采取极端的歧视态度的。孔子说过：

> 唯小人与女子为难养也！近之则不孙，远之则怨。
>
> （《阳货》篇）

孔子对女人的这种近乎蔑视的态度，直接影响了他的所有弟子。似乎一旦与一个名声不好的女人见面，就一定会发生一些什么龌龊事情，这大概是比较憨直的子路的想法。所以，逼得孔子只好发誓：

> 夫子矢之曰：子所否者，天厌之！天厌之！
>
> （《雍也》篇）

孔子和南子，一个是道貌岸然、不近女色的圣人；一个是风流成性、丑闻不断的国君夫人。他（她）们之间除了在性格和人格上互相瞧不起之外，既不可能摩擦出什么感情火花，也不会进行什么政治上的交易或合作，孔子断然不会通过南子的关系去钻营仕进的门路。所以，子路的怀疑是毫无道理的，而孔子其实也不必起誓。

好德如好色

转眼之间，又是几个月过去了。榆树、槐树和杨树的叶子开始发黄，枫树的叶子开始泛红，而松树却永远呈现出一片翠绿，原野上到处都是一派五颜六色的灿烂，卫国大地充满了色彩艳丽的浓郁秋色。

帝丘城外有一大片幽暗神秘的废墟，传说就是当年颛顼的都城所在，如今虽然只剩下些断垣残壁，却仍然透出当年的繁荣兴盛，那些巨大雕刻石头上面的厚厚苍苔，似乎在默默诉说着已经过去的那一段辉煌历史。全体卫国人都喜爱这片废墟，许多重大庆祝活动和闲暇时的美好时光，都愿意在这里度过。在废墟的西北方向，有恬恬静静的卫河，卫河岸边的青草绿树中，是卫国青年男女们踏青的好去处。

这一年的中秋时节，卫国发生了一件大事，刚刚出使齐国归来的太子蒯聩使勇士戏阳速刺杀自己的母亲。

据记载：

> 卫侯为南子召宋子朝，会于洮，大子蒯聩献盂（卫邑名）于齐。过宋野，野人歌之曰：既定尔娄猪，盍归吾艾豭。大子羞之，谓戏阳速曰：从我而朝少君，少君见我，我顾，乃杀之。速曰：诺。乃朝夫人。夫人见大子，大子三顾，速不进，夫人见其色，啼而走，曰：蒯聩将杀余。公执其手以登台，大子奔宋。尽逐其党。
>
> （《左传·定公十四年》）

宋子朝是宋国著名的美男子，亦是南子未出嫁时的情人。当年南子在情窦初开时，曾与子朝有过一段恋情，不久，南子因传统的法定婚姻而外嫁卫君，一对有情人被迫分手。南子婚后每每不能忘情。卫灵公是个不太计较小节的人，为了安慰郁郁寡欢的夫人，乃召宋子朝来卫。于是，在卫灵公的默许下，二人私会于洮地。这样的丑事当然瞒不住人，不久就被外界传诵得沸沸扬扬，太子因此而动杀机。

出现了太子谋刺事件之后，南子夫人感到内心很痛苦，而且外界反响极坏。这时，她忽然想起了孔子。自从会见孔子之后，果然外界议论纷纷，许多清高之士都对南子居然能够见到孔子表示怀疑。南子心中不禁暗自得意，觉得利用孔子挽回自己的名声是非常重要的事情，眼见得卫灵公的身体每况愈下，说不定什么时候突然倒下就再也爬不起来了，而自己生养的那个儿子——想到这个独生儿子，南子心中就一阵难过，这个孩子在外面的名声很不错，为人也很讲义气，却一点也不能体谅自己的母亲，居然为了母亲的私生活，要杀亲生母亲。眼下他虽然逃亡在外，但朝中的党羽仍然很多。所以南子决定，一定要借助孔子的威望为自己造成一个比较有利的局面，否则后果不堪设想。

其实，卫灵公并非不知道南子与宋子朝之间的那些龌龊事，但他除了一门心思投入到为恢复卫国的国际地位、拓展国家疆土的军事外交活动之外，在个人生活问题上并不十分计较。他极其喜欢南子，就千方百计地讨好她，甚至不惜把情人从外国招来，卫灵公可谓是难得一见的多情种子了。

现在，南子向卫灵公请求，过几日一定要邀请孔子一起游览帝丘城郊的秋景。本来卫灵公差不多已忘记了孔子，经南子提示，便也感到实在应该招呼一下孔子了，他没有怎么细想就答应了南子的请求。

蒯聩事件发生之后，孔子已经屡次准备离开这个国家了，他预感到自己留在这个国家已经毫无前途。

这一日，孔子正与弟子们谈论君子的修养问题。门外走进来卫灵公派来的阉者（即太监），向孔子转达了卫灵公邀请孔子游城的通知。孔子感到事情过于突然，欲待问清事情的来龙去脉，阉者却已扬长而去。

弟子们不知就里，都感到很兴奋，以为卫灵公终于向孔子发出了邀请，这是不是向孔子亮起了即将予以重用的信号？孔子虽然对此表示怀疑，但也没有推辞的理由。自己不是一直努力争取卫灵公的召见吗？

次日，孔子一来到卫宫的大门口，就暗暗叫苦不迭，他看见南子衣着华丽鲜艳，已经与卫灵公坐在了一辆豪华的驷车上。

史书记载如下：

> 卫灵公与夫人同车，宦者雍渠参乘，出，使孔子为次乘，招摇过市之。
>
> （《史记·孔子世家》）

马车沿着帝丘的繁华闹市缓缓行驶，街市宽阔壮观且热闹非凡，天空中艳阳高照、白云悠悠，秋风很轻柔地吹拂着。坐在首乘里的卫灵公和南子夫人，在车子上兴致盎然，不住地高谈阔论，南子夫人的朗朗笑声在秋风中飘散开来，一阵阵地敲打着孔子的耳鼓。坐在次乘里的孔子一时间感到天低云暗、阴风刺骨，街道上的一道道目光都像利剑一样直刺自己的胸膛。他根本没有看到任何秋景，甚至没有看清楚一草一木，他看到的是一个世袭大国的末日，也仿佛看到了中原的未来。

当弟子们从马车上搀扶下孔子时，发现他们的老师双目微闭，面色苍白得犹如初冬的霜雪。

良久，孔子才从牙缝里挤出一句话：

吾未见好德如好色者也！

（《子罕》篇）

卫灵公和南子都不会想到，这件事给孔子的心理打击实在太大了，直到十几年之后，他还屡次向弟子们提及这个问题。

斗筲之徒

孔子又要离开卫国了，弟子中颇有不解者，陪着国君及其夫人乘着豪华马车去兜风赏景，即使不是一件非常光荣的事情，却也谈不上有何损失，何况，这不也是卫君要起用夫子的象征吗？也有人不明白，在卫国住得好好的，待遇又这样高，可谓丰衣足食，为了一件区区小事，就断然拂袖而去，实在没有必要。当然，更多的人都感到即使千里迢迢地赶到了陈国，以孔子的洁身自好，也未必有什么好结果。

弟子们的态度就算没有在孔子面前流露出来，孔子当然也能够想得到，孔子毕竟是个相当优秀的教育家，他对学生们的心理活动并不陌生。而且，按照一般的世态人情，孔子的出走决定也是没有什么道理的。但孔子是一般人吗？当然，从社会地位讲，孔子只不过是个极普通的士而已，但自15岁而志于学之后，尤其在经历了社会、人生到国家的一系列惨淡经历的过程后，则孔子无论在眼界、心胸以及理想志向方面，都已经跨越了个人的小我，甚至也跨越了一个狭小的社会范围以及一个区区的国家范围，而昂首阔步进入到了熙熙攘攘、混战不已的华夏神州。

滔滔天下、渺渺九州、莽莽中原，上下僭越、礼坏乐崩、人心险恶、暴力横行、苛政如虎、民不聊生、哀鸿遍野，作为一个没有泯灭良知的士大夫焉能熟视而无睹？

想到这里，孔子吩咐颜回把大家招到屋子里，他要开课。

已经许多天没有上课了。弟子们都知道夫子心情不佳，所以，也很少来提问题。现在，听说夫子要开课，都很振奋。

无论孔子处于怎样的逆境中，只要看到他的弟子们，漫天的阴霾就会一扫而空。现在，他看到弟子们鱼贯而入，心情一下就舒畅起来了。

孔子端坐在一块深红色的地毯上，这是子贡前几天送来的，据说产自波斯。待众弟子都一一落座。孔子微笑道：

看起来汝等近来日子过得挺开心，是不是？

弟子们都笑了，夫子心情好的时候，他们也都心情舒畅。近几天来，每每看到夫子郁闷，也都非常难过。

孔子接着说：

可是作为一个士，却不能苟且生活啊！

性急的子路问道：

怎样才能算做一名士呢？

孔子道：

能够切磋辩驳，还能和颜悦色，就可以算是士了。以切磋辩驳的态度与朋友相处，以和颜悦色的态度对待兄弟。

《论语》记载：

> 子路问曰：何如斯可谓之士矣？
>
> 子曰：切切偲偲，怡怡如也，可谓士矣。朋友切切偲偲，兄弟怡怡。
>
> （《子路》篇）

子贡毕竟入门日浅，听到这里，感到夫子的回答过于简略，而且范围似乎过小，便接着问了一个同样的问题：

听了夫子的话，引起了赐的诸多联想，赐也想了解一些关于如何做士的道理，不知夫子能否做出一些具体的指示？

这次孔子的回答居然与回答子路的结论完全不同，他把士的职责和范围扩大了。《论语》记载了这次谈话的内容：

> 子贡问曰：何如斯可谓之士矣？
>
> 子曰：行己有耻，使于四方，不辱君命，可谓士矣。

曰：敢问其次？

曰：宗族称孝焉，乡党称弟焉。

曰：敢问其次？

曰：言必行，行必果，硁硁然小人哉，抑亦可以为次矣。

曰：今之从政者何如？

子曰：噫！斗筲之人，何足算也！

（《子路》篇）

子贡闻言，深表叹服。

这时，冉有又接着这个话题问道：

先王制法，使刑不上于大夫，礼不下于庶人。然则大夫犯罪不可以加刑，庶人之行事不可以治于礼乎？

（《孔子家语》卷七）

孔子不以为然地说：

不然，凡治君子以礼御其心，所以属之以廉耻之节也。故古之大夫，其有坐不廉污秽而退放之者，不谓之不廉污秽而退放，则曰簠簋不饬；有坐淫乱男女无别者，不谓之淫乱男女无别，则曰帷幕不修也；有坐罔上不忠者，不谓之罔上不忠，则曰臣节未著；有坐罢软不胜任者，不谓之罢软不胜任，则曰下官不职；有坐干国之纪者，不谓之干国之纪，则曰行事不请。此五者，大夫既自定有罪名矣，而犹不忍斥然正以呼之也，既而为之讳，所以愧耻之。

（同上）

宰予愕然问道：

夫子刚刚回答了子路、子贡、子有三位的问题。予有一个问题，夫子告诉子路的为士标准与告诉子贡的标准完全不同，不知是何缘故？望夫子有以教之。

孔子看了看子路，看了看子贡，又看了看宰予，然后把目光注视在全体弟子身上，温和地问道：

各位自己想一想，这是为什么？

有顷，颜回含笑、闵损点头，宰予也忽然若有所悟，大声道：

弟子明白了。

孔子笑道：

说出来，大家听一听。

宰予略略踌躇了一下，似乎认真地斟酌了一下词句，宰予是非常注重语言和修辞的，然后开口道：

予大胆冒昧，不当之处望二位海涵，也请夫子与诸位同学批评指教。我认为，子路学兄品高而性急，故夫子教以切切偲偲怡怡之道以正之；子贡学兄则才高而性傲，故夫子以言必行，行必果而教之。夫子之言，重点在言必行与行必果。我以为，这是夫子理想的士之标准，也是对士之行为的具体要求。

夫子微笑，没有表态。

闵损道：

子我的看法很对，尤其对子路兄的看法与我相同。由于是第一次听夫子教诲子贡，就不免多了点感受。我感到夫子的这段话里，"行己有耻"四个字是非常精彩且重要的，对于一个士来说，且不说他的能力有多强，智慧有多高，甚至也不在乎他有多大作为，只要看一看他是否知耻，就可以一目了然了。一个无耻之士，固然可能得志于一时，终究却不会有大作为；一个知耻之士，一时可能穷困潦倒，但终能有大作为。

孔子笑道：

如果这个知耻的士终究没有大作为，又该怎么办呢？

闵损一时无语。

士志于道

一时间，满屋鸦雀无声。

良久，颜回徐徐开口道：

今天夫子对子贡的指教，是一次不同一般的谈话，其中涉及许多人生大道理。刚才几位学兄说得也都非常精彩，回感到今天受益良多。关于耻与知耻，以回的浅陋之见，作为一名真正的士，最低要求就是知耻，这不能算是很高的标准。我们不难看到，世上无耻的人很多也好像都混得很好，世上知耻的人很少却好像混得都不太好，无耻者多而能混好而知耻者少而不能混好，这说明了什么呢？是不是说明了许多所谓大有作为的事业本就是为无耻者所提供的实践舞台，而清贫和潦倒却正是知耻者生命的最后归宿？所以，回认为一个无耻的士不但能够混好，也经常能够大有作为；而一个真正的士，知耻的目的并不完全是为了有所作为，主要是为了追求心安，亦为了升华自己的心灵境界。回的这些浅薄意见，是一时胡思乱想所得，请夫子和诸位学兄指正。

子路叫道：

说得好！

经过一番讨论之后，众弟子都一致认为颜回意见最接近夫子的教导，尽管大家都不认为知耻仅仅是为了清贫和心安。

子贡有些不服气地问道：

士固然不该无耻，凭借无耻而获得富贵是不足取的。然则，士如果满足于箪食瓢饮、陋巷寒舍，难道是值得追求的行为吗？

孔子道：

大众生活是这样一种东西，多数人都希望追求到一些稀少的物品，人性中最重要的追求是压迫别人而不被别人来压迫自己，欲望中最热切的希望是生活上有所剩余而厌恶不足。压迫别人是贵，自己剩余而别人不足则是富。其实，这两样东西本身都没有什么不好，至少比受压迫和物质短缺要得好多。但是，作为一名士，如果讨厌一种简朴生活，把自己全部心思都专注于获得大富大贵，则可能是事业的成功者，却不是真正的士。

士志于道，而耻恶衣恶食者，未足与议也。

（《里仁》篇）

子贡问曰：

然则，何为夫子之道？

孔子笑道：

我所欣赏的"道"，是人人都可以遵循和行走的道路，当然不是老聃先生那样的道，简而言之，就是先王之道。

子贡道：

这个道能够达到什么效果呢？

孔子曰：

> 道之以政，齐之以刑，民免而无耻。道之以德，齐之以礼，有耻且格。

（《为政》篇）

子贡道：

夫子的意思是说，国家政府的领导者如果以政治的阴谋欺骗手段或高压政策，虽然能够避免人民触犯法律，但人民却因而无耻；但如果能够引导他们以道德和礼仪，人民就不但知耻而且不做破格的事情。这是说，不仅士大夫有无耻和有耻之分别，人民也有无耻和有耻之分别。而且，有耻和无耻，是因为使用政策法令和道德礼仪两种不同的方式所制造出来的两种不同的行为和心理，不知是不是这样？

君子忧道不忧贫

夫子微笑看着这位新入门的弟子，表情上露出赞许的神色。他徐徐说：

国家的政策和法令这些东西能够勉强束缚人们的行为，但不能约束人们心理上的欲望追求，它使人们面对了国家严刑酷法，并不是主动克制或收敛起自己的不良行为，而是采取了一些阴险的无耻手段来达到目的；反之，如果采用道德礼仪来教化民众，就不但能够使民众在行为上有所收敛，而且在心理上也知道什么是耻辱。

子贡道：

然则，如何能够使道德礼仪真正落实到民间？

孔子道：

这就需要士来进行了。而且这种活动只能由知耻的士来进行，这不是由于无耻的效果问题，而是因为只有知耻者才能做到：

> 笃信好学，守死善道。危邦不入，乱邦不居。天下有道则见，无道则隐。邦有道，贫且贱焉，耻也！邦无道，富且贵焉，耻也。
>
> （《泰伯》篇）

天下有道的时候，人人的生活都是富足的，在这种时候，如果自己处于贫穷中，就是一种耻辱，因为这只能是自甘堕落、不求上进、好吃懒做的结果；但是，在天下无道的时候，人民普遍陷于贫穷，而自己却既富且贵，这只能是采取了无耻的手段而获得，所以，也应该感到这种获得是一种耻辱。在这个世道中，因为无耻者太容易得志，就难以对其进行教化工作，即使他的学问和知识都很好，也还是很难。

子贡的脸有些发红，喃喃道：

所以，作为一个有志于天下的士，得志时应该出来以道德礼仪来教化天下芸芸众生；不得志时则应该守死善道，甚至应该困守清贫以养志。如是，则士不但不能聚财敛富，好像也不能自足自乐？

孔子颔首曰：

> 君子谋道不谋食。耕也，馁在其中矣！学也，禄在其中矣。君子忧道不忧贫。
>
> （《卫灵公》篇）

子贡道：

然则，士一定要离家远行而进行教化工作吗？

孔子断然道：

士而怀居，不足以为士矣！

（《宪问》篇）

众弟子听到这里，都犹如大梦方醒，心中情不自禁地涌现出一股奇异的感觉。"士而怀居，不足以为士矣！"这寥寥数语，就好像是催发的战鼓，大家都信心百倍地准备踏上新的征程了。

君子的戒律

停顿了一会，子贡又问道：

夫子刚刚谈论了士的行为标准，赐已知之甚详矣。夫子近日在议论中涉及君子的地方颇多，赐虽然已经知道君子是人们对一些具有高尚人格者的称呼，却不知道这是怎样的一个群体？他们何以被称为君子？

孔子道：

赐啊！你提出来的是个非常复杂的问题，很难进行具体讲述，我不知道能不能回答得好。大体上说，人们所置身的这个社会是由各个阶层组成的社会，有贵族及士大夫阶层，有农民阶层，有工商阶层，此外，还有皂隶、奴仆等，我不知他们是否可以成为独立的阶层？这些各自独立的阶层，不仅具有职业方面的差异，而且在思想、行为、衣食、生活、娱乐、理想诸多方面，都形成了具有不同性质的职业特点和规则，每一个置身其中的人都不能逾越这些规则的束缚。而且，各个群体相互之间的差别甚大，亦不能混同颠倒而用之。时时能够看到一些农夫进入到城市后就有些茫然不知所措，而一个工匠置身于农村也一时无法适应，至于士大夫一旦置身工农中间便会格格不入，这些就是阶层之间的不同习俗规则所造成的必然现象。

君子是一个道德群体，他们在思想行为方面与社会上的其他群体和集团一样，有自己群体中所独有的行为准则、思维方式、生活方式、人生态度、奋斗目标、理想抱负等等。但君子不是一个职业集团，他们没有任何职业习气，也没有必须加以维护的职业利益，所以，他们立足于社会的各个阶层之上。因此，作为一名君子，不是凭借身份，而是通过自己的言行、表现、追求来树立自己的地位，并由此获得社会声誉；他要获得社会承认，就必须树立君子形象，来求得社会各阶层的认可。

子贡惊问：

君子应该通过一些什么样的行为来树立自己的形象？

孔子：

关于外在方面的行为方式，由于包罗的内容太多，今天无法全面论及。而且，君子的所有行为方式缘起于自身，任何良好的行为方式都无不缘起于内心深处的体验和警觉。一般说来，人生有三个重要阶段，人们能否使自己通过君子的考验，关键是在这三个阶段中是否能够严格要求自己。

子贡道：

这是怎样的三个阶段呢？

孔子道：

当然不仅仅局限于君子群体，每个人的一生都必然经过少年、壮年、老年三个阶段，但一般人往往等闲度过了这三个重要的人生阶段，个别人甚至在三个阶段中的某一个岔口上粉身碎骨。君子既然不是一般的社会群体，则在人生的三个重要阶段上便须格外注意，否则，也就谈不上什么君子了。我总结出来的是三条戒律：

一、在少年时代，由于身体发育没有完全成熟，心理追求没有固定目标，精神和情绪也没有稳定下来，往往不能把持自己，所以，要警惕自己不要因迷恋女色而耽搁了前途事业；

二、在壮年时期，血气旺盛、精力充沛，便要警惕自己不要逞狠斗勇而触犯国法或习俗；

三、在老年时期，血气枯萎、精力衰退，人生已经到了夕阳西下的时候，便要警惕自己不要在权、财、色上贪得无厌。

《论语》记载道：

> 孔子曰：君子有三戒。少之时，血气未定，戒之在色；及其壮也，血气方刚，戒之在斗；及其老也，血气既衰，戒之在得。
>
> （《季氏》篇）

子路闻言，欢欣鼓舞道：

夫子的这番议论实在精妙绝伦！由已经快50岁了，自少小行走江湖，阅人何止千百！有哪一个少年的脑子里不是终日琢磨着女色这种事情？但是，按照《诗经》记载，自古以来的君子们，不也是想女人想得睡不着觉而在床铺上滚来滚去的吗？可见，好色实人之常情，而戒色则是君子行为。

中年是比较麻烦的年龄，社会各个阶层的人士都把这个年龄的人作为社会的骨干，国家和政府鼓励他们多为社会贡献力量，父母希望他们表现优秀，妻子渴望他们做出一番轰轰烈烈的大事业，而他们除了身子骨结实了一点外，其实也没有什么重要变化。少年时的普通人到了中年也仍然很普通，他们委实难以作出什么出色的贡献、表现和奉献，于是，他们如果不能稍稍表现出一点勇敢精神的话，恐怕就难以立足了。

我现在虽然还没有进入老年，但亦已为期不远了。通过平日所见到的老年人之表现令人失望，再以此来反观自己，亦颇觉触目惊心！按照比较普通的道理，人在少年时候，想想女人没有什么了不起，少不更事、血气方刚，尚没有学业或事业可以追求，则追求女人至少想想女人应该是很正常现象。中年人往往在钱财、权力、女色方面全面出击，只要机会和运气足够好，也能频频得手，这是当前社会所提倡和鼓励的事情，一些做上级的、做家长的、做妻子的，都不反对甚至鼓励中年人的行为越轨。到了老年，实在像是即将熄灭的油灯，应该安安静静地颐养天年了，但令人奇怪的是，当今社会上，许多生平毫无出色表现的老年人却突然在晚年崛起，他们对权力、财富、女色表现得更加贪婪，这是什么原因，他们是不是想要最后捞上一把？

孔子笑道：

由啊！说话不要这样尖酸刻薄好不好？要给快要进入老年的自己多少留一点余地。我很同意你的看法，少年不妨有些错误，不必事事都做得正确，对于一些人之常情的事情也不必约束得过分，我不大喜欢什么少年老成。中年人有勇气、有进取心、有事业感、有理想、有抱负，都是好的，只要不是肆无忌惮地进行暴力行动，一般的行动并不会影响社会的稳定和谐。

老年确实是一个值得格外注意的年龄，也不能否认，有些人确实到了晚年才显示才能，但我认为，晚年表现出来的其实并不是才能，不过是经验罢了。依靠经验来指导后人，是老年人的责任；利用经验来诱导、欺骗、榨取额外的东西，是老年人为老不尊的表现。现在，一些老年人正在提倡少年人和中年人做老年人，而自己来做少年人和中年人，就未免颠倒了顺序。这样的顺序颠倒，就像四季的颠倒一样可怕，明明进入了严寒季节，却要推行春天的时令，就会造成灾难。

君子的九种思考

子贡道：

君子是不是可以避免那些顺序颠倒的事情发生呢？

孔子笑道：

赐啊！不要把君子的道德修养看得过高，其实，君子如果不能时时检点并改进自己，就什么也避免不了。所以，我才要告诫你们，想要成为一名君子，必须在人生的三个阶段上严格要求自己，不断检点自己的行为，庶几可以问心无愧地度过一生。

子贡道：

君子应该怎样检点自己呢？

孔子道：

一个对自己要求严格的君子，在遇到不同的考验时，有九种思考方式：观察一样事物的时候，考虑是不是观察得透彻了；听一件事情的时候，考虑到是不是听得明白了；自己脸上的面色，考虑到是不是表现得温和；自己的容貌表情，考虑是不是恭敬谦虚；说话的言辞，考虑到是不是忠诚老实；做工作的时候，考虑到是不是勤勉尽心；遇到值得怀疑的事情，考虑到怎样去向别人请教；愤怒的时候，考虑到是不是会引起后果；看到可以获得的东西，考虑到是不是符合仁义的要求。

孔子曰：君子有九思：视思明、听思聪、色思温、貌思恭、言思忠、事思敬、疑思问、忿思难、见得思义。

（《季氏》篇）

子贡道：

夫子提出的这九种考虑，对于君子的修业进德确实无比重要，赐虽不敏，很愿意终身履行。但赐还有一个疑问，君子在考虑上述问题的时候，有没有一个标准呢？

孔子道：

当然要有标准！明、聪、温、恭、忠、敬、问、难、义这九个字，就是进行思考的标准。如果把这样一些标准串联在一起，则可以说：君子以仁义作为自己行为和思想的骨干，以符合礼仪标准的方式来加以推行，以谦虚慎重的态度来进行表达，以诚实的态度来完成，这就是一个君子的行为标准了！

> 子曰：君子义以为质，礼以行之，孙以出之，信以成之，君子哉！
>
> （《卫灵公》篇）

沿着孔子所指引的君子之道，弟子们从夫子的教导中发现了人生的真正价值，不在于获得了多少，不在于成功的多少，甚至也不存在于幸福和快乐之中，而在于付出、在于体验、在于进步，在于自己的不断反省和检讨。

这一年鲁国无大事，国际上却爆出了一个大冷门，小小的越国居然击败了强大的吴国，致使那个曾经因攻陷了楚国国都而不可一世的吴王阖闾受伤致死；而一个始终在楚国东北方边境线上垂死挣扎着的姬姓小国——顿——终于在这一年的二月覆灭于楚国，至此，楚国的势力越过了蔡国，一步步向东北方的中原核心地区逼近了。

年底，孔子一行又冒着凛冽的朔风踏上了南行之路。

这是公元前496年，孔子56岁。

三·历史精神与天下情怀

城濮之战

公元前495年，周敬王二十五年，鲁定公十五年早春时节，孔子与弟子们行进在去往曹国的路上。孔子对曹国并没有兴趣，因为这个名声曾经很响亮的国家现在已经名存实亡了，此行不过因顺路而已。

曹国，文王子叔振铎所封，三等伯爵诸侯国家，封地在今山东定陶县西北。这个国家的地理位置恰好被夹在宋（南部）、鲁（东部）、卫（西部）三个大国的三角包围圈中，西部、北部和东部地区完全被鲁卫两个国家所占领，南部则受到宋国的步步威逼。所以，在春秋时代的列国大兼并中，曹国的发展扩张道路被上述三个国家所堵塞，国际地位便也急剧衰落。现在，它处处不得不仰宋国、鲁国之鼻息，基本已丧失了国家自主权。孔子心中的目标是陈国，但从卫国到陈国，如果走直线，则必须经过曹国，从曹国到陈国又必须经过宋国，而孔子也一直想到宋国看看，这次正好天假其便。

沿途尽多名胜古迹，这是孔子最感开心之处，而且，此行目的地虽然是陈国，但事先并没有任何预定，并不是非去不可。所以，一路缓缓而行。最先到达了卫国东部重镇——鄄（山东鄄城），孔子告诉弟子们：

鲁庄公十五年春（公元前679年），齐桓公于此地召开了第一次国际会议，开始称霸诸侯。

一个多月后，孔子一行来到了卫国南部边疆地带具有重要战略意义的古城——城濮。城濮地处鲁、卫、曹三国边境地带，以公元前632年爆发晋楚之战而闻名，正是这一战，晋国以退避三舍的战术，击败了势力强大的楚国。

进入城濮，孔子等寻了一处客栈住下之后，孔子便与弟子们一道游览街市，并兴致勃勃地登上了城濮城楼。

放目远眺，但见平原辽阔，濮水浩荡。置身于城楼之上，濮水北岸的洮城清晰可见。孔子不觉自语道：

这里确实是兵家必争之地！

子路问道：

弟子曾多次听夫子讲起齐桓晋文的事迹，他们的行为虽然不能处处符合周礼，却都是一代霸主。夫子怎么看他们所领导的尊王攘夷事业呢？

孔子道：

对待齐桓公和晋文公这两个人，不能只从他们在道德礼仪方面的表现来评判其功过。且不说齐桓公，就算晋文公对于捍卫华夏文明，其功亦甚伟哉！如果没有这里发生的那次城濮会战，后果不堪设想。

子路道：

夫子能讲一讲100多年前的那次战争经过吗？

孔子道：

我对这次战争的了解也不过是根据一些鲁国春秋简册里的零碎记载，仅仅知道一个大概而已。当初，晋国本来是不想打这次硬仗的，晋文公刚刚得国不久，此前与秦国的几次交战，晋国的国家元气受损不小。楚成王临国时的楚国，国势正蒸蒸日上，尤其是军事力量在令尹子玉大刀阔斧的治理整顿下，兵锋甚强。但晋国朝野间——从君臣到士卒都普遍存在有一股正义信念，捍卫华夏的尊严以及维护宗周政权所代表的先进文化，是晋国人的力量源泉。晋国如果要成为中原的霸主，则对于楚国的挑战就不能不有所回应。道义信念和文化心理，加上晋文公的丰富阅历以及晋国君臣之间的默契配合，这种力量是足够强大的，老谋深算的楚成王便很畏惧这种力量，他很想躲避一下晋国的锋芒。据记载，楚成王曾指示子玉退兵：

> 楚子入居于申，使申公去谷，使子玉去宋，曰：无从晋师，晋侯在外，十九年矣，而果得晋国，艰难险阻，备尝之矣；民之情伪，尽知之矣。天假之年，而除其害。天之所置，岂可废乎？军志曰：允当则归，又曰知难而退，又曰有德不可敌，此三志者，晋之谓也。
>
> （《左传·僖公二十八年》）

但晋国所以能够赢得了最后的胜利，既是凭着同仇敌忾的勇气，也有天意所在。楚成王是个相当厉害的角色，如果华夏不是有了一个刚刚崛起的强大晋国，尤其是有了晋文公那样一位经历了19年流亡生活的强势君主，楚成王恐怕当时就能问鼎中原了。

子路道：

然则，既然双方的君主都有意退让，如何又打了起来？

孔子曰：

由啊！你是一听到打仗的事就来了劲头。其实，对于晋国来说，进行这次战事是一次巨大的冒险，不但罄尽了国力而且集中了齐国、秦国、宋国等中原的四个最强大国家的联合力量，进行冒险一搏，而楚国却并没有倾尽全力。

子路道：

楚国何以不尽全力？

孔子曰：

因为楚成王并不想打，而令尹子玉却主张打，所以，楚成王一怒之下，就留下了主力部队没有派上战场。

子路道：

结果怎样？

孔子答曰：

由啊！对于一名志在天下的士来说，对一些战争的细节问题，其实并没有过分追究的必要。学习和研究历史，主要的着眼点应放在历史事件中的道德是非，而不在于对一些琐碎事物的详尽考证，其实，历史的细节是无法获得准确记载的，因为记载者无法参与历史。了解和记录历史演变的过程以及历史事件之间的关系和联系，是国家史官的职责，而不是民间学问家的职责。城濮之战在我看来，几句话就可以概括，如：

> 晋侯、齐师、宋师、秦师及楚人战于城濮，楚师败绩。……楚杀其大夫得臣。

> （《春秋·僖公二十八年》）

孔子又道：

对于春秋以来所先后出现的几位霸主，我始终是抱着一种既褒亦贬的态度。褒是因为他们尚能够尊王攘夷，这在今天也还是非常必要的举措；贬是因为他们的崛起，真正破坏了列国之间的平等和谐。

孔子与子路站在空旷的城楼上，谈论着历史，心情很舒畅。忽然，他的目光向东方看去，就感到心里一阵难过。他知道东部的不远处，就是鲁国西南地区的边境线了。对于这一带，孔子非常熟悉，他在担任中都宰时，常来这周围地区巡视。从这里到郓城正好80里的路程，从郓城到曲阜则不到200里，这是他三年前来卫国时走过的路途，不过因为行色匆匆，沿途没有浏览古迹而已。

子路知道孔子动了思乡的念头，便说道：

我们既然已经距离鲁国近在咫尺，何不偷偷地入境去看一看呢？

孔子似乎动了心，但略加思索之后，便摇头道：

还是不要入境了，要回去就堂堂皇皇地回去，偷偷摸摸地就不必回去了。

不幸而言中

孔子偕弟子们黯然回到驿馆，就听一名客商说，他在路上看到了由邾国国君率领的前往曲阜的豪华朝觐队伍，一个已经没有了国家主权的国君，居然还摆了很大的气派，一路上甚是招摇，引得鸡犬不宁，言下甚是愤慨。

孔子闻言心动，邾子朝鲁，一直是鲁国朝野中的一件大事。眼下，鲁定公年已老迈，三桓不学无术，他们能安排好双方会见的礼仪吗？孔子此时真恨不得自己能赶回去，鲁国实在是太缺乏人才了。

子贡见状，便在旁边说：

赐自从列夫子门墙，关于礼仪方面的知识已经了解了不少，但对于礼仪的实践则知之甚少。今邾子朝鲁，国家一定举行非常盛大的典礼。夫子如果不愿亲自回去，则赐前往一遭，一来学习礼仪，二来顺便了解一下鲁国政局的近况，岂非一举两得？

孔子闻之欣然，认为这很有必要。子贡近来学识俱增，见识不凡，只是缺少一些实践，他能够去看一看自然很好。于是，孔子决定使子贡赴曲阜观礼，自己与其他弟子权且在城濮暂住，等待子贡观礼归来。

子贡第二天破晓，就匆匆起程了。

七八天之后，子贡就赶回来了。向孔子叙述了经过：

> 十五年春，邾隐公来朝，子贡观焉。邾子执玉高，其容仰，公受玉卑，其容俯。
>
> （《左传·定公十五年》）

孔子饶有兴趣地听完子贡的介绍，问道：

汝之看法如何？

子贡道：

> 以礼观之，二君者皆有死亡焉。夫礼，死生存亡之礼也，将左右周旋，进退俯仰，于是乎取之；朝祀丧戎，于是乎观之。今正月相朝，而皆不度，心已亡矣！嘉事不体，何以能久？高仰骄也，卑俯替也，骄近乱，替近疾，君为主，其先亡乎！
>
> （同上）

孔子听毕，心中既欣慰又不安，欣慰的是子贡确实是进步迅速，他能够从表面而透视内部，由小而观大，由生而看死，确实是深得了礼仪之精髓。人之突然出现反常和违礼举动，说明其心旌神摇，这是生命力衰竭的信号，可惜不为一般人所知。因此，孔子预感到鲁国要发生大事，他内心为之而强烈不安，却计无所出。

> 夏五月，壬申，公薨。仲尼曰：赐不幸言而中，是使赐多言中也。
>
> （同上）

次日黎明，孔子一行离开城濮继续南下。

吾其被发左衽矣

孔子一行在曹国的西部边境线上穿过，并没有进入曹都，曹国已经萎缩得不成样子了，孔子有点不忍心看这个文王后裔的败落情形。

这一日中午时分，来到了一个很小的城镇，城里人口很少，一派破败萧条。向当地人一打听，原来此地名葵丘（河南考城县，现名兰考）。孔子不觉感慨万千，对孔子的感慨，众弟子均不知何故。

孔子叹息道：

尔等不知，这里曾经是一处名声赫赫的地方。公元前651年，齐桓公会齐了东周宰相周公，以及鲁侯、宋公、卫侯、郑侯、曹伯、许男，在葵丘城里召开了盛大的国际会议，这在华夏历史上可能是空前绝后的一次会议了。

颜渊问道：

这次会议有什么重要内容呢？

孔子道：

对此，各种传闻的说法不完全相同，但这无疑是齐桓公一生霸业最重要同时也是进入尾声的标志。

据记载：

> 秋，齐侯盟诸侯于葵丘，曰：凡我同盟之人，既盟之后，言归于好。
>
> （《左传·僖公九年》）

又据记载：

> 葵丘之会，陈牲而不杀，读书加于牲上，壹明天子之禁曰：毋雍泉，毋讫籴，毋易树子，毋以妾为妻，毋使妇人与国事。
>
> （《公羊传·僖公九年》）

颜渊道：

如果以齐桓公与晋文公相比较，夫子以为那一个行事比较正派？

孔子曰：

当时已经有人认为齐桓公在葵丘之会上的表现不佳，据说宗周宰孔在回京师的路上，碰见了正匆匆赶去的晋献公，便对献公道：

> 可无会也。齐侯不务德，而勤远略，故北伐山戎，南伐楚。西为此会也，东略之不知，西则否矣，其在乱乎？君务靖乱，无勤于行。
>
> （同上）

但我还是认为齐桓公是东周历史上最了不起的君主，他的霸业维持了差不多40年。表面上看，齐桓和晋文二人的功绩和勋业差不多，而晋文公、晋襄公父子先后连齐败楚、制秦，在与蛮夷强国正面抗衡的能力像是比齐桓公还要强些。但我觉得：

> 晋文公谲而不正，齐桓公正而不谲。
>
> （《宪问》篇）

齐桓公虽然在礼仪道德方面有所不足，但他的行为处世毕竟光明正大，对天子的态度也很尊重。而晋文公的生平事迹，处处都显示了他是一个喜欢玩弄阴谋手段的人，他的许多重要部下，也都是些谋略家，他们都普遍缺少礼仪道德方面的知识和修养，晋文公对天子也不够尊重。

孔子说完，又道：

这只是我的个人看法。

子路问曰：

> 桓公杀公子纠，召忽死之，管仲不死，曰未仁乎？
>
> （同上）

孔子道：

对于管仲这个人，不能像要求一个国君或世袭贵族那样来要求他，他是一个出身平民的政治家，对于礼仪道德这些东西并不熟悉。天子东狩洛阳之后，以宗周为核心的天下诸国之政治联盟已经名存实亡，中央政府号令不行，诸侯混战、各行其是，礼坏乐崩、天下大乱，当此权力空白之际，管仲能够帮助齐桓公建立起一种被称为霸业的新诸侯联盟，代替宗周号令天下，已属难能可贵。而且，在楚国以及各地戎狄纷纷祸乱华夏的严峻时刻，他辅佐齐桓公凝聚起华夏的力量来进行抵抗，救邢存卫，率诸侯联合之师南临淮水之畔，迫强楚签城下之盟，这些筹划都是出于管仲的才智。

> 桓公九合诸侯，不以兵车，管仲之力也。如其仁！如其仁！
>
> （同上）

子贡不以为然曰：

> 管仲非仁者与？桓公杀公子纠，不能死，又相之。
>
> （同上）

孔子笑道：

赐啊！你与由的看法一样，好像一定要把管仲贬低了才会心里舒服。你们知道什么是仁吗？仁就是爱人！一般人应该爱有等差，但作为较为出色的政治家，爱人就是爱所有的人，无论好人和坏人都要有爱心。好与坏是因人的行为表现不同而做出的价值判断，往往以不同时代的不同价值观为标准，这些价值判断没有固定不变的。仁是人心的基本特征，由爱己而爱人是人心的逐步放大，人类进步端赖乎此。

所以，好与坏是不同价值标准在判断上的差别，而爱不爱则是仁不仁的问题。管仲不能忠于旧主，不关乎仁不仁的问题，而是忠不忠的问题。爱人可以没有对象，但忠于人却要看对象；爱人可以不分好坏而没有区别，忠于一个人却要分关系厚薄而有所不同。管仲与公子纠的交情没有到必须以死相殉的程度，他完全可以不死，这与仁没有任何关系。而且，衡量一个国君，要看他是不是能爱人和爱民，能不能爱人爱民，是衡量国君的唯一标准，也是国君能否君临一国的基本条件；但衡量一个卿

孔子摇首曰：

　　邦君树塞门，管氏亦树塞门。邦君为两君之好有反坫，管氏亦有反坫。管氏而知礼，孰不知礼？

（同上）

　　管仲确实是很了不起的政治家，但如果说知礼，则他显然不行。国君使用的东西，管仲都照样用，一点也不讲究规定的礼仪，尽管这是桓公允许的。管仲如果是懂礼的，恐怕没有什么人不懂礼了。

丧家之犬

　　出了曹国境内，孔子决定顺便到郑国看看，他对郑国亦没有多大兴趣，这个国家自从子产死后，朝政日益腐败，盗贼活动猖獗，看起来也难以在秦、楚、晋三个大国之虎视眈眈下挣扎多久了。遥想当年，这个东周初期分封的新兴诸侯国，曾经在一代雄主郑庄公及其谋臣祭足的治理下，先后击败齐、宋、卫、鲁诸大国以及天子亲自率领的诸侯联军，周天子亦被郑国人射伤了肩膀，险些做了俘虏，郑国当日俨然为中原之霸主。

　　时值盛暑，孔子一行一路走来，但见人民众多、街市繁荣、屋舍整洁，田野上到处一片金黄，夏收就要开始了。给孔子留下深刻印象的是郑国的物质进步，各类商品品类众多、数量充足，应有尽有，孔子为之赞叹不已。

　　没有几日，孔子一行就来到了郑国国都新郑附近。不知当时突然发生了什么严重事故，孔子和他的弟子们居然相互失散了。天色已经黄昏，孔子独自一人伫立在新郑的东门外，静候弟子们。

　　与此同时，弟子们也忽然发现孔子不见了，都非常焦急，大家分头沿着通往新郑的大道上四处寻找，相约在东门聚合。子贡由于长期往来于列国之间进行商业贸易，对郑国的风土人情亦比较熟悉，而且擅长郑国方言土语。所以，当子贡接近新郑的东门时，就听有人说东门口有一个相貌形状很特殊的人正伫立在那里，像是在等什么人。子贡一听，知道此人定是夫子，便一路寻来，果然找到了孔子。据记载：

> 孔子适郑，与弟子相失，孔子独立郭东门。郑人或谓子贡曰：东门有人，其颡似尧，其项类皋陶，其肩类子产，然自腰以下不及禹三寸，累累若丧家之犬。

（《史记·孔子世家》）

子贡把听到话如实地告诉了孔子，孔子大笑说：

> 形状，末也，而谓似丧家之犬，然哉！然哉！

（同上）

由于孔子在郑国没有多少关系也没有什么兴趣，更重要的是，孔子根本不欣赏郑国的风俗人情，眼看着那些灯红酒绿的街道店铺，耳听着那些软绵绵的靡靡之音，他老人家几乎立即就要逃之夭夭。何况，郑人当年（公元前707年）射中周天子桓王的那一箭，就等于一下子射掉了宗周天子号令天下的权威，孔子对此始终不能释怀。

刚刚踏上陈国的土地，孔子的心就沉了下来，这是一块早已被连绵的战争蹂躏得不成样子的土地，田园荒芜、房屋破败、街市萧条，触目尽是断垣残壁，作为一个历史悠久的独立国家，陈国显然已经丧失了立国的基础。这时，从陈都淮阳传来了最新消息，由吴王亲自率领的吴国军队此刻已经驻扎在了陈国西南一带，与楚国令尹子西率领的楚军相互对峙，大战顷刻即发。

现在，陈国境内一片兵荒马乱，很不安全。于是，孔子决定调头北归。

始作俑者

整个秋天，孔子一行始终徘徊在河南中部平原和南部的丘陵之间，浏览了丰富多彩的中州古迹，激起了孔子一阵阵感叹。这一日，一路上走走停停，不觉来到一个陌生去处。只见一条清澈碧透的小河静静地流淌着，河边有一座小小的城镇，孔子和弟子们都不知道这是什么地方。于是，孔子使子路去附近探问。没有一会，子路兴冲冲地赶了回来，对孔子道：这里的地名起得古怪，叫什么"次睢之社"！

孔子闻之恍然道：

这么说，我们已经接近老丘了。

子路好奇地问道：

夫子知道这里为什么起这样一个古怪的名字吗？

孔子道：

这个名字倒也没有什么古怪，不过是因睢水之名而设立了一个社，但这个"次睢之社"，却实在有些古怪。

子路道：

夫子能不能说来听听？

孔子叹道：

我也没有什么好说的，只告诉你们一件远在200年这里曾经发生过的事情，事件的性质如何，你们自己去判断。

（僖公十九年），夏，宋公（宋襄公）使邾文公用鄫子于次睢之社，欲以属东夷。司马子鱼曰：古者六畜不相为用，小事不用大牲，而况敢用人乎？祭祀以为人也，民，神之主也，用人，其谁飨之？齐桓公存三亡国以属诸侯，义士犹曰薄德，今一会而虐二国之君，又用诸淫昏之鬼，将以求霸，不亦难乎？得死为幸。

（《左传·僖公十九年》）

颜回闻言而叹曰：

宜乎宋襄公之不霸也！然回亦闻之，以楚灵王之明达，亦以蔡世子为祭；以秦穆公之贤明，亦以三良为殉。夫子对此有什么看法？

孔子道：

我不想对此发表任何看法，因为这些丧心病狂、倒行逆施的做法，在今日已经不多见了。现在，如果有人想要以其他人的性命来祈求神灵的佑护，只能说明这些人不明大势、愚蠢透顶，他们非但不能达到目的，反而会遭到报应。关于祭祀、陪葬等方面的做法，不过是人类对天地、祖先、鬼神的一种发乎内心的尊敬和悼念，于尽礼、尽哀之外奉献上一些应时物品，也就足够了。只要是善良的神灵，没有哪一个是嗜血的，如果是嗜血的神灵，向他们能够祈祷出什么福佑呢？诸位记住！

> 始作俑者，其无后乎？
>
> （《孔子家语》）

这可以勉强作为我的看法了。

唯天为大

子贡趋前道：

夫子！转眼赐追随夫子已经三个年头了，每闻夫子畅言君子之道，赐受益多矣！前些时候，听夫子谈论列国历史，亦娓娓道来，不禁启发出了赐对华夏历史的浓厚兴趣，这亦是夫子诱诱善导的结果。今日听夫子谈及此处的次睢之社，越发激起了赐了解华夏历史的愿望，不知夫子肯成全否？

孔子微笑道：

赐啊！不必花言巧语地来吹捧我，有什么问题尽管提出来，大家坐在一起来商榷探讨，不必是我一个人讲述，因为我对华夏历史也知道得有限，毕竟年代久远且史料渐灭了。但一些概念模糊的历史逸闻，讨论一下就可能比较清楚了，这是"教学相长"。

子贡道：

通过几个月来听夫子谈历史，夫子似乎对齐桓公、晋文公、秦穆公、宋襄公、楚庄王这几位春秋霸主的霸业，都不是那么推崇。赐已经知道，夫子心目中的理想君主是五帝以及三王，也许还有让位的泰伯。赐想先请教夫子，尧为什么会成为古今帝王的典范？

孔子沉吟片刻，充满感情地说：

根据一般比较普通的世俗意义，人类所有过去的时间片段都可以算做历史，但学者们一般并不把时间等同于历史，因为只有具有鲜明意义的时间才能成为历史。什么样的时间有意义？学者由于不能全部知道过去时间里所发生的一切事情，所以无法进行比较和鉴别。但学者能够根据一些流传下来的记载、传说乃至神话，从中寻找出极少一点时间的意义，所以，民间传说及神话故事也可以构成历史。在我的理解中，一个传说就是一件先民的往事记录；一段逸闻，就是一个部族的行动足迹；它们不必过于真实。

尧是人们传诵最多的古代帝王之一，所有关于他的传闻，都集中了古代人民的美好理想，这些理想可能在某个时期真正实现过，也可能根本就是子虚乌有，而历史就是在真实和理想中塑造出了一个民族的文化内涵以及文明传统。大体上说，古代历史是把一个部族或民族的所有发明创造都集中到了某些优秀人物身上，所以，一个优秀人物就往往成为一个灿烂时代的开创者。黄帝、炎帝及尧舜禹就是这样的人物。

真是伟大啊！像尧这样做君主的。多么高大伟岸啊！只有天才高远辽阔，也只有尧才能向天看齐。多么广大渊博啊！老百姓简直不知道该怎样来称呼他了。多么高大伟岸——尧所获得的成就，多么辉煌灿烂——尧所创立的文物典章。

> 子曰：大哉！尧之为君也。巍巍乎！唯天为大，唯尧则之。荡荡乎！民无能名焉。巍巍乎其有成功也。焕乎其有文章。
>
> （《泰伯》篇）

子贡叹服道：

赐也闻乎史乘记载，尧的时候，中国发生了有史以来最大的洪水，曾经迫使华夏人民重新过起了岩栖巢居、茹毛饮血的生活。而尧居然能够重用舜、禹、皋陶、后稷等，平息了洪水、发展了农业、建立了制度、驱逐了外患，大功告成之后，便心甘情愿地辞掉帝位，一个人跑到南方的九嶷山去隐居。尧确实了不起！然则，舜怎么样？

禅让天下

孔子道：

舜的作为与尧相比，没有丝毫逊色之处。关于他的孝行，史书多有记载，不必在此赘述。舜于接管权力之后，由于鲧的治水方法不得当，洪水并没有退去，他诛鲧而擢拔其子禹为治水主管，方使黄河之水最终顺势而入海，华夏民族平治水土最终获得成功。其后，鉴于大洪水之后人民生活困顿，所以，舜在位期间，实行无为而治。

> 子曰：无为而治者，其舜也与！夫何为哉？恭己正南面而已矣。
>
> （《卫灵公》篇）

子贡问道：

舜禹也实行了禅让制度吗？

孔子道：

> 巍巍乎！舜、禹之有天下也，而不与焉。
>
> （《泰伯》篇）

子贡道：

在华夏历史上，除了尧舜禹这三位帝王外，还有其他人实行禅让吗？

孔子道：

以我看来，禅让制度不过是华夏处于洪水泛滥时期的特殊产物，据现在所能了解到的华夏历史传说，神农氏（或即炎帝）、轩辕氏（即黄帝）、颛顼氏以及他们之后的帝王，并没有禅让帝位的传统。所以，大禹之后，洪水已经不足为患，禅让制也就寿终正寝了。但由于禅让制确实是一种选贤任能的合理制度，所以在后来的年代里一直不能被人们忘怀，但真正能够以自己的君位来实践禅让理想的人却寥寥无几。

子贡道：

吴国的开创者泰伯，主动把君位让给弟弟，算不算禅让呢？

孔子道：

这种传位于自己兄弟的事情，只是殷商时期"兄终弟及"制度的遗风，已经不能算是标准意义上的禅让了。但是，泰伯能够三次以君位相让，他的品德可以说是达到极高的程度了，老百姓简直不知道用什么语言来称赞他了。

子曰：泰伯其可谓至德也已矣。三以天下让，民无得而称焉。

（《泰伯》篇）

子贡道：

我听说殷商时期的孤竹国君有两位公子，一名伯夷，一名叔齐，他们互相谦让着不肯接掌君位，最后双双离开故国。他们怎么样？

孔子叹息道：

这大概是具有古代遗风的最后两个贤者了，他们从来不会记忆着过去的仇恨，所以，没有人对他们有所抱怨。

子曰：伯夷、叔齐，不念旧恶，怨是用希。

（《公冶长》篇）

子贡道：

现在的各国国君恐怕没有一个人能与伯夷、叔齐兄弟相比了？

孔子道：

现在的国君吗？那是无从比较的，简直有天壤之别。你们知道齐景公这个人，他把整个国家的财富都把持在自己手里作为私人积蓄，只他的马厩里就至少拥有4000匹马。但将来等他一旦死去，老百姓便会发现他在治理国家方面简直没有任何可以称道之处。所以，他虽然活到了现在，享有高寿，但在人民心目中差不多已经等于死去了。而伯夷、叔齐虽然饿死在首阳山下的荒野，老百姓却一直怀念他们、称颂他们，他们一直活在人民心中。

齐景公有马千驷，死之日，民无德而称焉。伯夷、叔齐饿于首阳之下，民到于今称之。其斯之谓与？

（《季氏》篇）

子贡道：

听夫子谈历史，似乎最为欣赏尧舜禹时期所实行的禅让制度，这种制度通过选贤任能而把一些最出色的人才选拔上来，从而创造出华夏历史上最灿烂辉煌的时期，也就是夫子所说的"焕乎其有文章"。夫子能否谈谈禅让制时代的一些政治特点？比如，每一个在位的执政者怎样把权力移交给继任者？

政治遗嘱

秋意已经很浓，睢水两岸层林如染。连绵不断的战争，使中州大地到处是断垣残壁，触目尽是一派苍凉。

孔子长叹道：

三代王朝延续至今已经有1600多年了，朝代更迭、典籍散失，尧舜盛世的典籍记载已经百不存一，今日要叙述尧舜时代禅让制的一些细节，根本无法做到了，这个令人永远不能忘怀的美好时代只留下了一些动人的传说。

子贡道：

然则，禅让制中关于权力过渡有些什么传说呢？

孔子道：

传说往往是事实的反映，人们有时候可以编造甚至伪造事实却不能编造传说，尤其是尧舜时代可能还没有发明出文字以及金石、竹帛、刀笔这些东西，所以，远古时代的历史只能从传说中获得。关于禅让制度的权力过渡形式，我记得有典籍记载，尧在交出权力时，曾对继任者舜郑重地嘱托道：你啊——舜！上天所运行的历法和人们的命运，都落到了你身上。要公允而不偏斜地执行一种合乎中庸的道理！如果使四海之内的人民普遍陷于困苦贫穷，那么，你享有的这一份上天所赐予的地位，也就终结了。

尧曰：咨！尔舜！天之历数在尔躬，允执其中！四海困穷，天禄永终。

（《尧曰》篇）

子贡道：

舜是怎样嘱托禹的呢？

孔子道：

舜也是以这样一番话来叮嘱禹的。

舜亦以命禹。

（同上）

子贡道：

夫子对尧舜时期的禅让制最为激赏，诚然，禅让制确实是一种比较优越的政治制度，以道德品质为标准而选拔出来的接班人之人品素质和行政能力一般超过了后来王朝时代的血缘世袭继承人，征诸史实，应是无可怀疑的。但夫子亦认为，这种最高权力的禅让制度只能出现在一些比较特殊的历史时期，所以，当水土平治之后，华夏历史便进入到了权力世袭的王朝时期，所谓三代王道政治正是世袭制的产物。夫子似乎对三代的政治文化也赞不绝口，能否简单谈谈三代的政治交接问题？

孔子肃然道：

禅让制值得赞美之处是选贤任能，但这种依靠地方举荐和天子认可的制度，也不是完全合理的最佳选拔方式。首先，地方推荐往往是根据民众的一时口碑，是以许多特立独行的人，他们即使品格高尚、才能出众，但因为不能讨好民众就不能脱颖而出，而一般优秀人物都很难去迎合芸芸众生的流行追求。此外，选拔上来的接班人有时候由于缺少政治经验和阅历，就不能正常接班，大禹死后，他所确立的合法接班人——益，就没有战胜他的儿子——启。结果，禅让制便无疾而终了。

三代的王道政治亦有它的突出之处，而且，它们在某些政治伦理方面也继承了尧舜时期的遗风，尤其是，王朝政治的开创者们都有一种为天下献身的殉道精神，也有一种以个人治理天下的远大胸襟。如商汤在昭告天下时说：

我小子履，谨用黑色的牡牛作牺牲，谨昭告天上堂皇而伟大的天帝：任何人只要犯了罪，我决不敢私自赦免。我也不敢把我们这些天帝臣仆们的过错掩饰起来，其实，所有的事情都已在您的洞察之中。我如果有了违反上天的罪过，不要因此而牵连全天下的万方诸国。若是天下万方诸国有了违反上天的罪过，则罪过都算在我一人身上。

（汤）曰：予小子履，敢用玄牡，敢昭告于皇皇后帝，有罪不敢赦，帝臣不蔽，简在帝心，朕躬有罪，无以万方；万方有罪，罪在朕躬。

（同上，又见《尚书·汤誓》）

子贡道：

西周的情形如何呢？

孔子道：

周武王得到上天以天命相授予之后（灭商后），在进行封赏的时候，设法使道德高尚和品质善良的人都获得了荣华富贵。（周武王）说：周族的人虽然都是亲戚，但还是不如有仁义的人。老百姓有过错，全在我一人。

周有大赉，善人是富。虽有周亲，不如仁人。百姓有过，在予一人。

（同上）

子贡听得心中欢喜，赞叹道：

看起来，三代时期的王者，也确实都是些很了不起的优秀人物，且不说其他，只是他们这份一力承担责任的勇气和气魄，现在已是难得一见了。赐想请教夫子，从现在开始以及未来的历史时期，一个应天命而履大位的王者，在接管了国家权力之后，首先应该做些什么事情，才能使天下人心服口服？

怎样使天下归心

孔子眼望着远方的中州平原，片片废墟、累累荒冢，目光有些迷离。未来的天下究竟是什么样子？应该是什么样子？孔子扪心自问，感到有些惘然若失。一些盲目乐观者，大胆断言人类历史是不断进步的，也许他们说得并不错，表面上的历史确实好像是不断前进了，但那些令人眼花缭乱的物质繁荣真正代表了进步吗？而且，世间的万事万物能够笔直地向前迈进吗？有哪种事物是如此行进呢？就连适应性最强、能够见缝插针的水，不是也要曲曲折折、百折千回才能流向大海吗？人类历史是人类向宇宙时空进行的一场没有休止的长途赛跑，最终究竟是人类历史战胜了宇宙时空，还是自己倒毙在行进的途中？孔子感到自己还没有真正想清楚这些问题。

于是，孔子向子贡道：

赐啊！叙述一些远古的逸闻传说也就罢了，至于对未来作出毫无根据的猜测式的预言，我还没有这种能力，而且，我也不愿作出这样没有根据的推断。

子贡道：

赐以为，在世界现存的所有事物中，都一定拥有过去、现在和未来三种结果。而三种之中，只有现在是比较靠得住的事实，过去和未来则不过是人类所独有的心理感受，它们往往是没有根据的，所以也是不真实的。事实上，人类回忆历史并不是真正地要恢复过去的事实——因为过去的事实没有一样是可以恢复的，只不过是寄托了人类一些美好理想而已。因为处于现实生活中的人们永远没有达到理想境界的可能，所以，人们除了依靠编造历史来塑造现实理想外，就只能追求属于未来的空幻希望。无论是凭借编造历史来构筑理想，抑或是凭借创造理想来编织未来希望，都不必是真实的，它们只要能够满足人们当下虚空的心理，能够鼓舞人们继续生活下去的勇气即可。

所以，赐请教夫子中国未来的政治走向，正是要寻找华夏人民在现实中生活的希望以及对未来前途的展望。以夫子的信仰、抱负、学问、志趣、见识和智慧，如果不能为今人和后人留下自己的希望，岂不是在春秋时代留下了一个空白？而这个空白是后来者无论如何也填补不上的。尤其是夫子凭着自己的努力已经非常全面地继承下古代文化遗产，而今日中国却丧失了前进、发展的路线。未来即使真的会有王者出，却未必会有圣人出，所以，未来的中国政治也未必寻找正确的国家路线，而任何不能寻找到国家发展路线的民族，都很难确立起成功的国家体制。因此，夫子的理想虽然不能为当世所知、所用，却未必不能为后世所知所用，夫子虽然不能在当世拨乱反正，却未必不能为后世立百代之轨。夫子！天下滔滔、人心惶惶，正是天下失去路线的必然结果。

孔子颔首道：

你这样来理解历史，我虽然不能完全同意，但大致可以成一家之言了。我非圣者，不配为后世的百代千王立规则，但陈述一点历史看法，则是每一个学者的责任。也许如你所言，历史是理想的铺述，而预言则是希望的寄托，虽然如此，人们仍不能把理想完全寄托于历史的虚无之上，也不能把希望完全寄托在模糊的预言之上。寻找出历史的真实，亦即寻找到未来希望的真实落脚点；也只有寻找到真实的历史，才能建立起概念准确的未来理想。赐啊！在历史中寄托希望是可以的，即使这些希望不能实现，也不能造成重大伤害；但如果把理想建立在预言的基础上，就非常危险。你刚才提到了一个新生政权如何使天下的人民心服口服，我委实没有什么新颖的看法。

根据典籍记载，无论过去、现在和未来，任何一个新生政权能否合法化和合理化，都看开国时的举措：谨慎地核实并统一流行于各地的度量衡，检验并审定混乱的国家法度，重新确立遭到破坏的国家机构，则国家领导天下四方的行政命令就能够畅通无阻地得到推行贯彻。此外，大禹、商汤、周武都在国家政权鼎革之伊始，就立即采取了如下举措：使已经灭亡的古老国家重新建立起来，使已经灭绝的部族和氏族再接续下去，推举隐逸在民间的贤者出来为国家服务，天下的人民就心悦诚服地归顺新政权了。

> 谨权量，审法度，修废官，四方之政行焉。兴灭国、继绝世、举逸民，天下之民归心焉。

（《尧曰》篇）

子贡道：

夫子上面说的是新国家开国建邦的举措。新政权确定了"谨权衡，审法度，修废官"等措施，则国家治理社会的政令就会得到推行，赐对此没有异议。但"兴灭国，继绝世，举逸民"这些举措，是不是非常必要呢？鉴于当今天下纷纷攘攘、征战不息，几乎皆与列国并立有关。可见，"封邦建国"的立国形式以及以万国而拱卫京师的国家形态，虽然拥有诸多优秀品质，亦有其致命弱点，未来天下或许日渐走向大一统。不知夫子以为如何？

孔子道：

你说得很好，在一个面积相当的国土之内，万邦分立的形式不如统一政体优越。天子如果只在形式上是天下共主，则使中央政府的权威很难落实到地方各国，一旦地方强而中央弱，则必成尾大不掉之势。然则，中国之国土如此之辽阔，即华夏领土范围之内，亦浩瀚而无边际，加之地形多变，人民之习性、习俗、文化、服饰、饮食乃至语言、文字以及货币、工具、器皿均有不同，在缺少共同的文化、心理、习俗、信仰的情形下，如果通过强权或暴力而生硬地捏合在一起，则不仅效果与愿望适得其反，而且也根本就无法做到。分邦建国不是古代圣贤们的根本愿望，而是无可奈何的产物。

事实上，一个国家能够扩大到什么规模，一个民族能够拥有多少民众及占有多少领土，并不是个别人头脑中想象或设计出来的蓝图，而是国家政府的治理能力究竟有多么大，以及民族的文化辐射力究竟能达到多远的问题。

华夏的立国基础象征着华夏之文明进程，也象征着华夏历史持续演进的路途，从黄、炎时代的万国并立，发展到殷商时期的诸侯三千，而到了周武王分封天下的时候，不过诸侯数百而已，可见华夏文明的融合力及华夏文化的亲和力，已经日益得到了加强。什么时候整个华夏各个区域都走向了和平统一，什么时候就是天下太平。但是，任何人都不要把这种政治文化统一的希望寄托于个别国家的武力和暴力，华夏的历史证明，任何以武力代替道德，以暴力代替仁义而试图统一天下者，无不以身败名裂而告终。

外交与内政

子贡心悦诚服地说：

听夫子这样解释历史，赐终于明白了夫子的意图。在一种先进文化或文明还没有能力通行天下的时候，先进文明应该牢固地确立自己立足的根本，与天下各个地区的区域文明共同管理一片比较辽阔的地域，待到这种先进文化的融合能力达到了混同天下的时候，天下自然就走向政治、文化以及经济上的统一了。事实上，通过对先进文化及先进技术的推行和推广，在一个比较先进的文明中心所确立的政权完全可以得到天下人的认可。但这个政权接下来的工作，应该以什么为着重点呢？

孔子道：

上面所说的文化建设，作为一个新政权，不论它是以什么方式获得了统治国家的最高权力，都必须首先着手进行的工作，一个国家的开国规模、布局、气象全建立在这些初步工作的慎重制定以及能否推行的基础上。

至于国家的行政举措，则与开国方式没有必然联系。全国性政权制定国家政策，基本上要落实到如何团结其他区域性国家的基点上，它要首先解决大文化区域内的各个不同氏族之间的关系协调问题，因为不同的氏族便有不同的血缘，不同的血缘关系的人群融合到一起，没有一种新的道德伦理作为纽带，是无法做到的，使血缘日益淡化而氏族色彩渐浓，这是国家的头等大事，这应该称呼为国政；而个别国家内部的社会问题，则属于国家政权与人民之间的关系问题，它应该率先解决民生问题，这应该称呼为内政。一般来说，处理国家之间的关系，是天子和君主应该负责的国家事务；处理国家内部集团利益关系之间的事务，是国家政府和官员们应该负责的社会事务。

子贡道：

处理国家内政应该以哪些工作为主呢？

孔子道：

所重：民、食、丧、祭。

（《尧曰》篇）

子贡赧然道：

夫子知道，赐之学术根底甚是浅薄，夫子言简意赅之处，便不能领会深刻。夫子的意思是不是说，一个政府最应重视的工作莫过于：一是人民的信任，二是人民的生活水平，三是遵守丧礼，四是遵守祭礼。然则，赐能够理解第一、第二两点，却不理解一个政府尽管应该注意国家的祭祀大典，但何必去注意民间的丧葬和祭祀？

孔子道：

丧葬这种事情，不仅体现了人与人之间血缘关系上的亲善，也往往体现出后人希望继承和发扬前辈的精神，所以，观察一个人的能力、品质、道德、性情以及勤勉与否，可以通过他对前辈丧事的处理而加深认识。至于祭祀活动，亦不只是表达哀思或请求祖先、神灵的佑护，而是把自己的卓越成就向祖先神灵进行汇报，这就是所谓"返祖报功"。西周天子祭祀天地而遍及万物，便体现出了一种公正无私的精神。

所以，政府倘若在执政时宽大平和，就能获得人民的拥戴；政府讲究信誉，就会获得人民的信任；政府的工作勤勉，就能不断地获得成就；政府能够公正无私地执行法令，人民就会心悦诚服，这就是：

　　宽则得众，信则民任焉，敏则有功，公则说。

（同上）

子贡听到这里，连连点头道：

赐明白了！

大禹的俭朴精神

这时，子路趋前道：

我跟随夫子已经20多年了，还从来没有听到夫子一下子谈了这么多历史问题，涉及从尧舜禹汤直到文王、武王，每一个论点都精辟至极。但由心中每每怀疑，与尧舜的辉煌业绩和无私的人格相比，禹的德行似乎不够充足广大，尧舜以来好不容易确立起来的禅让制，传到了他手里，就被彻底毁灭了。不知夫子以为如何?

孔子正色道:

由啊!评论古人,不能这样片面、武断、苛刻。我前面已经说过,历史上发生的事情没有一样是可以长久存在的,禅让制也许的确很优秀,但毕竟是特殊历史时期的产物,随着一个特殊时期的结束,它必然无疾而终。后人可以根据禅让制度建立自己的政治理想,却无须抱怨历史的变迁。可以坦率地告诉你:我觉得对大禹这个人的作为,是没有任何批评余地的!他自己的饮食很粗糙,而把好的食物真心诚意地用来祭祀鬼神;他自己穿戴得很朴素,而主祭的服饰很精美;他自己居住得很简陋,而把财力都用来修建水利设施。对于大禹的这些行为,我还能提出什么批评呢?

> 子曰:禹,吾无间然矣!菲饮食,而致孝乎鬼神;恶衣服,而致美乎黻冕;卑宫室,而尽力乎沟洫。禹,吾无间然矣!
>
> (《泰伯》篇)

弟子们都点头称是,子路亦表示赞成。

以大事小

子贡沉默了一会,又趋前问道:

以夫子看来,一个规模中等的国家,究竟拥有怎样规模的政府比较适合?西周初立,不能划天下为一,是不是因为政府的规模太小?

孔子思索片刻,答道:

我记得书简有载,舜只不过有五名大臣,就使整个天下获得了良好的治理。武王也曾经说过,我有十位能够治乱的大臣。

这样看来,古人所说的人才难得,难道不是这样吗?从尧舜延及到西周武王、周公的时候,真算得是人才兴盛的时期了,但武王的十位贤臣之中,却还是有一位妇女参政,实则九人而已——我不欣赏女人参与政治。当时的华夏之三分天下,周人已经拥有了二分,却还是尽心尽力地服事殷商。周朝的德行，可以说是天下最高尚、纯粹的了！

> 舜有臣五人，而天下治。
>
> 武王曰：予有乱臣十人。
>
> 孔子曰：才难，不其然乎？唐虞之际，于斯为盛。有妇人焉，九人而已。三分天下有其二，以服事殷。周之德，其可谓至德也已矣！
>
> （同上）

子贡道：

西周的盛德固然在文武手中获得了最后军事胜利的证明，但其他的各个诸侯国家恐怕就远远不及西周了。

孔子道：

不能以一种轻率的态度，简单地给历史下结论。尽管西周时期各国的国情不同，后人对于西周法令的具体落实情形也知之甚少，但不能说各国政策与西周全然不同。据我所知，至少周人建立的诸侯国家都是遵守西周制度的，它们在建国路线方面没有什么区别。如鲁国之建国者伯禽在赴任前夕，周公曾反复叮咛：作为在上位的君子不能把所有的好处施于自己的亲属，不能让大臣们抱怨没有受到信任和重用；老臣故旧如果没有犯大错误，就不要舍弃他们；千万不能对一个人求全责备。

> 周公谓鲁公曰：君子不施其亲，不使大臣怨乎不以；故旧无大故，则不弃也；无求备于一人。
>
> （《微子》篇）

子路莽撞地问道：

看起来，从五帝到文武，华夏的每个部族在自己领导华夏的时候都能够推出圣人，西周一朝更是连续出现过许多圣人，只有殷商这个朝代除了一个商汤外，好像就没有什么拿得出手的出色人物了。

孔子不以为然道：

怎么能说殷代只有一个汤呢？不要说伊尹、文丁、武丁们，即使到了殷商末世，也不是没有仁人志士了。比如，微子见纣王无道乃隐遁而去，箕子劝谏无效乃佯而为奴，比干则因强谏而惨遭杀害。

说到这里，孔子长叹道：

殷朝即使在末世时，也还有三位仁者啊！

> 微子去之，箕子为之奴，比干谏而死。孔子曰：殷有三仁焉！
>
> （同上）

子路嘿嘿笑道：

这三个人么？或许可以勉强算是仁者吧，却根本不能算是很高明的人！以由看来，仁者应该能够见信于君主，智者应该能够见用于朝廷，忠者应该受到国家的回报，善于劝谏的人应该能够使人接受。

孔子不悦，批评子路道：

> 由！未之识也，吾语汝。汝以仁者为必信也，则伯夷叔齐不饿死首阳；汝以智者为必用也，则王子比干不见剖心；汝以忠者为必报也，则关龙逢不见刑；汝以谏者为必听也，则伍子胥不见杀。夫遇不遇者，时也；贤不肖者，才也。君子博学深谋而不遇时者，众矣！何独丘哉！芝兰生于深林，不以无人而不芳；君子修道立德，不谓（为）穷困而改节。为之者，人也；生死者，命也。
>
> （《孔子家语》卷九）

子路闻言，默然思索了一下，连连点头道：

夫子批评的是，由对于历史上的事情始终不能予以善意的理解，往往着眼于表面现象而遽下评论，所以，不能得历史之真实。

孔子微笑颔首。

这是公元前495年深秋，孔子57岁。

四·由表及里透视众生

郊迎孔子

公元前494年，周静王二十六年，鲁哀公元年。

整个春季和夏季，孔子和弟子们徘徊在郑、宋、陈、曹之间的中原大地上，四处漂泊、行无定踪，先后会见了一些早已没落不堪的小国诸侯。他们在大国的威逼下，已经丧失了继续生存的意志，精神萎靡不振，日日追逐于声色犬马之中，麻木不仁地等待着末日的来临；他们确实犹如病入膏肓的垂死者，已经不可救药了。当这些国君以一种待毙者的痴迷愚钝、浑浊黯淡的目光看着孔子，孔子赶紧逃之天天了。深秋时节，孔子一行又返回了卫国。

孔子实在不愿意再返回卫国，他觉得自己的理想与卫灵公的追求格格不入。志大才疏的卫灵公虽然一心一意地要振兴卫国，却眼见着卫国日益衰落。尤其是孔子一想起那个要命的南子夫人，脑子就隐隐作痛，卫国的宫廷简直就是个是非窝子。

卫灵公委实是个性格很奇特的人，他虽然不学无术并好大喜功，但为人坦诚热情且豪爽大方，他如果不是把卫国的历史名声和国际地位看得过重，以他手下所拥有的人才，再加上孔子及其弟子的大力协助，踏踏实实地从国家的根本事业着手，则卫国的局面断不致每况愈下，甚至可能蒸蒸日上。但卫灵公亦实在是个粗心大意、眼高手低的人，一心一意地穷兵黩武，试图从大事业干起，结果不但得罪了强大的晋国，而且在国际上的名声也越来越坏。在自己的国家内部，卫灵公尚能使用一些优秀人才，却又不能信任以至重用他们。尤其严重的是，由于他的纵容，已经在不知不觉间，为卫国最高权力之过渡埋下了隐患。现在，卫灵公日益苍老了，40年来的鞍马劳顿，他徒然地耗费掉了自己的大好精力，却没有达成任何愿望。

近日来，他时时想起孔子，这个老夫子已经离开卫国一年多了，列国多事之秋，到处兵荒马乱，他究竟去了哪里？上了年纪的卫灵公心里有些牵挂着也同样上了年纪的孔子。所以，这一天，他听说孔子一行已经到了帝丘郊外，心中感到一阵兴奋，便吩咐手下人迅速准备车马，他立刻穿戴整齐，居然亲自到郊外来迎接孔子。

对于卫灵公此举，孔子颇感意外。由于卫灵公的再三邀请，他勉强上了卫灵公的豪华马车，一路向宫城驶去。

老当益壮的卫灵公依然是雄心不减当年。在马车上，他向孔子谈起了准备讨伐蒲，但朝中的大夫们都认为蒲不可伐，为此征求孔子的意见。孔子没有直接反对，只含蓄地对卫灵公说：蒲地的男子好像都不太怕死，而卫国真正想要进行讨伐蒲的却只不过是四五个人而已。

卫灵公想了一想，就放弃了讨伐蒲的念头。

> 卫侯闻孔子来，喜而于郊迎之，问伐蒲。对曰：可哉？公曰：吾大夫以为，蒲者，卫之所以恃晋楚也，伐之无乃不可乎？孔子曰：其男子有死之志，吾之所伐者，不过四五人矣。公曰：善，卒不果伐。
>
> （《孔子家语》卷五）

卫灵公把孔子一直送到了原来的居处，便告辞而去。原来，孔子去后，卫灵公命人把房子继续为孔子保留下来，他好像算准了孔子要回来。

从飞雁观志趣

次日午后，卫灵公散朝之后，特意在后宫的庭院里会见孔子并设家宴为孔子洗尘，这次，南子夫人没有在场。

夜来一场大雨过后，秋意便很浓了。一队队列成了整齐队形的大雁从遥远的北方飞来，停留在河南一带略事休整后，便结队向南方飞去。究竟哪里是它们的最终目标呢？也许它们就是一种从来没有家的生物，南来北去而后又南去北来，南北浪迹就是它们的命运，万里长空就是它们的归宿。所以，它们被人类称为候鸟。

孔子和卫灵公对坐在一座高台上已经很久了，二人的谈话并不投机，卫灵公的一颗心并不放在治国安邦的根本大计上，他的全副心思都驰骋在戎马倥偬的战场上，他的注意力除了扩大卫国的疆域以满足自己的虚荣心外，就只能畏缩在深宫大院的胭脂堆中，已经没有任何余力再进一步展开了。这是病态时代里的一个病态君主。

现在，卫灵公举首苍天，目不转睛地盯着一队由远渐近的鸿雁，露出了一副心驰神往的神情。似乎从鸿雁的行迹中，联想到了自己一生的戎马生涯，联想到了边疆要塞、战场烽烟，一瞬间，他有些神态萧索。

> 他日，又与夫子语，见飞雁过而仰视之，色不悦，孔子逝。
>
> （《孔子家语》卷五）

孔子冷眼注视着卫灵公，内心感到有些酸楚，大变动时代制造出了许许多多身体和心灵都被严重扭曲的人物，眼前的卫灵公可谓其中之典型。这是一个怎样的时代？西周以来的一个好端端的局面忽然间陷入了全面崩溃，事情的起因固然是周幽王的失德，致使女人（褒姒）成了亡国的祸水。但自平王东迁以来，中央政府对各国诸侯处处忍让，处理天下大事并无失德之处，奈何天下的局面却每况愈下？可见，天下大事之成败固然经常集中于个人之手，但归根到底却不是个人可以扭转乾坤的。

良久，卫灵公抬起了一张疲惫憔悴的面孔，向孔子道：

夫子，不是寡人不赏识夫子，夫子的道德学问，夫子的治国方略，夫子的王道理想，寡人时时为之击节赞叹。但是，寡人实在难以采用夫子的主张。试看当今天下大势，有如天崩而地坼，自天子东狩，权柄下坠于诸侯，宗周即已名存实亡；列国纷争，胜者为王而败者为寇。卫国地处中原要冲之地，两次亡国，四番迁都，现在，已经成为列国之中任人摆布的一颗棋子，亡国之祸，旦夕以至。寡人每思卫国自康叔立国，迄今凡560余年，而今处于朝不保夕之境地，怎不令人扼腕！

孔子冷冷地看着忽然亢奋起来的卫灵公，心里再次升腾起一阵悲哀。周族，这个古老的礼仪道德民族看来真的是彻底衰落了！从后稷、公刘、古公亶父、泰伯、季历、文王、武王到周公，这个显赫的民族几乎每一代或若干代都会产生出一位相当出色的人物，就这样一步步把一个弱小民族带向了鼎盛发展时期。但千百年之后，却再也不能出现一个出色的子孙来力挽狂澜，看来"物极必反"是一点也不错的。

经过一阵剧烈的咳嗽，卫灵公又开口道：

寡人近来欲有事于边陲，敢问夫子一些有关战阵方面的谋略？

看着已经行将入木的卫灵公，一阵哀伤涌遍孔子周身，他一口回绝了卫灵公的请求。据《论语》记载：

> 卫灵公问陈于孔子。
>
> 孔子对曰：俎豆之事，则尝闻之矣；军旅之事，未之学也。明日遂行。
>
> （《卫灵公》篇）

本来，以孔子的个性，是立即就要离开卫国的，但事实上因种种缘故，并没有马上离开。卫灵公居然真的不顾老迈残躯，又会同了另外一个年老体衰而雄心不减的齐景公，再次在乾侯会面，商量讨伐晋国的大计，目的是为了救援被包围的范氏。临行之际，卫灵公委托属下给孔子送来一函，挽留孔子居留卫国，俸禄如旧。

孔子怎么好拒绝呢？他只好住了下来。

听其言观其行

瑟瑟的秋风惨烈地刮起了，一年便又进入到了尾声。

这一天下午，在一间很宽敞的房厅里，弟子们全都围坐在孔子的周围，师徒间正在切磋学问，不时发出激烈的争论声。房屋的正中央安放了一大盆炭火，时时发出一阵木材燃烧的劈啪劈啪的声音，屋子里的气氛很热烈。

宰予气色沮丧地坐在一个角落里，他心里感到有些不安。原来，今天上午，他在几块竹片上练习了一阵书法之后，感到有些精神疲惫，就仰卧在属于自己的木板床上。可是睡又睡不着，正好手里拿着一把刻刀，就不知不觉地在里侧的那面粉墙上刻画了一小幅美人图。正在他满意地欣赏着自己的作品时，可巧子路陪着孔子走了进来，孔子马上就发现了墙上的画，神色变得非常严厉。他训斥宰予说：

予啊！难道不知道一块朽木上是不能雕刻的，这种粪土的墙壁上是不能胡乱涂抹的。对于你啊，我真不知该怎样批评？

> 宰予昼（画）寝。子曰：朽木不可雕也，粪土之墙不可圬也。于予与何诛！
>
> （《公冶长》篇）

能言善辩的宰予怔在地上，一时不知说什么好，在一面白色的粉墙上确实不该胡乱涂抹，这不但污染了墙壁，也会使墙皮脱落下来，甚至会使整面墙日益颓坏。他刚要向夫子解释，就听孔子对子路说：

以往，我对于别人，听了他说的话正确就相信他的行为也会正确；现在，我对别人，听了他说的话之后一定要再观察他的行为。我是根据宰予这件事情而改变的。

宰予的脸忽一下红了，他怎么也没有想到，只是在粪土墙上有了这么一个小动作，就引起夫子如此不快。

现在，大家都围坐在这里谈笑风生，宰予心里老大的不自在。他几次想问一问夫子，但毕竟没有鼓起勇气。

忽然，听子路对夫子笑道：

今天上午，听了夫子批评子我的话，心里一直有点不以为然，夫子是不是有点小题大作了？子我平素始终勤奋好学，今日不就是在墙壁上画了幅小画吗？又不是什么拆墙扒房的活动，夫子何至于提出那样严厉的批评？记得夫子当时说：

> 始吾于人也，听其言而信其行。今吾于人也，听其言而观其行。于予与改是。
>
> （同上）

"听其言而信其行"是夫子最高尚的品德，至于"听其言而观其行"当然也没有错，但论境界则后者远不及前者之雍容博大，如果夫子的认识转变是根据子我的一幅壁画，我看夫子好像有点小题大做了。由说话向来口不择言，望夫子见谅！

宰予心中充满了感激之情，这个子路师兄真是条响当当的直爽汉子，现在居然把打抱不平的习气用到了孔子身上。且看夫子如何说？

孔子温和地看着子路，眼光里没有一丝不快，他也几乎立即就看到了坐在角落里的宰予，目光也相当温和。

孔子颔首笑了，环顾了一下众弟子，开口说：

由啊！你这是向我兴师问罪吗？

其实，大家都该知道，我并不反对美术，不反对任何技艺和技术，甚至时时鼓励大家要多学些本领，一个人能做到多才多艺才好。可是，当大家逐渐掌握了一定知识之后，在判别一些道理和处理一些具体问题上，就应该具有自己的判断能力了。你们都知道，天上正下雨的时候，就不必去浇田灌水；寒冬腊月，就要增加些衣服；有了车马，就不必步行；有了屋舍，就不必故意住洞穴。同样，练习一门技术也是如此，要学习射箭，不能以扔石子来代替；要学习种田，就不能整日在森林里狩猎。而且，学习任何知识或技术，还要注意时间、地点以及各种不同环境所提供的不同条件，人们都不能在漆黑的夜晚读书，不能在陡峭的悬崖上骑马，不能在沼泽里驾车，如果一定要那样做，不但学习不到任何东西，而且会有生命危险。

子我画画不是什么错误，关键是在墙壁上画画，这违反了几个方面的准则。由啊！你能总结一下吗？

子路额头上冒出汗珠，一时不知说什么好，刚才的满腹大道理都没有了，他现在感到夫子的话很对。

看到子路窘迫的样子，孔子不再难为他，把头转向了宰予，温和地说：

予啊！你自己谈谈好吗？

宰予本来是一个非常聪明的人，对知识和学问方面的领会，虽然不能达到颜回的举一反十，却完全能够做到子贡的举一反三。孔子的一席话使他茅塞顿开，刚才的满腹不快也就一扫而空，而他又是个善于言辞的人，一旦心里没有了顾虑就能够言语滔滔。

现在，宰予站起身来，心悦诚服地说：

弟子已经明白了夫子的意思，但不一定能够说得好。首先，夫子教导多年，弟子居然蠢笨到在粪土之墙上作画，就已经辜负了夫子的栽培苦心。我想，这里面有三层含义：

第一层是表面意义：

一、污染了一片粉墙；

二、损坏了墙壁；

三、假使那里是摇摇欲坠的颓壁，则弟子已经在自掘坟墓。

第二层是内涵意义，一天之上午，正是学习的大好时光，弟子却仰卧床铺上画画，是在徒然浪费时间；弟子日常每每在口头上对自己要求甚高，而行动上却不知检点。

第三层是深层意义，也是最重要的，一切不好的习惯都是从小事开始的，最终甚至可以演变为罪恶，弟子敢不痛加反省！

现在，知道夫子根据予的表现，从中吸取了深刻教训，已经改变了观人态度，弟子很想学习一些。

孔子听着听着，脸上就渐渐放出了光芒，随后哈哈大笑起来，他用手指着宰予笑着对众人道：

你们大家都看到了，予的口才确实是第一流的。我只希望你在今后的年月里，无论遇到或处理任何重要事情，一定要放眼全局、思虑周全，万万不可在至关重要的大事上粗心大意，你在这方面有所不足。我对你和由两个人的行为方式，都实在有点不放心啊！

观人的诀窍

弟子们见夫子神情如此欢快，就纷纷向孔子请教，他们都非常希望孔子能够就观人方面谈谈自己的看法。

子路无论在什么事情上，从来都是开路先锋，其他弟子素知他的习性，只要有他在场，大多由他带头。

这时，子路探了探身子，向孔子请教说：

夫子！根据你今天的新说法，夫子现在开始根据一个人的言语来观察他的行为了，这应该是认识上的极大变化。由以为，对于一些比较熟悉的人，这个方法似乎可以加深了解。但对于一些刚刚相识或刚刚见面的人，则应该怎样观察他的为人呢？

孔子笑道：

由啊！如果有这样一个人来到了你的面前，他风度翩翩、举止斯文、谈吐高雅得体、衣着整洁朴素、态度不亢不卑，你认为他是个什么样的人呢？君子者？小人哉？

子路犹豫地说：

应该是个君子吧？

孔子道：

你说得很对，现在，你已经能够根据外观来鉴别君子了。所谓君子在一般的日常生活中，也并不一定有什么惊人表现——日常生活中根本没有那么多表现机会，但他一定很善于修饰自己的行为举止，他们一般不会把一些令人反感的东西流露出来。所以，

文质彬彬，然后君子。

（《雍也》篇）

子路不大服气地说：

但是，现在文质彬彬的人已经日益多起来了，许多人尽管举止斯文、谈吐高雅、衣着朴素，却不一定是什么君子。

孔子颔首道：

你说得不错，然则怎么加以分辨呢？如果看见一个人而不能立即产生出自己的初步判断，甚至把君子看作小人，把小人误认为君子，则不但很难处理好人际关系，也证明了本身认识问题能力的低下。由！我且问你，如果你看到一个人，他无论在怎样的场合，在怎样的环境里，都能够保持着一种坦坦荡荡、光明磊落的作风，你会认为这是个什么人呢？如果你看到另外一个人，无论在怎样的场合，在怎样的环境里，总是一副慌里慌张、愁眉苦脸的样子，你会认为这是个什么人呢？

子路道：

这就比较容易鉴别，一个人能够在任何场合都保持着一种坦坦荡荡、光明磊落的风度气质，当然是很地道的君子；一个人无论是成功还是失败，总是一副可怜兮兮、愁眉苦脸的样子，当然是标准的小人。

孔子道：

这就是所谓：

> 君子坦荡荡，小人长戚戚。
>
> 　　　　　　（《述而》篇）

子路不禁抚掌大笑，曰：

夫子说得实在是精彩极了！由日常走在马路上，每每看到一些人，无论衣着如何，相貌如何；也无论是坐在车子里，还是步行在大道上，总是一副心事重重、忧心忡忡、愁眉不展的样子，好像全天下的人都有些对不起他。现在看起来，这些人都应该是小人了。可是，夫子！你所说的那种坦荡荡的君子，我却实在没有见过。

这时，冉耕在旁边笑道：

君子如果多到了满街游走，这个世界岂不成了尧舜盛世！何况，君子虽然需要修饰自己，但主要是修饰自己的言谈举止，他们并不是商人、艺人或娼妓，那些人需要引人注目才能事业发达——此即所谓知名度，所以必须浑身修饰得珠光宝气、亮丽鲜活，远远地就可以让人辨认出来。而君子们则无不敛迹深藏，哪肯随便招摇过市呢？

孔子严肃地说：

伯牛说的是。

修养与表现

孔子望着弟子们，沉默了片刻，乃说道：

今天，就着这个机会，专门谈论一下观人。观人一般是根据一个人的外观来进行观察，有些像现在市面上流行的相面术，由于这种方法来源于经验、体验以及长期的观察和总结，所以，也可以勉强说是一门学问，事实上，这种学问并不十分可靠。而且，阅历丰富的人或许可以根据一个人的外观而判断出他的爱好与憎恶，甚至可以分辨出他的身份和地位，甚至夸张一点说，能够分辨出他的出身和门第；至于他的内心世界，以及情趣、志向、抱负、追求，则只能捕捉到一丝痕迹，却不能把握准确，因为那些东西都是随时变化的。

我过去多次提到，君子这个词，不是指一种身份或地位，主要是一种行为修养，它证实一个人通过学习所能够达到的程度。前面所说的"文质彬彬"和"坦荡荡"，都只是君子的一种外观表现，其实，许多文质彬彬的人就未必是君子。所以，仅仅以文质彬彬未必能准确地判断出君子，但如果加上一些附加条件，就差不多可以了，这就是：

质胜文则野，文胜质则史。文质彬彬，然后君子。

（《雍也》篇）

子路一时不解，有些愕然地问：

加上这样两句话，就比较令人费解了。夫子能否详告？

孔子道：

有些知识比较容易进行通俗性的解释，而有些知识则根本不能随意解释，否则，知识就没有高低之分了。质就是本质，人的本质究竟是什么？我也说不好，也许就是本性吧？文就是文明，它是人类历史进程的标记。作为一个人来说，势必或多或少地接受到程度不同的文明成果，这就是后天学习的结果。对于人类群体来说，文明象征着一种进步；对于个人来说，文明则是对自己言行的点缀、修饰和限制。

任何人在他的一生中，如果他有幸生活在一个文明昌盛的礼仪时代，就必须时时以新鲜活泼、积极向上的文明成果来抵制自然本性的泛滥；如果不幸生活在一个文明黯淡的时代，则须以个人的良善本性来抗衡消极文明的侵袭。

所谓"质胜文则野"，就是说，如果一个人的内在本质和本性超过了他的文明遗传和知识的积累程度，行为上就会显得粗暴野蛮；但如果文明的遗传和知识的积累超过了本质和本性的负荷力，行为上就会显得浮华而不再真实。

这时，始终站立一旁没有说话的子贡，听得兴奋异常，终于按捺不住道：

原来，一个"文"字里面，也会有如此多的学问，可见"文"之一字是不可乱用的。然则，据赐所知，当今世上的一些权力者，却每每喜欢以"文"字来做自己的谥号，比如，卫国的孔文子，他凭什么谥文？

孔子笑道：

是孔文子吗？他这个人很聪明好学，又经常能够很谦虚地向别人询问讨教，所以，是可以谥为文的。

> 子贡问曰：孔文子何以谓之文也？子曰：敏而好学，不耻下问，是以谓之文也。
>
> （《公冶长》篇）

子路比较喜爱历史上的行动人物，不大喜欢探讨一些内容干枯的知识，看到夫子和子贡谈起了谥号问题，就急忙道：

依夫子之观人水平，看子产这个人如何？

子产作为活跃在春秋晚期列国政治舞台上的出色政治家，能够在晋楚两霸激烈争夺的缝隙中维护了郑国的独立，而且深获列国的尊重，孔子因此非常钦佩子产。现在，听子路问起了子产，就脱口道：

子产是个能够给予别人恩惠的人。

子路又问：

楚国的令尹子西如何？

孔子道：

他呀，他呀！

却没有说出什么来。

子路又问：

管仲如何？

孔子道：

管仲倒确实是人才。他曾经没收了齐国贵族伯氏骈邑300户的领地，使伯氏陷于贫困，却一直到死而没有怨言。

据《论语》记载：

> 或问子产，子曰：惠人也。
> 问子西，子曰：彼哉！彼哉！
> 问管仲，曰：人也。夺伯氏骈邑三百，饭疏食，没齿无怨言。
>
> （《宪问》篇）

子路闻言，叹服不已。

孔子接着说：

所以，作为一名君子，不但要广泛学习文明的优秀成果，还要用礼仪来规范行为，这样才不至于离经叛道。

> 子曰：君子博学于文，约之以礼，亦可以弗畔矣夫！
>
> （《雍也》篇）

这时，子贡问道：

然则，夫子能够凭借外观来鉴定君子和仁人吗？

见不善如探汤

孔子默然，良久，乃叹息道：

我现在已经快60岁（当时是58岁）了，生平阅人可谓不少，可是，还不曾见到过爱好仁义的人和厌恶不仁义的人。好仁义的人，应该是最高尚的了；厌恶不仁的人，他做的仁义事情，是为了不使不仁义的事情加到自己的身上。有没有人能够在一整天里使用全力进行仁义呢？我没有见过有谁是因为力量不够。也许还是有这样（全力于仁义者）的人，不过我没有亲眼看见罢了。

《论语》写道：

> 子曰：我未见好仁者，恶不仁者。好仁者，无以尚之，恶不仁

者，其为仁矣，不使不仁者加乎其身。有能一日用其力于仁矣乎？我未见力不足者。盖有之矣，我未之见也。

（《里仁》篇）

子贡道：

以赐看来，在思想信仰的层面，仁义是一种非常崇高的境界，一般人达不到这种认识程度，当然无法企及这种境界。但是，就一般人的认识程度而言，也许善良的行为做起来会容易一些。夫子对善与不善是否有所发明？

孔子点头道：

> 见善如不及，见不善如探汤，吾见其人矣，吾闻其语矣。隐居以求其志，行义以达其道，吾闻其语矣，未见其人也。

（《季氏》篇）

子贡诧异道：

当今天下，也许善良的人百不存一，但所谓"隐居者"却滔滔天下遍地皆是，难道夫子居然没有看见？

孔子黯然道：

现在所出现的那些名声大噪的所谓"隐居者"，不过是故意地跑到一个没有人或人比较少的地方躲藏起来，宁愿与野兽为伍而拒绝与同类相处。这样的人，我虽然没有见过很多，却也见识过。不过，我这里说的是"隐居以求其志，行义以达其道"这样的人，这种人我确实没有发现，但愿我能够早日发现。

深秋时节，渐渐变得昼短夜长，大家在探讨中，不知不觉已经到了夜晚，众人纷纷告辞夫子，分头用晚餐去了。

不得其死然

转眼已是十二月了，一日，闵子骞、子路、冉求、子贡几个人围在孔子身边，一边服侍孔子，一边讨论些问题。

孔子仔细地看着四个弟子，发现他们在行为举止、性格表现和面部表情上各有不同。闵子骞谨慎地站在孔子身边，是一副恭敬小心的样子；子路根本是站立不住的人，一副不安稳的样子；而冉有和子贡却是自由自在，一副舒泰快乐的样子。就不由得大笑起来。他指着在地上走来走去的子路说：

像由这个样子，怕是不能寿终正寝了。

这也许是孔子的一句玩笑话，也许是孔子根据子路的性格而产生出的一种不祥预感，后人难以了解其真实含义。总之，这句话虽然没有任何贬义，但说得很冷酷，似乎不像是孔子的日常言谈，居然像是一名巫师对敌对者的诅咒。由于后来子路的晚年遭遇真的应验了孔子的预言，所以，《论语》把它特别郑重地记载下来。

> 闵子侍侧，訚訚如也；子路，行行如也；冉有、子贡，侃侃如也。子乐。若由也，不得其死然。
>
> （《先进》篇）

听了这句话后，心地光明磊落的子路没感到有什么不对，他始终是一个性情豁达而不拘小节的人，也从来不认为自己会遭到什么横祸。但其他几个人就不免感到有些吃惊，因为这些天来，大家正在与夫子探讨观人，所以就觉得夫子似乎话中有话，可能从子路的表现中发现了什么不对头的地方，纷纷向孔子投去了疑问的目光。

孔子缓缓地说：

一个人如果不能得到一种中庸的行为并在自己的日常行动中随时应用它，行为上就难免走向狂狷，狂热的人行事是过于进取，而狷介的人做事则不免有些缩手缩脚。

> 子曰：不得中行而与之，必也狂狷乎！狂者进取，狷者有所不为也。
>
> （《子路》篇）

子贡道：

作为一名有志于上进的人，如果按照夫子的说法，则遇事束手束脚固不足取，而过分进取又不免陷于狂，怎样才算适中？

孔子道：

适中就是适中，是一种能够保持适度状态的行为方式。

子贡道：

夫子谈过了狂者和狷者，然则什么样的人是刚者？

孔子道：

我从来没有见过真正的刚者。

子贡道：然则申枨怎么样？

孔子笑道：

枨是那样一个充满了欲望的人，怎么会刚得起来？

　　子曰：吾未见刚者。或对曰：申枨。子曰：枨也欲，焉得刚？

　　　　　　　　　　　　　　　　　　　　　　（《公冶长》篇）

这时，子路插嘴道：

夫子观人论事，处处树立了一个令人难以企及的高标准。但以我的看法，作为一名事业很成功的士人，行为上多少有些骄傲或其他方面弱点，也不能算是什么大不了的毛病。夫子观人论事是不是过于苛刻了？

孔子很果断地说：

观人即是论事，而且，观人的目的不仅是为了了解别人，也是为了检讨自己。从外观上看一个人，如果一副趾高气扬的样子，就知道这是个肤浅的人。各位自己想一想，是不是一个君子在日常行为中总是一副舒泰谨慎而不焦不躁的样子，而一个小人在日常行为中却总是一副盛气凌人而焦躁不安的样子。

　　子曰：君子泰而不骄，小人骄而不泰。

　　　　　　　　　　　　　　　　　　　　　　　　（《子路》篇）

骄气是断然要不得的，即使伟大人物也不行。

> 子曰：如有周公之才之美，使骄且吝，其余不足观也已。
>
> （《泰伯》篇）

就算是周公那样才能和美好品质的伟大人物，如果平日与人相处中时时流露出一副骄傲而且吝啬的样子，其他方面就不值得看了。至于一般人，并不是天生就能够使自己行为达到完善，而通过观察到别人的不足而引起自己的警惕，通过观察而发现了别人的长处并促使自己加以效法，就很可贵了。

> 子曰：已矣乎！吾未见能见其过，而内自讼者也。
>
> （《公冶长》篇）

很可惜！我一直没有发现这样的人。

子路道：

骄傲和吝啬固然不足取，但身上多少有点狂气，应该不是什么毛病吧？

孔子指子路道：

由啊！无论什么人，狂气与骄气一样，都是取祸之本，且狂气比骄气更容易引起严重后果。而且，狂气如果没有限制地发展，就导致出许多其他毛病，比如：

> 狂而不直，侗而不愿，悾悾而不信，吾不知之矣。
>
> （《泰伯》篇）

一个人充满了狂放而不拘小节的精神气质，固然没有什么不好，但狂放而不正直，这种狂放就毫无可取之处；一个人具有了老实厚道的外观，当然是很好的，但表面老实厚道而心里装满了鬼胎，这种厚道就是一种骗人的幌子了；至于那些腹中空空荡荡却什么也不相信的人，也与上面两种人一样，我实在不知道说什么才好。

日常生活看人生

晚饭过后，弟子们聚集在孔子处，继续讨论观人问题。众弟子以为这是个非常有趣的问题，而孔子则认为能不能正确观察和认识别人，涉及为人处世的原则问题。所以，孔子亦希望弟子们能够对此有足够认识。

众人落座之后，宰予首先发言：

连日来倾听夫子谈论观人处世，受到不少启发。以弟子看，夫子教导弟子们观察别人，并不是要我们学习市面上流行的那些相面技术，而是要我们从观察中获得广泛的人生体验。每一个生活在社会中的人，都有自己的人生，他们的人生态度往往从衣食住行以及举止言谈等外在方面得以体现。

弟子忽然想起十年前，夫子对公冶长和南宫仲容二位师兄的评价，至今还记忆犹新，夫子认为：

> 子谓南容，邦有道不废，邦无道免于刑戮。以其兄之子妻之。
>
> （《公冶长》篇）
>
> 子谓公冶长，可妻也，虽在缧绁之中，非其罪也。以其子妻之。
>
> （同上）

予当日尚年少无知，不能理解夫子的行为。南容师兄出身鲁国三桓的世家豪族，本人能够不留恋富贵权势，国家走上轨道的时候固然能洁身自好，国家不上轨道的时候，也能避免受到无谓的株连，而且对《诗经》的研究已经达到了极高的成就，夫子许以婚配，弟子是毫不奇怪的。何以因为公冶长师兄蹲进了监狱反而格外器重起来，居然把女儿许配？当时不仅弟子不理解，众师兄弟亦大多不能理解。今日听夫子讲解观人，方始恍然觉悟。"邦有道不废，邦无道免于刑戮"固然不易，无罪而身陷囹圄而仍能不改其志，就更为难能可贵，是以夫子有此举动。而且，予又听说，南宫不过是背诵了三次白圭这首诗，夫子就从中发现了他的品质出众，不知是否如此？但予却不能从中发现什么？

南容三复白圭，孔子以其兄之子妻之。

（《先进》篇）

孔子很安静地听完了宰予的发言，颔首道：

你说得不错，观察人不能根据他的一时成败而遽下判断，也不能完全根据众人的意见而做结论，这就是所谓：

众恶之，必察焉；众好之，必察焉。

（《卫灵公》篇）

众人之毁誉，往往根据社会舆论之矛头所向，不能说没有理由，但如果完全根据这些来建立自己的判断，还是容易造成错误。所以，有知识、有头脑、有思想的人，一定要避免根据这些东西来进行判断，而是要经过自己的观察了解。我对他人的态度是：

吾之于人也，谁毁谁誉？如有所誉者，其有所试矣。斯民也！三代之所以直道而行也。

（同上）

子路惊问：

夏商周三代时期，人们是如此深明大义吗？

孔子颔首道：

正因为如此，夏商周三朝的政治路线才能始终沿着一条笔直的道路大踏步前进。而现在，人们抛弃了这些古老的原则，也就失去了人与人之间互相信任的道德基础，这样，社会还怎么能沿着直道而前进呢？

观人的目的

孔子注视着众弟子道：

我要提醒你们，观人的主要目的是为了进一步提高自己、充实自己、完善自己，也可以说是为了增进人与人之间的相互了解、理解和谅解。我这里给你们提供一个准则，即：

> 见贤思齐焉，见不贤而内自省也。
>
> （《里仁》篇）

看见贤者就向他看齐，看见不贤的人就在内心中检讨和反省自己的行为。一个人能够通过观察别人而不断地检讨和反省自己，督促自己向完善的人格境界发展前进，无疑会赢得社会的赞扬。

子路道：

"见贤思齐"这四个字实在可以作为所有人的生活座右铭！由以为，人的最大弱点就是自以为是，即使是一个卑劣的小人也往往自以为是贤者，自以为世上没有人会超过自己。但这种毛病在普通老百姓身上表现得并不明显，反而在一些所谓有知识的君子身上得到鲜明的体现，所以，夫子的教导应该是对君子者流的警戒。按照夫子的教导一步步走下去，当然能够造就出真正的君子。但是，君子固然可以见贤思齐，可以见不贤而内自省，但人们如果仍然不接受他们，该怎么办？

孔子道：

由啊！一名君子的行事处世，主要是为了比较合理地安排自己的生活，比较合理地安顿下自己的良心，比较妥善地保护好自己的生命，并不是为了造成社会舆论的良好反映。在一种比较正常的社会风气下，君子在合理地安排、安顿自己的生活和良心后，能够赢得社会舆论的好评；但在一些不正常的社会环境里，君子往往难以两头兼顾，在这种形势下，君子只能追求个人理性行为的合理化而不必计较社会舆论的反应如何，因为非正常社会的舆论大多是不真实的。但无论社会和人心的变化如何，一个人如果能够对自身严格要求，对别人的行为不轻易进行指责，就可以远离社会舆论的攻击及其他人的怨恨了。

> 子曰：躬自厚而薄责于人，则远怨矣！
>
> （《卫灵公》篇）

子路叹服道：

夫子说得好！任何来自社会舆论的不良反应或来自其他方面的诽谤和怨恨，都不能说是空穴来风，必然渊源有自。只要能心平气和地反复检讨自己、反省自己而不轻易去批评别人、指责别人、抱怨别人，确实能够避免他人的怨恨。但君子不是哑巴，也不是远离人间的隐士，他们亲眼看到了社会风气的污浊，社会道德的失落，社会良心的泯灭，社会公理的颠倒，社会现实的龌龊，难道可以闪身在一旁而缄口不言？

孔子道：

所谓"薄责"并不是不责，批评社会亦不能等同于批评个人。在大多时候，社会是社会，个人是个人，现实社会黑暗并不等于人心都陷于黑暗。所以，批评社会——只要这种批评不是无的放矢——不妨深刻而不留情面，但指责个人的言论行为却一定要思考周全。最重要的是，君子的批评言辞尽管可以激烈却必须掌握分寸，批评决不是攻击、揭露或伤害，尤其要注意到，自己做不到的事情就不要用言辞表达出来。君子的最大耻辱，就是言辞上的夸夸其谈超过了他的实际行动能力。

> 子曰：君子耻其言而过其行。
>
> （《宪问》篇）

接着，孔子看着众弟子，坚定地说：

一个人如果大言不惭，则不容易成功任何事情。

> 子曰：其言之不怍，则为之也难！
>
> （同上）

所以，希望你们在做一些重要事情的时候，甚至在重要场合说出的每一句话，都要动用自己的精神、智慧和知识来认真地思考一下，对每一样需要作出判断的问题，在下结论的时候一定要给自己留有较为充分的余地。对于那些从来不说"怎么样才好，怎么样才好"的人，我也确实不知道怎么样才好！

子曰：不曰"如之何，如之何"者，吾末如之何也已矣！

（《卫灵公》篇）

子路听到这里，似乎有些扫兴，不再开口。

失言与失人

孔子接着道：

每个人都生活在各自的群体中，各个群体聚集到了一起，便组成了规模大小不同的社会。大致说，群体大多是有血缘的，社会却一定是地域的。每个人的过失，每个人的行为，都不是孤立地发生，都与他长期所生活的乡里和乡亲有关，他可以说是一方乡土之习俗的产物。所以，一个人怎样表现自己？不唯是自己血缘性格反映，也是乡俗风习熏陶的结果。人们的言行举止能够欺骗自己，却逃不过乡邻的眼睛：

人之过也，各于其党，观过，斯知仁矣。

（《里仁》篇）

子贡道：

然则，人们的过错或过失，如果都根植于自己所生长的乡土社会的习俗之中，则个人如果始终生活在这样的习俗之中，心性显然难以有所改变；但对于一些脱离了乡土之后又能够勤奋努力向上的人，则改变自己的乡土陋习还是可以做到的，赐对此没有异议。关键是夫子所说：看了别人的过错，就知道了仁义，赐不知该怎样理解？

孔子道：

以你的聪明程度和接受问题的能力，应该是可以理解的，不过你没有仔细考虑罢了。比如，你看到了一个蛮横无理的人，你一定会产生某种反感，这种反感对对方来说是反感，而对自己却是正感，他使你领悟出对方行为的不正确，根据这种不正确行为，你可以进一步寻找正确的行为方式。仁义这种东西并没有某种程度上的固定标准，它不过是内心持续的向上、向前的反复反省，进而促成不间断的进步。所以，通过观察和检讨别人的错误，是可以从中总结教训并寻找到仁义的。

子贡道：

赐自少小便走向了社会，现在虽然年不满三十，结交的各色人物可谓车载斗量矣！然心下暗自揣摩，平日里居然不知何人为知己？何人为对手？何人可以同进退？何人可以共祸福？这是什么原因呢？

孔子笑道：

赐啊！这倒怨不得你，普通的人与人交往，在大多时候都是为了某种个人利益而互相攀缘，以便形成一种相互利用的利益关系，可以把这种关系称为势利之交。势利之交往往只考虑彼此利益而不大顾及是非原则，利益在则交情在，利益尽则交情绝。试图从利益关系中寻求道义和原则，何异缘木求鱼？

子贡道：

夫子说的是。但世人论交，并不完全是自己可以做主的，大抵以社会风气之所在为中心。社会风气如果集中在了礼仪道德，则平常人论交须以礼仪道德为准则；社会风气如果集中在金钱财帛，则论交亦须以金钱财帛为砝码；如果社会风气集中在权力，则论交必以权力为条件。个人面对了时代的风气所在，就往往身不由己地追随攀附上去了。就赐的经历而言，想起了过去，有许多不该说的话，贸然说出去了，现在还感到有些脸红；有些应该说的话却没有说，现在也感到后悔。

孔子道：

这些也都是人之常情，每个人在他或长或短的一生里都曾经做过一些言不由衷的事情，说过一些言不由衷的话，只要注意到了就好。就我所注意和观察到的人事往来，如果遇到了一个可以与之畅谈的人而没有畅谈，就是失去了这个朋友；遇到了一个明明没有什么可谈的人，却与他进行了交谈，这就使语言失去了意义。所以，只有善于了解别人的人，才既不会失去交朋友的机会，也不会使语言失去意义。

子曰：可与言而不与之言，失人；不可与言而与之言，失言。知人不失人，亦不失言。

（《卫灵公》篇）

子贡赞叹道：

夫子说的非常有理，能不能就交友的事情多谈谈呢？

交友的准则

听了子贡的话，孔子浅浅地啜了一口清水，说道：

大体上说，观人不过是由经验之逐渐积累而形成的一门技术，它建立在人类迫切需要相互了解的基础上。据我所知，在一个非常遥远的时代，人们的本性尚处于原始的朴素阶段，则人与人之间的沟通和理解没有任何思想、知识、学问以及认识水平、判断能力方面的障碍，所有人都能够了解自己也了解别人，这可以说是人类的黄金时代。

后来，文字出现了，人类的思想开始变得复杂起来。一些人高高在上，一些人低低在下；一些人拥有高深莫测的功能，一些人只有骈手骈足的劳动技术；一些人具备专门知识学问，一些人目不识丁；一些人机智百出，一些人愚不可及。于是，人与人之间的交往遇到了人类自己所设置的众多障碍，人们彼此间由于缺少了解和交流，感情上就冷若冰霜。不仅如此，人与人的交往受到限制之后，每个人对于自己的理解也降低到了一个非常可怜的地步，人们开始不能理解别人，更不能理解自己。

所以，正确的观察方法不仅限于人，也包括物，尽可能地对自己所接触到的一切人与物都有一定程度上的了解，这个了解不但要客观，也要理性，这样就可能使自己成为一个博学的人。当然，现在所讨论的重点是观人，而观人则不外是了解人。

视其所以，观其所由，察其所安，人焉廋哉？人焉廋哉？

（《为政》篇）

要了解一个人，首先注意他做事的方式，然后观看他日常生活的途径——即他所选择的人生道路，最后观察他将自己安顿在什么处境中，这样，这个人还怎么隐藏得住呢？

颜渊很恭敬地问：

请问夫子，怎样能够把学友变成朋友呢？

孔子肃然答道：

回啊！这个问题可不大容易回答，这主要看你的追求是什么？如果两个学友是共同学习具有精深思想内涵和远大理想抱负的学问之道，也拥有共同的追求，就差不多可以成为志同道合的朋友；如果两个学友之间的学习目的不同，理想和追求都不相同，则非但没有办法成为道义之友，甚至连学友关系都难以维持长久。有些人可以在一起学习，但未必能走共同道路；可以走共同道路的人，未必能够共同成就；能够共同成就的人，也未必能够共同进退。

> 子曰：可与共学，未可与适道。可与适道，未可与立。可与立，未可与权。
>
> （《子罕》篇）

颜回点头称是。

子路是个爱交朋友的人，他的朋友很多，所以，一听提到了朋友两个字，就禁不住心情激动，急忙问道：

夫子，朋友多的人怎样能够巩固朋友之间的友谊呢？

孔子皱眉道：

由啊！你的朋友太多太滥，简直是鱼龙混杂、良莠不齐。你应该记住！君子们聚集在一起是互相团结但并不互相勾结，小人们聚集在一起是互相勾结却并不团结。而且，君子相互和谐而能够保持个人的独立人格，小人之间并没有人格不同却不能保持和谐。还有，君子与人相交是矜持而不争夺，所以，能够聚集在一起却不结党营私。

> 子曰：君子周而不比，小人比而不周。
>
> （《为政》篇）

> 子曰：君子和而不同，小人同而不和。
>
> （《子路》篇）
>
> 子曰：君子矜而不争，群而不党。
>
> （《卫灵公》篇）

子路很爽朗地笑了起来，他大声道：

夫子说得好！由之交友确实是兼收并蓄，现在简直有点泛滥成灾了，有很多朋友确实是一无是处。

孔子有些生气了，他呵斥道：

由！什么叫一无是处？这种态度万万要不得！你知道吗？君子如果不能使自己行为庄重就难以维护自己的尊严，学到的知识也不会扎实牢固；本着忠诚和信义的心理，则没有朋友是不如自己的（如果他在有些方面不如你，一定在另外某些方面超过你），通过发现朋友的长处而察觉到自己的短处，只要是错误的东西，就一定不要害怕去改正。

> 君子不重则不威，学则不固；主忠信，无友不如己者，过则勿惮改。
>
> （《学而》篇）

子路看到孔子不高兴了，就连忙住口。

忠告而善道之

这时，子贡趋前一步，恭敬地问：

请问夫子，对于一个很要好的朋友，看到他做错了一件什么事情，而且知道将会出现不好的后果，该怎样来劝阻呢？

孔子答道：

对于关系比较一般的朋友，如果看到他正在做一件他不该做或自己认为他不该做的事，当然要进行劝阻，但一定要注意分寸。坦诚而委婉地进行开导，如果不能阻止就不要勉强，免得自讨没趣。

据《论语》记载：

子贡问友。

子曰：忠告而善道之，不可则止，毋自辱焉。

（《颜渊》篇）

子贡愕然道：

然则，如果明知道朋友会因为做了这件事而陷于困境，也仅仅是"忠告而善道之"吗？难道不应该有更进一步的行动吗？比如，如果看见一个很要好的朋友写出了一篇很糟糕的论文或发明出一种很拙劣的理论学说，尽管他自己认为还不错，或许有些不学无术的人也认为不错，可是我却认为以他的思想深度、知识水平和文字能力，应该写出或发明出更好的东西，难道我不应该出于关爱之情而制止他公布于世吗？

孔子道：

赐啊！朋友在某种意义上说，就是一些地位、水平、知识、见解、看法以及利益大体相同的熟人——所以宰相和车夫不能成为朋友、公卿与农夫不能成为朋友、学者和文盲不能成为朋友。朋友，他并不是你的子女、不是你的晚辈、不是你的弟子，看见或听到他的文章或新理论之后，你完全可以有不同意见，当然也应该及时提出来，但需要态度委婉和旁敲侧击，千万不要以长辈和导师的姿态来肆意抨击。这里没有其他原因，就因为他是你的朋友而不是晚辈或弟子，即使是晚辈和弟子以至子女也不行，因为你不但不一定比朋友高明，也未必就比晚辈、弟子以及子女高明。

后生可畏，焉知来者之不如今也？

（《子罕》篇）

至于朋友之间的事情，就更加不同，你对朋友所做的除了明目张胆的犯罪行为之外的一切事情，都只有规劝和批评的责任，而没有越俎代庖的权力。说到朋友的文章和理论，我希望你没有做出你所说的那种不要脸勾当。记住！思想创造或学术研究方面的劳动，没有人可以自以为高明，思想界没有主人和奴隶，也不应该有神灵或上帝。对朋友思想劳动所做的任何否定、攻击、篡改、涂抹以至于诽谤歪曲，都是对友情的背叛，这不但不是朋友应该做的事，而且是很缺德的事。而且，你的看法也只是你的看法，不但不能代表朋友的意见，也不能作为判断是非的标准。至于思想方法、写作方法都因人而异，一个人可能高明，却不能自以为高明，甚至高明到了可以对别人指手画脚，高明到替朋友做主的地步。就算你确实非常高明，但世界上的知识和学问也不只是你一个人的事情，你也没有权力试图操纵一切。比如，我在这里所说的一切，无论正确与否，你们尽可以提出严厉的批评，却不能禁止。

稍停片刻，孔子又说：

赐啊！对自己有益的朋友有三种，对自己有损害的朋友也有三种。同正直的人为友，同能够体谅人的人为友，同知识渊博的人为友，便能够使自己不断获益。同那种有不良嗜好的人为友，同那种软弱柔顺的人为友，同那种当面一套、背后一套的人为友，便会使自己受到损害。这就是：

> 益者三友，损者三友。友直、友谅、友多闻，益矣。友便辟、友善柔、友便佞，损矣。
>
> （《季氏》篇）

子贡道：

获益者如何？获损者又如何？

孔子笑道：

赐啊！把你的那些商业方面的利益观暂且抛开一下，如何？事实上，益者和损者都有三种快乐。

子贡一怔，疑惑地说：

赐也不敏，实不知益者和损者的快乐是什么，望夫子见告！

孔子道：

> 益者三乐，损者三乐：乐节礼乐，乐道人之善，乐多贤友，益矣；乐骄乐，乐佚游，乐宴乐，损矣。
>
> （《季氏》篇）

子路插嘴道：

这莫非就是夫子所说：

> 学而时习之，不亦说乎？有朋自远方，不亦乐乎？人不知而不愠，不亦君子乎？

> (《学而》篇)

孔子含笑道：

由！这次被你说对了。"乐节礼乐"，就是需要经常温习而且能够引起快乐的知识了；能够从远方专程而来的朋友当然是能够扬人之善的益友，否则，还高兴什么，躲避还来不及呢！但最后一条并不相同。乐多贤友，是一个追求进步的人的最大追求，但这种追求首先需要建立在自己的"贤"的上面，否则别人焉能自远方来？此外，如果自己的贤良一时还不能被世人甚至被朋友所知，也不必因此而老羞成怒，这样，才可以算是一个君子。

盍各言尔志

天黑了下来，屋子里只剩下了颜渊和子路。孔子笑道：

这一年就要过去了，不知道你们这一年来的学业进境如何？在这漫漫冬夜，何不就着近来讨论的话题，各自谈谈自己的志向？

子路喜欢带头发言，尤其是谈到朋友，这是他最感兴趣的问题，凭着自己对朋友交情的理解，他充满豪气地说：

我子路愿意把自己所乘坐的漂亮车马，把自己所穿戴的名贵服装，都拿出来与朋友共同享用，即使用得陈旧破败而无怨无悔。

颜渊很冷静地说：

我只希望自己能够不贬低别人的优点，不把自己认为辛苦的事情推诿给别人去做。

子路率直地说出了自己感到很得意的一番话，看见孔子没有说话，就禁不住问道：

夫子！弟子倒是很想听听你的志向呢？

孔子大笑起来，指着子路道：

看来，我要是不能说出一点志向，就要被你耻笑了。可是，我实在没有你那种"愿车马、衣轻裘与朋友共，敝之而无憾"的英雄气概啊！甚至也没有回那种"愿无伐善，无施劳"的坦诚君子风度，我不过想：

能够使老朋友们都得到安顿，能够获得同辈朋友们的信任，能够使年轻朋友们都怀念，如此而已。

《论语》写道：

> 颜渊、季路侍。子曰：盍各言尔志。子路曰：愿车马、衣轻裘与朋友共，敝之而无憾。颜渊曰：愿无伐善，无施劳。子路曰：愿闻子之志！子曰：老者安之，朋友信之，少者怀之。
>
> （《公冶长》篇）

子路笑道：

夫子的志向一下子把所有人都安顿下了，这个理想实在是太大了，与弟子的那种车马衣裘与朋友共的志向相比，就不可以道理计了，比子渊的气魄也大得多。但弟子有一个很唐突的想法，不知该不该问？

孔子看到一贯爽直的子路忽然吞吞吐吐起来，就觉得有些好笑，不禁笑道：

你当然知道，在我这里没有什么是不可问的，也实在没有什么是你子路所不敢问的，现在就快些说出来吧。

子路犹豫地说：

观人方面的事情，这几日已经听夫子说了很多；朋友方面的事情，这几日也受益良多。但弟子想听听夫子对女人的看法，不知夫子能否满足弟子的愿望？由知道，这是夫子始终不愿谈论的问题。

孔子闻言，脸上的笑容倏忽不见，良久，乃徐徐而言曰：

> 唯女子与小人为难养也！近之则不孙，远之则怨。
>
> （《阳货》篇）

颜渊惊问其故。

孔子说：

从字面上看，这句话有点刺激人，尤其是女人或小人，希望你们一定不要曲解这句话，也不要以为小人是什么不好的人。在我的思想意识里，小人有时是指品质和行为不够斯文端庄的人，大多时候则指的是没有经过文化礼仪训练的人，也可以说是社会中的基层老百姓。其实他们并不小，有的甚至很高大魁梧，不过由于缺少知识而心胸和眼界比较小而已。

把女人和小人并列，既不是有意丑化女人，也不是有意弱化小人，只是说明女人和小人有一些共同点。不知你二人有过这种体验没有？对待女人和小人，感情上过分亲近了就会引起她（他）们的不尊重甚至轻蔑，她（他）们会因此而对你的态度很放肆、很轻浮，也很怠慢；相反，你如果因为惹不起他（她）们而不得不对他（她）们敬而远之的时候，他（她）们便会怨恨你，说你高傲、架子大、不关心体贴、不联系群众等等。这仅仅是我个人的一点体会，还不能说具有普遍性，在此提出来，亦是供你们参考。

子路道：

我对小人和女人都没有什么研究，也没有很多经验，不过，我很相信夫子的话。不仅小人和女人，任何人如果接近得多了，自然会产生出一些亲昵而轻慢的感情，这些感情中当然有感情上的亲近但却没有多少态度上尊重的成分；有了真实感情之后，如果一旦疏远了，就自然产生出一些怨望，这应该是一种真实感情的流露。就我所知，古往今来的许多伟大人物也许会赢得整个世人的尊重，却很难赢得他夫人的尊重；许多叱咤风云的大英雄也许能够赢得整个世人的敬畏，却很少能赢得他身边奴婢和侍从的敬畏。但我看，人类的一些亲昵和自然的感情比较那些尊重和敬畏，似乎更加真实些。

孔子道：

尊重、敬畏和亲昵、怨望之间，究竟孰优孰劣？那是另外一回事情。而且，我在这里所说的人际关系，不过是指出了一种现象，并不带有贬低某一种人的含义，尤其不带有性别方面的歧视。这种现象之所以应该引起所有的大人和男人们的注意，并在自己的日常生活中注意把持一个比较合适的分寸，是因为大人和男人在这个社会里占据了主导地位。但据我所知，古往今来，不知有多少道德君子及英雄豪杰，都由于在这里不知深浅而导致身败名裂。请你们注意！我仍然是在指出事实，而不是谈责任。在所有英雄豪杰们栽倒的地方，主要是他们自己的原因，没有其他人要为此负责。

子路有些不以为然地说：

在夫子看来，一些所谓"大人"和"男人"们为了获得小人和女人的尊重和敬畏，就必须在日常生活中板起一副冰冷冷的面孔，不能允许自己的真实感情轻易地表露出来。我感到，这并不是很好的方法，一个不苟言笑、道貌岸然的人，不但自己生活得不快乐，其他人也会因此而不愉快，这似乎与夫子的那些美好理想有些背道而驰。

孔子没有说话，看着颜渊道：

回啊！由提出了一个很令人头痛的问题，我感到有点吃不消了。我不过围绕着这个问题提出了一些事实，这些事实如果是普遍的社会存在，则需要寻找出比较妥帖的对策才好，而我在这些方面是很不成功的，鲤的母亲是被我休掉的，这件事虽然不能全怪我，但毕竟是人生当中的一次相当大的失败，我毕竟是提倡夫妻和谐、相敬如宾啊！你来谈谈自己的看法如何？

颜渊恭身为礼道：

与夫子和子路相比，回在这些方面的体验就更加不足了。但据回之浅见，夫子和子路所说各有所据，却并非相同的事情。小人，以夫子的标准不过是与君子对称的人，是没有经过文化熏陶和礼仪训练的朴素人；而在子路的眼里，小人主要是与大人对称的人，是没有地位、身份和权势的下等人。所以，夫子着重说小人一般都比较缺少文化知识和道德修养，而子路则着重说小人的地位卑贱。如果回的分析多少有些道理，则夫子把女人与小人并列，不过说明女人大多由于缺少文化知识和道德方面的自觉，所以，她们往往追求自然感情方面的满足，在这一点上，女人与小人颇有相同之处。

回以为，对于一般人来说，努力调整自己能够与各种人和睦相处也许没有什么不对或不好，因为一般人即使冷起了面孔也还仍然是个普通的人，人们不会根据他的面孔变化而增加对他尊重和敬畏。但对于君子来说，则确实需要注意自己的处世态度，尤其是对小人和女人的举止言行和态度。不仅对小人和女人如此，对其他人亦应如此，不过对常在身边的女人和小人尤须注意罢了，因为他（她）们与自己的日常生活实在是距离太近了。

其实，抛开内心方面的修养，君子和小人的主要区别，亦不过礼仪和知识的多少而已；君子如果舍弃了礼仪且闭口不谈知识道德，则在举止言谈方面，就可能与小人混同。所以，我同意夫子的观点。认真地说，如果不是追随夫子而学习到了一些知识和礼仪，回本来就是一个地道的小人，不仅回如此，夫子门下的大多数弟子论门第和地位，都应该是小人，但我们何以不是小人？正因为我们掌握了知识和礼仪。此外，当今天下的所谓大人，论知识、论品行、论修养，与小人有什么区别呢？

回就这么一点感想，请夫子和子路见教。

子路当然没有见教出什么。

孔子则颔首微笑，没有说话。

这是公元前494年岁尾，孔子58岁。

五·心灵与自然共谐鸣

霸业雄图转眼空

鲁哀公二年四月，坐了42年君位的卫灵公突然死了。这个人的一生作为没有多少值得称道之处，但他为了卫国的复兴，在最近20年的中原政治舞台上频频出现，不但顽强地挑战晋国的霸权，也确实多少提高了卫国的国际地位；在国家内部，他虽然从来也不太关注国计民生方面的事情，却安排了一些算得上是贤者的人物来治理国家，所以，尽管他时常做出些糊涂荒唐事，卫国并没有出现重大危机。

现在，卫灵公刚刚驾崩，卫国政治就出现了严重危机，而这个危机与卫灵公的荒唐糊涂和南子夫人的荒淫无耻是分不开的。五年前，太子蒯聩因弑母未遂而流亡去了晋国，当时正一心一意穷兵黩武的卫灵公，并没有及时立出新太子，他似乎比较相信自己的身体，这使得卫国君位在卫灵公突然过世之后出现了一时真空。

早在太子被逐之初，卫灵公曾试图扶立他的另外一个儿子——子南——做太子，可是，子南并不热心君位。

> 初，卫侯游于郊，子南仆，公曰："余无子，将立汝。"不对。他日又谓之，对曰："郢不足以辱社稷，君其改图，君夫人在堂，三揖在下君命祗辱。"夏，卫灵公卒，夫人曰："命公子郢为大子，君命也。"对曰："郢异于他子，且君没于吾手，若有之，郢必闻之。且亡人之子辄在。"乃立辄。
>
> （《左传·哀公二年》）

公子郢（即子南）似乎是位颇具慧眼的高明之士，他显然把君位看作是一块烫手的山芋，百般推托而不就。这种对君位保持敬而远之的贤明之举，在为了权力而骨肉相残的春秋晚期，确实是了不起的举动。后来卫国长期的动荡局面证明了公子郢的明智。最后，在未亡人南子夫人的决策下，卫国立了流亡太子蒯聩的儿子辄为卫君。

辄即位还不到两个月，晋国权臣赵鞅就率领了大队人马把蒯聩护送到了卫国境内，准备与儿子争夺君位。鉴于卫国举国上下已经有了充分准备，他们没有敢深入到卫都帝丘附近，便在靠近黄河岸边的战略要地——戚邑——临时驻扎了下来。从本年开始，卫国的这一对父子各自结党拉派，进行了一场长达14年之久的权力之争。

四月中旬，卫灵公刚刚驾崩，孔子亲自率领弟子们去卫灵公灵堂进行了祭奠，这之后，没有向任何人正式告别，就匆匆地离开卫国了。孔子已经预计到，卫国从此将进入到一个没有休止的权力争夺之中，在未来的国际历史大变局中，这个国家恐怕不会有什么作为了。自己如果继续留在这里，虽然不会有什么生命危险，但不能施展自己的政治抱负，且将卷入毫无意义的政争之中。于是，孔子只有继续流亡了。

齐国之行

自从五年前孔子流亡来到卫国之后，齐国的景公就曾多次派人赴卫向孔子问候，也赠送些生活用品并欢迎孔子随时去齐国参观访问。孔子比齐景公年岁小十几岁，却已相识了将近30年，可以算是老朋友了。齐景公对孔子非常尊重，孔子对齐景公的印象也还算过得去。所以，尽管孔子在任职大司寇时，为了鲁国的国家利益，曾经在夹谷之会上屡屡令齐景公难堪；而齐国在孔子代理了临时宰相之后，就使出了美人计的花招，迫使孔子仓皇出国。但双方的感情基础很好，彼此间始终没有很多的恶感。

恰值五月花开时节，孔子一行自卫国来到了齐国边境城市营丘。孔子对营丘相当熟悉，昭公二十五年之后，他曾经在此逗留过两年多。时间犹如白驹过隙，转眼已经过去了将近30年，看起来齐国的变化不大，但孔子通过营丘街市的虚假繁荣以及人们萎靡不振的表情中，已经看到了齐国社会内部潜伏着很大的危机，齐国政治正在急剧地走向衰落。自从晏平仲死去，孔子已经预感到齐国未来可能会日益衰落，尽管齐景公经常伙同卫灵公在国际上四处抛头露面，公然向晋国的霸权挑战，国家的局面似乎开展得很恢弘。孔子完全了解齐景公，他与卫灵公的性情有很多接近的地方，在有出色人才辅佐的时候，还多少能够振作一些，一旦没有了贤人辅佐，自己就无法把持住自己，以多欲之心而求国家大治，自然会使国家局面江河日下。

看到孔子走了进来，斜卧在榻上的齐景公，脸上露出了一片真诚的笑容，他似乎很想站起来表示欢迎，却终于没有站起来。他实在是很老了，长长的白发并没有完全束进冠里，慵散地披到了肩头上，一双本来精悍的眼睛已暗淡无光，他的背是弯曲的，身子有些臃肿，无力地倚靠在一大摞被子上。

看见齐景公的这副衰老模样，孔子心里很难过。岁月无情，居然把一个本来精明强悍、趾高气扬、风流倜傥的大国君侯，变成了这样一个风烛残年的老人。一幕幕往事在刹那间涌现在孔子的脑海。

鲁昭公二十年，齐景公与晏婴到鲁国，当时刚刚成名的孔子获得了齐景公君臣的青睐，这位名声赫赫的大国之君和名闻天下的贤相晏婴居然亲自登门拜访了孔子。孔子清楚地记得，齐景公问他的问题是：像秦国那样一个地处穷乡僻壤的小国，秦穆公何以居然能够称霸诸侯？孔子告诉他：秦国称霸没有什么了不起的秘密，不过是任用了百里奚那样几名贤士，以秦国当时的局面，即使称王也没有什么奇怪，秦穆公却只能做到称霸，其实还是做得不够好。景公听了，非常高兴。据记载：

> 齐景公与晏婴适鲁，景公问孔子曰："昔秦穆公国小处辟，其霸何也？"对曰："秦国虽小，其志大；处虽辟，行中正。身举五羖，爵之大夫，起累绁之中，与语三日，授之以政。以此取之，虽王可也，其霸小矣。"景公说。
>
> （《史记·孔子世家》）

景公与晏婴返回齐国之后，时时派人带些礼物去鲁国问候孔子，双方长久保持着一种朋友之间的友好关系。所以，昭公二十五年，鲁国出现内乱之后，孔子便追随于鲁昭公之后，也来到了齐国，暂时屈居为齐国权臣高昭子的家臣。这时，齐景公似乎经常问政于孔子，其中有一次比较著名的谈话，被时人传为美谈。据《史记》记载：

> 景公问政孔子。孔子曰："君君，臣臣，父父，子子。"景公曰："善哉！信如君不君，臣不臣，父不父，子不子，虽有粟，吾岂得而食诸？"他日，又复问政于孔子。孔子曰："政在节财。"
>
> （同上）

《论语》中亦有类似记载：

> 齐景公问政于孔子。
> 孔子对曰：君君、臣臣、父父、子子。
> 公曰：善哉！信如君不君、臣不臣、父不父、子不子，虽有粟，吾得而食诸？
>
> （《颜渊》篇）

齐景公非常欣赏孔子的才干，似乎很想效法秦穆公之破格任用百里奚的先例，将齐国的国家大政授之于孔子。但素称贤明的晏婴却说了一番颇不中听的话，使齐景公打消了重用孔子的念头。

据《史记》载：

> 景公……将欲以尼谿田封孔子。晏婴进曰："夫儒者滑稽而不可轨法，倨傲自顺，不可以为下；崇丧遂哀，贷，不可以为国。自大贤之息，周室既衰，礼乐缺有间。今破产厚葬，不可以为俗；游说乞孔子盛容饰，繁登降之礼，趋详之节，累世不能殚其学，当年不能究其礼。君欲用之以移齐俗，非所以先细民也。"后景公敬见孔子，不问其礼。
>
> （《史记·孔子世家》）

按照孔子的固有想法，齐国的传统政治文化背景虽然不如鲁国雄厚，也不如卫国正统，但较之中原的其他国家却略胜一筹，对于儒者实验三代王道政治来说，齐国亦是比较合适的国家。

孔子曾对弟子说：

> 齐一变，至于鲁；鲁一变，至于道。
>
> （《雍也》篇）

由于晏婴的几句尖酸刻薄却不无洞见的话，不但葬送了孔子的前途，也为齐国半个世纪后的君主权力更迭埋下了伏线——姜氏政权为流亡齐国的陈氏取代，实在令人遗憾。但孔子此后从来也没有吐露出对晏婴的任何怨言，此亦可见孔子胸怀之博大宽宏。

现在，孔子和齐景公面对面地坐在一起，彼此看着对方将近30年来的巨大变化，心里都不禁涌起感慨之情。

对于这次齐国之行，孔子没有任何政治上的计划，他非常熟悉齐国的国情，由高、国两个贵族世家世世代代垄断着国家政府的最高权力，断不容其他族姓染指。何况，现在又出现了一个陈国来的贵族，经过几代人的苦心经营，已经逐渐进入到齐国的权力核心，也许要不了多久，他们就可以把持齐国朝政了，就像鲁国的三桓一样。

果然，双方交谈了许久，齐景公一面态度诚恳地建议孔子在齐国可以安心地多居住些时候，招待方面是不成问题的。但是，齐景公似乎也意识到自己已经有些大权旁落，非常坦率地告诉孔子：像季孙氏那样重用孔子，自己做不到；如果孔子能够委曲求全的话，只能在季孙和孟孙任用孔子的标准之间来考虑孔子在齐国的职务以及待遇。

《论语》写道：

> 齐景公待孔子，曰：若季氏，则吾不能，以季、孟之间待之。
>
> （《微子》篇）

齐景公见孔子默然，没有任何表现，不禁唏嘘而言曰：

吾老矣！不能用也。孔子行。

（同上）

看到齐景公已经老迈昏庸到了这般地步，孔子也就没有什么话可说了。他知道，这个在位多达55年之久的一代君侯，已经不久人世了，眼下自顾尚且不暇，哪里还顾得上考虑什么用人问题。令孔子感到惊讶的是，仅仅半年以前，这个喜欢惹是生非的白发老人还约同一生不肯安分的卫灵公进攻晋国，那是一次规模不小的军事行动。现在，齐景公的老朋友卫灵公已撒手西去，以齐景公的情形，也决然没有多久了。以孔子的耳闻目睹，齐景公身后的江山社稷之传承，比起他的老朋友卫灵公来，恐怕也好不了多少。

随即，孔子礼貌地告辞了齐景公。孔子在齐国还有一些老朋友，如果不趁这个难得的机会见上一面，则今生再见面的可能就很小了。此外，孔子也有意让没有到过齐国的弟子们就势观瞻和考察一下齐国的风俗民情，孔子也想趁机收集一些齐国的民歌，以备将来教授弟子所用。所以，孔子和弟子们住进了齐国的国宾馆。

心灵感应

转瞬间，孔子一行已在齐国居留了三个多月，夏去秋来，齐国大地到处都姹紫嫣红，广袤的平原也处处一片繁忙的收获景象。一日，孔子把弟子们召集一处，开口道：

我们来到齐国已经有些时日了，为了使你们能够多了解一下这个国家的社会状况，始终让你们自由行动，经过100多天的观察体验，想必已经获益不少？今天把大家召集起来，就是想听听你们的观感，我们在此的时间已经不多。

子路率先发言：

由在将近30年前曾陪同夫子来齐，后来又来过了几次，对齐国已经非常熟悉。老实说，我对齐国人的那种铺张浪费、奢侈豪华、华而不实的生活方式没有什么好感，而对齐国人那种繁文缛礼、矫揉造作、虚情假意的行为作派也不敢领教。但这次遵夫子之命，到齐国的乡村社会去顺便走了一走，倒是有了一番新的感受。

孔子笑道：

说来让大家听听，何如？

子路道：

其实也没有什么了不起的收获，不过是听到了一些民歌，唱得非常有趣，我本来对此一窍不通，但想起夫子的叮嘱，便随便听了一下，不想却听出了许多有趣的内容。

孔子急问道：

可否记得？何不唱出来让大家共同欣赏一下？

子路有些忸怩，恰好看见孔子身旁有一古瑟置于案上，乃徐步走到案旁坐下，双手轻盈地拨动瑟弦，开口唱了起来：

> 东方之日兮，彼姝者子，在我室兮。
> 在我室兮，履我即兮。
> 东方之月兮，彼姝者子，在我闼兮。
> 在我闼兮，履我发兮。
>
> （《诗经·齐风·东方之日》）

众人一齐鼓掌喝彩，孔子亦颔首微笑道：

这是齐国民歌，由！你难道只能记住一首？

瑟声起，子路又唱道：

> 东方未明，颠倒衣裳。
> 颠之倒之，自公召之。
> 东方未晞，颠倒衣裳。
> 颠之倒之，自公令之。
> 折柳樊圃，狂夫瞿瞿。
> 不能辰夜，不夙则莫。
>
> （《诗经·齐风·东方未明》）

孔子听得高兴，便也符合着子路的节拍唱了起来。

唱完之后，孔子似意犹未尽，乃问道：

由啊！还有吗？

子路坦率地说：

弟子的记忆力也就是这么大的限度了。

孔子大笑道：

你这个由啊！偏偏只能记住这两首情歌，别的就推说记不住了。

众弟子大笑起来，子路有些不好意思。

孔子又道：

由唱的这两首民歌真是好极了，歌词好，由唱得也好，只是瑟弹奏得不大入门，好像不是出自我的门下。

> 子曰：由之瑟，奚为于丘之门？门人不敬子路。
>
> （《先进》篇）

子路对孔子的批评不以为忤，但有几个入门较晚的青年弟子见孔子如此评价子路的演奏技术，就不觉在一旁有些幸灾乐祸地冷眼看着子路，目光中满含着嘲讽和轻蔑。

孔子见状，方觉失言，急忙补充道：

由的演奏已经相当不错了，就像进入一处屋舍，由已经置身于厅堂之上，只是还没有深入到内室罢了。

> 子曰：由也升堂矣，未入于室也！
>
> （同上）

这时，子贡站起身来，恭身为礼道：

回久闻夫子当年在齐期间，特别欣赏齐国的音乐，甚至听说夫子每听到了绝妙佳音，就达到了吃饭不知滋味的程度。弟子每每疑惑，以夫子的博学多闻，究竟是什么样的音乐能够令夫子吃饭不知滋味。请问夫子！是否有过这样的经历？是仅仅一次还是有很多次？

孔子笑道：

传闻这种东西实在比事实的威力大得多，你说的事情有倒是有，不过没有达到那样的程度而已。

子贡惊问：

赐对当今各国之音乐皆略通一二，却不知是什么音乐能令夫子如此心醉？

孔子面色肃然地说：

那是差不多已经灭绝了的韶乐啊！这是我久欲一闻的音乐，但一直等到了30岁时，居然在齐国听到了，刚刚听完之后，确实是吃饭也不辨滋味了，生平仅有这么一次。所以，比较标准的说法应该是：

> 子在齐闻韶，三月不知肉味。曰：不图为乐之至于斯也。

> （《述而》篇）

子贡接口道：

韶乐据说是虞舜时的音乐，弟子虽然没有机会聆听，想来一定是非同小可的绝妙佳音。但赐还是有所疑惑，那些年代已经相当久远的东西，现代人已经难以明了其中之精神实质，还怎么能够引起感情的共鸣？

孔子颔首道：

赐啊！你说得很对，可见你对音乐确实有些研究。但对韶乐，则不能以通常的音乐对待。大家都知道，虞舜是差不多2000年前的人了，但是他生平所建立的功勋业绩在华夏历史上是永远也不会褪色的，也就是说，有些事物是没有时间和空间限定的永恒事物，它们永远不会时过境迁，可以毫不夸张地说，韶乐就属于这一类东西。

子贡诧然道：

韶乐中孕育了一些什么精神内涵呢？如果把韶乐和武王时期的武乐相比较，则二者有什么分别吗？

孔子闭上了眼睛，似乎沉醉在一种境界之中。良久，孔子睁开双眼，弟子们发现孔子的目光中闪烁着光彩，只听他说：

虞帝时期流行的韶乐吗？它是代表了那个完美无缺却一去不返的时代

啊！它不但是真正地进入了美的境界，而且真正地达到了善的境界；至于武王时期创作的武乐，确实是真正地进入了美的境界，却还不能达到善的境界。

　　子谓韶：尽美矣，又尽善也。谓武：尽美矣，未尽善也。

（《八佾》篇）

　　子路露出一种很羡慕的神色，问道：

　　夫子难道能够从音乐中欣赏到一种景物，而且是一种完美无缺的景物？

　　孔子颔首道：

　　这并不难做到。

　　子贡又问道：

　　按照夫子的划分，韶乐和武乐之间似乎存在着高低优劣之分，不知夫子是根据什么做出这种区别？

　　孔子道：

　　由啊！赐啊！你们知不知道？音乐不同于其他任何文化创造，它是人的至性至情之反映，听了一个时代的音乐，如果不能了解这个时代的世俗风情乃至世道人心，则音乐就失去了它最可宝贵的价值。我听韶乐的曲调，眼前便浮现出一幅太平盛世的景象：

　　晨光刚刚露出了微曦，分散在各处的人们便纷纷走出家门，来到了田野上，大家一边唱歌、一边跳舞、一边耕作着，男女老少都有。大地上鲜花遍野、绿草如茵。有一种吉祥的动物叫做麒麟，它们也跳来跳去地唱着歌；碧蓝的天空上，凤凰正在翩翩起舞。蓝天、白云、青山、碧水、植物、动物和人都融合为一体，在这样的环境中，几乎没有人愿意逃避这种集体劳动的快乐。随后，月亮升起了，一片银白色的月光洒在原野上，人们结束了一天的劳动，恋恋不舍地返回各自的家。

　　这便是我听韶乐后的感觉，我感到自己的思想感情随着韶乐的节奏而起伏升华，而自己的灵魂就自然而然地融入了那个遥远的时代。只有韶乐，才使我触摸到了一个没有欺诈、武力、残暴和血腥气味的真善美时代，才使我领略到美奂绝伦的社会。

子贡道：

然则，夫子对武乐的评价何以远远不及韶乐？

孔子道：

武乐自然也是美好的，在美丽的外在方面，它与韶乐几乎没有区别，关键则在于内在的差别。任何事物，都可以分为内在和外在两个方面，或许可以说，都由内在和外在两个部分组成。大体上说，善是属于内在的、本质的、根源性的部分，而美则是外在的、形式的、枝蔓性质的部分，二者的完美结合，就是尽善尽美，我认为韶乐就达到了这种内外相统一、本质形式相统一、根源枝蔓相统一的境界。武乐则仅仅具备外在的方面，而缺少了内部的、本质的和根源的部分。事实上，我虽然高度赞美文武之道，也不过是就历史存在的事实而言，文武的业绩距离尧舜的成就还差得远。

所以，我听武乐，可以领略到它外在的雄武、壮烈、慷慨、勇敢、进取、自强的救世气息，也同时聆听到了其内在的惨烈杀伐之气，它失去了韶乐中所蕴涵的温和、仁慈、博大、宽容、谦让、真诚及谐调、充盈、饱满的华夏古老文明的浩荡之风。

说到这里，孔子摇首叹息不已。

音乐与国家兴亡

见众人一时都默然无语，子贡再次站起身来，道：

聆听夫子教诲，实乃人生一大享受。刚刚听了夫子对韶乐和武乐的理解和分析，精辟之至，尤其是将文武之道与尧舜之道相比，则顿见其高下，真如拨云雾而见青天，赐受益何其多哉！赐也入门甚晚，近闻诸师兄谈及夫子之辞父母之邦，乃因齐国之赠季子之女乐，如是则赐也不解，女乐与夫子何关乎？夫子缘何因小而失大？

齐人归女乐，季桓子受之，三日不朝，孔子行。

（《微子》篇）

孔子笑道：

赐啊！你得到的消息似乎不少。这个事情诚然存在，内情却并不尽然。女乐虽然是件小事，但凡事因小可以观大，尤其涉及人性或人心，就更加不能等闲视之。先贤微子见了一双象牙筷子，就联想到接下来的官场腐败及国家破败，我当然可以从女乐小事上看出些端倪。自古以来，音乐之关涉世道人心大乎哉矣！汝岂不闻乎？

> 内作色荒，外作禽荒，甘酒嗜音，峻宇高墙：有一于此，未或不亡。
>
> （《尚书·五子之歌》）

乐之误国误民，由来久矣！大家现在身在齐国，齐国过去的贤相管仲是一个对历史有深刻领悟力的人，他多次谈到：

> 昔者桀之时，女乐三万人，晨噪于端门，乐闻于三衢。
>
> （《管子·轻重》）

他还谈到了乐对国家的严重伤害，如：

> 凡观乐者，宫室台池，珠玉声乐也。此皆费财尽力，伤国之道也。而以此事君者，皆奸人也。
>
> （《管子·立政九败解》）

自古以来，所有那些亡国之君，没有谁是愿意自取灭亡的，他们所以走向亡国之途，就因为过于追求了享乐。所以，

> 古之堕国家、陨社稷者，非故且为之也。必少有乐焉，不知其陷于恶也。……沉于乐者洽于忧，原于味者薄以行，慢于朝在合缓于政，害于国家者危于社稷。
>
> （《管子·中匡》）

上面几段话代表了一个核心意思，即耽于私人性享乐是自取灭亡之道，当"独夫之乐"排挤、战胜了"大众之乐"的时候，国家政权的性质已变，领导者和民众的关系亦出现了性质变化，这不仅是管仲个人的认识，亦是古今所有志士仁人的共识。阅读古代典籍，可以从中发现一种延续已久的崇高忧患意识，这是华夏民族所以能够绵绵长存的最重要精神资源，也是中国读书人始终以天下为己任的强大精神动力。

在此，我提醒你们：

> 危者，安其位也；亡者，保其存者也；乱者，有其治者也。是故，君子安而不忘危，存而不忘亡，治而不忘乱，是以身安而国家可保也。
>
> （《易传·系辞下》）

赐刚刚提到了我离开鲁国的原因，说实话，我虽然没有什么大能力，还不至于惧怕几十名美女，也并不是惧怕这些女人会使出什么法术，而是从鲁君和季孙的态度上看出了鲁国的没落。他们接受女乐，亦不是仅仅接受了几名美女，其实，即使不接受齐国的女乐，他们拥有的美女还少吗？关键不是女人，而是一种享乐和苟且偷安的思想开始滋长并公然进行，这是我不愿看到的。所以，既然不能阻止，就只有离开。

音乐与社会变迁

始终静静地坐在旁边倾听的颜回，见众人一时没有话说，便站起身来，恭恭敬敬地向孔子行礼之后乃问曰：

刚刚聆听了夫子和子路、子贡之间的问答，感到精彩极了！两位学兄问得很妙，甚至很有见识，夫子的回答则充分体现出了渊博的知识涵养及儒家思想的一贯精神。夫子居然从音乐中发掘出一个遥远时代的风俗民情、世道人心以及政治兴衰，这是回以前所不曾注意到的，连想都没有想过。现在，就着上面的话题，回请教夫子一个问题，倘若夫子现在可以自由地建立一个邦国，则在国家行政的具体措施方面，应该在古代文化成果中撷取哪些方面的内容？使之构成一个比较优秀的组合。

看来颜回提出的问题颇不易回答，只见孔子站起身来，负手在地上来回走动，良久，才开口道：

如果真的能够自由选择的话，我以为一个邦国应该做到：施行夏代的历法，通行殷代的车子，穿戴周代的冠冕，流行虞舜时的音乐。

《论语》记载道：

> 颜渊问为邦。子曰：行夏之时，乘殷之辂，服周之冕，乐则韶舞。
>
> （《卫灵公》篇）

颜渊未及发言，子路早已大声道：

我不大敢苟同夫子的意见。由尝闻之于夫子，自古王朝之兴废鼎革，无不以改朔为首务。自武王定鼎西京，周历迄今已颁行了600余年，虽然化外之邦仍然有不奉正朔者，然华夏各国则行之已久，岂非说明了周历的精良适用吗？至于车子，现在的车子已经有了由金、玉、铜、象、革等各种各样材料制成的精美产品，奈何还要追求殷代的木头车子；周代的帽子，虽然现在仍然流行，我却看不出什么好处，华丽而不适用，除了表现出一些繁文缛节外别无可取；虞舜时的韶乐，夫子前面已经讲了许多，但我想，再好的东西如果跨越了2000多年的时空，必已破败不堪。音乐是令人欢欣鼓舞的东西，很难想象现代的人们能够追随着2000年前的音乐节拍而受到强烈心灵感染，我个人还是愿意随着郑声而起舞，我甚至更喜欢桑间濮上的小调。

孔子并没有生气，只是像看一个陌生人一样，睁大了眼睛看着子路，看得子路心里有点发毛。

接着，孔子道：

由啊！没想到你还真有一套理论啊！在一般意义上，你说得也很正确，我当然没有办法说服你。但是，你要记住！作为一个没有接受文化知识、没有受过礼仪道德训练的普通老百姓，他们的感情往往是追随着事物的表面变化即兴而歌、当下而舞，不必有许多顾忌。但作为一个有知识、有教养、有鉴别和有判断能力的君子，他对待事物应该看实质而不看外观，看价值而不看效应，看长久而不看眼前，看精华而不看实用，他应该具有一种不盲目符合潮流的独立品质和独立价值观。判断事物要慎重、全面和客观，尤其是涉及国家建设的长远大计，更加不能等闲视之。国家的文化构件应该是经得住时间之检验和历史之考验的，断不是一时的杂乱拼凑。韶乐、夏历、殷辂、周冕，可以说是集中了华夏历史文化的精华，它们各自代表了一个辉煌时代的文化成就，后来者如果不是不学无术，就应该有所继承。

颜渊道：

夫子能否谈谈这几种东西的文化特点？

孔子道：

好吧！关于历法方面的知识，我以前已经专门讲过，这里就谈谈关于三代历法的优劣。先说周历，大家都知道，现在流行的一年四季的顺序及月份的排列，所行的就是周历。周历以建子月为一年之首，以建亥月为一年之终。一年之始为春，春者动也，所谓蠢蠢欲动是也；一年之尾为冬，冬者终也。这样，我们可以看到，周历的建子之月恰恰是一年中最寒冷的时节，根本不会有万物蠢蠢欲动的春天气象，而建亥之月则是仲秋时节，万物正进入繁盛和收获，还谈不到停止和终结。

说到这里，孔子回身从行囊中翻检出一片色彩斑斑的竹简，递给颜渊道：

你们看一看这竹简，自然就明白了。

众弟子定睛看去，只见上面刻写着一幅图表，名曰："天文月历表"。

天文月历表

干支	子	丑	寅	卯	辰	巳	午	未	申	酉	戌	亥
月份	一	二	三	四	五	六	七	八	九	十	十一	十二
时令	仲冬	季冬	孟春	仲春	季春	孟夏	仲夏	季夏	孟秋	仲秋	季秋	孟冬
节气	大雪	小雪	立春	惊蛰	清明	立夏	芒种	小暑	立秋	白露	寒露	立冬
中气	冬至	大寒	雨水	春分	谷雨	小满	夏至	大暑	处暑	秋分	霜降	小雪

待众人传看完毕，孔子开口说道：

大家看了这个表，当知道如果按照时令、节气和中气排列，则周历以建子并不合适，而夏历以建寅最为恰当。以立春为一年之首，以冬至为一年之终结，合乎天道而顺乎人事。这是我个人的看法。

至于车子属于纯粹的器具，是整个社会从上层到民间应用性非常广泛的东西，当然以实用、便捷、坚固和节俭为好。殷人的生活方式追求奢华，但在交通工具上却体现了节俭和朴素精神，这可能是因为技术方面的原因。西周自成康之后，周人的工艺技术方始超过了前代，制造出金、玉、象牙、皮革等材料不同的高级车子，既浪费了人力物力，也未必能真正体现出文化进步，而且，这些价格昂贵的东西根本无法获得普及。所以，我宁愿选择殷代的木头车子，而不选择周代的那些豪华车。

对于帽子，现代人已经越来越不大讲究了，无论什么身份不同的人，都胡乱地在脑袋上戴上点什么、缠上些什么，甚至披头散发，就居然敢招摇于大庭广众之下。但以我看来，人的知识、嗜好、修养、品格、门第、身份、地位等等，都可以从帽子上加以体现。周人的冕，后面高而前面低，有向前俯伏的含义，显示了对其他人的恭敬、仰慕和谦虚的态度，这是周人道德文化的集中体现，所以，我比较喜欢周冕。

关于韶乐，前面已经讨论很多，它所反映出的雍容、博大、友爱、慈悲以及与天地万物相和谐的高尚情怀，象征了那个古老时代特有的精神风貌。我当然无法确定韶乐在今日究竟还拥有多少现实意义，但我知道，这种高尚精神曾经使华夏民族历经2000年风雨如晦的艰难岁月，而至今仍能焕发出强大的生命力，这证明了韶乐所拥有的影响久远的强大艺术感染力，是岁月难以征服和消磨的。至于当前存在的这些流行音乐，尽管可以风靡一时，但它们究竟能维持多久？它们有多少生命力？

所以，子路或其他任何人愿意欣赏流行音乐，我并不反对，那是他们的个人爱好，没有人可以凭自己的臆断来剥夺他人的爱好。但是，我反对一个国家和一个民族都沉浸在流行音乐中而萎靡不振，如果这样，这个民族距离最后灭亡就已经为期不远了。

郑声乱雅

对于孔子的一番精彩议论，不但颜渊、子贡等赞叹不已，性格倔强的子路也不得不心悦诚服。但孔子对流行音乐的顽固排斥，还是令众弟子感到吃惊，这不是因为大家格外喜欢流行音乐，而是不能理解如此欣赏美好音乐的孔子，为什么会对流行音乐这样反感，尤其是郑国和卫国的民间音乐。

颜渊小心翼翼地提出了这个问题。

孔子道：

对于一般的个人爱好，一个时代有一个时代的精神风貌，一个时代也有一个时代的时髦追求，我并不强求一律。但对于国家的嗜好，我反对一些特别流行的东西，尤其是影响人心至大的音乐。我主张作为一名合格称职的国家领导者，一个极其重要的工作就是要排斥和远离郑国的音乐，就如同远离奸邪的小人一样。因为郑声实在是过于淫荡，而奸邪之人则过于阴险狡诈了。

> 放郑声，远佞人。郑声淫，佞人殆。
>
> （《卫灵公》篇）

看到颜渊和子路仍然一副大惑不解的样子，孔子接着说：

我记得以前曾经专门向你们介绍过古代的《乐记》，不知道你们还记不记得上面有一段相关的记载？

颜渊点头道：

弟子依稀记得有几句话，似乎与夫子的观点比较相近，即：

> 郑卫之音，乱世之音也，比于慢矣。桑间濮上之音，亡国之音也，其政散，其民流，诬上行私而不可止也。
>
> （《礼记·乐记》）

典籍里所说的桑间就是郑国境内普遍种植的桑树林，而濮上应该是卫国境内的濮水岸边了。以弟子看来，这些地方必定是青年人经常活动的地方。这样看，流行于桑间濮上的音乐大抵是民间乐曲，尤其为青年所深喜。我想，这些民间乐曲大都保持着古代乡村的淳朴奔放之风，应该为夫子所欣赏，不想夫子却如此深恶痛绝！

孔子道：

如果桑间濮上所流行的是古代民歌，就像子路方才所唱的《东方之日》和《东方未明》，我何至于如此感慨？可惜，现在流行于桑间濮上的大多不是古风，而是一些温温柔柔、缠缠绵绵、酥酥软软、卿卿我我的靡靡之音。个别的青年男女热衷于此，虽然不免于丧失意志，却还有情可原，如果举国上下都荡漾了这种靡靡之音，则一个不思进取、不知进步、没有忧患、缺少阳刚之气的国家和民族，怎么可能在列国纷争中自强图存？不仅如此，由于郑声日益走红，使得真正的高雅音乐从此无人问津，这样，就使国家和民族不但丧失了进取心，也丧失了廉耻心。所以，我反对的是：

> 恶紫之夺朱也，恶郑声之乱雅乐也，恶利口之覆邦家者。
>
> （《阳货》篇）

众弟子听到这里，方始恍然大悟。

歌舞中看世道

颜渊赞叹道：

听了夫子这一番教诲，回方始明白了一个道理，即音乐虽然是人们追求感官快乐的性情产物，但快乐亦有所不同。如果能够把快乐的质量提高，就会从音乐中总结出历史的兴衰，倾听出世道人心的变迁，甚至从中孕育出一种崇高的忧患意识，这应该是所有志士仁人和君子者流之所以特别关注音乐并陶醉其中的原因所在。另一方面，如果把快乐降低到纯粹的感官享乐，则只能从音乐中聆听和欣赏那些靡靡之音，从中滋长出不知收敛的声色犬马、轻歌曼舞之情趣，自然在寻欢作乐中沉浸于淫荡追求而无力自拔。

音乐，顾名思义是以发出音响而取乐，声乐是从人的歌声歌曲中所产生出的娱乐，器乐则是借助各种器具之弹奏所产生出的娱乐。所以，音乐应该是人们根据不同声音的组合而创造出来不同的娱乐方式，人的性情即蕴涵其中。

回又闻于夫子，古时有歌即有舞，有舞亦即有歌，歌与舞如影相随而导演出了至上至美的娱乐活动。然则，回又闻乎夫子，自古以来的歌舞都是按照社会的等级顺序而有严格的区别，一般来说，各个等级之间的娱乐不存在平等，也不能随意错位。如是则音乐中亦颇能反映出社会的等级尊严。

《乐记》载：

> 故圣人作乐以应天，制礼以配地。礼乐明备，天地官矣。……乐也者，圣人之所乐也，而可以善民心，其感人深，其移风易俗，孤先王著其教焉。
>
> （《礼记·乐记》）

以夫子的看法，现在的华夏各国，无论上层抑或民间，他们还能够遵守古代先王们在音乐方面的礼仪吗？

孔子叹息道：

哪里还谈得上什么遵守，分明已经是礼坏乐崩！就像鲁国的季孙，居然在家里大摇大摆地排起了天子的歌舞。

> 孔子谓季氏：八佾舞于庭，是可忍也，孰不可忍也。
>
> （《八佾》篇）

子路插口道：

八佾这种歌舞是什么样子呢？

孔子道：

八佾这种歌舞，我并没有亲自看过，我不大喜欢看女人跳舞。但据记载，就是由64名女人组成的舞蹈，因为每列八人，共有八列，所以称为八佾。自周公制礼以来，天子八佾，诸侯六佾，大夫四佾，士二佾，其中显示了天子与各封建国家的君主、大夫之间的尊卑关系，遂成为沿袭已久的歌舞中的等级。现在，季孙氏连天子的专用歌舞都敢享用，还有什么事情是他所不敢做的呢？真正是天下无道矣！

子路道：

听夫子一说，我到想起来了，这种舞蹈，我在季孙那里见过多次，看起来也就稀松平常，一群女人半光着身体，乱乱糟糟地跑来跑去或扭来扭去，如果仅仅为了娱乐而不是为了体现一种社会等级关系，则委实并没有什么好看。请问夫子，天下有道的时候，该是什么样子呢？难道仅仅是天子观赏64人舞蹈，诸侯观赏36人舞蹈，大夫观赏16人舞蹈，士观赏4人舞蹈吗？

孔子大笑道：

当然不是，大家都整天地跳舞或看跳舞，国家岂不是成了歌舞厅？还谈什么天下有道？其实，我说的有道无道不过是个比喻。舞蹈和音乐方面的顺序错乱只是国家和社会上下失序的标志，舞蹈本身并没有什么。大家都知道，无论音乐或舞蹈，本来都不是普通民众享乐的东西，它们最早被用来祭祀天地、神灵、祖先，也就是说，歌舞是人类以自己最真诚的情感所创造出来的娱乐作品，用来献给他们最敬畏的东西。

子路道：

然则，帝王何以能够享用呢？

孔子道：

在距今相当久远的时代里，普通百姓和帝王之间在身份地位上本来没有多少差距。只要翻一翻历史简册就可明了。在远古时期，部落所举行的所有祭祀活动都是由全体百姓集体参加，他们所享用的歌舞亦是相同的，但此种现象，早已绝迹于三代王朝的史料记载之中了，在今日则只有在个别国家庆典上才能依稀看到一点远古遗迹。

子路道：

夫子能否说得具体一点？

孔子道：

自从重黎"绝地天通"以来，国家在重要的祭祀方面实行垄断，拒绝了民众的参与，祭祀的权力逐渐脱离了人民而成为帝王和诸侯们专有的事情。所以，各种祭祀用的器具、祷文、颂辞、礼仪、服饰、歌舞、器乐，也就统归帝王个人占有了，帝王以下则按照等级大小顺延而有等差。西周以来，周公制礼，主要是体现了整个华夏九州之内的每个国家和每个人在社会地位上的等差之分。

过去的历史已不能再现，夏商往事已渐渐灭，遑论尧舜？西周的历史是目前尚且能够捕捉到一些信息的历史残余。周礼固然缺少平等的准则，但社会亦不能没有等级，没有等级就没有秩序，没有秩序的社会是混乱的、动荡的、无序的。所以，根据西周的等级原则来确立社会秩序，恢复社会稳定，在今天仍然是有意义的行动。据载：

> 故乐行而伦清，耳目聪明，血气和平，移风易俗，天下皆宁。……乐者乐也。君子乐得其道，小人乐得其欲。以道制欲，则乐而不乱；以欲忘道，则惑而不乐。
>
> （《礼记·乐记》）

这些文字记载，说的就是这个道理。

颜渊道：

天下有道的时候，礼乐是如何体现？而天下无道的时候，礼乐又如何体现？望夫子能给予回一个切实答复。

孔子沉吟片刻，说：

> 天下有道，则礼乐征伐自天子出。天下无道，则礼乐征伐自诸侯出。自诸侯出，盖十世希不失矣。自大夫出，五世希不失矣。陪臣执国命，三世希不失矣。天下有道，则政不在大夫。天下有道，则庶人不议。
>
> （《八佾》篇）

众弟子由歌舞而联想到当今中原各国混乱的政治局面，都不由得在内心里暗暗佩服孔子的目光深远。

心灵的快感

颜渊又问道：

刚才子路演唱那两首齐国民歌的时候，弟子看到夫子流露出了发自内心的快乐。弟子寻思，那两首民歌虽然不是什么淫荡、萎靡的桑间濮上之俗曲，却也不是能登大雅之堂的雅曲，奈何夫子如此欣赏？

孔子笑道：

回啊！不要把我当做一个食古不化的老古板好不好？最好的音乐当然是从心灵中自然流露出来的，所以才能引起人们感情的共鸣，这是一种真正的感情抒发和真情流露，而不带有任何情绪化和矫揉造作。就我现在手头所掌握的各国之国风，大抵以淳朴的感情抒发为乐曲之主旋律，流传于民间的民歌很少有那些所谓靡靡之音。其实，所谓的靡靡之音大多不是来自民间，而是渊源于上层社会，甚至渊源于宫廷。

孔子说完，对子贡道：

你既然对各国音乐都有研究，可熟悉《周南》中的《关雎》一诗？

子贡应道：

弟子熟悉。

孔子笑道：

如此甚好，你现在就把它唱出来，让回听听！

关关雎鸠，在河之洲。

窈窕淑女，君子好逑。

参差荇菜，左右流之。

窈窕淑女，寤寐求之。

求之不得，寤寐思服。

悠哉悠哉！辗转反侧。

参差荇菜，左右采之。

窈窕淑女，琴瑟友之。

参差荇菜，左右芼之。

窈窕淑女，钟鼓乐之。

（《诗经·周南·关雎》）

一阵清朗的歌声响起，音色悲而不哀、亮而不脆、响而不震、柔而不媚、壮而不烈；始则顿挫抑扬，继则如泣如诉；词句情深而意长，声调绵长而悠远，直听得众人如醉如痴。

孔子脸上洋溢着兴奋的光彩。

良久，歌声戛然而止。大家一齐鼓起掌来。

孔子神色庄严地说：

关雎，乐而不淫，哀而不伤。

（《八佾》篇）

随后，孔子又请子贡反复唱了三次，他跟着子贡的节奏随声附和，唱得专注而且入神。

据《论语》记载：

子与人歌而善，必使反之，而后和之。

（《述而》篇）

屋子里的气氛异常热烈。

人生三乐

谈话终始，冉求一直远远地站在最后面，他是个事业心很强的人，在人生道路上的每一步都走得踏踏实实，他很少进行空想和幻想，着重于实际和实践。冉求对自己的要求相当严格，自我约束到了很苛刻的地步。因此，在现实生活中，冉求不但坚决抵制所有浮华奢侈的生活方式，也反对任何享乐，他认为人生就是一连串的拼搏和进取。

所以，以冉求与子路相比，缺少了子路那种不计功利、随心所欲、唯我独行、心中了无牵挂的自然之快乐；与子渊相比，缺少了颜渊那种刻苦自励、求德日进、淡泊名利、粪土王侯、心中犹如皓月一般圣洁的超然物外之快乐；与子贡相比，则缺少了子贡那种左右逢源、谈笑自如、一掷千金、广交天下豪杰的豪放洒脱之快乐。可以毫不夸张地说，冉求对功名事业前途的孜孜以求，比较典型地代表了孔子的性格，只是孔子除了具有强烈的进取心和更加远大的政治抱负之外，他的个人兴趣和爱好要广泛得多。

现在，冉求听了夫子与子路、子贡、颜渊的对话，心中感到有些困惑，于是，他趋前几步，恭身为礼道：

求刚刚聆听了夫子与子路、子贡、子渊的对话，心中多有不解。求记得夫子反复教导我们这些弟子，人生犹如战场，一旦踏了上去，便再也没有退路，也没有委曲求全之道，只有持之以恒的努力拼搏和永不间断的进取，才能获得成功。但听了夫子对音乐舞蹈的议论之后，却令人感到夫子又在提倡一种随遇而安的生活态度。求也不敏，敢问夫子，人生的乐处究竟是随遇而安？抑或是随处随时的进取和成功？

听了冉求的问话，孔子的脸色一下子变得严肃起来，他似乎犹豫了片刻，才缓缓地开口说道：

我记得过去曾经反复向你们强调，人生的真正目标不是为了其他任何事物，而是为了自己，为了自己的需要，为了自己的满足，为了自己的快乐，为了自己的安宁，为了自己的成就，为了自己的进步，为了自己的生命意义，为了自己的人格完满，我曾经说：

　　　古者学者为己，今者学者为人。

（《宪问》篇）

为己和为人，是古今学者截然不同的学习态度，为己是为了完善自己，为人则是为了教导、教化并完善别人；为己是为了提高自己，为人则是为了提高别人，但须知，古人为人是为己，为己也是为人，自己尚不能完善焉能完善他人？自己尚不能提高焉能使他人提高？在后来的时代里，学习者的角色和目的都发生的重要变化。从为己到为人，他们的这种角色变换极鲜明地反映了时代的变化。而且，学者从提高自己而转变为提高别人，往往并不是一种道德上的自觉，而是一种谋生的需要。我们知道，政治演变是从原始的民治而逐渐变为国家政治，君主是从为了自己而变成为了他人，所以会发生这种涉及政治权力和社会地位的重要变化，是因为君主在这个转变中与学者们一样，充分利用了知识的优势。古代学者首先为了个人的喜好去学习，其中很少带有功利色彩和对利益的追求，现代学者则为了教化民众而进行有目的的学习，这种学习大多是为了功利的目的，很少从性情方面考虑。

为了使个人的一些高尚的心理追求和美好愿望变成现实，有理想、抱负和志向的人必须去努力学习、去增长知识、去关怀他人、去治理社会、去鼓励志节、去提倡道德、去改造国家、去光大文明、去拯救黎民、去匡正天下。所以，学习变成了手段。

冉求虔诚地问：

现在的学者难道除了孜孜以求的进取之外，还能有精力寻求性情方面的爱好吗？难道还能有余力去追求享乐吗？

孔子笑道：

作为学者，如果除了进取心之外而丧失了其他一切心理追求，甚至连性情中的一些爱好都断然摒弃掉，我不知道他的进取究竟还有些什么真实意义？我甚至怀疑脱离性情的追求有没有真实性？求啊！人的所有努力和进取首先就是要寻找自己性情中的真乐趣。有人喜欢政治权力，他便学习古代和现代的治国道理，然后使这些才能应用到国家的治理上，从中享受运用权力的快乐；有人喜欢金钱，就学习商业和贸易方面的知识，把这些知识运用到商业活动中，从中享受赢利的快乐。事实上，各种性格不同的人有不同的爱好，便也有不同的追求和不同的快乐，他们如果要满足自己的追求和爱好，便需要付出各种不同的努力。事实上，快乐并不分贫富贵贱，犹如农夫、工匠、仆役、皂隶、苦力等，即使不能在工作中获得快乐，却都能在他们的生活中寻找出快乐，这是天下、国家、社会所以有等级而秩序井然的原因。

如果勉强把快乐者划分为两个类别，则其中一种是不断获得自身生命质量增益的人，另外一种则是不断地损害生命质量的人。获益者的快乐有三种，即：喜欢使自己行动节制于礼仪和高雅的音乐中，喜欢称赞别人的好处，喜欢多交接贤良的朋友；受损者的快乐也有三种，我前一段时间曾谈过有关问题，即：喜欢虚骄放肆的享乐，喜欢放荡而没有约束地四处游荡，喜欢豪华淫荡而没有节制地宴饮。对于人生之乐，去年曾经对赐谈过，那是专门就结交朋友而言，但放在这里也没有不同。

> 孔子曰：益者三乐，损者三乐。乐节礼乐，乐道人之善，乐多贤友，益矣；乐骄乐，乐佚游，乐宴乐，损矣。
>
> （《季氏》篇）

不同的人有不同的快乐，能够把持和约束自己的快乐，使之向健康、丰盈、完善的途径中发展和完善，是君子获得自身增益的正确方向，也是观察、检验君子和小人的重要凭据，但并不等于君子没有快乐。

这时，子路问道：

那么，君子是不是也有忧愁呢？

孔子摇首道：

君子应该是没有忧愁的，人的忧虑大抵来自于自身利益之得失，君子在没有获得地位的时候，只要沉浸在获得后的理想中，就已经很快乐了；获得了地位之后，则能够高兴地看到自己的治理成就，所以，君子能够有一辈子的快乐，而没有一天的忧虑。小人就不同了，他们没有获得地位的时候，就忧虑自己没有获得；等到获得了地位，又怕失去，所以，小人有一辈子的忧虑，而没有一天的快乐。

> 子路问于孔子曰：君子亦有忧乎？子曰：无也。君子之修行也，其未得之则乐其意，既得之又乐其治，是以有终身之乐无一日之忧。小人则不然，其未得也，患弗得之；既得之，又恐失之，是以有终身之忧无一日之乐也。
>
> （《孔子家语》卷五）

颜渊心神向往地说：

夫子前面说的君子三乐和刚刚说的君子"有终身之乐，无一日之忧"，实在太精辟了！人的一生节奏快速而时间短暂，究竟是把这短暂时间用来修德进业，还是用来宴饮玩乐？不只是君子小人之间的分界，其实，也是整个人类不同民族之不同价值观的文化分野。不断地进德修业的君子，也能够不断地发明出各种各样的新知识、新思想、新观念、新伦理、新道德，这些东西经过君子的努力而不断地融合到传统文化中，就使传统不断地丰盈完善，回以为，这些关于人类精神文明方面的成就应该是人类文明的主流。

但追求宴饮玩乐的小人却也不是全无贡献，他们的不断追求，也发明出了各种各样的新器具、新玩具、新游戏、新服饰、新工具、新技术，这使得人世间的技巧日益呈现出五光十色、千姿百态、光怪陆离和争奇斗艳的繁荣景观，并极大地改变和促进了人类生活，这些人类物质方面的出色成就应该是人类文明的支流，或者也可以说是人类文明的另外一种性质不同的主流。回以为，二者之中固然以精神文明为主体，但不可偏废，二者之相得益彰，构成了一种健全而合理的文明结构。

回所深忧者，当然不是自己的进退得失，而是人类的未来发展。站在一个邈远宏大的历史空间，就可以看到，在各个历史时期，君子毕竟是极少数，而小人始终占据了压倒多数。如是，则未来——或者说现在的历史已经呈现出逆转的趋势，人们眼见的人类在物质方面的追求已经达到了如醉如痴的程度，为了达到一种奢侈豪华的生活目标，甚至不惜赴汤蹈火、冒死犯难。茫茫九州，君子何其少也！偌大神州，似乎是夫子一人独力在支撑着精神文明的大局。回担忧——虽然夫子认为君子有终身之乐无一日之忧，在不久的未来，人类的滔滔物欲，终将战胜精神道德而席卷一切，人类世界亦因此而沉沦。

回以上所虑，可能纯属杞人之忧，切望能够得到夫子指教。

孔子的面色很严肃，神色有些不安，他站起身来，在地上反复走动，良久，他回转身子，对颜渊道：

自古以来，或者可以说自从有了君子这个名词和这个集体以来，他们从来都是少数。没有君子的时代也没有小人，但亦不是有了君子才有小人，实则是有了小人才会有君子。其实，以人的角度看，二者本来也没有本质区别，只有后天的习性和教养不同。君子进德修业并不完全是为了影响或改变社会习俗，而是用来满足自己的追求，因为这种追求中有一种令人感觉到的进步和完善的成就，所以就成为一种内心深处的快乐，而且，这种快乐可以感染和带动他人，所以赢得了人们的尊重和敬重。因此，君子从事的事业，在某种社会条件下，是为整个社会树立正气和榜样；而在另外一些社会环境里，则只求自己的内心满足，这种满足对社会和世道人心即使没有任何积极影响，但只要做到了心安理得，亦是非常了不起的成就。

子贡道：

弟子想聆听一下夫子的生活态度，不知可否？

乐天知命

孔子沉默了片刻，徐徐说道：

快乐和痛苦这些事情，对不同人的影响，当然不能一概而论。每个人的观感、性情、嗜好、追求既不能达成一致，则对快乐和痛苦的感受也就因人而异，相互差异很大。对一些人来说是快乐的事情，对另外一些人来说，可能非但不能引起快乐，反而会产生痛苦；对一些人来说是痛苦的事情，对另外一些人来说，就可能变成快乐。

子贡道：

如果把一般没有接受过文化教育的老百姓暂时排除在外，仅就一些读书人而言，他们追求快乐有没有比较具体的途径？

孔子道：

快乐是一种自然性情的自然表达，一般接受过良好教育并掌握了一定知识的人，往往使自己的性情与自然相结合，他们常常能够在大自然中寻找到符合自己性情的快乐。大致说，一些富有智慧的人往往能够通过水而寻找到快乐；而一些富有仁慈心者则比较容易在山林中寻找到快乐。富有知识和智慧的人希望在不断的行动中追求事业的成效，而富有仁慈和仁义的人则喜欢在恬静中享受安逸的生活。拥有智慧的人经常获得生活中的快乐，拥有仁义的人则能够获得生命的延长。此即所谓：

> 知者乐水，仁者乐山。知者动，仁者静。知者乐，仁者寿。
>
> （《雍也》篇）

子贡道：

追求快乐有什么步骤吗？

孔子道：

对于一般人来说，不过是寻求一些当下的享乐罢了，也就谈不上什么步骤问题。但读书人则不然，知识开阔了他们的眼界、见识和胸怀，他们不再满足于当下的快乐，甚至也不能满足于表层的物质享乐，诸如饮食、服饰、器乐以及花样翻新的新器物等，他们心中及头脑里翻涌着一些情绪化的东西需要抒发，所以，他们追求的快乐往往是一些智性、理性和精神的东西。就一个读书人来说，用诗章来熏陶自己的心胸以获得情感，用礼仪来约束自己的行为而立足于世，最后用音乐来成就自己以完成身心的健全。

> 子曰：兴于诗，立于礼，成于乐。
>
> （《泰伯》篇）

接着，孔子面向众弟子，提高了嗓音道：

所以，从根本上说，人类对于任何事物的关注和学习，都应该是一种发乎内心的情感追求，是一种来自性情的爱好，也是一种精神缓解的需求，而不是一些生硬地理解、背诵、记忆、模仿和效法。对于任何事物，仅仅追求知道的人不如那些真正爱好的人，而爱好知识的人则不如那些从内心里对知识萌生出快乐感觉的人。这就是：

> 知之者不如好之者，好之者不如乐之者。
>
> （《雍也》篇）

子贡道：

夫子是不是认为人的所有情绪、情感、感受，都是通过大自然中的具体存在物所引发并表现出来，而后引发出人们内心的喜怒哀乐。比如，有人遇山而喜，有人逢水而乐，有人见色而欢，有人看财而愉。如果没有这些山水色财，则自然会心如止水？

孔子道：

人心通常是如此的，老聃所说的"不见可欲，其心不乱。"，确是真知灼见。但对于一些心灵已经过了知识洗礼和智性开凿的读书人来说，则应该在个人行为方面有一些超越的表现。须知，不讲求繁文缛节，才是真正的恭敬；不穿戴丧服的悲痛，才是真正的哀伤；没有声音的音乐，才能引起真正的欢乐；不用语言承诺而达到别人的信任，不用行动就很威严，不用施舍就能仁慈。所以，我们看钟鼓所发出的声音，一个愤怒者所敲击出来的声音就威武，一个忧伤者所击打出来的声音就悲哀。心志的变化，引起了声音的变化。因此，心志之感物，居然能够通于金石，何况人与人之间。

　　孔子曰：无体之礼，敬也；无服之丧，哀也；无声之乐，欢也。不言而信，不动而威，不施而仁。志，夫钟之音，怒而击之则武，忧而击之则悲。其志变者，声亦随之。故志诚感之，通于金石，而况人乎？

（《孔子家语》卷四）

众弟子听到这里，顿觉模模糊糊的天地间豁然开朗。他们感到夫子对于音乐的理解和议论实在精妙绝伦！

在齐国逗留了将近半年，就孔子周游列国的政治理想来说，可谓一无所获。深秋时节，孔子一行静悄悄地离开了齐国。临行之际，他没有去看望齐景公，他确实有些不忍心再看到齐景公，像一个不忍心看一个走向刑场的犯人一样。孔子一行匆匆地南下了。

这是公元前493年，孔子59岁。

六·文明进程的标志

孔子的祖先

一路南行出了葵丘，路上几经周转，几个月后才接近了宋国都城商丘。这时，孔子的心情很激动，这里不但是他的祖籍所在，也是他学术文化思想的血脉所在。原来，孔子的直系祖先可以上溯到宋国的开国者——微子，微子四传到了宋湣公。宋湣公有二子，长子名弗父何，次子名鲋祀，按照周人父子嫡传的制度，则继承宋湣公君位的应该是长子弗父何。但宋湣公如果不是过分偏爱弟弟，就应该是对周族入侵者的封建政治体制有所不满，他故意违反周人的嫡长子继承君位的制度，而采取了殷人曾经长期采用的"兄终弟及"继承制度，毅然把宋国的君位传给了弟弟，是为炀公。

宋湣公次子鲋祀不服，弑叔父炀公而欲使其兄弗父何即君位，但弗父何却坚辞不受。为什么呢？其实，也不是因为弗父何完全不愿为君，但弗父何如果即君位，依照国家法律，当然要依法惩治其弟的弑叔及弑君之罪。弗父何是一位忠厚的仁者，当然不会为了当国君而杀亲弟，何况鲋祀又是为了自己而弑君的，鲋祀既然能够为了哥哥而不惜犯上弑君，则弗父何如果为了做君主而法办鲋祀，则与那些乱臣贼子们没有什么区别了，所以，他只有坚决推掉君位。结果，鲋祀无奈即位，是为厉公，弗父何则在朝为卿而辅佐之。孔子的直系祖先便是这位辞让君位不受的弗父何。弗父何虽然没有成为国君，后人却世世代代为公卿，其中以其曾孙正考父最为著名，他历相四朝，位高权重、声名卓著却居功不傲。他曾亲为鼎铭而自勉曰：

> 一命而偻，再命而伛，三命而俯，循墙而走，亦莫余敢侮。饘于是，粥于是，以糊余口。

（《史记·孔子世家》）

　　正考父生孔父嘉，嘉是名，孔父是字，因为孔父自立了氏族，子孙便以字为氏姓，是以有孔姓一族，孔父是孔姓的始祖。孔父嘉曾任宋国位高权重的大司马，因琐事为权臣华父督所杀。孔父嘉之孙名孔防叔，避祸而逃奔到鲁国，曾担任鲁国的防地大夫，这个人是孔子的祖父。从此，孔氏一族便定居在鲁国了。孔子的父亲就是那个能够托起城门的大力士——叔梁纥，他曾担任鲁国的陬邑大夫，属于士的最低阶层。所以，孔子说他自己是"予始，殷人也。"（同上）向上数不过三代，孔子就是标准的宋国人。

　　宋国是建立在殷商帝国文明废墟上的新国家，宋国人民大多是殷人后代，是拥有发达文化和发达技术的先进民族，而宋国的开国君主微子则是一位贤明的开国君主，所以，宋国的立国根基相当稳固。自建国之后，在西周中央政府百般限制、在四周强国虎视眈眈的困难情形下，始终能够保持着比较强大的国家力量。但由于宋国不是处于边疆地带，它的进一步发展长期受到齐国、鲁国、郑国、卫国以及蔡国、曹国、陈国的限制。所以，在春秋的兼并战争中，它受惠甚少，不能形成齐、楚、秦、晋那样的大国规模。

　　经过数日奔波，这一日黄昏，孔子一行来到了一个小小的集市，此时集市虽已散，但客贾仍然不少，街市上熙熙攘攘很是热闹。

　　这时，孔子忽然看见不远处临街一家店铺的大门口围拢了一大群人，近前一看，一二十名石匠正在精雕细琢着一口巨大的石头棺材套。孔子感到很惊讶，向周围人一打听，才知道是宋国司马桓魋正在为自己准备后事——尽管他现在还不到50岁而且身体壮的像牯牛——而打造棺椁，已经持续打造了三年，耗费了大量人力物力，连石匠都累次病倒，却仍然没有造成。

　　孔子闻言，不禁感慨良久。据记载：

　　　孔子在宋，见桓魋自为石椁，三年而不成，工匠皆病。孔子愀然曰：若是其靡也，死不如朽之速愈。

　　　　　　　　　　　　　　　　（《孔子家语》卷十）

孔子估计此处距离商丘已经很近。见一叶而知秋，孔子通过桓魋为自己建造的阴宅，不仅已经看到了宋国权贵们的骄奢淫逸，也看到了这些醉生梦死的权贵们居然为了自己的荒唐想法而轻率地征用民力，这个国家看起来与其他中原国家一样，也已经难以起死回生了。一阵巨大的悲哀席卷心头，孔子决定今日就在此处落脚。

原来，孔子看到了近处的一座掩映在树影婆娑之中的客栈，在客栈的不远处，昂然耸立着一棵巨大的榕树，树干粗壮足够一人交臂而抱，此时正值春日花开季节，一朵朵犹如彩色绒线球般的花朵挂满了整个树头，远远看去，就好像一大簇彩云横挂在半空中，与天上的晚霞没有什么区别。孔子甚是喜欢，因此投宿于此。

榕树下演礼

次日凌晨，孔子早早就醒来，独自来到大榕树下，环顾四方，愉快地欣赏着中原大地早春时节的黎明景色。猛然一眼瞥见了不远处的那口石头棺套，心里就泛起一阵恶心。这些不知死活的贵族老爷们，天下已经倾荡破败如此！居然还一门心思追求这些邪门歪道的东西。这个桓魋是孔子门下得意弟子司马耕的二哥，在春秋列国的权贵行列中还不能算是腐败无能之辈，甚至称得上是个狠辣精明的角色，如今亦已荒唐至此，这个国家还有什么希望？想到这里，孔子忽然产生了一个想法。

太阳出来了，初春的朝阳光芒四射、霞光万道，均匀地喷放在生机勃勃的大地上，使地上的景物都笼罩在金色光环之中。在大榕树下的霞光流彩中，过往行人们惊异地看到了一个充满了神秘气氛的场面。

一名身材高大魁梧、鬓发斑白的老者，身穿红色大礼服，头戴一顶后高前低、前后都挂着九道彩色旒穗的长方形冠冕，神态庄严地肃立于榕树下。老者周围聚集了二三十名年岁不一的人，大多都身着礼服，面色严肃，举止端庄，他们依照着老者的行动节奏，亦步亦趋地演习着一套动作。旁边有三四名样子斯文的人在演奏器乐，人们能够辨认出来的有琴、瑟、鼓、锣、磬等，还有三两样，人们不能辨认，至于乐器里吹奏出的音乐，人们已全然不懂。不久，人们终于看出，这群人以五为行列，在老者的带动下，时而仰首、时而俯视、时而匍匐、时而后退、时而前趋，随着音乐的节拍而相得益彰，动作循规蹈矩、整齐有致。人们不知道这究竟是一组强身健体的体操，还是一种带有防御性质的阵法？但看起来煞是好看，就不由得大声喝彩起来。

这是孔子带领弟子们在演习周礼。自从孔子离开鲁国之后，常年奔波于列国之间，略无席暖枕安之时，加之礼器不备，所以，作为孔子六艺之首的礼仪已经很久没有进行演习了。现在，孔子所以突然有了演礼之兴，主要是看到了桓魋制造石棺套的事，他觉得有必要给这些权贵们一点教训。当然，这次演礼活动，桓魋本人根本不会见到，但让宋国的百姓见识一下早已被抛到了脑后的礼，也是很有必要的。

现在，孔子及其弟子停止了那一整套类似体操的动作，孔子开始神态严肃、一丝不苟地检查每一件礼器，这里陈列的所有礼器当然都是模型，但制作的工艺水平并不低，孔子看毕，很觉满意。下面，孔子要利用这些礼器模型，为弟子们讲解礼的作用。

突然，孔子身后的大榕树剧烈地摇晃起来，连带着地面也微微颤动，如同地震一般。孔子正聚精会神地观察礼器，竟丝毫没有察觉到危机的到来。幸好站在孔子身旁的子路手疾眼快，见势不好，急忙一把拖了孔子向外躲闪，其他人见状也纷纷四散逃避。这时，就见大榕树哗啦一声倒了下来，幸好没有伤到什么人，只是有惊无险。

青天白日之下，无风无雨，这究竟是怎么回事？子路疾步走到榕树前仔细观察，便发现榕树的根部有明显的斧凿痕迹，而且印记新鲜，显然刚刚砍过不久，他立即向孔子报告了他的发现，孔子皱着眉头想了想，心中便恍然大悟。看来，自己昨日对桓魋的批评，想必已传到他的耳朵里，是以连夜派人斫了榕树，显然是想给自己一点颜色看看，当然只是吓唬一下而已，并不是有意加害。看来，商丘还是不去为好。

看到夫子沉吟，子路建议追查这次事件的幕后指使者。孔子既然已经想通了其中原委，便认为没有这个必要。

这时，子贡开口道：

以弟子看来，这显然是桓魋做得手脚，他这是有意加害夫子。

孔子爽朗地高声道：

天生德于予，桓魋其如予何？

（《述而》篇）

正兴冲冲地演练礼仪的孔门弟子，本来有些垂头丧气，忽然听到夫子说出了如此大义凛然的一句话，都禁不住热血沸腾！天地既然诞生出夫子这样的伟大人物，就不会没有任何缘故，上天既然把世间的美德都集中到夫子身上，则桓魋虽然一时气焰熏天，却怎么能奈何夫子？于是，众弟子随同孔子，绕过了商丘，向陈国行进。

陈国的俸禄

陈国是一个拥有古老历史记载和文化传统的国家，最早受封于商汤灭夏之后，在雄壮威武的商帝国统治的600年间，虽然默默无闻，却始终存在。武王于灭商之后，复封虞舜之后胡公满于陈，国家领地大致在河南东南部，都城设于宛丘（今河南淮阳）。当陈国势力鼎盛的时候，自河南开封至安徽亳县都是它的疆域，春秋时期的中原人，习惯称呼这个地方为太皞之地，颇怀敬仰之情。但春秋时代以来，由于楚国之崛起，其势力从河南南部一路向东北方向发展，灭亡了河南中部诸国之后，兵锋直达陈国边陲。近些年来，陈国东南方向先是崛起了强大的吴国，现在又出现了一个发展势头迅猛的越国，夹在几个大国夹缝中求生存的陈国，处境无比艰难。在孔子抵达陈国前后，由于陈国加盟楚国，引起了吴国的报复，屡屡在边界挑衅，陈国虽然有楚国做靠山，却往往远水不解近渴，整个国家时时处于敌国的直接威胁之下。

当时的国君是陈湣公，他是一个勤奋好学、性情温和、礼贤下士的好君主，个人道德品质在列国诸侯中算是比较出色的了。湣公在位将近十年，亦颇能任用贤士，使陈国在楚、吴两个大国中间得以勉强苟存。现在，湣公看到孔子千里迢迢地来到陈国，感到十分喜悦，以陈国的国际地位和偏僻环境，能够吸引孔子到来，湣公充满焦虑的心理获得了一丝宽慰。他吩咐手下的人，以非常隆重的礼节接待了孔子。

> 孔子在陈，陈惠（湣）公宾之于上馆。
>
> （《孔子家语》卷四）

刚刚到陈国不久，一次偶然的事故，使孔子博学多闻的声名不胫而走，几乎在陈国达到了家喻户晓的程度。

> 有隼集于陈廷而死，楛矢贯之，石砮，矢长尺有咫。陈湣公使使问仲尼。仲尼曰：隼来远矣。此肃慎之矢也。昔武王克商，通道九夷百蛮，使各以其方贿来贡，使无忘职业，于是肃慎贡楛矢石砮，长尺有咫。先王欲昭其令德，以肃慎矢分大姬，配虞胡公而封诸陈。分同姓以珍玉，展亲；分异姓以远方职，使无忘服；故分陈以肃慎矢。试求之故府，果得之。
>
> （《史记·孔子世家》）

孔子在陈国，先是寄住在陈大夫陈司败的家里，后来单独租了一所独立的庭院，里面有二十几间住房，孔子及其弟子就正式安顿了下来。孔子除了日日跟弟子们谈论学问，朝廷里没有什么事来请教他，孔子心里很清楚，游说陈侯以实现三王政治的理想，看来又成为泡影了。但陈湣公及士大夫们对孔子很尊敬，给孔子的待遇也与卫国一样，俸粟六万。孔子一时找不到合适的去处，也就暂时随遇而安了。

乱臣贼子

一日，孔子正与颜渊、子贡等人在屋里谈礼，陈司败来访，见孔子正在谈论礼的知识，也就就坐在一旁聆听受教。

这时，颜渊问道：

回记得前次夫子谈到了季氏，曾指责季氏"八佾舞于庭，是可忍也，孰不可忍也"。可见夫子反对季氏的做法并不在于舞蹈本身——不过是一种娱乐活动罢了，而在于季氏公然滥用天子的制度，这是严重的违礼行为。然则，一个不仁的人如果违反了礼的制度固然是不仁，但一个仁者如果违反了礼的规定是不是就一定是不仁呢？

孔子道：

记得已经就这个问题与你们进行过多次探讨，亦曾就管仲的事情向你们作出了解答。古代历史那么悠久，积累下了那样多的礼仪规则，大概从来也没有什么人能对所有的礼仪都运用纯熟，并且能够在日常生活中一丝不苟地遵守礼仪的一切细节，所以，一个仁者即使偶然有失礼之处，也是完全可以谅解的。但一个不仁的人，即使碰巧做出了一些符合礼仪的行动，也不足以说明他的仁。可以这样说，一个仁者可能经常有失礼的时候，而一个不仁的人也完全能够有合礼的时候，但偶然失礼的仁者仍然是不值得赞扬的，而偶然合礼的不仁者至少在合礼的时候是值得赞扬的。汝其不闻：

君子而不仁者有矣夫！未有小人而仁者也！

（《宪问》篇）

颜渊肃然问道：

然则，礼与仁的关系怎样呢？

子曰：克己复礼为仁。一日克己复礼，天下归仁焉。为仁由己，而由人乎哉？

（《颜渊》篇）

颜渊疑惑道：

夫子是说，只要人们都能够通过克制自己的欲望冲动而在行为方面恢复了传统的礼仪，整个天下的风气就能够回归于仁义？不知夫子能不能提供一个比较具体的途径？

孔子笑道：

关于人在社会里的行为准则，大纲是容易指出的，但细目却不容易归纳。自古及今，礼有三千三百之多，几乎把人生的所有活动都囊括其中了。一个人如果对礼的核心内容理解得正确无误，则在行为中达到礼的标准并不困难。大致说来，不合礼的不要看，不合礼的不要听，不合礼的不要说，不合礼的不要做，就差不多合礼了。

据《论语》记载：

> 颜渊曰：请问其目。
>
> 子曰：非礼勿视，非礼勿听，非礼勿言，非礼勿动。
>
> 颜渊曰：回虽不敏，请事斯语矣！

（同上）

颜渊心悦诚服地说：

我虽然不很聪明，但愿意按照夫子的教导去行事。

子路听到这里，不以为然地发问道：

按照夫子的意见，则所有不符合礼的东西都不可以看、不可以听，不可以说，不可以做，则一个活生生的人岂不变成了死人？况且，许多违反礼的东西，也根本等不及你去闭眼、塞耳、杜口以及认真琢磨着怎样来行动，就已经发生了。事实上，许多突发事情，从来不会等你去仔细寻找礼的典章记载并经过对照之后，再进行处理。而且，我也不认为礼能达到多少正面作用，那么多礼的教条，没有哪一条真正管用，甚至也没有哪一条真正落实过。周公制作了这些礼，他自己也未必遵守。

子路的话说得很不客气，而且与孔子的意见针锋相对，大家都替子路捏把汗，但孔子却没有生气，他笑道：

由啊！你虽然经常是一派胡言乱语，但却并非全无道理。周公本人是不是遵守礼？我并不清楚。但涉及国家的典章制度，制作者或发明者并不一定是执行者或落实者，就像一个工匠虽然制作出了各种器具，而他自己并不一定是使用者。我能知道的是，礼决不是坏东西，周公以来的600年天下，就是靠了它而得以维系。

人的思想和精神本来就像一张白纸，而一旦置身于社会之中后，就变得异常复杂，人心、人性都随着世道风俗而变迁，什么样的世道有什么样的人心，什么样的风俗有什么样的人性。所以，一个社会也好，一个国家也好，在开国的时候树立了什么样的标准，则直接影响着后来的国家气象。周代初期树立的规则、典章、制度，无论在规模上，还是在健全性、合理性、进步性等诸多方面，都远远地超过了夏、商二朝，所以，周代国家局面也气象庄严。如果任由我选择，则我认为：

> 周监于二代，郁郁乎文哉，吾从周。
>
> （同上）

子路听到这里，觉得夫子的说法还是超过了自己的见识，便也勉强表示赞成，但他随后又问道：

一个人虽然在内心里追求一种完美，也想要处处符合礼的标准，但行为上却往往不能自主，就是说，行为经常会摆脱思想的控制而自由行动，夫子是否有良策以教之？

孔子道：

一名君子只要多学习一些文学知识，再用礼来规范和约束自己的行为，就不会做那些犯上作乱的越轨事情了。

> 子曰：君子博学于文，约之以礼，亦可以弗畔矣夫！
>
> （《雍也》篇）

子路未及答话，只听一个略带稚气的声音道：

夫子！我可以问个问题吗？

礼之初起

孔子听到声音很陌生，不禁抬头张望，就看到了一个十几岁的少年规规矩矩站在陈司败身旁，此刻正专注地看着自己。孔子一看见这个少年，就产生出了一种本能的喜爱。只见这少年身穿一袭已经洗得发白的蓝色麻衫，头上没有戴冠，可见尚未及冠，一头乌黑的头发由一块紫色麻布束住；白皙方正的面孔，一双俊秀的眼睛露出深思沉潜的神情；而两道浓黑的眉毛，又显示出几分倔强不屈的强悍性格。孔子以他教育家的眼光，一下就发现这个少年是个可造之才。于是，他笑问道：

你是谁呢？

少年恭身为礼道：

启禀夫子，晚生是吴国姑苏城内的一介草民，姓言名偃，字子游，今年15岁。久慕夫子博学广闻、胸藏天地之学、熟悉三代以来王道传统、致力复兴三王盛世、力倡克己复礼，为拯救天下苍生而岌岌奔走于列国之间。偃不敏，愿师事之。

孔子避开言偃的请求，笑道：

且把你刚才的问题说出来听听，如何？

言偃毫不拘束，开口道：

刚刚未经允许，在旁听了夫子与几位贤高足的对话，我知道他们便是大名鼎鼎的颜渊、仲由和端木赐，那样一些高深问题，不是他们还有谁提得出来？不是夫子，还有谁答得出来？晚生尚未及受教于夫子，原不知礼之博大如此。晚生感到，环宇之间的万物万事皆有一个原始，礼亦不能例外，然则，礼之起源如何？夫子能否赐教？

孔子高兴了，他赞扬道：

子游！这些问题提得很好，别看今日有所谓礼仪三千，其实，礼的起源与其他事物一样，很是简单。大抵是：

> 夫礼之初，始诸饮食，其燔黍捭豚，汙尊而抔饮，蒉桴而土鼓，犹若可以致其敬于鬼神。及其死也，升屋而号，告曰：皋！某复。然后饭腥而苴孰。故天望而地藏也，体魄则降，知气在上，故死者北首，生者南向，皆从其初。
>
> （《礼记·礼运》）

言偃听得聚精会神，然后再追问道：

夫子所说的时代，应该就是古书上所说的"茹毛饮血"和"断发文身"的野蛮时代了。看起来，那个时代并没有礼，所谓礼不过是一些遵循着自然的道理而已。但在接下来的世道里，礼是怎样的呢？

孔子慢悠悠地说道：

　　昔者先王：未有宫室，冬则居营窟，夏则居橧巢。未有火化，食草木之实，鸟兽之肉，饮其血，茹其毛。未有麻丝，衣其羽皮。后圣有作，然后修火之利，范金合土，以为台榭宫室牖户，以炮以燔，以亨以炙，以为醴酪，治其麻丝，以为布帛，以养生送死，以事鬼神上帝，皆从其朔。

（同上）

　　子游高声赞美道：

　　夫子说得实在太好了！倘如夫子所言，则人类的文明历史之发展演变，显然是从低级阶段逐渐向高级阶段发展，从简单逐渐向复杂过渡，从落后逐渐向繁荣发展，从野蛮逐渐向文明演进。今日闻夫子所言，不啻醍醐灌顶，不虚此千里之行矣！

　　孔子笑道：

　　汝既从吴国而来，当略知吴国之史实，吾试问你，吴国实乃周文王之伯父泰伯所一手开创，你可知其中缘故？

　　言偃道：

　　偃曾闻诸史乘，泰伯乃文王父辈之嫡长子，按照长子继承制，则在古公亶父身后当即君位，但他看到父亲属意于文王，而文王之父季历却排行第三，为使父亲愿望得遂，乃偕其二弟共赴当时的淮夷之地，从而实现了古公使文王继承大统的愿望。我想，泰伯的孝行应该是首屈一指的了。

　　孔子颔首微笑。

　　经过几番问答，孔子似乎对子游非常满意，于是，从本年起，孔门多出了一个年仅15岁的小师弟。

君子亦党乎

　　看到孔子与子游谈得投机，许多弟子都悄悄退出去了。陈司败乘此机会，向孔子问了一个很冒失的问题：

　　夫子！以你看来，鲁昭公知礼吗？

　　对陈司败的问话，孔子感到有些突然，一时很难作出回答。无论鲁昭公是个多么糊涂的窝囊废，但对于异国人士，孔子当然不能说故国国君的不是，何况鲁昭公已经作古多年了。便只好顺口说道：

他当然知礼呀！

岂不知，陈国的这个司败却是个很精明也很博学的人。依照《论语》的说法，则陈司败其实早已知道鲁昭公的一些违礼之处，而鲁昭公娶了同姓女子为姬妾的事情差不多天下皆知，他向孔子的问话，实际上是明知故问，好像是在考验孔子的人品。孔子当然不会料到陈司败心里的这些想法，回答时就不免有些轻率。陈司败听了孔子的回答，当面虽然没有说什么，但退下来之后，却对孔子的学生巫马期说：

我听说君子是不结成党派的，君子难道也会结成党派来互相维护缺点吗？鲁君娶同姓的吴国之女为妻，这难道还不是违礼行为？鲁昭公这样的人如果可以说是知礼，那么，还有什么人不知礼呢？

《论语》把这个有趣的事件完整地记录了下来：

陈司败问：昭公知礼乎？

孔子曰：知礼。

孔子退。揖巫马期而进之曰：吾闻君子不党，君子亦党乎？君取于吴为同姓，谓之吴孟子。君而知礼，孰不知礼？

巫马期以告。

子曰：丘也幸，苟有过，人必知之。

（《述而》篇）

陈司败的这个谴责很厉害，孔子没有什么话好说，只有认错。

祖有功而宗有德

周历五月，正是淮河流域阳光明媚的好时节。立夏过后，陈湣公涌动起郊游的兴致，就邀请孔子一道去淮水岸畔领略野外风光。于是，孔子偕同了几名弟子，陈湣公只带了几名亲随，轻装简从地上路了。

一路行来，只听得路上行人纷纷议论鲁国都城曲阜的司铎宫昨天莫名其妙地起了一场大火，火势很猛烈也很奇怪，似乎是有意地绕过了鲁侯居住的宫殿而直接烧到了祖庙，把其中的两座庙烧得干干净净。

孔子听说后，便对陈侯道：

看来着火的一定是桓侯和僖侯的庙了。

陈侯当然不相信孔子能够预知得如此准确，便令人去打听得详细，果然起火的是桓僖二庙。陈侯当下大为叹服，只是不知道孔子是根据什么而作出如此大胆的推测。据载：

> 孔子在陈，陈侯就之燕游焉。行路之人云：鲁司铎灾，及宗庙。以告孔子，孔子曰：所及者桓僖之庙。陈侯曰：何以知之？子曰：礼，祖有功而宗有德，故不毁其庙焉。今桓僖之亲尽矣，又功德不足以存其庙，而鲁不毁，是以天灾加之。
>
> （《孔子家语》卷四）

陈湣公很恭敬地问道：

寡人不解，夫子这样出色的判断能力，究竟是属于哪一种知识门类呢？是占卜术，又不用占具；说是一种天生的预知能力，则祖庙这种砖石建筑，一般来说是没有办法进行感知的。夫子莫非有什么通天彻地之神功？能否见告？

孔子笑道：

说起来也没有什么神秘之处。我听说鲁国在四月份发生了一次很剧烈的地震，造成许多房屋倒塌，也使许多建筑摇摇欲坠。现在是五月中旬，东南风劲吹。司铎宫位于鲁宫之西，祖庙则位于鲁宫之东。司铎宫起火，如果扑救不及，则势必顺风势而向东蔓延，因东边是鲁宫所在，其防卫力量雄厚，当能遏止火势。如是，则火头便越过鲁宫而继续向东蔓延而至鲁祖庙。按照周礼的规定，天子七庙，诸侯四庙，大夫二庙，士一庙，庶人无庙。就是说，天子所祭祀的祖宗除了一昭一穆两个始祖之外，可以从自己向上溯五代，皆立专庙。五代以上则除了昭穆以外皆因恩尽而义绝，不再设专庙祀之，其列祖之灵位均移于昭穆二庙，按照昭穆的系统而进行排列。至于诸侯则除了祭祀始祖之外，只为父祖立庙。所以，鲁国的桓公之于哀公，已经相隔八代之远，僖公则是哀公的六世之祖，这两座祖庙很久之前即应拆除，却拖延至今。但桓僖二庙虽存，而因亲缘尽而无人问津，则年久失修，正所谓枯木朽株者，恰是燃火之良物也。而且，火势一到，众人救火必当对昭穆庙及昭公、定公二庙全力维护，则桓僖二庙必然毁之。此即当废而不废，则天废之。

陈潜公叹服道：

夫子不但博学广闻，而且善于进行推理，寡人初感疑惑，听夫子这样一说，到觉得鲁国桓僖庙的这次火灾，似乎是上天有意为之也。寡人生于淮而长于淮，且属夏朝之苗裔，对周朝的许多典章制度始终不甚明了，像这种祖庙的设置规定和祭祀制度，寡人居然丝毫不知，夫子能否见告一二？

孔子道：

维护血缘宗亲之间的和谐团结，是周公制礼的基础，而丧葬祭祀制度又是周礼中的核心，其中条文繁多，难以一一道来。简而言之，则昭穆制度算是西周政治关系的典型代表，所谓昭穆代表了父和祖两个王朝政治基业的奠基者和创建者，此即所谓太祖、太宗。比方说，周文王虽然没有开创新朝，但他是西周王道政治的真正设计者和实际开创者，是以周人尊崇之，把文王列为祖，设置昭庙而永远祭祀之。武王是周朝的真正建立者，却只能列为宗，设置穆庙而永远祭祀之。此即西周国家的祖宗二庙，西周政权存在一天，则这两座庙的祭祀便不会断绝。西周的第二代天子是成王，驾崩之后，新即位的康王也是为父亲立专庙祭祀的，但五代之后则庙的祭祀断绝，庙的存在便没有实际意义，是以按照礼法的规定，便把成王的牌位置于昭庙。

陈潜公奇道：

成王是武王的儿子，他的牌位何以不存放穆庙而存放昭庙？

孔子道：

这亦是周代宗法制的礼法规定，即爵位、政治地位、世袭领地的长子继承制和祭祀上的隔代继承制，周族排列血缘不以父子关系而以祖孙关系为重。成王是文王的孙子，所以进入昭庙，而他的儿子康王死后则进入穆庙，所谓一昭一穆的排列便是如此。所有姬姓诸侯国的祖庙制度皆仿效宗周而确立，如鲁国则以周公为昭，伯禽为穆。至于为什么要进行如此排列，各种说法很多，但没有令人满意的解释。

陈潜公听到这里，感叹道：

难怪宗周天下绵延600余年而不绝嗣，原来有如此完善的权力继承制度。但以夫子之见，当今天下列国争霸图雄，即使是同姓诸侯之间也往往血战不已，显然是因为宗周制度已经名存实亡了。然则，周礼除了在祭祀上体现上下长幼之礼外，在其他方面还有些什么重要作用？夫子是否也指示一二？

礼与天地运行

孔子沉吟片刻，说道：

关于礼的作用，可以说是上天入地、人生社会、包罗万象，并不是几句话就可以概括出来。我在此引用一位故友的一段话，此人名游吉，字子游，是鲁国的大夫。鲁昭公二十五年，他奉命出席晋国在晋地黄父召开的一次勤王誓师大会。会后，晋国的执政大夫赵简子听说游吉精通周礼，就向他讨教礼的问题，他扼要而全面地介绍了礼的性质和作用。我以为，就礼的一般性意义，游吉的说法足可代表，他说：

> 夫礼，天之经也，地之义也，民之行也，天地之经，而民实则之，则天之明，因地之性，生其六气，用其五行，气为五味，发为五色，章为五声，淫则昏乱，民失其性，是故为礼以奉之，为六畜五牲三牺，以奉五味，为九文、六采、五章以奉五色。为九歌八风七音六律以奉五声。为君臣上下以则地义，为夫妇外内以经二物，为父子兄弟姑姊甥舅婚媾姻亚以象天明，为政事庸力行务以从四时，为刑罚威狱使民畏忌，以类其震曜杀戮，为温慈惠和以效天之生殖长育，民有好恶喜怒哀乐，生于六气，是故审则宜类，以制六志，哀有哭泣，乐有歌舞，喜有施舍，怒有战斗；喜生于好，怒生于恶，是故审行信令，祸福赏罚，以制死生。生好物也，死恶物也，好物乐也，恶物哀也，哀乐不失，乃能协于天地之性，是以长久。

> （《左传·昭公二十五年》）

陈潸公听得目瞪口呆，叹息道：

这个游吉对于礼的作用是不是过于夸张了些，礼诚然重要，但似乎尚不至达到如此地步，夫子以为如何？

孔子没有回答问话，接着说：

游吉听到赵简子赞叹礼的深奥，便答道：

> 礼，上下之纪，天地之经纬也，民之所以生也，是以先王尚之，故人之能自曲直以赴礼者，谓之成人，大不亦宜乎？

（同上）

陈潸公长叹道：

礼如此博大精深，简直有些令人望而生畏了！

孔子笑道：

时代变迁，礼之变化尤甚。鲁国有一个大名鼎鼎的人物，名季孙行父，谥文子。他是一个博学而且行动慎重、为政清廉、洁身自好的出色人物，曾谈到了礼之令人生畏，他说：

> 礼以顺天，天之道也。己则反天，而又以讨人，难以免矣。诗曰：胡不相畏？不畏于天。君子之不虐幼贱，畏于天也。在周颂曰：畏天之威，于时保之。不畏于天，将何能保？以乱取国，奉礼以守，犹惧不终，多行无礼，弗能在矣。

（《左传·文公十五年》）

陈潸公道：

鲁国的这个季文子，我倒是知道的，听说他遇事三思而后行，不知确否？

孔子笑道：

他确实是个行动很小心慎重的人，其实，一般的事情，思考两次就够了。

《论语》记载：

季文子三思而后行。子闻之曰：再，斯可矣！

（《公冶长》篇）

陈潜公见孔子述说列国之间的各种传闻佚说、名人语录、历史掌故皆如数家珍，不禁感到由衷地佩服。

君臣之礼

五月的黄昏，彩霞似锦绣；淮河岸边，莺歌燕舞、草肥柳长，一些不知名的野花在竞相开放，喷发出一阵阵醉人的清香；水波浩淼的淮河水，湛蓝碧透，恬恬静静地向东方流去，当真是江山如画图！

陈潜公指点江山，不禁无限感慨，他喃喃自语：

如此锦绣江山！真不知将来落为谁人之手？

孔子没有回答，他注视着布满云霞的天空上，几只矫健的苍鹰正在上下盘旋，它们所俯视的下方，洒满了金黄色光辉的淮河水正缓缓东去，极目处，水天连接成了一片，辽阔空荡，给游人留下一丝惆怅。

陈潜公意兴阑珊，便继续问道：

列国之间的战争连绵持久，如夫子所论，诚然是天子失柄、礼坏乐崩、人心不古的原因。但各个国家内部，也已经出现了君权下移的趋势，如鲁国的三桓、晋国的六卿、齐国的国高及陈氏，其权势已浸浸然凌驾乎君权之上，似此局面如持续下去，则小国弱国之江山社稷即使侥幸不亡于大国之吞并，亦必亡于强族之侵蚀。如此，则整个国际局势全然失序，君臣之义荡然无存矣！不知夫子对此有何看法？

孔子道：

记得十几年前，敝国君定公也向我问过这样的问题。其实，西周时代的天子与诸侯，诸侯与大夫、大夫与士，彼此之间不仅是血缘关系的维系，他们之间有一些彼此必须承担的责任和义务——类似契约，他们之间甚至没有多少君臣之间的政治隶属关系。当今的君臣关系是一个新生产物，其性质很难一言以蔽之。记得当时的情形是：

> 定公问：君使臣，臣事君，如之何？
> 孔子对曰：君使臣以礼，臣事君以忠。
>
> （《八佾》篇）

陈潜公道：

虽然如此，但在上位者须有在上者的威严，否则何以驭下？

孔子默然道：

在当前这样一个上下僭越、人心不古的时代，相当普遍地流行着一种以下犯上、以贱侵贵、以众凌寡、以大欺小的风气，一些对君主或长上恪守礼道的君子反而被人们看做是阿谀谄媚的小人。

> 事君尽礼，人以为谄也。
>
> （同上）

但是，世道之所以出现这样的巨变，也不尽是为下者的责任。事实上，这些本末倒置的事件所以会四海泛滥而无法受到有力地遏止，首先是为上者们普遍缺乏必要的知识、修养和礼数，他们大多不学无术。我曾先后游历过十几个国家，各种外交、谈判、会盟、祭祀、丧葬、嫁娶、朝觐、庆典、检阅、仪式，亦见识过很多，根本没有哪一次是符合礼数的。对于那些一旦身居高位就颐指气使、飞扬跋扈、不可一世的人，对于那些装模作样地讲究繁文缛节而心中没有一点尊崇敬畏的人，对于那些置身于丧葬场合而没有悲哀表现的人，我实在见得太多了，也实在不想再看下去了。

> 居上不宽，为礼不敬，临丧不哀，吾何以观之哉？
>
> （同上）

陈潜公的脸有些发红，他也知道孔子的批评并不是针对他，而是针对着整个形势有感而发，但他还是感到有点不自在。但他通过与孔子交谈，确实感到增加了不少知识和见闻，有些是他闻所未闻的。

河面上微风荡漾，忽然远处传来一阵悠扬的歌声，陈潜公和孔子都驻足倾听，听出了歌词的大意是：

> 月出皎兮，佼人僚兮。
>
> 舒窈纠兮，劳心悄兮。
>
> 月出皓兮，佼人懰兮。
>
> 舒忧受兮，劳心慅兮。
>
> 月出照兮，佼人燎兮。
>
> 舒夭绍兮，劳心惨兮。

（《诗经·陈风·月出》）

孔子听出了这是一首非常优美的民间情歌，歌词的体裁大抵与卫风、齐风、鲁风、郑风，甚至与周南、召南没有什么不同，但每句词尾加了"兮"字，便突出了情感的抒发，在韵律上显然已经沾染了南方风格，听起来轻柔滑润，犹如飘云流水。

软软绵绵的情歌挑起了陈潜公的心事，他忽然想起了像陈国这样一个没有朝气、没有野心、没有进取心、没有血性和阳刚之气、没有牺牲精神的古老民族，偏又是处于沃土平原上的鱼米之乡，人民生活富足，早已习惯了醉生梦死的生活。但严峻的现实却是偏偏夹在吴、楚两个大国的夹缝之中，时时处于生死存亡的边缘中。

想起这些，陈潜公心里就犹如一团乱麻。吴国、楚国、越国、秦国，甚至连晋国、齐国在内，它们都算什么东西？我陈国乃虞舜之后裔，是华夏的正统贵胄。他问孔子道：

夫子！自古华夏有所谓"夷不乱华"、"夷不谋华"、"夷不变华"、"华夷之辨"、"华夷之防"的文明传统，近世亦有人提出"非我族类，其心必异"的格言，然则，当今天下，蛮夷横行，岂止谋华、乱华、侵华，似乎已浸浸然有取而代之的势头，难道蛮夷果真比我华夏高明吗？难道蛮夷的君主果真有过人之处？抑或我华夏气数已尽？

华夏与夷狄

这时，太阳已经落山，西北方的天际边缘处只余下了一抹色彩艳丽的小小缝隙；东北方的明净天空上，半轮皎洁的弯月已经斜挂树梢。水面上几艘渔船正扬帆归来，星空朗月、渔歌唱晚，无际的天宇缓缓地落下了夜幕。

孔子神情落寂地远望着西北方的天空，刚才如此热烈火暴的场面已经静悄悄地收场了，天际上没有留下任何痕迹。孔子的心里在翻腾，陈湣公的问题正是他长期思考的问题，现在，长期苦思不得其解的困惑好像忽然间找到了答案。是的，600年的封建礼仪社会、600年的兄弟联盟、600年的和谐稳定，看起来已确实接近尾声了。孔子曾经试图寻找到一种力量来制止这种趋势的进一步恶化，却始终没有找到。

流亡已经将近七年了，孔子的足迹几乎已经走遍了整个中原大地，却处处碰壁、处处受到冷落戏弄。领导中原各个诸侯国家的那些鼠目寸光的领导者们，从齐桓公开始，总是试图以强大的武力来对抗四裔的进逼，他们几乎从来没有想到文明和文化的征服力量。这种武力对抗的局面，现在虽然还在继续进行着，但结局已经非常明显了。偌大一个中原，正靠着一个晋国在支撑局面，这种挣扎能够维持多久？而且，晋国的六卿争权，眼下已进入到白热化阶段，虽然鹿死谁手还没有一定，但分裂的局面则可想而知。到那时，楚国或吴国之兵锋北下，强秦之西出函谷，都不是不可能的事。

孔子当然知道陈国眼下就已面临着巨大危机，他也已经预感到这个古老的国家继续存在的日子已经屈指可数了。但是，能够对陈湣公说些什么呢？以陈国目前的处境，如果交到自己手里会不会解决？一定会解决！孔子坚信，弱小国家的生存之道并不是寻求武力的强大，就如一个体质虚弱者不应该在战场上显示力量一样，但如果能够实行仁义、礼仪、道德这些高度文明化的策略，则强大的敌国也会投鼠忌器；这也如面对一个手无缚鸡之力的道德君子，再野蛮霸道的强人也难以施暴一样。

可是，这样一些再浅显不过的道理，要想让这些只知道花天酒地的诸侯们明白，却比登天还难。鲁国如此，卫国如此，蔡国、陈国当然也如此，即使到了宗庙坠、社稷倾、国破家亡之际，他们也仍然执迷不悟，几

先进与后进

孔子略微沉吟了一下，说：

礼作为华夏先人遗留下来的一种古老习俗，并不是某个时期突然被发明出来的东西，所有被突然发明出来的东西都不可能立即风行于世；也不是某个伟大人物独出心裁的创造，那样的东西不可能被大多数人欣然接受。礼实际上是华夏民族千万年来逐渐形成的习俗，它既是一种文化的积累，也是一种文明的积淀。所以，即使现在已经到了礼坏乐崩的时代，但周游列国，所到之处仍然随处可以看到礼的巨大功能。礼作为一个古老民族的文明特征，既然已经渗透到了每一个国民的骨髓之中，既然已经形成如此巍峨而洋洋大观的规模，则它断然不会因时代变迁而毁于一旦，它甚至将与华夏共存亡。

基于这样的认识，我曾经先后走访了中原几乎所有的国家，精心地考察了礼在实践中的应用。可惜，礼——无论从形式到内容，都处处遭到人们蓄意的歪曲，礼的真正精神已经被这个时代的一些神经错乱症搅得面目模糊，令人难以捕捉其中之真谛。

> 我欲观夏道，是故之杞，而不足徵也，吾得夏时焉。我欲观殷道，是故之宋，而不足徵也，吾得坤乾焉。坤乾之义，夏时之等，吾以是观之。
>
> （《礼记·礼运》）

《论语》亦载有：

> 子曰：夏礼，吾能言之，杞不足征也。殷礼，吾能言之，宋不足征也。文献不足故也。足，则吾能征之矣。
>
> （《八佾》篇）

对于礼，只有进行具体的观摩、体验、思索，并配合礼器进行具体操作，才能得到比较深切的体会。我虽然曾对许多国家的习俗进行了具体考察，却不及我在洛阳的那半年时间，这不仅是因为有老聃先生那样的高明者进行具体指导，更重要的是，那里有宗周天子所收藏的各种各样的礼器。观礼而识器，配器而成礼，二者亦不可偏废。

上面，我说过了礼和仪之间的异同，其实，礼和义之间的关系更加值得注意。我记得一部礼书上说：

> 故礼义也者，人之大端也，所以讲心修睦而固人之肌肤之会，筋骸之束也。所以养生送死鬼神之大端也。所以达天道人情之大窦也。故唯圣人为知礼之不可以已也，故坏国、丧家、亡人，必先去其礼。故礼之与人也，犹酒之有糵也，君子以厚，小人以薄，陈义以种之，讲学以耨之，本仁以聚之，播乐以安之。
>
> （《礼记·礼运》）

因此，学习礼断不可仅仅从形式上入手，学到些皮毛就沾沾自喜，自以为是礼仪专家了，这样，永远不会掌握礼的精髓。

子游又问道：

弟子自幼生长于吴地的穷乡僻壤之中，每每看到一些被中原人视为蛮夷的"断发文身"者，虽然并不懂得那么多繁文缛节，其行为却很符合夫子所说的礼之实质。不知我的这个看法是不是正确？

孔子很高兴，赞扬子游说：

偃啊！你年纪虽轻，思考问题却能够进行广泛联系，听到我谈礼仪，立刻联想到了礼在社会习俗中的表现，这是一种非常难得的学习态度，应该保持下去。你所说的吴国乡间民众与礼仪的关系，是一个颇为新颖的见解，老实说，我以前没有从这个角度进行考察。你说的情形，使我受到启发。

接着，孔子发表了一段很著名的、也令后人难以理解的议论：

> 子曰：先进于礼乐，野人也；后进于礼乐，君子也。如用之，则吾从先进。
>
> （《先进》篇）

　　颜渊感到这几句话与孔子往昔的议论颇有出入，仅仅从这句话看，夫子好像是改变了观点，不禁疑惑道：

　　夫子的这句话，弟子有些难以理解。回记得，夫子对君子和小人的区别，便在于是否学习和掌握了礼的内容与形式，记得夫子说过：

　　　　性相近也，习相远也。

　　　　　　　　　　　　　　　　　　（《阳货》篇）

　　这是说人在本性上是相近的，人世间所以出现各种各样行为、思想、作风和行事方式皆不相同的人，是因为后天的学习途径和学习内容之不同而造成。按照夫子的教导，每个人都必须学习，只不过学习的内容不同，农夫学习种田、工匠学习技艺、商人学习计算、车夫学习驾驭，至于士大夫则学习礼仪。所以，夫子曾对子有说：

　　　　刑不上大夫，礼不下庶人。

　　　　　　　　　　　　　　　　（《孔子家语》卷七）

　　由于学习是人生的必然之举，是每个人不能逃避的生活必需，所以，社会根据国家的需要而分为了各种学习内容的高低，并根据这种判断而规定了学习者的身份地位。大抵管理国家以礼仪、道德、刑律为最高，学习这些东西的人，也成为国家的管理者，这就是大人和君子；而一些技术性的东西，因为需从实践中学习，所以日益脱离了上层领域，学习技术的人也逐渐成为民间的小人。最高的智慧是精神产品，最低的学习是体力劳动，这两者一般不容易随风气而改变，所以，夫子说：

　　　　唯上知与下愚不移。

　　　　　　　　　　　　　　　　（《阳货》篇）

　　现在，夫子谈到了野人是礼乐的先进者，而君子则是礼乐的后进者，且夫子要随同野人而进入先进，回对此实感困惑。

孔子大笑，然后温和地说：

回啊！难得你发出这样一番议论。其实，我上面的议论并没有什么怪异之处，你只要认真想一想，也就明白了。

随后，孔子面对着众人，接着说：

大家都知道，生命其实就是时间的一小段流动过程，能够知道时间存在于某些生物载体之中，便是生命的学问。没有生命便没有时间，有了生命才会有时间。就一个人来说，从婴儿而童年、而少年、而青年、而中年、而老年，不过是时间的增加和减少而已，它们恰好成为一个时间的循环。老年人度过的时间多了，剩余的时间就少了；婴儿存在的时间少，剩余的时间便多。一个婴儿除了形状是人之外，什么都不懂得，与其他所有的生命没有多少不同；之后，婴儿变成了儿童，他多少学到了一些东西，具备了人的特征；之后，儿童变成少年，他学习到更多东西，便具备了更多人的特征；之后，到青年、中年，甚至直到老年，他始终在学习，也不断地增加着知识。随着知识的增加，他由一个混沌初开的普通生命变成了一个明阴阳、知四季、晓天文、辨万物、通古今、顺命运、敬鬼神、孝父母、忠国家、勇任事、敢承当的彬彬有礼的君子；也可能变成一个熟悉某一种生产技术的劳动者。

人生是时间的流动，历史也是时间的流动，个人处于怎样的历史时期，便有这个历史时期特定的学习内容。子游所说的吴国乡间习俗，正是先前某些历史阶段上的文化成果，是那个时代的礼乐。我所说是"先进于礼乐，野人也"，就是指处于前面时代的人，他们在礼乐方面是现代人的先行者；那时的礼乐是没有多少文饰的，所以，那个时代的人们之行为也非常真实和淳朴，没有多少的虚饰浮夸。君子是学习者，所以也是后进者，他们对礼的把握主要体现在对礼的文饰上，他们大多缺少对礼在自然和人性方面的理解。所以，如果允许我进行自由选择的话，则我选择先进。

颜渊不解地问：

为什么要选择前者呢？

孔子：

因为前者，也就是所谓"野人"，并不是现代意义上的那些烧杀掳掠的野蛮人，而是淳朴、勤劳、诚实、忠厚、老实的远古先民，要学习真正的礼的精神，只有通过他们的行为才能有所发现；而在经过了粉饰和矫揉造作的君子身上，已经很难发现了。

颜渊默然。

三种病态

这时，许久没有发言的子路站起身来，对孔子道：

依照夫子方才所言，由不禁感到人类好像不是越来越长大、越来越聪明、越来越进步、越来越文明、越来越成熟，却好像是越来越无知、越来越退步、越来越野蛮、越来越幼稚了。这样看来，夫子所说的婴儿到老年就不是越来越前进，倒像是越来越倒退了。夫子的这种态度，不但子渊糊涂，由也感到糊涂了。夫子能不能说出道理来？

孔子笑了起来，道：

谁说不是呢？你们虽然一时感到糊涂，我却已经糊涂了几十年。本来，我也是认为人是越来越聪明、进步、完善、文明、成熟的，但经历了这几十年的人生体验之后，尤其是目睹和体验了现在这种时代的人生之后，我再也不敢那么自信了。也许某些个别时代或某些个别存在的人可能是越来越进步了，可是仔细观察一下周围的人，却真的看不出进步之所在；也许整个社会是越来越发展，但认真观察了时代之后，便猛然发现自己生活的这个时代竟然毫无可取之处。这使我想起：伏羲、神农时代，尧舜禹时代，汤、文王、武王的时代，成康时代，五霸时代，人类文明究竟获得了哪些进步？人类社会发生了哪些退步？就不能不令人深思！人当然是不能停留在婴儿阶段的，但人类有本能的自然成长和理性的非自然成长之区别，成年之后的活动如果不是走在一个正确的道路上，就很难说会引出良好的结果。

大家注意！不加限制的发展并不一定就是好事，礼乐兴盛、国家强大、文明繁荣、社会和谐、人生幸福，全都产生于健康、健全的精神快乐中，而不是建筑在道德败坏、见利忘义、铤而走险、勾心斗角、尔虞我诈、巧取豪夺、穷奢极欲的精神消耗中。

子路惊问：

难道古代时的人民都是非常完善的了？

孔子道：

亦不尽然，不妨对比一下：

> 子曰：古者民有三疾，今也或是之亡也。古之狂也肆，今之狂也荡；古之矜也廉，今之矜也忿戾；古之愚也直，今之愚也诈而已矣。
>
> （《阳货》篇）

古代的人有三种病态的举动，但这三种病态现代人也未能有所避免，不过在表现形式上有所变化而已。比如：古代狂者的行为表现得粗狂放肆，但现代狂者的行为却表现得放荡不羁；古代清高者的行为廉洁冷峭，现代清高者的行为则乖僻暴戾；古代一般民众虽然愚昧却直爽，现代的一般民众不但愚昧而且狡猾欺诈。这种变化究竟性质如何？我不加评判，相信你们应该有自己的正确判断。

礼与行为操守

在所有弟子中，语言很少的司马牛始终坐在一侧静静地聆听，这时，他听到孔子对古今的礼仪文化的变迁和演变做了如此精辟的分析，不禁心花怒放。司马牛觉得夫子说得很正确，文明与其他事物一样，发展到了一定地步如果不是走向衰败没落，就必然会走向反面。作为文明演进中的个人，当然无法摆脱文明的羁绊，他的行为乃至思想势必受到没落文明或反面文明的深刻影响。于是，他起身垂手发问：

请问夫子！生活于末世的个人，怎样才能克服时代的弊病而保持一种比较健康的心态和生活方式呢？怎样才能做一名名副其实的君子呢？

孔子道：

生活在盛世的人们，一些圣人已经为人们的行动铺垫出光明、坦荡的道路，人们不必有任何顾虑和顾忌，只管按图索骥地向前行进就是了。而生活于乱世或末世，圣人已不复存在于世间，一些野心勃勃、飞扬跋扈、不可一世的狂人或强人当国执政，他们把国家和社会引导到了一条扩张、发展、强大、奋斗的危险道路上，在这样的人生道路上，充满了个人发达的机遇，也充满了人们自己为其他人所挖掘的陷阱。所以，生活在末世的君子，如果要使自己的生命获得保全，则礼仪是一个比较可靠的工具和手段。

> 子曰：恭而无礼则劳，慎而无礼则葸，勇而无礼则乱，直而无礼则绞。君子笃于亲，则民兴于仁。故旧不遗，则民不偷。
>
> （《泰伯》篇）

就是说，处世恭敬而缺少礼，就会忙忙碌碌而终身不得安宁；处世谨慎而没有礼，就会行为畏缩而表现怯懦；遇事勇敢而没有礼，就会行动失常以致鲁莽行事；处世正直而没有礼，就会冲动急躁而冒犯他人。所以，作为一名置身于上位的君子，如果能够使宗族亲属和睦，则人民就会兴起仁义的风气；如果能够使自己的老朋友都不受到冷落，人民就不会心存侥幸了。

孔子说完，饮了一口白水，接着说：

君子的成就当然主要依靠自我训练，自我训练大抵有三个逐渐提高的层次，即：培养自己的性情要依赖诗，诗是人之情感的最直接抒发，来源于人的心灵深处，当人的性情与万物的性情相互接触、碰撞之后，便产生了诗。人能够自立于社会，则依赖于礼，礼既是习俗亦是性情，性情融合了习俗便产生了礼的具体规则，它使人生减少错误。促成人的最后成就也是最高成就的则是乐，这个乐不仅是唱歌跳舞，也不仅是音乐，甚至也不直接是人的性情，而是人性情中的自然情感。人通过诗启发出性情，通过礼规定性情，最后通过乐来陶冶出生命的丰富意义。所以，我以为一名君子的成就步骤应该是：

> 兴于诗，立于礼，成于乐。
>
> （同上）

孔子对世道充满了忧患意识，但对人生的意义则给予了积极的肯定，礼是孔子为积极人生树立的行为目标。

克制欲望

孔子看着温文尔雅的司马牛，不仅想起桓魋，一母所生的同胞兄弟居然是如此之不同。于是，孔子感慨道：

其实，说礼啊，道礼啊，不过说的是美玉与布帛罢了！说乐啊，道乐啊，不过说的是钟鼓罢了！

> 子曰：礼云礼云，玉帛钟鼓云乎哉？乐云乐云，钟鼓云乎哉？
>
> （《阳货》篇）

子路不解地问：

夫子的话，我有些不懂。按照夫子刚才所言，礼是何等庄严、辉煌、伟大而且包罗万象的东西，怎么会与玉帛钟鼓这些日用东西混在一起？至于乐，由记得去年夫子曾经专门谈到，其中有一段话，我记得是：

> ……事不成，则礼乐不兴；礼乐不兴，则刑罚不中；刑罚不中，则民无所措手足，故君子名之必可言也，言之必可行也。君子于其言，无所苟而已矣！
>
> （《子路》篇）

可见，礼乐不仅上通天地，而且下通人和。现在，夫子却把它与钟鼓这样一些器具连在一起，不知是何原因？

孔子笑着说：

由啊！分辨语言含义与分辨事物性质一样，不能呆板地固守着一个死理不放，须知礼和理都是鲜活的东西。我平日向你们讲授的大多是礼的外延和放大，刚刚讲的却是礼的原始和根本。什么是礼？它初起的时候不过是一种经过修饰的行为表现而已。人本来是断发文身或身着树叶兽皮，穿上了最简陋的衣服就是礼；人本来穿着质地款式一样的服装，后来出现了各种不同的服装，人们根据服装就可以分辨出每个人的身份、职业、嗜好、地位，这就是礼。通观礼的出现和发展，礼就是人对自己的修饰，从外表的修饰发展到内在的约束，就形成了现在无所不备且包罗万象的礼。所以，礼怎么能够与布帛分开呢？

什么是乐？它初起的时候不过是一种引起快乐的活动，乐就是高兴，就是喜悦。怎样能够导致快乐和喜悦？人们先是跳舞唱歌，但单纯的跳舞唱歌时间一久就索然无味，就有人发明出了一些伴奏的器具，不过是在一些竹管、石头、木版、布帛、皮革一类东西上面击打出不同的节奏，所谓丝竹之乐、金石之音不过如此而已。后来出现了金属性质的钟鼓，钟鼓能够敲打出一些清脆响亮的声音，还能够演奏出比较固定的节奏，它们就成了使人们快乐的东西，这就是所谓的管弦之乐。但金属的东西制造起来很困难，所以，通常只限于宫廷使用，一般百姓仍然以丝竹作为娱乐器具，所以，根据音乐可以分辨身份、职业、嗜好，这就是现在的乐。通观人对享乐需求的变迁，可以透视一个时代的风尚，但无论怎样的乐，都离不开钟鼓。

子路听得兴奋，不由得神采飞扬地问：

夫子难道也赞成人们的享乐吗？

孔子大笑道：

由啊！难道我曾经说过什么消灭欲望的话吗？难道我是个只知吃苦而反对娱乐的人吗？追求心理满足和心情欢愉是人的本性，它不应该受到任何自我的或人为的限制，娱乐是人的基本需求，不懂得娱乐或没有娱乐的人，无疑是缺少人性的人。所以，

> 饮食男女，人之大欲存焉。死亡贫苦，人之大恶存焉。故欲恶者心之大端也。人藏其心，不可测度也，美恶皆在其心不见其色也，欲一以穷之，舍礼何以哉？
>
> （《礼记·礼运》）

但是，所有的娱乐活动应该有一定的限定，不能使之变为没有节制的享乐。真正的娱乐是所有的人都同乐，在同乐中达成了相互之间的和谐和友爱；享乐是一种特殊权力，它破坏了人们之间的和谐和友爱，结果是谁都不能快乐。

素以为绚兮

这时，坐在边角上的子夏怯生生地问：

商刚刚聆听了夫子关于礼的宏论，实有发聋振聩之感，弟子从小生活于桑间濮上之地，那里盛行民歌和音乐，夫子的话，引起了我对诗的一点联想。有一首诗歌中有这样几句话：乖巧而动人地笑啊，美丽的眼睛里妩媚的眼波在四处流动，洁白的脸上却洋溢着绚丽的光彩，这几句话说的是什么意思呢？

孔子笑道：

高明的画都是素朴的呀。

子夏追问道：

夫子刚才不是说礼是后起的吗？

孔子肃然道：

启发了我的是商，像他这样，才可以真正地谈论诗了。

《论语》上记述说：

> 子夏问曰："巧笑倩兮，美目盼兮，素以为绚兮。"何谓也？
> 子曰：绘事后素。
> 曰：礼后乎？
> 子曰：起予者商也，始可与言诗已矣。
>
> （《八佾》篇）

孔子似乎还要继续说下去，却见风度翩翩的子贡立起身来，向孔子行礼之后道：

赐一听到谈诗就有点把持不得自己了。刚刚子夏问夫子的诗句，似乎说的是一个卖弄风情的女子，赐不解这与礼有什么关系？赐更不明白，子夏说了一句"礼后乎？"为什么居然就会启发了夫子，使夫子可以与他谈诗了呢？

孔子不以为然地看着子贡，徐徐而言道：

赐啊！什么是卖弄风情！不要说得这样挖苦好不好？女孩子的乖巧笑

容已经足以动人，如果两腮再露出甜甜的酒窝，难道不令人欣赏吗？美丽的眼睛已经醉人，如果再眼波流动，难道不使人欢娱吗？而且，不必浓妆艳抹就显示出了绚丽的色彩，难道不值得赞美吗？礼是什么？不就是这种出乎自然的巧妙修饰吗？礼是后起的东西，它正是产生于这种美的基础之上。懂得了这样的道理，难道还不足以谈诗吗？

子贡道：

夫子说得自然有道理。现在，我想问夫子另外一个问题，即：一个人虽然贫穷而不流露出一副谄媚的样子，虽然富有却没有一种趾高气扬的架势。以夫子看，这样的修养功夫应该算是不错了吧？

孔子颔首道：

这种人确实可以算是不错了，但还是不如虽然贫穷却能够保持内心里的快乐，虽然富有却能够彬彬有礼的人。

子贡道：

有的诗歌中写道："犹如切啊，磋啊，琢啊，磨啊"，不就是这个意思吗？

孔子高兴了，称赞道：

赐啊！你也可以一起讨论诗了，告诉过去，就能知道将来。

《论语》写道：

> 子贡曰：贫而无谄，富而无骄，何如？
> 子曰：可也，未若贫而乐，富而好礼者也。
> 子贡曰：诗云："如切如磋，如琢如磨。"其斯之谓与！
> 子曰：赐也，始可与言诗已矣！告诸往而知来者。
>
> （《学而》篇）

亲切热烈的交谈中，大家都没有注意到刚才晴朗明净的天空上忽然就暗了下来，大朵大朵的乌云犹如一辆辆即将奔赴前线投入战斗的战车，风驰电掣般地从四面八方向这一方上空汇聚。暴风雨就要来临了！

这是公元前492年，孔子60岁。

七·语言的真实意义

冉求出仕

一月的朔风猛烈地席卷着中州大地，天气冷得出奇，这一年的雪特别大，淮河岸边积满了皑皑白雪。这是公元前491年，鲁哀公四年，孔子来到陈国的第二年。现在，孔子正率领着他的弟子们伫立在淮河岸边。

夫子！雪这样大，千万不要再送了。

冉求凝视着孔子，再三劝阻说。

孔子慈祥地看着冉求，心中涌起了一片离别的凄苦。对于冉求，孔子始终寄予了很高的期待，他认为冉求的才干和能力，具备了一名优秀政治家的所有素质，他一旦进入政界，将会发挥重要作用。现在，冉求真的被鲁国的权臣季康子征召，孔子既感到欣慰，又有些依依不舍。十几年的朝夕相处，冉求已经不仅是孔子的学生，也是孔子事业和生活中的助手，他一直替孔子管理财政。

冉求为什么会突然被鲁国征召？原来，去年秋天，在鲁国执政几十年的季孙氏忽然病倒不起，可能应了"人之将死，其言也善"的古语，临死前忽然大悔并大悟，乃遗命其子季康子执政后迅速召孔子回国予以重用。季孙死后，季康子成为执政，准备立即召回孔子，但由于大夫公之鱼的几句话，便改为征召冉求。据《史记》记载：

> 秋，季桓子病，辇而见鲁城，喟然叹曰："昔此国几兴矣，以吾获罪于孔子，故不兴也。"顾谓其嗣康子曰："我即死，若必相鲁，相鲁必召仲尼。"后数日，桓子卒，康子代立。已葬，欲召仲尼。公之鱼曰："昔吾先君用之不终，终为诸侯笑。今又用之，不能终，是再为诸侯笑。"康子曰："则谁召而可？"曰："必召冉求。"于是使使召冉

求。孔子曰："鲁人召求，非小用之，将大用之也。"是日，孔子曰："归乎！归乎！吾党小子狂简，斐然成章，吾不知所以裁之。"子贡知孔子思归，送冉求，因诫之曰："即用，以孔子为招云！"

(《史记·孔子世家》)

鲁国使者赶到了陈国的时候，已经是年底了，经过十几天的准备，新年伊始，冉求正式启程了。

一阵冷风吹过，孔子猛然打了个寒战。冉求急忙上前搀住了孔子。此刻，冉求的心情有些矛盾，从17岁到现在，跟随夫子已经整整15年了。15年来，夫子究竟在自己身上倾注了多少心血？数也数不清！一个个风雪交加的冬夜，一个个暑热难熬的夏日，夫子几乎是手把手地教会了礼、乐、射、御、书、术六艺；低屋里、油灯下、书案旁、睡榻边，夫子耳提面命地灌输了诗、书、易、礼、春秋等高深学问。

现在，季康子居然征召到了自己，虽然仅仅担任家宰职务，但因季氏早已把持了鲁国朝政，所以，家宰的职权范围已不仅管理季氏的内务，相当于季氏小朝廷的内相，可以参与国家的重要机密事务，其权力之重可说是不逊公卿了。而自己一个普通平民出身的子弟，能够获得这样的地位，如果不是投奔夫子门下，根本就难以想象。

离开夫子，投身到一个完全陌生而且不无凶险的新环境中去，冉求心里多少有些不安，虽然这样的机会是他梦寐以求的。瞻望前程，冉求心潮翻腾奔涌，大有跃跃欲试的激情。现在，专程前来迎接自己的马车已经停在身旁，他恋恋不舍地松开了孔子的双手，再次向孔子躬身行大礼，又向一干师兄弟们一一话别，登上了马车。

冉求心中牢牢地记住了子贡、子路等的嘱托，自己一旦在鲁国立稳了脚跟，一定想方设法召回孔子。

巧言令色

冉求走后，孔子一连数日闷闷不乐。冉求的出仕，是孔子久已期待的事情，但冉求一旦离开，他又觉得少了些什么，尤其是冉求十几年来一直替自己管理内务，确实管理得非常出色。冉求离去，身边的优秀弟子虽多，却找不出一个像冉求那样比较合适的管理人才。

转眼已是春回大地，陈国朝廷除了按时给孔子送到一份俸禄外，一直没有什么动静。孔子日日与弟子们切磋学问，倒也不觉得日子难过。

这一日午后，孔子在池塘周围漫步，随意来到了日常休息的亭子，发现子路、子贡、伯牛、颜渊等十几个人正在那里谈论着什么，就举步走了上来。弟子们一见孔子来了，都非常高兴。

孔子笑吟吟地问道：

你们躲在这里谈些什么呢？

子贡嘴快，早已抢先答道：

我们正在讨论言与行的问题。子路师兄以为一个人生活中最重要的事情就是不断地行动，赐以为一个人生活中最重要的事情是进行交谈，子渊则以为一个人的言语和行为应该相辅相成，不可偏废。夫子可否为我们做个公断？

孔子笑道：

这样的大问题，我怎么敢胡乱进行公断？但说句心里话，如果一个人在日常生活中总是处于忙忙乱乱的不断行动中，明明没有事却偏偏要寻找出事情来，这怎么得了！我看这不是在做事，而是在寻死，所以，我不能同意由的意见。一个人如果在平日里总是在呜里哇啦地高谈阔论，根本不管别人心里想些什么，只管按照自己的意思去进行自我表白，这虽然没有生命危险，却也难以有大成就，所以，我也不能同意你的意见。站在我的立场上，就比较赞成回的意见，一定份量的语言务必要配合上一定程度的行动。只有夸夸其谈而没有任何具体行动，就是懒惰行为，为君子所不齿；没有任何意见发表出来，就鲁莽地展开行动，则是盗贼行为，亦为君子所不齿。

子贡道：

夫子！如果一个人说话敏捷乖巧并善于掩饰自己的面色，算不算是一种说话艺术？

孔子愤然道：

　　巧言令色，鲜矣仁。

（《阳货》篇）

　　子贡惶然道：

　　然则，每个人所交往的人都并不一样，难道能够用同样的态度和同样的口吻去进行所有的社交活动？

　　孔子道：

　　倒也并不如此。一般来说，任何一个人的交游都一定有个大致可以限定的范围，一名猎人与渔夫难以结识为友，一名士大夫很少有机会与农民成为朋友，一名商贩难以与公卿士大夫为友，君子和小人则通常老死不相往来。所以，一个人在社交活动中，也有比较固定的同伴，如果与陌生人相遇，则要善于把握自己谈话的对象。

　　子曰：中人以上，可以语上也。中人以下，不可以语上也。

（《雍也》篇）

　　子贡道：

　　夫子的意思，是不是见什么人要说什么话？弟子想，这样的态度似乎与"巧言令色"并没有什么差别！

　　孔子道：

　　差别倒不一定很大，但还是有的。你自己如果是一个具有上等智慧和才能的人，见到了一个同样具有上等智慧和才能的人，可以就一些高深的问题进行推心置腹的交谈；但如果遇到一个没有任何知识和智慧的人，你仍然用一些上等的智慧和知识去进行对话，就根本不能得到沟通，你难道没有听说"对牛弹琴"的典故吗？这里面并没有对人的等级分类，而是说：知识、智慧及见闻不同的人，谈话的内容也必然不同。如果不能准确地把握谈话对象，所有的社交活动都不会有所收益。

少说多做

子贡连连点头道：

夫子这样一说，赐多少有些明白了。但请问夫子，君子应该怎样使言行一致呢？

孔子道：

这样的问题不太容易回答，简单地说，一个君子应该先按照自己的诺言行动，然后再慢慢履行这些诺言。

> 子贡问君子。子曰：先行其言，而后从之。
>
> （《为政》篇）

子贡道：

如果说出之后而没有力量做到，难道会有什么严重后果吗？须知，一个人在遇到困难的时候，既需要他人在实际行动上予以援助，也需要一些语言上的同情和安慰，尽管这些同情安慰不能得到落实，但并没有什么伤害，人生中似乎离不开这些东西。

孔子道：

同情和安慰应该属于另外一个问题，它仅仅是语言运用的一部分，但在对人表示同情和安慰的时候，也一定要注意分寸，不能使自己的同情变成伤害，安慰变成希望。如果那样，一旦这个希望不能实现，就会变成怨恨。所以，古代的君子对待承诺这种事情，一般都非常慎重，他们知道承诺在大多数情形下都无法做到。所以，

> 古者言之不出，耻躬之不逮也。
>
> （《里仁》篇）

子贡感慨道：

看来赐此生是很难成为一名真正的君子了？赐也，生性喜好漂亮言辞，且容易做出承诺，虽然不是所有承诺都不能兑现，但毕竟不能兑现者

很多。现在，听了夫子的教诲，心里感到很不安，可见人生一世，要获得善始善终并不容易。请问夫子，赐退而求其次，如果只是做一名普通的士，是不是要简单一些？怎样可以算是士呢？

孔子笑道：

赐啊！不要这么灰心丧气好不好？遇到顺利的境况，就意气风发；遇到一小点挫折，就缩手缩脚，这不应该是你的风格。其实，向下滑落的人生或顺其自然的人生，是比较容易苟全的，却未免丧失了人生的意义；上进的人生或获得成功的人生，虽则充满了艰难和曲折，却充满了生命的意义。做一名君子固然不易，做一名名副其实的士又谈何容易？因为士往往担负了家庭义务、社会责任和国家使命，所以，他必须在自己的行动中知道有耻辱这两个字，奉命出使到各个国家，能够不辜负君主的委托，就可以算是一名士了。

子贡道：

那么，次一等的士如何呢？

孔子道：

因为士大多是一个宗族的宗子，所以，他在自己的宗族内部，应该起到表率作用，能够使整个宗族都称赞他对长上的孝行，整个乡里都称赞他对同辈的顺从，也可以算是合格的一名士了。

子贡道：

然则，有没有再次一等的士呢？

孔子沉吟片刻，说道：

语言能够信实，做事能够坚定不移，但这样的硬邦邦的像块石头的人实在是小人呀！但也勉强可以说是再次一等的士了。

子贡继续问道：

那么，现在那些执政的人怎么样？

孔子感慨地说：

那些人呀！只是一些像斗筲那样器识狭小的人，算得了什么呢！

《论语》详细地记载了这次对话：

子贡问曰：何如斯可谓之士矣？

子曰：行己有耻，使于四方，不辱君命，可谓士矣。

曰：敢问其次？

曰：宗族称孝焉，乡党称弟焉。

曰：敢问其次？

曰：言必信，行必果，硁硁然，小人哉，抑亦可以为次矣。

曰：今之从政者何如？

子曰：噫！斗筲之人，何足算也！

（《子路》篇）

子贡闻言，一时沉默不语。

语言的讱

宰予与子贡一样，是一个头脑灵活、思想敏捷、精通语言运用而且擅长辩论的人，他听了孔子与子贡的对话，多少有点不以为然。宰予认为，语言之运用固然存在着很大的局限性，但对于语言的熟练运用，无论如何也应该是一种本领。但听夫子的意思，好像是不说话才好。于是，宰予终于按捺不住地站了起来，向孔子发问道：

刚刚聆听了夫子对子贡的教诲，弟子深受启发，但予也疑惑，语言既然是表达自己思想、愿望、追求和抱负的必要工具，则一个人无论在任何场合，也无论要进行什么活动，缺少了语言的表达和交流，决然是无法解决任何问题的。所以，予以为，无论道德水准高低，人总是应该表达意见的，不能因为不能履行和兑现就闭口不言。

孔子静静地听完宰予的话，颔首道：

你说得很好，就一般意义来说，也很正确。农夫、工匠、商贩以及一些小人和普通民众，他们或许不懂道德礼仪这些东西，但他们仍然需要说话，没有人能够封闭住他们的嘴不让他们发表看法和意见。但是，对于一名以道德、礼仪自律的君子来说，语言的运用确实应该有所限定，事实上也是有所限定的。犹如我刚刚谈到，与不应该深入交谈的人进行交谈就是失言。语言在任何时候都有它所运用的场合问题，不同的场合运用不同的语言，也许对于一些语言天才并不困难，但除非这个天才情愿让自己周旋于社交场合而不思进取，否则，没有人能够刚刚谈完道德礼仪，又去讨论如何打家劫舍。

从另外一个角度说，则言行问题固然不必生硬地牵扯在一起，完全可以分别对待，而且，对于一般人来说，表达自己的意见并不一定要履行责任，说过了就完事大吉了，过后甚至不再想起；但对于一名在上位的君子来说，人们相当注意他的言谈，尤其是关于政策、福利、责任等方面涉及大众利益的言谈，他如果不能小心翼翼地把持自己的言谈，则不但容易损害自己的威信，甚至会损害国家的利益。所以，

　　君子欲讷于言，而敏于行。

（《里仁》篇）

宰予又道：

我等几个人刚刚谈到了仲弓，大家都认为仲弓实在是一个道德高尚的仁义之士，却一点也没有口才。

孔子不高兴地说：

予啊！不要张口闭口总是用一套一套的大道理，去妄议他人。一个人的事业成功与否，何必一定要什么口才呢？利用一张利口专门与别人去辩论是非，就常常引起别人讨厌。我虽然不知道冉雍是不是称得上仁，却未必一定需要口才呀！

　　或曰：雍也，仁而不佞。

　　子曰：焉用佞？御人以口给，屡憎于人。不知其仁，焉用佞？

（《公冶长》篇）

宰予心悦诚服地说：

弟子明白了。作为一般人，在语言运用方面的限定虽然比较少，但也不是完全没有限定，比如一个工匠和一个农夫之间虽然可以就日常生活的事情进行交流，但涉及本行的具体工作和业务就无法进行正常交流了，工

匠对农夫夸夸其谈自己的专业技术，则必然使农夫感到难以接受，反之亦如是。对于一名君子来说，他是以道德、礼仪、仁义、德行、诚信来砥砺自己，对于语言的运用就一定要小心翼翼。

孔子颔首道：

这样理解很好。

这时，司马牛站起身来，彬彬有礼地向孔子问道：

请教夫子！仁与语言有没有什么关系？

孔子很果断地说：

仁者说话很迟钝。

司马牛面现疑惑地问：

说话迟钝就是仁？

孔子道：

做成功一件事情很困难，说话怎么可以不迟钝？

《论语》记载说：

> 司马牛问仁。
>
> 子曰：仁者，其言也讱。
>
> 曰：其言也讱，斯谓之仁矣乎？
>
> 子曰：为之难，言之得无讱乎？

（《颜渊》篇）

司马牛恍然道：

弟子现在明白了说话是如此重要，看来，语言与其他东西一样，说出来就会产生后果，富有意义的言能够引出良好的结果，而不计后果的言谈则可能导致非常严重的后果，弟子今后一定注意语言的运用。

片言可以折狱

看见众弟子一时陷于沉默，孔子乃开口道：

每个人说话都必须运用语言，比较得体的话一般都需要通过比较优美的语言来进行阐述。语言既然主要运用于说话，所以，语言和言谈二者之间的关系是密不可分的。但每个人说话的目的却有所不同，一般民众说话的内容主要是日常生活中所接触到的事情，它们一般不牵涉什么原则、道义、政治、纲领、危害、后果等，这样一些谈话是完全可以随意进行的，只要不失之粗野、放荡和下流就可以了。但君子、士大夫以及一些有道德修养的人，他们除了日常生活中的言谈之外，还有许多脱离了日常生活的社会活动、学术活动以及国家政治活动等，所以，他们的谈话往往需要准确表述自己的想法、意见、要求以及倾诉自己对一些事物的判断、评价、预计等等，这样的言谈都带有大小不等的社会影响，所以，决不能随心所欲。至于，在什么场合与什么人交谈，则应随机应变。我以前曾说过语言在交友中的重要作用，其实，说话所以获得良好效果，并不完全在于语言之娴熟运用，而在于自己的正确判断。在一些比较重要的交际场合中，个人判断至关重要。

子路听得高兴，不禁手舞足蹈地说：

夫子不但善于识人，而且善于识言，是不是因为夫子担任过大司寇的职务，由听讼断案所获得的？

孔子笑了起来，说：

> 听讼，吾犹人也。必也，使无讼乎！
>
> （《颜渊》篇）

听讼断案，我与别人没有不同，但必要的话，还是建议人们不进行诉讼这种事情才好。而且，在处理诉讼方面，由的才能超过了我。能够用片言只语就平息了诉讼，大概只有由能够做到！子路不会把自己的承诺放到第二天。

> 子曰：片言可以折狱者，其由也与！子路无宿诺。
>
> （同上）

听到夫子的表扬，已经50多岁的子路像小孩子一样，高兴得几乎跳了起来，引起周围的一阵哄笑。

语言的训练

孔子接着说：

语言学应该说是一门很高深的学问，也是具有无穷魅力的高深艺术，所以，语言与诗的关系相当密切。我比较相信，最早的语言可能是来源于诗歌，没准远古时的先民，说话就像唱歌一样，放开了喉咙。大家都熟悉《关雎》这首诗，那真是一首好诗啊！

> 子曰：关雎，乐而不淫，哀而不伤。
>
> （《八佾》篇）
>
> 子曰：师学之始，关雎之乱，洋洋乎，盈耳哉！
>
> （《泰伯》篇）

子路喜道：

按照夫子的看法，只要熟读上几百首诗歌，就差不多掌握了语言艺术。

孔子笑道：

由啊！你倒是很善于寻找捷径。放在3000年或2000年之前，如果能够背诵出百十首诗歌，差不多就是当时最有学问的人了。我曾经到过齐国、卫国、鲁国的一些偏僻山区，那里村社里每年都有一次或若干次规模很大的诗歌比赛会，能够拔中头筹者就会成为当地的才子学人了。现在，在许多地方都还随处可以看到以诗歌对唱的方式来寻找配偶的事情，可见诗歌在人们心目中以及在语言发展过程中的重要作用。我想，将来的某个时代或许会出现以诗、书、礼仪、道德、仁义为标准的考试制度，从中选拔出那个时代的优秀人才来参与国家的政治活动并协助君主治理国家。但是，现在恐怕还不行，诗歌的生活意义正在被人们所抛弃，诗的语言已经不被广泛运用，诗的意义已经被忘记，诗的形式正在被一些流行的粗俗语言所取代。所以，我一直建议你们应该多读些诗，诗之中有许多深刻的道理值得效法。

> 子曰：小子，何莫学夫诗？诗，可以兴，可以观，可以群，可以

怨。迩之事父，远之事君，多识于鸟、兽、草、木之名。

（《阳货》篇）

陈旧过时的语言已经日益流失了其思想含义，而新时代的语言标准还没有树立起来，所以，现代人在传统语言中寻找不出正确的行为标准，只能以一些流行的俚语脏话作为交流工具。是以，在当今的列国风俗民习中，无论上层社会和下层社会都脱离了语言的标准规范，语言的艺术魅力及语言的道德内涵均出现了大量空白。所以，即使背诵了三百篇诗，但如果被授予了一定权力，却不能通达；出使到四方，不能随机应变而进行巧妙的应对；虽然背诵的诗篇很多，又有什么用处？

子曰：诵诗三百，授之以政，不达；使于四方，不能专对；虽多，亦奚以为？

（《子路》篇）

孔子的这一番议论，精辟透彻、合情合理，众弟子都大声喝彩。

子贡起身行礼道：

与子骞、子路、子渊一班师兄相比，赐入门甚晚，所以，始终未得夫子语言学问之要领。夫子对语言讲求精致，据子路说：

子所雅言，诗、书、执礼，皆雅言也。

（《述而》篇）

赐注意到，夫子在讲授诗、书和主持祭祀等重要活动中，使用的都是高雅语言。另据子渊说：

孔子于乡党，恂恂如也，似不能言者。其在宗庙朝廷，便便言，唯谨尔。

（《乡党》篇）

朝，与下大夫言，侃侃如也。与上大夫言，誾誾如也。君在，踧踧踖踖如也，与与如也。

（同上）

食不语，寝不言。

（同上）

入太庙，每事问。

（同上）

可见，夫子在各种不同场合，说话的内容不同，说话的方式不同，而说话的态度也大有不同。赐以为，这就是夫子本人的说话学问了。但弟子想不明白夫子的这种随环境不同而变化言谈的方式和内容，究竟是学问博大的象征？是周旋于各种场合的策略？是老于世故的审时度势？还是被迫与世道人情相妥协呢？

孔子面色变得相当严肃，但不久就温和起来，他对子贡笑道：

赐啊！你实在是个很聪明的人，这几个问题问得相当厉害，大概也只有你才能问出来。我想：虽然你问得很好，我却未必能回答得好，因为语言这种东西究竟起源在什么时代？已经无法追溯了。我曾为了寻觅语言的原始踪迹，耗费了无穷精力，但成果甚微。但它们虽不似先王之道那样轨迹分明，却也不是一点线索也没有，过去了的所有东西，只要细心观察和苦心追求，总能发现一些蛛丝马迹。现在的一些聪明人都在拼命地著书立说，事实上，他们大多企图在自己并不熟悉的领域里成名，也许这是成名的捷径，但我不愿走这条路，我喜欢亲自考察，选择可信的部分来实行。

子曰：盖有不知而作之者，我无是也。多闻，择其善者而从之。多见而识之，知之次也。

（《述而》篇）

通过几十年来的了解和体验，我发现越是文化落后的地方，语言的实际功能越多而修饰作用越小，所以，在这些地方，语言没有或比较少有职业、地位、知识、教育、传统、历史等人文方面的痕迹，那里的人民差不多使用相同的语言，在那里也许只有对诗歌的熟悉程度才代表了一定的文化程度。人才都是从诗歌中产生。

相反，在中原各国的文化发达地区，语言的分化相当严重，上层与下层社会在语言方面的隔阂已经到了彼此不能正常交流的地步。在这样的时代，如果试图寻找一种比较规范的语言，已经非常困难。我一直试图以古代传统典籍上的文字，配合仍然残存的先王道理，结合民间的诗歌，创造出一套适合文化人使用的语言。请大家注意！这里的文化人不是仅仅为上层社会服务的政客，他们也同样是沟通民间社会的桥梁，他们应该以自己的文化知识和文化理想来开辟属于自己的文化领域。

所以，语言在文化人手里，应该摆脱身份、地位、财富、门第这些东西，成为一种社会通用的天下公器。

赐啊！你的问题，我只能回答到这种地步了。

言过其行

颜回起身为礼道：

听夫子如此广泛地谈论语言，是回生平第一次。尤其是夫子前面所谈到的言与行之间的关系，回深感其中蕴涵了极其深刻的人生道理，怎样使语言巧妙地配合行动？怎样使行动紧密地追随语言？是对一名君子修身立德的根本要求。但君子应该在怎样的标准下来把握语言与行动之间的界限？夫子虽然已经谈到，回还有不懂之处。

孔子很干脆地说了一句话：

> 君子耻其言而过其行。
>
> （《宪问》篇）

子路闻言大喜，不禁喜出望外地说：

由听到夫子的每一句话，都感到很有道理，但每日听到的道理那样多，如何实践得来？既然不能实践，便索性不听了。现在，由的看法有所更正，即使做不到也应该知道啊！正如夫子所说：

朝闻道，夕死可也。

（《里仁》篇）

所以，由现在希望多多地听取大道。

孔子笑道：

由！你这个人样样都不错，就是说话经常犯大言不惭的毛病，其实真正的大道只有一个，哪里会有许多？如果真的有那么多大道，你却只听到了其中一个就死了，岂不是太可惜了？所以，说话一定要平实可信。

其言之不怍，则为之也难！

（《宪问》篇）

子路愕然：

夫子这句话不太容易理解。

孔子道：

这就是说话如果不知道惭愧，要使事情获得成功就很难。

宰予站起来向孔子请教道：

夫子！予大胆地问一个很冒昧的问题。在夫子的所有弟子中，不知是哪一个与夫子最谈得来？

孔子想了一下，答道：

一般说来，只要投奔到了我的门下，我都能一视同仁，但因为我是课堂里的主讲人，所以有讲话主次的不同，是因材施教的关系。大概地说，年纪比较大、跟随我比较久的，就与我谈话随便一些，思想方面的交流也自然多一些。如果问我谁最与我谈得来，不太容易回答，勉强地说，也许子渊讲话的态度比较令我欣赏，因为，

吾与回言终日，不违如愚。退而省其私，亦足以发。回也，不愚。

（《为政》篇）

我有时候说上一整天，回从来没有一句反驳，表面看起来好像是很愚

蠢的样子；但是他回去之后却能够认真检讨，并有所发明，所以回并不愚蠢。正因为子渊有这种学而不厌的谦虚态度，所以，

> 语之而不惰者，其回也与！
>
> （《子罕》篇）

但回的这种学习态度是不是就很好呢？也许对我来说是好的，而对别人就不一定好，也许对我也并不见得就好。为什么这样说呢？我感到回这样的态度，我说得对他赞成，我说得不对他也赞成，这对我的进步就没有帮助，我也需要不断地提高啊！所以，尽管使我一旦说起来就不愿停下的是回，但对我学问的提高并无益处。

> 子曰：回也，非助我者也，于吾言，无所不说。
>
> （《先进》篇）

宰予道：

按照夫子的说法，服侍于君子之前，是有许多事情需要加以注意的，不知夫子是否能指点一二？

孔子沉吟了一下，答道：

服侍任何人都需要注意语言运用方面的技巧，如父母、亲戚、长上、君侯、师友、乡老等，否则就大可不必服侍。服侍君子倒是相对简单些，只要在言谈话语间把握些分寸就可以了，因为君子往往是很挑剔这些小节的。所以，在君子面前，最容易犯三种过失：谈话没有涉及他，他却抢着发言，这是浮躁；谈话涉及他，他却不能及时应对，这是逃避；不看对方的面色就轻易发言，就如同眼睛瞎了一样。

> 侍于君子有三愆：言未及之而言，谓之躁；言及之而不言，谓之隐；未见颜色而言，谓之瞽。
>
> （《季氏》篇）

宰予点头道：

弟子明白了。但弟子还有一个问题，不知当讲不当讲？

因人废言

孔子莞尔笑曰：

我已经反复告诉过你们，孔丘门下没有什么清规戒律，况且，你一直是个敢讲话的人，有什么话尽管说吧！

宰予道：

夫子听了一些中听的话是不是也很高兴呢？

孔子面容有些闪烁，沉默了片刻，神情有些犹豫地说：

究竟是不是这样呢？我自己很难说清楚，因为这是寻常人难以避免的通病。人对于别人的短处很容易发现，而对别人的长处却不易发现；相反，对自己短处则不易发现，而对自己的长处却很善于发现。这些都是人之常情，也没有什么奇怪。但如果把别人的长处看做短处，而把自己的短处作为长处，就是很令人反感的行为了。

与人谈话，讲究的是相互投机——否则就没有必要进行交谈了，这个谈话投机中必然蕴涵着一些投其所好的成分，这也不是什么奇怪的事情，因为语言不是用来互相揭短和攻击的手段，而是用来进行思想交流和社会交际的工具。所以，尽管言谈能力和语言技巧不应该用来奉承阿谀和投人所好，却更加不该用做棒子、标枪或匕首来打击和伤害别人。所以，中听和动听的语言里具有不同的成分，亦不能一概而贬低之。大抵能够巧妙娴熟地运用语言的艺术性而说出的言辞是中听而且有益的，而运用心计谋略投其所好的语言虽然中听却没有多少益处。就我个人的态度，我愿意采取前者。当然，如果有人用义正词严的话语来告诫、批评我，我难道能够不听从吗？但只有能改正才好。如果别人用委婉动听的言辞来顺从我、称赞我，我难道能够不高兴吗？但要识别出这些言辞中的真实含义才好。对于中听的话，只知道高兴，不知道识别；只知道接受，不知道改正，那就对他什么办法也没有了！

子曰：法语之言，能无从乎？改之为贵。巽与之言，能无说乎？绎之为贵，从而不改，吾末如之何也已矣！

（《子罕》篇）

宰予道：

毁誉在人，但立言、立功和立德则在己。但所有的毁誉都并非空穴来风，很多都是有凭有据。而且，社会对一个人一旦形成了毁誉，等闲的力量就无法扭转。作为一名君子，对于社会上那些已经形成的毁誉该如何对待呢？

孔子道：

子曰：君子不以言举人，不以人废言。

（《卫灵公》篇）

宰予道：

夫子说得真好！作为一名君子确实应该保持自己的独立见解而不人云亦云，他不应该以传言而随意抬举别人，也不能因为这个人的名声不佳而认为他说的一切都错误，君子要有自己的判断。

小不忍则乱大谋

颜渊道：

回今日听到夫子反复斥责"巧言令色"，"令色"诚然令人生厌，但"巧言"似乎无伤大德，奈何夫子如此深恶痛绝？

孔子道：

从人的本性看，人之心灵及人的精神本来应该是淳朴自然，从淳朴自然的本性出发，则开凿出来的乃是人的善性和善行。但随着时代的演进，人们的虚伪成分日益增加并逐渐渗透到人们的心灵深处，于是，淳朴亦逐渐被虚伪狡诈所取代。在所有的社会变化之中，语言的变化是潜移默化的，也是最为剧烈的精神变动。其中，以机巧的语言来谋求利益者有之，以机巧的语言来兜售其阴谋者有之，以机巧的语言来损天下以肥一己者有之，事实上，这些行为不但不能获得成功，而且会败坏许多伟大事业。所以，

> 巧言乱德，小不忍，则乱大谋。
>
> （《卫灵公》篇）

我所以讨厌巧言令色，因为以一张利口而肆无忌惮地指点天下大事，没有不败坏大事的。在这方面，我的态度非常鲜明，即，

> 恶利口之覆邦家者。
>
> （《阳货》篇）

就我个人的性情，则比较欣赏一些性格耿直而语言木讷的人，这样的人在心理上接近了仁义。我认为：

> 刚毅木讷，近仁。
>
> （《子路》篇）

宰予吃惊地问：

然则，一个君子，或者说一个具有君子理想的人该怎样做人处世呢？

孔子斩钉截铁地说：

一个君子，如果处于有道的盛世，便正直地发表意见，正直地行动，不必运用机心来保护自己；如果处于一个无道的乱世，虽应该正直地行动，但说话就应该小心谨慎，避免受到无谓的伤害。这就是所谓：

> 邦有道，危言危行；邦无道，危行言孙。
>
> （《宪问》篇）

宰予抚掌称善，连声道：

弟子明白了，弟子明白了！

孔子看着风度翩翩、机智灵敏的宰予，长叹道：

只怕未必如此啊！

在语言上与宰予并驾齐驱的子贡，对今日的话题最感兴趣，看见宰予的话音刚落，便接口道：

今日得闻夫子纵论语言、言谈、词语与为人处世等方面的高深道理，赐也受益良多。但一时听得道理太多，赐眼下便也有点像子路兄那样"唯恐有闻"了。赐有个不情之请，万望夫子成全！

孔子笑了，对众人道：

赐可算得上是巧言令色了！

子贡当然知道夫子在开玩笑，毫不介意地问：

夫子能不能把交谈方面需要注意的事项，简单地传授一下？

孔子笑道：

这有什么不可以呢？但未必够得上经验，不过把自己的一点感觉介绍出来，你们自己去领会和总结。

我最反感的事情是：

> 道听而途说，德之弃也！
>
> （《阳货》篇）

刚刚从道路上听到了一点小道消息，就当作了自己的知识或当作了准确的信息，迫不及待地进行传播，这是为有德者所不齿的行为。

其次，对于当今社会上所流行的那些机巧的语言、谄媚的面孔、谦卑的举止，这是鲁国一位史官朋友——左丘明——所深感耻辱的事情，也是我深感耻辱的事情。把对人的怨恨都隐藏在内心深处，表面上还伪装为知心朋友，这是左丘明所感到耻辱的事情，也是我所感到耻辱的事情。这就是所谓：

> 巧言、令色、足恭，左丘明耻之，丘亦耻之。匿怨而友其人，左丘明耻之，丘亦耻之。
>
> （《公冶长》篇）

再次，一群人集中到了一起，厮混终日，却没有一句话是谈到忠义方面的事情，只是卖弄一点小聪明，这也是不大容易做到的呢！

> 群居终日，言不及义，好行小惠。难矣哉！
>
> （《卫灵公》篇）

此外，赐啊！我还要格外要提醒你，审视一个朋友，不能根据来自大众方面的舆论，一定要经过自己的考察和判断。大家都讨厌这个人，要知道其中原因；大家都赞扬这个人，也要知道其中之原因。

> 子曰：众恶之，必察焉；众好之，必察焉。
>
> （同上）

子贡听得聚精会神，之后，便向孔子请求道：

夫子能不能传授给赐一句可以行之终身的教导？

孔子摇头道：

赐啊！哪里有这么简单的事情呢？但是，有一个字似乎是每个人都应该终身恪守的，这就是"恕"！恕是理解和体谅别人，以自己的心去理解别人，就不会把自己不喜欢做的事情硬是推给别人了。

> 子贡问曰：有一言而可以终身行之者乎？
>
> 子曰：其恕乎！己所不欲，勿施于人。
>
> （《卫灵公》篇）

子贡拿起毛笔把这几个字工工整整地写在了自己的衣襟上。

孔子所罕言

子贡写完之后，抬起脸来望着孔子，说道：

赐入夫子之门，迄今已逾八载矣！以赐一锱铢必较的市民商贩，而日日受夫子言行之熏陶，现在自觉腹中颇有文章，至于道德礼仪虽仍逊色于诸师兄，但较之当世所谓君子者，则亦不遑多让。今日听夫子畅谈语言文学，更觉茅塞顿开。夫子对文章文学——诗书礼乐——的道理，阐述最多，赐闻之亦多！但很少听到夫子谈论人性和天道方面的事情，是以赐迄今知之甚少。

> 子贡曰：夫子之文章，可得而闻也。夫子之言性与天道，不可得而闻也。

（《公冶长》篇）

孔子听了子贡的话，温和地说：

赐！你所说的性是什么性？人性？物性？神性？悟性？心性？道性？德性？还是性欲？你要知道，关于这些性方面的道理，还是少谈为好！为什么呢？因为它们都属于非常艰深而难以述说的心灵或精神范畴，因时代和族群之不同，它们从来都没有固定不变的评判标准，因此亦无法从中总结出概念准确的具体知识。所以，每一个热衷于此道的人，都必须依靠自己的聪明才智而得出自家的深切体会，没有人可以越俎代庖。而且，我对这些道理并没有达到较高程度上的理解，也就不大敢传授这方面的知识。

此外，就我个人的感觉而言，对于人性和天道，从来没有人能够理解得接近这两种事物本身，因为人不过是人而已，他们怎么能够深入到自己的精神深处？正因为人不过是人而已，又怎么能够跨越自己的生命属性而接近天道？据我所知，古往今来，确实有那么几个努力追求此道的出色人物，但他们如果不是把自己的精神搞得疯疯癫癫而身形俱灭，就是把自己的身体躲避到了荒僻的去处而消息全无，没听说谁真正地获得成功。赐啊！以一个人的聪明才智而力图寻找出整个人类的共性及上天的性情，是不可能有什么结果的，尽管一些大言不惭者不这样看。我这样说，你能够接受吗？

子贡点头道：

弟子明白了。

子罕言利、与命、与仁。

(《子罕》篇)

过了一会儿，孔子又说：

我在平日的讲授中，一般不大讲那些关于个人利益得失方面的事情，这不完全是因为我轻视利益，而是因为利益并不是一个能够达到完善的东西。利益之所以不能完善，不全是分配方面的困难，而大多是占有方面的问题，我不能交给你们一些发财致富的知识，是因为我没有这方面的知识。我一般不谈命运方面的事情，不是我不关心命运，而是因为命运也是无从把握的东西，这不完全是命运本身的问题，而是其他事物总是多方面地影响甚至左右了它，而人本身却不能控制它，我不能交给你们一些如何把握或控制命运的知识，是因为我没有这方面的能力。我一般比较少谈仁，这只是相对而言，其实我谈得并不少，但所谓"仁"就是一个如何做人的问题，也是一个如何行动的问题，决不是一个简单可以宣讲的问题，而且，能够达到这个标准的人实在很少，所以，我不能把仁挂在口头上。事实上，你们如果细心体会我的言行，随处都会发现仁。所以，对这三样事物，我今后不再叙述了。

子贡吃惊地问：

夫子如果不讲述了，我们这些弟子该如何阐述夫子的思想呢？

孔子手指着一碧如洗的万里晴空，肃然地说：

你们且看，这高高在上的苍天，它能够说出什么话来吗？但春夏秋冬四季在交替进行，飞禽走兽花鸟鱼虫在衍生繁殖，苍天能说出什么来吗？

《论语》记载了这次谈话：

子曰：予欲无言。

子贡曰：子如不言，则小子何述焉？

子曰：天何言哉？四时行焉，百物生焉，天何言哉？

(《阳货》篇)

众弟子听到这里，都纷纷立起身来，向孔子鞠躬致敬。孔子的这一番博引旁征的议论，给予弟子们的心灵以极大启发，他们猛然觉得天宽地阔，而在这宽阔的天地之间，有一种生生不已、磅磅礴礴、气象万千的浩然正气在弥漫着、流淌着、滚动着、散发着、扩大着，它们支撑起人类生活的天地。

本年国际上没有什么大事发生，孔子师徒继续居住在陈国，日日讲书习礼。

这是公元前491年，孔子61岁。

八·从洪荒中踏出坦途

行走在蛮貊之邦

这是一个相貌俊美、神态优雅、举止斯文的少年，而眉宇间却又自然流露出一股倔强、顽强的神情，身体虽然还没有完全发育成熟，却已相当高大。只见这少年面对面地站在孔子眼前，彬彬有礼却能不亢不卑。

孔子上下端详着这个少年，满意地点了点头，他心里暗暗寻思：现在的孩子真是越来越早熟了，前年收曾参、子夏、公西赤；去年收子游，都是年未及冠的少年，这一个叫做颛孙师的少年看起来年岁更加小些了，恐怕只有十四五岁。这无疑是个具有慧心的少年，也无疑是可造之才，一旦加以精心培养，定会成为一代才人。但自己在陈国只是寄居而已，不一定什么时候就会继续跋涉于列国之间，如果不能拿出比较多的时间和精力来栽培他们，就不免是误人子弟了。是以，孔子有些犹豫。

这少年果然聪明过人，他看到孔子态度含混，以为孔子是嫌弃自己年纪幼小，难以教导。便越步上前，向孔子恭身为礼道：

夫子！晚辈复姓颛孙，名师，字子张，今年14岁，世代居于陈国。自夫子去年抵陈，师就准备投奔门下，但司败大人说，夫子门下尽皆成年君子，似师这般年岁既不能理解夫子之大道，徒给夫子增添许多烦乱。师寻思司败大人的话有理，就忍耐了这一年多。近来，师忽然预感，如果此时不能入夫子之门，恐怕终生就没有机会了，是以央求司败大人携师前来晋谒夫子。师之愿望并非成贤成圣，亦不敢窥宇宙天地之大道，只是崇拜夫子以天下为己任的救世精神，师欲以这种救世救人的伟大精神而从政治国，既报效国家亦谋求自己的一份利益。尚望夫子怜师一片向学之心，纳师于门下。

据记载：

颛孙师，陈人，字子张。少孔子四十八岁。

（《史记·仲尼弟子列传》）

孔子见颛孙师语言流利得体，说话率直坦诚，觉得与子路、子贡的性情都很接近，深感满意，就破例收下了他。

现在，子张似乎把憋在心里许久的问题，迫不及待地提了出来，他第一个问题是询问善人的行为。

孔子沉吟了片刻，感到这个少年提出的问题有些不好回答，善人是善良和有慈悲心的人，他们应该怎样行动呢？

子张问善人之道。

子曰：不践迹，亦不入于室。

（《先进》篇）

子张愕然道：

夫子的意思是说，善人由于怀有慈悲心理，而不必踩着别人的脚印行走，但他们也不能在大道上走到尽头。这样看来，善人还不是完人。

孔子道：

善人只是些性情善良的人，善良的人大多具有程度不同的道义精神和慈悲心理，他们可以依照这种心理而行动，这样的行动对其他人只会有帮助而没有损害，但这种心理并不是完善自己身心的大道。

子张连连点头道：

夫子说得很对，道义和慈善心理可能是人类普遍具有的恻隐之心，这种心理并不是恒定或稳定的存在，而是随着场合、场景、时间、环境和其他条件的变化而不断发生变化。而且，如果没有外界的强烈刺激，这种心理一点也反应不到日常行为中。然则，作为一个普通人在日常生活中，应该奉守一些怎样的原则和标准来行动呢？

孔子非常欣赏子张的领悟力，听了子张的问话，温和地答道：

言辞上要讲究忠诚老实，行为上要敦厚恭敬，这样的人，即使到了那些没有开化的落后地区，也可以畅通无阻地行走；言辞上不忠诚老实，行为上不敦厚恭敬，虽然是在自己所在的州里乡间，难道会行走得通达吗？
站立着的时候，要看见忠、信、笃、敬四个大字就高悬在眼前；即使坐在
马车厢里，也能看见这几个字就刻写在车子的扶手上。确立起正确行为方
式之后再行动，一生就可以走得畅通无阻了。

　　子张听了这话后，拿起毛笔来把这几句话工工整整写在了衣服的大带
子上面。《论语》详细记载了这次对话：

> 子张问行。
>
> 子曰：言忠信，行笃敬，虽蛮貊之邦行矣。言不忠信，行不笃
> 敬，虽州里行乎哉？立，则见其参于前也。在舆，则见其倚于衡也。
> 夫然后行。
>
> 子张书诸绅。
>
> （《卫灵公》篇）

　　这时，子贡站起身来，向孔子问道：
　　赐自入门以来，很少听夫子谈论有关"道"的问题。自从老聃先生
的大道传播开来之后，人们每每以为人生的大道就是勘破世态人情以及
放弃人生的一切作为。现在，人们都津津乐道地谈论着如何逃避曲折而
漫长的人生道路，而躲避到一个不为人知的角落里，安然无恙地度过一
生。赐对此不敢苟同，试想所谓人生，看透了也就是几十年的时间而
已，如果不能把这几十年安排得富有积极意义，就等于虚度年华，虚度
的生命即使多存在一些时日，也产生不出任何意义，是以，赐情愿追随
夫子去寻找积极的人生意义。就着子张刚才提起的话题，夫子能否阐述
一下自己的大道是什么呢？

道与传统习俗

　　孔子默然良久，然后道：
　　赐啊！你实在是给我出了个难题。你应该知道，我不是老聃先生，我
的肚子里、脑子里委实没有什么大道，我平日讲的"道"都是些很平凡的

小道。而且，"道"是一个何等复杂而头绪繁多的东西，怎么能够一下子说得清楚？此外，"道"本身就存在于每个人的日常生活中，也存在于所有的行事规则中，何必把它们抽出来加以演绎呢？

子贡道：

赐屡次听夫子说过：

> 齐一变，至于鲁；鲁一变，至于道。
>
> （《雍也》篇）

这个"道"是什么性质呢？

孔子道：

这里所说的"道"，不过是西周以来所流行的一些社会习俗或风俗罢了。齐国的习俗向正面发生变化，就达到了鲁国的程度，而鲁国的习俗如果向正面发生变化，就接近西周文武之道盛行时期的局面了。

子贡道：

又听夫子说过：

> 射不主皮，为力不同科，古之道也。
>
> （《八佾》篇）

请问夫子，这里所说的"道"，究竟是什么"道"？

孔子苦笑道：

这是几年前说过的话了，真亏你记得住！其实，这里所说的"道"，不过是古代时期的一些射箭规则罢了。

子贡道：

赐曾屡次听夫子说：

> 朝闻道，夕死可矣。
>
> （《里仁》篇）

这里说的"道"是什么"道"呢？

孔子面色严肃起来，沉声道：

这里所说的"道"，不是普通的知识学问方面的道理，也不是关于日常生活以及日常行为方面的道理，而是关于生命的真理，是真正的人生大道。比如说，举头可以看见天，天空上的景色瞬息万变，或星光灿烂，银河横空；或白云悠悠，阳光普照；或乌云翻滚，雷鸣电闪。低头可以看见地，或沟渠纵横，森林遍布；或丘陵错落，高山耸立；或春水融融，或秋叶飘飘；或风和日丽，或酷暑严寒。我们对于自己所看到的一切自然存在，都不能理解其中的奥秘。为什么天地自然会如此井然有序？是不是有什么巨大的力量在操纵着这一切？如果有超然力量，它们是什么？我们为什么看不见？如果自然界的一切都是随意展开，为什么会如此有规则？生命从何而来？为什么而来？他们最后消失在什么地方？对于这一切，可以认为其中必然存在一种大道，但以人类现在的知识和智慧，还不能得出比较贴近事实的结论。由于道理通常都隐藏在所有事物的背后，人们一般不能发现它的存在，所以，古往今来并没有几个人真正寻求到了这种大道。事实上，我并不知道这种大道是否存在？我不希望在这些不能正本清源的问题上耗费自己的有限精力和有限时间。

子贡道：

然则夫子是否寻找到了这种大道？

孔子沉吟道：

我似乎还没有找到关于生命本质的大道，这并不完全是我找不到，而是因为我更加愿意关注人生的道理。关于生命本质的大道，即使真实存在着的话，也只是极小部分人才能侥幸得到，对于绝大多数人来说，根本不是如何解决生命的延长或永存，而是寻求眼下的生存机会，眼下的生存不能解决，还奢谈什么大道？此为我所不取。

子贡道：

然则，夫子所说的"朝闻道，夕死可矣"究竟是什么道呢？如果仅仅是寻求生存的道理，似乎不必如此煞有介事。

孔子道：

在我意识深处，有许多道理都是神圣不可侵犯的，为了得到或听闻到这些道理，生命的生死存亡就算不得什么了。其实，许多流行道理也并不是多么深奥的东西，为了一些连懂也不懂的大道理去牺牲，我个人不取这种态度，我只愿意为了我能理解的道理而牺牲。所以，我的道理，不过是些生活中的平常道理而已，比如：如何做人的问题，如何端正自己的行为，如何恪守公众道德，如何孝敬父母，每一个问题的理想境界，都值得"朝闻夕死"而无憾焉。须知，在一些最普通的问题上，如果我们还不能拥有比较正确的判断和见地，生命的意义似乎也就没有多少存在的价值了。

道与道路

孔子接着说：

人类的历史当然不是沿着一条直线走到了现代，而是经历过几个重要阶段。如果把历史观浓缩到个人身上，就看到大多数人也都在人生道路上经历了几个重要阶段，人所以重视历史，就是因为人是附着于历史而举步的。所谓"道"，正是历史演进之途径，所有的道都是可以归结为人生道路。在历史演进的途径与人生道路能够相互接轨的时代，历史的画面便表现出和谐安定的景象，个人的道路也比较畅通；如果二者发生冲突和矛盾，则历史画面充满黯淡，而人生道路也布满了陷阱。

这时，子路起身道：

夫子的这些说法，由以前均闻所未闻。但夫子所说的历史途径中的几个重要阶段，究竟该怎样理解？由感到很困难。

孔子道：

关于人类历史的记载，现有的材料都过于简略，而民间口头流传的传说又往往荒诞而难以置信。根据现有的钟鼎铭文、竹帛书简以及民间传说而勉强地加以划分，可以把伏羲氏、神农氏、轩辕氏时期作为华夏民族的童年时期，在这个时期里，所有的人差不多都生活在一个完全陌生的领域，人们的认知刚刚开始，还没有出现价值判断，自然也没有任何价值标准，人们的思想和行为都直接受自己的感官影响而没有来自其他方面的束缚和限制。这时，人们的价值观都建立在自我感觉上，所以，人们在自己的生活道路上则迫不及待地寻求快乐、新奇和意义。这是充满了感官刺激的时代，也是每个人都享有比较充分的自由的时代，同时还是一个人人都可以无法无天的时代。

接下来的是尧、舜、禹的时代，可以把这个时期作为人类的青年或成年时期。在这个时期里，人们已经认识和辨识出许多事物，发现了一些富有意义的思想观念，确立起一些具有普及性原则的行为方面的准则和规范，生活中开始出现了本能需求之外的意义追求。有了意义，便有了事物的普遍性和效法性，这便是具有共同意义的价值观。价值观使人们有了行为、行动以及日常生活中的一系列标准，也便同时有了规定。规定的确立来自两个方面，一是来自国家权力的制定，这是法律；一是来自民间习俗的毁誉，这是道德。这时，意义也带有了普遍性，所以，个人的行为便不再是他自己的事情，而是涉及群体利益的事情；个人行为不再是他为了满足感官刺激而展开的活动，而必须顾及到自己行为所产生的社会影响。所以，这个时代是一个人们普遍履行和遵守新秩序、接受新道德、领会新观念、理解新思想的时代，也是不断舍弃自己旧意识、旧行为、旧生活方式的时代。

这样指出历史的发展途径，似乎是标新立异，但大致去事实不远。有些判断可以根据自身做出。比如，人类在童年时代，当然不能认知任何一样事物，不能领会最简单的道理，不能了解所有的规范和准则，也不能遵守所有的法律和习俗，童年仍然是一个寻求感官快乐和本能放纵的阶段。但是，到了少年之后，便开始点点滴滴地吸收、学习、效法、模仿、遵守一些基本的道理、规范、法律和习俗，用这些东西来消除自己的无知和克制自己的本能，最终放弃单纯的感官快乐而走上寻求生活意义的道路。任何寻找到了生活意义的人，就开始树立起了一个目标明确的人生方向。

由啊！这就是我能够告诉你的历史阶段，也许还有各种各样的说法，但这样理解可能比较贴近人生。

子路击掌赞叹道：

夫子说得实在精彩！作为一名士，应该不断地追求积极向上的人生，即使为此而损失了一些感官方面的满足，也是值得的。

孔子颔首道：

士志于道，而耻恶衣恶食者，未足与议也。

（《里仁》篇）

子路道：

夫子所说的这个道，是不是所有士都应该努力寻求的道？

孔子道：

未必如此！道，适如我刚才所说，主要是道路，只要是一个正常人——残疾者除外，无论舍弃了什么，却不能不行动，行动就是走路，没有一样行动是可以局促于宅院之内、房舍之中和睡榻之上的。所以，由行动而引发出种种道理，道理只有针对着行动才能成为理，理是对行动的要求、束缚、限制、规定，在某种情形下也是对某些行动的支持、赞扬、鼓励、鞭策。但是，虽然富有积极意义的人生只有一个，但由于人的性情多种多样，致使人生道路也必然多种多样，正如农夫是行走在田间的土径上，工匠行走在通向作坊的马路上，士兵冲锋在战场上，而大多数商人则四海为家，所以，不同的人生有不同的道路，不同的道路则必然有不同的道理，不能一概而论。所以，

谁能出不由户？何莫由斯道也！

（《雍也》篇）

即使是士，因每个人的先天和后天的生存环境不同，他们的人生道路也并不相同。有的士适合出仕为官为宦，有的士适合过澹泊宁静简陋生活，有的士则问学求道，有的士则讲学授徒，甚至有的士则洁身自好而退隐山林。只要他们的基本生活态度不是触犯了习俗或法律的禁忌，上述行动都是大有道理的。在许多情形下，道只是一种理想。

由！我的理想如果不能实现的话，就打算乘了木筏子漂游到海外去，到时候，唯一能够跟随我的只有你了。

子路闻言大喜。

孔子又感叹道：

可是，我们该怎么行动呢？由虽然在勇敢方面超过了我，但也没有办

法解决浮游于海上的困难呀！

> 子曰：道不行，乘桴浮于海。从我者，其由与？子路闻之喜。子
> 曰：由也，好勇过我，无所取材。
>
> （《公冶长》篇）

怎么办呢？陆上的道路走不通，浮游于海上吧，也缺少必要的准备。
孔子不由得长叹了一口气。

道是理想

见众弟子静静地看着自己，没有人表态，孔子又接着说：

无疑，道是一种理想，而且，道也不是一种固定不变的东西。与自
然的道路不同——每一条道路都在自然界的生命展开中扮演了积极角色，
而人生的道路——看起来有积极意义的人生亦如此——却大多都是在无谓
地消磨时间，由于消磨的方式有所不同，道路也就各不相同。而且，人生
道路没有固定不变的，几乎没有什么人会一条道走到底，人们往往根据场
合、形势、处境而随时踏上不同的道路，这使人生道路呈现出千姿百态、
千变万化的不同状态。理想也从来都不是固定的，就如我个人，20岁、40
岁、60岁，各个阶段的理想都不相同，其他人也大致如此。但无论理想是
高或低，只要这个理想不是走到了人性的范围之外，只要自己的行为是行
走在理想的正确路线上，则这种理想就值得鼓励。我个人的理想可以说具
有二重性，向上努力是以三代王道政治来恢复当前的混乱局面，向下伸延
则致力于三代文化、典章、制度、习俗的研究、整理和恢复，为后世树立
一个基本的道德价值标准。为了这个理想的部分实现，我必须舍弃一些生
活方面的享受，即：

> 笃信好学，守死善道。危邦不入，乱邦不居。天下有道则见，无
> 道则隐。邦有道，贫且贱焉，耻也！邦无道，富且贵焉，耻也。
>
> （《泰伯》篇）

笃信好学和守死善道，对于一些需要切实行动的政治家或商人是完全可以打些折扣的，对于一名逃避山野的士大夫则是完全可以抛弃的。至于危邦或乱邦，出仕或引退，贫贱或富贵，对不同的人当然要求不同，绝大多数人都可以按照自己的原则来进行选择。但对于一名致力于道德伦理恢复工作的士大夫，则上述原则却是一定要死死守住的，他们在落实或实施自己所提倡的原则方面，不能有丝毫的马虎大意。

孔子说到这里，停顿了一下，又开口道：

道这种理想，既具有普遍性，也具有个别性，道路不同就是理想不同，所以，理想不同的人是不会同道的，因为：

　　道不同，不相为谋。

　　　　　　（《卫灵公》篇）

许多人是经常集中在一起进行谈论的，也有些人是一起学习的，但却没有共同理想，走不上同一条道路。

道既然经常是一种理想，所以，就需要有人替它进行弘扬，人能够弘扬所有的道，决不是由道来弘扬人。

　　人能弘道，非道弘人。

　　　　（同上）

一种理想的大道能否在一方土地上风行，要看弘扬者的品质、能力、意志、操守以及力量的大小。所以，这里便涉及道德问题。

道是道德

孔子环顾四周，看见弟子们都听得聚精会神，便接着道：

无论是道路自身还是人在道路上的行动，都必然要触及到一些原则、准则、规则以及国家法令和民间习俗等问题。前面说过，人类走过了童年时期便开始进入到青年及中年，童年可以有些触犯戒律的行为而被社会宽容（原始社会时期人所拥有的自由较多而几乎没有社会规则），但青年之后的违法便不被社会允许（国家法律和刑罚出现并日益扩大了其行使范围），每个人都需要生活在国法的严格限制和习俗的有力束缚之中而不能轻易触犯。用来规范人们行为的形式很多，但其中比较令人满意的应该是德的原则。

所谓"德"就是"得"，简言之，"得"便是获得、取得、得到，所以，德的本意就是获得。因为获得这种行为在人的童年时期是没有任何禁忌的，得字亦没有所谓"德"的含义，我上面谈到的历史童年就是这样的无"得"亦无"德"的大道风行时期。但历史步入青年时期之后，人也由童年而步入青年，它必须能够把持、克制自己许多童年行为。国家政权为克制青年时期的鲁莽行为提供了必要的制裁手段，这就是法律的出现；而社会习俗则为克制鲁莽行为提供了比较温和的说教方式。这种说教，就是道德的出现。

法律与道德都与人的行为层出不穷之变化相辅相成，变相地说，就是人如果要使自己的行动避免法律制裁或舆论的谴责，就需要遵守比较适中的德的准则。从效果上看，国家政府及权力持有者一般是主张以国家法律来制止违法行为的，但民间社会及道德家却大力提倡道德教化的作用，民众往往倾向于接受习俗之变化而不愿接受特别严酷的法律之制裁。法律和道德，二者分别代表了政权和社会两股势力的不同着眼点，但在克制个人行为方面的目的则完全相同。

子路道：

夫子是赞成何者呢？

孔子：

我认为，欲使国家繁荣、社会稳定、人心安定，这二者都是必不可少的。事实上，我所讲过的人类阶段并不能完全比附个人，个人的童年可以违法却没有能力违法，个人的成年不能违法却有了违法的能力。所以，当人类社会处于童年时期，违法的事情并不多见。人类进入到了成年时期，世道才开始变得混乱。可以想象，如果人类在成长过程中，能够依靠习俗自行约束自己，则国家政权这种东西就无须出现。国家出现之后，虽然制定出一系列法律，却仍然不能奏效，可见，法律亦有其局限性。所以，以法律和习俗为手段，在不同场合、不同形势下互相运用，庶几达成良好效果。

> 道之以政，齐之以刑，民免而无耻。道之以德，齐之以礼，有耻且格。
>
> （《为政》篇）

道在这里不是道路或道理，而是引导活指导。用国家政府的法令来引导人民，用国家政权的刑罚来加以治理整顿，人民虽然能够避免犯罪，却没有廉耻。如果用道德来加以引导，用礼仪来加以整顿，那么，人民就不但知道耻辱是什么，而且能够自觉地约束自己的行为。所以，以德治国的功能明显地超过了以法治国。这就是所谓：

> 为政以德，譬如北辰，而众星拱之。
>
> （同上）

用道德来处理国家政治事物，会使人民真心诚意地归附，自己就好像天上的北斗星一样，四面八方的星辰都环绕着它而不散去。

子路惊讶地问：

这样的事情在华夏历史上发生过吗？

孔子道：

以比较标准的尺度衡量，德就是谦让，谦让所以成为美德，说明了日益进步的人类普遍缺少谦让的品质。但即使在武力流行的时代，美德虽然缺少却从来不曾断绝，它被一些行为高洁的人所牢牢地坚守着。即使在国家权力上，体现出了德行的事情亦多，尧、舜、禹是其中之著名者。我个人则比较欣赏周族自古以来的以德治国，后稷、公刘及文武二圣固无须论矣！即使泰伯那样未得大位的隐君子，也是有大德的人。

> 子曰：泰伯其可谓至德也已矣。三以天下让，民无得而称焉。
>
> （《泰伯》篇）

人们都以为尧舜的禅让制自大禹之后已不复存在，其实，在殷末周初还有泰伯、伯夷、叔齐、伯夷以及近世的宋襄公这样一些人在自觉地实行，这不是一种道德自觉吗？

子路道：

对于一些据有天下国家的人来说，能够在最高权力上施行禅让自然是难能可贵的德行，但对于普通百姓的行为操守，却没有特别重要的指导意义。我想知道，对于一名君子者，则应该具备一些怎样的道德？

道与君子

孔子环顾众弟子道：

根据我方才谈过的内容，大家认真思考一下由提出的问题，这是大家应该格外关心的问题，也是应该经常思考的问题。回！你先谈谈好吗？

颜渊起身为礼道：

回自己尚且不敢称君子，所以，对君子的道德操守难以理解透彻。回依稀记得夫子赞扬郑国子产的话：

> 子谓子产，有君子之道四焉：其行己也恭，其事上也敬，其养民也惠，其使民也义。
>
> （《公冶长》篇）

夫子认为子产是君子，而且是相当严格地遵守了君子的道德。根据夫子对子产评价的君子定义，则恭、敬、惠、义四种德性，应该是君子必须遵守的准则，尤其是在上位的执政君子，更应该身体力行之。回再没有其他感想。

孔子道：

回！能说一下这四个字的含义吗？

颜回蘧然而起，恍然道：

回现在有些理解了，这四个字都体现了谦让之德。使自己的行为保持谦恭，便是对别人的礼让；对上级保持尊敬，就是自己的退让；对民众施以恩惠，就是给他们好处；使用人民以义的方式，则合乎了道义标准的尺度。

孔子颔首，又对子贡道：

赐，你也来谈谈，如何？

子贡急忙起身为礼道：

子渊尚且不敢自称君子，赐何许人也，焉敢擅称君子？所以，赐对于君子的感想亦甚少，忽然想起夫子的一段话，因为与赐有些关系，是以记得牢靠。

> 子曰：君子道者三，我无能焉：仁者不忧，知者不惑，勇者不惧。
>
> （《宪问》篇）

根据夫子的论述，可知君子的道德有不忧、不惑、不惧三种品质。以赐看来，这三种德行并非一般君子可以具备，所以，赐当时就认为夫子是在说自己，至今，赐仍然坚持认为，在当今之天下，这三种品质非夫子而莫他属。

孔子听完二人的发言，哈哈大笑说：

让你们谈谈自己的看法，反倒成了背诵我的语录，这种态度至少就不是君子应有的态度，下次不可如此。

子路道：

夫子！既然大家不谈，还是你来谈为好。

孔子无可奈何道：

君子是现在比较流行的一种对道德操守较好人士的指称名词，具体要求很多，不同身份，不同地位的君子亦须履行身份地位之内的诸多职责，在此没有办法一一道来，只能就君子的基本素质和具体要求，非常简略地说三点：

第一、作为一名君子，不能只追求一日三餐的满足供应，不能依恋于自己的小安乐窝中而不思进取，他应该非常机敏地做事而且能谨慎地表达意见，经常寻找有道德的人来端正自己的思想行为，这是君子好学不倦的品德。

> 子曰：君子食无求饱，居无求安，敏于事而慎于言，就有道而正焉，可谓好学也已。

（《学而》篇）

第二、作为一名君子，应该全力以赴地追求高尚的道德情操，而不是把精力投入到谋求个人衣食的富足。耕田种地，常常挨饿受冻；学习道德，时时能够得到俸禄。所以，君子只是忧虑自己不能成就道德，而不是忧虑贫穷。

> 子曰：君子谋道不谋食。耕也，馁在其中矣！学也，禄在其中矣。君子忧道不忧贫。

（《卫灵公》篇）

第三、作为一名君子，亦不能一门心思地在政治上寻找个人飞黄腾达的机遇，而是按照道德标准来把持自己在事业上的得失。对于一名君子如何坚持自己的政治立场以及怎样进退？我比较赞美卫国蘧伯玉的出仕原则，他做到了国家有正确路线则出来做官，国家没有正确路线，就把自己像席子一样卷起来。

> 君子哉！蘧伯玉。邦有道则仕，邦无道则可卷而怀之。

（同上）

以上三点，只是扼要地说明了华夏传统道德习俗对君子的一些品质要求，其实，作为一名君子，当然不仅要具备这样一些优秀品质，还要拥有其他方面的许多特长，这些问题今天无法进行专门讲述，留待他日再详细讨论。

此外，不仅君子应该如此，对于所有受过教育的士人来说，如果要在道德领域里不断登攀，要在道德领域里有所建树，尤其是要在道德领域里实现个人的理想抱负，就需要从日常生活小事上点点滴滴地做起，道德领域没有唾手可得的便宜。

天下有道

孔子看着子路，又扫视了众弟子一眼，接着说：

大家一定要注意，天下是天下，国家是国家。大凡一个国只是许多家庭的组合，实际上，国是家的放大，家是国的基础，所以，国经常以国家相称。天下则不然，它是由一个个不同的国家所组成的政治联盟，它在形式上虽然亦是一个国家的放大，而实际上却是无数区域国家的政治组合，所以，天下的基础是若干个各自独立的国家。夏、商、周三个王朝都是把不同的氏族、部族联合起来而组成了天下，中央政府不过是天下的代表者而天子亦只是天下的共主，而各个诸侯国则是三代王朝之政治联盟中的一个组成部分。自平王东迁之后，天下失去了常道，华夏的传统道德也同时失去了可以维系组合社会的精神信仰，致使列国混战、五霸迭起，天下不堪瞩目矣！

子路问：

然则，天下之有道与无道之标志何在？

孔子沉吟道：

天下有道的时候，礼乐征伐这些替天行道的事情属于王道政治的核心，由以天子为首的中央政府制定联邦国家发展蓝图、确立联邦国家发展路线、实施联邦国家对外关系，以及规定国民生活准则、道德行为规则、友好往来的规则、社会和谐的原则；天下无道的时候，则礼乐征伐这些权力便从天子手中失落了，被一些强大诸侯国的国君所僭越。由诸侯来把持礼乐征伐这样的国家大事，大约传到了十代之后，便很少有不丧失的；如果由大夫来把持，则传到五代之后，便很少有不丧失的；如果由一些家臣来把持，则传到三代之后，便很少有不丧失的。天下有正确道路的时候，则各个国家的权力不会被大夫把持；天下有正确道路的时候，老百姓不会非议政事。

子路追问道：

由想知道，领导一个千乘之国需要哪些道德品质？

孔子答道：

领导一个有1000辆兵车的大国，要以一种恭敬虔诚的心理来认真工作，而且对人民讲求信用；能够节省国家的额外开销，而且爱护人民；在使用人民参与国家的公共事业时，要考虑在他们的农闲时间进行。

> 子曰：道千乘之国，敬事而信，节用而爱人，使民以时。
>
> （《学而》篇）

子路听毕，赞叹道：

夫子的要求虽然并不高，但在当今时代里，要做到这三点实在并不容易，试看现在的列国执政者，有谁能够做到？

有道与无道

这时，在众弟子中一直语言很少却非常严格要求自己，节操清高而性情冷僻的原宪，在人群里越众而出，向孔子施礼而后道：

夫子刚刚谈到了君子的道德品质，宪对这个问题始终深感兴趣。当今天下纷纷攘攘，集中体现在传统道德的崩溃，而道德之崩溃，又不仅仅体现为国家的法令和政策的失灵，而是道德原则在人民心目中的自我放弃。时代的潮流裹胁了绝大多数人去随波逐流，道德的堤坝抵挡不住潮流，就只有溃决。宪感到不解的是，究竟是时代的演进在葬送着传统道德，还是变化着的传统道德在呼唤着一个新的时代？这其间也许在表面上没有多少差别，但性质上却有天壤之别。望夫子能略加指示！

孔子看着身材瘦长，面目清癯的原宪，心中不无感慨。子思今年不过26岁呀，可头发却已经有些花白了，是不是他对自己的要求过于严厉了。子思是宋国商丘人，八年前，孤身一人从商丘跑到卫国帝丘投奔孔子，当时只有18岁。原宪天资并没有特别过人之处，但性格狷介倔强，是一个一旦认真起来就永远不会改变自己的人，即使沧海横流、天塌地陷也不会屈服。孔子特别欣赏原宪的这一特点，也经常有意引导他逐渐深入到一些古代圣贤的学问中去，孔子认为原宪能担得起。

孔子开口道：

子思啊！时代与道德之间的关系，你提出的问题实在太大了，哪里是三言两语就能够说得清楚。而且，对于这些大理论问题的解答，需要经过细密审慎的社会调查和研究，然后得出自己的结论——不可人云亦云，思想方面的结论最好是自己下，其他人不能越俎代庖。今天还是围绕着一些比较具体的道德问题进行讨论，你看如何？

原宪欣然而应曰：

夫子说得对！宪刚刚听到夫子谈论到卫国卿大夫蘧伯玉，认为他在国家走正道的时候，就出来为国家服务，当国家不行正道的时候，就使自己像席子一样卷曲起来。请问夫子，这种道德操守是不是一种知道什么是耻辱的行为？

孔子道：

是的。对于一般孜孜以求功名利禄的投机者或野心家，可以不必谈了。但作为一名君子，做官出仕应该分时代。在国家走上正道的时候，能够获得自己的一份利禄，说明了个人对国家的贡献；可是，如果国家已经走上了邪道，个人却大富大贵，则说明了什么呢？只能说明这个人在邪道上有所贡献。所以，

> 邦有道，谷；邦无道，谷，耻也。
>
> （《宪问》篇）

孔子接着叹息道：

处于乱世中的君子的道德情操，也不仅表现在出仕做官方面，必须在许多方面都严格要求自己。而且，在死守住自己道德操守的同时，也能够比较巧妙地保护自己，避免受到无谓的伤害，这就很需要有一点生存智慧了。但在一个盲目而缺少理智的时代，拥有出色智慧的人很少。卫国的宁武子，也许可以算是一个。

> 子曰：宁武子，邦有道则知，邦无道则愚。其知可及也，其愚不可及也。
>
> （《公冶长》篇）

国家走上正道的时候，宁武子大夫就显示出杰出的才能和智慧；而在国家不走正道的时候，就显出一种很无知的样子。可是，像宁武子那样的才能和智慧是比较容易企及的，但他的那种无知却难以效法。

这时，子路插嘴道：

夫子去年讲过的一句话，似乎可以用在这里。

孔子笑道：

是句什么话呢？

子路背诵道：

> 子曰：邦有道，危言危行；邦无道，危行言孙。
>
> （《宪问》篇）

孔子神色严肃地说：

国家不走正道，对于一般人来说，也许影响不是甚大，但对于一些善于并喜欢投机钻营的人，则会提供许多难得的机遇，所以，这样的时代很受这些人的欢迎。但对于所有死守道德的人来说，则时时面临了很严峻的考验。

子路笑道：

所以，夫子才高度评价子容，赞扬他在国家走正路的时候，能够使自己充分施展才能而不遭废弃；国家不走正路的时候，也能够避免使自己刑戮加身。看起来，子容能够做到这些，并不是一件很容易的事啊！

> 子谓南容，邦有道不废，邦无道免于刑戮。以其兄之子妻之。
>
> （《公冶长》篇）

孔子哈哈大笑道：

由啊！你可得注意了！前年，我曾经对你们谈到了观人和交友方面的学问，其实，与人打交道的中心便在于对道德的把握。你实在应该注意到其中的分寸和奥妙，在君子手下工作比较容易，他对人没有过分的苛求和挑剔，但别人的谄媚却不能讨好他，所以，你如果用一些讨好的手段对付君子，是没有用处的；但他用人时，却能够量才使用。服侍小人是很困难的，但使用一些谄媚的方式讨他喜欢却容易；但在他用人时，却往往求全责备。

> 子曰：君子易事而难说也！说之不以道，不说也。及其使人也，器之。小人难事而易说也！说之虽不以道，说也。及其使人也，求备焉。
>
> （《子路》篇）

孔子接着笑道：
明白了这些道理，将来出仕做官，可能会大有裨益呢！

德的运用

子贡听到这里，感叹道：
夫子对君子道德的要求是如此之高，而我辈却生活在这样一个小人充斥的时代，做一名有道德理想的君子不但处境危险，而且实在是太孤独了，他很难找到一些志同道合的朋友，他只有在寂寞中成全自己。是不是这样？
孔子不悦地看着子贡道：
赐啊！不要这样灰心好不好？一个人如果真正树立起了道德信念，就会从这种信念中获得无穷无尽的力量，道德对于一名道德家来说就是力量的源泉。拥有这种磅礴力量的人，即使真的陷于群小的包围之中，也不会有任何危险。小人们能够欺侮的是假道德家，对于真正秉持了道德信念的君子，他们是不敢主动挑起争端的。而且，在道德领域里活动，是永远也不会感到孤独的，德行从来都不是孤立的存在。所以，

> 德不孤，必有邻。
>
> （《里仁》篇）

子贡有些不服道：

　　然则一个人如果真心实意地致力于道德，就势必要放弃那些粗暴、武力、勇敢、争夺等活动，时日越久，则个人的自我防卫能力愈弱，他的处境也就比较危险。我有些不相信道德能够战胜那些野蛮行为，征服那些暴力行动。

　　孔子道：

　　以武力对抗武力吗？以暴力对抗暴力吗？那么，学习知识做什么？学习礼仪做什么？学习历史做什么？还要文明做什么？人与动物的区别不就在于文化、道德、礼仪的有无吗？所以，观察一匹马，不是看它的力气有多么大，而是称赞它具有一种无私的服务精神，这就是一种令人类赞叹的高尚德行。

　　　　子曰：骥不称其力，称其德也。

　　　　　　　　　　　　　　　　　　（《宪问》篇）

　　这时，好像是宰予——反正孔子在朦胧的天色中也没有看清究竟是谁——在暗地里大声地问了一句：

　　如果不是以武力对抗武力，以暴力对抗暴力，那么，以德行来回报怨恨，怎么样？

　　孔子反问道：

　　为什么要以德报怨？其实，以一种正直的态度回报怨恨，而德行则用来回报德行，也就算很不错了。

　　　　或曰：以德报怨，何如？子曰：何以报德？以直报怨，以德报德。

　　　　　　　　　　　　　　　　　　（同上）

　　子贡又问道：

　　诚如夫子所言，赐已无疑矣！然则，以一种老好人的态度处理自己的人事关系，怎么样？

　　孔子愤愤道：

　　乡愿，德之贼也。

（《阳货》篇）

　　乡愿是一种非常令人反感的行为，它冒仁义道德之名，而无仁义道德之实，不过是一种虚伪的人际关系学，它是标准的小人行径，是道德的敌人。

　　子贡道：

　　然则，君子和小人在道德方面有什么根本不同？

　　孔子道：

　　君子心里依恋着的是道德，小人心里依恋着的是乡土；君子心里关怀的是国家法令，小人关怀的是小恩小惠。这就是所谓：

　　君子怀德，小人怀土。君子怀刑，小人怀惠。

（《里仁》篇）

　　子贡接着追问：

　　夫子能否提供一点增进个人道德的具体内容？

　　孔子道：

　　道德的内容包罗万象，不大容易用几条准则加以笼统的概括。勉强地说，一个力求不断完善自己的君子，应该把自己的志向投入到对道的体验中，行事应该依据道德的基本原则，行动依附在仁的载体之内，娱乐于六艺活动中。

　　子曰：志于道，据于德，依于仁，游于艺。

（《述而》篇）

　　众弟子皆抚掌称善。

孔子的道

这时，颜回趋前为礼道：

回刚刚听了夫子论道，实在精彩至极！夫子谈得均是曾经流行于三代王朝时代而今天却已完全湮灭或含义已隐晦不清的高深道理，尤其令人感到新颖的是，夫子强调指出了人世的所有道理都起源于道路和行动，就是说，人类的道理皆产生于人的行动和行为中，没有行动就没有道理可言，这个道理回颇能理解。想夫子的大半生，自青年时代就奔走于列国之间，问礼、访友、寻诗、谈艺，以及察访各地风俗民情、考察列国政治、遍访各地山川名胜，可以毫不夸张地说，夫子的足迹已经印遍了整个中原大地。由此可见，人的行为与道路是分不开的，任何一个出色人物差不多都产生于广泛的旅途中。但回追随夫子近20年，听夫子谈论古往今来的道德已经详尽无遗，却很少听到夫子谈论自己的道。

孔子笑道：

回啊！我不过是遵循着古代传统的固定路线，行进在古代先王们所开辟的道路上，自觉地使行为符合传统之道德罢了。当天下有正确道路可以行走的时候，我决不偏离路线；当天下没有道理的时候，我并不去发明自己的道，而是努力去提倡古代已有的道理。过去几千年来，已经有了那么多至理名言，人们尚且不能遵守，我还要创造什么呢？我有能力创造什么呢？我对自己的评价是：

子曰：述而不作，信而好古，窃比于我老彭。

（《述而》篇）

子曰：默而识之，学而不厌，诲人不倦，何有于我哉？

（同上）

子曰：三人行，必有我师焉。择其善者而从之，其不善者而改之。

（同上）

子曰：德之不修，学之不讲，闻义不能徙，不善不能改，是吾忧也。

（同上）

颜回叹道：

这正是夫子的大道所在了！可惜回素质低下，虽然夜以继日、呕心沥血，仍觉追随不上夫子步伐。

颜渊喟然叹曰：仰之弥高，钻之弥坚，瞻之在前，忽焉在后。夫子循循善诱人，博我以文，约我以礼。欲罢不能，既竭吾才，如有所立卓尔，虽欲从之，末由也已。

（《子罕》篇）

恰好奉命出使陈国的冉求也前来探望孔子，这时，他听了颜回的赞叹，心中也不无感慨，趋前行礼道：

夫子！弟子们谁不对夫子的道德文章、博大胸怀、精深学问、高风亮节以及以一身而挽天下狂澜于既倒的伟大精神佩服得五体投地呢？但我们都实在无法追随上夫子，我们的信心虽很足，但力量却有所不足。

孔子笑道：

因为力量不足，便半途而废。求啊！现在却是你自己画地为牢而不再前进了。

冉求曰：非不说子之道，力不足也。

子曰：力不足者，中道而废。今女画。

（《雍也》篇）

冉求闻言，默然良久，乃俯身而谢曰：

夫子说的是，求当终身铭记。

这时，孔子看到曾参默默地站在旁边，似乎有所悟，又似乎很困惑。心中暗道：参是个可造之才，可惜入门很晚，但只要能够把持住学术的核心，坚持不懈地走下去，又有什么早晚的分别呢？他对曾参道：

我的学问道理只是用一个中心来加以贯穿。

曾参恭身为礼道：

是。

夜风习习，天色已晚。孔子在几个年长弟子的服侍下，走出了亭子，缓步走向住所。这时，有几个年轻弟子就问曾参道：

夫子说的"一以贯之"是什么意思呀？

曾参回答道：

夫子的道理，不过是忠和恕罢了！

> 子曰：参乎！吾道一以贯之。
>
> 曾子曰：唯。
>
> 子出，门人问曰：何谓也？
>
> 曾子曰：夫子之道，忠恕而已矣！
>
> （《里仁》篇）

而子贡的感觉却与曾参不同，他对几个青年弟子感叹道：

我不能同意子舆的意见，夫子的"一以贯之"之道哪里是区区两个字可以概括？我去年就感叹：夫子关于典籍文献方面的学问，我们能够听到和学习到一些，但夫子关于性命和天道方面的学问，我们却难得听得到，我想，即使听到恐怕也不懂。

有刚刚入门的青年陈亢，不仅好奇地问道：

你对夫子的道，是什么意见呢？

> 子贡曰：夫子之文章，可得而闻也。夫子之言性与天道，不可得而闻也。
>
> （《公冶长》篇）

陈亢深以为然。

这是公元前490年，孔子62岁。

九·逆境中的人格光辉

匪兕匪虎

公元前489年4月，一个春意浓浓的日子，孔子一行离开了陈国，西行楚国。原来，楚昭王是一个雄心勃勃且颇有仁心的君王，他有意恢复先祖楚庄王的霸业，所以，极力提拔和招致人才。他早就听说孔子居留在陈国及蔡国无所事事，就试图招揽孔子为楚国服务，并准备进行分封，据史书记载：

> 昭王将以书社地七百里封孔子。楚令尹子西曰："王之使使诸侯，有如子贡者乎？"曰："无有。""王之辅相，有如颜回者乎？"曰："无有。""王之将率，有如子路者乎？"曰："无有。""王之官尹，有如宰予者乎？"曰："无有。""且楚之祖封于周，号为子男五十里，今孔子述三五之法，明周昭之业，王若用之，则楚安得世世堂堂方数千里乎？夫文王在丰，武王在镐，百里之君，卒王天下。今孔子得据土壤，贤弟子为佐，非楚国之福也。"昭王乃止。
>
> （《史记·孔子世家》）

与齐国晏婴对儒者的非议不同，子西不但极充分地注意到了孔子的才能，且对孔子门徒的杰出才能有所顾及。由于令尹子西的提醒，昭王虽打消了封孔子土地的念头，但还是准备把孔子招揽在楚国，于是遣使者赴陈国。

但孔子这次楚国之行，却仿佛是天意也在与孔子的理想作对，使孔子一行遭遇到了严峻的考验。据记载：

楚昭王派人邀请孔子访问楚国，孔子按照礼尚往来的原则，便从陈国出发，前往楚国去向楚王回拜。由于去楚的道路正好在陈蔡之间，陈蔡两国的大夫便凑到了一起谋划：孔子是古今少有的圣贤，他对当今世道所做的批评和指摘，都能切中各诸侯国的病症，此行如果见用于楚，则陈蔡两国的处境就很不妙。于是，他们派兵在通往楚国的交通要道上阻挡孔子。孔子一行到此不能前进亦不能后退，粮食已经断绝了七日，对外音信完全隔绝，连野菜汤都不充足，随从的学生们差不多都病倒了。孔子却仍然每天坚持讲学和弹琴唱歌，从不间断。某一天，孔子心中郁闷，便找来子路问道：

《诗经》上记载说："我们既不是野牛，也不是老虎，为什么会流落在这荒无人烟的旷野上。"难道是我的道理和理想有什么错误？否则，为什么沦落到这般地步？（据《孔子家语》改译，本章之改译处均出自该书）

连日的武装冲突以及饥饿的威胁，使身体健壮的子路整整瘦下去了一圈，见到了孔子，他的神情就有些不对，听到孔子的问话，他就把自己的困惑和怀疑都一揽子说了出来。他面带愠色地质问道：

我听说，作为君子是无所困顿的。是不是夫子自身未能达到仁义地步？所以，才不能使天下人相信夫子的道理；是不是夫子自身未能达到智慧圆通的境界，所以，别人才会处处刁难甚至阻挡我们的道路。而且，我过去听夫子说过，做善事的人能够获得上天的福报，不做善事的人则会获得上天降临的灾祸。现在，夫子怀抱着德义，努力推行了这样久，为什么还会沦落到这般地步呢？

本来孔子对自己的楚国之行也有些怀疑，但听了子路的问话，一时之间却不能接受。据《论语》记载：

在陈绝粮，从者病，莫能兴。子路愠见曰：君子亦有穷乎？

（《卫灵公》篇）

看到子路这种气势汹汹的样子，孔子却禁不住微笑了，他知道子路并不是一个耐不住贫穷的人，只是还不大清楚贫穷的意义。但对于子路，孔子根本无须说许多大道理，他只说出了十个字，就是：

> 君子固穷，小人穷斯滥矣！
>
> （同上）

子路听了这十个字之后，一句话也没说，他努力地抑制着心中的激动，急忙奔出了那间破败低矮的茅草屋。

造次和颠沛

外面正淅淅沥沥地下着春雨，豫南平原的田畴和荒野都笼罩在一片浓浓的烟雨云雾之中，子路已经满面都是泪水。这个勇敢刚直且率性而为的铁汉，即使面对千军万马也毫无惧色，此刻，却感到浑身瘫软无力，他被孔子的这十个字所深深地震撼了。

穷啊穷！它仿佛是灾难、是瘟疫、是毁灭、是死亡，自从宇宙洪荒、开天辟地以来，多少人在憎恶、在逃避、在摆脱着它，但除了夫子，谁能真正了解它的意义呢？

富足是人人都终生拼命追求的目标，为了获得它，人们甚至可以不计后果、不择手段地行动，人世间多少痛苦哀怨、悲欢离合都肇始于此。君子是不是一群能够坚守贫穷的人？他们为什么要坚守贫穷？是不是因为贫穷中有原则的底线？也许君子们所以坚守贫穷，就是因为小人或其他人都不能坚守；也许君子并不是要坚守贫穷，不过是在贫穷的时候能够泰然处之，而小人们如果陷于这种境地，就会铤而走险、动乱谋反了。子路知道，夫子从来都不反对甚至鼓励富足，他忽然想起了夫子对自己以往的教导：

> 富而可求也，虽执鞭之士，吾亦为之；如不可求，从吾所好。
>
> （《述而》篇）

如果能够追求到富足生活，以从大夫之尊的夫子甚至宁愿做一名驾车的车夫，此亦可见夫子对富足生活的重视和向往。但这种追求必须以正常的、规则的、诚信的和仁义的手段来进行，它有一定的要求、有一定的手段、有一定的标准、也有一定的原则，否则，以夫子的声望地位，要谋求富足的方法和道路很多而且畅通无阻，又何须去做一个身份低贱的马车夫呢？这时，子路又想起了夫子的一次谈话：

> 富与贵，是人之所欲也，不以其道得之，不处也。贫与贱，是人之所恶也，不以其道得之，不去也。君子去仁，恶乎成名？君子无终食之间违仁，造次必于是，颠沛必于是。
>
> （《里仁》篇）

富贵是人人之大欲所在，为人人情所独钟，世上几乎没有人能够摆脱名枷利锁之束缚，独有夫子能够坚定地宣告，不以其道得到的富贵，就离开它；贫贱是人人所讨厌的东西，也只有夫子鲜明地表示，如果以其道得到了贫穷，就不离弃它。子路深深地感到，作为一名秉持了仁义信条的君子，他在生活道路上的行进，实在是太艰难了。艰难玉成于君子，君子坚守了艰难。

夫子！夫子！子路在心灵深处大声呼唤着孔子，就不觉得周身热血沸腾。在这样一个是非颠倒的动荡时代，人人都远离了仁义道德的信条，犹如一大群刚刚逃出了深林的饥饿野兽一样，相互追逐富贵于城镇及村社之间。而坚守仁义的君子们却仿佛成了一伙不合群的怪物，人们的指手画脚和冷嘲热讽且不必说，处处的陷阱、阴谋、圈套也仿佛都是针对着君子所设计出来的，这些东西从来都坑害不了小人，所能坑陷的只能是坚持原则的君子。于是，造次和颠沛也就成了所有君子的共同命运。

人生犹如大海的波浪一样起伏不定，有高潮亦有低潮，但生命存在的根本原则却只有一条，就是无论在人生的低潮或高潮之中，都能保持着坦荡快乐的心情和遵纪守法的自我约束。贫穷是人生的普遍存在，也是生活的最后阵地，从这个阵地上出发，可以博取外在的富贵；在这个阵地上坚守，可以获得内心的升华。而选择博取和坚守的不同方式来生活，则完全视是否符合仁义为标准。子路回忆起孔子说过的话：

> 饭疏食饮水，曲肱而枕之，乐亦在其中矣。不义而富且贵，于我
> 如浮云。
>
> （《述而》篇）

　　吃最简单的食物，喝生水，困倦了就蜷曲了自己的胳臂做枕头而安然入睡，人生快乐就在其中了，这就是孔子的生活态度。而以不仁不义的手段来攫取富贵，在孔子眼里，就像天上的浮云一样缥缈遥远。

　　子路想到这里，似乎有些领会了君子的含义，他仰望高天，心情顿时为之而清朗开阔。

　　这时，雨收云散，天空上一片湛蓝碧透，一道绚丽灿烂的彩虹色彩分明地垂挂在东南方的半天之中。早上出去采集野菜的颜渊和子贡，各自背着一篓野菜从远处姗姗而来。他们看到子路独自一人徘徊在野外的泥泞土路上，口中不断地喃喃自语着"君子固穷"，还有什么"匪兕匪虎"，就感到很奇怪。前面的一句，二人都没有听说过，后面的一句却知道是出自《诗经》。细问原委，才知道了夫子刚刚与子路的谈话。

　　"君子固穷，小人穷斯滥矣！"颜渊和子贡反复默诵着这句话，都不觉流出了热泪。他们在一瞬间，深深地体会到了这几个字中的巨大道德感召力，它既饱含了苍凉而悲壮的君子情怀，也是检验人性的新标准。夫子和我们都是坚持正道的仁义君子，一身凛凛正气，为什么会处处遭到打击和排陷？夫子和我们都是翩翩学者，既不是野牛，也不是老虎，为什么要浪迹天涯？处于穷困潦倒、背井离乡、颠沛流离以至生死荣辱之间。可见，能不能严守固定的准则，是君子和小人之间的分水岭。

　　随后，孔子将子贡召进屋里，将刚刚与子路的对话复述了一遍。子贡望着孔子憔悴的面容，强忍着心中的激动，微笑道：

　　夫子的道理实在是太深远广大了，因此天下人怎么能容得下夫子？但这只是天下人自己的损失而已，于夫子本身却没有什么损害。

　　孔子沉默片刻，摇头道：

　　赐啊！优秀的农夫虽然擅长播种却未必擅长收割，优秀的工匠虽然擅长精巧的制作却未必能够顺从别人的意志去制作。君子只求不断地精进自己的道德学习，不必计较别人能不能容纳。现在，放弃自己的修道而去追

求别人的容纳，赐啊！你的志向还是不太广大，思虑也不够深远啊！

现在，颜回进入到了屋子内，孔子将刚才与子路及子贡的对话告诉了颜渊，他希望颜回能够有比较正确的认识。

仰望着孔子和蔼慈祥的面孔，颜回心里禁不住波澜翻涌！15年来耳提面命的往事不觉在心中纷至沓来，而10年来漫长的流亡经历也一幕幕浮现在脑海里。蓦然，"君子固穷"四个大字犹如电流一般袭遍周身，颜回忍不住泪流双颊，他急忙以恭身行礼来掩饰自己的激动，缓缓地说道：

夫子！你的道理至为广大，天下就是再大也还是难以容纳得下。虽然如此，夫子仍然坚持不懈地进行着道德的推广和实践方面的努力。世道不能容纳夫子和采纳夫子的道理，是那些国家领导者们的莫大耻辱，于夫子本身又有什么损害呢？只有不能容纳之后，才更加显示出君子的特立独行。

孔子听了这番话，不觉开怀大笑，非常高兴地说：

说得对啊！颜家的小伙子，我真希望你将来能发财，我来为你当管家。

这时，子路、子贡以及其他弟子也相继进入到屋里，师生之间言笑晏晏，一时间，满天的阴霾尽皆散去。

岁寒知松柏

孔子一行经过陈蔡境内的九死一生，终于踏入了辽阔无垠的楚国土地。阳光明媚的五月天，豫南大地早已是春意盎然。道路很平坦，孔子一行伴随着柔和的微风和漫山遍野的杜鹃花，一路向楚都——郢（今湖北宜城）缓缓行去，大家的心情都相当愉快。

孔子端坐在马车里，望着一片青绿碧翠的原野，神情很陶醉，仿佛已经完全忘记了几天前的那次大劫难。

驾车执辔的是子贡，他忽然想起了发生在陈蔡的事情，就仍然觉得触目惊心，不觉对孔子道：

我们这些人跟随夫子一起遭遇了陈蔡的大难，将会终生难忘。

听了子贡的话，孔子颇有感触，但作为一位志在天下的思想家，孔子却将这次经历视为一次难得的意志考验。

他对子贡道：

什么是人世间的是非善恶呢？这次在陈蔡之间的遭遇，对我来说是一件人生幸事，对于一些随我一起遭遇的人来说，也应该是幸事。我曾听说过，君主不遭遇到困顿，他就不能成王；烈士不遭遇到困顿，他的行为就不能彰显。怎么能够知道这些灾难不是激励自己志向的发端都尽在于其中呢？

说完，孔子又向子贡强调道：

> 岁寒，然后知松柏之后凋也。
>
> （《子罕》篇）

子贡执辔的手有些颤抖，他是一个头脑聪明、性格开朗而心思细密的人，师从孔子9年来，每一次听夫子谈话，他都会受到启迪，他都能产生一种震撼的感觉，但这一次的感觉却有所不同。在人生中，像陈蔡那样严重的生死遭遇，已经不是对个人品质的检验，而是对生命价值的挑战，这样一次重大事故，却被夫子用十几个字浓缩为玉成个人成就的幸事。子贡感到，自己的一生能够追随上夫子，实在很幸运。

岁寒知松柏！随后就被孔门弟子们互相传诵，后来就被全中国的知识界所传诵，最后，它成为中国家喻户晓的格言。

很快，他们就发现路上的情形有些不对，只见一辆辆兵车及一队队武装士兵频频出现在大道上。看他们那种急匆匆的样子，根本不像是普通的换防，很显然是正要投入到一场迫在眉睫的战斗。

不久，子路就打听到了如下事实：

> 吴伐陈，复修旧怨也。楚子曰：吾先君与陈有盟，不可以不救，乃救陈，师于城父。
>
> （《左传·哀公六年》）

孔子一行刚刚脱离了陈蔡的地界，徘徊在临近蔡水的蔡国故地（上蔡，现在已经划入了楚国版图。蔡国被强迫迁到了新蔡，今河南安徽交界处）一带。恰好这时，楚昭王也随大军从这一带急速赶赴城父前线，双方非常遗憾地交臂而失诸道。现在，邀请孔子访问楚国的昭王已经离开了都城，孔子被搁置在道路上。城父（今安徽亳州）远在东部的几百里之外，孔子当然不能追随在军队的后面到城父的楚军司令部里去见昭王，那么，楚国的首都还要不要去呢？都距离此处至少也有六七百里的路程。弟子们议论纷纷，意见不能统一，孔子自己一时也有点拿不定主意。

无论如何，楚国境内总算是一个比较安全的地方，如果不在楚国继续走下去，又到哪里去呢？眼下，陈蔡显然已经不能投奔，而且两个国家也已进入了战争状态。距离此地比较邻近的只有郑国，但这个国家好像不太欢迎孔子，而始终能够接纳孔子的卫国却远在千里之外。天地如此之辽阔，一时间居然不能有一席之地供孔子和他的弟子们容身。这时，大家都感到很忧虑，但孔子却仍是一副很坦然的样子。弟子们不解夫子面临如此窘迫的境地，何以还如此从容？率直的子路问道：

君子有没有忧虑？

孔子当然知道子路话里隐含着很多不满情绪，就不觉笑了起来，他以非常坚定的口气对子路道：

没有，君子以修身治学为本，在他没有获得确切的认识之前，则思考学问和知识的意境，就能够使他乐在其中了；当他获得了进步，又会高兴自己的治学方法的正确，所以，君子有终身的快乐，却无一日的忧虑。但（追求利益的）小人却不然，在他没有得到的时候，便忧虑自己的没有得到；在他获得了之后，又时时忧虑自己的获得会丧失掉，所以，所有的小人，都有终身的忧虑，而没有一日的快乐。

见弟子们都闷着头一声不吭，孔子很能理解他们此时此刻的心情，但又觉得他们虽然经过自己多年的新式教育，却还是缺少了一种恢弘豁达、豪迈英武的气度。这些弟子们，他们在境况顺利的时候表现很好，在条件困难的时候也能有很优秀的表现，但一旦事情出现波折和反复的时候，却往往有点沉不住气。孔子不禁感叹道：

鄙夫！可与事君也与哉？其未得之也，患得之；既得之，患失之；苟患失之，无所不至矣！

（《阳货》篇）

孔子的话，说得相当不客气，充满了对那些患得患失心理的鄙视，就引起了弟子们的强烈反响。

这时，子路发问道：

我听说男子汉大丈夫生活在世上，富贵时不能有利于他人或他物，贫贱时不能委屈一下自己而求得伸展，就不应该生活在人世间。

子路的话说得很有分量，而且也很有针对性。孔子听了之后，没有什么激动的表现，只是很严肃地指出：

君子只要决定做出一种行动，一定期待着必须达成自己的目的，可以委屈的时候便不妨委屈自己，可以伸展的时候便伸展。因此，委屈的时候是因为有所期待，而伸展的时候也能把握最好时机。所以，即使在受委屈的时候，也不会毁伤自己的气节；在伸展而得志的时候，也不会得利而忘义。

弟子们细细地琢磨孔子的教导，都觉得意味深长。

不知老之将至

正在孔子一行人为前途而瞻前顾后、踌躇不决的时候，孔子见到了楚大夫沈诸梁派来的欢迎使者，他们带来了许多礼物和食品，并向孔子表达了叶公殷切期待孔子访问叶地的愿望。叶公姓沈，名诸梁，字子高，楚国世袭贵族，后来传说中的叶公好龙的典故说得便是此人。他是春秋五霸之一楚庄王之玄孙，他的父亲是连仕平王、昭王两朝司马职务的著名政治家沈戎放。因其封地在叶（今河南叶县），亦称叶公。

对于叶公这个名字，孔子当然并不陌生，而且头脑中留有比较好的印象，孔子认为此人可以算是楚国的贤大夫了。但孔子与叶公过去没有一点交往，可谓素昧平生，他何以要邀请自己？经过10年流浪生活磨砺的孔子，已经开始对当日各国政治家们的热情邀请发生了怀疑，当然以传闻中的叶公之为人，双方见面当不至出现什么令人尴尬的场面，而且，人家既然如此热情地邀请，也没有理由加以拒绝。所以，孔子决定前往叶县去拜访叶公，可能的话，从叶入都的路途也比较便利。为了慎重起见，孔子决定派子路乘一辆便车做先行。这样做的目的，一者表示自己对此行的重视，二者也使子路观察一下叶公的态度，尤其是了解一下叶公的为人，如果其中有什么蹊跷之处，子路可以在自己赶到叶县之前告之，就不必往返徒劳了。

子路去后，孔子一行亦慢吞吞地缓缓地西行。三天之后，孔子一行正行走在大道上，只见迎面飞奔而来了一支仪仗齐全、铠甲鲜明的部队，孔子和弟子们都以为又是一股开赴前线的作战部队，急忙退到了路旁。却见子路从一辆簇新华丽的驷车上跳了下来，他也没有顾得上行什么礼仪，就兴冲冲地向孔子报告了此行经过：

叶公本来是要亲自来此迎接夫子的，不巧正有要务缠身，所以特派自己的专用车队前来迎接。叶公向子路表示，他有许多重要问题要向夫子请教，急待夫子大驾枉顾。

孔子的神情显得很振奋，他进一步向子路询问了经过，然后，孔子似乎漫不经心地问及了叶公的为人。

子路告诉孔子：

叶公这个人看起来似乎很正派，为人也很热情有礼，而且，他向子路问及了夫子的为人以及学术道德等问题。

子路拒绝回答。

> 叶公问孔子于子路，子路不对。
>
> （《述而》篇）

孔子爽朗地大笑道：

> 女奚不曰：其为人也，发愤忘食，乐以忘忧，不知老之将至。云尔！
>
> （同上）

子路听着孔子对他自己的评价，面对面地看着孔子，心中翻腾着一种复杂的感情。夫子已经日益见老了，这怎么可能？这个老字是子路第一次听夫子提起，就觉得有些心酸。夫子，这个不屈不挠、百折不回、历尽千难万险而勇往直前的人，居然也会老？是的，夫子确实是老了，他今年已经63岁了吧？十年来的颠沛流离，夫子出走时尚且浓黑如墨的发须，现在已经花白了。夫子的行为，诚如《诗经》所云，真的是"风雨如晦，鸡鸣不已"，可是，天空上为什么总是阴霾一片呢？

悦近而来远

孔子终于来到了叶县。

叶公亲自率领着叶县的所有贵族、当地社会名流以及各级政府官员，出城30里隆重欢迎孔子。

这时，天色正值黄昏时分，金灿灿的落日余晖围裹着一位衣衫陈旧、两鬓斑白的老人从远处徐徐走来。

一身戎装的叶公好像忽然间感到了一股巨大而祥和的气流，从这老人周身蔓延开来，随即充塞于整个天地之间。叶公立即放下了一身骄矜，快步迎了上去，他知道，这将是一个历史的时刻。

这是一位面目慈祥的老人，但性格坚韧而执著，具有一往无前、百折不回的勇气，精明练达而阅人无数的叶公一旦与孔子面对面地站在一起，端详着孔子的面容，就在心里得出了初步结论。但不知怎么回事，这位曾经指挥过千军万马的统帅而眼下又统治着一方土地的世袭贵族，站在这位老人面前，却有点精神紧张。叶公当然知道，这不是一位普通的老人，否则，又怎么会邀请他？但这位老人实在特殊，连他脸上的每一道皱纹里，似乎都流溢着智慧和知识；他的浑身上下虽然没有一丝奢华的修饰，却显得无比富有；他的举止稳重安详，却显示出咄咄逼人的威严；至于他举手投足之间所流露出一种十分奇特的气息，似乎具有强劲的亲和力，令人陶醉。

他是怎样一个人呢？他当然是闻名遐迩的国际学术大师和礼仪专家，他的事迹早已传遍了华夏大地的各个区域。在任何一个有读书人的地方，差不多就有他的弟子门人，也就有他的学说和思想在流传。没有人能够了解他的知识究竟有多少，也没有人能够理解他那套治国平天下的大理想，更没有人试图采用这位老人的主张。这时，叶公想起了一个月前在郢都召开的一次会议上，当楚昭王提到了如何重用孔子时，就遭到了令尹子西的反对，而子西却是一个深明大义、爱憎分明的贤者啊！

接下来的几天，几乎是连日的酒宴，接待可以说是异乎寻常的热情，但叶公始终没有向孔子请教什么问题，也没有透露楚昭王邀请孔子究竟意欲何为，孔子不免心中有些不安，孔子是不习惯无所事事的。

这一日，酒宴之中，叶公好像是无意地问孔子道：

请问夫子！在政治方面的成功，应该达到什么目标呢？

孔子突然听到这样一句没有头尾的问话，也不知叶公究竟想要解决什么具体问题？就只好漫应道：

近者说，远者来。

（《子路》篇）

叶公听了孔子的六个字答话后，不知是没有理解其中的含义还是感到这个答案过于空泛？并没有就着这个问题继续讨论下去。接下来，叶公又问了孔子一个很尖锐的道德或者也可以说是法律问题：

吾党有直躬者，其父攘羊，而子证之。

（同上）

叶公的问话似乎带有强烈的挑战性，使孔子感到有些难以回答。孔子以为，类似偷羊这种小偷小摸行为算不得什么大罪，对其他人造成的损害也谈不上有多严重，叶公似乎无须小题大做。至于父亲偷羊，儿子出来进行揭发检举，就使问题变得严重了。偷羊是社会性的品质问题，而揭发父亲却是血缘和人性问题。经济方面的品质问题，一般是比较容易解决的；但揭发父亲，却违反了人性。一个人如果连自己的父亲也要揭发检举，真可以算是六亲不认了，他对其他人怎么会产生友爱之情？

所以，这个本来很简单的个人品质问题就变得性质很严重，这决不是单纯的是非问题，也不是简单的法律问题，它涉及社会伦理关系的组合。孔子虽然精通各国历史典籍，但对楚国民间风俗却了解得不多，他不知道楚国是不是有叶公所说得这种父子相互揭发的习俗？抑或是叶公在宣扬他自己的一种观念？但孔子感到叶公的这个问题实在很重要，它涉及伦理道德中的价值观。于是，孔子答道：

　　吾党之直者异于是，父为子隐，子为父隐，直在其中矣！

（同上）

　　尖锐的观念对立和思想冲突出现了，贵族政治家和道德思想家各自站在自己的立场上，对一个问题分别作出了不可调和的判决。叶公以一个政治家的法律观念，肯定和赞扬了儿子揭发老子的行为；而孔子站在道德家的立场上，却肯定和赞扬了一种相反的行为，即"父为子隐，子为父隐"，并认为是非曲直的道理就在其中。

　　这是针锋相对的不同意见，后人不知道双方是否达成了共识？鉴于双方都是很坚持原则的人，这场争论可能没有结果。

　　在偷羊问题上，长期追随孔子的弟子们，都十分理解老师的立场和态度，在一个以血缘关系做纽带的封建农业社会，亲情是一切社会关系的核心，而一个人如果见弃于父老乡亲，也就等于见弃于社会了。所以，无论为了什么事情，儿子揭发老子的事情是绝对不能受到赞扬和鼓励的，这与不能鼓励臣子弑君的道理是一样的。

　　但大家对夫子回答叶公时的冷淡态度，则表示不理解。事情过去了很长时间之后，子贡问孔子道：

　　过去，齐国的国君向夫子询问政治方面的问题，夫子回答说，政治应该力争节省开支。鲁国的国君向夫子征询政治问题，夫子回答说，政治在教育和约束臣下。后来叶公向夫子征询政治问题，夫子回答说，政治应该使近者喜悦而远者来投奔。这三个人提出的问题一样，而夫子的回答却完全不同，那么，政治是在异端之处吗？

　　孔子看着子贡，略微沉思了一会，说：

　　我的回答不同，不过是各因其事罢了。齐君治理国家，穷奢于建造宫室台榭，淫欲于开辟园林花园，对于身体五官方面的娱乐永远不能满足，一个早晨就分封了三个千乘之家，这是在慷国家之慨，所以，我回答他政在节财。鲁君在国家内部容纳着三个权臣，他们在内部互相勾结着来愚弄自己的国君，在外部则排拒各国诸侯的来使以蒙蔽国君对外国信息的了解，所以，我回答他政在谕臣。至于楚国则是土地广阔而居民分散，民众缺少凝聚力而有分离心，都不能安心地生活在他的居住地，所以，我回答他政在悦近而来远。这是因为三者所处的情形完全不同，所以为政也应各有重点。

子贡听完，才恍然大悟地说，原来夫子并不是有意与叶公针锋相对，看来弟子们还是没有理解夫子的苦心所在，叶公虽然号称贤明，却也还是不能理解夫子的深意。

孔子没有说话，长长地吁了一口气。

楚昭王其人

此后的一段日子，叶公似乎很忙，一直没有会见孔子，但住宿饮食方面的招待始终很周全。孔子很想通过叶公推引得以见到楚昭王，所以，也就安心地住了下来。弹指间已经过去了一个多月。一天，孔子已经睡下，忽然听得一阵沉重的敲门声，开门后，只见叶公一身白色戎装站立在厅中。看见孔子，叶公急忙向前施礼道：

夫子远道来楚，实属不易，小臣本当勤加探访，以求治国之大道，以聆听夫子对时局之卓见。然连日以来敝国有事于东疆，大王亲自率兵在外，前些日忽身染重疾，致使前方战事无法如期克成。小臣身负输送前线之粮草辎重之任，任重而力弱，月来东西奔波，可谓披星戴月、枕戈以待矣！以故不能过访夫子，尚祈夫子见谅。

孔子刚刚看到叶公一身缟素，已经预感到楚国出了大事——什么人值得叶公为之佩孝？听得昭王患病，急忙问道：

陛下之病现今如何了？

叶公忽然热泪长流，呜咽道：

陛下昨日已经驾崩了！

孔子大惊。

叶公从怀里摸出一束帛书，递给了孔子。

孔子展卷一看，只见上面写道：

秋七月，楚子在城父，将救陈。卜战不吉，卜退不吉。王曰：然则死也，再败楚师，不如死；弃盟逃雠，亦不如死；死一也，其死雠乎？命公子申为王，不可；命公子结为王，亦不可；则命公子启，五辞而后许。将战，王有疾。庚寅，昭王攻大冥，卒于城父。……是岁也，有云如众赤鸟夹日以飞三日，楚子使问诸周大史，周大史曰：其当王身乎。若禜之，可移于令尹司马。王曰：除腹心之疾，而置诸股肱，何益？不谷不有大过，天其天诸，有罪受罚，又焉移之？遂弗禜。初，昭王有疾，卜曰：河为祟。王弗祭，大夫请祭诸郊，王曰：三代命祀，祭不越望，江汉雎漳，楚之望也，祸福之至，不是过也。不谷虽不德，河非所获罪也。遂弗祭。

（《左传·哀公六年》）

看过了这一大段文字，孔子木立在地上，默然良久，乃赞叹道：

楚昭王知大道矣，其不失国也，宜哉！夏书曰：惟彼陶唐，帅彼天常，有此冀方。今失厥道，乱其纪纲，乃灭而亡。又曰：允出兹在兹，由己率常，可矣。

（同上）

听到了孔子对楚王的赞扬，叶公感到非常欣慰，因为这个赞扬者是孔子。他再三向孔子表达了楚昭王生前对孔子的深切敬意，他所以没有与孔子进行过多交流，也是因为昭王准备一俟战事结束，就要亲自赶到叶城与孔子会面，作为臣下，他要把许多需要请教的问题留给昭王。现在，昭王已经带着遗憾而辞世，他作为臣下，应该把昭王的愿望告诉孔子。最后，他恳切地希望孔子能够继续留在叶城，等他从城父回来。

但是，当孔子知道了昭王生前还没有立出一个地位巩固而身份确定的君位继承人时，便预感到，楚国如齐国、卫国一样，可能要发生一场内乱。唉！权力，权力！多少罪恶假汝之名而行？孔子真切地表达了自己的哀思，却婉言拒绝了叶公的好意。

鸟兽不可与同群

七月盛暑季节，但因连日大雨，天气并不很热。孔子一行又行进在通向淮阳的大道上。来时春雨如酥，现在却大雨如注。

孔子辞别了叶城，一路向陈国行进。原来，由于楚昭王突然驾崩于城父，吴楚两个大国以陈国为战场的一场大战也便偃旗息鼓了。陈湣公于意外之中解除了一场兵祸的兴奋之余，就情不自禁地想起了孔子。他觉得有孔子这样一位国际知名人物居住在陈国，对这个衰落的国家可谓有百利而无一弊，陈国的国库虽然不很丰盈，倒也不差孔子一行人的消费。于是，陈侯立即派人向孔子致意，希望孔子仍然客居陈国。

来时是晚春天气，路面上清爽干净，很便于人们行走以及车马之行驶。但现在盛暑季节，路上的情形却相当糟。连绵大雨引起了所有河流的水量激增，它们冲破围堤，就像脱缰的野马一样在豫南平原上随意驰骋，使许多路段的交通一时出现隔绝。而荒野上的野草和荆棘也借助着雨水的滋补，几乎在瞬间就疯狂地生长成了灌木一样的规模，荒草地就变成了灌木丛，这样的事情如非亲眼看见，根本难以想象。

这一日，孔子一行来到了一个去处，一条大河横了面前，挡住了去路。只见河面宽阔、烟波浩淼、水流湍急、却不见有渡口。这时，孔子看到远处有两个老汉正在耕作，就打发子路前去问路。

《论语》记载：

> 长沮、桀溺，耦而耕。
>
> 孔子过之，使子路问津焉。
>
> 长沮曰：夫执舆者为谁？
>
> 子路曰：为孔丘。
>
> 曰：是鲁孔丘与？
>
> 曰：是也。
>
> 曰：是知津矣！
>
> 问于桀溺，桀溺曰：子为谁？
>
> 曰：为仲由。

日：是鲁孔丘之徒与？

对曰：然。

日：滔滔者，天下皆是也，而谁以易之？且而与其从辟人之士也，岂若从辟世之士也哉？

（《微子》篇）

这是一篇相当精彩的对话，极鲜明地体现了春秋晚期不同阶层的人士，在生存方式、生活态度、人生观等方面尖锐的思想对立。长沮和桀溺是楚国的两个避世隐者，他们虽然对孔子没有进行直接攻击，却表现出了相当强烈的鄙视态度。他们不但拒绝指示渡口，而且试图诱使子路离开孔子的道路而追随他们走上避世之路。面对两位隐士的挑战，子路连一点反击的能力也没有，他神情沮丧地逃了回来。

看到子路面色灰白，一副垂头丧气的样子，孔子不知道发生了什么事情，急忙询问子路。子路便把事情的经过详详细细地告诉了孔子，孔子听了子路的叙述，并没有表现出任何不快，他叹息着说：

鸟兽不可与同群，吾非斯人之徒与，而谁与？天下有道，丘不与易也。

（同上）

子路一时感到愕然，他追问道：

夫子是说这些人都是鸟兽？

孔子莞尔道：

这倒也不是实指，只能算是意指。人类之与鸟兽所以不同，并不完全在于形体上的差别，重要的莫过于行为之不同。

子路问道：行为上有什么不同呢？

孔子道：

鸟兽的全部行为都是出于生理上的自然本能，而人的大多数行为则是出于头脑思考后的理性选择。本能行为只须顺从而无须加以训练和修饰，而理性行为则须加以训练和修饰，它必须逐步地克服掉本能所具有的先天弱点。

子路问道：

然则二者孰高孰低？

孔子默然良久，乃说道：

在这个问题上进行学术论证，我觉得还有些把握不准。从人类的生命本质看，也许按照人的生理本能来生活更加适意于自然，由于在精神和行为上放弃了自己对社会、国家和家庭的义务和责任，自身的精神负担以及心理压力就会减弱减轻，而生活态度就容易达到豁达乐观。所以，从很古的时候，就出现了这样一批追求本能的智慧者，他们以一种消极的人生态度来反抗欲望的膨胀，以一种离群索居的方式来抵制智性的扩大，他们拒绝接受进步、知识、理性、社会、群体、道德和社会伦理，试图以彻底取消来摆脱与人类的关系。我直到现在，还无法对这种行为做出比较确切的评价。

理性生活是我赞赏的生活观，这种生活观对人生持完全肯定的态度，它对生命本质的改造充满了信心。所以，理性生活是积极进取的，它主张每个人都必须不断地通过自我训练、学习和修省，达到自身的不断进步和提高，由自身的提高和进步而达成对家庭、社会和国家的尽职尽责。由于这种生活观需要不间断的努力和持之以恒的进取精神做动力，所以，它很难表现出快乐和满足。在一种比较特殊的时代，由于百姓群体走向了两个极端，而真正保持理性的持中者反而要遭受排斥。

子路问道：

夫子所说的两个极端是什么呢？

孔子道：

一种就是上面谈到的那些逃避人生的隐居者，另外一种则是为了满足个人欲望而不择手段的一伙人。

子路问道：

以夫子的看法，那两位耕作的老丈是很高明的隐居者吗？

孔子道：

我并不这样认为。由！以你的经历和见识，应该知道，高明者中固然有隐居者，但隐居者中并不都是高明者。据我所知，当今世上有许多种类的隐居者，但其中很少有真正高明的智者，他们之中的大多数人不过是些世俗生活的逃避者罢了。根据我的理解，真正高明的隐居者，并不是有意逃避世俗中的一切，而是力求身心舒泰而不求声名闻达，所以居住和生活在什么地方都一样，根本不必跑到没有人的地方去躲藏，就像野兽要躲避人一样。这是一种过分的行为，距离高明的境界很远。

子路道：

夫子刚刚谈到的这个问题非常重要，由以前从来不曾听夫子谈起过，夫子能不能详细地谈一谈？

孔子道：

由啊！你的毛病就是不细心，所以，我以前屡次说过的话，你却全然不知。现在我告诉你，所谓隐居者就是一些表面看起来好像是完全脱离了政治、脱离国家、脱离了社会，甚至脱离了世俗生活的人，而事实上他们根本就没有真正脱离，也不可能真正脱离社会和生活，只不过与社会保持了一段小小的距离，任何人都能看出，这样一小段距离根本不可能产生出两个截然不同的精神世界。既然真正脱离社会是不可能的，那么，这些人所脱离的就不是社会，只不过是社会的正常生活而已。

现在，可以进一步推敲一下这些人为什么要放弃正常的社会生活而离群索居？当然，在隐居者中，确实存在极少数洞察了生命真谛的人，他们放弃一般的社会生活是为了追求一种更高价值上的生命体现，对于这些人的这种做法，我虽然并不完全赞成，却没有什么要指摘的。但绝大多数人却成分甚杂，其中有许多人都是丧失了社会生存能力，是社会生活中的失败者，他们的隐居行为当然谈不上什么智慧。

此外，还有一些是对社会生活拥有过高期待和过度欲求的好高骛远者，他们的生活欲望非但一点也不比别人少，甚至更多、更高，因为大众社会根本无法满足他们的过高愿望，他们于激愤下便力求斩断与社会连接的纽带。对于这些人的性质，我还无法判断准确，暂时把他们作为愤世嫉俗者，其实他们的愤怒多半是没有什么道理的。

子路闻言，深表叹服。接着问道：

夫子刚刚把世人分为两个极端，一种是隐居者的生活态度，另外一种是追逐欲望的生活态度。然则，由平素听夫子教导，作为一名儒者一生都要孜孜进取、自强不息。请问夫子，这是不是一种追逐欲望满足的态度？由又闻夫子时时赞美"一箪食，一瓢饮，居陋巷"，"饭疏食饮水，曲肱而枕之，乐亦在其中矣"的清贫生活方式，这种生活态度又好像比较接近隐居者的风格。不知夫子对此有何解释？以释弟子之疑。

谋道不谋食

听到子路这样的问话，孔子很高兴，连声道：

问得好，问得非常好！如果不是有你的这一问，我几乎想不到还存在这样的问题。你说的一点也不错，我确实说过作为一名儒者，要终生地孜孜进取，要自强不息，甚至要成功立业。但你应注意，这种自强不息的态度主要是一种认识上的进步而不是生活上的不断索取。儒者由于在生命上的不断奋进和智慧上的不断拓展，可能获得社会给予的荣誉支持和物质奖励，但这不是儒者的主要进取目标，通过持之以恒的学习而求得生命的不断丰满，才是儒者的最纯正目的，在这一点上，大家应该注意我曾经说过的话：

> 君子谋道不谋食。耕也，馁在其中矣！学也，禄在其中矣。君子忧道不忧贫。

> （《卫灵公》篇）

这是儒者所以不同于其他进取者、奋斗者、拼搏者的根本所在。至于儒者可能面临简陋贫穷的生活处境，要忍受一些人生的挫折以及苦难经历，则完全不同于隐居者的逃避社会。须知，儒者的这种忍受是一种道义的承担，是道义承担所须付出的代价。所以，在学养和对知识的理解达到了一定程度的儒者，会把清贫的生活作为一种人生的正常现象对待而守之若素，甚至把一种苦难经历作为提高生命质量的检验。

说到这里，孔子停顿了一下，神态肃然地环顾众弟子，继续道：

几年来，我们大家在颠沛流离中，曾经反复讨论过生命意义方面的问题。生命是什么？是时间的流程。仅仅着眼于生命的存在时间，则人类与其他万物一样，相互之间并没有显著区别。但如果使生命投入到一个宏大的历史文化空间之中，则人类的生命意义便斑斑可见，正是在这里，儒者和隐居者展现出不同的人生观。隐居者追求的是生命本身，而儒者则追求生命的意义。追求生命延续是一切生物的本能，离开了意义的所有生命都没有区别。所以，隐居者的追求只是一种生物的本能追求，他们不但在游戏风尘中戕残了人生的积极意义，也极度地贬低了生命的价值。事实上，他们把自己隐藏到荒山野岭之中，决不能使生命质量获得提高——生命质量只能在意义中升华，反而使自己的生命降低到了与飞禽走兽、枯木朽株同等的地位。

正是在这样的认识基础上，进一步追求生命意义的完善和丰满，是一切仁人志士、文人学者的神圣使命。在这一点上，儒者与隐居者决没有任何相同、相通之处。一箪食，一瓢饮，居陋巷而不改其志，是我赞扬回（颜回）的话，这句话里，不改其志的志是关键，志之中便是生命意义所深藏之处，也是生活意义的显示之处，这是隐居者和儒者的根本区别。一个人无论吃什么，住什么，只要不改其志，这便是儒者，而隐居者则否。据我所知：

见善如不及，见不善如探汤，吾见其人矣，吾闻其语矣。隐居以求其志，行义以达其道，吾闻其语矣，未见其人也。

（《季氏》篇）

众弟子听毕，赞叹不已。子路道：

难道老聃先生也不能算是隐居以求其志，行义以达其道的智者吗？

孔子感叹道：

本来我以为是的，但现在看来，老聃先生也还不是。达人、智者、洞察天机者，老聃先生都是当之无愧的。而且他在阐述自己的思想理论时，也表现出了求志和达道的愿望，但事实上他并没有这样做，他逃避到人生之外去了。自从洛阳分手，这么多年来，我一直期待着老聃先生能够牺牲小我，献身出来解救天下苍生，可惜，他老人家是太爱护和珍惜自己了。所以，我只是钦佩他的智慧，却不能赞扬他的行为。

凤兮凤兮

在春秋时期，楚国似乎是一个专门制造隐士的地方，之所以如此，可能正如孔子所说：楚国土地广阔而居民分散，民众缺少凝聚力而有离心，大家都不能安心地生活在自己的居住地。而且，由于楚国疆域辽阔、土地众多，大部分土地又处于气候比较温和湿润地带，尽多荒无人烟的名山秀水，也给隐居者提供了许多比较理想的隐居场所，所以，在楚国境内，带有一点仙风道骨气质的隐士者流，几乎随处可见。这些人栖身于深山密林或岩壑洞穴之中，以一种相当潇洒的态度来随意批评别人。此点构成了楚文化的独特风格。

现在，当孔子一行刚刚渡过了夏水泛滥的洪河，准备寻找大道继续行进时，就见一个背着竹篓的老汉健步如飞地从孔子车旁闪身而过，还没有等大家反应过来，只听得一阵洪亮的大笑声，笑声之后则有歌声起，众人倾耳细听，听得歌词大意是：

> 凤兮！凤兮！何德之衰？往者不可谏，来者犹可追。已而！已而！今之从政者殆而！
>
> （《微子》篇）

孔子听得入神，心里感觉这可能是一个比较高明的隐士，就急忙下了车子，想与他交流一下看法。

但这老汉的身手是何等之迅捷，根本没有给孔子留下任何空隙，就已经消失在路旁的林木中了。

据《论语》记载：

> 孔子下，欲与之言，趋而辟之，不得与之言。
>
> （同上）

老汉行动之快捷犹如鬼魅，他如果成心要躲避孔子，行为举止温文尔雅的孔子如何追赶得上？

笑，他亲昵地拍着子路的肩膀说：

由啊！哪里有世外？你能给我找一块让我逃吗？

子路也笑了起来，弟子们都哈哈大笑。

知其不可为而为之

接着，孔子神色严肃地说：

由啊！我所说的避世并不是逃跑啊！就这么大一个世界，能逃到哪里去呢？避世不是因为事业上失败而溃逃，应该理解为一种思想意识上的主动淡出或退出。比如，国家的政治局面不能符合自己的理想，就可以完全退出政界了。至于个人的身体，存放在哪里都一样。从我个人的喜恶，我比较欣赏伯夷和叔齐的做法，他们不能同意武王的做法，就主动地退避到了境外的一个蛮荒之地，真正地实行和贯彻了自己的主张。

伯夷、叔齐饿于首阳之下，民到于今称之。

（《季氏》篇）

子路道：

夫子说到了避世，并以为伯夷叔齐做得很好，让我想起了西周古时的泰伯，他为了使王位能够按照父亲的愿望传到王季，再传给文王，就逃避到了现在的吴国，他是不是算是避世避得好？

孔子道：

泰伯其可谓至德也已矣。三以天下让，民无得而称焉。

（《泰伯》篇）

在世俗的眼里，避国好像是比避世更难做到，其实他们在根本点上并没有区别，分不出孰优孰劣。伯夷、叔齐也是从避国开始，最后求仁而得仁，泰伯则是避国而得国。但对于一般普通老百姓来说，并不存在避国和避世的问题，他们最多要注意的也不过是避地和避邑，这也是选择居住和生活环境的生存问题。比如自己居住的街市或巷闾，忽然风气变得很坏，尤其是四遭遍布了仇视自己的力量，便是应该考虑避地的时候了。我个人对于这一点不太在意，因为一个力图改变国家局面的人，应该是可以改变环境的。至于避言，确实是一个大问题，你们要注意，当你生活的周围忽然出现了关于你的大量言论，无论是赞美或诽谤，都一定要郑重对待，这时，应该郑重考虑是不是应该调换一下环境，否则很快就会出现一个非常不利的局面。

子路道：

夫子的行为当然不是避国，然则是否属于避世？

孔子突然回转身来，双目射出一束很锐利的光芒，逼视得子路不敢正视。良久，孔子长叹道：

由！你跟随我20多年了，应该知道我不是一个逃避的人，我们这十年来的栉风沐雨，难道是为了避世？

子路始终昂扬着的脑袋垂了下去，他知道自己的这句话不但伤害而且也曲解了孔子，他想起两个多月前在来楚国的途中，他独自经过了一个叫做石门的小城，那个守门的老人曾经对夫子的行为有很中肯的评价。

> 子路宿于石门。
>
> 晨门曰：奚自？
>
> 子路曰：自孔氏。
>
> 曰：是知其不可而为之者与？
>
> （《宪问》篇）

"知其不可为而为之者"，这话说得有多好？人与人之不同，于此较然可辨。一个素昧平生的老人尚且能够理解夫子的胸襟，而自己作为孔门的及门弟子，竟不如一个老人！

这时，远方的天际响起了一串串闷雷声，头顶的天空上翻卷起大块的乌云，这场雨的势头像是很大。

孔子似乎并没有注意到天气的突然变化，他正伫立在一棵巨大的老槐树下，仿佛是附着于这棵老树上的精灵。

　　许久，许久，孔子神态肃然地谈到了他对隐士们的肯定和赞扬，也指出了他们的不足。

　　　逸民：伯夷、叔齐、虞仲、夷逸、朱张、柳下惠、少连。子曰：
　　不降其志，不辱其身，伯夷、叔齐与？谓柳下惠、少连：降志辱身
　　矣，言中伦，行中虑，其斯而已矣！谓虞仲、夷逸：隐居放言，身中
　　清，废中权。我则异于是，无可无不可。

　　　　　　　　　　　　　　　　　　　　　　　　　（《微子》篇）

　　孔子看着子路说：

　　此处提到的七位隐逸者，其行为志节与现在的隐居者完全不同。其中最为值得赞扬的是伯夷和叔齐，他们做到了"不降其志，不辱其身"；柳下惠和少连就等而下之，他们既降其志亦辱其身，他们不过做到了言论上的中规中矩，行为上符合于人心，不过如此而已；至于虞仲和夷逸，他们完全隐蔽了自己而大胆放言，陈义甚高，其行为很清高，宁可无所事事而不贪婪权力。隐逸者的行为操守大体上不过如此。

　　至于孔子剖析自己则完全不同，进亦可，退亦可，进则复三代王道，退则死守善道。

　　大雨倾盆而降，天地间烟雨茫茫，一时不辨东西南北。

　　这是公元前489年，孔子63岁。

邹 牧 仑 文 化 系 列

伴孔子周游 ^{下卷}

邹牧仑 / 著

深圳出版发行集团
海 天 出 版 社

图书在版编目（CIP）数据

伴孔子周游：全2册 / 邹牧仑著. —2版. —深圳：海天
出版社，2013.4
（邹牧仑文化系列）
ISBN 978-7-5507-0648-4

Ⅰ. ①伴… Ⅱ. ①邹… Ⅲ. ①孔丘（前551～前479）
—生平事迹 Ⅳ. ①B222.2

中国版本图书馆CIP数据核字(2013)第008839号

伴 孔 子 周 游 （下）
BAN KONGZI ZHOUYOU (XIA)

出 品 人　尹昌龙
责任编辑　林星海　于志斌
责任技编　蔡梅琴
封面设计　李松璋书籍设计工作室

出版发行　海天出版社
地　　址　深圳市彩田南路海天大厦　（518033）
网　　址　www.htph.com.cn
订购电话　0755-83460293(批发)　83460397(邮购)
设计制作　深圳市龙墨文化传播有限公司（电话:0755-83461000）
印　　刷　深圳市希望印务有限公司
开　　本　787mm×1092mm　1/16
印　　张　37
字　　数　550千
版　　次　2013年4月第2版
印　　次　2013年4月第1次
印　　数　1-4000册
定　　价　68.00元（全2册）

目　录

十 · 突破人性的局限

人生的意义

公元前488年，鲁哀公七年年底。孔子一行经过年余的辗转奔走而一无所获，最后风尘仆仆地回到了陈国。

这一次，孔子南下陈、蔡、楚三国，在中原大地边缘地带的崎岖道路上，整整奔波了4年。4年前，当孔子刚刚踏上陈蔡大地的时候，曾经满怀着实现三代王道理想的万丈雄心而积极奔走呼号，他的政治活动是极其频繁的，见陈侯、会蔡侯，甚至深入到了楚国境内往访叶公。每一次活动的开始，他都充满了信心；而每一次努力的结局，却都完全出乎他的意外。中原诸国不能欣赏他的主张，边缘国家也没有什么不同。孔子曾对踏实肯干且积极招揽贤才的楚昭王寄托了很大希望，为了见到他，在陈蔡之间的荒野中几乎丧命，结果却未及一见而昭王身死，历史机遇好像有意与他擦肩而过。但无论面对怎样的打击以及迫害，孔子都能坦然接受，他认为建立千秋功业的奋斗道路本来就是一连串的灾难之旅，其中并没有捷径可走。

一阵不大的春风吹过，一片片柳絮和杨花就漫天飞舞起来，看起来像是满天飘落着雪花。孔子正与弟子们围坐在池塘边的草地上，进行着返陈后的第一次学术探讨。池塘里的荷花已经吐出了小小的荷包，春意很盎然。看到这些，孔子想起了去年春季，当时，孔子正率领着几十名弟子，兴致勃勃地奔走在河南中部崎岖的道路上，如果不是命运捉弄人，孔子现在也许已经坐上了楚国令尹的位置，或许拥有一块自己的封地也说不准。岁月流逝，人事依旧，孔子又坐回了学者和教师的位置。

这时，颜回正在发言：

夫子！诸位师兄！我觉得这10年来周游列国，虽然在肉体感觉上，好像是吃尽了苦头，其实在知识、思想、精神的境界上，却收获颇大。尤其是此次楚国之行，虽然经历了陈蔡之厄，但事情过后一想，却又感到回味无穷。可见，如果把生命像一般器物一样堆放在一个地方，哪怕那里是雕栏玉砌，是锦衣玉食，是绿水青山，生命也就像是一堆被丢弃了垃圾一样而慢慢腐烂；反之，使自己主动地融合到瞬息万变的生活之中，融合到错综复杂的社会之中，融合到风云变幻的时代风云之中，去经历、去实践、去体验、去雕琢、去磨炼、去砥砺、去玉成，生命就会变得充实且富有真实意义。记得夫子说过：

> 富与贵，是人之所欲也，不以其道得之，不处也。贫与贱，是人之所恶也。不以其道得之，不去也。君子去仁，恶乎成名？君子无终食之间违仁。造次必于是，颠沛必于是。

（《里仁》篇）

今日想来，夫子所说确是至理名言，生命只是一股缓缓流淌着的时间之流，本来没有任何意义，只有经历了岁月的磨难和生活的锤炼，才会变得真实和丰盈，生命中才会涌现出真实的意义。夫子说得对，生命本身没有任何意义，生命只有在生命力展开之后才具有意义，萎缩了的生命则取消了它本身的生命价值。近来，反复思索夫子的人生道理，越觉意味深长。回对隐居者了解得很少，但他们以舍弃生命的意义价值而追求生命的本体价值的愿望，最终只是取消了生命的存在，因为失去了意义的生命与死物没有区别。回想象不出，端坐在岩壑里吞呼吸呐的生命与那里的一块石头有什么区别？

但是，生命怎样展开呢？回凭借着直观感觉，体验到当今的纷纷乱世，岂不是生命展开的结果吗？如果仅仅根据浑浊世道的芸芸众生的表现来检验生命的展开，则实在看不出有什么意义？从人们好像是神经错乱一般的行动中，我亦能体会出隐居者被迫取消生命意义的原因所在，如果没有夫子的道理，则回宁愿追随他们隐居而不愿追随潮流而奋进。回寻思，夫子的道理就是在这里体现出了非凡的意义。为什么这样说呢？正是在生命的虚无处，也是在生命的泛滥处，夫子提出了生命的意义。什么是夫子的生命道理？

　　夫子指出了生命不是时间的堆积，那样的生命与草木无异；生命不依赖本能存在，而是逐步地提高和升华；生命是能动的而不是被动的，它是一系列行动的不断展开；生命的价值在于进步，在于正确的行动；正确的行动和高尚的行为体现出了生命的意义；为了使人在充满意义的活动中完成整个生命过程，夫子发掘、整理、归纳和演绎出了道德、仁义、知识、伦理、艺术、语言、礼乐等方面的专门知识，建构起儒家学术思想的庞大体系。回以为，在夫子一手所堆砌的这一座巍峨壮丽的学术殿堂中，"仁"无疑是最辉煌灿烂的顶点。以上是回近来体会出的一点心得，请夫子和诸师兄指教！

什么是仁

　　孔子静静地听完颜回的发言，面色肃穆地环顾众弟子道：

　　回刚才的发言，在我的感觉，就好像是发表了一篇内容精彩而观念新颖的学术论文。他对生命意义的看法，有些来自于我，有些与我不谋而合，有些是我目前还没有思考到的全新观点。我以为，回的许多看法超过了我。

　　众弟子相顾愕然。

　　孔子感叹道：

　　回的看法好啊！世道纷纭如此，不也正是生命力展开的象征吗？但生命如此展开，还不如萎缩起来的好。

　　许多出人意表的事态之发生，使孔子时时都感到命运的不可预知。陈蔡及楚国之行，使孔子在政治上的理想主义彻底破灭了。尽管孔子已经很敏锐地捕捉到了时代的弊端之所在，并制定出了切实可行的方案，但没有人相信他。为什么会这样？时代从什么时候开始变得如此凶险，人们从何时开始变得如此麻木不仁？孔子真切地感到了一股气势磅礴的时代潮流正汹涌而来，它没有正确的航线，也没有清晰的方向，却具有无穷的鼓动力，轻而易举地就裹胁了每一个人，而个人是无法抗拒的。

　　这时，子张问道：

　　夫子！刚才听夫子和子渊都谈论到仁，但师入门甚迟，尚不知仁的确切含义是什么？它与生命有什么关系？不知夫子能否赐教？

孔子颔首道:

你问得很好,不要说你入门晚,就是入门早也未必就知道呢?而且,如果认真说来,我也不敢说懂得多少,不过教师的责任就是按照自己的意思提供一些看法或意见供你们参考。回刚刚提到了生命需要比较充分地展开,但展开并不是没有限定地盲目展开,而是向生命的积极意义方面提高。生命意义表面看起来是身体和精神与社会活动的结合,但意义产生的根本动力仍来自于生命,从来就没有脱离了生命的意义。

我通常所说的仁,就是发源于人自身的性,人的性是人性,物的性是物性,天的性是天性,大自然里的一草一木皆有其性。人性与物性的不同便在于精神之有无。不同的精神产生于不同的思想,不同的思想则产生于不同的认识,而不同的认识则产生于不同的知识、环境、地域、处境、出身等,它们之间的细致分别,无法在这里讨论清楚。

大致说,所谓"仁"即是人性通过自我反省、反思和不间断地努力学习所产生的良性转化。人心和人性本来是无所谓善恶、优劣、高低、深浅之分别的,每个人对于没有认识的东西都不具有鉴别力和理解力,这是人类心性的局限所在,除了通过学习来增加和提高认识外,没有其他较为方便的渠道来达成心灵的豁决。但是,人心和人性都是虚无缥缈的东西,它们只有依附于身体以及器官之上,才能使心灵感觉获得比较具体的印证,所以,身体和器官可以算是心性的主体(或载体),而心性和感觉都是客体。客体需要有比较固定和具体的主载体来加以落实和实践,然后随着这个主载体的变化而变化。因此,在某种条件下,人心和人性究竟向什么方向变化,都得看主载体的变化趋向;但主载体所直接反映出来的个人行为却无不接受客体的制约。

但无论人的主体和客体,在不断形成和日益健全的庞大社会网络中,都只能算是客体,他们寄生在国家和社会的载体中而失去了自我。每一个生活在社会里的人,他们的精神、思想、心理、本性以及身体,都受到国家和社会的干预和控制而不能完全自主。

一个婴儿如果出生在尧舜时代,可以顺理成章地成长为无思无虑、自由自在的天民,他们会普遍具有爱人的慈悲心理和善良温和的本性;如果出生在近世,则所有那些不得不遭受贵族奴役和政府驱使的贱民们,自然而然会普遍具有仇恨心理和自私本性。

能够在浑浊乱世而保全善良本性和慈悲心理的人，就是我所说的"仁者"。仁者的心理和行为的起步和最终结局都可以落实到自我修养上，它既是一种纯粹性情的复归，也是性情变化中的超越。这就是所谓：

仁乎远哉？我欲仁，斯仁至矣！

（《述而》篇）

但由于每个人在性格、精神、追求、抱负、知识、环境、家庭等各个方面都有所不同，也就是说每个人所面临的社会主体所提供的环境不同，所以，对仁的追求之侧重亦势必有所不同，而最后达到的程度和成就也不能相互一致。但仁的基本要素一旦形成，就成为一个不断变化不断开拓和不断进步的东西，它不能停留在任何一个地方而举步不前。因此，仁首先要达成个人的独善其身，达到了这个程度就是在自身成就上完成了仁的基本素质之培育。

但是，仁并不停留在人自身，仁不是在完善了自身的提高后就开始孤芳自赏，如果那样，它就成为遁世者的独善其身了。仁者要把个人的成就最终向外扩散，这就是仁心的放大。按照这样的理解，则能够以五种方式来行事的人，可以算得上仁者了。

子张急问：

这五种方式包括了什么内容呢？

孔子道：

它们是：恭、宽、信、敏、惠。

为什么仁的基本内涵是肇始于这几样东西呢？因为，能够恭敬待人，就不会受到别人的侮辱；能够宽和待人，就会得到众人的拥戴；能够坚守信誉，就会得到他人的信任；能够办事敏捷，就会获得工作上的成绩；能够施与别人好处，就比较容易使用他人。

子张问仁于孔子。

孔子曰：能行五者于天下，为仁矣。请问之。曰：恭、宽、信、敏、惠。恭则不侮，宽则得众，信则人任焉，敏则有功，惠则足以使人。

（《阳货》篇）

这五种东西，其实并不是仁的本体，而是从仁的本体精神中发扬出来的个人行为，无论任何人都可以根据自己的见解来选择自己认为正确的行为方式，但这里提到的五种准则，对每个人都是行之有效的。只是我很少看到真正的实行者。

子张道：

夫子认为仁来源于人的本心，则理应为人人所具有。但以师所看到的，人民对仁似乎表现得很冷淡，甚至有些漠不关心。

孔子颔首道：

你说的对，人民害怕仁这种东西甚至超过了对水火的畏惧。对于水火，我曾多次亲眼看到有人为了一点蝇头小利而舍生忘死地去赴汤蹈火，并不曾有丝毫犹豫。可是，我至今也从来没有见到过一个人是为了追求仁而死掉的。

民之于仁也，甚于水火。水火，吾见蹈而死者矣，未见蹈仁而死者也。

（《卫灵公》篇）

这时，子贡趋前问道：

怎样才能进行仁义活动呢？

孔子道：

一名工匠如果想要把工作做好，一定先要磨利他的工具。居住在某个国家里，便侍奉这个国家上层社会中的贤者，与士阶层中的仁者做朋友。

子贡问仁。子曰：工欲善其事，必先利其器。居是邦也，事其大夫之贤者，友其士之仁者。

（同上）

子贡点头称是。

为仁的代价

这时，子路愤然道：

听夫子谈了大半天生命之道，确实精妙绝伦！然则任何人的生命开展一旦与仁连接到了一处，就令人觉得扫兴。夫子确实做到了"无终食之间违仁"，夫子也确实以仁爱之心面对天下，夫子的声名也已经远播于列国之间，可以说当今天下无人可逮夫子声名之万一。而且，十余年来，夫子行色匆匆是为了贯彻仁，夫子颠沛流离是为了贯彻仁，夫子数次生死于一发之间也是为了贯彻仁，夫子为了这个"仁"已经算得上历经苦难了。但天下实乃不仁者之天下，以仁对不仁，夫子之道穷矣！

孔子亦叹道：

汝言亦有几分道理，吾道虽穷却并不孤立，吾亦不为之气馁。十余年来，我等差不多走过了整个中原大地，会见过的大小诸侯国君也有几十个了。至于公卿将相、士大夫者流，则数不胜数矣！其中固不乏优秀才俊之士，亦颇有若干君子，却几乎没有见到一个比较纯粹的仁者，甚至连一个爱好或想要追求仁的人都没有见到，可不怪哉？

子张道：

仁的含义，夫子刚刚言之已详。但夫子所谓"仁者"究竟必须要具备一些什么样的品质？以师看来，真正在内心里明了仁的确切含义者，真正对仁身体力行者，像夫子这样为了落实仁的理想而不惜颠沛流离者，我们也许从来没有见到。但以华夏之大，人民之众，多少具有一些仁心仁义的人，应该是存在的，不知夫子以为如何？

孔子道：

你说得很对。其实，在当今这样的世道，对仁者亦不能求全责备，而我对仁者的要求也不是很高。

子路道：

夫子没有见到的是怎样的仁者呢？

孔子道：

其实，我至今还从来没有见过一个真正爱好仁的人，也没有见到一个憎恶不讲求仁义的人和事的人。真正爱好仁义，是再高尚不过的行为了；能够憎恶不仁的人，他在推行仁义的时候，也能够不让那些不仁义的东西加在自己的身上。有没有人能在一天里把他的全部力量都用在仁义上？我也从来没有见过是因为能力不足而不能实行仁义的。世上或许是真正存在着这种人，但是，我却始终也没有见过啊。

> 我未见好仁者，恶不仁者。好仁者，无以尚之；恶不仁者，其为仁矣，不使不仁者加乎其身。有能一日用其力于仁矣乎？我未见力不足者。盖有之矣，我未之见也。

（《里仁》篇）

孔子的话具有很强烈的刺激性，弟子们听了都面面相觑，姑不论天下人，难道长期紧紧追随着孔子周游天下的这样一大群优秀的才智之士中，也没有一个真正爱好仁义的人？

好人与恶人

子路道：

夫子的议论好像是涉及对世人的评价，夫子当然应当算是仁者，但以一个仁人的评判标准，却似乎对他人行为的评价过于严厉了。仁者应该是具备仁爱、仁慈、仁义之心的人，他们对别人的要求也应该具有一种宽容大度的态度，是不是这样？

孔子微笑道：

经过了这次陈蔡绝粮和楚国之行，你好像变化很大，考虑问题也比较细心周到了。看来，人不经过些大风大浪是不会成熟的，尤其是心灵和精神的成熟及思想境界的提高只通过现成知识的堆积是难以达成升华的。其实，仁的意指就是人，一个人是人，两个人就变成了仁。从字形的意义看，仁是两个人之间和谐、合作、友爱、互助的行为，所以，"仁者，爱人也"。爱人是仁者的基本素质，但仁者决不是乡愿者。由于他心中有了从"和谐、合作、友爱、互助"等社会关系中所提炼出来的一系列行为准则，他不但用这些准则来要求别人，也用来严格要求自己，所以，只有仁者才能对别人真正地友爱，也只有仁者才能态度鲜明地憎恶一些不友爱的人和行为，此即所谓：

> 唯仁者，能好人，能恶人。
>
> （《里仁》篇）

子路道：

然则，由尝听夫子说：

> 苟志于仁矣，无恶也。
>
> （同上）

按照我的片面理解，这句话的意思应该是：对于一个有志于仁的人，便没有他所憎恶的事情了。现在，夫子又谈到了只有仁者才能好人和恶人，是则仁者亦有所恶矣，由真不知该何去何从了？

孔子道：

仅仅根据这句话，你的理解可能并不错，但我的理解却有所不同，我这句话的本意应该是：只要有志于仁，便不会再有作恶的动机了。我想，你已经跟随我30多年了，应该知道我的一贯主张，也应该知道我从来不是一个向社会恶势力屈服、妥协的人。每一名生活在比较固定的社会环境中的个人，都有义务和责任制止一切罪恶。

子贡惊问道：

君子也有憎恶吗？

孔子道：

君子当然有憎恶，也只有君子才有爱憎分明的感情，而小人根本不具有这种感情，这是君子小人之分野所在。

子贡问：

然则，君子所憎恶的是些什么事情呢？

孔子道：

君子讨厌那些专门喜欢背后说别人坏话的人，讨厌那些身居下位而暗地里诋毁诽谤上级的人，讨厌那些逞勇斗狠而不懂礼仪的人，讨厌那些顽固坚持己见而不知变通的人。赐啊！你喜欢广结善缘，对一些人的所作所为，难道内心里没有憎恶感吗？

子贡道：

赐喜欢交朋友，时时会遇到一些令人憎恶的人。我完全同意夫子的意见，我同样憎恶那些抄袭他人而自以为是的人，憎恶那些以大言不惭为勇敢的人，憎恶那些以攻击别人为正直的人。

《论语》对这次谈话，记录如下：

> 子贡曰：君子亦有恶乎？
> 子曰：有恶。恶称人之恶者，恶居下流而讪上者，恶勇而无礼者，恶果敢而窒者。
> 曰：赐也亦有恶乎？恶徼以为知者，恶不孙以为勇者，恶讦以为直者。

（《阳货》篇）

随后，孔子接着说：

所以，所谓仁者爱人，也并不是爱所有的人——当然不包括那些鲜仁寡耻、口是心非、胆大妄为的人，而是爱值得爱的人，爱人的对象固然没有地位、知识、才能、门第方面的区别，但也是有条件、有原则、有基本立场的。人与人之间在许多情形下都是可以妥协的，妥协才会产生和谐，和谐是一切生物必须遵循的生存原则。但是，当与错误及罪恶相遇时，却不能让步；当仁与不仁相遇时，也不能让步。

这时，原宪起身问道：

一个人如果在争强好胜、自夸自大、怨恨愤懑、贪得无厌四个方面都能克制自己而不加以表现，是不是算得仁了？

孔子道：

这可以算是很难得的了，究竟是不是仁？我就不知道了。

克、伐、怨、欲，不行焉，可以为仁矣？

子曰：可以为难矣。仁则吾不知也。

（《宪问》篇）

孔子说完之后，便不再说话。他的思绪再一次飘荡到了荒无人烟却美丽如画的淮河两岸。究竟是怎么回事？一进入楚国境内，居然突然冒出来那样多的隐居者，不但数量比中原各国多得多，而且出世隐遁的态度也不尽相同，他们似乎很有些真正归隐的姿态，而不像是为了博得名声而故意藏到了荒郊野外。看他们那种陶陶然自得其乐的样子，也似乎是真正得到些道行。但楚国这样一个大国，居然兴起了这样一种逃避社会责任、逃避国家责任甚至逃避人生责任的畏缩萎靡之风气，则这个国家的前景就真的是危乎殆哉了！在未来的群雄较逐中，楚国恐怕真的没有什么希望获得最后胜利了。

西北方天际传来了滚滚的闷雷声，风也大了起来，吹得杨花柳絮到处飞舞，天要下雨了。孔子和弟子们都急忙回到屋子里。

子贡使吴

夏季，各国的局面非常混乱。楚昭王病故之后，楚国自顾不暇，一时无力继续与吴国在东部较逐。吴国没有了楚国在侧翼的威胁，于击败南方的越国之后，便把兵锋掉头北下，与晋国争夺中原霸权。

公元前488年夏，吴王亲自率大兵北下中原与晋国争夺霸权，在鄫地与鲁君会面。这时，踌躇志得的吴王顾盼自雄，以为天下已没有对手，公然向鲁国征百牢。据载：

夏，公会吴于鄫，吴来征百牢，子服景伯对曰：先王未之有也。吴人曰：宋百牢我，鲁不可以后宋。且鲁牢晋大夫过十，吴王百牢，不亦可乎？景伯曰：晋范鞅贪而弃礼，以大国惧敝邑，故敝邑十一牢之。君若以礼命于诸侯，则有数矣，若亦弃礼，则有淫者矣。周之王也，制礼上物不过十二，以为天之大数也。今弃周礼，而曰必百牢，亦惟执事。吴人弗听。景伯曰：吴将亡矣，弃天而背本，不与，必弃疾于我。乃与之。

（《左传·哀公七年》）

鲁国虽然最终屈辱地向吴王奉献上百牢之礼，但鲁国的有识之士都认为吴王的行为如此之狂妄无知、飞扬跋扈、蛮横霸道，可以预知，其霸权及国运是不能维持长久的。

吴国既然已经得志于鲁国，行为上就更加得寸进尺，吴国太宰嚭召鲁国执政季康子到鄫地去觐见吴王。季康子当然不愿意只身去深入虎穴，但又不敢公然拒绝杀气腾腾的吴国，环顾左右，身边居然没有一个出类拔萃的优秀人物能够代表自己去吴国进行说辞，既可委婉表达鲁国的基本态度又能正确解释自己的立场。这时，他忽然想起了多年不见的孔子，当然，他还没有无知到试图以孔子去做鲁国专使的程度，他知道孔子有一群优秀的弟子，他们中最擅长外交活动的是子贡。于是，季康子就专程派人来请擅长说辞的子贡，委以国家特使的重任，代表自己前往吴国。

无论与鲁国有怎样的恩怨，孔子都当然支持子贡去为国家报效，但子贡真的要走，他又未免有些舍不得了。十年来，子贡无时不在孔子的身边，他头脑灵活、心思敏捷，善于察言观色、揣摩人意、排纷解难，每当出现了一些比较复杂的外事活动，只要子贡前去办理和交涉，孔子就可以完全放心。可以说，子贡的作用是不可取代的。

己欲达而达人

子贡曾经是一个很成功的商人，虽然经常与列国权贵打交道，却并不愿意做官，在他的思想深处，与其低三下四地作个不大不小的官受人差遣，还不如经商的自由自在。但自从追随孔子以来，他时时被孔子那种以天下为己任的救世精神所感动，便也渐渐产生出了一种经世致用的抱负。

现在，子贡就要告别夫子了，迫不及待地向孔子请教一个时常在心中困扰的政治问题：

请问夫子！处理国家事务应该注意什么重点问题呢？

孔子道：

无论治理什么样的国家，只要使粮食充足，国家的军备充足，民众就会信任它了。

子贡道：

如果不得不减少其中的一样，则于这三者之中，先去掉哪一样呢？

孔子果断地说：

那就去掉军备好了。

子贡继续追问：

如果不得不再减少一样，则于剩余的二者之中，去掉哪一样呢？

孔子道：

那就只好去掉粮食了。

子贡闻言大惊！孔子酷爱和平，终生反对暴力和武力，他对列国之间的无止无休的战争表现得深恶痛绝，所以，现在提出了去兵的主张，子贡一点也不感到意外。但孔子从来都是爱护人民的，他提出的仁的学说的中心就是"爱人"，"仁者爱人"是夫子近年来大力提倡的主张。现在，夫子提出了"去食"，就未免使子贡大吃一惊。人如果没有了食物，岂不是要饿死？子贡几乎不敢相信这是夫子的主张。

看到子贡的神色，孔子笑着道：

赐啊！不要这样紧张好不好？去食并不是不要人民吃饭，如果人民都饿死了还谈什么国家信誉问题！我的意思是说，人民有时出现一点点食物的短缺是没有什么大不了的，国家也不至于因此出现什么重要事变，但如果人们丝毫不讲信誉、诚信和承诺这些东西，则一个国家是根本无法立足的。我说的去兵，不是说国家连一些非常必要的军事武装都去掉，而是说一个国家只能靠信义而不能靠军事强大而生存。

《论语》记载了这次谈话：

> 子贡问政。
>
> 子曰：足食、足兵，民信之矣。
>
> 子贡曰：必不得已而去，于斯三者何先？
>
> 曰：去兵。

子贡曰：必不得已而去，于斯二者何先？

曰：去食，自古皆有死，民无信不立。

（《颜渊》篇）

子贡听到这里，方始恍然大悟，他赞佩地说：

夫子说得对，每一个人的生命大体上都是有定数的，抛开种种从天而降的灾难，没有人能够逃脱得掉生老病死这种生命之大限。但如果不讲信义，却根本就无法立身。

接着，子贡又问道：

有一言而可以终身行之者乎？

（《卫灵公》篇）

孔子笑道：

一句话而可以行之终身？人世间哪里会有如此便宜的事情！有时候亿万句话也未见能行之终身呢，但你既然问到了这个问题，我倒是有一个意见，很觉得是可以行之终身的，只是行之颇不易。

子贡急问：

愿夫子赐教。

孔子徐徐地说：

其恕乎！己所不欲，勿施于人。

（同上）

子贡听了这11个字后，只感到心中一阵激动，猛然觉得天地辽阔、宇宙恢弘。他痴痴地看着孔子，"恕"，的确只是一个字，一个包含了千言万语、囊括了古今中外、凝聚了人性物性精华、包罗了世态人情的字。人心从恕出发，便冲破了个人的小我而迈进了整个世间的大我，宇宙天地间的所有美好事物无不从此举步。

"己所不欲，勿施于人。"这八个字，正是恕的体现、恕的光大、恕的外放、恕的升华和恕的落实。子贡耳边仿佛响起了一声震撼天地的霹雳声，它炸开了一个混沌的时代，划破了迷茫的人生之路，唤醒了沉睡在人心中的良知。在这个人人为欲望而备受煎熬的人世间，在这个为了欲望而弑父杀子的时代，这八个字能够从一位仁者的口中说出，简直是力重千钧！

于是，子贡按捺住心中的激动，向孔子坚定地表示自己一定按照夫子的教导，以一种博大的胸怀来博济天下，他问道：

> 如有博施于民，而能济众，何如，可谓仁乎？
>
> （《雍也》篇）

孔子高兴地赞扬子贡说：

赐啊！不要那样好高骛远好不好？对一名官员来说，能够做到了博施于民，就已经是相当了不起的成就，如果在博施的基础上进一步搞好社会的救济工作，这样的成就已不仅局限于仁了，已经达到圣人的程度了。作为一个仁者，自己想要有所树立便应想到帮助别人也有所树立，自己想要成功便想到帮助别人也获得成功，由自己而联想到他人，这种由己及人的态度和行为，可以算是仁的最具体的表现了。

> 何事于仁，必也圣乎！夫仁者，己欲立而立人，己欲达而达人，能近取譬，可谓仁之方也已。
>
> （同上）

听到了夫子的鼓励，子贡高兴极了，他带着孔子的教导和期待，先到鲁国报到，然后奉命出使吴国。

吾少也贱

子贡果然不负众望，在鄫地会见了吴国太宰后，以不亢不卑的态度、敏捷的头脑、渊博的知识以及娴熟的外交技巧，在太宰的傲慢骄横气势下应付自如，赢得了对手的尊重，维护了鲁国的尊严。

据《左传》记载：

> 康子使子贡辞，太宰嚭曰：国君道长，而大夫不出门，此何礼
> 也？对曰：岂以为礼？畏大国也。大国不以礼命于诸侯，苟不以礼，
> 岂可量也？寡君既共命焉，其老岂敢弃其国？大伯端委以治周礼，仲
> 雍嗣之，断发文身，赢以为饰，岂礼也哉？有由然也。反自鄪，以吴
> 为无能为也。

（《左传·哀公七年》）

这是一次非常成功的外交，吴太宰领教了子贡的聪明才智之后，知道
国力衰微的鲁国至少还拥有人才的优势，一时也不敢小觑。子贡离开吴国
的时候，吴太宰非常热情地设宴为子贡辞行，酒酣耳热之际，太宰禁不住
问子贡道：

> 夫子圣者与？何其多能也？

（《子罕》篇）

子贡闻言，不仅百感交集、心潮翻涌！夫子十年来南北奔波，受尽了
屈辱磨难却矢志不移，为了一个可能永远实现不了的高远理想，为了结束
绵延200余年的战乱，为了使华夏文明不致花果飘零，不惜以年迈之身与
整个强权世界相抗衡。夫子人格之光辉，岂是这些鼠目寸光的政客所能理
解？一幕幕生动的画面出现在子贡眼前。他忽然感到，与夫子相比，眼前
这些权势人物是何等的渺小可怜，他毫不犹豫地答道：

> 固天纵之将圣，又多能也。

（同上）

太宰闻之默然。

这次谈话的内容后来传到了孔子耳里，孔子微笑着对弟子们说：

> 太宰知我乎？吾少也贱，故能多鄙事。君子多乎哉？不多也。
>
> （同上）

公西华（又名赤，字子华）趋前道：

赤以为，夫子之圣，不在于多才、多能、多艺，而在于心中装了仁义道德；秉持仁义道德且博学多能，此所以为夫子。以弟子看来，这是古代圣人亦无法达到的崇高境界，这一点，连断发文身之吴国亦知之矣。弟子敢问，夫子的圣道之本何在？

孔子笑道：

赤啊！不要胡乱吹捧了吧？像圣人和仁者那样的崇高地位，我怎么承当得起。我啊！做一件事不感到厌恶，教育学生弟子不感到厌倦，不过如此罢了。

> 若圣与仁，则吾岂敢。抑为之不厌，诲人不倦，则可谓云尔已矣！
>
> （《述而》篇）

公西华唯唯而退，仰天长叹道：

> 正唯弟子不能学也。
>
> （同上）

是的，孔子的技能、知识、思想、礼仪、道德、仁义，都是可以学习的，甚至也是可以学到手的，但孔子的胸襟、理想，还有他那种为理想而抱有的坚定信念以及那种不屈不挠、百折不悔的精神，尤其是夫子那种包容一切的人格魅力，是没有人能够效法的。

去卫国途中

自从孔子返回陈国之后，就发现陈国君臣对他的态度相当冷淡。一年多来，按月发给的俸禄也间或短缺。本来孔子对此亦不为已甚，世态炎凉本也是司空见惯的事情，但时间一长，就觉得陈国似乎已经在暗示要他离开了，如果再继续待下去，就未免有点不知趣了。后来得知，陈国历来依靠楚国而排拒吴国，但楚昭王突然死了，楚国内部发生了权力之争，已经难以依靠。所以，朝野间都同意暂时站到吴国一边，陈国君臣好像认为孔子是亲近楚国的人，因此不希望他继续留在陈国，以免引起吴国的猜疑。但陈国的一般士大夫包括陈君在内，都非常尊重孔子，只好以这种冷淡来表达。

这时，恰好卫国派使者来探望孔子，并表示卫君辄希望孔子能回到卫国去居住，而子贡与吴国交涉完毕之后，顺道赶来陈国拜谒孔子，他也建议夫子还是迁居卫国为好，毕竟卫国距离鲁国较近，往来方便。于是，孔子当即决定动身前往卫国。

这一日，孔子一行又行进到了宋国商丘附近。忽然，孔子看见了5年前被桓魋伐倒的那棵老榕树，繁茂的枝叶早已朽烂得干干净净，只剩下一副百孔千疮的树干残骸倒卧在一摊烂泥中，就情不自禁地走到树前，默立良久。孔子似乎对这棵老树满含着歉意，如果不是因为受到自己的株连，它怎么会在这般年纪遭此惨祸呢？

猛然，孔子发现，在老榕树那盘根错节的根上又生发出许多孱弱的幼苗，它们虽然还弱不禁风，却已生机勃勃，也许要不了许久，这些树苗就会成长为参天大树。孔子见状，想起那个不可一世的桓魋已经被驱逐出了宋国而流亡于列国之间，不禁百感交集。桓魋当然是个不仁的小人，却与自己这个一贯讲求仁义的人走上了同一条流亡道路，这世道岂不是太古怪了吗？想到这里，孔子招呼弟子们暂且停留下来。

子路奇怪道：

夫子莫非又要在此演礼？

孔子笑道：

桓魋现在已如丧家之犬，自顾而不暇，现在即使演礼也已经没有任何危险了。但关于礼学方面的知识，我已经讲授得差不多了，今后，如果不是有特殊需要，就不再重复讲授了。今天，我倒是想在这里随便谈谈仁，如果能结合礼来谈仁，当然更好。现在，你们有什么问题都可以提出来，大家一起来讨论。

于是，颜渊趋前行礼道：

夫子前些天一直在谈论仁的问题，涉及的方面很多，回天性愚钝，有些问题没能来得及消化。现在来到了这里，可谓旧地重游，回睹物思情，想请夫子再谈谈什么是仁的基本精神，不知夫子肯俯允否？

孔子笑了起来，说：

什么俯允不俯允的，回也忒多礼了！如果把礼与仁结合在一起，我可以非常简单地告诉你：克制你自己，使自己的一切行为语言都符合礼的规则，就是仁。一旦人们都这样做了，天下就归复于仁义了。对一名胸怀坦荡的正人君子来说，实践仁义甚至比实践礼仪还要简单些，这是每个人能办到的事情，难道还需要凭借别人吗？

颜渊谨慎地问：

夫子！进行克己复礼这件事情，有什么具体纲目吗？

孔子道：

简单地说：不合礼法的不要看，不合礼法的不要听，不合礼法的不要说，不合礼法的不要做。如此而已。

颜渊兴奋地说：

夫子的教导实在太好了！我虽然不很聪明，但愿意努力来实践你的教诲。

颜渊问仁。

子曰：克己复礼为仁。一日克己复礼，天下归仁焉。为仁由己，而由人乎哉？

颜渊曰：请问其目。

子曰：非礼勿视，非礼勿听，非礼勿言，非礼勿动。

颜渊曰：回虽不敏，请事斯语矣！

（《颜渊》篇）

这时，与颜渊年纪相仿的仲弓，恭身为礼道：

请问夫子，这几句话也同样适合我吗？

孔子道：

雍啊！你这个问题问得非常好！礼对每个人来说，除了职业、身份和地位所造成的差别外，还有不同区域、文化、习俗方面的影响作用，所以，基本礼节具有共同性，而比较高深的礼仪则存在着各自不同的特殊性。仁则不然，仁的核心内容和性质具有普遍意义，适用于每一个人；但仁的准则却只有相对意义，它们没有普遍性。针对你的性情特点，我的建议则是：出门做事犹如会见尊贵的宾客，使用人民如同参加盛大的祭祀活动。自己不喜欢的事情，不强加给别人。在国家政府里工作的时候，不发任何怨言；在家庭里与亲属在一起的时候，也不发出一点怨言，这就是仁了。

仲弓高兴地说：

我虽然是个笨人，却愿意贯彻夫子的这个教诲。

仲弓问仁。

子曰：出门如见大宾，使民如承大祭。己所不欲，勿施于人。在邦无怨，在家无怨。

仲弓曰：雍虽不敏，请事斯语矣！

（同上）

随后，司马牛走了上来，弯腰施礼道：

夫子！请问您对子渊、仲弓二位的教导，是否适合我呢？

孔子摇头道：

不适合，完全不适合！仁在你的身上，应该重点反映在语言方面。仁者，他们说话迟钝，这就是仁了。

司马牛大惊道：

说话迟钝，这就是仁了吗？

孔子道：

做起事情来太困难了，说话能不迟钝吗？

司马牛问仁。

子曰：仁者，其言也讱。

曰：其言也讱，斯谓之仁矣乎？

子曰：为之难，言之得无切乎？

（同上）

这时，子路看到几位师弟都获得了孔子的教诲，就不禁心急如焚，匆匆挤上前来，亟亟问道：

夫子！他们三位都各自得到了夫子的格言，由虽不敏，也愿意实践夫子的教诲，祈夫子有以教之。

孔子大笑起来道：

由啊！你不要着急，过几天我要对你多说些，到时候只怕你还不愿听呢！

说完，孔子笑着拍着子路的肩膀说：

现在，我们该赶路了！

天将以夫子为木铎

在陈国临行之际，并没有进行充分准备，路途漫长，辎重不备，一路上行走得很辛苦。进入卫国境内之后，一大队人个个都精神疲惫且衣衫褴褛。不久，来到了卫国靠近郑国边界的一处城邑——仪。

这时，天色已经黄昏了，孔子一行进城后，随便找了一家客栈住了下来。草草吃过晚饭后，孔子便与弟子们坐在屋子里闲谈。忽然，一弟子进来报告，说一位自称是当地封人的老者在房门外求见夫子。

孔子急问：

我并不认识此地的封人啊，他说什么来着？

弟子答道：

这位封人先生说：各处君子来到了这里，他没有不见上一面的。所以，我们只好把他让进了中庭。

封人先生最后当然是进到了屋子里，也亲眼见到了孔子。弟子们都退到了屋子外面，就没有人知道封人究竟在屋子里与孔子谈了些什么？不多一会儿，只见这位封人喜洋洋地走了出来，对一些站立在中庭里的弟子朗声说：

你们这些小子，为什么总是很在意有没有出息？你们难道不明白？天下没有正确路线的时间已经很久了，上天是要你们的老师来充当未来天下的指路人啊！

> 仪封人请见。曰：君子之至于斯也，吾未尝不得见也。从者见之。出曰：二三子，何患于丧乎？天下之无道也久矣，天将以夫子为木铎。
>
> （《八佾》篇）

众弟子听了这话，都犹如晴天上响了个霹雳，一时间大张着嘴说不出话来。封人的意思已经非常直白，众弟子也都听得明明白白。夫子无疑是伟大的！但夫子的伟大不是现世可以得到回报的，夫子亦不是现世的教主或一国之主，夫子是未来天下的指路人。众弟子的心里，一时充满了不同的感觉。

蒲地遇险

在卫国境内，孔子一行在一处叫做蒲的小城边上遭遇了一次莫名其妙的险情。这时，卫国的蒲城长官公叔氏占据了蒲城发动叛乱，封锁了前往卫国的一切交通要道。所以，当孔子一行来到蒲城之后，就立即被叛军围困起来。幸亏孔门弟子公良儒，不但勇武，且拥有五辆兵车，他以一种悍不畏死的姿态迎战，终于使蒲人感到畏惧，于是，互相签订了盟约。据史书记载：

> 孔子适卫，路出于蒲，会公叔氏以蒲叛卫，而止之。孔子弟子有公良儒者，为人贤长，有勇力，以私车五乘从孔子行。喟然曰：昔吾从夫子，遇难于匡，又伐树于宋，今遇困于此，命也！夫与其见夫子仍遇于难，宁我斗而死，挺剑而合众将与之战，蒲人惧，曰：苟无适卫，吾则出子。乃盟，孔子而出之东门，孔子遂适卫。子贡曰：盟可负乎？孔子曰：要我以盟，非义也。
>
> （《孔子家语》卷五）

子路和子贡等众弟子赶到时，激烈的战斗已经结束，孔子正准备离蒲去卫。子贡不禁疑惑道：盟约难道可以不算数吗？孔子叹道：这是蒲人以武力胁迫我签订的盟约，并没有必须遵守的义务。

仁者的住所

离开蒲地，天色已经很晚了。大家赶到了一座小市镇里，匆匆地拣了一所驿馆住了下来。夏日天长，晚饭过后天还没有黑透，狭小的房间里热流滚滚，孔子便与弟子们便围坐在庭院里乘凉聊天。

这时，子贡道：

到现在为止，夫子周游列国已经11个年头了，11年来不但颠沛流离、饥餐露宿，且屡次陷于凶险之境。然而，无论在怎样的处境中，夫子总是泰然自处。这就是夫子所说的仁者心理或仁者本性使然吧？

孔子有些苦涩地笑道：

对于我个人来说，有些事情是有为而为，有些事情是不能不为，也有些事情却是不得不为。对于任何人来说，如果以仁义作为自己志向，则对所有的人、事物以及遭遇，就没有什么是值得厌恶的了；如果秉持了仁义道德作为自己的心灵和精神寄托处，作为个人行为的座右铭，则居住在哪里、生活在何国、置身于怎样的环境中，都不是非常重要的，仁者的眼睛里没有特别讨厌的事物。

> 里仁为美，择不处仁，焉得知？
>
> （《里仁》篇）

仁与礼仪不同，它不是用来修饰外观的东西，而是用来安顿心灵的东西。所以，一个人内心里怀了仁的精神才是真正内在的美，如果心灵不是以仁的精神来进行安顿，怎么能算是掌握了智慧呢？

略略停顿了一下后，孔子接着说：

天下的事情看起来纷纭混杂、千头万绪，令人困惑的地方很多。尤其是乱世之中，人们的心理和精神失去了传统真理做依据，行为上就自然要偏离正确的人生轨道，引起心境不能平和、行为不能中庸。乱世促成了人心变异，而人心变异加强了乱世的势头，二者搅乱了生活的正常秩序。亦如我曾指出：

> 唯仁者，能好人，能恶人。
>
> （同上）

只有仁者才能真正爱人，也只有仁者才能真正地痛恨那些为非作歹的恶人。所以，"仁者爱人"并不是一句空话。

但对于那些不讲仁慈的人，他们根本不能长久地处于一种道德约束中，也不能长久地处于人生的快乐处。只有仁者能够把自己的身心安顿在仁的教义之中，只有智慧的人才能了解仁道对他的生命是如何地有利。这就是：

> 不仁者，不可以久处约，不可以长处乐。仁者安仁，知者利仁。
>
> （同上）

弟子们听到这里，都猛然觉得眼前一亮。仁是夫子近来经常挂在嘴边的词句，而在过去的年代里却几乎很少甚至从来都没有谈起过。弟子们知道这是夫子学问的新趋向，仁！多么崇高伟大的名词，它的内涵看起来包罗万象。

子张的提问

这时，子张兴奋地问道：

听夫子说仁道，感到内心中有一种前所未有的喜悦，师在此之前时时感到内心空虚而行为无所依傍，精神恍惚游离而难以收束，思想纷纭混杂而无有归依，信仰也是朝三暮四而没有踏踏实实的安顿处，现在，似乎眼前出现了一条光明坦荡的人生大道。只是在这条道路上究竟怎样才能获得成功呢？当今时代的一些优秀人物，在这方面做得如何呢？比如，师听说楚国的令尹子文，三次担任令尹职务，却没有表现出欢喜的样子；三次被罢免了令尹职务，也没有表现出一点不高兴的样子。而且，在交接权力的时候，总是把自己经手过的国家政务原原本本地告诉继承者，这样的做法怎么样？

孔子颔首道：

这是忠诚于国家的表现。

子张道：

这算得上是仁吗？

孔子道：

没有达到智慧的程度，怎么算得上仁呢？

> 子张问曰：令尹子文三仕为令尹，无喜色。三已之，无愠色。旧令尹之政，必告以新令尹。何如？
>
> 子曰：忠矣。
>
> 曰：仁矣乎？
>
> 曰：未知，焉得仁？
>
> （《公冶长》篇）

子张又问道：

师又听说，齐国的国相崔杼杀了齐君后，大夫陈文子当时有40匹马的家产，都毅然抛弃了，来到了其他国家。但看了这些国家的权臣之飞扬跋扈，就叹息说：这里的大臣也与我国的崔大夫没什么不同啊！结果又离开了这里，再到了另外一个国家。又说道：这里的大臣与我国的崔大夫没什么不同啊！又离开了这个国家。这样的做法怎么样？

孔子颔首道：

这可以算是很清正了。

子张问道：

这可以算是仁吗？

孔子道：

他也没有达到智慧的程度呀，怎么可以算得上仁？

崔子弑齐君，陈文子有马十乘，弃而违之。至于他邦，则曰：犹吾大夫崔子也，违之。之一邦。又曰：犹吾大夫崔子也。违之。何如？

子曰：清矣。

曰：仁矣乎？

曰：未知，焉得仁？

（同上）

子张听了孔子的答复后，满怀喜悦地说：

现在，弟子开始明白了一点仁的道理。

勇敢与仁义

子路听到这里，插口道：

听夫子说仁，感到有一种莫名其妙的振奋。仁是人心中所固有的良善本性，由仁似乎可以进入到一种忘我境界。但在当今时代，人们的外在价值标准已经纷纷残破，内心的良善与外在的凶残互相纠缠到了一起而没有分别。我想，外在的崩溃虽然可惜，但内心的完整如果通过仁而得以保留，则仁的作用实在了不起。由不喜欢夫子所提倡的礼仪，那些东西不但太繁琐而且也太陈腐了，但喜欢夫子的仁道。试看人世间，所有的外在事物都纷纷随着事变而面目全非，唯一可以保留下一块干净的地方，就是人心了。

孔子有些惊讶地看着子路，点头道：

由啊！你好像是对仁义方面颇有慧心。说老实话，关于仁义方面的思考，我也是最近几年刚刚入门，有些地方还考虑得不够全面，也不够精深，能给你提供的帮助很有限。我想，你在这方面努力下去，会使你的学力突飞猛进呢。

子路兴奋地说：

仁者无疑是一种勇敢的人生态度，唯有勇者才会变成仁者。

孔子道：

这样说也未始不可，但需要注意的是：过分追求勇敢而讨厌贫困，就会闯出乱子。而对于那些不仁的人如果痛恨太过，也会惹出麻烦。

子曰：好勇疾贫，乱也。人而不仁，疾之已甚，乱也。

（《泰伯》篇）

子路道：

君子难道可以不讲求勇敢吗？

孔子道：

仁可以与慈连在一起，就是仁慈，这是由人类的慈悲心理推演而出，它能够导致善良的行为；仁可以与义连在一起，就是仁义，这是由人类的中和心理推演而出，它能够导致公允、无私的行为；仁亦可以与爱连在一起，就是仁爱，这是由人类的同情、爱心及恻隐之心推演而出，它能够导致一种高尚而无私的牺牲精神。所以，君子虽然需要勇敢，但一定要以慈、义、爱作为标准。尤其是义，它是从仁所推演出的行为方式，义之所在，则不惜赴汤蹈火。作为君子，只有勇敢而缺少义的精神，则除了造成许多乱子外没有其他收获；小人如果只有勇敢而缺少义的精神，就往往沦为盗寇了。

子路曰：君子尚勇乎？

子曰：君子义以为上。君子有勇而无义为乱，小人有勇而无义为盗。

（《阳货》篇）

子路倔强地说：

由以为，无论仁者具备了多少优点，无论仁者拥有多少美德，也无论仁者的品质如何高尚，但他如果是一个不能敢作敢为的懦夫，其余就没有什么可观之处了。我想，夫子周游列国，就是由一种仁者的勇敢精神所引发出来的勇敢行为。这也正如夫子刚刚所说：义之所在，不惜赴汤蹈火的精神！

孔子感动地说：

由！你说得非常精彩，我完全同意。但是，你一定要注意，仁者固然需要勇气，但勇气并不是仁。此即：

> 仁者必有勇，勇者不必有仁。
>
> 　　　　　　　　　　　　　　　（《宪问》篇）

孔子看着子路，又含蓄地指出：

由啊！真正的仁者只能存活与保全于太平盛世，而在天下动乱的时代，一个仁者除了追求仁义之外，也还要善于保护自己啊！因此，只有那些具有真正智慧的人才不会困惑，只有拥有仁义的人才不会忧虑，只有真正的勇者才无所畏惧。这三者要互相参照，彼此运用，庶几可以成功于乱世之中。

> 子曰：知者不惑，仁者不忧，勇者不惧。
>
> 　　　　　　　　　　　　　　　（《子罕》篇）

子路的眼睛有些发红，他非常理解夫子的含义。这番苦口婆心的教导之中，包含了多少夫子对自己的告诫、担忧和爱护啊！

可欺而不可罔

这时，宰予向孔子提出了一个有趣的问题，他问道：

对于一个仁者来说，如果有人告诉他说：井里面有仁义啊！他是不是就跳下去呢？

孔子怫然道：

为什么要跳下去呢？对一个讲求仁义的君子，可以让他从容去死，却不可以故意陷害他；可以欺骗他，却不能愚弄他。

> 宰予问曰：仁者，虽告之曰："井有仁焉。"其从之也？
>
> 子曰：何为其然也？君子可逝也，不可陷也。可欺也，不可罔也。
>
> 　　　　　　　　　　　　　　　（《雍也》篇）

子路插口道：

一名志士或一名仁者，在怎样的情形下去完成自己使命呢？

孔子道：

志士仁人所以选择仁义作为自己的精神安顿处，是出于自己的心灵感悟，并不是由于别人的诱惑、欺骗、命令、强迫，因此，他们的行为并不受到其他任何人的指使或诱导，而是一种从信仰自觉中所产生出来的具体信念的落实。他们的行动可以是气吞山河、慷慨悲歌，可以是呕心沥血、惨淡经营，也可以卧薪尝胆、忍辱负重。但他们虽然可以被欺骗、被出卖、被牺牲、被杀头，却决不容许被愚弄、被侮辱、被阉割。所以，只要称得上是一名志士仁人，就没有人会因为贪生怕死而损害仁义的教条，却有大量的志士仁人不惜牺牲性命来成就仁的精神。

> 志士仁人，无求生以害仁，有杀身以成仁。
>
> （《卫灵公》篇）

子路击掌赞叹不已。

宰予却喃喃道：

君子对于天下的所有事情，都应该以仁为准则吗？

孔子看着宰予，口气有些生硬地说：

予！你难道没有听我反复强调，仁不仅是人的天生性情或天生品质，也不仅是每个人天生的本性，而是经过不间断地、反复地学习、开凿、进修、反省、冶炼后的人心。所以，仁不是一种天然性情的自然反应，也不是一种行动指南。君子对于天下的事情，没有固定的准则，没有具体的规定，怎样做符合仁义的内在精神就怎样做。

> 子曰：君子之于天下也，无适也，无莫也，义之与比。
>
> （《里仁》篇）

宰予追问道：

然则，仁既然发乎所有人之内心，则君子小人都应该具有仁心，是则君子小人之间在仁心上应该没有界限可言？

孔子道：

仁心的原始起点是人心，所以，人人都具有仁心；但仁心并不完全是人心，如果那样就无须对二者加以区别了。所以，人心是仁心的本原，一个人在出生的时候，在心灵上是没有任何区别的，但在成长过程中却发生了不同的变异。一些人通过学习以及不断地反省和检讨，逐渐在心灵的起点上进一步开拓出良善的道德精神，他们形成了君子群体；而另外一些人则由于各方面影响而放弃了心灵的良性开展，他们形成了小人阵营。就我眼见所及，固然有不仁的君子，却没有见到讲求仁的小人。

　　子曰：君子而不仁者有矣夫！未有小人而仁者也！

（《宪问》篇）

宰予闻言默然。孔子接着道：
予啊！你在学问研究和知识探求方面都颇有造诣，我就无须多说什么了。但是，你要记住！无论在任何时代，巧言令色的人，是没有多少仁慈之心的，而刚强、坚毅、质朴、少说多做，就接近仁了。

　　子曰：刚、毅、木、讷，近仁。

（《子路》篇）

宰予感激地说：
弟子一定谨记夫子的教诲！

义利之辨

这时，颜回站起身来，向孔子行礼道：
自从回追随夫子走上周游列国的漫长旅途，生命就似乎进入了一个新的阶段。在10年中听夫子就十几个领域中的学问进行循循善诱之讲解，回觉得这10年中获得的教益较之前10年多出何止数倍！今年以来，颜听夫子谈论仁义道德，更觉亲切感人。对于仁义之精髓，回虽然暂时还不能充分理解，但已感到其中的道理漫无边际。想人性和人心犹如天上云霞而瞬息万变，犹如苍茫大海而潮起潮落，如果没有一种博大而仁慈的思想来加以收束，则势必随世道之变迁而漂泊蔓延，以致泛滥而漫溢周流。仁义之道，就是人心之道，人心以仁义为皈依，则行为上自然趋于中庸平和而不致颓废堕落，此回以为仁义的道理实较之其他学问尤为重要的缘故。夫子近来对仁谈论已多，回于一般的仁已颇觉心领神会，倘不能理解处，待细细咀嚼之。

回现在思考的问题是，夫子既以仁义连称，则义之重要当不下于仁，夫子前面已经谈过了义的道理。现在，回想请夫子谈谈义的重要性，因为当今社会上流行着一些讲求义气的风气，且往往成为政治集团或绿林豪杰们的行事原则。也有许多朝野之间的士大夫、江湖侠士、成功商贾，往往把义与利合在一起，以为义是获利的法宝。作为一名力求上进的君子，该如何分辨义利之间的关系呢？亟盼夫子有以教之。

孔子沉吟了一会，道：

当今社会所以流行这样一些说法和做法，并不令人感到奇怪。在一个物欲流行的世道，一些获取了额外利益的人，试图使不合法获得合法化，便往往从义的意义方面入手，这种做法，不过是为非法占有寻找一个冠冕堂皇的幌子罢了。其实，义和利是没有直接关系的，它们有性质上的根本区别。义是合乎仁的标准、合乎道德原则、合乎礼仪要求的行为方式，当义的行为具有了这些标准、原则和要求时，便成为义举；当义没有了那些标准、原则和要求时，便成为义气。义举是仁慈心理的反应，义气则是获利欲望的写照；前者是君子行为的应有之义，后者是集团分赃的必然之举。

所以，人们往往能够在君子群体中看到义举之流行，而在几乎所有的利益集团或江湖帮会中则极易发现义气之普及。当然，亦不能说义气这种东西一无是处，它亦自有它的诸多优点，但由于义气的着眼点在利益方面，则其在精神价值上没有多少可取之处。义举固然不无偏颇之处，它也不能代表仁、道德、礼仪等方面的根本价值精神，但它毕竟缘起于精神价值的基础上，所以，义在某种条件下，能够起到与仁、道德、礼仪同样的作用。

颜回道：

君子和小人能够以义利来加以区别吗？

孔子叹道：

人在婴儿时期没有任何本质不同，所有精神信仰、思想追求方面的重要差异都是后天不同的社会环境以及不同的文化知识、思想教育、家庭熏陶所造成。君子和小人不过是对具有不同人生追求的两个群体的勉强划分，不一定很正确。尤其是在一些是非颠倒的时代，君子和小人的行为表现也往往相互颠倒，许多所谓"君子"的表现往往不如小人。所以，现在有些人故意避开了君子和小人在思想、信仰、人格、品质方面的不同，而突出强调君子和小人在社会地位及财富多少上的差别，他们煞有介事地编造出了一种地位财富等于品质的谎言。因此，我不得不在这里告诉大家，鉴别君子小人不要从身份、地位、门第、名声方面着眼，主要从行为上观察。君子和小人，二者之分野不在于任何粉饰后的修养和教养，主要表现在对义利的态度和取舍中。君子对待他所做的一切事情，只知道仁义和道义；小人对他所做的一切事情，只知道利益和利害。用两句比较简练的语言来形容，就是：

君子喻于义，小人喻于利。

（《里仁》篇）

颜回道：

义既然不能等同于仁、道德、礼仪，则它在君子的行为中占有什么样的地位呢？

孔子道：

由于义不过是一种接近于公平合理的利益分配原则，所以，君子对于所要从事的公共事业就应该以合理为准则，依照礼仪的方式来施行和落实，以谦虚的态度来议论，以诚恳笃实的精神来完成，这就是一个真正的君子了！

子曰：君子义以为质，礼以行之，孙以出之，信以成之，君子哉！

（《卫灵公》篇）

颜回道：

君子在进行义举时，需要注意什么呢？

见利思义

孔子没有直接回答颜回的问话，他望着弟子们，语重心长地说：

自从你们投入我的门下，已经学习到了一些关于历史文化方面的知识和一些谋生的技艺，也颇掌握了一些为人处世的道理，一旦把知识和道理贯通起来，这就是人生的全部学问了，在这些方面，无论在怎样的情形下，你们可能会处理的得心应手。但关于自然的学问，我很生疏，对你们不能有很多的指导和帮助，以我的体验和观察，自然方面的学问皆有固定的规律可以遵循，能不能发现自然的真理，在于对自然的理解及知识的多少和对知识灵活运用的程度，自然界的学问之增进，一方面需要经验的积累，亦有赖于多数人的努力。

人生的学问，是一卷永远没有尽头的书简，从来没有固定的规律可以把持，也没有一成不变的规则需要遵守，因为它们永远追随着时代之变化而变化。一个人能否立足于社会，并以此来获得丰盈和完满的人生，完全在于心灵的净化及行为上的收敛，在这些方面，未来还有很长的岁月在等待你们，你们是不是能承受住生活的考验并进而树立起自己健全而丰满的人生？我没有什么把握。但有一点，你们需要格外注意，如果个人行为完全依据利益之归趋而展开，便会招致很多怨恨，这就是：

放于利而行，多怨。

（《里仁》篇）

子路一脸惶恐地问：

但怎样才算一个比较全面的人呢？

孔子笑道：

按照不算太严格的要求，一个发展比较全面的人，要具有鲁大夫臧武仲那样的智慧，鲁大夫孟公绰那样的廉洁，鲁大夫卞庄子那样的勇敢，冉求那样的才艺，再以礼乐来文饰和调节自己的行为，就可以算是一个全面发展的人了。但现在所说的全面发展，又何必如此？能够在见到利益的时候想到仁义，能够在面临危险的时候不惜贡献出自己的生命，一辈子也不忘记自己的誓言，就可以算是发展全面的人了。

> 子路问成人。
> 子曰：若臧武仲之知，公绰之不欲，卞庄子之勇，冉求之艺，文之以礼乐，亦可以为成人矣！曰：今之成人者，何必然？见利思义，见危授命，久要不忘平生之言，亦可以为成人矣！
>
> （《宪问》篇）

"见利思义，见危授命"，这八个大字一提出，弟子们都顿时感到热血沸腾。漫漫人生路，苍茫云海间，天地六合，宇宙星辰，在一瞬间都融入到一股浩然正气之中。在人生道路上奋进着的孔门弟子，犹如在酣睡中被春雷、被号角、被战鼓所惊醒，他们眼前浮现出一条漫长、曲折、蜿蜒、伸展的大道，大道的尽头正是人类的美好理想之所在。大踏步前进！尽管前行的路途上风雨凄迷、云烟缭绕，但只要心中有了仁义两个字，则冒险犯难、颠沛流离、赴汤蹈火，又何所惧哉？

这是公元前488年，孔子64岁。

十一·修己而平治天下

子为卫君乎

经过将近几个月的观光式长途旅行，在一个弯月横空、暖风醉人的夏日夜晚，孔子一行终于抵达帝丘。

孔子的到来，在卫国政界引起了不小的震动。当时，卫出公和他父亲为了君位已经较量了5年多，卫出公背后有朝中大臣的鼎力扶持以及齐、鲁两国的大力支持，把持了朝廷里的合法权力，当然不肯让位于父亲；蒯聩背后则有已经破败的霸主晋国的支持，长期占据着具有战略意义的要地——戚，也不愿意让儿子安安稳稳地把国君做下去。由于父子双方各自依靠着不同的国际势力在长期僵持，使卫灵公40多年苦心经营的一个不算太差的国家局面日见颓败，卫国的国际地位在急剧地降落。父子之争导致了卫国政治局势的复杂微妙，卫国的士大夫徘徊在父子两大势力之间，难以取舍。

这一对相互仇视的父子既然已经僵持了5年多而不能消灭对方，亦可见两股势力差不多是势均力敌，任何一方都难以最后取胜。是以孔子的忽然莅临，许多卫国的士大夫都感到这件长期不能解决的棘手事情可能会出现一些转机，他们希望孔子能够以自己的巨大声威和超然地位，来辅助其中的一方，使卫国得以摆脱目前的困境。

所以，孔子刚刚抵达帝丘，卫国的士大夫几乎倾巢出动到帝丘城外，极其热情地欢迎孔子一行。

对于卫国这一团乱糟糟的形势，孔子心里当然很清楚，如果追本溯源，当年粗心大意的卫灵公和风流轻浮的南子，把一个不易处理的乱摊子不负责任地留给了后人，皆难辞其咎。对于卫国政坛出现多年的父子相争的局面，按照孔子的道德标准是根本没有办法获得妥善解决的。从当日的情形看，卫君辄当然不该拒生身父亲于国门之外，且理应把君位让给父亲蒯聩，因为蒯聩是卫灵公在世时的合法君位继承人；但另一方面，蒯聩却在鲁哀元年因弑母未遂而被逐出国，其所拥有的合法地位已被取消，对于卫灵公来说，蒯聩是大逆不道的儿子。所以，如果卫君擅自把君位让于父亲，就等于是对祖父的背叛，亦不能算是合法行为。但是，父亲蓄意篡夺儿子的君位，悍然无视生父对自己的惩罚；儿子严加防范父亲的复辟企图，亦并非是为了国家大计，则其中就已经没有道义是非可言了。据《公羊传》记载：

> 辄者曷为者也？蒯聩之子也。然则曷为不立蒯聩而立辄？蒯聩为无道，灵公逐蒯聩而立辄。然则辄之义可以立乎？曰：可。其可奈何？不以王父命辞父命，是父之行乎子也，不以家事辞王事，以王事辞家事，是上之行乎下也。

（《公羊传·哀公三年》）

《公羊传》作者高扬义理而疏于对史实的了解，以偏袒的态度站在一方，结论并不令人信服。其实，蒯聩被逐之后，太子始终虚位以待，直到卫灵公崩驾，并没有法定继承人，卫君辄是卫国士大夫们迫于国不可一日无君的压力，被迫临时推举的新君，并没有经过太子阶段。所以，蒯聩如果向这位临时即位的新君讨回君位亦未尝不可。

连日以来，孔子对卫国政局始终没有表态，这不但出乎卫国士大夫们的意料，也使孔门弟子感到不解，这分明是出仕卫国政坛的最佳时机，而夫子此次出游的根本目的就是寻找这样的机会。

一日，一干弟子聚集在一起讨论局势。刚刚从曲阜赶来卫国探望孔子的冉有，对孔子的暧昧态度很不理解，他对子贡道：

子贡！依你看，夫子会不会为卫君出来工作呢？

子贡想了想说：

我也说不好，那么，我去问问夫子好了。

子贡走进屋内，向孔子发问道：

请问夫子！伯夷和叔齐是什么样的人？

孔子突然听到子贡的问话，感到有些莫名其妙，随即便明白了子贡的意思，于是，他非常简短而意味深长地回答说：

他们是古代能够自动放弃君位的贤人啊。

子贡道：

他们有没有怨恨？

孔子笑道：

他们既然追求仁而且果真获得了仁，还有什么好怨恨的？

子贡走出来，对冉有非常简练地说道：

夫子不会为卫君服务。

> 冉有曰：夫子为卫君乎？
>
> 子贡曰：诺，吾将问之。
>
> 入曰：伯夷叔齐何人也？
>
> 曰：古之贤人也。
>
> 曰：怨乎？
>
> 曰：求仁而得仁，又何怨？
>
> 出曰：夫子不为也。
>
> （《述而》篇）

寄身卫国，享受着卫君的六万俸禄，而且准备在这个国家实现自己的政治理想，但在关键时刻，却不肯为了政治交易而牺牲道德原则，这就是孔子。可以设想，如果孔子能在这种父子相争的局面中，稍稍变通一下原则，辅佐其中的一方，则乘机攫取卫国的国家权力是没有什么问题的，但孔子态度鲜明地放弃了这次难得的机会。

必也正名乎

虽然孔子并没有对外发表自己的意见，卫国的许多人却仍然希望孔子能够站出来为危难中的国家略尽绵薄之力。卫君辄屡次派人到孔子的下榻处致意，卫国的士大夫也纷纷登门讨教，历史机缘已经辐辏，一时间孔子似乎已经准备出仕了。孔门弟子对此也不能完全了然。一次闲谈中，在关于如何建立国家根本政策方面，子路与孔子在观点上表现出了对立。孔子反复强调了自己的正名主张，引起了子路的反对。

子路问道：

假如卫君等着夫子去主持卫国的朝政，夫子以什么工作为首要？

孔子道：

一定要先确立名分。

子路听了孔子的话，很是不以为然地驳斥说：

是这样么？夫子真是很愚蠢啊，名分有什么好纠正的呢？

对于子路这种缺少行事原则，甚至有点玩世不恭的态度，孔子很生气，他指责子路说：

由！你说话真是太粗野了。一个君子，对于他所不知道的事情，就应该采取一种保留的态度而不该胡说。

接着，孔子说出了一段名垂千古的名言：

由！你知道吗？名分不端正，说出的道理就不能顺理成章；言辞不能顺理成章，所办的事情就不能成功；事情不能成功，礼乐就不能兴盛起来；礼乐不能兴盛，国家的刑罚就不能得当；刑罚不能得当，老百姓就会感到手足无措。因此，君子为一件事物命名，必定言之成理，言之成理才能行得通畅。君子对于他说出的每一句话，一点也不能迁就才算可以。

《论语》生动地记载了师徒之间的这次争辩：

> 子路曰：卫君待子而为政，子将奚先？
>
> 子曰：必也正名乎。
>
> 子路曰：有是哉？子之迂也。奚其正？
>
> 子曰：野哉！由也。君子于其所不知，盖阙如也。名不正，则言不顺；言不顺，则事不成；事不成，则礼乐不兴；礼乐不兴，则刑罚不中；刑罚不中，则民无所措手足。故君子名之必可言也，言之必可行也。君子于其言，无所苟而已矣！
>
> （《子路》篇）

这时，颜渊趋前恭身为礼道：

本来，回也有子路那样的看法。但听了夫子的这一席精辟议论，不得不承认夫子的意见正确。据回所知，在人类历史上，关于名的问题，没有人说得比夫子今天的这段话说得更加透彻明了，也从来没有人把个人的名声看得如此重要。试看古往今来，人们所热烈追求的不过是眼前的实惠利益，很少有人关注到名，无论生前名抑身后名，人们无不视为莫须有的东西而不屑一顾。而在夫子看来，从名的确立而一步步推广到人世间的所有事物，其中广泛牵涉一个个关系复杂的社会网络。任何事物，如果名声不正，就无法建立起正确的理念和高尚的信念，就无法说出行为的正当理由，那么，就根本不能使着手的事情获得真正意义上的成功。而如果所谋划的事情不能成功，则礼乐就不能兴起；礼乐不能兴起，则刑罚就不会得到公正而公平的落实；刑罚不能得到公正、公平的落实，则人民群众的行为举动就不知怎样做起。

所以，一个人固然可以不计较其他方面的进退得失，但一旦涉及名利、名声、名节、名誉方面的问题，就不能不格外地严肃认真。其实，没有谁不明白，一个人可以在许多方面有所损失，但在名誉上，却万万不能掉以轻心，一旦名声扫地，就什么都完了。从个人而到国家，亦未尝不是如此，而且，国家的名象征着一个民族的整体，也关乎文化传统的高下，所以，治国者治理国家的最重要举措就是使国家名正。但名之正大，并不完全在于领导者的提倡，而在于领导者的脚踏实地的落实以及个人的身体力行。

孔子颔首道：

> 其身正，不令而行。其身不正，虽令不从。
>
> （同上）

领导者的行事光明正大，根本无须动用什么行政命令就可以使国家政策得到贯彻执行；如果领导者行事鬼鬼祟祟而见不得人，则无论制订出如何妥善完美的政令，也难以得到民间的响应。

孔子说到这里，有意无意地看了一眼子路，接着道：

苟正其身矣，于从政乎何有？不能正其身，如正人何？

（同上）

回，说得好啊！自身不正而去进行必须拥有良好操守的事业，怎么取得别人的响应？又怎么能够获得成功？假如自己的举止是端正无邪的，自己的行事是端端正正的，对于从事政治和社会活动难道不会有重要帮助吗？如果不能端正自己的举止行为，又怎么能纠正其他人的错误言行呢？希望你们能认真思考一下这些问题。

奚其为为政

转眼又是深秋季节了，孔子既然没有帮助卫君对付他那个野心勃勃、一心一意地篡夺儿子权力的老爸，便理所当然地被卫国的朝野人士冷落在了一旁，但俸禄依旧，孔子并没有生活方面的忧虑。随着年岁的增长，尤其是孔子自陈蔡归来之后，对于政治活动已经表现出了冷淡姿态。孔子现在毕竟已是65岁的老人了，经历了十余年的南北奔波、奔走呼号，应该做的都已经做了。世人不能理解孔子，那是世人的问题，未来受到惩罚的也是他们自己；列国不能重用孔子，那是列国的问题，未来受到报应的亦是他们自己。现在，孔子自己觉得可以问心无愧地来教导弟子了，他现在好像是把自己的全部理想都寄托于中国之未来了，他很相信，命运能够摆布个人但摆布不了时间，时间不但可以证明一切且能够左右一切，这是历史的真正价值所在。

浓浓的秋色已经挂满了中原的山川大地。孔子与几个弟子站立在帝丘城外颛顼故地的一个高坡上，眼望着绵延起伏的黄土大地，到处都是一派姹紫嫣红；远处的黄河水势汹涌、一个浊浪接着一个浊浪向东北方向直流而下。

颜渊站在孔子身旁，定定地瞩望着夫子，不禁沉浸在一种与孔子相同的境界中。孔门弟子之中，也许只有颜渊才能深深地理解孔子。20年来，孔子那些满含着高深的生活哲理和深远的人生理想，犹如一滴滴清泉滋润着颜渊的心灵。颜渊感到，越接近一个真实的孔子，就越感到自己的不足和渺小；越走进孔子的博大深邃的精神世界，就越理解精神世界是何等的苍茫辽阔。此生如果不是有幸遇到孔子，则自己的心灵只能萎缩在一个狭小格局中苟且，而现在，尽管颜渊知道自己距离孔子的世界还相当遥远，但一种被开启之后的心灵境界，时时使颜渊激动不已。这时，他看着孔子高大的身影孤独地伫立在一片金色的原野上，萧飒的秋风拂动着老人的满头白发。夫子老了！夫子这样的人居然也会生老病死，可见造物之无情。

子贡是一个心思灵敏的人，这时，他看到孔子满腹心事地站立在一个小山头上，同门弟子们都默然无语，就开口说：

赐曾闻之于子骞师兄，当夫子30多岁的时候，鲁国正是季孙的家臣阳货柄持国政，他曾经屡次劝夫子出仕与他合作清理整顿鲁国，夫子不但拒绝了他的建议，而且根本不接见他。

据说，有一次他亲自给夫子送去了猪腿，夫子便趁他不在家时去回拜，却在途中相遇。他对夫子说："请站过来！我与你说话。"他又说："怀抱着治国的大道理，却任由他的国家因迷失了正道而陷于歧途，这可以算是仁义吗？"

夫子回答说："不可以。"

那个阳货又接着说："明明喜欢对国家有所贡献，却屡次失掉机会，这可以算是明智吗？"

夫子说："不可以。"

阳货道："时间像流水一样流逝而去，岁月一去就不复返了呀。"

夫子便承诺说："好吧，我将会出仕去做官。"

后来夫子并没有履行自己的出仕诺言，自动放弃了那一次非常好的机会。赐有些不明白，夫子为什么没有答应阳货请求，与阳货合力来推动鲁国的政治改革。赐想，如果夫子果真与阳货联合起来，或者能够消除鲁国三家专政的局面，使鲁国面貌一新。

阳货欲见孔子，孔子不见。归孔子豚。孔子时其亡也，而往拜之，遇诸途。

谓孔子曰：来，予与尔言。

曰：怀其宝而迷其邦，可谓仁乎？

曰：不可。

好从事而亟失时，可谓知乎？

曰：不可。

日月逝矣，岁不我与！

孔子曰：诺，吾将仕矣。

（《阳货》篇）

　　孔子沉默了，子贡的话触动了他的满腹心事，他没有立即回答子贡的问话，缓缓举头望向了远方的平原尽头。极目的郁郁葱葱处，孔子知道那里是宣公七年（公元前602年）迁道后的黄河水道，眼下正是秋水泛滥的时候，他眼前仿佛呈现出一幅水波浩淼滔天、波澜壮阔的气象，也几乎立刻想起了30多年前的那一段往事。

　　平心而论，阳货这个人在当日鲁国，论才干、能力和智慧，都可以算是一流的了，但他行的算是什么新政？囚禁了主人——季桓子——而专鲁国之政，这不过叛乱罢了。的确，他当时极力拉拢自己，试图借助自己的名望而巩固地位，但自己即使为国家服务的心理再迫切，也不能伙同这样的乱臣贼子来谋求个人仕途上的进步。记得当时，确实有许多人都以为自己会就此而发达，自己曾经非常干脆地告诉他们：坚持一种孝心、友爱的行为，并用这种行为来影响政治，就不必一定要从政。

　　或谓孔子曰：子奚不为政？子曰：书云"唯孝友于兄弟"。施于有政，是亦为政，奚其为为政？

（《为政》篇）

　　为政，为什么要为政？想到这里，孔子看着子贡道：

　　赐啊！一个人学习知识、钻研学问、阅历事态、理解人生、遵守礼仪、潜心道德、效法圣贤、实践仁义，进而确立一种远大理想，这种理想既是追求立言、立德、立功，以求名声之不朽；也是为了进德修业，以求报效国家、社会和家族。如果仅仅为了个人前途，则势必患得患失，个人进退视利益大小而后决，则不足为士矣。所以，不患无位，患所以立。不患莫己知，求为可知也。

（《里仁》篇）

子贡道：

然则，一名士如何立于世呢？

孔子道：

一名接受过良好教育的士，虽然身份地位都很平常，但他却具有向上发展的无穷潜力，只要他能够一步步地从头做起，从最根本之处确立起自己终身为之努力奋斗的理想目标，他的前程就不可限量。至于士应该如何通过自己切实的行动而获得理想的实现，并没有非常具体的或千篇一律的形式，一般来说，大致脱离不开如下步骤：

古之欲明明德于天下者，先治其国；欲治其国者，先齐其家；欲齐其家者，先修其身；欲修其身者，先正其心；欲正其心者，先诚其意；欲诚其意者，先致其知；致知，在格物。物格而后知至；知至而后意诚；意诚而后心正；心正而后身修；身修而后家齐；家齐而后国治；国治而后天下平。

（《四书·大学》）

这是古代时期所有有志于天下者的必由之路，虽然古今形势变化很大，但似乎仍然无法脱离这条道路。

做官守则

这时，默默地站在一旁的子张，恭身向孔子深深地行了一个大礼，说：年来多次听夫子讲授人生道理，深感其中奥妙无穷，然以师之浅薄素质，自揣难以在仁义道德领域里有所建树，万万不敢向往成圣成仁。因此，师宁愿退而求其次，把出仕以及获得微薄俸禄作为自己的学习方向和努力目标。这样做虽然有些俗气，但既可以实现自己为国家服务的理想，又能够解决自己的生活问题，不知夫子以为如何？

孔子颇有兴趣地听完子张的话，笑道：

这样做很对。每个人都应该寻找到自己的生活道路，能够生活才能谈到其他事业。管仲说得好，"仓廪足而知礼仪"，这是一点不错的。在道德人生、仁义性情道路上的远行，只是一部分人的理想，并不是每个人的责任。尤其是在这些领域里登攀，究竟登攀到哪一个阶段才能完结？虽然主要在于个人的努力，但亦凭个人的天资。以我看，能够最终获得成功的人，并没有几个。所以，你根据自己的爱好而做出选择，很好。但想要获得国家的一份俸禄，却也不是一件非常容易的事情。

子张道：需要注意一些什么呢？

孔子道：

官场是个鱼龙混杂、是非混淆的所在，要注意多听别人说话言辞中的那些值得怀疑之处，甚至对于那些比较可信的部分也要非常慎重地表态，这样便比较少遭嫉恨；多注意看那些值得怀疑的地方，对于那些比较可行的地方，也要慎重地实行，这样就比较少有懊悔。语言中少有错误，行动中少有懊悔，做官的俸禄就在这里面了。

子张学干禄。

子曰：多闻阙疑，慎言其余，则寡尤；多见阙殆，慎行其余，则寡悔。言寡尤，行寡悔，禄在其中矣！

（《为政》篇）

子张闻言欣喜，又问道：

然则，如何才能做好政治方面的工作呢？

孔子道：

做官便是从事政治工作了，怎样做好官也就是怎样进行政治活动了。这方面的内容很多，具体要求也很多。但对于一名官员来说，最重要的就是在自己的职位上不要疲倦懈怠，在推行政府政令或执行国家法令的时候，一定要忠心耿耿。

子张问政。子曰：居之无倦，行之以忠。

（《颜渊》篇）

子张正要说话，性急的子路听到这里，早已触发了自己的心事，他觉得自己虽然已经从政多次，但都以失败告终，至今也还不大懂得政治领域里的窍门，而且夫子也很少讲政治与做官之间的关系问题。所以，他禁不住问道：

前些日子，曾听夫子对子贡讲政治问题，批评现在的从政者都是些斗筲之徒，好像都算不得什么政治家。刚才对子张说，从政者只要勤劳和忠诚就足够了，这两个条件对一般人来说，似乎都不难做到。如果由想知道如何从政？不知夫子何以教我？

孔子笑道：

你问得不过是一种工作态度罢了，记住！做官首先要做到：行动上要走在别人的前面，工作上要不辞劳苦。

子路道：

夫子说得太简单了，能不能再增加一点呢？

孔子道：

那就是工作时永远不能懈怠。

子路问政。

子曰：先之，劳之。

请益。

曰：无倦。

（《子路》篇）

子路又问道：

在工作上，君子和小人有什么不同吗？

孔子很干脆地说：

君子泰而不骄，小人骄而不泰。

（同上）

看到子路有些惘然，孔子又道：

这就是说，君子无论在工作及生活中，总是安泰舒适却不盛气凌人；小人在工作及生活中总是盛气凌人却不能安泰舒适。由啊！千万不要无视这些个人行为中的小节，它们对个人的前程之影响，却关乎至大。

五美与四恶

子张刚才的问话被子路中途打断，现在，看到子路的问题已经问完，唯恐失去了机会，就急忙问道：

夫子刚刚已经解释政治方面的许多问题，但师很想知道，究竟做好了哪些方面的准备，才算是合乎了从政标准？

孔子道：

遵从五种美德，摈弃四种恶行，就可以从事政治方面的事业了。

子张惊问：

什么是五美呢？

孔子道：

君子给别人以恩惠，而自己却没有损耗；君子使别人付出勤劳，却不产生怨恨；君子也有自己的欲望，却并不贪婪；君子舒泰安逸却不傲慢自大；君子威严刚直，却不严厉凶猛。

子张愕然道：

什么是君子的惠而不费呢？

孔子道：

就人民所能够得到的利益而使他们真正得到利益，这不是给了人民恩惠而自己却没有任何花费吗？选择可以付出勤劳的劳动时间，还有谁会产生怨恨呢？想要得到仁义或仁慈就真正得到了，为什么还会贪婪呢？君子眼睛里没有人数多少、力量大小，都不敢加以怠慢，这不就是舒适安逸而不傲慢自大吗？君子使自己衣冠整洁，视野不向邪恶的睃巡，道貌岸然，别人看了就会产生敬畏心理，这不就是威严庄重而不严厉猛烈吗？

子张道：

听夫子开导，师对五美已经略有体会。然则，什么是夫子所说的四种恶行呢？

孔子道：

作为国家的执法者，如果对人民不加以教育就进行杀戮，这就是一种暴虐的恶行；不在事先进行督促告诫，就要求成功，这就是一种戕残的恶行；同样是给予别人，却出手吝啬，就是一种小胥吏的恶行了。

《论语》详细记载了子张的这次问话：

> 子张问于孔子曰：何如斯可以从政矣？
>
> 子曰：尊五美，屏四恶，斯可以从政矣。
>
> 子张曰：何谓五美？
>
> 子曰：君子惠而不费，劳而不怨，欲而不贪，泰而不骄，威而不猛。
>
> 子张曰：何谓惠而不费？
>
> 子曰：因民之所利而利之，斯不亦惠而不费乎？择可劳而劳之，又谁怨？欲仁而得仁，又焉贪？君子无众寡，无大小，无敢慢，斯不亦泰而不骄乎？君子正其衣冠，尊其瞻视，俨然人望而畏之，斯不亦威而不猛乎？
>
> 子张曰：何谓四恶？
>
> 子曰：不教而杀谓之虐，不戒视成谓之暴；慢令致期谓之贼；犹之与人也，出纳之吝，谓之有司。
>
> （《尧曰》篇）

这是《论语》中最长的一段文字，比较完整地反映了孔子对从政者的要求。尽管子张后来并没有在政治上有作为——孔子身后的战国时代见不到子张，但这段文字却对中国历史起到了积极的影响，每一个自诩为儒者的从政者，都不敢明目张胆违反上述准则。

子张以及其他在场的弟子们，都静静地聆听着孔子的教导，他们从中体会到了一名君子对待工作的正确态度。

社是什么

入冬后的一个黄昏，子贡专程从曲阜赶到帝丘来看望孔子，不但给孔子带来了许多食品和日用品，也带来了许多关于鲁国的最新消息。当子贡绘声绘色地描述了吴、鲁之间在春季发生的一次小规模的军事纠纷时，孔子屡次笑出了声。据史书记载：

> 吴师……遂次于泗上。微虎欲宵攻王舍，私属徒七百人，三踊于幕庭，卒三百人，有若与焉。及稷门之内，或谓季孙曰：不足以害吴，而多杀国士，不如已也，乃止之。吴子闻之，一夕三迁。
>
> （《左传·哀公八年》）

听到鲁国在大好局面下最终还是签订了城下之盟，孔子深感遗憾。但对于鲁国的这些无能的执政者，他从来也没有寄予过高的期待。随后，子贡谈起了一些出仕弟子们的近况，很自然地提到了宰予，他几个月前回到鲁国去担任了季孙的家臣。子贡说：

有一次哀公见到了宰予，便向他询问社是怎么回事，为什么夏商周的社会有所不同？宰予告诉哀公说：所谓"社"不过是在社稷的周围栽树罢了。夏朝是栽种松树，殷商栽种柏树，周朝则栽种栗树，周人栽种栗树的目的是为了使人民感到战栗和恐惧。

子贡说完，又问孔子道：

夫子！如果说周人立社和栽种栗树是为了使人民感到畏惧，则夏之栽种松树，殷商之栽种柏树是什么意思呢？

孔子道：

认真说起来呢，子我的话亦不能算错。社这种东西，在最早的时候，不过是一小方土地，可能二三十里，也可能五六十里，甚至也有十里八里的，一个家族，或一个宗族、一个氏族居住在上面，就形成一个小小的社会。社里的人们出于对这块土地的热爱，便设立一个坛来进行祭奠，以感谢土地。沿袭既久，这个坛的所在地便成为社会的中心地带。随着家族扩大为部族以至国家，这个小社坛便也成为国家的象征，国家破灭，国君就要以自杀来祭奠社坛。说夏以松、殷以柏，亦不过是因为松柏象征着肃穆和威严，这正是国家政权的标志；周人用栗，亦不过沿袭成俗而已。

对于这些已经形成的事情，就不应该议论了；对于一些已经没有妨碍的事情，就不必再劝谏了；而对于已经成为过去的事情，就更加无须追究了。所以，哀公固然不必细问，而宰予也可以不加解释。

> 哀公问社于宰予。
> 宰予对曰：夏后氏以松，殷人以柏，周人以栗。曰：使民战栗。
> 子闻之曰：成事不说，遂事不谏，既往不咎。
>
> （《八佾》篇）

子贡闻言，深以为然。

怎样领导国家

沉默了一会，子贡很慎重地问道：

听说前两个月，夫子对子张等人谈了许多关于政治方面的精彩意见，其中有"尊五美，屏四恶"的条目，赐闻知之后，深感夫子的仁慈胸怀简直博大得像苍天一样。赐现在也勉强算是个半吊子从政者，每每感到力不从心，也时时痛感到难以有些做人。而且，政治领域的鬼魅伎俩，政策法令的朝令夕改，也令人无所适从。今日前来帝丘，就是特意来向夫子讨教的，赐觉得有些心力交瘁、应付不来了。

孔子笑道：

赐啊！如果说我对子路、宰予他们都还有些不大放心，但对你与求，却一点也不担心，无论发生了什么事情，你们都会处理得游刃有余。譬如现在，如果是由，遇到什么不顺心的事情，早已辞职跑了回来，你不是仍然在鲁国干得风风火火吗？

子贡道：

夫子谬赞，赐实不敢当。赐倒也不是遇到什么外界敌人或其他什么非常棘手的事情，只是心中有些困惑。

孔子笑了，道：

说来听听！

子贡道：

赐尝闻夫子之言曰：

> 道千乘之国，敬事而信，节用而爱人，使民以时。
>
> （《学而》篇）

这是说领导一个千乘之国，要获得人民的拥戴，首先要对人民采取一种恭敬和尊重的领导方式，并在自己的实际行动中取得他们的信任；同时，必须节约国家的一切不必要开支，从行动上切实地爱护人民；尤其是，在使用人民参加国家或执政者的大规模徭役，要注意时间，不能在农忙时进行。

但鲁国现在的执政者们，何尝有所顾忌？不用说恭敬、信誉、节俭是，一丝也没有的，铺张浪费且随意敲诈人民，这些事情他们做起来一点都不脸红。而且，几乎没有一个执政者注意到人民自己的必要劳动时间，这些人的所作所为好像不是在治理国家，而是在毁灭国家。不知夫子对此有何看法？

孔子叹道：

这样的现象由来已久，我是一个在野之人，又能有什么看法？其实，领导者与人民之间的关系对立，自大禹末期以迄三代而至于今，已经相沿袭成习，没有人能够真正改变这种状况。但政治领域并不是一块真空地带，这里决不是没有道德和纪律。人民固然应当遵守纪律和法令，领导者也同样如此。

子贡道：

然则，如何引导人民走向遵纪守法的正确途径呢？

孔子道：

这样的意见，我早已向你们谈起过。那就是：

> 道之以政，齐之以刑，民免而无耻。道之以德，齐之以礼，有耻
> 且格。
>
> （《八佾》篇）

其实，我真正忧虑的倒不是人民与领导者之间关系的日益恶化，因为这种关系是可以获得改善的；而是当今鲁国领导者本身的分裂，国家权力正在一点点地向下移动，致使中央政府已经大权旁落：

> 禄之去公室五世矣，政逮于大夫四世矣。故夫三桓之子孙，微矣。
>
> （《季氏》篇）

世族，这是封建邦国的立国基础。天子曾经是整个天下的宗主，但东迁之后，他的天下宗主地位已经被诸侯们取代了；诸侯是封建国家的宗子，但他们的地位已经被各级士大夫所取代了；现在，各级士大夫亦在没落，他们的实际地位也被自己的家臣们所把持。于是，各个国家的局面已经难以收拾。

子贡道：

然则，如何能够使一个国家重新振兴呢？

孔子简短地答道：

> 为政以德，譬如北辰居其所，而众星拱之。
>
> （《八佾》篇）

子贡点头道：

夫子说得不错，以道德作为政治准则，则人民对于领导者就会产生一种极亲切而自然的向心力，这种情形与北斗星与周围星辰的关系一样。

孔子颔首微笑。

领导者与民众

子贡又问道：

夫子以德行和道德作为国家政治的基本路线，赐以为这是一种领导者和被领导者两下相安的对策。但如何才能使道德落实到社会中呢？

孔子道：

领导者方面应该采取的方法，我已经对子张，也与你和子路谈过不少，这里就不必重复了。从被领导的人民一方，则老聃先生曾经提倡的"愚民"政策未始不是一个无可奈何的方法。

子贡道：

夫子这样说，赐想起了老聃先生的一段话，正是主张行愚民政策以达到国家大治：

> 古之善为道者，非以明民，将以愚之。民之难治，以其智多。故以智治国，国之贼；不以智治国，国之福。
>
> （《道德经》第六十五章）

孔子笑道：

你记得不错，这确是老聃的原话。姑不论这些话是否符合道理，但确实是治理国家社会的至理名言。我的意见是：

> 民可使由之，不可使知之。
>
> （《泰伯》篇）

人民，是可以一些正确方式进行驱使的，但却不能使他们知道或明白事情太多。其实，说出这样的话来，我自己也感到很难堪，这只是一种变通的策略而不是执政的宗旨。你应该知道，我从来都不反对任何人学习文化知识，我毕生都提倡人们通过学习知识来消除愚昧，在博大无涯的文化知识领域里，教授者和学习者都拥有平等的权力，没有人可以垄断文化知识，这是我的一贯主张。所以，上面的说法只能看作是有局限性的特定说法，而并非我的一贯主张，而且，我生平在教育事业上的努力完全可以证实我的一贯主张并非空谈。但是，个人思想如果面临了国家行政的具体落实，就需要以思想适应局势而不能反是。所以，站在执政者的立场，对于整个民众集体在普及文化知识方面的努力，我并不支持，我认为这不但不可能做到，反而会导致民众的难以管理。知识越多则主见越顽强，政府也就越难驾驭，这是当今社会的实情。所以，我鼓励个人通过学习而出人头地，而不鼓励一个民族通过学习来出人头地，因为没有哪一个国家能够使全体人民都出人头地。

子贡闻言，面容上现出了疑惑的神情。真是太不可思议了！这种意见如果不是从孔子自己口中说出，子贡真不敢相信这是孔子的观点。诚如夫子所言，他平日在教育上从来不分贵贱，主张人人平等，何以在国家治理上却同意老聃先生的"愚民"政策？这不是自相矛盾吗？子贡小心翼翼地问：

教育难道不应该全民普及吗？

孔子似乎看到了子贡的疑惑，微笑道：

赐啊！如果能够做到教育的全民普及，国家一定繁荣昌盛。但凭借一两个人的力量能够做到吗？愿意把自己的知识没有代价地传授给所有求学者，普天之下只有我一个孔丘啊！而且，知识这种东西，除了非常具体的技术，谁能够说得明白呢？现在的那些花天酒地者、骄奢淫逸者、飞扬跋扈者、胡作非为者，哪一个不是受过教育的人呢？所以，没有具体准则、范畴、规则的知识对于许多学习者而言，就如同衣服一样，不过是一种点缀品罢了。各种不同的人运用这些东西来招摇撞骗、欺世盗名，来谋求个人的一己之私，这样的知识对人生会产生真实意义吗？举目中原，能够传授真正知识的人以及愿意接受真正知识的人，到底有多少？我实在说不清。所以，在没有寻找到真正知识之前，对于教育一定要慎重从事。执政者不明了这一点，只会徒然增加社会的烦乱。

赐啊！也许在将来的某个时候，我会向你们专门谈谈教育问题，今天就到此为止，我们还是接着谈政治，如何？

子贡听到这里，思维有些混乱。什么是知识？什么是教育？什么是知识的意义？这些问题，他从来没有想过，他一时觉得天地在旋转。

这时，子路大步走了进屋来，看见了子贡，不禁喜出望外。随后，子张、子夏等也走了进来。

君臣关系

闲聊了一会，子贡又问道：

夫子刚刚讲过了一名君子怎样对待国家公事以及怎样的态度对待自己的工作，夫子的意见无疑是正确的。无论国家局势如何复杂恶劣，无论执政者如何卑劣无道，也无论自己的境遇如何窘迫危险，只要出仕为官，就应该鞠躬尽瘁，这不是向某些权贵讨好，而是对事业负责，夫子当年就是这样做的。然则，无论君子如何希望能够竭尽自己的绵薄之力，也无论君子如何愿意为了大局而委曲求全，但仍然存在着如何处理和调谐人事关系方面的问题，这个问题不获得解决，则君子根本没有办法进行工作，尤其是与君主之间的关系，是必须调谐到非常融洽的程度。不知夫子对此有何见教？

孔子道：

君子出仕之后，就不再仅是个人的修德问题，而是怎样带动整个国家如何修德的问题了；也不是仅仅是个人怎样正确行动的问题，而是带动国家怎样正确行动的问题了。此外，他的行为亦不仅是对自己负责，而是对整个国家负责，由于现在的国家是以君主为代表，所以，出仕之后的士大夫就应该对国君负责。怎样对国君负责？我的意见是：侍奉国君，就是恭恭敬敬地把他交给自己的工作完成之后才吃饭休息。

子曰：事君，敬其事而后其食。

（《卫灵公》篇）

子路插口道：

如果仅仅是针对工作，就是少吃饭少休息也没什么要紧。关键是侍奉君主并不只是工作方面的事情，还有态度上的问题。如果遇到了棘手的工作，发生了国君不希望发生的事情，尤其是遇到与国君意见不能一致的问题，做臣子的就比较为难，处理不当就只能拂袖而去。希望夫子有以教之。

孔子思索片刻，说道：

侍奉国君的要点应该是：在自己职责范围内所负责处理的所有国家大事，无论遇到了什么事情——即使是他不希望发生以及意见分歧很大的问题——都不要欺骗他；但在发生不同意见时，却可以当面反驳他。

> 子路问事君。子曰：勿欺也，而犯之。
>
> （《宪问》篇）

子路道：

记得十几年前，有一次鲁定公向夫子请教君臣之间的关系问题，夫子的回答是：国君差遣大臣要采取一种礼貌的方式，大臣们侍奉国君则需要忠心耿耿。现在定公尸骨已寒，而夫子也被迫脱离了鲁国政治舞台，流亡在外亦已12载矣！现在，不知夫子是不是还这样看待君臣关系？

> 定公问：君使臣，臣事君，如之何？孔子对曰：君使臣以礼，臣事君以忠。
>
> （《八佾》篇）

孔子沉吟道：

君臣之间的关系既沟通着国家和社会之间的密切联系，也维系着整个国家的运行，他们的和谐与否，直接决定了国家之兴亡。大凡一个获得良好治理的国家，都必须拥有一套良好的国家运行机制。从某种意义上，可以说国君就是这一架运行机器的操作者，他的大臣们则各自负责了辅助性工作，这种主次关系不能随意颠倒，亦不能被破坏，也不能受到各种干扰，尤其应该避免许多人来共同操作机器，那样的话，机器的运行规则和运行轨道就会发生混乱。所以，国君的地位是独尊的，但他要以礼仪来规范自己；臣下是辅助的，他们需要对国君付出忠心。这种关系可能不甚合理，尤其是臣下的能力、才智、权力、势力都超过了国君的时候，这种关系便会受到挑战，但挑战者只是权力觊觎者而绝非道德君子。一个民族是否文明？则看有没有国家政府之建立；一个国家是否文明？则看国君的地位是否巩固。

子路道：

诚如夫子所言耳！我曾周游边塞各地，每见一些夷狄之国，全体人民不分男女老少尊卑，群居一处，全然没有老少尊卑、君臣贵贱以及男女之防的礼节，人或曰之为自然淳朴之习，由每惑之，今闻夫子之言，顿觉释然。但现今之中原诸国，固然大多君主望之不似人君，而为人臣者似亦大多沐猴而冠者。由数次出仕，每每有与小人为伍、与盗贼为侣之感。夫子于仕途亦可谓历尽沧桑，想必亦饱尝其中滋味。

孔子面现愤然之色，连连点头道：

由啊！你所说的这些，我都知道。对于那些行为卑鄙的小人，我虽不才，却怎么能够与他们共处庙堂，共同侍奉国君呢？这些人没有获得职位的时候，为怎样抢到一个职位而忧患；已经得到了职位之后，又因为害怕失去职位而忧患。假如心里存有害怕失去职位的想法，他在行事方面就会无所不为，不知有什么收敛了。

> 子曰：鄙夫可与事君也与哉？其未得之也，患得之；既得之，患失之；苟患失之，无所不至矣！
>
> （《阳货》篇）

子路亦愤然道：

诚如夫子所言，一名君子厕身于这样一个污浊龌龊的环境中，如果不能洁身自好，就难免同流合污。所以，我子路倒是愿意以一种宁折不弯的姿态来与世道相抗争！

狂狷的性情

孔子听了子路的话，觉得一时难以回答。子路的这种与污浊乱世以及邪恶世道势不两立、毫不妥协的精神，其实也正是孔子自己的品格，他当然欣赏子路的这种大无畏精神，但他经常为此而担忧。由啊！他的性格是太倔强了，丝毫没有回旋与容纳的涵养，以这种倔强性格与社会普遍流行的潮流相碰撞，岂不是太危险了？

于是，孔子很严肃地对子路道：

由啊！抗争精神当然是非常难得的，但这种精神在许多时候都应表现为一种涵养，而不必是一种行动。因为在所有需要进行抗争之处，都遍布了阴谋、障碍和陷阱，尤其当一些歪风邪气已经周流四方的时候，个人的抗争往往是以卵击石的行为，他除了以这种行为粉碎自己而不会引起社会的变化。所以，一个人仅仅有抗争习俗的勇气是不够的，他还须具有应付世道的方法、手段和策略。这样的话，我已经对你说了20多年，我亦知道劝阻和讲解或许可以改变一个人一时的行为，却不能改变一个人的性格，但我还是要向你提出，希望你终有改变的一日。我现在要说的是：

> 不得中行而与之，必也狂狷乎！狂者进取，狷者有所不为也。
>
> （《子路》篇）

如果不能寻找到中庸之道并以这种道理来指导自己的言行，就会在行为上陷于或狂或狷的状态啊！狂妄自大的人能够积极进取，而狷介耿直的人则不大愿意有所作为，这两种行为各有偏颇之处。

子路喜道：

看来夫子比较赞成狂者了！

孔子不屑地说：

还不能这么说！无论在任何世道里，也无论在怎样的环境里，狂妄自大从来都不是好东西，尤其是态度上狂妄而不能心怀正直，表情上天真幼稚而内心里却不能心存厚道，性情上懦弱而行为上却不讲信誉，这样的人，我真不知道究竟是怎么回事！

> 子曰：狂而不直，侗而不愿，悾悾而不信，吾不知之矣！
>
> （《泰伯》篇）

子路疑惑地问道：

信誉对于为政很重要吗？

孔子道：

一个人立身处世，如果不能讲求并落实信誉，真不知道会落得个什么结果。打个比方，这就像大车的横梁上没有安置輗，小车上横梁上没有軏，怎么能够走得起来呢？

子曰：人而无信，不知其可也。大车无輗，小车无軏，其何以行之哉？

（《为政》篇）

子路一时默然无语。

政治是礼仪的沿袭

这时，子张趋前而问：

夫子刚刚与子路、子贡二位师兄谈了很多政治方面的政治原则及从政者的行为准则，尤其是关于君臣关系的论述，师听了顿开茅塞。师获悉了夫子所说的这许多政治道理后，心志似乎开始明朗了一些，忽然感到，自己以前好像是个地道的官迷。现在，师想问个历史上的政治问题，从现今的时代上溯到十个世代，是不是可以了解呢？

孔子道：

30年是一个世代，十个世代就是300年，尽管史迹容易湮灭，但还不是什么难以了解的事情吧？

子张道：

师一时用词不确，请夫子见谅！我的意思是指十个朝代，不知是不是能够知道它们之间的延续过程？

孔子沉吟道：

这就比较困难了！向上推溯，我大致只能略微知道三个朝代的事情，即：殷代社会的典章制度和礼仪文化是因袭夏代的，而周代则是因袭了殷代。至于将来或有继承周朝天下的，即使是一百代，也是可以预知的。但夏以前的事情，我几乎毫无所知。

子张问：十世可知也？

子曰：殷因于夏礼，所损益可知也。周因于殷礼，所损益可知也。其或继周者，虽百世可知。

（《为政》篇）

子贡已经许久没有讲话，他在静静地倾听着孔子畅谈政治见解的同时，也在目不转睛地看着孔子，心中不禁产生出一种崇敬之情。夫子究竟是一位怎样的人？尽管子贡已经在过去的12年岁月里不断地苦苦思索着这个问题，却不能得到确切的证实。以子贡的聪明机巧和善于观察天下形势之归趋，内心中早已明白这位老人的理想是根本不能实现的了，如果不能实现的理想与谎言有什么区别？但子贡极力抑制住了自己的这种想法，他知道这种随波逐流的想法与夫子的理想犹如天壤之别。每一次，哪怕是极短暂的时间里离开这位老人，就往往在人海中迷失了自己；每一次走近了这位老人，不知不觉间就被他的崇高理想所感动。现在，子贡听了孔子的谈话，立即便被吸引了。其实，这些内容都是孔子谈过多次的东西，子贡还是被感动了。他感动的不是政治方面的内容，而是孔子对政治的虔诚和真诚。

于是，子贡问道：

夫子！刚才子张问到了国家朝代的更迭，夫子认为有一条仁义道德和礼仪的轨迹在延续。赐想知道，作为国家政治，往往通过一些制定政令、法令、纲领之类的东西，来推行国家的发展计划。但作为负有责任的官员，究竟怎样才能使这些政令达到完善呢？

孔子道：

根据我自己曾经参与过的政治活动所得出的体验，制定一项国家政策，则汇集起国家内部的所有杰出人物，经过充分的酝酿、切磋、讨论，甚至辩驳争执，最后再通过几位出色人物的确定，这样就差不多了。我个人比较欣赏郑国前些年的做法，即：

> 为命，禅谌草创之，世叔讨论之，行人子羽修饰之，东里子产润色之。
>
> > （《宪问》篇）

子贡道：

一个刚刚建立的国家，需要多少年才能走上正轨呢？

孔子道：

我自己对此没有专门研究，但看到古人的记载里说：

> "善人为邦百年，亦可以胜残去杀矣。"诚哉是言也！
>
> > （《子路》篇）

我以为这种看法很正确！三代以来，开国建邦皆以武力为手段，这样，每一个新朝代在开国之初期就无法脱离武力色彩。这是为什么？因为被推翻的一方往往不能心甘情愿地接受新朝的统治，他们会以各种方式来制造矛盾，甚至以阴谋和武力来达到恢复旧朝的目的，所以，通过武力获得成功的新政权，需要100年时间才能克服残暴性格而消除杀戮了。古人说得很对啊！我个人以为，假如有真正奉行王道政治的王者出现，也许经过30年左右的时间才可以使仁义之道流行于天下。

> 如有王者，必世而后仁。
>
> > （《子路》篇）

子贡抚掌称善，又问道：

然则，立国的首要之务当以什么为主呢？

孔子道：

> 中庸之为德也，其至矣乎！民鲜久矣！
>
> > （《雍也》篇）

子贡道：

中庸是一种介乎中间的做法，它可以称为德吗？

孔子道：

> 天下国家可均也，爵禄可辞也，白刃可蹈也，中庸不可能也。
>
> （《四书·中庸》）

子贡闻言，欣喜道：

赐谨记夫子教诲。

这是公元前487年，孔子65岁。

十二·自浑噩中开凿灵性

夫水似乎德

秋日的黄河，水势浩大而水波浑浊，当它从黄土高原上携带了大量泥沙突然飞流而下，其气势实在非同小可！它于一路上兼收并蓄，容纳了千川百谷之后，就以雷霆万钧之势劈开了吕梁之隘、闯过了龙门之险，在豫西的黄土丘陵中蜿蜒行进并继续积蓄着力量。本来，它应该沿地势顺流直下，取道鲁南或淮北入东海，这曾经是它以往一直行进的传统路线。但到了公元前7世纪前后，经过不知多少年以来的日积月累，河南中部地区的河道已经被大量泥沙堵塞得结结实实，上面也居住了许多人民，正在那里过着丰衣足食的生活。所以，公元前602年秋季，当黄河按照惯例流到了河南孟津渡口的时候，就忽然遇到了堵截。它似乎不想惊动当地的居民，就掉头北上，向东北方流去。在黄河眼里，东北方是未被开垦的处女地，孟津以北，平原浩荡，没有任何限制，黄河忽然获得了自由，就随意地驰骋起来，漫溢在辽阔无垠的华北平原上，形成了一处处和谐、优美的村落、城邑和农田。

孔子站在黄河南岸的一处黄土高坡上，眼望着波翻浪涌的黄河水，心情也犹如河水一样波澜起伏。13年前，自己曾经身临黄河之畔，准备应晋国的佛肸之邀，去晋国施展生平抱负，结果是临河而返。13年来，不遇于卫、受阻于齐、扼于陈蔡、见危于宋、遇难于蒲，仓仓皇皇而席不暇暖，却只是岁月徒增而壮志难酬。

这时，子贡在孔子身边道：

夫子！为什么每个君子到了比较有些规模的大水边，一定要加以观瞻且百感交集呢？

孔子黯然道：

以其不息，且遍与诸生而不为也。夫水似乎德，其流也卑下，倨邑必修，其理似义，浩浩乎无曲尽之期。此似道，流行赴百仞之溪而不惧；此似勇，至量必平之；此似法，盛而不求概；此似正，绰约微达；此似察，发源必东；此似志，以出以入万物就以化洁；此似善，化也。水之德有若此，是故君子见必观焉。

（《孔子家语》卷二）

子路闻言笑道：

听夫子的这一番议论，就好像是听老聃先生在讲道——当然我从来也不曾听过老聃讲道。我记得夫子曾经说过：老聃先生的学问精华全在于一个"道"字，夫子莫非欲效法老聃，已经有了退隐之意？

孔子哈哈大笑道：

老聃先生的"道"，你以为想学就可以学到手吗？告诉你！老聃先生的学说对于生活于乱世中的人们，可能比我的学说要高明得多。是啊！也许我是该退隐了，但我能退到哪里去呢？一个求道者可以退居到荒山僻壤或山青水秀之处，去那里寻找天地之根或人生之源。可是，一个学者能退吗？真理可以暂时退却或隐没，但知识却不能退却或隐没，知识必须与社会血肉相连。所以，我要是退隐了，却是退隐到学术中，退隐到知识中，退隐到仁义道德中，却永远也不会退隐到人生之外。

子路苦笑道：

夫子真可谓活到老学到老啊！

孔子望着滚滚流水，一时无语。

不亦乐乎

子贡见孔子缓缓地收回了眼神，便问道：

夫子！学习的过程中确实能够产生出无穷乐趣，这是一种接受了新鲜事物的快乐和满足，个中滋味不是身临其境者则难以体会，赐对此多少有些体验。但是，赐对于几乎所有的知识都十分喜欢，但一旦学习过后，就不愿再回头重复。我感到重复学习一样东西就像匠人只会制造一种东西一样，实在令人乏味，事实是否如此？也许这只是赐的个性使然，也未可知。祈夫子有以教我。

孔子指着距离河边不远处的一块向阳坡地，招呼众弟子一起坐下。开口道：

刚才由和赐都提到了学习问题，今天凑巧置身于黄河之畔，艳阳秋色之中，令人倍感心旷神怡，何不就趁此机会讨论一些学习以及教育方面的问题。很久以来，我就有心与你们讨论一下这些问题了，我的年岁已经很大，精力也一天不如一天，执教的年头不会很多了。你们之中有许多人，今后也许会走上教育领域，我总是有些不大放心。教育，实在是非常神圣的使命，每个从事教育的人都不但要为此付出整个身心的劳动，而且要以一片真诚、慈爱、善良、平和、公正的态度来进行。略而言之，做一名合格、称职的教育者，实属不易！

赐提出的问题很重要，它涉及怎样学习知识的态度问题。需要注意的是，学习亦是一种劳动，这种劳动不能与工匠的劳动相提并论，它们之间的重要区别就是体力劳动和脑力劳动不是处于一个相同的水平线上，它们所创造的价值亦不相同。对于一个学习者来说，如果意识到脑力劳动的价值胜过了体力劳动的价值，是没有什么错误的。这样说，并不是我有意贬低体力劳动而鼓吹脑力劳动，而是因为人类的进步并不是体力上的进步，而是精神日益开展而后所获得的文化进步，否则，人类并不比其他动物的体力更强，而野蛮人的体力也往往胜过了文明人，但我们并不承认他们在体力方面的优势，就是这个道理。如果必须对二者作出评判，则我以为，体力劳动创造了物质文明——其实物质的发明创造也同样来自于脑力劳动，而思想劳动则创造了精神文化，文明与文化具有不可偏废的作用。然则，我何以要扬此抑彼呢？

一般来说，体力劳动依赖于经验之积累，年年月月、世世代代，人们应用着这些经验进行生产劳动，人们的体力有效地消耗在劳动中却难以改变劳动的任何节奏，体力只是劳动所必须消耗的固定能源而不是其他。脑力的劳动创造经常是突变的，忽然有一颗聪明的头脑看到了被烧死的动植物吃起来可口，茹毛饮血的时代就结束了；忽然有一颗聪明头脑想起了身体应该掩饰起来以避风雨，断发文身的时代就结束了。人类历史上所有最重要的发明创造亦无不是出色的思想产物，它们可能产生于劳动中，却不产生于体力中。比较鲜明的事实是，许多动物——如大象和野牛——比人的力气大得多，却发明不出任何东西。

既然人类的进步主要体现在精神和脑力的进步上，则学习就成为文明人所必不可少的思想劳动。体力劳动当然也是非常重要的，人类的衣食住行都来源于此，从来没有人能够忽视他们的存在。但如果把他们与脑力劳动相比较，则可以认为，没有发达的精神文明支持的体力劳动不过是简单的动作重复，而有了发达的精神文明指导的体力劳动，才能表现出日新月异的进步姿态，依此看来，体力劳动无疑要以脑力劳动为基础的。是以，为了寻求精神和心志的广泛开展，学习是必要的手段。

学习知识虽不是体力劳动，却无疑是脑力劳动，看起来脑力劳动似乎甚为省力省心，其实，其繁重较之体力劳动有过之而无不及。因为，体力劳动大多是依靠经验的相互传授，大多可以直接领会；而脑力则是依靠心灵的发明，没有发明能力的脑力劳动是徒然无效的劳动。学习经验可以直接地相互授受，而学习知识则除了相互授受之外，还必须付出自己的心灵，学习者对知识领域的一切概念、思想、习俗、典章、制度，不但要真正熟悉，而且要融合进自己的情感。因此，学习不是一下就可成功，它需要不断温习、交流、切磋、讨论，正是在这里，精神劳动和体力劳动拉开了距离。

所以，我始终感到学习是一种乐趣，我曾经说过：

经常地温习学过的知识，难道不是一件非常快乐的事情吗？

学而时习之，不亦说乎？有朋自远方来，不亦乐乎？人不知而不愠，不亦君子乎？

（《学而》篇）

子贡心悦诚服地问：

夫子在这里指出了三点，其中把复习知识和朋友从远方来作为两大乐事，而把别人不理解而不恼怒作为君子。赐寻思，如果不断学习则需不断地复习，学习愈勤而复习亦勤，则远方来友，岂非耽误时间？

孔子笑道：

学习和复习并不是把自己封锁在房屋里，室内徒空四壁而一灯如豆，独身一人，形影相吊，面壁而读、而写、而吟诵，悍然不顾世道变迁、四海沸腾、九州陆沉、天地色变，这样两耳不闻窗外事的死读书，岂能学到什么真知？

学习的同时也是不同思想之间的交流，交流经常能够达到非常好的复习效果。所以，学习并不是断绝了人世间的所有欲望——那样根本学不成什么东西，而是为了更好地与人交流。可以试想，在某个大雪纷飞的寒夜，自己正在为某个问题而苦思不得其解的时候，忽然有良友自远方来，既缓解了自己的孤独寂寞之情，又重温了朋友相聚的友情，还可以共同切磋学问中的疑点和难点，这难道不是人生至乐吗？

子贡点头道：

确实如此。然则，所来之友亦须非泛泛之辈才好。

孔子接着说：

三人行，必有我师焉。择其善者而从之，其不善者而改之。

（《述而》篇）

子路接口道：

夫子所说的三人，是什么样的三个人呢？

孔子笑道：

当然不能是三个盗贼了。

学习方法

子路又道：

由是一个粗野的人，追随夫子已经30多年，几乎日日接受夫子的教诲，自我感觉是学到了许多知识。现在，虽然学问还很不行，但对于知识的理解，似乎已经没有什么困难了。我感到，对许多知识的学习在道理上是一样的。

孔子不高兴地斥责子路道：

由啊！让我来告诉你知道不知道的正确态度吧！知道就是知道，不知道就是不知道，这才是真正地知道。

> 子曰：由！诲汝知之乎！知之为知之，不知为不知，是知也。
>
> （《为政》篇）

子路闻言，有点不好意思地笑了起来。

子贡道：

然则，怎样才是学习的正确方法呢？

孔子道：

只学习而不知思考，就会心思迷惘；只思考而不学习，就会心思疑惑。用一句比较简单的话说，即：

> 学而不思则罔，思而不学则殆。
>
> （同上）

子贡道：

夫子对学与思的关系总结得非常精彩！罔和殆两种现象，是每个学习者都势必经常遇到的问题，不过在大多数时候，明明身陷其中而浑然不觉罢了。因为有夫子在，赐自己觉得学习方面的困难较少，即使遇到一些比较难懂的问题，精神上一时处于迷惘，经过夫子的开导就会涣然冰释。但不在夫子身边的时候，注意力不够集中，学习就很难深入进去，尤其是思考方面往往感到力不从心。

孔子道：

学与思二者虽然关系密切而缺一不可，但比较而言，学应该占主要地位。学是知的开端，而思则是对学习内容、也就是对知识的反省，应处于次要地位。为什么如此？须知，所有的思考都必须建立在一定认知的基础上，学习了知识，头脑中会确立起一些概念，这些概念有具体的、有非具体的；有物质的，也有精神的；有从具体知识中演绎出来的，也有从虚无的概念中转化出来的。为了澄清概念中的认识模糊之处，须反复学习，学习而不能获得准确认知时，便需要进行认真的思考。

就我个人而言，学思二者之中，我偏重于前者，我曾经就此进行了实验，结果证实了学更加重要。

> 子曰：吾尝终日不食，终日不寝，以思，无益，不如学也。
>
> （《卫灵公》篇）

见弟子们都听得入神，孔子又道：

只有不断地温习学过的知识，不断地增进新的知识，才可以去做教育别人的老师。

> 温故而知新，可以为师矣。
>
> （《为政》篇）

学习是一个不间断的过程，是一个不断登攀的过程，是一个没有止境的过程，也是一个需要终生努力奋斗的漫长过程。

弟子们听后纷纷鼓掌。

什么是好学

子贡道：

好学与深思是密切相关的，夫子于二者之中偏重于前者，赐深以为然。但好学的标志是什么呢？

孔子答道：

好学是发自内心的喜欢学习，这种事情本来没有比较固定的标准，应因人而异，但它当然不是指埋头用死功，也不是指一心只放在书本上而不顾其他，那样的学者即使知识积累得很多，但由于不能活学活用，不能学以致用，亦不过是个书呆子而已。我是坚决反对这种书呆子习气的，书呆子对于一个身心健康的人来说，等于在读书之后不但没有受益，反而变成了残废。为什么这样说？学习是为了求知，求知是为了行动，行动是为了贡献，贡献是为了使天下变得更加健全、和谐和友爱。如果一个人为了追求某种所谓知识而皓首穷经，则不知他究竟能从知识中获得什么益处？他学习了知识做什么用处？

我以为一名君子在日常生活中，尤其是在个人奋斗活动中，不要把丰衣足食作为追求目标，不要只追求个人的小安乐窝，而应该勤奋地工作却谨慎地说话，主动地靠近有道德的人以求端正自己，这就是好学了。

> 子曰：君子食无求饱，居无求安，敏于事而慎于言，就有道而正焉，可谓好学也已。

> （《学而》篇）

子路道：

夫子的这些话虽然听起来并不难理解，但细细地琢磨起来，才知道做起来很难。这些教导当然不是让人挨饿受冻，但如果使一个人在自己的学习以及行动过程中，不以精美衣食和豪华房舍为奋斗目标，也就是不以改变物质条件为宗旨，实在是与当今时尚背道而驰的行为，但对于少数理想主义者来说，这也许还不难做到。至于勤勉地工作而慎重地说话，则涉及个人性格，有些人天生性格木讷、沉默少语，这种人大多能通过埋头苦干，成就出一番事业；但对于另外一些天生性格开朗的人来说，实行夫子的准则就比较困难。但最难办的还是"就有道而正焉"，事实上，我们不但难以知道何人为有道，也根本难以了解何人为无道，有道者和无道者混杂在一起，脸面上没有任何标志，我们怎么能够辨认出来？所以，以由的资质，对夫子的好学实在是难以做到的了。听到了正确的教导而难以落实到行动中，所以，我有时倒是害怕听到夫子的教导呢。

> 子路有闻，未之能行，惟恐有闻。

> （《公冶长》篇）

孔子默默地听完子路的发言，神情一时有些索然。沉默了许久，孔子开口道：

由啊！你的说法也许很对，也许是强词夺理，我一时还不能判定。认真说来，学习既是一种兴趣爱好，也是一种社会实践，所以，每个学习者都一定要有比较明确的学习目的，有目的才有目标，有目标才能有方向，有方向才能辨识出自己前进的正确道路，这是学习者都必须具有的目的性。

就一般性的学习意义而言，知道了一些知识，只能算是学习的开端。对任何领域里的知识和学问，单纯地学习可以使无知变为有知，也就是使一个没有知识的人变为有些知识的人。但仅仅把握了一些知识概念或懂得一些知识，并不能算是真正的学者，因为他们掌握的仅仅是一些知识的皮毛。

所以，目的单纯的求知者，不如在兴趣指使下的学习者，他们比较容易走上纯粹学理方面的专门研究，最后，他们或许走出来一条成功的学者道路；但是对知识和学问的兴趣再强烈，他们充其量只能解释一些问题，却不能解决任何问题，所以，在一般情形下，学者对于解决社会问题往往是无能为力的。

这样，就出现了少数能够从知识和学问中寻找到快乐的人，一定要注意！学者的快乐不是那种流行的快乐，所有流行的快乐都可以在一些娱乐活动中获得，但它们都是十分短暂的，娱乐结束了，快乐也随之俱去，而且，娱乐的功能仅仅局限于娱乐而没有其他，所以，这种快乐只是普通民众的娱乐。

学者之乐，是从对学问的体验中感到的衷心快乐，只有在学问中发现或发掘出了能够使自己感到精神愉快和心理满足的思想意义，才会出现这种发自内心的快乐。学问只是一种学习的功夫，本身很难说有什么意义，所有的意义都产生于学习者的不同理解和感受之中。使学问中的个别意义转化或拓展为普遍意义，把学问中能够产生的个人快乐转变为整个社会的快乐，是少数优秀学者终生为之努力的远大目标。

但学者们的这种努力往往是筑基于个人的感受之中，也往往是来源于个人的知识体验，所以，它们有时不能与整个社会习俗及社会实际相应和。究竟是个人的感受正确而社会发生了扭曲，还是个人的感受扭曲而社会正确，不能一概而论。大抵在社会风气良好的社会，个人的不快乐感受经常是不真实的，感受者要扭转的就应该是个人心态而不是社会风气；但在一种乱世之中，则个别人的感受可能是正确的，而绝大多数人的感受则受到时代潮流的牵引而误入歧途，这时，起衰救亡就成为学者们义不容辞的社会责任。以上所说，不过是我个人的看法和感受，总结起来，不过几句话，即：

> 子曰：知之者不如好之者，好之者不如乐之者。
>
> （《雍也》篇）

这其中极广泛地牵涉到了受教育者的知与行问题，我以为这二者应该是相互统一的，无知的行动是盲目的行动，有知而不能行则是无用的知识，以正确的知识而加以正确的行动，则是学者应走的人生途径。不知诸位以为如何？

弟子们鼓掌喝彩。

学习的重要性

随后，孔子对子路郑重地说：

由啊！学习决不是一个人的分外事，而是所有人的分内之事，不过学习的内容和侧重因人而宜、各有不同罢了。你听说过一个农民不经过学习就会种田吗？你听说过一个工匠不经过学习就会打造器物吗？你听说过一个商人不经过学习就善于囤积居奇吗？你听说一个将军不经过学习就能运筹帷幄吗？

子路脸上的汗水流了下来，他无法回答孔子的质问。

孔子接着说：

但农夫、工匠、商人、将军们学习的都是可以直接认识、理解、把握和操作的事物性知识，这种知识建立在经验的基础上，经验是优秀还是拙劣，学习者是好是歹，都可以直接观诸于事实的验证。但有关精神文化的知识却往往不能以直观评判其优劣，因为这些知识是心灵的创造，它们的影响力对于不同的社会、不同的人生、不同的人物，也并不相同。一个君子所追求的知识，大多是涉及世道人心的精神文化，所以，他们自己必须拥有良好的心态和良好的道德品质，如果不是这样，则任何优秀的东西都会被他们的不良心态和品质所歪曲，这样的结果，则误己事小而误人事大。

由啊！你听说过有六种德行便会有六种弊端存在的事情吗？

子路大汗淋漓，站起身来嗫嚅道：

由从来没有听说过。

孔子和颜悦色地说：

好了，由啊！请坐下！让我来告诉你：喜好仁义或仁慈却不好学习，它的弊端是容易造成愚蠢；喜好知识渊博却不好学习，它的弊端是容易放荡而不知收束；喜好信誉却不好学习，它的弊端是容易伤害自己；喜好正直坦率却不好学习，它的弊端是容易苛刻严厉而不近人情；喜好勇敢却不好学习，它的弊端是容易犯上作乱；喜好刚强自重却不好学习，它的弊端是行为容易走向狂妄而冒犯他人。所以，对德行之落实，亦要格外警惕其正反两个方面的作用，不可使之偏颇，从而引起不良后果。

> 子曰：由也，女闻六言六蔽矣乎？
>
> 对曰：未也。
>
> 居！吾语女：好仁不好学，其蔽也愚；好知不好学，其蔽也荡；好信不好学，其蔽也贼；好直不好学，其蔽也绞；好勇不好学，其蔽也乱；好刚不好学，其蔽也狂。
>
> （《阳货》篇）

子路闻言，站起身来，满面肃然地说：

夫子的这些教诲实在是太重要了！这六种德行，由全都没有具备却始终心向往之；但夫子指出的六种弊端，由却几乎无一不有，亦每思痛改前非而不能也。由今年已经五十有七矣，回首生平事，倍觉夫子的教导有理，有德而不能加强学习，则德行容易走向极端而惹人生厌。决心自今以后，遵从夫子教诲，一心向学，不知是否为时已晚？

孔子笑道：

学无止境，哪里有什么早晚？只是江山易改而本性难移。由啊！你确实应该多学习一些收敛之道啊！

在众人相聚的时候，颜回很少发言，在平日的师生聚谈时，他从来都不打断别人的发言，也从来不通过发言来突出自己。这时，他看到孔子对子路的批评很严厉，便有心扭转一下话题，他尊重孔子，也尊重子路。他感到子路的正直性格和冲天的豪气，是自己永远也无法效法和追随的，如果有一天不幸神州陆沉，能够跟随夫子赴汤蹈火大概只有子路。所以，他在师门之中，除了孔子之外，最尊重的就是子路。

这时，颜回对夫子说：

夫子！回记得远在20多年前，有一天，回与子鱼侍夫子于阙里，夫子教导子鱼说：

鲤啊！我听说与别人言谈终日而使人不感到疲倦的人，是由于学习的原因。学问这种东西，它的体积根本不值得一看，它显示出的勇猛力量也不叫人畏惧，它的先世没有可以炫耀的地方，它的种族没有可以称道的地方。但一个人所以能够拥有极大的名声以闻名于天下四方，甚至声名流传于后世，难道不是由于学问的缘故吗？所以，君子不能够不学习。

> 孔子谓伯鱼曰：鲤乎！吾闻可以与人终日不倦者，其唯学焉，其容体不足观也，其勇力不足惮也，其先祖不足称也，其族姓不足道也。终而有大名以显闻四方，流声后裔者，岂非学之效也？故君子不可以不学。
>
> （《孔子家语》卷二）

孔子似乎已经忘记了这段往事，他思索了一会，对颜回道：

我已经记不得这件事情了，但这样的道理并不错。什么是君子？并不是什么财大气粗或一言九鼎的人物，不过是一些把握了某种知识和学问的人。所以，一个人要想成名于当代而扬名于后世，除了在学问上有所继承、创造、发明之外，还有什么其他途径呢？

孔子的忧虑

颜回道：

在回的眼中，夫子可谓普天之下第一个最好学也最善于学的人。回追随夫子20多年来，夫子除了向弟子们讲授知识及议论时世外，其他时间里总是手不释卷。回天资迟钝、性格懦弱，虽亦积年累月地手不释卷，却难以比附夫子之万一。回亦曾有幸得遇其他学者，他们亦颇能手不释卷，终不能达到夫子这样的学问成就。故此，回以为夫子之学问成就固然是勤奋所成，亦有天授的因素。不知夫子以为然否？

孔子断然否认道：

> 我非生而知之者，好古，敏以求之者也。

> （《述而》篇）

颜回又问道：

夫子不是生而知之，而是采取了一种好古的态度来确立学问的根基，但所谓"敏以求之"，似亦无法脱离天资。

孔子笑道：

诚然如此。无论如何每个学者的天赋素质是不能完全相同的，但也并非有什么本质上的不同，不过由于性格不同、文化信仰不同、生理状态不同、家庭出身不同，尤其是后天的生活环境不同，使人们对于知识以及学问的关注点也有所不同，每个学者的学问重点都在某种程度上代表了他自身的习惯、环境和传统。就我的看法而言，我是赞成一切学习方式的。但比较而言，则天生奇佳禀赋的人，是最上等的人；通过学习而了解学问的人，是稍次的一等；遇到了困难而追求学问，是再次一等的人；遇到困难仍然不知道学习的人，则是最下等的人，也就是一般普通老百姓了。

> 孔子曰：生而知之者，上也。学而知之者，次也。困而学之，又其次也。困而不学，民斯为下矣！

> （《季氏》篇）

颜回道：

但回最佩服的还是夫子这种依靠坚韧不拔努力而获得的智慧，生而知之者不过是天资好些罢了，回知道一些这样的人，没有几个人获得大成就，即使他们多少有些优秀表现，也没有什么了不起，就像传说中的神灵，他们如果有点舍己救人的行动，并不值得赞扬，他们的生命付出只不过一个游戏，因为他们本来就没有生死。

孔子连连摇手：

回对我的赞扬，实在是有些过分了。其实，即使在一个只有十户人家的小村落，也必然有像我一样讲究忠义和信誉、荣誉、名誉的人，只不过不像我这样好学罢了。

子曰：十室之邑，必有忠信如丘者焉，不如丘之好学也。

（《公冶长》篇）

颜回道：

弟子以为，仅此好学一点，已经是令人望尘莫及了。许多人都认为学习是一件容易的事情，夫子亦认为学习中有无穷的乐趣，然以回对学习的切身体验，则全不如此。回自少年以迄今日，为了学习知识可谓呕心沥血，然仍难通达于学问之堂奥。

孔子默然道：

回啊！也许你说得对，学习中有乐趣仅仅指一般寻常的学问。以快乐的心情学习知识固然是好事，却难免会玩物而丧志，许多学者往往沉浸其中而浑然忘却了天下、国家、社会的责任，这是每个学者应该注意的事情。就我来说，对于书本上的文字，我与别人没有什么区别。至于做一名身体力行的君子，我还没有获得成功呢。

子曰：文，莫吾犹人也。躬行君子，则吾未之有得。

（《述而》篇）

颜回很恭敬地问道：

回心里一直存在着一个想法，就是想请夫子谈谈自己的治学经验，因为夫子曾经多次谈到这方面的体会，对于具有慧心的人来说，已经不难领会，但回总觉得了解得不够深刻，不知夫子是否能满足回的奢望？

孔子神情严肃地想了一会，说：

> 默而识之，学而不厌，诲人不倦，何有于我哉？
>
> （同上）

略微停顿了一下，孔子又接着说：

我自幼失怙，自少小起便不得不自己谋生。所以，在我的治学过程中，充满了艰辛。由于缺少有道德学问者的辅导，我的进步很缓慢，遇到了学术方面的难题，也缺少正确的引导，所以，我的学问根底亦不够好。自学的经历是不堪回首的，由于我接触到的学者少而平民多，我所关心的学问便也离不开日常的人伦道德，而对于许多纯学理的东西，则领会较少。尤其是对许多比较高深的学问——诸如脱离了物质层面的精神、心灵、自然方面的知识，我一直没有机会进行较为系统的研究。所以，有人说我：

> 子不语怪、力、乱、神。
>
> （同上）

这四种东西中，固然有我不喜欢的，譬如"怪"，不过是人心在作怪；譬如"力"，所有的暴力、武力、强力，不过是弱肉强食罢了；譬如"乱"，无论混乱、杂乱、淫乱、慌乱，都是人性之失去淡定、稳定、定力后之必然产物；至于"神"，无论神灵、鬼神、上帝，我不能说绝对没有，却也很难肯定有，但如果有，也属于另外一个世界。哪个世界应该有哪个世界的规则，他们不可能过多干涉或关注人类事物，否则，神灵就是些逾越本分的东西，不值得重视了。上述四类生命，也有我历来关心却没有能力进行研究的。自己还没有领会的东西，只能不妄谈，并不是因为反感或讨厌。也有人认为我只讲学而不进行著述，只相信和爱好古代的东西，把我比做古代的老彭。

> 述而不作，信而好古，窃比于我老彭。
>
> （同上）

在当今社会，当然有许多人对自己不了解、不熟悉的东西只凭借了主观而进行批评，我却不是这样。多听别人的，选择其中有益的而遵从；多看并认识和理解它们，知道不知道反在其次了。

> 子曰：盖有不知而作之者，我无是也。多闻，择其善者而从之。多见而识之，知之次也。
>
> （同上）

颜回道：
然则，学问进入到夫子这样的境界，还有没有个人的忧虑呢？
孔子沉吟片刻，回答道：
是不是有一些比较高的精神境界？我不能确切地加以说明，因为我还没有达到。所以，我当然是有忧虑的。在品德上不能进一步修行，在学问上不能讲述得更有深度，听到了仁义不能立即追随，出现了不善的行为不能迅速改正，这些都是我的忧虑啊。

> 德之不修，学之不讲，闻义不能徙，不善不能改，是吾忧也。
>
> （同上）

颜回愕然道：
夫子尚且有这样的忧虑？
孔子微笑颔首道：
是的，我的忧虑也许比这个还要多些呢。
颜回道：
该如何消除这种忧虑呢？
孔子道：

见贤思齐焉，见不贤而内自省也。

（《里仁》篇）

看见每一个贤者，自己便要通过他们的良好行为来检讨自己的不足之处，向他们看齐，而不是嫉妒他们的成就；看见不贤的人，也应该通过他们的不好言行来警醒自己，以便警惕自己不出现那样的错误。

异端的害处

始终坐在旁边静静地倾听着孔子与颜回对话的子贡，心里在暗暗地琢磨着颜回的问话，他不能不从内心里佩服颜回，他问的所有问题都非常高明，有些问题看起来连夫子都不太好回答。这时，他见颜回不再说话，就站起身来，向孔子施礼道：

刚刚听了夫子与子渊的对答，感到真是有趣极了！子渊询问了那样多学问方面的道理，几乎没有一样不是赐所关心的。赐的感觉几乎与子渊一样，以夫子的学问之博大渊深，殆非天授所不能逮。

孔子皱眉道：

赐啊！你以为我是多多地学习而且能够立即领会吗？

子贡愕然道：

难道不是这样吗？

孔子笑道：

当然不是！我只不过在一条道路上走到底罢了。

子曰：赐也，女以予为多学而识之者与？对曰：然，非与？曰：非也！予一以贯之。

（《卫灵公》篇）

子贡道：

这是什么道路呢？

孔子道：

学术是知识的进一步展开、健全、深入，学术研究的精神力量应该建立在理想主义的基础上，用一种不断冥思苦想所逐渐趋于完善的思想来加以统帅，尤其是只要寻找到并认准了道路，就要不间断地走下去，万万不可旁生歧义，也不要半途而废。必须记住：

攻乎异端，斯害也已。

（《为政》篇）

子贡道：

夫子所指的异端是什么？

孔子道：

不过是些态度偏激的意见罢了。

子贡道：

偏激的态度？弟子仍然不大能理解，夫子能否明示？

孔子笑道：

所谓"异端"，并没有更多褒贬之意，只是标新立异。在思想上标新立异，往往产生出新思想，新思维，新知识，新概念，这本来应该赞扬的，但凡事有利则有弊。

子贡道：

请问夫子！夫子最后选择的是哪一条道路呢？

孔子道：

对于三代以前的历史文化，我只能知道一个极为模糊的轮廓，用来探索历史文化以及华夏传统之源头，还远远不足，但用来建立自己学术事业的理想追求是可以的，因为所有政治、文化以及学术事业在历史的起点上都是一片空白，或者可以说，所有的政治文化都发端于扑朔迷离的理想主义，我们可以浏览其过程却不易捕捉其源头。

人类的理想是人类自头脑和精神中所虚拟出来的一系列幻想，它们比较准确地表达了人类在特定时期的精神也包括物质追求，但它是虚无的、是不真实的、是人类的主观幻觉、是生命脱离了生命范畴之外的追求，所以，无论是民族部族或是个人的理想亦只能根据不能确证的东西来塑造，这是人类理想从来不能落实和实现的原因。

学术自然也是人类的精神产物，所以，它不能不带有理想主义的色彩。但学术不是也永远不会是一种盲目的精神信仰，而是有针对性和目的性的知识探讨，它们是实体、是真实的、是客观存在、是生命对生命之外的理解、也是生命对生命的理解，学术从来都贴近着人生。一个国家的学术文化亦是真实存在的，它是某些区域的文明凝聚，是历史文化的积淀，也是人类思想、精神、理想和幻想的驰骋展开；人类在历史长河中所迈出的每一个步履、所经历的每一次重大变故，都在学术中留下了印记，习俗、典章、制度、名物、礼仪、道德以及饮食起居之中，到处都为学术开辟了不同领域。

所以，根据我对华夏历史文化的粗略了解和肤浅理解，把自己的学术研究、思想信仰、行为规则方面的理想都建立在西周文化的基础上，因为西周汇聚了夏、商两个朝代的文明成果，并创造出自己独具特色的文明体系，除此之外，我选择不出更好的时代了。

> 子曰：周监于二代，郁郁乎文哉！吾从周。
>
> （《八佾》篇）

当然，我并不强迫每个人都接受我的选择。

下学而上达

子贡抚掌赞叹道：

好一个"郁郁乎文哉"！赐今日乃知夫子为什么把个人理想和学术宗旨都建立在西周文明的基础之上，并且因此而绘制出"克己复礼为仁"的政治蓝图的理由了。西周文明和文化的丰富多彩，正是夫子所激赏西周的原因。

孔子长叹道：

可是，天下没有什么人了解我啊！

子贡道：

为什么天下人都不理解夫子呢？

孔子没有回答子贡的问题，叹道：

这也没有什么！不抱怨上天的不垂顾，不埋怨世人的不了解，由一般的知识而升华到比较高的境界，理解我的，难道只是上天吗？

> 子曰：莫我知也夫！
> 子贡曰：何为其莫知子也？
> 子曰：不怨天、不尤人、下学而上达。知我者，其天乎？
>
> （《宪问》篇）

众人听到这里，皆茫然不知所以，他们感到夫子的回答无比深奥，似乎已经从一个很现实的普通问题进入到了一个高深的哲学思考之中。这些话实在过于深刻，应该怎样理解？大家都觉得没有什么把握。孔子仔细观察大家的表情，只有颜渊和子贡似乎深有所得。

果然，只见颜回神色肃穆地说：

不怨天尤人，是夫子立世做人的一贯品格。因夫子所学所行均为了兼善天下，其得与失诚如子贡所言，亦实天意而非人力可为。夫子所说的"下学而上达"，实在是表达了一种崇高的学问境界。按回的理解，就学习的范围和目标而言，人类能够接触到的事物大致相同，并没有很多差别。一般的学习者都把学习作为一种简单的知识追求，则他们的知识永远处于多与少的循环中，而难以上升为一种精神境界，他们获得的最高成就也不过是成为一个学问家。学问只有上达而不能平铺——当然更加不能向下降落，才能通向大智慧和大道德的境界。夫子所说的下学而上达，就是告诉弟子为学的一个至高目标，至于这种智慧能否为世所用，则在乎天而不在乎己。不怨天尤人，说起来容易，但真正落实下来，如果没有下学而上达的崇高境界，又如何能够做到？

颜回的这番话说出来，众人细细品味，才感到夫子那么简单的一句话，却包涵着如此深刻的道理。

弟子们都深受感动。在当时那样的时代潮流下，每一个多少有一小点本领的人，无不千方百计地钻营门路，以求获得个一官半职。像孔子这样的人，即使有出仕的愿望，又何尝不是志在天下？"磨而不磷，涅而不缁"，不就是所谓"下学而上达"的意思吗？

子贡肃然地问道：

夫子所说的"下学而上达"是一句内涵丰富而难以理解的格言，赐虽然能明白大意，却不能获得达解，望夫子开释。

孔子道：

这只是句比较普通的话罢了，内中没有什么微言大义！但涉及学问范畴内的所有问题，都应该能够不断地发挥引申，最后获得一个比较圆满的说法。就一般的学问而言，都是很平常的知识，不要说生活日用性的器物学，工具性的技术学，乃至于人们行动方面的行为学，国家政治方面的政治学，民间习俗方面的文化学，都不过是一个个范围极为有限的概念，它们代表了人们对事物的表层认识，我把这些东西称为知识，这些知识是人人通过学习就可以轻易掌握的。但是，如果对这些知识提出一个为什么之后，知识就开始变成了学问了。学而不问是学习，学而有疑就是学问了。

我上面所提到的下学，指的就是一般的生活知识，这些知识也包括了人们对宇宙自然事物的初步认识，这些初步认识对于一般普通人的日常生活来说，大致可以应付过去了。但认识这种东西没有边际也没有止境，向细微处可以深入到心灵深处，向广博处可以周延到万事万物，向高远处可以升扬到九天之外。所以，认识如果仅仅停留在初步阶段而止步不前，则人类文明就会因此而萎缩，甚至遭致灭绝。

因此，人类对事物的不断认识是一步也不能停留的，认识没有最终目的地，没有可以暂时休息的停泊场所，它只能大踏步地向前迈进。这样，由认识而产生的学问就涉及"上达"，上达不是使事物向真实靠近，而是认识的不断向上升华。究竟能够上达到什么地方？我说不出；上达后的境界是什么？我也说不出；上达出来的学问是什么？我还是说不出；上达后的个人成就是什么？我就更加说不出了。

为什么说不出？因为学问既然是由一般知识所生发出来，而知识则来自于人类对事物的表层认识，那么，每个人的生存环境，学习环境均不相同，导致认识来源大不相同，则对学问的切入点亦有所不同，每个人对学问的关注点和兴奋点就更加不同。所以，同样是学者，由于最终关注点之大相径庭，他们最后的成就当然亦不相同。

但只要是不断地提出疑问，就会不断地进入到学问的纵深处，就会时时驰骋于学问的纵横处。我以为，纵深处的学问反映出了认识的深刻，而纵横处的学问则反映了认识的博大。就一般的情形说，博大可以产生深刻，而深刻则不产生博大；从博大走向深刻较易，而从深刻走向博大则较难。认识是这样，学问也是这样。

弟子们听到此处，热烈地鼓掌。

子贡道：

对于学问，夫子已经说得非常简单明确了，但道理实在太深刻了，赐一时还不能尽皆领会。夫子谈到了学问的深刻与博大，赐不明白，何以由博大走向深刻容易，而由深刻走向博大却不容易？

孔子道：

这虽然并不是个很复杂的道理，但解释得非常清楚却不容易。此处且以水为例，一片漫溢开来的大水遇到低洼之处就会汇集在一起而变成一片深水，而汇集到了一个低洼处的深水却不易再漫溢开来成为一大片水域。同理，一个人兴趣广泛加之学习得法就能够达成学问的博大，当他的兴趣日益集中到了某一方面之后，便会由博而约，最后达成深刻；但一个人没有经过广泛的研究，就达到了某一领域的深刻，尤其是达成了精神上对事物的深刻看法，就不容易再走出来追求博大了。

子贡道：

深刻与博大二者相比，哪一个更好些呢？

孔子沉吟了片刻，说道：

这不能一概而论，每个人的性格、嗜好、兴趣决定了每个人的治学方法并不相同，所以，深刻与博大应该各有所长，对某些人的性情来说应该追求深刻，而对另外一些人的特点来说则应该追求博大。

子贡道：

什么样人追求深刻，什么样人追求博大呢？

孔子道：

大抵性格沉潜稳重、心思细密、追求单一、语言木讷、不喜繁华、不乐游宴、落落寡合及喜欢离群索居的人，比较适合向学问的精深处发展；而性格活泼开朗、好奇心重、心思灵敏、兴趣广泛、善于表达、喜欢交际的人，则适合向学问的博大处发展。就我对学问的要求而言，则希望二者能够获得调和，达到一种学问上的中庸。

子贡赞叹道：

夫子的学问确实是达到了中庸的境界啊！

空空如也

这时，颜回趋前一步，向孔子恭身行礼道：

以夫子所言，子贡好像可以算是个知识渊博的人了，回听他的提问，觉得子贡确实很了不起，能够一步步把夫子的最高深学问追问出来，回恐怕难及万一。听夫子刚才谈论学问道理，一时好像是没有了我自己。学问分博约，却又与人的性格、爱好连接在一起，回至今日方知什么是学问，什么是治学的道理。回不但要感谢夫子，也要感谢子贡，不是子贡，怕是没有人能够把夫子的这些宏论发觉出来。

子贡喜上眉梢，孔子大笑道：

语之而不惰者，其回也与！

（《子罕》篇）

颜回腼腆道：

回也何敢当此盛誉！只不过说的是实情。回刚才所听到的是夫子20多年来第一次如此全面地阐述对学问的看法。

孔子叹道：

这并不奇怪啊！许多看法，我也是今天才产生的，20年前，我所知道的学问并不比你们现在多。

颜回道：

但是，如果不是有比较合适的人相询，夫子也不会谈得如此淋漓尽致，回这样说是不是对呢？

孔子颔首道：

回啊！如果说赐是一个倾向于追求知识渊博的人，你就一定是致力于追求学问精深的人了。赐虽然未必能达成渊博，但你却一定会到达精深。所以，对你们的任何提问，我都是乐于回答的，不过回答的方式不同罢了。至于对一些急于获得成功的人，我有什么好说的呢？因为我无法满足他的要求啊！

> 子曰：吾有知乎哉？无知也。有鄙夫问于我，空空如也，我叩其两端而竭焉。

（同上）

颜回恭敬地说：

夫子的这个"两端"，似乎就是中庸之道了。

华而不实

孔子看着颜回，颔首微笑，良久，叹道：

回啊！多么难得呀！我只看到你在学问上不断地进步，却从来没有看见你有止步不前的时候。

> 子谓颜渊曰：惜乎！吾见其进也，未见其止也。

（同上）

颜回不好意思地笑道：

夫子是有点过于偏爱回了，所以回的毛病，夫子一点也看不到，其实，就算我没有止步，但进步却始终很小。而且，夫子是这样地苦口婆心、谆谆善导，回虽然时时想停下来休息，却不能做到。

孔子眼望着滚滚东去的黄河之水，心中感慨万千。岁月犹如东逝之水，流去了就不再回来，人生不过几度春秋的交替而已。回首环顾自己的一帮心爱弟子，均已卓然而立，深感自己确实已经进入了垂暮之年，不禁长叹道：

后生可畏，焉知来者之不如今也？四十、五十而无闻焉，斯亦不足畏也已。

（同上）

大半生的时间已经在颠沛流离中悄悄地溜走了，现今年已六十有六，虽然已经拥有了许多虚名，可是拿什么来留给后人呢？古语说"人过留名，雁过留声"，总不能就这样无声无息地撒手人世吧？

于是，孔子指着已经有些枯黄的草木道：

苗而不秀者，有矣夫！秀而不实者，有矣夫！

（同上）

颜回小心地问道：

以夫子的学问造诣，以夫子的赫赫声名，以夫子的道德情怀，天下无人不怀景仰之情，夫复何叹之有？

孔子道：

为什么不叹呢？一辈子研究新学问却总好像是赶不上学问的进步，心里常常是忐忑不安生怕把已有的丢掉了。

子曰：学如不及，犹恐失之。

（《泰伯》篇）

众弟子一时面面相觑。

共学与适道

这时，子贡问道：

赐记得前几年，夫子曾经就交朋友的问题而谈起了共学与共道，赐当时并没有领会其中含义。现在听了夫子关于学问的教导，才感觉出那段话的意义。

孔子疑惑道：

那是段什么话呢？

子贡乃背诵道：

　　可与共学，未可与适道。可与适道，未可与立。可与立，未可与权。

（《子罕》篇）

孔子道：

已经过去了10年，你居然还背诵得出？

子贡道：

赐对于夫子的教诲，当时能够领会的就不再记忆了，当时不能领会的就默记在心里，等到一定时候再请教夫子。但对于一般人所说的话，听过也就算了。

孔子纠正子贡道：

赐啊！很高兴你居然记住了这几句话，它们对你确实可谓对症下药。你交游很多，朋友很杂，尤须格外注意其间之分寸。能够一块求学问学的人，不一定能有共同志趣而走上相同的道路；能够有共同志趣的人，也不一定能共同获得成功；能够共同获得成功，也未必能一同共进退。你既然注意到了这些问题，就一定要加以警惕。但是，对于其他人的话，也不能听过就算了。每个人只要与你谈论问题，就一定有针对性，或针对时局，或针对学问，或针对你的弱点，万万不可掉以轻心。

　　子曰：法语之言，能无从乎？改之为贵。巽与之言，能无说乎？绎之为贵。说而不绎，从而不改，吾末如之何也已矣！

（同上）

子贡道：

夫子的这些教诲能不能说得浅白一些呢？

孔子道：

法语就是一些遵守固定法则的话，如果有人用具有法则意义的言辞来进行劝诫，难道能够不服从吗？但只有闻则改之才可贵。有人用委婉动听的言辞来恭维，难道会不高兴吗？但只有深思熟虑才可贵。只知道高兴而不加分析；只知道服从而不知道改正，我对他就实在没有什么办法了。

学习的目的

子贡道：

经过夫子的教诲，学习方面的一些基本道理，赐觉得多少有些明白了，往日里从夫子学到的许多知识，总觉得拥挤在一处没有着落，现在忽然间觉得有了落实之处，内心中就充满了喜悦。赐又记得夫子说过：

古之学者为己，今之学者为人。

（《宪问》篇）

学者为己，指的当然是古代学者们学习的目的是为了使自己获益；学者为人，指的应该是现在的学者们学习的目的是为别人服务，听夫子当时的口气似乎是赞同古人的态度。赐不能明白，为己分明是一种自私自利的做法，而为人则是为公的做法，以夫子天下为公的志趣，何以赞成前者而排斥后者？

孔子沉吟了一下，说道：

赐啊！我记得当时已经就这个问题说了很多。古代的时候，还没有许多专门知识，所以，也没有比较具体的学问，当时的时代是依据传统习俗而维系着血缘群体。所以，那时候，一个学者如果不是出于个人爱好，根本就没有学习的必要。当人们的知识和对事物的认识都处于程度相当的时候，学者也不成其为学者，他们只是为了满足自己的兴趣而学，丝毫谈不上为别人服务的问题，那个时代的人们是反对别人来指导自己的。现在的形势就完全不同了，知识的激增以及普及化，已经使许多人不得不参与到学习的行列中。所以，现在的学者即使试图为己，也已经很难了。为人与为己并没有优劣的分别，它们是时代的产物。只是，今日的学者究竟在为人方面有几分诚意，则颇令人怀疑。

子贡道：

为人之中也包含了为己，这样做怎么样？

孔子道：

古代学者之为己其实是为人，现在的学者之为人其实是为己。因为古代的学者之学习是为了提高和升华自己的品质，最终来影响整个社会风气；现在的学者之学习是为了为人服务，这个服务不是没有利益的，而且是高过群体平均水平之上的利益，学习者正是通过这种服务来获得自己的特殊利益。所以，一般的学习者能够把学习的热情保持三年而不捉摸做官和俸禄的问题，就非常难得了。

> 子曰：三年学，不至于谷，不易得也。
>
> （《泰伯》篇）

子贡肃然道：

然则，依夫子的意见呢？

孔子说：

我曾经多次向你们谈到："君子谋道不谋食。耕也，馁在其中矣！学也，禄在其中矣！君子忧道不忧贫。"（《卫灵公》篇）诚然，学习者为了谋求某些个人利益而读书学习，我并不反对，在我门下就有许多同学是专门为了求仕而来学习的，我认为这很好，这也是学习的一个动力，有知识的人做官总比没有知识的人做官好得多。但学者如果把求学求知与求官求禄混为一谈，就不免模糊了学术与政治之间的界限，这样，脚踩在两只船上而相互抵消了各自的意义。学者本人不但会因此丧失学术的精髓，也往往会忽视了政治活动所必须承担的责任，同时就容易失去做人的风骨。学者的根本目标应该是追求学理，沿着这条道路坚定不移地走下去，只要不半途而废，终能够成为比较出色的学问家；从学理中演绎出道理，沿着道理中的义理去演绎和发挥，只要不走向异端，学问家便成为了思想家或理论家；从道理中寻找出能够贡献于社会的理想和宗旨，并试图以这些理想和宗旨来改造或改良社会，来为迷失了前进方向的大众确立新的行进路线，则思想家便成为了政治家。

这三者之中难以分别高低轻重，只能根据个人的性情而定。但只有在确立起来能够令人信服的宗旨之后，才能以明确的理念来服务于国家和社会，则是没有疑问的。所以，君子所忧虑的只是行为和思想是否符合道理，而不是忧虑个人生活的贫富。我相信，只要一心向学，俸禄就自然在其中了。

众弟子听到这里，都顿时感到眼前一片光明，学海茫茫、仕途漫漫，一旦踏入其中，谁知道福祸吉凶呢？

孔子的四教

良久，颜回又向孔子请教道：

前年，夫子曾经对公西赤谈到了夫子的自谦之辞，"若圣与仁，则吾岂敢。抑为之不厌，诲人不倦，则可谓云尔已矣！"（《述而》篇）其中"诲人不倦"令回感慨不已，夫子在教学中的诲人不倦精神，是回所亲身感受到的。回以受教20年的身感心受，不揣冒昧总结出了几条重点，只是不知确否？

孔子关注地问：

是怎样的几条重点，何不说出来？

颜回道：

夫子的教学重点总是围绕着历史上的文献，人的行为表现，对待别人的忠诚态度，与人交往的信誉。

子以四教：文，行，忠，信。

（《述而》篇）

孔子颔首道：

这四个方面的内容，确实是我比较关注的，可能也掺杂了我个人性情方面的偏好。还有其他意见吗？

颜回道：

子所雅言，诗、书、执礼，皆雅言也。

（同上）

孔子高兴了，道：

回啊！你确实是很了解我呀！还有什么吗？

颜回道：

回印象最深的还是夫子所采取的教学方法。夫子说：对那些不能激励自己来排解难题的人，就不去主动开导他；举出了一个问题的侧面，而不能从其他方面进行思考，夫子便不再重复教导了。

子曰：不愤不启，不悱不发，举一隅不以三隅反，则不复也。

（同上）

这时，子路在一旁笑着插口道：

夫子是不是不舍得把知识都倾囊而出啊？

孔子面色不愉道：

由！你们几个小子，是不是以为我有些什么东西隐瞒着你们？我没有任何知识学问和行为是对你们保密的，这就是我孔丘！

子曰：二三子以我为隐乎？吾无隐乎尔。吾无行而不与二三子者，是丘也。

（同上）

子路面色讪讪地不再开口。

有教无类

天色渐渐地黯淡了下来，火红的夕阳正漂浮在苍茫的水天之际，映照得西北方天地犹如一片燃烧的火海。

颜回抬头望了望天色，神态谦恭地征询孔子道：

天色已经不早，如果夫子感到疲倦，我们是否可以回程了？

孔子看着颜回，和蔼地说：

好在秋高气爽，今日似乎是十五的月圆之日吧？即使晚回去一些，倒也不必担心路途难行。回啊！你好像是还有什么问题吧？

颜回温和地笑道：

回一听到夫子的教导，就会身不由己地走进一片新天地之中，脑海里也往往出现许多图景，心里的问题也就很多。

孔子道：

那么，就先说第一个吧？

颜回道：

夫子是华夏列国第一个兴办私学的伟大先行者，没有夫子的这种打破传统的勇气，我们这些平民子弟哪里能够接触到什么诗书礼仪、仁义道德方面的学问呢？请问夫子！夫子在招收学生方面有没有什么具体要求呢？

孔子道：

回啊！其实你是应该知道的，每一个人无论资质如何？出身如何？地位如何？品质如何？只要是拿了一束（十小捆）腊肉来向我求学，我便没有不给予教诲的。

子曰：自行束修以上，吾未尝无诲焉。

（同上）

颜回道：

回知道，在夫子办学的30多年里，所有的求学者都能达到自己的某些愿望，正所谓"入宝山而不空手归"。但夫子对所有的求学者都能够做到一视同仁吗？这个问题问得很冒昧，请夫子见谅。

孔子笑道：

回啊！我可以很负责地告诉你，作为一名教师，尽管在感情上不能完全没有偏袒——自然会对一些勤奋好学的学生有所偏爱，但在教育上，我确实做到了一视同仁。这就是：

有教无类。

（《卫灵公》篇）

晚风轻轻地吹拂，黄河水掀起了汹涌的波涛，沉睡的中原大地仿佛忽然间苏醒了！

众弟子听到这里，都突然觉得周身热血沸腾！"有教无类"这四个大字，犹如正在冉冉升起的皓月，向天地之间洒下了万里清波。一个混沌的世界，就在这四个大字出现之后，猛然间灵光四射。

颜回听了孔子的回答，虚弱的身子在颤抖，内心中翻滚着对夫子的崇拜之情。他仰望天地六合，知道在这天地洪荒之中，古老的华夏万里长天上终于出现了一盏永远也不会熄灭的文明之灯。

从此之后，永远！永远！哪怕是洪水滔天！哪怕是沧海横流！哪怕是天塌地陷！华夏的天空永远不会黯淡。

这是公元前486年，孔子66岁。

十三·生命的源头和归宿

父母之邦

新的一年里，卫国的局面没有丝毫改观，父子相争的局面愈演愈烈。孔子对前来游说的卫国士大夫，一概婉言拒绝了他们希望孔子出面协助卫君以对付其父的请求，卫君辄以及当朝的权贵们也没有再勉强孔子。从此，孔子住所前的车马便日益稀少了，而临时讲堂里的学员却激增了。卫国、鲁国、齐国、郑国，以及晋、陈、蔡、楚等国的好学青年，纷纷远道前来楚丘，有时一下子就集中了上百人。孔子几乎每日都要开讲，亦感到难以应付，一些早期的年长弟子便也纷纷担任助教。

某日，一名从齐国专程来听孔子讲学的贵族学员，在课间时向孔子述说了齐国内政外交政策近来出现了许多重要变化。他告诉孔子，自齐景公死后，齐国执政之一田常的权力日益坐大，可能有窃取齐国最高权力的野心，目前只是畏惧齐国的高氏、国氏、晏氏等几个大族而不敢贸然动手。但近来情形似乎有变，田常似乎想通过大举征伐鲁国，趁机除去高、国二族。所以，近一个时期，鲁国可能有兵祸。

孔子闻言大惊，这个消息与他对各国形势的了解不谋而合，看起来这个陈国逃亡公子的后裔，经过了几个世代的苦心经营，其势力已经渗透到齐国朝野之间，作为执政权臣一旦到达了这样一种地位，即使田常不欲为乱，恐亦难以自存，所以，一场静悄悄的政变恐怕难以避免了。而齐国长期养虎为患，现在终于要遭到报应了。对于齐国政治权力之转移，孔子并不十分关注，自己当年曾经含蓄地警告过齐景公，他既然毫不在意，自己一个不相干的人，又有什么办法？但田常如果以驾祸他人的方式来谋求成功，则鲁国必首当其冲，这使孔子一时心急如焚，他试图制止这种局面的出现。

据记载：

> 孔子在卫，闻齐国田常将欲为乱，而惮鲍晏，因欲移其兵以伐鲁。孔子会诸弟子而告之曰：鲁，父母之国，不可不救，不忍视其受敌。今吾欲屈节于田常，以救鲁。二三子谁为使？于是子路曰：请往齐，孔子弗许。子张请往，又弗许。子石请往，又弗许。三子退谓子贡曰：今夫子欲屈节以救父母之国，吾三人请使而不获往，则吾子用辩之时也，吾子盍请行焉。子贡请使，夫子许之。
>
> （《孔子家语》卷八）

子贡已经先后三次出仕鲁国，因为孔子与鲁国的密切关系，就对这个国家也怀有了一份爱屋及乌的感情，虽然他对鲁国的前景并不看好，对鲁哀公以及三桓家族也没有丝毫好感。现在，鲁国可能遭受侵犯，夫子已经说出了"父母之国"的话，又不许子路、子张、子石等出面而独许自己，则此行虽然不无艰险，也只好义不容辞了。

秉承了孔子所授予的策略，子贡先后到齐国、吴国、越国、晋国，会见了各国之君，进行游说。子贡之说辞颇佳，达成了救鲁、弱齐、灭吴、霸越的局面。孔子听到了消息后，高兴地称赞子贡道：

> 夫其乱齐、存鲁，吾之始愿。若能强晋以弊吴，使吴亡而越霸者，赐之说之也！美言伤信，慎言哉！
>
> （同上）

此后10年间，齐、鲁、吴、越、晋诸国的政治局面居然真的按照孔子的设想和子贡的游说而演进。数年之后，田常终于篡齐成功，越国灭掉吴国而称霸列国，晋国则由于内乱不断而最终导致了三家分晋，而鲁国获得了保存。

长辈的疾病

孟武伯是鲁国三桓之一的孟懿子的长子，孔子早就认识这个人。在孔子的印象里，孟武伯是一个相貌英俊、聪明伶俐、反应敏捷的翩翩青年，想不到十几年之后，已经变成如此一个胖大剽悍的中年人，如果不是身上穿着豪华昂贵的锦色丝绸衣服，倒很像是一名冲锋陷阵赳赳武夫。这次，孔子到了卫国之后，听到了不少关于鲁国的消息，其中有关这个孟武伯的传闻颇多。据说他平日在家里很是蛮横霸道，连身为鲁国执政的父亲也有些不放在眼里，所以，他对孟武伯没有什么好感。

孔子冷冷地看了一眼孟武伯，发现他端坐在一方软榻上，态度安详沉稳，目光也并不是那么咄咄逼人。面色就缓和了下来。

孟武伯一见孔子走进屋里，急忙站起身来，谦恭地向孔子执晚辈礼。孔子心里感到有点满意了，便开口问道：

足下迢迢数百里，专程到卫国来看望我，丘不胜感激。不知有何事相询？

孟武伯感受到了孔子身上的那种无形的庄严气势，也感觉到了孔子口气中的威严，不由得额头上冒出了汗珠。他讷讷道：

夫子！家父获悉夫子已经莅临卫国，不胜欣喜之至！想卫国与鲁国比邻而处，此后随时向夫子请教就方便多了。是以，家父特命晚生专程前来问安，并特备了一份薄礼，不成敬意，望夫子笑纳。

孟武伯说完，就见屋外走进了一个队列，每人都手持一个托盘，上面无非是些布帛、金玉、器皿、食物等。

孔子连称不敢。

孟武伯又道：

家父委托晚生再三致意夫子，家父很欢迎夫子返回鲁国，子有、子贡他们都在季孙手下担任要职，想来季孙也不会有什么问题，只是现在时机还不成熟。希望夫子多多保重，回国之日当为期不远了。

孔子笑道：

已经离开故国14载，也就不必忙在一时，卫国与鲁国近在咫尺，倒也没有什么分别。只是近来卫国的政局有点令人不放心。

孟武伯道：

这事晚生也略知一二，父子之间闹出这样的事情，不但见笑于列国，也不能不影响卫国的政局。以晚生之管见，虽然卫国士大夫多贤哲之士，但对于这种父子之间闹出的矛盾恐亦束手无策。另外，请夫子恕晚生无礼，晚生还需要向夫子了解一点贵高足的私事，这是受人之托，尚祈夫子见谅！

孔子颇觉意外地问：

什么事情？

孟武伯神态有些尴尬地问：

子路这个人是不是个仁者？

孔子沉吟道：

这个，我不知道。

接着，孔子感慨道：

由啊！在一个有千乘兵车的国家里，可以放心地把国家的军政大事交给他治理，但我不知道他是不是个仁者。

孟武伯又问道：

冉求又如何呢？

孔子道：

求啊！在一个有千户人口的城邑以及一个有百乘兵车的大夫封地，可以委派他作长官和总管。至于他是不是仁者？我就不知道了。

孟武伯又问道：

公西赤怎么样呢？

孔子笑道：

赤啊！使他身穿大礼服，束着大佩带而站立在朝廷上，负责接待各国宾客，办理外交会盟等事物，可以不出任何差错。至于他是不是个仁者？我就不知道了。

> 孟武伯问：子路仁乎？
>
> 子曰：不知也。
>
> 又问。

子曰：由也，千乘之国，可使治其赋也，不知其仁也。

求也何如？

子曰：求也，千室之邑，百乘之家，可使为宰也，不知其仁也。

赤也何如？

子曰：赤也，束带立于朝，可使与宾客言也，不知其仁也。

（《公冶长》篇）

接着，孟武伯像是突然想起，又像是漫不经心地问：

请问夫子！做儿子应该怎样做才算是尽孝呢？

听了孟武伯的问话，孔子猛然想起，外界传闻何忌的身体近年来一直不好，常常一病起来就是几个月，而孟武伯似乎对何忌的病情漠不关心。于是，孔子避开了孟武伯的问题，话里有话地说：

做父母的，可是只为儿子的疾病发愁。

孟武伯问孝。子曰：父母唯其疾之忧。

（《为政》篇）

孟武伯听毕，恭身行礼道：

多谢夫子教诲。

随后，孟武伯告辞了孔子，返回鲁国去了。

远游之道

中州地区的初秋时节，气温猛然升高，屋子里的温度就更高，不要说上课，就是静坐在里面也时时汗流浃背。所以，只要不是刮风下雨的日子，孔子往往在庭院的草地上举行讲座，听讲者称便。

这一日黄昏时候，天气分外好，天上的火烧云一大朵一大朵地铺满了整个天空，看起来犹如一座色彩缤纷的花园。恰逢中秋佳节，月亮却还没有升起，静谧的大地到处是一片绚丽多彩的美丽图画。

大部分学员都急匆匆地赶回家去与亲人团聚了，偌大的庭院里就只剩下一些常年跟随孔子的弟子留在这里。晚饭过后，孔子与一些弟子习惯地来到了荷塘边的草地上，大家纷纷就关心的问题展开讨论。

子路问道：

夫子一贯教导我们这些弟子以君子之道待人处世和立身，诸如："食无求饱，居无求安。""君子谋道不谋食。""士志于道。"等第。所以，一名君子如果是有志于天下，就不能像小人一样，只知道留恋于自己的乡土，满足于眼前的处境，他应该跨出乡里而走向天下。请问夫子！一名君子如果准备行走天下去贯彻和落实他的理想，但家里却有高堂父母，这时候，他应该是以理想和事业为主？还是蜗居乡里照顾父母呢？也就是说，他是不是一听到了道义所在，就赶快去身体力行呢？

孔子道：

由啊！对于你来说，在听到了什么之后，一定要多想想。家里还有父亲和兄弟们在，怎么能一听到就实行起来呢！

冉有在一旁插口道：

对于求来说，是不是听到了就做起来呢？

孔子道：

你吗？倒是可以立即做起来。

这时，公西赤忍不住说：

夫子！刚才子路向夫子请教知与行的问题，夫子回答说：有父亲兄弟在，意思好像是说不应该知道了就行动。冉求又问知与行的问题，夫子却鼓励他一知道就做起来。我简直有点糊涂了，可以请教一下其中的缘故吗？

孔子笑道：

赤啊！这里没有什么特殊道理，不过因人而异，因材施教罢了。因为冉求他这个人平日做事总有些瞻前顾后、退缩不前，所以我有意地促进一下；由啊，一个人的胆量有两个人加起来那样大，所以我就故意地贬低一下。

《论语》专门记载了这次有趣谈话：

子路问：闻斯行诸？

子曰：有父兄在，如之何闻斯行之！

冉有问：闻斯行诸？

子曰：闻斯行之！

公西赤曰：由也问闻斯行诸？子曰：有父兄在。求也问闻斯行诸？子曰：闻斯行之。赤也惑，敢问？

子曰：求也退，故进之。由也兼人，故退之。

（《先进》篇）

子路和冉有互相看了一眼，没有说话。

孔子接着道：

原则上说，一名立志高远的君子，是应该对道义所在的所有事情都立即身体力行的，但事实上却根本做不到，家庭以及父母只是其中的因素之一而不是全部原因，主要是因为知与行之间本来就是颇有间距的。对于一般人来说，父母既然年事已高，就不应该四处乱走，尤其是不能为了一些生活上的事情而随意远行。但如果是涉及一些国家、乡里、宗族利益的大事，则又当别论。所以说，父母在世的时候，不到远方去旅行，如果迫不得已要远行，也要有一个比较准确的方向。

子曰：父母在，不远游，游必有方。

（《里仁》篇）

子路道：

这是为什么呢？大家都知道，有些父母虽然年岁很大，但身体很健康并不必儿女照料，他们颇可照顾好自己。如是，则儿女留在身边已经没有多少必要，为此而舍弃了自己的前途事业，似乎是得不偿失呢！

孔子道：

由啊！对子女与父母之间的相互关怀，应该从纯真的感情角度出发，不能仅仅从利害方面着眼。你们之中也有许多人都是有子女的人了，就应该体会到父母对子女的感情之中，往往很少有利害方面的考虑。子女出门远行，几乎从自己孩子离开家的那一天起，父母的心就没有一刻安稳，他们牵挂远行孩子的一切，是否安全？是否健康？是否有麻烦？是否有疾病？旅途是否顺利？以及他的生活起居等等。所以，作为一个孝顺的孩子，他如果想要父母少操一点心，就尽量不远行，迫不得已而远行，就给父母留下一个容易寻访消息的固定方向，这样，当父母心中不安的时候，可以随时查访得到。

敬养和饲养

这时，年轻的子游站起来，彬彬有礼地问道：

夫子刚刚谈到了父母对儿女的一片慈爱之心，从这种慈爱中便产生出了说不尽的关爱之情，有慈便有爱，有爱便有深切的关怀，这是人类普遍具有的父母感情。但作为儿女的，一般来说，则不具有父母的这种感情，不是说没有感情，而是没有这种由慈爱所产生的关爱之情。请问夫子，怎样才算孝呢？

孔子赞许地看着子游，说：

以你的年岁，能够对孝道理解到如此程度，很是难得。现在的孝子，一般指的是能养父母，就算是孝了。其实，就算是犬马，也一样有人养着。如果缺少了对父母的一片敬爱之心，又怎么和养犬马加以区别呢？

> 子游问孝。
> 子曰：今之孝者，是谓能养。至于犬马，皆能有养。不敬，何以别乎！
> （《为政》篇）

子游点头称是，又问道：

作为人子，看着父母的年纪一天天地在增加，身体一天不如一天，想到终有一天父母就要离开自己，真是五内俱焚、六神无主。

孔子感慨道：

是啊！天地间阴阳交合、四时变迁、斗换星移，物有生即有死，有死才能有生，此乃生命之固定劫数，没有任何力量可以改变。正因为如此，生命才会代代相因、新陈代谢、去旧存新，万物才能欣欣向荣，否则，世界岂不成为了一个老朽僵死的世界？所以，生命才如此值得珍惜。珍惜生命就是珍惜时间，是珍惜大化流行的不二法门，是珍惜造物的伟大神圣，是珍惜生命的独一无二。

父母给了子女以生命之后，他们自己的生命便渐渐地枯萎、凋零而终于消失，从而构成了生命演进过程中最令人悲痛欲绝的壮烈场面。有心者如果细心观察这种场面的各个布景，就会发现生命的真实意义。父母给了子女生命，就等于交给子女一个神圣的使命，后人接过了这个使命之后，再传承下去，从而达成了永不间断的生命之绵延，只有在这种意义上，孝道的精神才会熠熠生辉！不尊重父母，就是不尊重生命，所有不尊重生命的人，都是不配做人的，他们是人类中的叛逆者。

人类之不能挽回时间，正如利刃不能截断流水，而生命正是在时间之流中悄悄地流逝而去。当子女逐渐长成，父母已经进入老年。人们不能阻挡衰老，但可以使日益离去的时间中增添生活的乐趣，使父母欢娱、使父母欣慰、使父母为子女的存在而感到光荣，尤其是使父母能够从子女身上寻找到自己。这样，他们感到了生命因延续而长在，感到自己的生命已经孕育在子女身上，便可含笑九泉了。

子游道：

父母固然能够从儿子的成长中获得心理安慰，但孝子对父母年龄的增长虽然忧心重重却无以缓解。

孔子道：

不必如此！孝子对于父母的年龄当然不能不知道，但知道了之后可以有两种态度，一种是高兴，为什么高兴？因为父母毕竟又安然无恙地度过了一年；一种是忧虑恐惧，因为他们距离死亡的距离又缩短了。

子曰：父母之年，不可不知也，一则以喜，一则以惧。

（《里仁》篇）

子游高兴地说：

偃一定谨记夫子的教诲。

脸色上看孝心

这时，子夏接着问：

商亦有子游之疑。每思及父母养育之恩，父母对儿女的那一片慈心柔肠，尤其是父母对儿女的无私关怀，则心中常常惶恐不安。诚然，无论是怎样的孝子，也断难付出父母那样的代价，但儿女怎样做才能多少有所回报呢？

孔子高兴了，连声说：

问得好！问得好！你们能够提出这样一些问题，说明你们已经进入到了孝道文化的核心了。我想，世界上当然没有任何感情能够与父母的养育关爱之情相提并论，即使非常孝心的儿女也不能达到父母感情付出之分毫。依我的看法，孝道之中以色为难，色就是颜色，是脸面上的颜色。人是一种带感情的生物，他心中的所有情绪化的东西——喜怒哀乐，都会非常生动地通过脸面上的色而表现出来，色能够非常准确地体现人的内心世界。为什么说颜色难呢？因为人世间除了父母对子女之外，在其他所有问题上无不有私心所存焉！儿女对父母亦有私心，存在了这种私心就不免出现彼此不能协调的不同意见和看法，这些东西势必反映到脸面上。所以，虽然没有什么有效方法排除做儿女的心中杂念，但这种杂念面对父母及所有长辈都应该掩饰起来，不能让面色伤害老人们的心。若是家庭里出现了什么难办的事情，应该由年轻的子弟来奔走操劳；有了比较好的酒食，应该让长辈们去吃，这大概就算是孝了吧？

子夏问孝。

子曰：色难。有事弟子服其劳，有酒食，先生馔。曾是以为孝乎？

（《为政》篇）

子夏点头称是。

劝告的方式

　　始终默默地坐在一旁的曾参，一直在聚精会神地倾听孔子与子路、子夏、子游的对话，心中产生出诸多感慨。他出生后不久，生母就病故身亡。继母进门后，开始时还好，但连续给自己生了两个弟弟之后，就明显表现出了感情上的偏袒。父亲自然是站在继母一面，对自己非常苛刻，如果弟弟们犯了什么过失，都往往推到他身上，而父亲往往不分青红皂白就是一顿毒打。是以家庭矛盾重重。这时，他禁不住问道：

　　夫子！参以为对于父母的感情亦不能一概而论，父母对儿女固然是没有任何私心，但其中亦有等差，是以天下固然尽多不孝之子女，亦应有不慈不仁之父母。尽管如此，作为一名孝子当然不应追究父母的不是，而应检讨自己的孝心是否尽到。无论父母是爱是憎，都应该固守孝子之道，毕竟是父母赐予了生命。参尝听夫子有云：

　　　　天之所生，地之所养，人为大矣。父母全而生之，子全而归之，可谓孝矣；不亏其体，可谓全矣。

（《大戴礼记·曾子事父母》）

　　按照夫子的教诲，参以为对父母应该做到：

　　　　父母爱之，喜而不忘；父母憎之，惧而无怨；父母有过，谏而不逆。

（同上）

　　孔子高兴地说：

　　参啊！你是一个具有仁爱之心的孩子，对孝道的理解非常深刻透彻，我看你的理解尚不止此，希望你继续谈下去，这对我也很有启发啊！你们都知道，我虽然很喜欢研究孝道，但只是根据典籍的记载和民间习俗，比较缺少实际体验。我三岁的时候，家父就已不在人世；十几岁时，家母也遽归九泉，我没有对父母感情的深刻体会。参！关于怎样劝说父母的事情很重要，你可能有比较真切的体会，接着说下去！

当着这么多年长师兄的面——幸好曾皙不在场，听到夫子的赞扬，曾参有点不好意思，他有些口吃地说：

参生性愚钝，不能讨父母之欢心，实自取之。如何侍奉父母？尤其是如何劝谏父母？我的理解是：

> 孝子之谏，达善而不敢争辩。争辩者，作乱之所由兴也。由己为无咎则宁，由己为贤人则乱。孝子无私乐，父母所忧忧之，父母所乐乐之。孝子唯巧变，故父母安之。若夫坐如尸，立如齐，弗讯不言，言必齐色，此成人之善者也，未得为人子之道也。
>
> （同上）

孔子颔首赞叹：

参啊！你对孝道方面具有天性和天赋，沿着比较一个明确的方向坚持不懈地走下去，或可在此领域里焕发异彩。

曾参诚惶诚恐道：

弟子如何敢存如此幻想！但参决心按照夫子的教诲坚定不移地走下去，一辈子无论遭遇到怎样的重大事变，也决不回头。参刚才的发言大胆放肆，已有违孝子之道，请夫子指教！

孔子笑道：

在劝谏父母的事情上，我实在没有多少发言权。根据你的发言，我倒可以勉强作出些结论，此即：

> 事父母几谏，见志不从，又敬不违，劳而不怨。
>
> （《里仁》篇）

看到父母做事有不对的地方，要态度平和委婉地进行劝告，看到他们没有遵从自己的规劝，仍然恭恭敬敬地不违背他们的意志，虽然心里感到难过忧伤却并不抱怨他们。我想，作为儿子如果如此行事，差不多就可以算作孝心了。

互相隐瞒

黄昏落日下，子路带着一种有点促狭的表情说：

夫子！由忽然想起了一件往事，与刚才夫子所言颇有隔阂之处，由也心中疑惑，不知当问不当问？

孔子笑道：

语言和思想之间如果出现了隔阂，正好用来求证其中之是非，如何谈起了当不当问，莫非我还怕折了尊严而一定要掩饰矛盾不可？

子路道：

由记得当年在叶，那个好龙的叶公曾经与夫子谈起了关于偷羊的问题，叶公与夫子的意见完全不同。当时的场面好像是：

> 叶公语孔子曰：吾党有直躬者，其父攘羊，而子证之。
>
> 孔子曰：吾党之直者异于是，父为子隐，子为父隐，直在其中矣！
>
> （《子路》篇）

偷窃这种行为，我想无论是谁，都一定是反对的，夫子当然也是反对的。但是，是不是因为偷窃者是自己的父亲，就一定要加以包庇呢？难道父子之间的关系是建立在这些犯罪行为的相互掩饰吗？

孔子有些不高兴地说：

由啊！不要根据自己的揣测来曲解问题好不好？我记得当时已经向你们解释了其中道理所在，你居然没有理解。根据你方才所说的那个场面，我想叶公有叶公的立场，我有我的立场，其中之是非曲直亦不能混而言之。叶公是站在了一个执法者的立场上，他比较热衷于以法律处理民间诉讼，这本来也无可厚非，当今的领导者几乎都把一些社会问题交给了法律，试图以此来移风易俗。

但我却是站在一个学者的立场上，则看重的就不是偷窃问题，偷窃固然是极其不好的行为，但偷窃不过是贪婪欲望之一时发作而已，按照这种欲望发作来判刑，则当今的执法者之中没有几个是可以逃脱法网的，所以，一般的偷窃行为是一件可大可小的事情。但儿子出庭来证明父亲偷窃，就不是一件小事了。父子之情来自于血缘亲情，整个国家的社会网络就是以此为核心而逐渐形成和展开的，进而组合成了社会伦理关系，而父子关系则是所有关系中的中心，这个中心如果解体，则家庭、家族、宗族、社会以致国家，都会顷刻间陷于一团混乱，整个社会的大崩溃就指日可待了。

所以，偷窃一只羊的事情，只是贪婪之心一时失去了控制，法律判决虽然可以解决财物的归属，而心中的贪婪欲望并不能因此而消除，偷窃行为亦并不因此而杜绝，所以，法律并非万能。儿子出庭，涉及的是人伦道德，儿子正确而父亲犯罪，父子关系就此决裂，这个家庭从此决没有办法再凝聚在一起了。发生一件这样的事情亦不足为患，法律也还维护得来，但如果一个地区的领导者公然提倡这种行为，则这个地区就永无宁日了。试想，一个人如果连自己的父亲都能揭发检举，还有什么事是他做不来的呢？

诚然，我提倡孝道，并不是鼓励做父亲的都去偷羊或偷其他东西，其实，真正偷过羊的父亲并不多见，但有偷窃行为的父亲和儿子在当前各国都不少见，不但普通民众中间存在着这种反常现象，遍瞩中原列国，哪个国家的权贵们不是父子连手相互掩饰着在进行着明目张胆的偷窃？即使如此，也还是不能鼓励儿子揭发父亲、父亲检举儿子的事情，偷窃发生得再多，社会仍然可以存在，而父子反目的事情一旦普及，则社会将不复存在矣。所以，孝道是维护社会存在的基本准则，一个孝心的人可能偶尔违反社会公德，但一个不孝心人却断断不会遵守社会公德。由啊！现在你明白一点了吗？

子路点头称是。

什么是父之道

孔子望着弟子们，严肃地说：

关于孝道，实在是一个广泛涉及了人类道德的重要问题，是最密切联系社会的习俗，也是最贴近人生的社会伦理。大家都知道，人类在不知何许岁月中所发明出来的大量规则、原则、原理以及习俗，这些都是人类独自拥有的东西。但血缘之间的孝慈之道却是所有动物都具有的本性，就所能了解其习性的一些生物种类来看，大多具有长上对晚辈和后代的慈爱及晚辈对长者的敬爱，如果说仁是人类心灵的本原，则孝道则是万物本性的根源。现在，如果把孝道加以放大，就可以从中看到，在孝慈的背后有一条线，它若存若亡却绵绵不断，它时隐时现而历时久远，它柔弱无力却无坚不摧，它维系了万物生命之延续。所以，人们不必通过一些流行的信仰去追溯生命的根源，每个人都能直接了解自己来自何处，每一代人都知道自己根源所在。事实上，只要人们理解了生物界血缘关系中的生命意义，就根本不必再去寻找生命的原始创造物——根本就找不到，上一代生物创造了下一代生物，生物的繁衍就是这样展开的，过去如此，现在如此，未来也势必如此。

这样，人们能够从父母那里获得的不仅是外在的生命形骸，也不只是父母的内在精神的传递，而是生命的意义。生命的根本意义是一代又一代的传递，在传递过程中确立自己一代的生命符号，这就是人生。

弟子们都屏声敛气地倾听孔子的教诲，他们都从中发现了一种新的生命概念，这是以前闻所未闻的。

孔子慈祥地看着弟子们，接着道：

所以，每个人出生之后，不管他自己愿意不愿意，已经从血缘上接受到了父母所传递的一种生命符号，每一种生命符号都来源于一个不可知的遥远年代，都是辽阔无限的时空所汇聚并促成，这使所有的生命都是天生平等的。在生命的根源处，人世间所有的价值标准都没有根本意义，生命的川流不息否定了那些随时变化着的价值。因此，当一些虚伪的价值观在主宰着人们的意识并控制了人们行为的时候，就更加需要固守一种生命的原则，而生命的原则只能体现在血缘关系之中。

颜回起身问道：

听夫子讲生命之本原，既觉得振聋发聩，又觉得触目惊心！细细想来，整个生物界的情形确实如夫子所说。如果生命是人类第一义的东西，则生命的来源处，便是人类必须格外珍重的东西，背叛生命来源便是背叛生命本身。但生命当然不止局限于单纯地传递，如果那样人与动物就没有什么区别了。可不可以这样理解？对父母讲究孝道，既是回报父母的养育之恩，亦是感谢父母的生命赐予。但请问夫子！作为人子，除了尽心尽力地侍奉父母外，还有没有其他应该特别注意之处？

孔子道：

> 父在观其志，父没观其行，三年无改于父之道，可谓孝矣。

（《学而》篇）

颜回惊问：

在夫子的议论中，又涉及刚才子路提到的父子关系问题。回亦有子路之疑，一个人如果恰好有一位品质高尚、操守廉洁、行为端庄的父亲，作为一个孝子当然应该遵守父亲的志向，即使在父亲过世之后，也应该永远效法父亲的人格榜样，不必仅仅限于3年。但倘若父亲是个品行不端、恶行累累的人，父亲在世之日，固然无法效法其志向；父亲过世后，亦不能遵守其遗志。不知夫子以为然否？

孔子道：

在这里，我应该向你们表明，这里所论及的一些理论问题，尤其是涉及人生的理论，只能就一般普通人的立场立论。一些行为特别高尚或特别恶劣的人，都是社会上的少数人，他们的行为并不为一般人所效法，不具有普遍性。

我上面提到的亦是就一般人而言。父亲在世的时候，观看这个人的志趣，并不是一定要效法父亲的所作所为。前面已经说明，儿子对父亲的一切，并不是言行上的全盘继承，生命的继承已经完全可以涵盖一切了。志趣的建立完全在个人，你们之中有许多人出身于下层社会的贫贱家庭里，但你们正在通过努力而改变自己的身份，这就是一种志向。我以为任何一个父亲，无论他自己的行为如何，但总希望儿子能够上进，哪怕盗贼也是如此。所以，做儿子的能够在父亲有生之年确立一种高远的志向，亦是孝心的体现。至于父亲过世之后，"三年无改于父之道"，决不是坚守父亲的任何东西，因为所有的继承都只是一些习惯方面的遵守。至于职业能力，父亲即使是个贼，也不是每个儿子都一定就擅长偷东西，怎么来继承？如果父亲是位高尚的人，有谁继承得了？所以，不改变的是父亲在世时的家庭环境，至多不改变父亲的重要决策，这与品质和人格之高下并没有直接关系。

回啊！你认为这样的说法立得住脚吗？

颜回心悦诚服地说：

当然立得住脚！夫子这样一解释，回心中的疑惑已全然冰释了。回现在明白，夫子的"三年无改于父之道"，不过说一个孝子在父亲过世之后，不要随便改变父亲在世时的家庭状态，使自己时时能够触景生情，这确实体现了孝子的哀思，也体现出人们对生命的尊重。回没有什么好说了。

孔子环顾众弟子，又说道：

生命不过是非常有限的一小段时间过程而已，作为每一个人，不但要在这一小段时间里千方百计地寻找出生命的积极意义，还要完成生命的承前启后之过渡，不但要解决当下的生存，还要解决血缘的延续，责任是很重大的。

仲弓问道：

然则，孝道固然至大，但怎样才能达到承前启后的程度？如果夫子不给一点具体指示，则雍如入五里雾中矣。

孔子道：

> 武王周公，其达孝矣乎！夫孝者，善继人之志，善述人之事者也。春秋修其祖庙，陈其宗器，设其裳衣，荐其时食。宗庙之礼，所以序昭穆也；序爵，所以辨贵贱也；序事，所以辨贤也；旅酬，下为上所以逮贱也；燕毛，所以序齿也。践其位、行其礼、奏其乐、敬其所尊、爱其所亲、事死如事生、事亡如事存，孝之至也。郊社之礼，所以事上帝也；宗庙之礼，所以祀乎其先也。
>
> （《四书·中庸》）

能够比较切实准确地继承父亲的遗愿，应该是一个孝子必须具备的品质，武王和周公正是完整地继承了文王的遗志，最终完成了一统天下的大业，对于死去的先祖而言，这是最可贵的孝心。但武王和周公那样的人物毕竟很少，而且，一般人即使挖空心思来继承那种大业，也没有办法继承上。

仲弓抚掌称善，而子路却质问道：

作为一个旁观者观察另外一个家庭，父亲存在的时候，观看这个孝子的志向和抱负，这很对；父亲死了后，观察这个孝子的行为有没有发生变化，这也很对。让一个孝子在三年时间里不改变父亲存在时的家法、政策、道路或其他什么东西，做到这种程度的孝道，似乎也不是什么难事。但是，从这里就出现问题了！试想，如果这个孝子的父亲幸好是文王或武王周公，当然容易继承，谁不愿意继承这种神圣事业呢？但如果这个孝子的父亲，不幸是个偷窃者或是个强盗，乃至于是个祸国殃民、荼毒四方的恶贼宵小，则这个孝子也一定要在三年之内也从事这种事业，他难道不能以慈悲心理来主动改变或背叛父亲的这种可耻行为吗？这样的问题，刚才由与回提出之后，夫子并没有给予明确答复。

孔子面若寒霜而语调温和地说：

由啊！谁说我没有回答回的问题，我分明已经说得很清楚了。但你的话虽然是强词夺理，却不无道理。不要说强盗、恶贼，就算是偷羊的事情，也不能继承啊！你说得很对，文王、武王、周公的事业即使不容易继承，但孝子往往能够并愿意继承；而盗贼们的事业可能并不难继承，但孝子却不应该继承。你在这里给我出了个难题，也给孝道出了个难题。按照血缘关系的准则，则父母对子女只有亲情而没有其他，无论是偷窃者或强盗或恶贼，他们在对待儿女方面，都一秉血缘亲情而加以疼爱，所以，按照亲情，则无论父亲做了什么？但至少对儿女是没有罪恶的。故古有谚语曰："人莫知其子之恶，莫知其苗之硕。"（《四书·大学》）所以，按照社会伦理准则，凡是没有伤害自己的人，自己也不能去伤害他；凡是对自己有恩惠的人，自己亦应报答以恩惠。

可是，儿子如果眼睁睁看着父亲的诸多不法行为已经给许多人以致给国家和社会造成了许多伤害和损害，他如果继续进行这种活动，则无疑会产生出一种良心痛苦。这里不必以偷窃或抢劫这些事情为例，那种事例不容易说明问题的复杂，且以权贵者为例，他们的胡作非为既然已经造成了国家、社会、民生的重重灾难，但他们的儿子们却怎么背叛呢？他们有什么能力背叛呢？事实上，在一种已经形成了比较固定局面的情形下，对于执政者的背叛就差不多是对祖宗的背叛、对国家的背叛、对传统政策的篡改、对既定路线的修正，由啊！有没有人能够面对这些而决然背叛呢？

子路默然不语。

孔子再次环顾众人道：

无论历史典籍中的记载如何？但我教给你们的总是在现实生活中采取积极进取态度，而不是消极地继承传统，传统不仅需要继承，更重要的是发扬光大。文王、武王、周公的道理并不一定只是他们的儿子可以继承，任何人都是可以继承的，我本人就以他们的继承人自任。我也从来没有说过一定要继承父亲的不法行为以及罪恶，即使是父亲的所有那些微不足道的缺点能避免的也一定要避免。继承这种事情，在更多的意义上是血缘关系的继承，并不是道义、道理以及职业上的继承。你们都知道，我的父亲是一个能够托起城门的大力士，我虽然青年时候也有些力气，可是我并没有继承父亲的事业去托城门。我基本上是主张"择其善者而从焉"。现在，大家是不是多少有些明白了父子之间的关系？尤其是关于如何对待亡父的遗愿？

众弟子都很赞成孔子的观点。

入孝出弟

仲弓听了孔子的议论，默然思索良久，乃开口道：

夫子！对个人来说，家庭是身体的依托之处，父母既是生命产生的渊源，亦是自己的精神寄托之处，这是没有什么疑问的了。但一个人生活在人世间，并不是只活动于家庭亲属以及氏族之间，他还必须善于应付社会上的各种各样复杂关系，才能立足于社会。人生好像是个大舞台，不管情愿不情愿，每个人都要扮演一个身不由己的角色，否则，就只有像老聃先生和他信徒们那样而逃避山林了。所以，弟子敢问，一个人如何才能既处理好家庭内部的事情，又兼顾社会上的各种应酬？

孔子道：

你提出的问题确实很重要，一个人如果只会做家庭中的孝子而全然不能应付社会，则怎么能够使父母宽慰？所以，孝子并不是只窝在家里不行动的人，也不是终日围绕在父母膝下承欢的人，他应该能够在社会上有所立，应该在事业上有所建树。怎样立？一个还没有完全走向社会的少年，在父母面前，就孝敬父母；走出了家门，就把其他人作为自己的兄弟一样对待；持身严谨，讲究信誉；博爱天下人，尤其是亲近仁者。这样做了之后，如果还有剩余的精力和能力，再去学习文化知识。

子曰：弟子入则孝，出则弟，谨而信，泛爱众，而亲仁。行有余力，则以学文。

（《学而》篇）

接着，孔子笑道：

近一段时间以来，按照我的叮嘱，有若、子夏、子舆几个人正在致力于孝道方面的研究，几次听他们的谈话，好像已经颇具火候。我想请他们几位略略谈谈这方面的心得。有若！你先说如何？

有若惶恐地说：

弟子乃晚学后进，在这样多德高望重的师兄面前，如何敢奢谈学问？

孔子道：

登山无先后，捷足者先登；学业无老少，勤奋者有成；德行无贵贱，实践者成之。何况，位高权重者或德高望重者，未必就懂得什么学问？尔等不必顾忌，说来无妨。

有若道：

弟子所学，皆一本夫子教诲，并无个人所见。若非天资聪敏的人，不能如诸师兄那样兼收并蓄，只能以夫子之道德学问为主业。若觉得，只要在日常生活中能够讲求孝弟，却会去故意触犯上级，这种人是很少有的；不去进行触犯上级的事情，却偏偏喜欢造反作乱，这种人从来就没有过。君子追求做人的根本，这个根本树立起来之后，就产生出做人的正确道理。孝弟这种东西，或许就是仁的根本吧？

> 有子曰：其为人也孝弟，而好犯上者，鲜矣；不好犯上而好作乱者，未之有也。君子务本，本立而道生；孝弟也者，其为仁之本与？
>
> （同上）

孔子听完，高兴地连连称赞：

说得好！说得好啊！若啊！你对孝弟的理解比我还深刻，也基本上说出了它的重点和要点，你要好自为之。我以为你今后在这个领域里可以有所建树了。下面，商来谈谈！

子夏神色有些不安，但看到了孔子的鼓励目光，便大着胆子说：

弟子对孝道的体会还很少，我想，夫子孝道的中心不是如何小心谨慎地奉父母之命，而是一种生命的超越。孝子的行为不在于如何达成自身的完善，而在于通过孝道而放大自己的仁心。所以，一个贤者能够追求仁德之心超过好色之心，侍奉父母能够竭尽全力，侍奉君主能够尽职献身，与朋友交往能够使自己的承诺得到落实，这样的人，虽然他说自己没有学问，但我认为那是他谦虚，他应该是有学问的了。

> 子夏曰：贤贤易色，事父母能竭其力，事君能致其身，与朋友交言而有信，虽曰未学，吾必谓之学矣。
>
> （同上）

孔子颔首道：

商啊！通过孝道而理解学问的道理，这个路数很正确，我想你将来未必在孝道上有作为，却一定可以在学问上成功。

随后，孔子看着弟子们说：

刚才有若和子夏的发言非常精彩，于此亦可见生命繁衍之生生不已。新人辈出，老一代人行将消逝了。

说毕，孔子长叹不已。

三年之丧

这时，平日很少说话的林放，突然问道：

夫子！孝与仁的关系非常密切，但它与礼的关系如何？

孔子严肃地说：

你提出的实在是个大问题！自古以来，虽然礼有吉、凶、宾、军、嘉五种，具体的条款有三千三百之多，但礼的根源就在于丧葬。人类只有在理解了生命的真实意义之后，才能以隆重的葬礼追悼和告别死者。而且，也只有在葬礼发明之后，才会出现其他各种礼的应用，所以，孝道与礼仪之间是密不可分的。所有的祭祀之礼，与其奢侈豪华，就莫如简陋一些；丧礼，与其简单操办，就莫如表现得悲哀。

　　林放问礼之本。

　　子曰：大哉问！礼，与其奢也，宁俭。丧，与其易也，宁戚。

　　　　　　　　　　　　　　　　　　　　　　(《八佾》篇)

林放似乎还有什么话要说，宰予却早已站了起来，恭身为礼道：

夫子！弟子很欣赏华夏自古以来的孝道，但觉得为父母守丧三年，实在是时间太长了！试想，君子如果三年不去讲求礼仪，则礼必然因此而坏；三年不练习音乐，则音乐亦将因此而崩。而且，上一年的旧谷已经被食用净尽了，新谷已经收成了，连用来钻燧取火的木头都已发生了变化，所以，我看守父母之丧用一年时间也就差不多了。

孔子不悦道：

予啊！你如果只守了一年丧之后，就开始吃新稻米，穿彩色衣服，这样做你会觉得心里安稳吗？

宰予道：

没有什么不安的呀！

孔子愤然作色道：

你既然觉得心安，就这样做吧！一个君子在守丧期间，食用着美味也没有滋味，听了美妙的音乐也不快乐，在居住的寝室里也觉得不安心，因此情愿不过那种生活。现在你既然觉得心安，就那样去做吧！

宰予看孔子的面色不大对，就借故走了。

孔子对其他几个弟子说：

予这个人真是太不仁义了！一个孩子生下来三年之后，才能勉强脱离父母的怀抱。三年的守丧之礼，是天下久已通行的丧期。予啊！他是不是也能够对死后的父母保留有三年的爱慕之心呢？

《论语》如实地记录了这次谈话：

> 宰予问："三年之丧，期已久矣！君子三年不为礼，礼必坏；三年不为乐，乐必崩。旧谷既没，新谷既升，钻燧改火，期可已矣。"
>
> 子曰："食夫稻，衣夫锦，于女安乎？"
>
> 曰："安。"
>
> "女安，则为之！夫君子之居丧，食旨不甘，闻乐不乐，居处不安，故不为也。今女安，则为之！"
>
> 宰予出。
>
> 子曰：予之不仁也！子生三年，然后免于父母之怀。夫三年之丧，天下之通丧也。予也，有三年之爱于其父母乎？
>
> （《阳货》篇）

孔子望着众人，说道：

人与动物虽然都拥有生命，但在生理上是大不相同的，有些动物刚一出生就可以自立，有些经过很短时间也就可以自立了。但人在呱呱落地的时候，比任何动物都软弱无能，稍有不慎就不能成活，所以，父母为了使婴儿能够成长起来，可谓煞费苦心！每个人在3岁之内都难以脱离父母的怀抱，在16岁之前都难以自立。所以，古人定下了为父母守丧三年的制度，就是勉强回报父母三年哺育的孺慕之情。

> 三年之丧达乎天子。父母之丧，无贵贱一也。
>
> （《四书·中庸》）

从天子以至庶民，不分贵贱，华夏各国的人民都以三年守丧来传达生命之间的感情信息。予的这种态度，实在令我难过。一个人如果连父母的恩惠都觉得不足挂齿，则行事就难免偏颇，这是很危险的事情。

你们一定要注意！一名君子不是在口头上说出些不同凡响的漂亮言辞，重要的是要在行动中树立典范。君子应该成为也已经成为了整个社会所效法和模仿的行动楷模，他们的言行不仅是个人行为，而涉及社会风气的趋向。我认为，置身于上位的君子如果能以一片真挚的感情对待亲属，老百姓中间就会兴起讲求仁义的风气；置身于上位的君子能够不抛弃故旧友好，老百姓就不会对人刻薄，此即：

> 君子笃于亲，则民兴于仁；故旧不遗，则民不偷。

> （《泰伯》篇）

弟子们深以为然。

声名闻达

这时，子张起身行礼问曰：

夫子畅谈了古代圣王，尤其是文武周公的父子继承事业，可谓是圣圣相传，令人羡慕不已。但古代圣王是不是尽皆如此？

孔子道：

远古时代的事迹已经邈远难稽矣，然尧舜时期的事迹迄今仍流传下来不少，夏商周三代的事迹更有刻于竹石，勒于钟鼎者。我记得舜就是著名的孝子，他在没有显达之前，不肖父、继母、嚣弟屡欲置其于死地，舜仍孝心如故；即使在娶了尧帝之二女后，其父、弟仍恶习不改，屡设计陷害之。但舜即天子之位后，仍孝心不减。

> 舜其大孝也与？德为圣人，尊为天子，富有四海之内，宗庙飨之，子孙保之。故大德必得其位，必得其禄，必得其名，必得其寿。故天之生物，必因其材而笃焉。故栽者培之，倾者覆之。诗曰："嘉

乐君子，宪宪令德，宜民宜人，受禄于天，保佑命之，自天申之。"
故大德者必受命。

（《四书·中庸》）

子张高声赞美道：

夫子说的"大德者必受命"，是对古代贤德的高度肯定，可见，一个人只要不间断地积累德行，终能获得成功发达的机会。然则，诚如子路所言，圣贤之道好则甚好矣，然毕竟距离一般人的生活经历相去甚远。不知夫子能否为一般的士人指示一条道路？就是说读书人怎样努力才能算是"达"了？

孔子问道：

师啊！你说的所谓"达"是指什么呢？

子张道：

无非是在政府做官时声名很响亮，在家里闲居时声名也很响亮。

孔子道：

你说的这是闻，不是达，所以闻人并不是达人，二者在性质上并不相同。什么是达呢？品质正直而喜欢仁义，善于判断分析别人的语言以及观察别人的脸色，思虑周到而能够谦虚让步，这样，在政府里工作时会成功发达，在家里闲居时也会名声显赫。

而所谓"闻"这种东西，表面上能够以假仁假义来讨好人而行为上却全不如此，但自己却还感觉是个仁者而不加怀疑。这样的人，在国家政府工作时必然会得到声名，在家闲居时也会得到声名。

> 子张问：士何如斯可谓之达矣？
> 子曰：何哉？尔所谓达者？
> 子张对曰：在邦必闻，在家必闻。
> 子曰：是闻也，非达也。夫达也者：质直而好义，察言而观色，虑以下人，在邦必达，在家必达。夫闻也者：色取人而行违，居之不疑，在邦必闻，在家必闻。

（《颜渊》篇）

子张道：

可不可以知道夫子是怎样行事呢？

孔子笑道：

我吗？其实与其他人没有不同。出去的时候侍奉公卿，这倒也不是我只知逢迎权贵，因为我毕竟是个从大夫的身份，避免不了要与公卿们打交道；在家的时候，就是侍奉长辈，我自幼失怙，所谓侍奉，也就是对一些同族长辈们表现得恭恭敬敬罢了；儒者在社会上的一个非常重要的职务就是为人们置办丧事，而我在主持丧事活动中，从来没有因为醉酒而误事，这些事情对于我来说，大概是没有什么难办到的了？

> 出则事公卿，入则事父兄，丧事不敢不勉，不为酒困，何有于我哉？
>
> （《子罕》篇）

子张闻言，愕然道：

除此之外，便没有其他了吗？

孔子笑道：

也许还有，就更加没有把握做得好了！

子路急问道：

夫子刚刚回答了子张关于如何成为士的问题，由也想了解一下如何成为士的问题，不知夫子是否俯允？

孔子道：

由啊！关于这方面的知识，因为子张入门较晚，可能知道得不多，但你应该已经了解的很多了。怎样成为士？互相切磋琢磨而和睦相处，就算是士了。朋友之间要互相切磋批评，兄弟之间则和睦相处。

> 子路问曰：何如斯可谓之士矣？
>
> 子曰：切切偲偲，怡怡如也，可谓士矣。朋友切切偲偲，兄弟怡怡。
>
> （《子路》篇）

子路兴奋地说：

由虽然早已知道士是什么，但自今日而后才知道怎样成为一个士！

禘祭之礼

夜幕渐渐降临了，习习晚风中掺杂着一些草木的清香沁入人们的心扉，使黑夜显得很温柔。这时，一轮滚圆的皓月低低地垂挂在一片树林的梢头上，撒出了一大片淡淡的青辉。大家一时都沉浸在这景色醉人的气氛中。

这样沉默了一会儿，只听人群里有人问道：

夫子能不能给我们说一说禘祭的事情？

月色朦胧中，孔子没有看清发问者究竟是谁。像禘祭这样神圣的事物，哪里一言半语就说得清楚？于是，孔子道：

我不知道。知道了禘祭道理的人与整个天下的关系，就好像是这个东西一样。

说着，孔子举起了一只手掌。

> 或问禘之说。子曰：不知也。知其说者之与天下也，其如示诸斯乎？指其掌。
>
> （《八佾》篇）

随后，孔子神态庄严地说：

禘礼是古代天子祭祀上天的专门礼仪，用来表现代天管理天下的君王对上天的敬畏。可是，自周幽王、厉王之后，天下礼坏乐崩，我所看到了禘郊之礼皆已面目全非。只有鲁国能多少遵守一些西周礼制，所以，离开了鲁国就没有什么合适的去处了。但鲁国擅自实行禘郊之礼，也是不合礼制的，周公的制度已经衰微了。按照古代的祭礼，只有杞国可以郊祭大禹，宋国郊祭契帝，这是天子的事物。因此，天子祭祀天地，诸侯祭祀社稷。

　　孔子曰：于呼哀哉！我观周道，幽厉伤之，吾舍鲁何适矣！鲁之郊禘，非礼也，周公其衰矣！杞之郊也禹也，宋之郊也契也，是天子之事守也。故天子祭天地，诸侯祭社稷。

（《礼记·礼运》）

　　对于现在各国诸侯所擅自举行的禘郊典礼，从他们煞有介事地献上第一杯酒之后，我就根本不想再看下去了。

　　子曰：禘自既灌而往者，吾不欲观之矣。

（《八佾》篇）

更深夜静，天空上皓月横空，繁星点点，四野沉寂。
孔子仰望着满天星斗的夜空，一时陷入了沉思。
这是公元前485年，孔子67岁。

十四·天地人之互感

鲁国的胜利

公元前484年，鲁国军队在东线与齐国的边境清地，获得了一次小小的军事胜利。

这一日，孔子刚刚吃过早饭，就收到了冉求派人送来的书信，信是写在一大方白丝绸上，对这次齐鲁之间的战事经过叙述得相当详尽。孔子看着看着，就将着长长的白胡子笑了，信的大意是：

鲁哀公十一年春天，齐国为了上一年鲁国会同吴国等伐齐过南部边境的事情，派国书、高无㔻率军讨伐鲁国，大军驻扎在清。季孙对他的家宰冉求说：齐兵屯扎在清，一定是为了进攻鲁国，我们该如何应付呢？冉求说：三位执政中，一家坐镇曲阜，其余两家陪同国君到边境迎战。季孙叹道：我做不到啊。冉求道：那么，就在国都和边境之间进行抵抗吧。季孙把这个方案通知了叔孙和孟孙，二人都不同意。于是冉求对季孙说：如果他们连这个方案都不能接受，国君就不必出战了，就你一个人单独率军在都城进行决战，到了这时，不能参加决战的就不是鲁国人了。其实，鲁国三家的联合军事力量，已经大过了齐国，只其中一家抵抗齐国的兵车就完全绰绰有余了，你有什么好担心的？那两家不想打仗是可以理解的，因为是你掌握着鲁国的政权。在你执政期间，齐人侵鲁而鲁不能迎击，这是你的耻辱，将使鲁国很难自立于诸侯的行列之中……

于是，冉求率领左方面军，管周父担任御者，樊迟担任车右。季孙担心说：樊迟是年轻了些。冉求说：只要服从命令就可以！

季孙派出了7000甲兵，冉求以300个武城的勇士组成了自己的敢死队……

齐、鲁的军队在曲阜郊外展开战斗，齐军从稷曲方向发起攻势，而鲁军却不敢渡河迎战。这时，樊迟对冉求说：鲁军不渡河，是将士不能接受你的命令，请限定他们在三刻之内渡河。冉求发布了渡河命令，鲁军一下子就冲入了齐军的阵地。可是，鲁国的右师却不战自溃了……冉求的左军俘虏了80名战俘，齐人溃不成军。凌晨的时候，探子报告，齐军已经偷偷撤退了。冉求请求乘胜追击，季孙没有答应。（以上据《左传·哀公十一年》改译）

看到这里，孔子不禁赞美道：

> 能执干戈以卫社稷，可无殇也。
>
> （《左传·哀公十一年》）

看到冉求采用一种长矛做武器，冲击齐军，孔子赞扬道：冉求可以算是义勇了！

许多弟子听到消息，都赶到孔子房间里来探听详情，孔子兴高采烈地把书信给每一个人传阅。

一时间，这个小小的流亡集体，都沉浸在欢乐之中。

孔子何如人哉

冉求率师获得了一次小胜，愈加引起了季康子的器重，其地位也日益巩固。某一日，季康子从容对冉求道：

你在军事方面的才能，是学习得来的呢，还是出之于天性？

听了季康子的话，冉求笑道：

我在军事学上的这点知识，是从孔子那里学来的。

在季康子的印象里，孔子当然是一个了不起的大儒，对礼仪、道德、仁义方面的知识浩瀚而没有边际，而且，孔子在政治方面也有许多卓越见地。但一听说孔子居然对军事学也有所研究，就不免大吃一惊，他不能相信，一个人居然能无所不通，就问道：

孔子究竟是个什么样的人呢？

冉求答道：

鲁国如果任用了这个人，就会使鲁国和阁下顷刻间名声远扬整个国际间，这种名声既可以传播到人民中间，也能够使鬼神信服而没有遗憾。像我现在所达到的这种卑微地位，纵然拥有成千上万的家产，夫子也不会看重。

康子对冉求道：

我想召孔子回鲁国来，你看怎么样？

冉求听到这里，禁不住心头一阵狂喜，记得几年前自己回国就任季氏家宰时，子路、子贡他们都再三叮嘱自己，说夫子很想回国，要冉求回国后想想办法以达成夫子的回国愿望，现在看来，此事大有希望。但冉求处理事情素来老练沉稳，他生生地按捺住内心的喜悦，不动声色地回答季康子道：

想要召夫子就不要三心二意，不要临时因为小人的几句话而变卦，就可以了。

据史书记载：

> 冉有为季氏将师，与齐战于郎，克之。季氏曰：子之于军旅，学之乎？性之乎？冉有曰：学之于孔子。季康子曰：孔子何如人哉？对曰：用之有名，播之百姓，质诸鬼神，而无憾。求之至于此道，虽累千社，夫子不利也。康子曰：我欲召之，可乎？对曰：欲召之则毋以小人固之，则可矣。
>
> （《史记·孔子世家》）

季康子虽然希望召回孔子，但这不是一件小事，并不是说办就可以办的，孔子并非等闲的士大夫，顺便安排个官职就行了。而且，孔子的许多学生如子贡、子有、子迟以及有若等都在鲁国任职，孔子一旦回来，可能会引起鲁国整个政局的变化。所以，一些在朝掌权的人士都不大同意迎孔子回国，他们表面上当然并不流露出反对意见，但私下里却频频活动。是以，孔子回国的事情一时搁置。

木焉能择鸟

孔子并没有急于回国的打算，这一次来卫国已将近四年，虽然卫国的父子争国闹得沸沸腾腾，但由于孔子明智地使自己脱离于是非之外，所以，卫国君臣对孔子很客气。在卫国政局如此微妙的时候，有孔子这样一位国际知名人士居留卫国，并不是一件坏事，因此，卫国发给孔子的俸禄始终如故。

孔子在卫国，一边整理古代诗书的断编残简，一边讲学，学者的名声就一天大似一天，前来就学的人数也日益增多。而且，卫国与鲁国近在咫尺，鲁国的消息当天就能到达卫国，在鲁国任职的弟子们时来时往，孔子没有感到有什么不便。孔子并不是一个安土重迁的乡土主义者，他觉得哪里的情形都差不多。

初秋的一天下午，孔子刚刚讲授《诗经》完毕，忽然卫国的执政大夫孔文子来访。孔文子名圉，又称仲叔圉，文为谥号。对于这位同姓朋友，孔子交往多年，始终抱有良好的印象。记得子贡曾经问过：孔圉何以够资格被称为"文"，孔子认为孔文子是一个勤奋好学、不耻下问的人。《论语》说：

> 子贡问曰：孔文子何以谓之文也？
> 子曰：敏而好学，不耻下问，是以谓之文也。
>
> （《公冶长》篇）

孔文子这次来访孔子，确实是有求而来。原来，由于一些家庭问题，他与大叔疾的矛盾日益尖锐。据记载：

> 初，疾娶于宋子朝，其娣嬖。子朝出，孔文子使疾出其妻而妻之。疾使侍人诱其初妻之娣，寘于犁，而为之一宫如二妻。文子怒，欲攻之，仲尼止之，遂夺其妻。或淫于外州，外州人夺之轩以献。耻是二者，故出。卫人立遗，使室孔姞。疾臣向魋纳美珠焉，与之城鉏。宋公求珠，魋不与，由是得罪。及桓氏出，城鉏人攻大叔疾，卫

庄公复之，使处巢，死焉，殡于郧，葬于少祢。初，晋悼公子憋亡在
卫，使其女仆而田，大叔懿子止而饮之酒，遂聘之，生悼子，悼子即
位，故夏戊为大夫，悼子亡，卫人翦夏戊。

（《左传·哀公十一年》）

孔子早已详知其中原委，这件事情比卫君的夫子争权更令人不齿，他
当然不会插手这种事情。但孔文子早已急匆匆地走了进来。

孔文子落座，还没有把事情说完，孔子就干脆地告诉孔文子说：

有关礼仪、礼器方面的事情，我学习过；有关战争的事情，我一无所
知。

孔子说完了这番话，就命令弟子们准备启程。他对孔文子道：

鸟当然能够选择树木而栖息，但树木却怎么能选择鸟？

孔文子一听，自己也感到很冒失，就急忙制止孔子说：

我怎么敢向夫子问自己的私事，我问的是有关国家灾难的问题啊！

于是，孔子也就原谅了孔文子的冒失，并准备继续留在卫国。可是，
正好鲁国派来迎接孔子的专使已经携带了许多金币来到了卫国。于是，孔
子谢绝了孔文子的挽留，决定立即回国。史书记载：

孔文子之将攻大叔也，访于仲尼。仲尼曰："胡簋之事，则尝学
之矣，甲兵之事，未之闻也。"退，命驾而行，曰："鸟能择木，木
焉能择鸟？"文子遽止之，曰："圉岂敢度其私，访卫国之难也。"
将止，鲁人以币召之，乃归。

（同上）

漫长的流亡生活就要结束了。

流亡生活的结束

现在，二十几辆车子整齐地排列在道旁，一切都已准备就绪，只等启
程了。孔子神情索然地站立在天井正中的一棵老槐树下，弟子们都已兴冲

冲地登上了车子，空荡荡的院子里一片沉寂。

孔子悄然独立，茫然四顾，多少年来积压在内心深处的情感，在刹那间奔腾翻涌起来。从定公十三年初春到本年的哀公十一年深秋，已经整整14年过去了。14年来，自己率领的一支热心救世的队伍先后到过陈、蔡、宋、郑、齐、楚等国，行程万里、风尘仆仆，数次险些遇难，饱尝了颠沛流离之苦，但救世的夙愿至今却已化为泡影。14年的岁月，至少有三分之一以上的时间是在卫国度过的，而在卫国生活期间，这所小小的院落就一时成了孔子及其弟子们生活和讲学的唯一场所，这里人数最少的时候也有二三十人，最多时则超过了百人。现在，就要离别了，也许是永别。

14年的岁月，5100多天，在一个平常人的庸庸碌碌的一生中，该是何等的遥远漫长！可是，对于一个生命不息则奋斗不止的人来说，却又显得何等短暂！孔子瞩望着眼前的这棵老槐树，无情的冬风秋雨已经侵蚀并凋落了它繁茂的枝叶，使它不得不裸露出斑驳陆离的躯体，看起来有些老态龙钟了！但14年前，它却是那般的茁壮强健，即使在雷鸣电闪、狂风暴雨、酷暑严寒下，也仍然是生机勃勃。树犹如此，人何以堪？14年光阴似箭，14年岁月如梭，孔子的眼睛有些湿润了。

这是公元前484年中秋时节，这一年是周静王三十六年，鲁哀公十一年，卫出公九年，是孔子辞别故国的第14年。

院子外传来了一阵阵马欢人叫的喧嚷声，孔子最后环顾了一眼晨光微曦中的破蔽屋舍，昂然跨出了院门。

生死有命

周历的十一月底，不过是夏历的九月底，周历的隆冬亦不过是夏历的深秋。孔子和弟子们一路行来，不知不觉间已过了郓城地界，前面不远处就是鲁国的汶上地界，大家心里一高兴，不觉加快了脚步。

但见天高气爽、风轻云淡。大道两旁，丹枫如血、姹紫嫣红；极目远眺，东平湖水波浩淼，梁山之巅层林尽染。辽阔的苍穹下，一队队鸿雁掠过万里长天，行色匆匆地向南方飞去。孔子和弟子们都感到秋色的壮丽秀美。此行是在回国途中，便不同于15年前的匆匆出走，孔子的心情非常欢愉。

晚上，众人在东平湖边欣赏湖光水色，一片晚秋的绚丽景色。孔子与弟子们谈话谈得性起，不觉在湖畔留恋甚久。

当天夜里，孔子发起了高烧，继而昏迷不省人事，众弟子一时手足无措。

连日的奔波劳累，平素很少生病的夫子终于病倒了。这一次病魔来得实在突然而且古怪，孔子倒下之后，就连日不饮不食、时时处于昏迷不醒之中。弟子们都有些慌神，夫子的身体这样健康，怎么会一下子就病得如此沉重？一连数日过去了，丝毫不见好转，眼看着活下来的希望很渺茫了。

最着急的是子路，他有些沉不住气了。这一日午后，他把孔门的大小弟子招集到了一起，满面凄苦地说：

在这荒郊野外的去处，哪里去找擅长岐黄之术的人呢？我们中间善于谈知识、谈学问、谈仁义、谈道德、谈外交、谈政治的人多得是，却没有人懂得医道，这怎么是好？干脆，我们大家一起替夫子祷告吧？

弟子们一时没有了主意，大家都知道夫子历来不谈也不相信那些怪、力、乱、神一类东西。但现在夫子病得如此沉重，以夫子的身份名望，祷告一下上苍的佑护，应该不是什么过分要求。于是，在子路带领下，众弟子一起跪拜在地上，态度诚恳地乞求上天佑护夫子。一时间，祈祷声震耳欲聋。

祈祷似乎没有起任何作用，眼见得孔子的病势一天比一天沉重，弟子们都怀着一种绝望的心情等待着最后时刻的到来。这时，几名年长弟子开始郑重地考虑，该怎样为夫子准备后事的问题了。闵损、冉雍等，都主张迅速地赶回鲁国，也许还来得及进行抢救，即使不能起死回生，也强似死于道路。

子路坚决反对，他认为以夫子现在的身体状况，一旦上路，则根本不等赶到曲阜，就死在路途的颠簸中了。

仲弓忧心忡忡地说：

然则，我们总不能就这样耗下去！

子路忽然大声说：

夫子病倒在这里，我们除了着急外确实没有什么办法。我有一个想法，我们与其干坐在这里，不如积极行动起来。

冉雍问道：子路兄难道想出了什么好办法？

子路愁眉不展地说：

想我们夫子，今年已经68岁了，即使这次不幸死了，也不能算是夭折了。但夫子一生，除了担任过二三年的官职，大部分时间都只是一个从大夫的名分。对于一般人也就罢了，但我们夫子却是一个非常希望做官的人，当然，夫子做官是为了实现三代的王道理想，亦是为了脱民于水火之中。

年轻的子夏听到这里，感到有点不大对味，不禁开口反驳说：

你怎么能把夫子说成一个官迷，夫子分明视富贵如浮云！

子路喃喃道：

我并没有说夫子是官迷，只不过说夫子非常希望做官，列国的人谁不知道夫子是"三月无君，则惶惶如也"。

冉雍斯斯文文地问道：

就算子路兄说得不错，然则，子路兄现在强调这个问题究竟要我们做什么呢？这个问题与夫子的病情根本没有什么关系嘛！

子路道：

我的意思是，既然夫子生平的理想就是为了实现自己的抱负而出仕做官，但现在夫子却可能在没有任何官职的情形下凄然死去，未免留下极大的遗憾。我们作为弟子，自然有责任为实现夫子的愿望赴汤蹈火而在所不辞。

众弟子听到这里，都有些紧张，猜不透子路究竟打了什么鬼主意。

看到众人疑神疑鬼的样子，子路笑道：

诸位不必紧张，我的意思不过是请诸位帮忙，来达成夫子的生平愿望。

冉雍大惊道：

我们也不是什么君主王侯，能达成夫子什么愿望？

子路勃然大怒道：

住口！休要提什么君主王侯，天下的君王们都是些瞎了眼的，昏了头的，只知道花天酒地、声色犬马的混账王八蛋！夫子是什么人？是千年万年也不一见的万古圣人。夫子的理想是什么？是继承五帝三王以来的天下大统，为千秋万代确立准则。但是现在，夫子可能就要去了，天下没有人能理解他，也没有人任用他，他只能到另外一个世界去弘扬他的理想了。我们做学生弟子的，既不能助夫子完成他的理想，也不能使夫子起死回生，夫子一去，我们就再也没有先生了。现在何不乘夫子在世，暂时变换一下我们与夫子的关系。

闵损闻言变色道：

如何变换关系？

我们把与夫子的师徒关系变换为君臣关系，夫子虽不是天下的王侯，但是我们的王侯；夫子虽不是列国的君主，但是我们的君主。现在，就让夫子在病中接受我们对他的朝拜。诸位以为如何？

众弟子先是愕然，随后窃窃私语，继之轰然叫好。

这是一个晚霞漫天的黄昏，太阳还没有最后落下山冈，一钩弯月却已斜斜地悬挂在树梢上。萧萧落叶、寂寂荒野、袅袅雾霭、淡淡云烟和无边的秋色融合到了一起，就制造出一种异常神秘的气氛；神秘的气氛一旦形成，就好像是裹挟着浓浓的人间哀愁而散布开来，充斥和弥漫在天地六合之中，震撼着所有敏感的心灵。在东平湖畔的茅舍中，孔门弟子在子路的严厉督责下，完成了对孔子的朝拜仪式。

欺天乎

令人惊异的是，进行祷告后的第五天，弟子们进行朝拜后的第二天，孔子居然从昏迷中清醒了过来。随后几天，孔子奇迹般地复原了。众弟子都不禁暗暗称奇，也松了一口积郁多日的闷气。

某日，一年轻弟子一边服侍孔子吃药，一边对孔子闲说话，忽然提到了子路，就不由得称赞道：

子路不愧是夫子最喜欢的学生，要不是子路师兄主张大家共同替夫子进行祷告，恐怕夫子的病不会好得如此快！

孔子闻言吃了一惊，他吩咐把子路请来。

兴高采烈的子路，一进门看见孔子的脸色，就觉得有点心慌，畏畏缩缩地上前请安后，就肃手站在一旁。

孔子神色肃穆地问子路：

有祈祷这样的事情发生吗？

子路踌躇地说：

有这个事，不过是请求天地上下的神祇保护你罢了。

孔子叹息地说：

其实，很久以来，我就不断地在祈祷了！但是，由啊！生死有命，富贵在天。一个人的生死，除了顺从天命外，祈祷有什么用处？

> 子疾病，子路请祷。
>
> 子曰：有诸？
>
> 子路对曰：有之。诔曰："祷尔于上下神祇。"
>
> 子曰：丘之祷久矣！

(《述而》篇)

关于祈祷这件事情，就到此为止，我也就不怪你了。但是，有一件事，我却不能原谅你！说到这里，孔子声色俱厉。

刚刚松下一口气的子路不由得紧张起来，他马上就想到了自己让所有门人朝拜孔子的事，他知道这件事做得不大对头，本来想在孔子病愈之后好好向夫子解释一下，没想到孔子这样快就知道了。

孔子的脸色一片苍白，眼睛的瞳孔里充满着一条条血丝，久病后的孔子显然还没有完全复原。他紧盯着子路，好像在看着一个陌生人。

夫子！

子路刚要说话，却被孔子严厉地打断。

由啊！你实在是做得太过分了！很久以来，你就一直瞒着我在搞些莫须有的鬼名堂！一个人本来没有臣，却要让大家做臣进行朝拜。我要欺骗哪个？难道能够欺骗得了上天吗？而且，我与其死在臣的手里，就不如死在我自己的学生手里！还有，我死后纵然不能得到隆重的葬礼，难道就会死在道路上吗？

> 子疾病，子路使门人为臣。

病间曰：久矣哉，由之行诈也！无臣而为有臣，吾谁欺？欺天乎？且予与其死于臣之手，毋宁死于二三子之手乎？且予纵不得大葬，予死于道路乎？

（《子罕》篇）

听了这一番训斥，子路一时汗流浃背。

孔子确实很愤怒，尽管世上所有的君主王侯们都不能接受自己的主张，但也并不是完全不理解自己，他们中的很多人都知道三代王道不是什么坏东西，他们也都知道仁义道德是兴衰治乱的必要举措，不过因为眼前这股时代潮流实在过于强大，逼迫着人们不得不随波逐流。而且，自古以来，尽管王者不尽是圣人，但圣人皆是王者，以王者身份而推行圣人路线，是三代王道所以成功的原因所在；而自己算什么呢，不过是一个破败的贵族子弟，如果不依靠各国诸侯，自己有什么力量来推行王道呢？自己不过是一名无权无势的书生罢了！

看着子路，孔子猛然发现，他的头发已经花白，始终笔挺的脊背也已经有些弯曲，当年的英姿勃发的青年不知不觉就老了，由已经快60岁了。孔子心里一阵酸苦，40年的弟子，尚且时时误解自己的思想行为，把自己看成一个离不开君王和政府权力的官迷，世上的芸芸小人，又会如何呢？

唉！孔子长叹一声，挥手叫子路出去了。

神秘的上天

十几天之后，孔子的身体已经完全复原，这一日午后，众弟子看到夫子已经康复，精神很好，就聚集在孔子的房间里闲谈。子贡和宰予听说孔子病倒在途中，专程从曲阜赶来，师徒久别重逢，一时言笑晏晏。

这时，仲弓跨前一步，神色肃然地说：

上天不绝斯文于华夏，使夫子绝处逢生。数日以来，看到夫子生命垂危，心中时时涌出一种绝望感觉。弟子受教垂30年，罕闻夫子言天地鬼神，记得夫子仅仅有两次提及上天，一次是子畏于匡，曾经说：

文王既没，文不在兹乎？天之将丧斯文也，后死者，不得与于斯
文也。天之未丧斯文也，匡人其如予何？

（《子罕》篇）

另外一次是在商丘郊外，夫子与我等在榕树下演礼，宋国权臣桓魋伐
树欲加害夫子，夫子曾经说：

天生德于予，桓魋其如予何？

（《述而》篇）

以弟子所知，夫子在14年周游列国的漫长旅途中，实以这两次经历最
为凶险，也只有在这种最凶险的时刻，夫子似乎把自己的个人命运与上天
及天命连在了一起，其他时候，则不再闻夫子谈起。然而，夫子自己也许
不能知道，但以弟子看来，这一次夫子生病，其凶险其实超过前两次。所
以，子路师兄乃力排众意，提议大家为夫子祈祷，亦实乃情不得已。不知
夫子怎样看待这件事情？

孔子看了一眼子路，哈哈笑了起来。

众弟子面面相觑，不知孔子笑从何来。

孔子笑道：

无论上天是否存在，也无论上天究竟是怎么回事，它都是一个脱离了
人类生命范围的独立存在。至于人的生命是否能够与天地互通互感，以我
的浅薄见识还不能说得清楚，但我知道，这种互通互感应该是存在的。人
的生命即使不是由上天所赐，也是因天地庇护而生长，人类的一切都不能
脱离天地。

颜渊问道：

然则，夫子以为一个人应该怎样对待上天以及天命呢？尤其是一个人
应该怎样或在怎样的情形下来与上天进行沟通呢？

孔子道：

这是一个不易说明的问题，我没有把握说得透彻。其实，我日常所提
倡的仁义、道德、忠诚、信义、智慧，都是在体验、理解天地和自然万物

的基础上提出的，人们需要经常检查自己的行为，不仅是为了要在人世间谋生存——如果那样则心灵的向上和向下都没有关系，而主要是为了获得与天地的互感。

任何一个人对待与自己生命发生关系的一切，都应该保持一种坦诚和敬畏态度，这种态度来自于人的本性，它们原本存在于所有人的心灵中，但在漫长的历史演变中，它们日益被一些扭曲的东西所异化了。我提倡的儒家学说，便是力图使人们从异化中恢复本原，这种本原是与天地万物互通互感的。

一个人是否可以随时随地与天地进行心灵上的沟通？老聃先生所提倡的道学，就是试图把自身与天地自然相融通，以便使人的精神和身体经过修行后而达到一种比较纯粹的自然属性。我的看法不是这样，我认为人类从根本上说是不断进步的，人类的智慧是不断提高的，人类的知识也是不断增多的。

人与天地自然的关系，是非常复杂而且神秘的，人类与其他万物一样，都不能离开天地自然而存在，但天地自然却完全脱离万物而自行其事。天地自然能够时时影响和干预万物，而万物却不能影响天地自然，所以，双方的关系不是平等的关系。对于这种关系，要么是崇拜，要么就只有脱离。

人类与天地须保持敬而远之的态度，在一般情形下，要避免进行心灵交流。在自己的心灵根本没有进入到一种贴近自然、贴近天地的状态下，贸然进行交流可能会产生出许多麻烦，而这些麻烦并不是人人都能够处理得当的。所以，一个人不是在生命攸关的情形下，还是少去注意天命、天意那些东西为好。

子贡道：

夫子！但是天命、天意这些东西对人类的重要作用似乎也不能一概抹杀。不要说人类的生命即寄存于其中，人类的许多灵感亦来源于它，而且，人类的知识范围也从来没有脱离开它们，所以，我们即使故意使自己在精神上远离了它，但思想深处还是不能真正摆脱它。而且，在苍茫无限的宇宙之中，在绵绵没有尽头的历史长河中，人类实在是一些微不足道的小小生物，他们所以能够顽强地生存下来，以弟子看来，那些缥缥缈缈的天命和天意一类东西，其作用之重要，正是未可限量呢！

孔子大笑道：

你们几个说得都好像很有道理啊！看来有必要修正我的一些谬见了。但是，各位！我仍然强调，在某些方面也许顺从一下天意是必要的，尤其是生命范围内的事情，因为自己往往无法把持，就索性交给上天算了。事实上亦是如此，人类在所有不能明了和无所遵循的领域里，都把问题一股脑推给了上天，自己因此免除了许多烦恼。可是，你们想一想，即使上天真的是无所不能，但要把各种生物的各种欲望要求都加以满足，亦不可能做得周全。所以，一个人固然不能逆天行事，却万万不可把一切都依赖上天。我可以断言，任何人如果把自己交给了上天，则这个人就没有生存下去的必要了，他可以上天了。

颜渊道：

那么，作为一名君子，他是应该无所畏惧？还是应该畏惧一些什么？

孔子默然。

君子的畏惧

孔子注视着颜渊，环顾了众弟子，看到大家都一脸肃穆地在等待着回答，就不觉苦笑了一声，开口道：

类似道理，我已经反复与你们谈过多次了，一部《书经》到处充满了王者的畏惧，一部《诗经》到处充满了小人的畏惧，一部《易经》到处充满了圣人的畏惧，一部《礼记》则到处充满了君子的畏惧。我们的这个时代，王者已经名誉扫地，圣人已经隐没不现，整个华夏，只剩下君子和小人两个部分了。

子贡道：

夫子所说的君子是否是士大夫以上的统治者，而小人则是庶人以下的被统治者，二者所代表的是地位差别？

孔子道：

君子和小人的性质区别，我以前曾经多次谈到，可惜你没有注意。其实，这只是社会上一种沿袭成俗的说法，这两个词刚刚出现的时候可能代表了身份地位上的差别，但我使用这两个词的用意却全非如此。你们可以回顾一下，在我的所有言谈议论中，君子不只是一种拥有一定的知识、礼仪和外在修养的人，更是在内心中具有自我规范意识的人。由于社会上存在着贵贱和贫富之间的差别，能够接受知识、礼仪和道德教育的人，大部分大多出身于士大夫家族，所以，使君子看起来好像是统治者，其实，统治者中能够得上君子称呼的人根本没有几个。我所称呼的小人，并不含有任何贬义，只是指一些没有接受过教育的人，尽管他们与一些受过教育的人有比较明显的外在差别，但内心和本性方面并没有重要差别。君子和小人——这里指真正的君子与没有受过教育的人——之间的差别，是明显存在的，如果受教育与不受教育一样，则教育就应该取消了。

颜渊道：

以夫子的看法，在一些关于自然和人生等重要问题的理解方面，君子和小人有些什么不同呢？

孔子寻思片刻，果断地回答：

一般来说，君子有三种畏惧：畏惧无所不在而又无处寻觅的天命，畏惧处于高位、手执大权的统治者，畏惧言行合一、具有高尚品质的圣人。小人没有经过学习而不知道天命是什么，所以心理上没有畏惧；他们经常以一种轻蔑和猥亵的态度对待统治者；他们更以粗俗和侮辱性的态度对待圣人的教导。

> 孔子曰：君子有三畏：畏天命，畏大人，畏圣人之言。小人不知天命而不畏也，狎大人，侮圣人之言。
>
> （《季氏》篇）

子路道：

夫子虽然声言君子和小人是一种知识划分，但夫子这里所提出的三畏三不畏观点，却不仅是把君子和小人视做不同的等级群体，也把整个人类视做了具有人性差别的不同群体，其实这种划分未必正确。

孔子环顾众弟子道：

也许由说得对，尽管我自己没有意识到。其实，把人类分成了受教育与没有受教育两个群体，并没有什么不妥，人性在本质上没有不同，所以会有不同的表现，完全是后天的教育结果，这就是所谓：

> 性相近也，习相远也。

（《阳货》篇）

闵损问曰：

夫子的意思是说，人的性情、本能、欲望以及聪明才智，本来是大体相近的，人在这方面应该是完全平等的。是文化教育使人们的思想和行为发生了重要变化，并使同一个文化体系内的人群日益出现了新的地位划分。是不是可以说，文化教育在某种程度上只是使一小部分人受益，他们可以凭借获得了文化知识的得天独厚的机会来攫取权力和地位，而没有机会受到教育的人则被剥夺了获得这种权力的机会。

孔子点头道：

子骞说得非常好，认识也非常深刻，我完全同意。我以前屡次与大家谈过中国的传统文化知识，这是一个漫长岁月积累起来的传统。大约三四千年前所流行的是自然崇拜的教育，那时，一些对自然物及物理方面有较深认识和理解的巫师，他们好像没有经过任何正式教育，而是通过自己的摸索或根据传统经验，尤其是通过对自然物的解释，最先确立了人类的行为准则，他们因此而成为中国最早的王者和圣人，华夏历史上一些最伟大的人物就这样而名垂青史。大约一两千年前，华夏所流行的是鬼神崇拜的知识，这时，一些古代圣人的后裔已经成王成侯，一些具有天文、历法、巫术的人则成为政府职能部门的负责官员，他们通过沟通天人关系而确立起自己牢固的政治地位，不可否认，他们是当时的受教育者，但他们都不是教育者。

但是，西周建立之后，社会上流行的却是礼仪道德方面的知识，它们与以往的知识不同，其明显的差别是：以往的知识或是讲暴力、或是讲淫乱、或是讲鬼怪、或是讲神灵、或是讲天地，却唯独不大讲人，而自文武周公以来，却是以人道作为文化知识的主体，暴力、淫乱、鬼怪、神灵都退居到了次要位置。所以，作为一名读书人，如果不能正确地理解命运，就很难成为君子。如果不知道礼的作用，就不能立足于社会。如果不能准确地分辨语言的作用和功能，就难以了解和理解别人。

> 子曰：不知命，无以为君子也。不知礼，无以立也。不知言，无以知人也。
>
> （《尧曰》篇）

众弟子听到这里，不觉感到心中一片开朗，几千年模模糊糊的事情，被孔子这样轻描淡写地一叙述，就有些山青水碧了。

事人与事鬼

许久，弟子们都默默地咀嚼着夫子刚刚发表的见地，没有发言。还是子路挨不住沉默，他思索了一会儿，就提出了问题：

夫子刚才所言，居然是由平素不曾听闻到的新知识，由实在受到了诸多启发。根据夫子的议论，似乎并不否定天地鬼神的存在。如果天地间确实存在有鬼神，则鬼神的力量当然在人类之上，人类招惹不起他们，就不得不对他们采取一些慎重和恭敬的态度。请问夫子！君子应该如何侍奉鬼神？

孔子微笑着盯着子路，一字一句地说：

> 未能事人，焉能事鬼？
>
> （《先进》篇）

子路根本不理会孔子的态度，他继续追问：

什么是夫子的生死观？

孔子答道：

> 未知生，焉知死？
>
> （同上）

听到这里，子路方始点头称是。现在，他明白了夫子思想的中心不是鬼神，不是冥冥之外的天意，而是人自身。夫子的思想是以人为本，夫子的教育就是使普通人上升为具有知识、理想和仁义道德的理性君子。

这时，颜渊说：

刚刚听了夫子阐述人与鬼、生与死，言简意赅，令回茅塞顿开。回以为，夫子的思想中心并不探究天地鬼神之存在与否，他们的作用无论怎样，毕竟只存在于冥冥之中。我们是人类，所以应该以人作为知识的核心。但是，如果暂时抛开人的自身存在，则鬼神对于人类精神究竟是不是有些作用呢？

孔子思索了一会儿，缓缓地说：

鬼神之为德，其盛矣乎！视之而弗见，听之而弗闻，体物而不可遗。使天下之人，齐明盛服，以承祭祀。洋洋乎如在其上，如在其左右。

（《四书·中庸》）

这一番话说出来，众人都感到很吃惊，他们没有想到很少提及鬼神的夫子，会对鬼神给予如此高的评价。

祭神如神在

颜渊说：

看到夫子身体康复如此迅速，眼下的精神较之以前更见旺盛，使回深切感到，冥冥之中果然有一些匪夷所思的力量在操纵着人生。但作为一个孜孜进取的君子，当然不能处处依附着这种力量而失去自我。夫子曾告诉我们"敬鬼神而远之"，我想是一种正确态度。但回近来一直有个想法，始终没有向夫子报告，今日既然讨论到这里，而且夫子似乎亦言犹未尽，回就提出来，希望能得到夫子和诸位师兄弟的指教。这个问题是，命运这种东西究竟在怎样的程度上规定了我们的生活？

孔子闻言，长叹一声道：

回啊！这是一个何等重大的问题啊！哪里是三言两语就说得清楚？以我目前的能力，恐怕还回答不了这个问题呢？但我可以简单地说明一下我个人的态度。大家知道，当每一个人刚刚来到这个世界的时候，一点也不知道自己与这个世界上的一切有些什么样的关系？对比较长久存在着的天地自然万物来说，每一个人都不过是一个匆匆来去的过客；与天地的存在相比，人类能够留存的时间实在非常短暂，仅仅这样的事实就已经宣告了生命意义的巨大局限。既然生命的任何意义都受到了时间的局限而难以获得比较充足的存在理由，这样的被动处境当然要引起人类精神的极度惊恐，他们努力要寻找出生命的意义来，这样的事实构成了人类思想的主要内容，纯粹意义上的知识最早就起源于此。

这样，可以进一步联想到，在一个大前提上，生命确有一个大限，就是说，人类的生命大限在正常情形下，一般在五六十岁左右，超过和少于这个数字的都是少数，这是生命始终处于紧张状态的根本原因。

此外，人类生活在各自不同的地区，各种努力争取自我生存的人们，无不生活在各种不同的血缘关系网络之中；各个不同的团体、部族、宗族、种族、地区、国家，都在努力地维护着自己的生存空间。他们往往希望通过其他群体的灾难来证实自己的幸福，于是，各个不同区域的人们都高唱着用自己的民族咒语谱写的歌曲走上战场，人的生命在胜利者和失败者的搏斗中大量地提前消失。

相同或相近的血缘群体内部也不是没有斗争，许多人为了使自己的生命获得比较圆满的落实，就充分地展开了体力和智力上的竞赛，努力地为自己谋求到超过平均水平之上的利益。这里一般没有战场，但生命所受到的戕残并不略逊于战场。各个家庭或家族都以掠夺或鲸吞其他家庭或家族的利益为荣，许多生命在这里提前消失了。这样，就引起了许多人关于生命如何落实的不同看法，有些人以为通过个人的苦心修行可以超越这个天然的限定，有些人以为效忠或效法神灵可以超越生命的限定。其实，生命的终极既然不可超越，则其中的所有变数是可以理解的，每一个意外事件的发生，都一定有踪迹可寻。而且，所有对命运产生影响的事件之发生，没有一样不能追寻到人们的自我行为。

正因为人的生命有这样一个总的时间限定，还有许多意外事件引起的死于非命，又由于我们对一些意外事件的发生往往不能理解，"命运靡常"的说法就引起了所有人的兴趣，人们需要对命运有一定程度的了解。

众弟子听到这里，都神情兴奋，他们感到夫子的这番话说得真是精彩极了，命运是大家都关心的问题，它似乎从来没有离开过每一个人，但却没有人能够捕捉着它；它虚无缥缈、无所不在，而且无时无刻不在控制着人生，但人们拿它一点办法也没有。面对着命运，人们只能匍匐在地。

颜渊恭身为礼道：

多谢夫子教诲，回已经明白了。

孔子赞许地拈须微笑。

众弟子一时却不能明白，他们都希望夫子能够多讲一点。

天何言哉

望着弟子们期待的目光，孔子神色有些疲惫地说：

关于命运，我不想再说什么了！

子贡有些着急地说：

夫子如果不说话了，那么，我们这些弟子们日后怎样来叙述这个问题呢？

孔子笑道：

老天爷说过什么吗？可是春、夏、秋、冬四时循环不已，各种生物息息不已地生长，老天爷说过什么吗？

> 子曰：予欲无言。
>
> 子贡曰：子如不言，则小子何述焉？
>
> 子曰：天何言哉？四时行焉，百物生焉，天何言哉？
>
> （《阳货》篇）

颜渊看到夫子神色确实有些疲惫，担心夫子大病初愈，进行这样长时间的谈话，身体吃不消，急忙对子贡说：

天色已经很晚，是不是应该休息了？

子贡闻言没有说话，子路却道：

我想，所有怪异及神灵和神奇的东西，都是一些我们不能真正理解的东西，夫子不言是对的；但武力、暴力以及混乱、悖乱、靡乱、淫乱这些东西，都是人们经常接触到的，是随时可以遇到的，而且，它们一旦与哪一个人遭遇，就没有人能够回避掉。所以，我以为是应该大谈特谈的。

子渊笑道：

夫子并不是回避，而是不愿轻谈这些问题。如果我们把精力投放在这些方面，不但寻找不出解决方法，而且会分散我们提高自我修养的精神注意力。以回看来，怪、力、乱、神那些东西，自身并没有了不起的力量，它们不过是寻找人的精神软弱处乘虚而入，这些东西对于一个心地坦荡、光明磊落、自强不息的君子，往往是一点能力也显示不出来的。夫子教导我们的是积极的人生方式，他老人家不希望我们把自己的身体局促于一个狭小的生命格局中，他希望我们能够通过学习而成就为一个无私、无畏的人，这是一条积极进取的人生道路。所以，夫子对我们的教育方式始终是以"文、行、忠、信"四种形式一以贯之。以回的浅见，这正是与怪、力、乱、神截然相反的人生标准。文可以抵御怪，正确的行为和行动可以抗衡强暴，忠诚和忠义能够抵制悖乱，而信义则可以战胜神奇。我们如果明白了这样一些基本道理，则夫子为我们提示的人生道路，岂仅仅是为了一个世代？岂仅仅是为了我们区区一干弟子，而是为万古千秋的天下人提供了一条正确的生活方向和道路。我们有幸追随夫子接受知识，也正是在开创着天下的一代新风。

孔子的眼睛有些湿润，他有些感动地看着颜渊，回啊！他的心思是何等的细微灵巧，在常人举一反三已经难能可贵，在子渊却能做到举一反十，回几乎日日时时都在进步。想到这里，孔子不禁对颜渊叹道：

回啊！你确实是每天每时都在进步啊！

诚然，回也不是没有缺点，比如对待自己，他处处体贴，处处维护，即使自己的观点并不正确，他也努力维护。所以有时候，孔子感到与颜渊在一起探讨学问，并不有利于自己的进步。

看着颜渊清瘦的身子，面容苍白，孔子长长地叹了口气。颜渊的虚弱，子路的鲁莽，是孔子终生的忧虑。

鲁哀公问政

因为孔子的病,在路上耽搁了20多天,所以,当孔子一行终于赶到曲阜的时候,已经是立冬过后了。

远远地望见了高耸的宫阙屋脊,孔子就急忙下了马车,快步向大门走去。一别15载,这一大片殿宇已经有些陌生,左面那几座肃穆的庙宇是祖庙,里面就悬挂着周公的画像;右面那一座当然是社稷坛。过了射箭场,孔子就望见了华丽庄严的明堂,他不由得加快了脚步。《论语》记载:

> 君命召,不俟驾行矣。

> (《乡党》篇)

欢迎夫子归来!

鲁哀公早已站在明堂门口,热情地迎接孔子。

孔子急走几步便匍匐在地。

鲁哀公站在高台上,远远地注视着孔子的举动。对于孔子的大名,哀公当然早已如雷贯耳,而且,过去孔子在鲁国的时候,他也多次见过孔子,不过因为当日自己年纪尚轻,没有留下深刻印象。近几年来,孔子的名声早已传遍列国,他便对这位老夫子充满了好奇心,他非常想从孔子的举动中发现些与众不同。现在,他看到了一个身材高大、举止安详严谨的老人从远处徐徐而来,只见他:

> 入公门,鞠躬如也,如不容。立不中门,行不履阈。过位,色勃如也,足躩如也,其言似不足者。摄齐升堂,鞠躬如也,屏气似不息者。出,降一等,逞颜色,怡怡如也。没阶,趋进,翼如也。复其位,踧踖如也。

> (同上)

长期受到三家贵族傲慢会见的哀公,看到孔子的举动是如此的循规蹈矩、中符中节,不由得感慨万分。接下来,他看到孔子:

执圭，鞠躬如也，如不胜，上如揖，下如授，勃如战色，足蹜蹜
如有循。享礼，有容色。私觌，愉愉如也。

（同上）

哀公立刻从孔子举止中感受到了强烈的感染力。他看着孔子，一袭黄
色棉布长袍已经很旧了却浆洗得很干净；头发是已经全白了，没有一丝杂
色；宽大的面庞很清瘦，可能是刚刚大病初愈的原因；一双深邃的眼睛看
起来很和蔼，目光却非常锐利。面对着这个慈祥的老人，鲁哀公感到有点
紧张。

经过照例的客气和寒暄之后，鲁哀公终于鼓起勇气，向孔子请教了一
个他长期憋在肚子里的问题：

夫子！寡人久闻夫子对于安邦治国很有研究，寡人欲向夫子请教，作
为一个国家君主，怎样才能使人民服从。

孔子温和地看着鲁哀公，这是个瘦小的中年人，看上去为人很好，没
有很深的城府，当然不是个英姿勃发的有为君主，但同样也不是个头脑糊
涂的人。不过，可能由于国家权力早已丧失，所以，他看起来有些胆小谨
慎，言谈之中，不住地探头探脑、前后张望。孔子禁不住轻嘘了一口气，
恭身为礼道：

把一些正直的贤才提拔起来，置放在奸邪者的上面，人民就会服从
了；如果把奸邪的人置放在正直者之上，人民就不会服从。

《论语》记载了这次会谈：

哀公问曰：何为则民服？

孔子对曰：举直错诸枉，则民服；举枉错诸直，则民不服。

（《为政》篇）

听了孔子的话后，哀公什么也没有说。也许哀公认为孔子的回答迂
阔不着边际，根本无法落实；也许哀公认为孔子的建议对大权旁落的他来
说，已经没有任何意义，自己没有实际权力，还怎样提拔贤才来重振国威
呢？

看着鲁哀公年轻幼稚且充满忧虑的脸，孔子心中又涌起一阵悲哀。他的思绪飘飘悠悠地退回到了17年前，当时的鲁君是哀公的父亲定公，他性格暴躁刚直、行事鲁莽冲动，一心要削弱三家权力，重新恢复国君权力。记得有一次，鲁定公把孔子邀请到了明堂，恳切地问孔子询问君臣关系方面的问题。孔子回答说：君主们在使用差遣大臣的时候，需要以礼相待；大臣侍奉君主，则要忠心耿耿。

鲁定公当时长叹道：

现在鲁国的情形恰好是相反，且尤有过之。臣使君不必有礼，君事臣却需忠心，可不怪哉？

接着，鲁定公又向孔子询问了有没有一句话就能够使国家兴盛起来的格言，有没有一句话就使国家灭亡的预言。

定公问：一言而可以兴邦，有诸？

孔子对曰：言不可以若是其几也！人之言曰："为君难，为臣不易。"如知为君之难也，不几乎一言而兴邦乎？

曰：一言而丧邦，有诸？

孔子对曰：言不可以若是其几也！人之言曰："予无乐乎为君，唯其言而莫予违也。"如其善而莫之违也，不亦善乎？如不善而莫之违也，不几乎一言而丧邦乎？

（《子路》篇）

一阵鼓声响起，孔子猛然从沉思中醒觉，定睛看了一眼始终端坐着的哀公，内心中就怀了一些歉意和不安，他感到自己确实是老了，面对国君居然走起神来，真是失礼得很。眼看已经没有什么话好说，他急忙起身告辞了。

哀公目送着孔子，心中亦何尝不是充满了悲哀，这分明已经是个垂暮的老人，寡人怎么依靠得上啊？

周公之典在

怎样安顿刚刚归来的孔子，鲁国的当权者并没有取得一致意见。在鲁哀公内心深处，完全同意孔子"举直错诸枉"的意见，当然也很想借助孔子的声望，起用他的一帮年轻有为的弟子，把鲁国的权力重新抓到自己手里。

三桓的几个当家人，对于孔子的回国，也感到有些为难。季孙肥、仲孙何忌都是孔子的弟子或弟子辈，他们当然都相当尊重孔子，也都希望能够借助孔子的崇高威望，使鲁国在列国中摇摇欲坠的地位得以好转。但鲁国的问题十分复杂，国家权力失落到三桓手里已为期甚久，三家力量势均力敌，长期以来，彼此互相勾结又互相提防。孔子回国之后，以他的威望及个人拥有的势力，举手投足都会对鲁国政局发生重要影响。所以，三家都希望孔子能够站在自己一边，但也共同防范哀公借助孔子能力和威望而东山再起。最后，经过几日秘密磋商，大家一致同意以孔子为国老，与闻国政。

当天下午，冉求急匆匆赶来了阙里，向孔子报告喜讯。看着冉求兴冲冲的样子，孔子没有说什么。

冬日的残阳病恹恹地垂挂在西半天的一个小山头上，发出了一种死灰般的余光。孔子站立在阙里故宅的庭院里，注视着一棵含苞待放的腊梅，心中涌起英雄迟暮的感觉。15年的光阴转瞬即逝，记得临行前刚刚长成的小梅树，如今已盘根错节、根深蒂固了，梅树犹处盛年，而自己却垂垂老矣！

自从楚国之行后，孔子已经对政治没有了任何追求，人贵有自知之明，进入耳顺之年后的孔子很自觉地使自己早年的万丈雄心化做了一团雍容祥和的理想追求。此番回国，他亦没有进入权力中心的企求，但目睹了祖国15年之后的日益衰败的局面后，一股强烈的责任感开始折磨着他苍老的心灵。冉求带来的当然是好消息，但不是孔子愿意听到的消息。国老是什么？不过是给予退休士大夫的一个荣誉称号罢了。这个称号使孔子强烈地感觉到，自己几乎什么都没干就居然退休了！

一阵晚风温温柔柔地吹过，院子里的腊梅发出了淡淡的清香，孔子的心情豁然开朗起来，他抬起头来，慈祥地看着冉求，想说什么，却没有说出来。

冉求跨前一步，悄声向孔子说道：

现在国家的财政出现巨大亏空，季孙的意思是想增加田赋，但他又担心百姓难以承受，特命我来征求一下夫子的意见。

一听增加田赋，孔子的神经顿时敏感起来，他全神贯注地听完了冉求的想法之后，默然无语。冉求再三询问，他反复强调自己回答不了这种事情。

此后，冉求反复奔走了数次，孔子才扼要地表达了自己的极度不安，他叮嘱冉求设法阻止这件事情。据史书记载：

> 季孙欲以田赋，使冉有访于仲尼，仲尼曰：丘不识也。三发，卒曰：子为国老，待子而行，若之何子之不言也？仲尼不对，而私于冉有曰：君子之行也，度于礼，施取其厚，事举其中，敛从其薄，如是则以丘亦足矣。若不度于礼，而贪冒无厌，则虽以田赋，将又不足。且子季孙，若欲行而法，则周公之典在。若欲苟而行，又何访焉？弗听。
>
> 　　　　　　　　　　　　　　　　（《左传·哀公十一年》）

冉求一去之后没有再回来复命。

公元前484年在一场大冬雪中过去了，这一年孔子68岁。

十五·文明的传薪之火

什么是大臣

新年伊始，孔府里就宾客盈门而络绎不绝。孔子回国之后，虽然没有获得重用，但立即被政府聘为国老，没有实权而地位甚尊，尤其是孔子的一些亲信弟子如冉求、端木赐、仲由、卜商、言偃、樊迟、巫马施、有若、瞻台灭明都先后出仕鲁国，分别担任不同的重要职务；而宰予仕于齐、高柴仕于卫，孔门弟子在当日的中原地区，已经分布于列国之间，形成了不可小觑的庞大势力。

孔子对于季孙氏家族的人印象不算坏，眼下这个家族的当家人季康子，是一个才能智力都很出色的新式政治家。现在，坐在孔子对面的则是季氏家族的另外一个出色人物，叫季子然，是在朝廷里说话有分量的大夫，他来到阙里做客已经有好一会了。此人头脑聪敏、谈吐斯文，孔子对他颇有好感。

夫子！眼下中原各国的政治结构发生了很大的变化，其中最为突出的一个现象就是世袭贵族的没落和新兴士大夫的崛起。以夫子之见，将来之列国，会不会出现大臣辅佐君主而使贵族淘汰出局的局面？

孔子沉静地答道：

我看会的。自周公治礼确立了宗法世袭制，迄今已近600年，凡物久必蔽，传统的贵族世袭制沿袭既久，弊端丛生，显然已难以维持，在没有更合理的制度出现之前，由能力超群且品质高尚的大臣辅佐的君主制也许是一个比较合理的选择。

季子然兴奋地问：

然则，代替贵族的大臣应该是些什么样的人呢？

孔子道：

足下可以试看各国眼下正在不断出现的情形，就可一目了然。其实，大臣对国家的出色贡献，自古就有，远的可以不说，自春秋以来，秦国百里奚之治秦、齐国管仲之治齐、楚国孙叔敖之治楚，都是其中之著名者。他们的出现，既已一手促成了一些落后边地国家的迅速崛起和日益富强，则其合理性已得到证明。至于大臣应该是些什么样的人？我说不太清楚，大抵各国之国情有别，所需要的大臣素质也不尽相同。但所有的臣都必须拥有知识、道德、礼仪、信誉、忠诚等方面的素质。

这时，季子然突然问：

仲由、冉求，他们可以说是具备了大臣的素质吗？

孔子笑道：

我以为你问的是些什么人？原来说的是由和求啊！真正的大臣应该以一种道义精神辅佐君主，如果正确意见不能被接受，就辞职不干。如今由和求，可以算是很有才能的臣了，但还不能算大臣。

季子然道：

那么，他们一定是完全服从上级的指示了？

孔子道：

一般来说是这样的，他们都是忠于事业的人。但是像杀父、杀君这样的命令，他们也不会服从的。

《论语》记载了这次谈话：

> 季子然问：仲由、冉求，可谓大臣与？
> 子曰：吾以子为异之问，曾由与求之问！所谓大臣者，以道事君，不可则止。今由与求也，可谓具臣矣。
> 曰：然则从之者与？
> 子曰：弑父与君，亦不从也。
>
> （《先进》篇）

季子然愕然问道：

何为具臣？具臣与大臣有什么区别吗？

孔子道：

具臣不过是些有才具的人，虽然备位臣的地位，却不具有辅佐君主以使国家走上正道的使命，他们不过是国家政令的执行者或推行者罢了。大臣是制定国家政策的参与者，他们以正道侍奉君主，如果政见不同，可以"不相为谋"。大臣和具臣，如果换以一种变通的说法，则前者是官，后者是吏。

谈到了这里，季子然似乎领悟了孔子政治思想的底蕴，也许孔子的政治思想是领先于时代潮流的，但它的灵魂仍然是传统的，是以君、父为效忠的中心，这个中心无论在怎样的情形下也不能动摇。

季子然彬彬有礼地告辞了孔子。

鸣鼓而攻之

尽管增加田赋的意见遭到孔子的批评，但鲁国正当多事之秋，近几年又频频出现自然灾害，致使国家财政长期入不敷出，所以，增田赋实在是势在必行。当然，鲁哀公、季康子们都利用增加田赋的机会来增加自己的财富，这也是权力者热衷于增田赋的原因。尽管如此，鲁国政府因为此次行动涉及国家安危，所以，在制定计划时确实是反复酝酿、小心翼翼。哀公曾经亲自询问孔门高足有若：

> 哀公问于有若曰：年饥，用不足，如之何？
> 有若对曰：盍彻乎？
> 曰：吾犹不足，如之何其彻也？
> 对曰：百姓足，君孰与不足？百姓不足，君孰与足？
>
> （《颜渊》篇）

有若在这里本着孔子治国理念的一贯精神，提出了百姓富足，君主自然富足；如果百姓穷困，则君主怎么会富足？这当然是对孔子精神的继承和发扬。可惜，当日利令智昏的统治者们根本听不进这些反面意见。结果，增田赋在冉求等人的策划下，得到了贯彻执行，自然引起民间的怨声载道。

孔子听到这个消息后，感到非常愤怒。对于鲁哀公、季康子那些人，他早就已经无话可说，他知道冉求是这个政策的制订者和积极推行者，就把对鲁国政治强烈失望的心情迁怒于冉求，他对弟子们说：

> 季氏富于周公，而求也为之聚敛，而附益之。
> 子曰：非吾徒也，小子鸣鼓而攻之可也。

> （《先进》篇）

周公是鲁国开国元首伯禽的父亲，算是鲁国所有贵族的始祖。周公虽然对创立西周政权立下了不朽功勋，但他却是个个人生活非常简朴的优秀政治家，他对西周初期的领导者们的严格要求屡见于《书经》。现在，季康子不过是周公的一个不肖子孙，居然聚敛的财富远远超过周公。而冉求作为一个深明传统礼仪、道德的优秀政治家，也居然为虎作伥，难怪孔子要把他逐出门墙了。

祸在萧墙之内

进入了春天，虽然草木已经吐绿，但距离春播还有些日子。大概是由于增加田赋的作用，鲁国的局面似乎有些起色。一时踌躇满志的季康子很想做些轰轰烈烈的事情，为国家以及自己增添些颜面。在春秋晚期，英雄事业莫过于进行战争，但在当时的国际形势下，弱小国家已大多覆灭，像鲁国这样的弱国，想找一个合适的国家欺负一下，并不是那么容易。于是有人给季孙出主意，处于鲁国东南的颛臾是鲁国的一个弱小附庸国，正好靠近季孙氏封地费邑，现在趁它虚弱而吞并下来，就可以成为季氏的后人产业。季康子认为这个主意很好，但讨伐一个没有什么过失的附庸，也觉得没有什么合适理由，就打发冉求去征询一下孔子的意见，季康子虽然飞扬跋扈，对孔子还是相当尊重的。

自从孔子回国之后，冉求就责无旁贷地担任了季孙和孔子之间的政治联络员，无论是鲁国国家还是季孙个人，有什么重要问题需要征求孔子的意见，就派冉求负责传递消息。由于二者之间是人品道德、兴趣爱好、理想抱负都极不相同的两种人，他们之间的意见分歧往往无法调和，冉求深感这个差事之难为。上次因为增加田赋的事，夫子激怒之下，几乎把自己逐出门墙。一想起了这件事，冉求就觉得心里发毛。所以这一次，他特地邀请子路一起去见孔子，有年长的子路在，夫子总要多少顾及点情面的。

这次见面的结果并不理想，当冉求把季孙将伐颛臾的想法告知孔子后，孔子感到很意外，他对冉求说：

求啊！你们这样做是不是有些太过分了呢？这个颛臾，是当年周武王亲自分封的诸侯，以他主持东蒙地区的事务。在过去几百年里，他一直尽心尽力地做，从来没有什么过失。而且，现在它早已是鲁国封疆之内的一个很驯服的附庸，这正是所谓的国家社稷的有力保护者，为什么还要去讨伐它呢？

> 季氏将伐颛臾。
> 冉有、季路见于夫子曰：
> 季氏将有事于颛臾。
> 孔子曰：求，无乃尔是过与？夫颛臾，昔者先王以为东蒙主，且在邦域之中矣！是社稷之臣也，何以伐为？
>
> （《季氏》篇）

冉求讷讷道：
这是季氏的主张，我和子路，其实都不愿意做这件事。

> 冉有曰：夫子欲之，吾二臣者，皆不欲也。
>
> （同上）

听了冉求的分辩，孔子感慨道：
求啊！周任有一句话说："能够贡献力量才担任职务，不能做到这一点就干脆辞职。"如果见到了有危险后果的事情而不愿担负责任，看到人家要颠覆了而不加以扶持，那么人家还雇用官员做什么？求！你的话说得不对啊！老虎和兕牛都逃出了牢笼，龟壳美玉毁坏在柜子里，这究竟是谁的责任呢?

> 孔子曰:求,周任有言曰:"陈力就列,不能者止。"危而不持,颠而不扶,则将焉用彼相矣?且尔言过矣!虎兕出于柙,龟玉毁于椟中,是谁之过与?

(同上)

冉求被孔子一再催问,终于鼓起勇气,说出了自己的看法:

颛臾虽然是个小附庸国,但城池牢固而且靠近费邑,现在不把它征服下来,将来就可能给子孙留下祸患。

> 冉有曰:今夫颛臾,固而今于费,今不取,后世必为子孙忧。

(同上)

听了冉求的辩解,孔子愤然作色。自从回国之后,孔子眼看着鲁国朝政日益紊乱,国家局面每况愈下,君臣腐败日甚,而自己的一些弟子却纷纷参与其间,甚至共同谋划于暗室,大有助纣为虐之态,其中以冉求为最,孔子对此忧心如焚。这时,孔子的声音变得严厉而冷峻,他不无嘲讽地说:

求!君子最讨厌的事情,就是心里迫切想要得到,而嘴上却百般推辞。

> 孔子曰:求!君子疾夫,舍曰欲之,而必为之辞。

(同上)

孔子说完,目光锐利地看着冉求,接着说:

请你转告季孙,我听说,无论作为一国的领导,还是作为一个家庭的家长,不必忧虑财富的多少而须忧虑财富的分配是否均衡,不必忧虑贫穷而须忧虑国家或家庭内部的安定团结问题。无论国家还是家庭,只要财富分配均衡就没有贫穷,只要和谐就没有短缺,只要安定团结就没有倾覆。

做到了这些，如果还有远方的部族不服，就修习文明礼仪对他们加以引导招抚，他们真的投奔来了，也一定会安心依附。现在，由啊！求啊！你们两个人都在辅佐季孙，远方部族的人民不来投奔，而不能招抚他们；自己的邦国内部在分崩离析，而不能守护；却谋划着在自己的国家内部大动干戈。所以，我恐怕季氏的忧患，并不在于颛臾的城池牢固，而在于季氏自己的家族内部。

> 丘也闻有国有家者，不患寡而患不均，不患贫而患不安。盖均无贫，和无寡，安无倾。
>
> 夫如是，故远人不服，则修文德以来之。既来之，则安之。今由与求也，相夫子，远人不服而不能来也；邦分崩离析而不能守也；而谋动干戈于邦内，吾恐季孙之忧，不在颛臾，而在萧墙之内也。
>
> （《季氏》篇）

这是一篇相当精彩的论述，其中包含了孔子的许多人生哲理、社会道理、家庭伦理及国家存在的道理以及对文明文化的深刻理解。冉求和仲由一时之间虽然还不能全部领会，但"不患寡而患不均，不患贫而患不安"这两句格言，准确地指明了人类所面临的经济困境，正是人类自己所一手造成。

冉求是一个性情笃实诚恳、生活朴素的人，对自己的要求相当严格，他除了尽心尽力辅佐季孙外，从来也没有为自己捞任何好处，他颇能理解孔子的思想，听了孔子的这番教导，他内心受到很强烈的震撼。人心不足，岂止是季孙？岂止是鲁国的君臣？瞩目当今之天下，列国之间征战厮杀，贵族之间勾心斗角，人民之间尔虞我诈，父子相残，君臣相争，上下僭越，六亲不和，何处没有财富的影子？人们都紧盯着远方的财富和利益，却往往不能注意到自己正处于大祸临头的前夕。

子路是一个豪爽而行事鲁莽的勇者，他有感于孔子的"修文德以来远"的格言，强烈地感觉到其中的深刻含义！他想起了夫子对古典文化的深刻理解，也曾经为弟子们讲述了三代王朝以文德而不以武力取天下的知识。文德是华夏文化的精髓，以文德感召四方，是华夏文明不断扩大的深刻原因。在文德面前，一切穷兵黩武的勾当就显得可笑，夫子生平不正是在努力地实践着这个传统吗？

看着两个弟子的表情，孔子有些满意了，他知道冉求和子路都已经对自己的行为有所反思，这也就可以了。

斯人而有斯疾

伯牛病危的消息一传出，孔子立即吩咐弟子备车。孔子猛然想起，自从回国之后，每日每时都有人登门拜访，天天忙得焦头烂额。却始终没有见到伯牛，难道他一直在病中，怎么没有人告诉自己？

伯牛的住处距离阙里大约十里之遥，没过多久，车子就缓缓地驶进了一条小巷，伯牛家的房子处于临街的路口上。孔子急速下了车，一步就要跨入房门。这时，一弟子急忙阻止孔子，他告诉孔子不能进入到房间里，因为伯牛得的是一种很特殊的传染病。孔子闻言止步，他自己并不怕被传染，但自己几乎每天都要会见大量的客人以及问学的青年，如果也患上了传染病，岂不殃及他人？

于是，孔子蹑手蹑脚地来到了西窗之下。

听见了一阵车马声，伯牛就挣扎着爬起身来，举头向窗外看去，果然是夫子，伯牛的眼泪就流出来了。

黄昏时分的残阳斜斜地照射在窗子上，孔子就看见了伯牛清瘦的面容。伯牛一看到孔子，一双无神的眼睛里忽然射出了炽热的光芒。孔子急忙健步来到了窗下，这是伯牛吗？看到奄奄一息的伯牛犹如一摊烂泥般地爬卧在窗台上，白发如染、眼窝深陷、面孔赤红，似乎正在发着高烧。孔子情不自禁地伸手握住了伯牛一双犹如干柴般的手，他早已顾不得什么传染病了，一时间心如刀绞。

40多年的友谊，40多年的往事，一时间纷至沓来，一齐涌上了孔子心头。伯牛是追随自己时间最久的弟子之一，仅比自己小7岁，现在已经不知不觉62岁了。遥想当年，孔子由中都宰而升迁司空，所留遗缺就由伯牛代理，他以废寝忘食、鞠躬尽瘁的高度负责精神，把中都治理成为鲁国首屈一指的模范地区。伯牛是一个性情忠厚的长者，性格温和、品行优良、道德超群，曾设孔子之教于洺水之畔，极大地宣传和弘扬了孔子学说。40年转瞬而去，伯牛眼见得已经病入膏肓了。

不知不觉，孔子脸上已经是一片泪水。最后，孔子的精神陷于一片恍惚，他不知道自己是怎样离开那扇窗户的。

夕阳西下，西天上布满了妖冶的晚霞，孔子仰望苍天，口中喃喃自语道：

这是命运啊！这个人竟得了这个病！

> 伯牛有疾，子问之。自牖执其手曰：亡之，命矣夫！斯人也，而有斯疾也！斯人也，而有斯疾也！
>
> （《雍也》篇）

几天后，伯牛就病逝了。

季康子其人

季康子差不多有五十四五岁的年纪，身材高大魁梧，性格看起来乐观直爽，他一见到孔子，就倒身要行弟子礼，孔子急忙止住了，他感到自己承受不了这么个弟子。近来，他似乎感到自己的那些出仕的弟子们都多少地发生了变化，究竟有哪些具体变化，孔子一时说不出来，不过是一种感觉罢了。

现在，孔子面对着鲁国的这个权势熏天的大人物，心里忽然觉得有些好笑。这个季康子也许是个很不错的人，为人也还谦虚有礼，如果不是处于这样一个错乱的时代，这个人也许只是一个安分守己的普通士大夫，也许是尽心尽意辅佐君主的能臣。可是，这个光怪陆离的时代，促成了一些人的际会风云，使他们以普通人的资质和能力而扮演起叱咤风云的大角色，历史确实是惯于捉弄人！

季康子对孔子很尊重，他尊重所有强人、名人和伟人，孔子既是过去的强人、当下的名人，也可能成为历史上的伟人，季康子有这个预感。此外，他对孔子还有一些亲切的感情，他记得父亲临死的时候，曾经郑重叮嘱他：要使鲁国得到振兴，就马上把流亡在外的孔子接回来。后来，由于有人说接回孔子很容易，但如果不能给以合适的安置，就会贻笑于国际社会。所以，这件事就一下子搁置了5年。对此，他心中怀有歉意，尤其是面对着鲁国日益卑微的国际地位，他感到自己有些对不起这个国家，也对不起这位老人。现在，他面对着这个闻名天下的学者，心中有些忐忑不安。

看着孔子温和地注视自己，季康子急忙收回心思，他提出了一个政治问题，希望孔子能够给以教诲。

> 季康子问政于孔子，孔子对曰：政者，正也。子帅以正，孰敢不正？
>
> （《颜渊》篇）

看到季康子一副茫然的样子，孔子又解释道：

所谓"政"字的含义就是正，正就是方正、端正、严正、正直和正派，你如果能够做到了这些，别人谁还敢不正？

关于政治的这种解释，季康子闻所未闻，但他是个很聪明的人，想了一想，也就释然。他心里有些不以为然，夫子毕竟是书生，政治方面的事情哪里如此简单，方正、端正、周正固然好，以这些方式固然可以赢得世人的赞扬和效法，但在政治圈子里，却难免一败涂地。接着，他又请教了关于法律方面的问题。

> 季康子问政于孔子曰：如杀无道，以就有道，何如？
>
> 孔子对曰：子为政，焉用杀？子欲善而民善矣！君子之德风，小人之德草。草上之风，必偃。
>
> （同上）

季康子本来以为自己的想法很正确，所以，虽然是征求孔子的意见，却不免有些洋洋自得。在他看来，杀掉那些胡作非为、不讲道理的人，靠近那些安分守己、深明大义的人，无疑是非常正确的做法。

殊不知，孔子摇首道：

阁下执掌权力，为什么要采取杀戮手段？你如果能够追求善良行为，百姓自然就会走向善良。领导者的品格和行为就像风，老百姓的品格和行为就像草，长势如何繁盛的草一遇到风，就倒下了。接着，孔子说：

> 苟正其身矣，于从政乎何有？不能正其身，如正人何？
>
> （《子路》篇）

季康子虽然口中连声称善，心里却明白，君子的行为即使真的像风，但小人这种草却不那么容易就偃的。以德行来感化世人，固然是高尚的行为，却未必能够制止遍地蜂起的民变。夫子的言论是迂阔而不实际啊！

去泰山旅行

回国之后，孔子每天都要会见和接待许多问学者，时间过得飞快，转眼就已是仲秋时节了。这一日，孔子看到冉求急匆匆地来向夫子辞行，以为他有什么出国任务，就感到有些奇怪，他知道子贡是专门负责外交事务的，而冉求在季氏那里分管的是政务，从来不离季孙身边，这次是怎么回事？

看到夫子询问的目光，冉求就把季孙将有泰山之行的事告诉了孔子。

孔子追问道：

是去泰山旅行，还是有其他什么活动？

冉求不敢隐瞒，就把季孙欲上泰山祭天的打算和盘托出。

孔子感到一阵激动，面色有些苍白。

冉求看此情形，急忙问道：

上泰山祭天难道有什么不妥吗？

孔子默然良久，乃问冉求道：

这件事，你能不能劝阻？

冉求有些不安地说：

我实在没有能力进行劝阻。

季氏旅于泰山，子谓冉有曰：女弗能救与？

对曰：不能。

子曰：呜呼！曾谓泰山不如林放乎？

（《八佾》篇）

冉求脸红了，但心里并不理解夫子何以对这么一次祭天活动如此反感？他几次想要询问，却没有找出合适的词来。

孔子当然看出了冉求的困惑，乃轻轻地嘘了一口气道：

求啊！泰山这个地方不是平常的去处啊！尤其是上泰山祭天，自古以来，即使是天子也不能随便进行，只有获得了极大功德于天下的天子才能前往泰山举行祭天大典。自从伏羲氏以迄今日，敢于登泰山去举行祭天典礼的共有72家，他们都是功德赫赫的帝王。最后去泰山的是距今200余年前的齐桓公，当时已遭到世人的非议，但不论如何，齐桓公总算是一代霸主，九合诸侯而不以兵车，虽然封禅的资格不够，但针对他的功业，也还参强人意。季孙算什么呢？不要说与伏羲氏、神农氏、轩辕氏相比，就是与齐桓公相比也矮了一截，他怎么敢动了泰山封禅的念头？这不是冒天下之大不韪的行为吗？而且，我要告诉你，泰山祭天如果不能符合身份，非但不能祈福，而且会求祸。

冉求听到这里，不由得倒吸了一口凉气，他模模糊糊地感到以前夫子曾经谈起这些事情，不过自己没有留心而已。看来，总得想方设法使季孙打消了这个念头才好。于是，冉求匆匆告辞了孔子。

官僚主义

看来季孙确实被孔子的话吓住了，泰山封禅的事情从此没有了消息，因为冉求并没有出行，孔子松了一口气，他实在不希望鲁国的这些不明事理的执政者们做出些令人齿冷的事情。这一日，孔子晚饭过后，正在整理流亡列国时收集的诗篇，看见冉求走了进来。近来，孔子一看见冉求就感到不快，他总是带来一些令人不愉快的消息。看见冉求腰里挟着公文包，孔子很觉意外，便问道：

求啊！你怎么这样晚才散朝？

冉求答道：

朝廷里有些要紧的事情要讨论。

是不是国家发生了什么事情？孔子感到有些不安，不觉开口道：

我虽然没有担任什么职务，但国家如果发生了什么大事，我还是应该知道啊！

> 冉子退朝，子曰：何晏也？
>
> 对曰：有政。
>
> 子曰：其事也，如有政，虽不吾以，吾其与闻之。
>
> （《子路》篇）

冉求没有回答，也没有说发生了什么，他向孔子请安之后，就告辞了。

孔子看着冉求一步一步地走出房门，心中产生出一种前所未有的失落感。近来，孔子多少感到身体有些不适，不得不减少了一些教学方面的事情，对于一些登门求学访问的青年，孔子时时使子夏、曾参他们去接待，自己抽出来一些剩余时间，恢复一下体力和精神，也思考一些身后的问题。

很长一段时间以来，孔子隐约地感到心里有些不安。孔鲤的身体一直不好，这是原因之一，但他顾虑的还不是这个，而是觉得自己的教育方式好像有问题，也许不是教育方式，而是自己所努力进行的为国家培养新式精英人才的方向可能有些不对。连日来，孔子苦苦思索，却不得要领。他想，子有、子贡、子路、子华、子我、子夏、子张，都不仅是非常优秀的人才，更是品质优秀的贤才，但一旦担任了各种不同的官职之后，就不知不觉地发生许多变化。这引起了孔子的高度警惕。

传统的贵族政治的确已经到了山穷水尽的地步，近些年来，一些新式文化人游说诸侯，开始崭露头角，他们纷纷以出色的才能和过人的智慧而出人头地，一夜之间就飞黄腾达。孔子敏锐地感到，一个全新的政治结构即将出现，并将迅速普及整个华夏。但孔子对于这个已经到来或即将来到的局面并不乐观，他冷静地看到，这些新式人物并非很完美，他们虽然大多才能出众，但做事往往不择手段；他们有魄力和承担力，却根本不讲任何原则；他们能够处理许多复杂局面，却大多只为自己的利益着想而不太顾全大局。列国之间本来已经错综复杂的局面，在这些人别有用心的鼓动下，愈加令人扑朔迷离。所以，孔子在自己的教育过程中，始终坚持道德教育，他不但从传统的诗书礼仪中发掘新的素材，而且发明出了仁义学说，以此来张扬人性中的良善。他相信，在即将到来的新政治体制中，尤其在贵族最后走下历史舞台后，自己培养的这些人才将会在华夏政治过渡的空白时期发挥重要作用。尤其是自己所树立的新式道德标准，会对未来政治发生深远的影响。

但是现在，孔子陷入了一种深深的忧虑之中，他内心中有一种不祥的预感，即无论如何优秀的人物，当他们求学的时候，当他们在野的时候，当他们没有触摸到权力之前，可能非常出色，但他们一旦接触或把持了一些权力之后，就会发生重要变化，无论从表面到内心、从行动到精神，莫不如此。

想到这里，孔子感到浑身发热，他缓步走出了房门。夜幕沉沉，庭院里一片寂静。孔子举首苍穹，但见群星灿烂，一钩上弦弯月悬挂在远方的一棵高大的柳树梢头，天地间充满了一片神秘的诱惑。

孔子忽然觉得，人类的历史不过就是一部时间的记录，有些人在这个时间流程中留下了名字，大多数人不过是这个流程中的一滴小水珠罢了。

删定诗书

整个秋天，孔子谢绝了一切应酬，每日除了在傍晚时与弟子们讨论学术外，大部分时间都沉浸在诗书中。14年来所收集到的3000多首各国诗歌，每一首都实在是太美妙了，这正是古代先民对自己生活的真实记录，孔子在其中流连忘返，尽情地领略着历史岁月的风雨云烟，他绝口不谈政治了。

一日，已经是半夜时分了，窗子外秋雨绵绵，一阵阵秋风不时裹胁着丝丝碎雨吹进窗里，就使人倍感到秋意已深。孔子潜心于诗歌之中，浑不觉秋风秋雨的飘然而至。猛然，他读到了一首气势磅礴的诗作，心里不禁一阵悲哀，读着读着，孔子忍不住流下眼泪，他情不自禁地随着诗的节奏高歌起来：

> 正月繁霜，我心忧伤。
> 民之讹言，亦孔之将。
> 念我独兮，忧心京京。
> 哀我小心，癙忧以痒。
> 父母生我，胡俾我瘉。
> 不自我先，不自我后。
> 好言自口，莠言自口，
> 忧心愈愈，是以有侮。
> 忧心惸惸，念我无禄。
> 民之无辜，并其臣仆。
> 哀我人斯，于何从禄？
> 瞻乌爰止，于谁之屋？
> 瞻彼中林，侯薪侯蒸。
> 民今方殆，视天梦梦。
> 既克有定，靡人弗胜。
> 有皇上帝，伊谁云憎！
> 谓山盖卑，为冈为陵。
> 民之讹言，宁莫之惩！
> 召彼故老，讯之占梦，
> 具曰予圣。谁知乌之雌雄。
> 谓天盖高，不敢不局；
> 谓地盖厚，不敢不蹐。
> 维号斯言，有伦有脊。
> 哀今之人，胡为虺蜴！
> 瞻彼阪田，有菀其特。

天之扤我，如不我克。

彼求我则，如不我得。

执我仇仇，亦不我力。

心之忧矣，如或结之。

今兹之正，胡然厉矣！

燎之方扬，宁或灭之。

赫赫宗周，褒姒灭之。

终其永怀，又窘阴雨。

其车既载，乃弃尔辅。

载输尔载，将伯助予。

无弃尔辅，员于尔辐，

屡顾尔仆，不输尔载。

终逾绝险，曾是不意！

鱼在于沼，亦匪克乐；

潜虽伏矣，亦孔之灼。

忧心惨惨，念国之为虐。

彼有旨酒，又有佳肴；

洽比其邻，昏姻孔云。

念我独兮，忧心殷殷。

佌佌彼有屋，蓬蓬方有谷。

民今之无禄，天夭是椓。

哿矣富人，哀此茕独！

（《诗经·小雅·正月》）

歌声穿破了漫漫长夜，与浓浓的秋色融合为一体，在秋雨弥漫的夜空中滚动，构成了一曲悲壮的大自然交响乐。

孔子读诗，于正月六章，惕焉如惧，曰：彼不达之君子，岂不殆哉？从上依世则道废，违上离俗则身危。时不兴善，己独由之，则曰：非妖即妄也。故贤也既不遇，天恐不终其命焉。桀杀龙逄，纣

杀比干，皆类是也。诗曰：谓天盖高，不敢不局；谓地盖厚，不敢不
蹐。此言上下畏罪，无所自容也。

（《孔子家语》卷三）

自古君子大多生不逢时，他们既严格地遵循了道德的原则，就往往使
自己陷于一种矛盾的境地，依傍于世俗则违背了道义原则，遵循了道义准
则就必然因离开习俗而身陷危境。即使一个人要独善其身，也很难获得保
全，时人不是把他们视为妖孽即看作妄士，因此，贤者如果不能腾达，就
很难寿终正寝。即使一些所谓达者，只要抱定了君子的原则，也大多不得
其死，如龙逢、比干等。

《诗经·正月》叙述了一个关心国家时世的君子离群索居的狼狈处
境，孔子读了此诗，联想到自身的经历，怎能不百感交集！

孔子学堂

深秋时节，各地的青年乘秋高气爽的好时节，纷纷前来曲阜，向孔子
请教学术文化等方面的知识。

鉴于登门求教者络绎不绝，孔子经过郑重考虑，决定扩大招生范
围，把过去的那种师生间互相交谈及个别指导的教学方式改为定时开
课。讲授内容除了过去的礼、乐、射、御、书、数六艺外，增加了诗、
书、易诸科。各科的讲述教师，基本上由早期弟子中品学兼优者兼任，
其中如颜渊、闵损、冉雍、冉求、仲由、端木赐等时常前来授课，而日
常的大多课程则由有若、曾参、卜商、言偃、公西赤、颛孙师等负责。
孔子主要进行个别辅导。这时，不但鲁国，列国之间都有大量青年学子
不远百里、千里前来曲阜求学，阙里一时间热闹非凡，成为闻名遐迩的
著名文化教育中心。

公元前483年，孔子的阙里学堂非正式地开办起来，仅仅三个月里，
就有上千人前来就学，儒学和儒家思想得到了迅速的传播。

鲁哀公十二年冬天的节气比较错乱，居然在十二月闹起了蝗虫，举国
上下都很惊慌。季孙亲自登门阙里，向孔子讨教。据记载：

冬，十二月，虫。季孙问诸仲尼。仲尼曰：丘闻之，火伏而后蛰者毕。今火犹西流，司历之过也。

（《左传·哀公十二年》）

孔子非常感慨，国家的管理真是越来越成问题了，各级官员不负责任，主管历法的官员居然弄错了一个闰月。

这是公元前483年，孔子69岁。

十六·必使声名垂日月

游于舞雩

忙忙碌碌的一年终于过去了。在举世的满目蒿莱中，孔子迎来了他的70岁诞辰（一般以为：孔子生于周灵王二十一年，农历八月二十七日，相当于公历公元前551年9月28日）。孔门弟子们都主张要隆重庆祝夫子的华诞，为孔子所拒绝。虽然自古有"人生七十古来稀"的说法，但孔子并不认为这个数字很重要，他只是觉得一年过去得仓促了一点。为了避开那些世俗间的应酬，在生日的当天早晨，孔子吩咐子张驾车，携带了子夏、樊须等少许几名弟子到曲阜城外的舞雩去秋游。

樊须，字子迟，亦名樊迟，出身于鲁国叔孙氏家族，本人虽然没有担任官职，但经常与鲁国的权力人物往来。樊须聪明机智，也很有魄力、胆略，但他似乎不大热衷于政界里的事物，天性喜欢学问，尤其是对一些技术方面的知识格外注意。自从孔子返鲁之后，樊迟时时陪伴孔子，聆听孔子的教诲。孔子对这个比自己小了36岁的青年人也相当欣赏，把他作为自己晚年得意弟子之一。

舞雩位于泗水洙水的合流处，是鲁国百姓祈雨的地方，不但有一座壮观华丽的祭坛，周围更栽种了许多树木，春秋两季，鲁国人往往把这里作为郊游和休闲的去处。一些青年人更把为龙王跳舞的地方，作为交际和幽会的场所。

入秋以来，孔子的心情一直不得舒展，孔鲤的病情日益恶化，眼看着一天天地虚弱下去，看来只是时间的早晚了。对于人的生老病死，孔子始终看得比较达观，孔鲤是孔子唯一的儿子，他当然格外注意鲤的健康情况，但人生命之来去，又岂是他人能够照应的？

来到了祭坛后面的一片松树林里，孔子下了马车，随意地坐在了一个树墩上，招呼弟子们都坐下。师徒间谈古论今。

九月天气，秋风送爽、天高云淡。孔子观赏着秋日的艳丽景色，也就把一切烦恼都抛到了脑后。

樊须是个勤奋好学的人，看到夫子精神愉快，就忍不住要请教些问题。现在，他一连向孔子提出了三个问题：怎样提高自己的德行？怎样消除别人暗藏在心里的怨恨？怎样分辨一些使自己糊涂的事情？

孔子笑道：

须！你的这些问题提得好啊！怎么回答这些问题呢？我以为先要付出艰辛的劳动，然后再来收获，不就可以提高自己的德行了吗？批评自己的缺点，不去揭露别人的缺点，不就可以消除别人心里的怨恨吗？因为一时的愤怒，便忘记了自己的一切以及自己的亲人，不就可以分辨出自己的糊涂吗？

> 樊迟从游于舞雩之下，曰：敢问崇德、修匿、辨惑？
>
> 子曰：善哉问！先事后得，非崇德？攻其恶，无攻人之恶，非修匿与？一朝之忿，忘其身以及其亲，非惑与？
>
> （《颜渊》篇）

这时，子张也插口道：

夫子！师也有与子迟同样的问题，即怎样提高个人的品德，怎样分辨困惑？不知夫子能否给我一些教诲。

孔子想了一想，笑道：

师啊！你的情形与子迟有所不同。你需要注意的是：以忠诚信义为主，死守仁义而不擅自改变，就可以提高德行。爱一个人，就希望他永远不死；恨一个人，就巴不得他马上就死。既要这个不死，又要那个速死，这就是迷惑。以这样的态度行事，诚然不会提高自己，不过使世人感到怪异罢了。

> 子张问崇德、辨惑。
>
> 子曰：主忠信，徙义，崇德也。爱之欲其生，恶之欲其死；既欲

其生，是惑也。诚不以富，亦祇以异。

（同上）

子夏始终默默地坐在一旁，他是个性格内向的人，与一二人交谈时可以滔滔不绝，但一遇到人多口杂的场合，就很少开口。现在，他听到夫子对子迟和子张的问题做出了完全不同的回答，就忍不住问道：

夫子！子迟问崇德，夫子的回答是先付出，后获得；子张问崇德，夫子的回答是以忠诚信义为主，死守仁义。至于辨惑问题，亦如之。二者提出的问题一样，而夫子所答却何其不同耳！试问夫子，这其中有什么分别吗？

孔子微笑道：

商！你果然是个很细心的人，提出的也尽是些要害问题。我想，崇德的问题，亦即通过修德进德以提高个人品德或道德的问题，不能也不应该有固定的方式及千篇一律的方法，因为每个人都出身不同、性情不同、嗜好不同、经历不同、接受文化知识的途径和内容亦各有不同，因此，每个人最后达成的成德结果亦有所不同。对于有些人来说，能够寿终正寝已是德行；对于有些人来说，能够安分守己是德行；而对另外有些人来说，治国救民是德行；对极少一部分来说，以天下为己任是德行。崇德既然是达成德行的过程，则每个人既有先天的素质不同，又有后天的追求不同，所以，一个负责的教师要根据学生的不同情形而给予不同的教导，断断不可千篇一律。子迟和子张正是不同的两种人。

同样，由于上述先天条件的不同，每个人对一系列人生经历的理解亦有所不同，而且，造成每个人迷惑或困惑的原因更加不同，所以，一个教师亦应根据个人的不同情形而做出判断。商！这样说，你可明白？

子夏连连点头道：

弟子已经明白了。

孔子颔首道：

商！我之所以告诉你这些道理，是根据你个人性格、爱好、能力、追求等方面的特点，将来可能成为一名教师。以你目前的学问修养程度，在传授知识方面，是完全可以胜任了。只是要注意，不能对所有的学生都不加区别地教之育之，而是要根据每个学生的不同素质而因材施教，这样才不会误人子弟。

子夏恭身为礼，非常严肃地答道：

弟子谨记夫子教诲。

先难而后获

秋日的太阳明净柔和，散发出暖洋洋的光芒，令人心情欢娱、身体舒泰。

孔子和弟子围坐在松树林里的一块向阳的坡地上，兴致高昂地探讨知识，气氛很是热烈。子夏、子张都已经跟随孔子十几年了，学问知识都已达到了相当的程度。樊须在孔子回国之后入门，追随日短，所以，对于他们之间的对话，理解起来比较吃力。孔子迅速发现了樊须尴尬处境，就微笑着说：

商也！师也！你们的提问，都是些老话题，我今日倒是想多听听须心中关注的问题。须啊！你可以多说些。

樊须受到鼓励，神情很振奋，他向孔子说：

须久闻夫子在周游列国途中，发明和总结出许多前所未有的新思想，其中许多新知均为夫子所独创。敢问夫子，怎样才能算是知？

孔子道：

知就是智慧，它几乎可以包罗万象。对于一般士人来说，引导人民走向仁义之途，尊重鬼神而不过分接近他，就可以算是知了。

> 樊迟问知。
>
> 子曰：务民之义，敬鬼神而远之，可谓知矣。
>
> （《雍也》篇）

樊须道：

近几年来，夫子的仁义学说最为世人称道。然则，怎样才算具备了仁？

孔子答道：

一个有仁德的人，无论做什么事情，都先从艰苦的付出做起，然后才获得，这可以算是仁了。

（樊迟）问仁。

仁者先难而后获，可谓仁矣。

（同上）

樊须道：

根据夫子前面所讲到的德，可以看出，夫子的仁与德是性质相近的东西，二者都是以先付出后获得为标准。但须仍然不能明了的是：仁者在怎样的情形下以及怎样的具体行为中，才能体现出仁者精神呢？

孔子道：

仁本来是一个人经过长期内心修养后所达到的一种精神境界，进入了这种境界之后，他处理任何事情，都会遵循着自己的准则而不会受任何外来干扰的影响。稍稍具体一点说，即：在日常生活中时时保持着一种恭敬端正的姿态，在工作的时候时时保持着严肃认真的态度，与别人交往之中则时时怀着忠诚的心理，虽然置身于不开化的蛮荒之地，也不丢弃这些原则。这就到达了仁的境界了。

樊迟问仁。

子曰：居处恭，执事敬，与人忠，虽之夷狄，不可弃也。

（《子路》篇）

樊须接着问：

仁义学说当以何者为核心？

孔子果断地说：

仁者，就是爱人；知者，就是了解人。

樊迟一时没有领会，不觉怔在当场。

孔子接着又说：

把正直的人提拔到邪恶者之上，就能使邪恶者正直。

不知不觉间，天色已近黄昏，一阵凉风吹过，就有些寒意了。子夏恐夫子着凉，便建议结束讨论。

于是，子张等人服侍孔子上了马车，樊须则与子夏同乘一辆马车。这时，樊须向子夏询问孔子最后的那句"举直错诸枉，能使枉者直"究竟是什么意思？

子夏赞叹道：

这话说得实在是太富有哲理了！听夫子说，舜拥有了天下之后，经过民众选举而推出了皋陶，于是邪恶者一时远遁；商汤拥有了天下之后，经过民众选举，推出了伊尹，邪恶者也只好远走了。

《论语》详细地记载了这次有意义的对话：

> 樊迟问仁。
>
> 子曰：爱人。
>
> 问知。
>
> 子曰：知人。
>
> 樊迟未达。
>
> 子曰：举直错诸枉，能使枉者直。
>
> 樊迟退，见子夏曰：乡也，吾见于夫子而问知。子曰：举直错诸枉，能使枉者直。何谓也？
>
> 子夏曰：富哉言乎！舜有天下，选于众，举皋陶，不仁者远矣；汤有天下，选于众，举伊尹，不仁者远矣。
>
> （《颜渊》篇）

在月色朦胧中，孔子一行静悄悄地返回了阙里。

割鸡焉用牛刀

孔子一进入武城地界，就感到心旷神怡。时值中秋，只见大地上到处都是一派金黄色的丰收景象，房舍整齐，往来行人很多，皆衣着齐整而素朴,集市上摊贩星罗棋布却井然有序。孔子感到很满意。

武城位于曲阜西南200里左右,与曹国、宋国接壤,地理位置非常重要,是鲁国的西南边境重镇。这时,孔子的晚年高足言偃正在武城担任地方最高长官,他屡次邀请孔子到武城参观访问,也随便指导一下他的工作。中秋佳节,孔子给学生们放了长假,自己带着子夏、曾参、樊迟等人来到了武城。

渐渐地接近了武城镇,早见言偃早已率领着一大群部下等候在城外的大路旁,远远看到了孔子的马车,就一个人快步迎了上来。孔子急忙下车与子游及一班地方官员见面,然后徐步向城里走去。

突然,孔子听到远处隐隐约约地传来一阵阵弦歌之声,以为耳朵出现误听,再细细听去,确实是在奏乐。就不禁有些疑惑,如果是因为自己的到来而奏乐,那就是大大的失礼,自己无论如何也承受不起。

看到笑容满面的孔子忽然有些不快,心思敏捷的子游似乎立刻就明白了夫子的心思,急忙解释道:

弟子莅任武城之后,处处谨遵夫子的教诲,减赋税而省徭役,重文德而轻刑罚,因此,百姓剽悍蛮横之习顿息。偃又尝试着把夫子的礼乐之教传布于四方,深受人民喜爱,故日日有弦歌之声。

孔子闻言大喜,回首看着子游,不过一年多没见,子游的变化却很大,英俊的面孔上开始流露出一股英武气概,却令人非但感觉不出咄咄逼人的强悍之气,反而感到一种祥和气息迎面而来。他身着便服,一副斯文书生的打扮,没有人会想到他就是这一方长官。孔子看到此景此情,喜悦之情溢于言表。

子之武城,闻弦歌之声,夫子莞尔而笑曰:割鸡焉用牛刀?

子游对曰:昔者,偃也闻诸夫子曰:"君子学道则爱人,小人学道则易使也。"

子曰:二三子!偃之言是也,前言戏之耳!

(《阳货》篇)

君子学道是为了爱人,爱人不是为了取得回报,而是一种发自内心的仁心，作为领导者学道的目的就是爱护百姓。小人学道也是很有必要的，他们虽然没有文化知识，但一旦明白了道理，就比较容易接受领导了。这是言偃从孔子那里获得的知识，在武城任上身体力行，获得了良好的政绩。

小人哉樊须也

樊须自从听了孔子的仁义学说之后，便感到这个学说不但内容众多、包罗万象，而且需要身体力行，以自己的资质恐怕永远也进入不到夫子所说的仁的境界。所以，樊须便琢磨着自己应该从下学入手，而且，自己的兴趣也偏重技术方面。听说夫子曾说过"下学而上达"的话，而且夫子本人也精通很多"鄙事"。以樊须的想法，夫子早年既然以六门技术性知识而开创了新儒学，则自己应该多向夫子学习一些这方面的知识。免得在那些虽然高深却略嫌空疏的学问上枉费许多工夫。所以，这一日，当孔子刚刚结束了一个问题的讨论后，樊须就趋上前去，向孔子请教种植庄稼的知识。

孔子一听樊须提出的问题，一时感到有些意外。已经有许多年了，孔子很少谈起那些体力劳动方面的事情了。这不是因为孔子轻视这些劳动或技术方面的知识，但自从洛阳问礼归来，尤其是出任中都宰之后，随着身份地位的变化，孔子思想研究的领域也发生了明显变化，不要说农业以及种地方面的知识和技术，就是有关驾车、射箭、算术这些技术性知识，孔子也渐渐地放弃了，他开始从下学而走向上达。

樊须的问话很自然地引起了周围弟子的白眼。近年来，孔子身边活跃着的是一批年轻气盛的后进弟子，他们不似早期弟子那样见多识广、生活阅历丰富、人生经验老到，这些人主要是为了学习一些能够使人出人头地的知识而投奔孔门。现在，他们听了樊须的问话，都露出了不以为然的神色。诚然，以孔子现在的名声地位，樊迟的问题确实提得有些孟浪，就好像对一位大学校长问种田，当然是找错了老师。

孔子会驾车、射箭、算术，但从来没有掌握农业方面的知识和技术，而樊须居然把他当做无所不能！

孔子默然良久，只好坦白地说：

种地方面的事情，我不如老农啊。

性格率直的樊须，好像并没有看到其他弟子们的表情，以他的个性，即使看到了他也不理会。夫子既然不懂得农业知识，那么，关于种植方面的知识是不是会懂得一些呢？他便请求孔子告诉他一些种植蔬菜方面的知识。种植业，这也是孔子庞大知识库存中所生疏的领域，樊须实在是在向一位国家顾问请教他根本不能回答的问题。

孔子只有再次承认：

种植蔬菜方面的事情，我不如老菜圃啊！

樊须似乎感到有些失望，看到其他人都目光古怪地看着自己，他也感到自己有些冒失，就讪讪地告辞了。

樊须一出门，孔子就非常感慨地说：

这个樊须啊，实在是个没有见识的人！领导者如果讲究礼仪，老百姓就没有人敢于对他不敬；领导者如果急公好义，老百姓就没有人敢于不服从他；领导者如果能够讲究信义，老百姓就没有人敢于对他矫情。做到了这些，则四面八方的人民都会背负着婴儿来投奔他，为什么还要学习种庄稼呢？

弟子中热衷于仕进者，闻言大喜，都交口称赞孔子的高论。

《论语》对这次会谈，有一段绘声绘色的描述：

樊迟请学稼。

子曰：吾不如老农。

请学为圃。

曰：吾不如老圃。

樊迟出。

子曰：小人哉，樊须也！上好礼，则民莫敢不敬；上好义，则民莫敢不服；上好信，则民莫敢不用情。夫如是，则四方之民襁负其子而至矣，焉用稼？

（《子路》篇）

对于这段文字，后来脱离了生产劳动而日益走向专业化和职业化的读书人，均津津乐道，致使孔子之后的读书人都进入到"一心只读圣贤书"

的境界，对于经书之外的知识沦为一片空白，以致遭到世人"四肢不勤，五谷不分"的诟病，亦非空穴来风。

孔鲤之死

深秋的一天，孔鲤死了！死得相当突然，事先并没有任何征兆，尽管孔鲤的身体一直不太好，但没有人会想到，一夜醒来，一个活生生的人就变成了一具僵尸。

孔子望着停放在中庭的孔鲤遗体，真是欲哭无泪，他的心一阵阵地抽缩，脑子里犹如一团乱麻。

按理说孔鲤已经活到了50岁，不能算是夭折，按照当日时代的人均寿命——大约40岁左右，也已经不能算早逝。但对于孔子来说，70岁的风烛残年而遭丧失独生儿子之巨创，可算是人生之最大不幸。猛然间，孔子感到自己有些对不起孔鲤。

孔鲤生于周景王十三年，鲁昭公十年，即公元前532年春天。那一天，恰好鲁昭公派人赐予了孔子几尾新鲜鲤鱼，孔子就以这份意外殊荣来命名儿子，起名鲤，字伯鱼，这年孔子刚刚20岁。

鲤很小就没有了母亲，孔子一想起那个妇人，心里就涌起一阵厌恶。鲤的母亲，那是个专门与男人唱反调的刁钻女人，她知道孔子喜欢吃切割得方方正正的肉，就偏把肉割得不成形状；她知道孔子不吃变了颜色的鱼肉，就把新鲜的鱼肉放到了变质再做；她知道孔子吃饭准时，就偏偏在不早不晚的时间做饭；她知道孔子吃不同的饭需要不同的酱，就有意把这些酱颠倒了顺序；她知道孔子吃饭时不说话，就偏唠唠叨叨……类似事情多得很，孔子觉得实在招惹她不起，她也感到孔子这个老夫子太难侍候，孔子就只好任她改嫁去了。在当时，改嫁并不是什么了不起的大事。

后来的日子过得比较艰难，孔子既做父亲又做母亲，很是辛苦了几年。当鲤不过十来岁的时候，孔子就开始比较繁忙了，经常到周围国家去，一走就是几个月。时间最长的一次是齐国之行，差不多有2年，那时鲤是13岁。齐国之后，又有洛阳之行，那时鲤也不过14岁。此后，孔子在外之日多，在家之日少，鲤只能自己照顾自己。这时，孔子想起，每当自己在家的时候，对孔鲤也实在是严厉了些。根本不顾他的天生资质能力，也不顾他自幼体弱多病，强行灌输给他大量知识。

唉！孔子长叹了一声，孔门也不知到底是怎么回事？自己父亲母亲的婚姻似乎并不美满；自己的婚姻也不幸福，以离散告终；孔鲤的婚姻也同样失败，只留下了一个男孩。想到男孩，孔子马上想起了子思，他需要安慰一下这个刚刚13岁的孩子。

按照孔子的指示，孔鲤的丧事办得简朴而庄严。一副很普通的棺木，并没有配置棺材套子，也没有搞任何殉葬物品，在孔子看来，那都是些多余的东西，它们并不能给死者带来任何实际价值。

与圣人父亲不同，孔鲤是个很平常的人，为人循规蹈矩，性情善良温和，待人忠诚宽厚，似乎对礼仪和诗歌有较深的研究，但身后没有留下多少记载。《论语》有一则记载说：

> 陈亢问于伯鱼曰：子亦有异闻乎？对曰：未也。（孔子）尝独立，鲤趋而过庭，曰：学诗乎？对曰：未也。不学诗，无以言。鲤退而学诗。他日，又独立，鲤趋而过庭。曰：学礼乎？对曰：未也。不学礼，无以立。鲤退而学礼。闻斯二者。陈亢退而喜曰：问一得三，闻诗，闻礼，又闻君子之远其子也。
>
> （《季氏》篇）

从这个记载中，可以看出孔鲤是一个谦虚谨慎的人，也是一个根本不会说谎的人，他只会实话实说。

在无边的萧萧落叶中，在这个绵绵多雨的秋季，在孔子70岁的人生历程中，送走了一个不幸的秋天。

疾没世不名也

送走了鲤，孔子回到家里，感到屋子里空空荡荡，心里面也同样地空空荡荡，其实，鲤除了带走自己的身体外，什么都没有带走，屋子里的一切都一如其旧。一连几天，孔子端坐在堂屋里书桌前默默发呆，他时时觉得鲤仍然居住在东厢房里埋首读书。

书案上堆满了竹简，孔子从去年秋后开始研读鲁国的国史《春秋》，每读一次，就发出一番感慨。这叫做什么国史？这叫做什么春秋？体例年代历法方面的谬误且不去说它，所记录的内容就更加不堪入目，尤其是这些史官们几乎个个都是见风使舵的风派人物，谁当权就唱谁的赞歌，悍然无视自古以来的史家传统，而在歌功颂德方面，却倒是墨守成规。这样一些残篇断简，不但颠倒是非、混淆黑白，使后人无从捕捉历史的真相，而且丝毫没有历史的含量，后人据此根本无法解读春秋历史。

孔子踞坐在一块厚厚的白毡布上，有点心神不定。他不安地望了望窗外，天色已经有些发暗，深秋时节，天已经开始短起来了。最近一个时期，孔子每看到黄昏将近，就自然而然地产生出一种人生末路的感觉，他知道自己确实已经很老了，儿子都已经走了，上天留给自己的时间还会有多少呢？

听到门外的脚步声，孔子的一颗悬着的心才落了下来，他抬起头，就看见曾参、卜商牵着子思的手走了进来。

子思是个清秀俊美的少年，性情十分宽和忠厚，与孔鲤没有什么两样。他看见爷爷的案头上堆满了书简，就好奇地问：

爷爷是不是要写什么？

孔子没有回答子思，却对着子舆和子夏道：

我本来是主张述而不著的，近来却总是想写点什么。

曾参虔诚地说：

夫子早就该写了。

孔子苦笑道：

可是写些什么呢？对于学术思想，文化传统，我不过是继承了前人的遗产而已，自己并没有什么发明。

曾参道：

夫子的学术，夫子的思想，夫子的阅历、夫子的道德，处处都是一部精彩的著作，夫子不写，我们这些弟子如何写得出来？

孔子笑道：

我的学术不过是传统学术，我的思想不过是传统思想，我的信仰不过是良好生活态度，我的阅历不过与许多士大夫一样平淡无奇，我的道德操守不过是坚守着一些个人癖好而已，哪里又有什么特别精彩之处？不过是很普通的一生罢了。将来，你们万万不可在这些琐碎事物上浪费时间！不过一个人一生确实要留下些什么，即所谓"人过留名，雁过留声"。我好歹读过了一些书，也教过了一些年书，也多少了积累了一些历史文化方面的知识，我是应该写点什么了，我毕竟是个君子啊！

> 君子疾没世而名不称焉。
>
> 　　　　　　　　　（《卫灵公》篇）

曾参脸上洋溢着衷心的喜悦，他没想到孔子突然决定著述，这真是天大的喜讯啊！无疑，夫子的著作将不仅使及门弟子们受益无穷，也将施泽于后世的学人。曾参一时感到天清气朗，他急忙问：

夫子准备著述哪个方面？是否需弟子在旁服侍？

孔子指着案上的一堆竹简，道：

不过是把这些东西整理一下罢了，你还是继续研究孝道吧。

曾参一时愕然。

孔子著春秋

一提起笔来，孔子立即就沉浸在了连绵不断地历史断想之中，春秋242年，西周倾覆，天子东狩，天下震动，九州失序。从此后，霸主迭兴、列国征战、金戈铁马、狼烟四起、山河色变、四裔进逼、华夷混杂、文化沦丧、礼坏乐崩、衣冠坠地。孔子在浓郁的哀伤中，冷静地思考着每一个环节，慎重地把持着每一个章节，他避免自己的情绪走进历史的画面，他努力地克服着自己感情上的好恶。

孔子知道，自己的学术思想没有什么好写，自己的理想追求全在于继承而甚少创新，所以也并没有把自己的学问和思想看得多么重要。孔子始终感到，所有的深邃思想都置于扑朔迷离之处，一旦融合进社会中间，就成为了大众思想，大众思想有什么好写？

历史是过去时代的经验和教训的记录，这个记录也许并不真实，因为任何记录都离不开记录人的思想观念，它们不可避免地带有个人倾向性。但无论如何，它们总是反映了这个时代，没有人能够跨越时代，所以历史只能是时代的产物而不能走出时代。因此，书写历史，也就是书写看法，书写作者对时代的体验和看法，水平之高低，内容之优劣，观点之对错，格调之高下，都需看作者的心理是否端正健康？思想是否宏大高远？人品是否磊落坦诚？至于文字功夫反倒在其次。

孔子是非常重名的，名声、名气、名望、名誉、名胜、名门、名器、名字、功名、好名、坏名，他无不注意。坦率地说，中国人后来对名的重视与孔子有直接关系。但孔子所追求的名，始终不与个人利益牵连在一起，他反对那些欺世盗名的行为。"名者实之宾，实至则名归。"孔子提倡的名，是在一种理想价值的履行和实践中，赢得社会乃至整个天下人的赞扬，这是孔子的理想主义与人生的密切结合点。

孔子的一生大多是为了名而奋斗拼搏，他几乎从来不能忍受无名的处境，正是在这一点上，孔子的三代王道理想中亦不无功利主义色彩。孔子正是在不断地履行从知到行的过程中获得了巨大的名声和荣誉，也获得内心的满足和欢娱。近年来，孔子开始关注身后的名，他不希望自己的一切——思想、理想、学问、道德以及名声——都随着一抔黄土而湮灭无闻。所以，孔子决心用自己的最后精力完成对春秋的改编。

> 子曰："弗乎！弗乎！君子疾没世而名不称焉。吾道不行矣！吾何以自见于后世哉？"乃因史记作春秋，上至隐公，下迄哀公十四年，十二公。据鲁，亲周，故殷，运之三代。约其文辞，而指博。故吴楚之君自称王而春秋贬之曰"子"；践土之会，实召周天子，而春秋讳之曰"天王狩于河阳"。推此类以绳当世贬损之义。后有王者，举而开之，春秋之义行，则天下乱臣贼子惧焉。孔子在位听讼，文辞有可与人共者，弗独有也。至于为春秋，笔则笔，削则削，子夏之徒不能赞一辞。弟子受春秋，孔子曰："后世知丘者以春秋，而罪丘者亦以春秋！"
>
> （《史记·孔子世家》）

司马迁对孔子著述春秋时的心态、感情、目的，不仅描述得生动活泼，而且把握得恰到好处，为后人再现了一个为了名声绵绵长存而呕心沥血的老人，如何在绝望的处境里，最后攀登上了他的人生巅峰。

《春秋经》不过两万多字，尽管在竹简汗青时代已经算是很了不起的巨大文化工程，但欲把春秋242年的历史都融合进这区区两万六千多字中，无论孔子如何苦思冥想，也毕竟力不从心。

四弟子侍坐

冬至后一天，孔子端坐在土炕上，两边围坐着几名早期弟子。孔子真是高兴极了，很长时间以来，他就抱怨说：

> 从我于陈蔡者，皆不及门也。德行：颜渊、闵子骞、冉伯牛、仲弓；语言：宰予、子贡；政事：冉有、季路；文学：子游、子夏。
>
> （《先进》篇）

道德科中，子渊长期生病在家，子骞远游大河之北，仲弓正远行于陈蔡，而伯牛却已经不在人世了，孔子心中不禁一阵哀伤。语言科中，宰予已去齐国为官，子贡一直为鲁国的生存而奔走于列国之间。政事科中，现在冉有和子路都来了。文学科中，子游去武城为宰，子夏昨日刚刚去卫国旅行了。但可巧老弟子曾皙姗姗而至，他是曾参的父亲，与孔子已经有40多年的交情了，现在，他正在屋子角落里用心地鼓瑟，弹奏着一支令人愉快喜悦的乐曲。令孔子高兴的是，年轻弟子公西赤亦刚好在场。

公西赤，鲁国人，字子华，比孔子小42岁，他是孔子于12年前在卫国客居时投入孔门的，当时刚刚16岁。公西赤近年来在孔门的地位迅速崛起，他在礼仪方面的研究已经达到了炉火纯青的地步，在国际社会享有很高声誉。孔子甚感欣慰，他认为公西赤现在礼仪方面的造诣已经超过了自己，他对公西赤寄予了很深的期待。

有这样几名不能经常见面却心心相印的心爱弟子陪伴，孔子一扫连日来始终缭绕心头而挥之不去的郁闷哀伤而笑逐颜开。大家无拘无束、海阔天空地谈了许久，孔子忽然高兴地对众弟子说：

你们都跟随我多年了，我们彼此间大体上是很了解的，但平日里无论谈话还是讲学，总是以我为中心，因此，你们对我了解得比较多，我对你们的学业可能了解的比较多，其他方面就很少。今天，大家正好凑到了一起，何不各自谈谈自己的理想和抱负？大家一定要畅所欲言，千万不要因为我比你们年纪大了几岁，就处处以我为准则。平日里你们不是常说：夫子不了解我吗？假如要我了解你们，你们该怎样呢？

子路想也没想就回答说：

一个有一千乘兵车的国家，局促于几个大国中间，各国经常把战争强加给它，又加上连年自然灾害而人民饥馑贫困。但如果由我管理，约莫三年，就会使每个人都具有了信心和勇气，而且知道自己应该做什么。

孔子听了，有点不以为然地笑了。

孔子问冉求：

求！你怎么做？

冉求回答说：

一个方圆六七十里或五六十里的国家，如果交给我管理，约莫三年，可以使人民富足；至于建立礼乐文化的根基，就只有等待高明的君子了。

孔子问公西赤：

赤！你该怎样做？

公西赤回答说：

我不敢说自己有才能，不过我很愿意学习。我很希望能在宗庙里主持各种祭祀活动，也很想参与各国之间的会盟仪式，穿着大礼服，戴上礼帽，在其中充当一名小司仪。

孔子最后问曾皙：

点！你怎样做？

曾点的瑟正接近尾声，他便使劲地鼓了最后一下，就把瑟放下了。站起来说：我的理想和他们的说法不同。

孔子说：

这有什么关系？只不过是谈谈各自的志向罢了。

曾点回答说：

在暮春时节，把早已准备好的春天服装穿戴整齐，与五六个成年人，六七个童孩，在沂水河里洗洗澡，在舞雩的祈雨台上吹吹春风，然后唱着歌归来。

孔子听罢，长叹一声说：

我愿意与你一起做。

子路、子有、子华他们三个出去了之后，曾皙就问孔子：

他们三位的说法怎么样？

孔子回答说：

不过是随便谈谈自己的志向而已。

曾皙问：

然则，夫子对仲由的说法，为什么要嘲笑呢？

孔子回答说：

治理国家应该以正大的方式，由的措辞太不谦虚礼让，所以，我才会嘲笑他。

曾皙问：

冉求所说的能够算是一个国家吗？

孔子回答说：

怎么见得方圆六七十里，甚至五六十里，就不算是一个国家呢？

曾皙问：

公西赤所说的算是一个国家吗？

孔子回答说：

祭祀和会盟，不是一个国家的领导者有谁能参加呢？公西赤如果只能做小司仪，还有谁能做大司仪呢？

《论语》对这次重要谈话做了生动的记录：

子路、曾皙、冉有、公西华侍坐。子曰：以吾一日长乎尔，毋吾以也。居则曰：不吾知也，如或知尔，则何以哉？

子路率尔而对曰：千乘之国，摄乎大国之间，加之以师旅，因之以饥馑，由也为之，比及三年，可使有勇，且知方也。夫子哂之。

求，尔如何？对曰：方六七十，如五六十，求也为之，比及三年，可使足民。如其礼乐，以俟君子。

赤，尔如何？对曰：非曰能之，愿学焉。宗庙之事，如会同，端章甫，愿为小相焉。

点，尔如何？

鼓瑟希，铿尔，舍瑟而作。对曰：异乎三子之撰。子曰：何伤乎？亦各言其志也。曰：莫春者，春服既成，冠者五六人，童子六七人，浴乎沂，风乎舞雩，咏而归。

夫子喟然叹曰：吾与点也。

三子者出，曾皙后，曾皙曰：夫三子者之言何如？

子曰：亦各言其志也已矣！

曰：夫子何哂由也？

曰：为国以礼，其言不让，是故哂之。唯求则非邦也与？安见方六七十，如五六十，而非邦也者？唯赤则非邦也与？宗庙会同，非诸侯而何？赤也为之小，孰能为之大？

（《先进》篇）

听了孔子的解释，曾皙受到诸多启发。他知道，无论是子路的说法、冉求的说法还是公西赤的说法，都没有违背孔子的基本思想，都是对孔子思想的继承。子路的勇于任事，要在三年之间把一个外部强敌环伺、内部灾害频仍的衰败贫弱国家，治理成一个人民恢复了自信心和勇气，都能够懂得人生道理的新团体，这份勇气和气概，非人品卓越的子路谁人可及！夫子对此当然是非常欣赏的，不过夫子对子路的过多热情和过分担当的勇气时时有所担忧，也就时时在提醒着他，夫子实在是非常关怀子路的。

曾皙知道，夫子始终对冉求的要求和期待都很高，论聪明才智和办事能力，他与子贡可能是孔门最出色的双璧。他所表明的志向非常实际，也非常具体，但夫子似乎没有加以特别的赞许。是不是就因为冉求这个人实在是太实际了？一个人有时候过于实际，就往往会牺牲原则来争取成功，也往往因过于在乎了个人得失而降低了自己的志向。夫子只有在少数时候才是实干家，在多数时候却是一个理想主义者。

由于年纪差别很多，曾皙以前并没有特别注意公西赤，但看孔子的态度，好像非常欣赏这个年轻后进弟子。这个青年确实很出色，气质英迈潇洒、举止温文尔雅，言谈斯文典雅。他的说法既谦虚谨慎，又不失自己的理想追求。曾皙忽然感到，在"国家大事，在祀与戎"的时代，能够做宗庙里的司仪，甚至充当列国之间会盟的司仪，这个理想，这个志向，哪里是小？简直是太高远了！难怪夫子加以首肯。

至于自己的说法，实在没有什么，不过是一个老年人在追忆青春罢了，所以赢得夫子之赞扬，因为夫子也是个老年人。

古人箴言

孔子满意地看着曾皙、仲由、冉有、公西赤四人，心里涌起一阵感情的波澜。点啊！他已经老成了这个样子。

由也老了，可是，他的脾气却一点没改，这正是由的本性之中最具个人魅力之处，却也正是他的致命弱点。世道如此浑浊龌龊，人心如此险恶狡诈，由却始终没有一点机心和小心，这是何等的危险！

求！他的变化实在很大。聪明、智慧、踏实、精干、简朴、清廉，求有很多优点为其他人所不及。

岁月倒退回20年前，英姿勃发的冉求来到了孔子身边，孔子突然发现了一块可以雕琢的美玉，心中的喜悦实在难以形容。20多年来，冉求确实没有辜负孔子的期待，在孔子漫长的事业旅程中，冉求始终是孔子得力的臂膀。可是，孔子现在却感到面前这个人好像变得有点陌生了。不错，求仍然执礼如故，仍然廉洁朴素，仍然勤奋好学，仍然诚恳笃实，也仍然具有坚韧不拔的性格。但变化是存在的，孔子相信自己不会看错。也许这是因为自己衰老的缘故吧？弟子们既然都成长起来了，就自然有他们自己的事业和追求，这不正是自己所期待的吗？希望每一个弟子都能够获得事业成功及学问成就，希望他们即使不能救世于当下，也能够成名于身后，这是一名教师的最大安慰。冉求在事业上是成功的，在鲁国政治舞台上，自己和自己的许多弟子都只能昙花一现，唯有冉求不但牢牢地巩固了自己的地位，而且日益增强了自己的权力，他做得何等好！至于有些方面不能令人满意，又有什么办法呢？自己难道不是也没有想出任何有效的办法吗？

一个老年人怎么可以自己固执和僵化去衡量自己培养出来的弟子。想到这里，孔子心里一阵歉然。

当孔子的目光落在公西赤身上，看着他年轻洒脱的面容，就想起了青年时的子渊、子有，还有子贡。唉！孔子心里叹息道：他们年轻的时候，自己也还年轻，能够教给他们的就只能是些技艺方面的知识和日常的人生道理，自己当时实在还没有完全理解社会和人生，所以，那些早期弟子们都拥有坚强的信念、高尚的人格、不懈的追求、坚韧的毅力，以及自强不息的精神，而学问根底却不够深厚。但是，自己在流亡途中及流亡之后所培养的后进弟子，却吸收了自己比较多的学术思想，还有人生阅历以及对历史文化的体验和领悟。这时，孔子感到，所谓后继有人，可能就靠这些年轻人了。

孔子收回了驰骋的心灵，对弟子说：

我去洛阳的时候，差不多是赤这样的年纪，在那里学习到了很多传统文化礼仪方面的知识，受到老聃先生诸多启发和教导。但当日给我留下印象最深乃至终身难忘的却是西周太祖后稷庙前的一个金人，金人后背上的箴言，成为我终生的座右铭。

子路急问：

是什么箴言？

孔子沉默了片刻，然后说：

好吧，我试着把它背诵出来。

古之慎言人也，戒之哉！（此处是古时一个说话谨慎的人留下的，要引以为戒）

无多言，多言多败；（不要多说话，多说话多失败）

无多事，多事多患。（不要多事，多事会麻烦不断）

安乐必戒，无所行悔。（安乐应该节制，不要将来后悔）

勿谓何伤，其祸将长。（不要说没有伤害，它留下的祸患绵绵不绝）

勿谓何害，其祸将大。（不要说是什么伤害，它的祸患很大）

勿谓不闻，神将伺人。（不要认为不能泄露，天上的神灵在窥探着人）

焰焰不灭，炎炎若何？（微弱的火苗不熄灭，等到成燎原之势的时候怎么办）

涓涓不壅，终为江河；（细细的溪流如果不堵塞，终能成为大江大河）

绵绵不绝，或成网罗。（纤纤的丝不绝如缕，就变成了罗网）

毫末不札，将寻斧柯。（毫末一样的东西，如果不及时拔除，就要动用斧柯了）

诚能慎之，福之根也。（能谨慎行事，是幸福的根源）

口是何伤？祸之门也。（嘴巴说话自己没有伤害，却是灾祸的门户）

强梁者不得其死；（行事霸道的人没有善终）

好胜者，必遇其敌。（争强好胜的人一定遇到强大的敌人）

盗憎主人，民怨其上。（盗贼憎恶那些做主人的人，人民怨恨那些高高在上的人）

君子知天下之不可上也，（君子都知道一个人是不能居于天下之上的）

故下之；（因此，他们甘于居下）

知众人之不可先也，（知道不可行动在天下人的前面）

故后之。（因此，他们故意落后）

温恭慎德，使人慕之。（温恭慎德这些行为，让人敬慕）

执雌持下，人莫逾之。（保持柔弱和低下的姿态，别人就不能超过）

人皆趋彼，我独守此；（人们都奔向一个目标，我却守在原地）

人皆或之，我独不徙。（人们都纷纷攘攘地流动，我却不进行迁徙）

内藏我智，不示人技。（深藏我的智慧，不向人们显示自己的技能）

我虽尊高，人弗我害。（我虽然尊贵高明，别人却无法伤害我）

谁能于此？（谁能够做到这种地步）

江海虽左，长于百川，以其卑也。（江海虽低下，却领导着百川，就在于它的卑微）

天道无亲，而能下人。（上天没有亲情之厚薄，就能庇护天下人）

戒之哉！（人们一定要警戒）

（《孔子家语》卷三）

几个弟子听完，都一时目瞪口呆，他们实在佩服极了夫子的出色记忆力，这样长的一篇文字，读过40多年后还能如此流畅地背诵出来。至于内容如何？大家在一时之间，还不能有多么深刻的理解。

这一年是公元前483年，孔子70岁。

十七·功罪尽付青史

老天爷在断送我

天空上飘洒着稀稀落落的小雪花，阴霾连日不开，三月的鲁中大地尚且春寒料峭。在曲阜阙里孔子学堂的宽敞讲堂里，一盆炭火燃烧得正旺，几盆兰花在盛开，把一阵阵清香送进人们的心扉。

孔子踞坐在火炕上的一座几案旁，顺手将着自己的一大把胡须，神态安详自然，周围大约有二十几名弟子分立在两侧，师徒之间有问有答，言笑晏晏，满室一片笑语。

一阵冷风吹进室内，众人向门口一看，只见皮帘子后面走进了子贡，都急忙恭身行礼问候。却见子贡面色一片肃然，并不理会众人，径直奔向了孔子，正在大家疑惑不解的时候，子贡早跪倒在了孔子面前。

已经多日不见子贡，忽然见他翩然而至，孔子高兴之余，不由得从火炕边站起身来，接下来他就感到情形有点不对头，面色不禁沉了下来。接着看到子贡跪倒在地上，心头猛然一沉，急问道：

赐啊！发生什么事情了？

子渊——子渊他……

回怎么了？

孔子的声音有些发颤。

子渊——子贡说到这里，已经泣不成声。

回！回死了？

孔子口里不断地喃喃自语，只觉得刹那间天旋地转，一个高大的身子就直挺挺地仰倒在火炕上。经过众弟子一阵手忙脚乱的抢救，良久，孔子方悠悠醒来，他刚一睁开眼睛，就仰天高呼：

这是老天让我死啊！这是老天让我死啊！

> 颜渊死，子曰：天丧予！天丧予！

（《先进》篇）

　　接着，孔子双目中流下了滚滚热泪，后来，他已经完全控制不住自己的感情，就索性放声大哭起来。

　　看到孔子如此悲痛欲绝，众弟子一时不知所措，孔子的身体虽然一直很好，但毕竟是一位70岁的老人了，如此悲痛欲绝，就很容易出问题。何况根据自古以来的礼数，无论颜渊如何优秀，总是孔子的晚辈弟子，作为前辈和先生的孔子即使悲哀，却似乎不必如此大放悲声。所以，有弟子上前劝慰，说了些夫子应该节哀一类的话，并认为孔子的痛哭失声有点过分了。

　　听了这话，孔子猛然抬起头来，对众弟子道：

　　我是在嚎啕大哭吗？可是我不为这个人嚎啕大哭还为哪个嚎啕大哭呢！

> 颜渊死，子哭之恸。
>
> 从者曰：子恸矣。
>
> 曰：有恸乎？非夫人之为恸而谁为。

（同上）

　　闵损是紧跟在子贡身后来到阙里的，孔子的悲痛欲绝，众弟子的惶恐不安，他都已看在眼里。冉耕已死，子路、颜路、曾皙均不在场，众弟子中以他最为年长，现在，担负起安慰夫子的责任，除了他还有谁呢？于是，闵损疾步走上前去，肃立在孔子的身旁，双手紧紧地握住了孔子的手，双目也紧紧盯着孔子，却一句话也说不出来。他猛然发现，就在获悉噩耗的瞬间，孔子身子一直在颤抖，整个人似乎都陷于崩溃之中。

　　颜渊在孔子心目中的分量究竟有多么重？闵损当然是知道的。这个当年的小师弟，在十三四岁的时候，就跟着父亲颜无繇进入孔门了，二十几年来，在孔子的耳提面命的教诲下，闵损几乎是眼睁睁地看着颜渊从一个聪明、伶俐的幼稚少年而成长为满腹经纶的一代鸿儒，其中该浸透了夫子的多少心血！所以，孔子与颜渊的感情可以说是情逾骨肉，颜渊是孔子道德理想、文化思想和学术事业的继承人，这一点获得了孔门所有弟子的同意，没有人有任何异议。

闵损的思绪突然被一阵杂乱的脚步声中断。

厚葬与薄葬

颜无繇披着一身雪花，跌跌撞撞地冲到了屋里，直挺挺地跪倒在孔子面前。孔子望着这位追随自己40余年、仅仅比自己小6岁的年长弟子，同自己一样，也在垂暮之年痛丧爱子，白发人送黑发人，人生中实在没有比这种打击更加残酷的事情了。孔子不禁百感交集，刚刚恢复了情绪又开始波动。

颜无繇似乎已经度过了最悲痛时刻，他现在最迫切地愿望就是想给儿子办一次风风光光的体面葬礼。颜无繇认为，儿子跟着自己这个不争气的父亲，穷困了一生，生前既然没有片刻享乐，死后无论如何也应该体面一点才是。这种想法当然是对的，在格外重视葬礼的儒者看来，这种做法值得称赞。

现在，颜无繇颠三倒四地向孔子报告了儿子的死讯，随后就向孔子提出了一个古怪的要求，要孔子把自己日常乘坐的车子变卖了给颜渊置办一个棺材的外套。孔子听了颜无繇的请求，一时默然。

按孔子与颜渊的感情，当然不会吝惜一辆马车。但是，这样做有什么用处呢？人死不能复生，如果能的话，孔子愿意把自己所有的一切都变卖了去挽救爱徒的性命，一个伟大学派继承人的生命当然不是区区一车所可比拟。但是儒家，尤其是孔子历来提倡葬礼的目的不是为了显示地位身份和门第的阔绰，而是为了志哀，哀思尽则薄礼为隆，哀思不尽则隆礼也薄。而且，任何人的葬礼都应该按照自己的家产的多少而酌情进行，孔子坚决反对破家厚葬的做法。况且，葬礼当然是血缘关系的体现，所有的葬礼都应该根据血缘关系的远近而有等差，父亲为了儿子，当然可以不惜一切，尽管这种做法并不足取，但老师为了学生，是否应该如此？孔子一时间没有拿定主意。

猛然，孔子想起了自己的儿子，啊！鲤居然已经死去半年多了？鲤死得很突然，孔子根据自己的财力，谢绝了弟子们的资助，亲自为孔鲤办了一个简朴而庄严的葬礼。想到这里，孔子对颜无繇说：

不管有才能还是没有才能，大家都各自称道自己的儿子。孔鲤死的时候，也是只有棺材而没有棺材外套。我不能以走路的代价来换取棺材套，因为我毕竟是士大夫的后人，不能出门走路啊。

颜渊死，颜路请子之车以为之椁。

子曰：才不才，亦各言其子也。鲤也死，有棺而无椁。吾不徒行以为之椁，以吾从大夫之后，不可徒行也。

（《先进》篇）

颜无繇闻言，一时茫然不知所措。人在慌乱之中，有许多平常道理就不能思虑周全，但孔子说到了孔鲤之死，颜无繇当然是了如指掌的，自己正是那场葬礼的主要操办人之一，孔鲤的棺材当然是没有套子的，即使自己的亲生儿子，孔子也没有用车子去换棺材套。想到这里，颜无繇不觉深感自己不但思想糊涂而且行事也太过孟浪，他也没有向孔子解释什么，就急匆匆地赶回家去了。

弟子们皆默立在屋子里，不但痛惜颜渊的英年早逝，也为颜渊这样的旷世英才于死后而不能拥有一个棺材套感到委屈。在孔门所有弟子的心目中，孔鲤无论如何是与颜渊不能相提并论的，孔鲤可以没有棺材套，但颜渊怎么可以没有呢？天下还有什么东西不配颜渊占有？生前贫贱，因为是"富贵在天"的原因，也就罢了；死后如果不能稍稍阔绰一点走向另外一个世界，那么，就不只是这个不公正的世道太对不起这个人，孔门弟子们也难逃不能仗义疏财的指责。屋子里一时鸦雀无声。

良久，只听孔子长叹一声道：

区区一车，何足盛回之一发哉！即便尽天下之车，亦何足以抵回之分毫。但是，在现在及未来之世人眼中和心中，孔鲤之价值或不及回之万一，然在一个父亲的心中，则亲爱之情不减，此人所以为人，否则，则天下之愚人皆无父母、兄弟、妻子矣。这样的平常道理，想来颜路能够理解，回当然更会理解。

然则，夫子反对厚葬乎？一门人问。

孔子摇首叹息道：

此事不能一概而论，家有十分财力，使其三已隆；家有三分财力，使其二已俭；家有一分财力，则倾家荡产亦不能达到完备。所以，葬礼这种事情，只能表达活人对死者的追慕依恋之情，而不能用以衡量死者的价值。

如果按照葬礼的隆重，则自古王公诸侯之葬礼无不铺张挥霍、华丽壮观，殉葬物品之多不知凡几，而父杀子，子弑父之事层出不穷，深为世人不齿；自古仁人志士、英雄豪杰，一生奔走流离，往往不知葬身何处，然为世人悼念久远。是可知葬礼之丰俭隆薄，实不足说明死者生平作为之优劣。

子游道：

为至亲送终的物品以多少为标准呢？

孔子道：

自然以家产多少为标准。

子游道：

以家产多少为标准怎么能达到一致呢？

孔子道：

如果家产丰饶，则应注意不要奢侈到逾越了礼节；如果家计艰难，只要使衣物遮住了尸体的形体，装殓完毕就立即下葬，用手拉着绳子把棺材下到墓穴中，又哪里会有人提出非议呢？

据史书记载：

> 子游问丧具，夫子曰："称家之有亡。"子游曰："有亡恶乎齐？"夫子曰："有，毋过礼；苟亡矣，敛首足形，还葬，悬棺而封，人岂有非之者哉？"
>
> （《礼记·檀弓上》）

众弟子听了孔子的话，感到十分有理。但一些弟子私下里一商量，觉得以颜渊的德行人品而死后不能有个体面的葬礼，终感到有点惶恐不安。

尤其是子路、冉求、子贡都已担任政府的重要职务，而仲孙何忌、孟武伯父子则身为鲁国执政之一，亦与颜渊有形式上的同门之谊，深感对这个葬礼不能等闲视之。结果，由子路、子贡、子有等操持，大家齐心合力地为颜渊办了一个盛大的葬礼。

事情过后，孔子对弟子们叹息道：

回在世之日，每以侍奉父亲一样的态度对待我，但回死后，我却不能像对待自己的儿子那样对待他（鲤的葬礼俭而回的葬礼隆）。但这不是我的过错，是那几个家伙的主意。

> 颜渊死，门人欲厚葬之。
> 子曰：不可！
> 门人厚葬之。
> 子曰：回也，视予犹父也，予不得视犹子也。非我也，夫二三子也。
> （《先进》篇）

一弟子不禁问道：

既然葬礼不过是一种形式上的东西，并不足以说明死者价值之高低优劣，则颜渊之葬礼隆重一些又有什么不对呢？

孔子悻悻然道：

死者生前如果追求这些奢华东西，二三子这样做自然没有什么不对，可是，回是一个何等简朴的人啊！

众弟子闻言默然。

在葬礼上

颜回的葬礼，庄严、隆重而气派。孔子由弟子们搀扶着，昏沉沉地参加了一连串的仪式和典礼，他的身体极端虚弱，到后来就有些支持不住了。早春时节，凛冽朔风中掺杂着一些小小的霰，飘落到地面上，就变作了雨水。孔子的眼泪一滴一滴地流在肚子里，脑海里回荡着颜回十几年前说过一段话：

> 仰之弥高，钻之弥坚，瞻之在前，忽焉在后。夫子循循善诱人，博我以文，约我以礼。欲罢不能，既竭吾才，如有所立卓尔，虽欲从之，末由也已。
>
> （《子罕》篇）

回啊！他是累死的啊！

孔子想到这里，猛然间打了个冷战。他有些茫然地环顾四周，葬礼好像是结束了，场面已经有些清冷了。

风雨依然凄迷，大地上的景物有些朦胧。

忽然，孔子耳畔响起了一阵窃窃私语声，孔子没有看清说话的人，也没有听清他们说了些什么，他的心思正沉浸在颜回死后的归程。在这凄凄迷迷的风雨归途中，回啊！你能认准道路吗？就像你生前那样。

当孔子发现说话者与他有关时，也同时看到了鲁哀公和季康子正站在自己的身旁，他们好像已经说了许多。

夫子啊！一定要节哀！

孔子向哀公行礼之后，却没有说话，他的头脑仍然没有脱离刚才的思路。这时，他听到了几句话，不知是哀公抑或季康子说的：

弟子之中谁最好学，恐怕不一定就是颜回吧？

孔子心里有些愤然，回答道：

我的弟子之中，只有颜回最为好学，他从来不会把自己的愤怒强加别人，也从来不会第二次犯同样的错误，却不幸英年早逝了，现在我已经没有好学的弟子了。

> 哀公问：弟子孰为好学？
>
> 孔子对曰：有颜回者好学，不迁怒，不贰过，不幸短命死矣。今也则亡，未闻好学者也。
>
> （《雍也》篇）
>
> 季康子问：弟子孰为好学？
>
> 孔子对曰：有颜回者好学，不幸短命死矣，今也则亡。
>
> （《先进》篇）

哀公惊问：

寡人听说夫子的所有弟子，不要说七十二高足尽皆品学兼优，三千弟子也大多学有所成，奈何夫子独许颜回一人？

如果哀公不是国君，孔子根本就不会回答这些没用的废话，但对哀公却一定要保持一点起码的礼道，他叹息道：

回啊！他的道德修养已经能够使自己连续三个月不违反仁的原则，至于其他弟子，不过十天半月而已。

子曰：回也，其心三月不违仁。其余，则日月至焉而已矣。

（《雍也》篇）

哀公和季康子闻言默然。

与冉求的谈话

颜渊死后的一个多月里，孔子在承受了一次最惨烈的人生变故后，突然间就明显地衰老了。接下来的日子里，弟子们很少见到孔子露面，偶尔见到他的时候，也只是一个人在空荡荡的庭院里神情索然地站立着，长久地注视着远方的天宇而默默无语。

所以，当冉求一跨进了屋门，就禁不住眼眶发酸，仅仅一个多月前，经历了晚年丧子重创的孔子，尚且能够坚强地支撑下来，而且腰杆笔挺、举止利落、头脑清晰、思维敏捷、语言流畅，但此刻却已弯腰塌背了，当他立起身来，浑身居然有些颤抖。冉求疾步上前，双手挽住了老师。

夫子！子渊生平奉子如父，现在他尸骨未寒，如知夫子如此，九泉之下岂能安眠？夫子万万保重！

看到孔子微闭双目，一言未发，冉求知道不宜多说，便肃立在旁边，不再言语。良久，孔子睁开了眼睛，问道：

求啊！你有几个月没来了吧？

听了孔子的话，冉求心里一阵惶恐。自从两年前自己为季氏聚敛财富，受到孔子的严厉批评之后，他心里感到有些委屈，并不是生孔子的气，将近30年的师生之情，哪里还有那么多气好生的？而是自己内心里也有一种良心的不安，他轻易不大敢拜见孔子，他觉得自己在官场里的所作所为不大那么符合夫子教导。做官真是艰难啊！食人之禄，忠人之事，季氏既是自己的长官，又是自己的雇主，如果自己想在那里谋生，又怎么能够拒绝指派呢？又怎么能够有个人意志呢？夫子的愤怒是可以理解的，夫子的谴责却是不容易令人接受的。连年战争、虎狼当道、民不聊生、生灵涂炭，这些道理，以自己受夫子二十几年的教诲，如何不知？但夫子实在是个个性强烈的理想主义者，在这样乱世中，有谁能够保持一身清白呢？何况，季氏既然是鲁国的执政，为他敛财，还不就是为国家敛财，反正不是进入了我冉求的腰包。

孔子看着冉求，一身陈旧的朴素衣着，一副满含深情的神态以及稳重沉着的举止，目光就慢慢地变得慈祥。他从来没有怪罪过冉求，他当日的激烈言辞亦不过是一时的气话，他何尝不知道，天下大势已经到了鱼死网破、土崩瓦解之境地。几个地处边地的诸侯大国横行霸道，已经显露出兼并天下的勃勃野心，而不知死活的鲁国君臣尚昏睡在黄粱大梦中。冉求，这是自己多年以来刻意培养出来的救世人才，如果连他都不得不随波逐流，则这个世道还有什么指望？是啊！求还是原本那个朴实、精明、稳重的冉求，他丝毫没有沾染上现在流行的那些奢华、腐朽的官场习气，他行为举止中也没有显示出丝毫新官僚所惯有的那种装腔作势的模样。这时，孔子欣慰地笑了。

看到了孔子脸上的笑容，冉求一时间禁不住泪流满面，他忽然强烈地感到了自己在夫子心目中的重要地位及夫子对自己的浓厚感情，因为他知道颜渊的早逝对于夫子的打击是何等地巨大！他从一些师兄弟口中，也知道孔子已经一个多月没有说话、没有微笑了，现在，孔子对一个曾经一度表示憎恶的弟子露出了笑容，可见，老师已经原谅了自己。这使冉求感到激动，他知道夫子对自己不仅甚为器重而且冀望甚殷。

求啊！你来一定有什么事吧？

孔子温和地问。

夫子！叔孙氏去狩猎，他的车夫锄商刚刚猎获了一只怪兽，大家都不认识，看起来好像不是什么吉祥东西。叔孙氏打发弟子来问问夫子，是否知道它的来路？

孔子安详地听完冉求的话，又再三追问了怪兽的形状模样，心中不觉涌起一种不祥的预感。他对冉求道：

我可以去看一看吗？

夫子能够亲临现场，真是再好不过，外面车马齐备，请夫子立即起驾。冉求说。

麒麟怎么来了

怪兽已经处于弥留之际，它身上中了三支巨弩，殷红的鲜血流满了两米见方的一块草地，但它的神智还相当清醒，它知道自己就要死了！唉！那个人怎么还不出现，难道我真的要白白地死在这个肮脏的地方？

当孔子匆匆赶到了叔孙氏的围场，人们正在围观着怪兽，不时发出一阵阵怪叫和谑笑。孔子近前一看，不禁跌足长叹道：

这是麒麟啊！

麒麟在昏迷中听到了一句非常熟悉的人话，就努力地睁开了双眼，于是，它看到了一个高大的老人正悲痛欲绝地看着自己，就不由得笑了。这块土地对于它来说，并不陌生，这已经是第四次了。

第一次来到这里的时候，是3000年以前，这里的人虽然很稀少，但都是些真正的人，他们生活得并不富裕，但伴随着太阳而舞，追随着月亮而眠，人人脸上都袒露着幸福的笑容，就像盛开的鲜花一样，不但灿烂而且吐露出芬芳，那个时代好像是被称为伏羲氏或神农氏，这两个名字有多好！

第二次来的时候，是2000年以前，人口是增多了，河边、山丘上都堆砌起一些丑陋了小巢穴，就如蚂蚁的洞穴一样，至于他们的忙碌也与蚂蚁相同，他们的笑容已经明显减少，但总还算是会笑，那时，也还有一些真正的人，而大多数人则好像变成了蚂蚁和蜜蜂，那个时代好像是被称为尧舜时期。

第三次来的时候，好像是在距现在600年以前（想到这里，麒麟忽然对自己为什么会遇到意外有了理解，原来自己来的时候不对），眼前的景象令人惊讶！人口是日益增加了，也更加勤劳，他们居然用好端端的泥土堆砌起一道道高墙，力图使囚禁自己的监狱更加牢固。唉！说他们是蚂蚁和蜜蜂，委实是高抬了他们，刻薄一点说，他们分明像是一群群的穿戴整齐而衣冠楚楚的"老鼠"。"老鼠"的脸上当然没有笑容——即使有也看不出来，他们日复一日、年复一年地从监狱般的睡眠处奔波到犹如服苦役一般的农场或工厂，没有一日之空闲，他们脱离了太阳和月亮的节奏。那时，是不是没有了真正的人？哦！对了，想起来了，有一对叫做文王和武王的父子，似乎还有些人的模样。那个时代好像被称为文武时期，什么文啊武啊的，这哪里是人类的名字？

这次则是一次莫名其妙的旅行，本来，自己正在一个遥远的地方悠闲度日，并没有外出任务。可是，不知是一股什么怪风，连裹带挟地把自己带到这本来不该来的地方，这里的人们居然已经沦落到了不认识自己的地步，真是可怜可叹！想起前面三次所受到的欢迎和赞扬，麒麟幽幽地嘘了一口长气。

麒麟终于等到了最后一刻。一路走来，直到临死，除了看到大群大群武装起来的赳赳武夫和风度翩翩而招摇过市的文士，迄今还没有遇到一个具有真正性情的人，它为此感到有些委屈和愤懑。此刻，它看到了孔子，忽然明白自己此行并不是没有缘故，而是要寻找这个人。只有这是个真正的人，这种人在自己第一次莅临的时候，几乎遍地都是，现在好像是寥若晨星了。但在这样一个连麒麟都要伤害的豺狼世界，这个羲皇时代的人该怎样生存啊？

麒麟相信，在现在所置身的这一大片辽阔土地上，只有这个人认识自己，只有这个人才知道自己出现的深远意义，只有这个人才知道自己的非凡价值。果然，他的手触摸到了自己坚硬的鳞甲，它听到了这个人的声音再次响起。

麒麟！这是世上唯一的仁兽啊！我听说华夏历史上，一共有三次麒麟的光临，即伏羲氏、尧舜和文武王时代。麒麟啊！在这样一个乱糟糟的世道，你怎么跑来了？难道是专程来告诉我一些什么吗？

鲁哀公十四年，春，狩大野，叔孙氏车子鉏商获兽，以为不祥。

> 仲尼视之，曰："麟也！"取之，曰："河不出图，洛不出书，吾已矣夫！"颜渊死，孔子曰："天丧予！"及西狩见麟，曰："吾道穷矣！"
>
> 　　　　　　　　　　　　　　　（《史记·孔子世家》）

孔子一面说着，一面用手轻轻地抚摩着麒麟，心头充满了愤怒、悲哀和无奈。他望着麒麟，苍老的面孔上充满了歉意，眼睛里泪水涟涟。

是不是真的要告诉这个人些什么？自己并不知道，也许是这样吧。够了，有这个人的一滴泪水，已强过了世上所有人一起嚎啕大哭所挥洒下的泪雨。麒麟最后望了一眼孔子，安详地闭上了眼睛。

宰予之死

齐简公当年逃难在鲁国的时候，宰予正在鲁国。自从鲁哀公向他询问了社的问题之后，宰予的名声很响亮，人们都认为他是个很有学问的人。齐简公闻讯，就把宰予招到了自己身边，时时向他讨教。等到齐简公返国即位之后，宰予很受重用。宰予是孔子的高足，当年孔子堕三都，力图加强君权的行动给他留下了深刻印象，现在当他大权在握的时候，就很想通过铲除割据势力来振兴齐国。

宰予秘密剪除已经日益坐大的陈氏的计划一直进行得很成功，不禁心中得意，在这涉及国家政权最后归属的关键时刻，宰予又犯了孔子经常为之担心的老毛病，性格轻飘而不能严格保守秘密。据史书记载：

> 初，陈豹欲为子我臣，使公孙言己，已有丧而止，既而言之曰："有陈豹者，长而上偻，望视，事君子必得志，欲为子臣，无惮歧为人也，故缓以告。"子我曰："何害？是其在我也。"使为臣，他日与之言政，说，遂有宠，谓之曰："我尽逐陈氏，而立女，若何？"对曰："我远于陈氏矣！且其违者不过数人，何尽逐焉？"遂告陈氏。……子我归，属徒攻闱与大门，皆不胜，乃出。陈氏追之，失道于弇中，适丰丘，丰丘人执之以告，杀诸郭关。
>
> 　　　　　　　　　　　　　　　（《左传·哀公十四年》）

帮助日益大权旁落的齐简公加强中央集权，剪除开始萌露反志的陈氏，宰予此举并没有违背孔子的政治主张，甚至很想使孔子的理想在齐国获得成功。但由于他在得志的时候不能很理性地分析局势，妥善处理复杂的人事关系，尤其是把一个关系全局的机密轻率地泄露给一个敌对者的同族，无疑是自取灭亡。

孔子听到了宰予遇难的消息后，整整一天没有吃饭。

司马牛之死

公元前481年，是孔子承受了巨大精神折磨的一年，关于弟子的噩耗接二连三地传来，一次次使孔子的精神陷于崩溃之中。巨大的悲痛像阴影一样时时笼罩着他的周身，也吞噬着他苍老的心灵。

早自五月初夏以来，宋国君臣之间发生了剧烈的内讧。宋国权臣桓魋的私人势力日益坐大，威胁到了宋君的地位。宋景公决心铲除桓魋，而桓魋居然以自己强大的家族力量率先发动了叛乱，结果被景公扑灭，桓魋潜逃出国，流亡于列国之间。对于桓魋其人，孔子极端厌恶，也并不关心他的死活。但孔子心爱的学生司马耕却是这个贵族家族中的一员，眼下叛逃的桓魋就是司马耕的二哥。在景公的打击下，这个家族的五个同胞兄弟都受到了株连，孔子时时关心着司马耕的去向。

转眼已经是夏日炎炎，一个月来，孔子忧心如焚。先是听说子牛主动向宋景公献出了自己的封地和采邑之印符，避嫌去了齐国；后来，桓魋也来到了齐国，子牛不愿意与他那个惯于捣乱的哥哥在一起，便退回了齐国赠给他的采邑，到了吴国，但吴国却拒绝收容他。现在，子牛到了哪里？孔子想起：

> 司马牛问君子。
> 子曰：君子不忧不惧。
> 曰：不忧不惧，斯谓之君子矣乎？
> 子曰：内省不疚，夫何忧何惧？

（《颜渊》篇）

伯牛生于一个令人羡慕的贵族家庭，可是，那是个什么样的家庭？兄弟五个的性格、人品、嗜好、追求居然完全不同，尤其是那个飞扬跋扈的二哥桓魋，始终不能安分守己，使这个家族处于一种微妙地位。伯牛是一个性格敏感的人，他知道以桓魋的作为总有一天要与朝廷闹翻，那时，这个显赫家族就要覆灭了，他为此而忧心忡忡。孔子曾经几次劝告伯牛，不要过分忧虑以致精神紧张。

此刻，孔子翘首南天，期待着子牛平安归来，阙里的大门随时为每一个弟子敞开着，永远——永远地敞开着。

在孔子苦苦思念着子牛的同时，子牛也正竭尽了最后一点力量向曲阜迈进，他的身体已经相当虚弱，生命力正一点点地离他而去，他试图挤压出最后一点残余的力量挣扎到曲阜，他多么想见夫子最后一面。但是，当子牛的脚步刚刚接近费邑的城门，就再也无法向前迈进了，他面向北方倒了下去。

那是个朝霞满天的黎明，有人发现司马牛死在鲁国临近边境的郭门之外。由于子牛经过了长时间的跋涉，衣衫褴褛，面目全非，居然没有人认出死者是品学兼优的孔门高足。一个阮姓的人大发慈悲，用自己的钱财，购置了简陋的棺木，把司马牛安葬在了丘舆（山东费县西）。据史书记载：

> ……司马牛致其邑与珪焉，而适齐。向魋（即桓魋）出于卫地，公文子攻之，求夏后氏之璜焉，与之他玉而奔齐。陈成子使为次卿，司马牛又致其邑焉，而适吴，吴人恶之而反。赵简子召之，陈成子亦召之，卒于鲁郭门之外，阮氏葬诸丘舆。
>
> （《左传·哀公十四年》）

孔子终究没有等来活着的子牛。

孔子最后听到子牛的死讯，已经到了十月残秋。孔子眼望着无边的落木萧萧而下，耳听着一阵阵鸿雁的断魂嘶鸣，感到眼前一片漆黑。

最后一次上朝

夏日里，烈日当空，孔子身上穿了一件簇新的朝服，端坐在马车里，急匆匆地向朝廷赶来。在此之前，孔子已经连续三天沐浴斋戒，每当他要面见国君汇报重要事情，都是这样郑重其事。据史书记载：

> 甲午，齐陈恒杀其君壬于舒州。孔丘三日齐（斋），而请伐齐三，公曰："鲁为齐弱久矣，子之伐之，将若之何？"对曰："陈恒弑其君，民之不与者半，以鲁之众，加齐之半，可克也。"公曰："子告季孙！"孔子辞，退而告人曰："吾以从大夫之后也，故不敢不言。"
>
> （《左传·哀公十四年》）

鲁哀公有些怜悯地看着孔子，心中不禁在感叹！他想起了20年前的那个精力旺盛、机敏过人、充满了坚定不移的信念和力量的孔子，想起了3年前那个举止端庄、气象庄严、温和慈祥、充满帝王一般尊严的孔子。可是现在，出现在面前的却是一位白发如染、神情疲惫、步履蹒跚的老人。岁月如梭，有谁能逃脱时间的摆布呢？哀公并不是个麻木不仁的人，他知道自己以及鲁国都对不起这位老人，如果自己的父辈当年能够把鲁国的权力委托给孔子，那么，鲁国一定不是现在这样的局面。到了自己执政的时候，就已经没有这种机会了，自己只是一个听命的傀儡而已，国家已经是别人的了。

孔子简单地诉说了自己的想法，就告辞了。他知道哀公的处境，他知道三桓的态度，齐国的陈成子是他们的榜样，做了他们想做而没有做的事情，他们怎么会去讨伐？那不是在讨伐他们自己吗？但孔子不顾身体的极端虚弱，一定要赶来表明自己的态度，自己毕竟是一个大夫的后人，是一国的国老，遇到这种弑君夺权的乱臣贼子，不能不表达出自己的反感。做不做就是别人的事情了。

《论语》记载说：

> 陈成子弑简公，孔子沐浴而朝，告于哀公曰：陈恒弑其君，请讨之。
>
> 公曰：告夫三子。
>
> 孔子曰：以吾从大夫之后，不敢不告也！
>
> 君曰：告夫三子者。
>
> 之三子，告，不可。
>
> 孔子曰：以吾从大夫之后，不敢不告也！
>
> （《宪问》篇）

孔子告辞出来之后，恋恋不舍地端详着这座巍峨的宫城，眼睛有些湿润，他模模糊糊地觉得这可能就是永诀了。

春秋绝笔

公元前481年秋后，孔子郑重地在《春秋经》上写下了最后几个字后，便一个字也不再写了。孔子在本年不知是受了颜渊去世的打击，还是受到了麒麟突然降临的启发，自动地停止了连续一年的写作。弟子们看到夫子每日没有了写作活动，书案上也没有了那些熟见的书简，就不免感到有些奇怪。

某日午后，孔子召集了以子夏为首的一干青年后进弟子。已经连续半年多没有听老师教诲的弟子们，都兴高采烈地赶到了阙里。

看到这些青年弟子，孔子也一扫数月来的伤感情绪，仿佛一下子年轻了许多。看到孔子的身体很好，也不像有病的样子，子夏的一颗紧悬着的心总算落回到了实处，他们纷纷上前祝贺老师康愈。

这时，孔子指着书案上的一堆书简，对弟子们道：

这些书简，是我一年多来的心血所在，也是我对春秋242年所发生的重大历史事件的记录。今天把你们请来，就是为了讨论一下书中对于历史人物和事件的评价标准问题，我老了，思想和观念可能也已经很陈旧，我树立的是非标准能不能符合历史事实？需要你们帮助斟酌一下。

子夏问道：

夫子著春秋，是依靠家族的累世记载，还是依据平日阅读典籍的积累，抑或是靠民间传闻为素材？

孔子笑道：

商的问题提得很好。你们应该知道，我自幼失怙，哪里会有什么家传之秘？至于平素阅读的书简，我非天才之人，哪里会过目不忘？而来自民间的传说轶闻，恐怕难以登大雅之堂，我岂能随便采用？

然则，夫子何以有《春秋》问世？子夏不禁大惊失色。

孔子道：

我所著的这部史书，是根据鲁国的国史改编而成，实则只是编而非著。

子夏小心翼翼地问：

然则，据商所知，历来国家之史册，皆由国家专职史官负其责，史官之外，即使位尊权高之公卿大夫，亦不得私自编纂，违者则加以重典。商敢问：夫子既依据原有史册而自立新说，岂非置国家法令于不顾？

孔子大笑道：

天下有道，则庶人不议；天下无道，则处士横议。当今之天下，天子失德，诸侯失义，大夫失礼，士失廉耻，百姓失信，致使华夏九州之大好河山，虎狼当道、豺狼遍野、烽烟四起，国无一岁之安，民有旦夕祸福。春秋之世迄今242年，几无一年无征战，无一年无杀伐，无一时无争端，无一刻有太平。大国灭小国，强国灭弱国，强者侮弱者，多者辱少者，富者欺贫者；君不君，臣不臣，父不父，子不子。而各国国史皆虚言矫饰，以谎言欺天下，致使天下人是非不明。

吾今据国家之正史，以文武周公仁义道德为标准，评是非、树准则、立道德，为天下人指明中华未来正途之所趋，无乃不可乎？诚然，后世知我者唯《春秋》，罪我者亦唯《春秋》乎！师也，汝之语音清亮，试读来！

颛孙师遵命捧起了书简，一字一句地读了起来：

春王正月。三月，公及邾仪父盟于蔑。夏五月，郑伯克段于鄢。秋七月，天王使宰咺来归惠公仲子之赗。九月，及宋人盟于宿。冬十有二月，祭伯来。公子益师卒。……

（《春秋经·隐公元年》）

一个时辰过去了，两个时辰过去了，一直到了第六个时辰，眼见太阳已经渐渐落山，只见颛孙师读到：

> 十有四年。春，西狩获麟。
>
> （《春秋经·哀公十四年》）

声音戛然而止。

众弟子似乎从睡梦中被一声霹雳惊醒，都不由自主地沉浸到了春秋之中，仿佛被一根绳索牵引着踏进了春秋242年的历史大潮之中，一幕幕清冷的历史画面，处处纷飞着英雄的血水和民众的泪水；一个个国家的兴起破灭，一个个民族的生死流离，他们共同为了华夏民族的整体存在而忍受了自身的毁灭。这无疑是一部伟大著作，它浸透了一颗同样伟大的时代心灵的全部心血。

乱臣贼子惧

子夏等弟子一时被震撼得热血沸腾，他们说不出一句话来，他们只能深切地感到这部著作的巨大震撼力，这种力量似乎可以穿过弥漫的历史硝烟，透过岁月的云岚，把一幅崭新的历史画面带入人们的视野。

将近200年后，孟子对《春秋》做出了如下评价：

> 世衰道微，邪说暴行有作，臣杀其君者有之，子杀其父者有之。孔子惧，作春秋，春秋，天子之事也。是故孔子曰：知我者，其为春秋乎！罪我者，其为春秋乎！
>
> （《孟子·滕文公下》）

> 昔者禹抑洪水而天下平，周公兼夷狄，驱猛兽而百姓宁，孔子成春秋而乱臣贼子惧。
>
> （同上）

> 王者之迹熄而诗亡，诗亡然后春秋作。晋之乘，楚之梼杌，鲁之

春秋，其义一也。其事则齐桓晋文，其文则史。孔子曰：其义，则丘窃取之矣！

（《孟子·离娄》）

将近400年后，太史公司马迁在《史记》中郑重写道：

乃因史记作春秋，上至隐公，下迄哀公十四年，十二公。据鲁，亲周，故殷，运之三代。约其文辞，而指博。故吴楚之君自称王而春秋贬之曰"子"；践土之会，实召周天子，而春秋讳之曰"天王狩于河阳"。推此类以绳当世贬损之义。后有王者，举而开之，春秋之义行，则天下乱臣贼子惧焉。孔子在位听讼，文辞有可与人共者，弗独有也。至于为春秋，笔则笔，削则削，子夏之徒不能赞一辞。弟子受春秋，孔子曰："后世知丘者以春秋，而罪丘者亦以春秋！"

（《史记·孔子世家》）

后世的史家，在大一统的国家意识形态之严密控制下，虽然已经大多丧失了孔子的写史原则，但孔子的精神力量仍然激励着和鼓舞着他们。历史不只是往事的记录，更重要的是对现实的深刻反省。

送子路赴卫

子路就要离开鲁国到卫国去工作了，为什么子路不继续在鲁国任职，而以62岁高龄还要出国工作？原来，小邾国的大夫射，准备带领句绎封地的土地和人民投奔鲁国。这对鲁国来说，当然是一件得来全不费工夫的好事。但邾大夫射却提出了一个条件，愿意与子路以个人身份进行盟誓，而不打算与鲁国政府进行谈判。于是，鲁国就准备派子路为特使，但子路却拒绝接受这个使命。季孙急忙派冉求去说服子路道：

一个拥有一千乘兵车的国家，邾大夫居然不相信它的盟约，而相信阁下的口头诺言，所以，这个出使任务有什么辱没你的呢？

子路回答道：

假如鲁国与邾国发生战争，我不用问是什么原因，就可以战死在这个国家的城门之下。但是，这个射大夫是个邾国的叛臣，要我根据他的要求去签订盟约，就是鼓励这种变节行为，我不能做这种事情。据载：

> 小邾射，以句绎来奔，曰："使季路要我，吾无盟矣。"使子路，子路辞，季康子使冉有谓之曰："千乘之国，不信其盟，而信子之言，子何辱焉？"对曰："鲁有事于小邾，不敢问故，死其城下可也。彼不臣，而济其言，是义之也，由弗能。"
>
> （《左传·哀公十四年》）

这样，邾国射大夫对鲁国的这次投诚活动，由于子路拒绝与叛臣进行盟约而没有成功。于是，子路在鲁国的处境就有些不妙。这时，恰好卫国的执政大夫孔悝派使者召子路，子路便毫不犹豫地准备启程到帝丘去，事实上，他早就难以和季孙这些人共事了，如果不是有夫子，子路早就走了。

孔子不愿意子路去卫国，他有些舍不得子路离开自己，而且，卫国的形势一直不很明朗，父子之间的争夺好像是愈演愈烈，没有哪一方愿意在权力面前退步。子路的性格宁折不弯，搅和到卫国那样混乱的政局中，无疑很不安全。但看到子路兴冲冲的样子，孔子也就不好再说什么了，60多岁的子路是应该有一个落脚之处呀。但不知什么原因，孔子心里一直忐忑不安，他好像有些什么不祥的预感。

转瞬已经到了泗水洙水分流处，子路停下了脚步，忽然面向孔子跪拜了下去，嗓音有些嘶哑地说：

夫子！由就要上船了，夫子万万保重身体！过几日，由到了卫国一切安顿停当之后便回来看夫子。

孔子有些吃力地弯腰拉起了子路，眼泪就已经顺着脸颊流了下来。面对面地看着子路，不安的感觉就像一股寒流袭遍周身，他好像已经感到，今日一别就是永诀！40年的颠沛流离，40年的风雨同舟，40年的患难与共，转眼间，师徒二人都已是白发老人。泪眼中，孔子放目眺望，泗水洙水便尽收眼底，这个渡口仍然是18年前的那个渡口，河水滚滚、山川依旧，而人事皆非。

由啊！就要分别了，我想把这辆车子送给你。我知道你在卫国不会缺少车子，就算留个纪念吧！

子路大惊，他知道几个月前夫子刚刚拒绝了以这部车子为颜回换棺套的事情，现在，夫子要把车子送给自己，这意味着什么？忽然，一阵极端的不安感觉袭遍子路周身，他并没有想到自己的安危，子路从来也不会为自己考虑，他猛然想到夫子已经是71岁的老人，一年之内，颜回之死、宰予之死、子牛之死，孔门才俊一时花果凋零，这几乎已经使夫子陷于死地。在这种时候，自己是不是应该留在夫子身旁？

看到子路的表情，孔子立即想到了子路的心事，凄然道：

由啊！我一时还不会有什么问题，但已经决定不再乘坐车子上朝了，我没有力气再去朝廷了！所以，想把它送给你。

子路急忙道：

夫子！无论夫子上不上朝，车子还是留在夫子身边，夫子不能没有车子。由不会在卫国长留，说不定很快就会回来，夫子还是送给由几句话吧！

孔子长叹道：

由啊！40年的光阴，什么话都已经讲尽了，要说也都是老话重说了。

据史书记载：

> 子路将行，辞于孔子。子曰："赠汝以车乎？赠汝以言乎？"子路曰："请以言。"孔子曰："不强不达，不劳无功，不忠无亲，不信无复，不恭失礼，慎此五者而已。"子路曰："由请终身奉之，敢问亲交取亲，若何？言寡可行，若何？长为善士而无犯，若何？"孔子曰："汝所问，苞在五者中矣！亲交取亲，其忠也；言寡可行，其信乎；长为善士，而无犯于礼也。"
>
> （《孔子家语》卷五）

子路登船而去，水波浩淼，孤帆远影，船渐行渐远。这时，远方的水面上传来了一阵悠扬而绵长的歌声：

谁谓河广？一苇杭之。

谁谓宋远？跂予望之。

谁谓河广？曾不容刀。

谁谓宋远？曾不崇朝。

（《诗经·卫风》）

听着听着，孔子眼里的泪水潸潸而下。

这是公元前481年，孔子71岁。

十八·天意茫茫何在

子路赴义

　　冬日昼短，下朝回来，天色已是黄昏。子路一个人闷闷地吃过了晚饭，就舒舒服服地泡在了一大桶热水里，准备好好地休息一下。近一段时间以来，素来不知疲倦的子路，也时时感到精力不济。看着自己微微隆起的肚皮以及日益松弛下来的胸肌和腹肌，内心中不禁发出了深深的感慨，岁月催人，韶华已去，不知不觉间，自己已经是63岁的老人，身体和精力都已大不如前了。在卫国给执政孔悝做家臣，地位不算高，但享受的俸禄却很可观，这一年做下来，子路始终消瘦的身体就开始渐渐有些发胖。

　　一阵悲哀席卷心头，他忽然想起了孔子。在子渊葬礼之后没有几天，自己就跑到卫国来混生活，一晃就是10多个月过去了，自己由于官事缠身，居然没有抽出空来去拜望夫子。怎么会这样？莫不是做了官的缘故？子路一旦想起孔子，内心中就忽然间涌上了一阵深深的思念和眷恋之情。夫子！夫子！子渊的不幸早死，使你于风烛残年中遭受到致命的打击，你现在怎么样了？子路心中默默地祈祷着天帝鬼神。不知为什么，每次发生了一些心灵或精神方面的困扰，他总是希望上苍或神灵能够发挥些作用，尽管这样的想法和做法屡次受到孔子的批评，他仍然没有办法根除。想到这里，子路一下子就爬出了浴桶，迅速穿戴整齐，他准备马上就赶去曲阜，他是个急性子，想到哪里就马上做到哪里，连一刻都不能停留。现在，他决定连假也不请就走，他需要孔子。

　　正当子路一切准备就绪——见孔子是一点也不能马虎的——一阵急促的马蹄声由远而近，接着，他看到子羔急匆匆地奔了进来。

　　看到子羔一副气急败坏的狼狈样子，子路便以为是来自曲阜的噩耗，就不由得大惊失色，急问道：

是不是夫子……

子羔用手抹了一下满脸的汗水，慢腾腾地说：

不，不是鲁……鲁国的事情……是朝廷……

子路非常了解自己的这位小师弟，性格总是温温吞吞，越是事急越是口吃。按正常道理，子路和子羔是性情完全相反的两种类型，一个是性急如火，一个是慢慢腾腾；子路身材高大且气宇轩昂，子羔身不满五尺且相貌猥琐；而且年龄上相差了21岁。但令人奇怪的是，两个人的关系却非常之好。早在十几年前，当时子路正担任季氏的家臣，便要委派子羔担任费地的长官，当时子羔只有二十二三岁，孔子认为子路做事太过荒唐，这不是在害人吗？

> 子路使子羔为费宰。
>
> 子曰：贼夫人之子！
>
> 子路曰：有民人焉，有社稷焉，何必读书，然后为学？
>
> 子曰：是故恶夫佞者。
>
> （《先进》篇）

最后，子路总算弄明白了卫国此刻正在发生一场政变，政变的根源仍然是父子之间的权力争夺。原来，做父亲的蒯聩多年不能击败儿子，情急之下，就串通了自己的妹妹孔姬来做内应。孔姬是执政孔悝的母亲，所以，蒯聩想劫持孔悝，胁迫他帮助自己篡取君位。现在，政变已经发动，孔悝被围困在宫廷，卫国的局势危在旦夕。

子路已经弄清了事情的梗概，就急急地披挂起来。子羔见状，急问道：

你难道要去送死？我该怎么办？

子路不由得停住了脚步，回转身来，定定地注视着子羔，眼里充满了平静、祥和及慈爱。他亲切地说：

子羔啊！趁现在城门未关、防守松弛的时候，快快离开这是非之地，回到鲁国去，如果我不幸遇难，替我好好照顾夫子。

高柴举目仰望着这位犹如慈父一般的师兄，高大的身躯、花白的头发、一脸的正气，不由得豪气顿起，他坚定地说：

小弟愿与兄长一道赴义。

子路长叹一声，拍着他的肩膀说：

快走吧！你在卫国担任士师职务，国家有难自当全力以赴，但现在卫国发生的是政变，是父子之间的权力斗争，你即使死在这里，于卫国的局面亦毫无帮助。况且，夫子年事已高，我们怎么能都死掉了呢？

提到夫子，子羔的眼泪溢出眼眶，他的口齿突然流利而连贯，嗓音嘶哑着对子路高声说：

子路兄啊！一定要去送死吗？你追随夫子已经40多年了，难道不知道自己在夫子心目中无可取代的地位？伯牛已死，宰予已死，子牛又死，尤其是子渊之死，夫子已经是九死一生，你如果也不幸遇难，小弟实在不能想象夫子会遭到怎样的打击！

一提及孔子，子路这位铁打的汉子立即受到震撼，他本来是马上就要去曲阜拜见夫子的，怎么会出现这种事情？子路不禁双眼一片泪水，他何尝不知道夫子对自己的深情厚意！

子羔又连声催促道：

兄长啊，为了夫子，就跟弟一起去了吧！一个腐败的朝廷，一个六亲不认的君主，一个优柔寡断的执政官，平素既不能委兄以重任，致使大局破败如斯！兄为他们去赴汤蹈火，值得吗？

不！子路猛然终止了思绪，他果决地对子羔道：

卫国的事情还不至于绝望，而且，我身为孔悝的家臣，则孔悝就是我的主人，他现在身陷困境，我没有理由袖手旁观，也许我还能够挽回局面。子羔！速速离去，为我问候和服侍夫子，愚兄去了。

说毕，骑上马就冲出了家门。

噩耗传来

自从颜回死后，孔子的身体和精力都明显地衰退了，他似乎已经预感到来日无多，就把时间安排得更加紧迫。继整理和修订了《诗》《书》之后，先是把孝道方面的思想和知识传授给了曾参，把《诗经》方面的知识和书简传授给了言偃，把易理方面的知识和书简传授给了商瞿，把礼仪方面的知识和书简传授给了公西赤，把《书经》以及政治方面的知识和书简传给了卜商。至于孔子亲手编纂的《春秋》书简，这虽然是他晚年的全部心血所在，但他自己并不满意。其实，《春秋》不过是孔子历史写作的一个提纲，他本来是要沿着这个思路来广泛展开的，但眼见得自己是没有办法完成了。于是，他把《春秋》以及有关的史料和书简全部送给了老朋友左丘明，他希望这位瞎了眼的智者能够有所补充。

入冬以来，孔子一直有些神情恍惚。神情恍惚中，他仿佛又行进在周游列国的漫长路途中，他实在太怀念那些过去的日子了。为什么当年的那些弟子现在都不见了？啊！孔子想起来了，伯牛死了，子我死了，子牛死了，回也死了，可是，还有子骞啊！由啊！赐啊！他们都在忙些什么？怎么不来看看我？孔子一时心中百感交集。

想起了子路，孔子就禁不住独自笑了起来。这个由啊，一辈子莽莽撞撞，每次好不容易得到个一官半职，用不了几天就被他自己辞掉，这一次怎么居然坐稳了衙门里的冷板凳？孔子正微笑着思念子路，忽然间觉得心烦意乱，不知为什么，他心里忽然产生了一种不吉祥的预感。

孔子焦躁地站起身来，在屋子里走来走去。

初冬的苍穹辽阔高远，蓝湛湛地没有一丝浮云，天地间显得一片肃杀。

不祥的感觉越来越强烈，一时间周身都笼罩在这种感觉中。几名弟子看到孔子忽然间神色大变，感到有些奇怪，刚才不是好好的正在给大家讲君子的处世之道吗？莫非身体突然有什么不适？

这时，一门人带来了卫国政变的消息。孔子一听到卫国两个字，蓦然间觉得天旋地转，接下来的话全然没有听见，他疾步向前，问那门人，卫国怎么了？是不是有由的什么消息？待听毕门人的叙述——不过是报告了卫国政变的消息，孔子已泪流满面，他内心里产生出近乎绝望的感觉。

弟子们原本以为孔子长期居住在卫国，对卫国的事情就不免分外关心，但看到夫子如此悲痛，就有些惊讶。

站立在孔子身旁的卜商，却完全知道孔子的心事。自从孔子返鲁之后，子路、子贡、闵损、仲弓、宰予、子羔，甚至连子夏、子游、巫马施、宓不齐（担任很短时间的武城宰）等，都先后出仕各国为官为宦，而子渊、伯牛则长年生病在家，杜门不出。于是，孔子的阙里学堂俨然以子夏、曾参、有若、言偃等四人为首，其中又以子夏为学坚韧不拔，于孔门诸科均有极深的造诣，为孔子所格外欣赏。颜渊死后，子夏隐隐间似乎代替了颜渊的地位。诚然，在孔子的心目中，颜渊是无可代替的。

现在，子夏一看到孔子的表情，立即就联想到了正在卫国任职的子路。子夏知道，颜渊死后，夫子已经把所有的感情都集中到了子路身上，尽管孔子从来没有把子路作为自己的学术思想继承人，但感情却是另外一种东西。孔子与子路的这种深厚感情，不但有师徒间的理解、事业上的支持、道义上的共鸣、朋友间的信任，尤其是经过了漫长岁月的检验、生死与共考验的感情，是没有任何东西能够代替的。

望着夫子近乎绝望的表情，子夏心里默默地祈祷着，子路只不过是孔悝的一个邑宰，类似宫廷政变这种事情，与他并没有什么直接关系，他应该不会有危险，他应该知道夫子已经不能再失去他了。

由也死焉

天色已经黄昏，孔子由众弟子的搀扶着，进屋去用晚餐，晚餐的主菜是孔子平素喜爱食用的肉糜。子夏在旁边陪伴着孔子，没有闵损、仲弓、子路、子贡在的时候，这种角色始终由子夏担任，他为此感到欢愉和自豪，因为每次进餐的时候，他都能够从饭桌上额外获得许多知识。但今天饭桌上的气氛却全然不同，孔子屡次举起了筷子却又放下，如是者五。子夏试图缓和孔子的情绪，努力地淡化卫国发生的事情不过是一件小事，但他不敢提到子路。忽然，孔子放下了筷子，对子夏果断地说：

　　　柴也其来，由也死矣！

（《左传·哀公十五年》）

子夏的心猛然为之一缩，他相信在一些感情深厚的人们之间，有一种心灵的互相感应，这是相互间肝胆相照、以心交心后所获得的一种心灵大境界，正是这种境界的真实存在，才使人类的情感得以脱离肉体而成为升华于天地宇宙之中的一股浩然正气。

正在子夏疑神疑鬼之际，门人进来禀报孔子，卫国有人求见。

走进屋来的是一个十二三岁的童子，他刚一迈进门槛，就哭着跪倒在地。已经什么都用不着说了，一切都非常清楚了。子夏连忙立起身来走到孔子身边，他担心孔子承受不住这样的打击，想搀扶孔子。

孔子双目微闭，周身微微发抖，面色苍白如初冬清晨的寒霜。蓦然，孔子立起身来，子夏连忙上前搀扶，被孔子一把推开，他颤巍巍地走出了寝室。随后，子夏就听到中庭传来了哭声，哭声时断时续，绵远悠长，饱含了刻骨铭心的悲哀。

子夏入孔门较晚，此后，子路与子有、子贡等时常出仕于卫、鲁两国，子夏与他们没有很多感情方面的交流，而且，两人年岁相差了35岁，性格温和的子夏对刚烈勇武的子路总感到有些望而生畏。但他知道，这位孔门首徒不但是跟随夫子年头最久的心腹弟子，也是夫子可以推心置腹的亲密朋友，也许夫子可以把学问事业这些东西传授给言偃、曾参以及自己，但内心中最浓烈的感情却只有子路能够分享，其他任何人都不行。子贡素为夫子喜爱，但他与子渊一样，与孔子是一种父子样的感情，却决不是夫子与子路的这种风雨同舟、患难与共、生死不渝的道义情感。

院落里响起了嘈杂的脚步声，子夏快步走了出去，他看到了孔子。完全出乎预料的是，孔子此刻表现得异常冷静，他镇静地向十几个吊唁者一一拜谢，然后慢慢走回中堂，向童子打听事情的经过……

杀身而成仁

子路赶到孔悝府邸时，孔悝已经被蒯聩控制在厅堂的一座高台上，蒯聩正在逼迫自己外甥就范。

子路阔步走上大厅，大声喝道：

太子为什么要威胁孔悝？即使你杀了他也没有用，还会有人来继承他的事业。

正洋洋得意的蒯聩闻声抬头，猛然见一位高大魁梧的老人，直立在台阶下，气势汹汹、威风凛凛，犹如天神一般，倒被吓了一跳。其实，蒯聩是认识子路的，早在他做太子时，几次去拜见当时正流亡到卫国的孔子，当然认识时时立于孔子身边的子路。但一二十年的时间过去了，当年的赳赳武夫已经变成了白髯飘飘的老人。

认出了子路后，蒯聩不禁笑道：

仲由先生！我蒯聩当年待你等不薄，这里的事情是家事而非国事，与你无关。我好心劝你，如果希望在卫国居留，看在夫子面上，我会给你一个体面职务；如果希望返回鲁国，我亦有重金相赠。寄语夫子，如果他肯旧地重游，我将以卫国大政相授。

子路没有理蒯聩，对左右的人大声喝道：

大家不必慌张，这个太子没有什么胆量，你们如果把这个台子烧掉了一半，他马上就会放过孔悝。

蒯聩一听这话，心里产生了怯意，急忙命手下的两员猛将石乞、孟黡冲下高台来，手执长戈向子路击来。

子路并没有动武的念头，他是执政孔悝的家宰，对于当时在位的卫君辄是否被废黜，他并不关心，反正他们父子间的权力争夺已经进行了将近20年，其间恩怨是非，别人无法判别，连孔子都不愿插手。

现在，子路只是想救出孔悝，这是自己的雇主，为政虽然平庸但为人尚好、性情温和、清廉本分、小心慎重，人品亦可算是当日列国贵族领导人中难得一见的了。所以，子路要救出孔悝，不仅有义务，也有一种道义责任。但子路毕竟老了，不复有当年勇冠三军的身手了，何况，他手里也没有什么应手兵器，只是腰上佩着一柄短刀，根本难以抵挡对方的长戈。所以，当石、孟二将冲到了面前，他几乎没有来得及反击，就已身中数戈，鲜血流满了石阶。

于是，子路把刀一抛，向二人大喝：住手！

二人一时被震慑住。连殿上的蒯聩及孔悝都不觉一怔，眼见子路已经奄奄一息，难道还有什么话要说？

子路已经没有任何话要说了，这里所发生的一切现在都已经与自己毫无关系了。子路知道自己就要死了。他感到身体越来越沉重，似乎已经开始与意识分开，他模模糊糊地感觉到，自己很快就要与夫子见面了，是夫子在哪里等他，还是他在哪里等夫子？那里究竟是什么地方？子路却并不清楚。子路顿时高兴起来，好像夫子早就说过：

> 道之不行，乘桴浮于海，从我者，其由与？
>
> （《公冶长》篇）

看来，夫子永远需要我子路做开路的先锋！

想到这里，子路用尽最后的力气，小心地用手把刚刚被打歪了的冠扶正，把断了的帽缨重新结好，会见夫子是一丝也不能马虎大意的。在众目睽睽之下，子路做完了这些令人匪夷所思的事情，就面向东方跪倒在地，朗声道：

夫子！我子路今日可算得杀身成仁乎？

随后，他挣扎着立起身来，双目睥睨着殿上殿下的几个相顾失色的君臣父子，大笑不止。

石、孟二人见状，感觉受到了子路的嘲弄，不由得抡圆了锋利的短刀，瞬间，子路的长大身躯就变成了一堆血肉。

> 卫孔圉取太子蒯聩之姊，生悝。太子在戚，入适伯姬氏，迫孔悝强盟之，遂劫之以登台。卫侯辄来奔。季子将入，遇子羔将出，子羔曰：弗及，不践其难。季子曰：食焉不避其难。子羔遂出。子路入，曰：太子焉用孔悝。虽杀之，必或继之。且曰：太子无勇，若燔台半，必舍孔叔。太子闻之惧，下石乞、孟黡敌子路，以戈击之，断缨。子路曰：君子死，冠不免。结缨而死。
>
> （《孔子家语》）

听到这里，孔子看了一眼饭桌上的肉糜，肚子里就像翻江倒海一般，便用一只空钵轻轻地把它覆盖上了。

> 孔子哭子路于中庭。有人吊者，而夫子拜之。既哭，进使者而问

故。使者曰："醢之矣。"遂命覆醢。

（《礼记·檀弓上》）

子路的尸体已经不复存在，几名师兄弟把他的衣服碎片收集起来，放在棺木里，在卫国为子路置办了一个衣冠冢。

子羔归来

夜色朦胧中，子羔风尘仆仆地赶到了曲阜。

一路上历经千难万险，子羔并不知道子路遇难的确实消息，但他心里知道，以子路的性格很难侥幸脱险。当他一眼看到了孔子之后，一颗紧悬着的心就猛然沉了下去。室内的灯火很暗，孔子独自端坐在土炕上。映入子羔眼帘的是一幅令人心碎的画面，仅仅几个月没有见面，孔子完全变成了另外一个人，一个已经走到了生命尽头的风烛残年的老人。早已过了夜寝时间，孔子的一头白发显得有些凌乱，披散到了肩膀上，就像夕阳下的凄凄衰草；面容清瘦，高高的颧骨显得十分突出；一双浑浊的眼睛，似乎已经把昔日的光彩连同那些博大知识、精深学问和超人的智慧都带到了一个虚无缥缈的去处。一瞬间，子羔什么都明白了，自己最敬爱的子路师兄已不在人世了。尽管已在预料之中，他还是禁不住浑身颤抖，眼睛里浸满了泪水。

一看见子羔，孔子浑浊的目光里放出了光彩，他好像是要挣扎着下地，子羔疾步上前，双手挽住了孔子，然后，他跪倒在了老人面前。他感到子路的死，自己有不可推卸的责任，为什么自己没有把子路带回来？为什么自己没有与子路一起赴难？为什么子路能够杀身成仁而自己不能？他负罪般地向孔子哭述了事情的经过。

孔子的精神显然已经稳定下来，他慈爱地拍打着子羔的肩膀说：

柴啊！回来了就好。由啊！我早就料到会有这么一天，却怎么也避免不了！这是天意啊！不要哭了，你知道子路是从来也不哭的，哪怕是天塌地陷，他也不会掉一滴眼泪。说说你是怎么脱险的。

史书记载：

季羔为卫之士师，刖人之足。俄而卫有蒯聩之乱，季羔逃之走郭门，刖者守门焉。谓季羔曰：彼有缺。季羔曰：君子不逾。又曰：彼有窦。季羔曰：君子不隧。又曰：于此有室。季羔乃入焉。既而追者罢。季羔将去，谓刖者，吾不能亏主之法，而亲刖子之足矣！今吾在难，此正子之报怨之时，而逃我者三，何故哉？刖者曰：断足固我之罪，无可奈何。曩者，君治臣以法令，先人后臣，欲臣之免也。臣知狱决罪定，临当论刑，君愀然不乐。见君颜色，臣又知之，君岂私臣哉！天生君子，其道固然。此臣所以悦君也。孔子闻之，曰：善哉！为吏，其用法一也。思仁恕，则树德；加严暴，则树怨；公以行之，其子羔乎？

（《孔子家语》卷二）

孔子听完，感慨万千地说：

柴啊！还悲哀什么呢？你处理政务方面的事情实在是很完美啊！做官为吏，其具体的方式是一样的。平日里想到的是用仁义忠恕来教育人民，就会树立起自己的道德形象；如果无端把严酷残暴的手段来强加于人，就会引起人民的怨恨；能够以大公无私的态度来行事，这只有你子羔才做得到啊！

子羔再也无法控制自己的情绪，嚎啕大哭起来。

五十以学易

看到公西赤翩翩然走进屋来，孔子脸上立刻布满了慈祥的笑容，急忙放下了手中的一串竹简，上下地端详着他。只见子华身着一袭黑色麻布棉袍，棉袍虽然已经很陈旧了，但熨洗得干净整齐，穿在年轻潇洒的子华身上，反倒愈显出子华的出众仪表。啊！赤比自己小42岁，今年刚好是而立之年。望着斯文秀气、彬彬有礼的公西赤，孔子心里充满了欣慰。赤在礼仪方面的知识和修养已经到了炉火纯青的程度，看起来已经超过了自己30岁时的成就了，有弟子如此，天不负我啊！

赤啊！你已经有十几天没来了吧？近来习礼有些什么收获吗？

公西赤的脸有些发红，他望了一眼书案上的竹简，惊问：

啊！夫子又在研读《易经》了。

孔子笑道：

研究的能力是没有了，我不过是把这些断编的简串起来。

公西赤惊问：

夫子已经是第三次重新编简了，当真是"韦编三绝"！

孔子叹道：

加我数年，五十以学易，亦可以无大过矣。

（《述而》篇）

公西赤毕恭毕敬地说：

夫子为《周易》写下的系辞，弟子已经从子木那里拜读了。夫子以仁者之胸襟气度，沟通天人之道，为华夏未来之千秋万世立下了准则，实乃时之圣者也！

孔子笑了起来，没有束冠的长长白发有些散乱，似乎遮住了他视线，他用手拨了拨头发，笑道：

我早就对你说过，圣和仁这两个字，我是无论如何也不敢当的，但几十年来为了追求这两种境界而从不厌倦，不过如此罢了。

看着孔子饱经风霜的面孔上充满了严酷岁月打击的印痕，公西赤的眼睛有些发酸，他嗓音有些发涩地说：

夫子啊！您风雨沧桑50年，颠沛流离15载，该做的都做得如此出色，不该做的也做得惊天动地。一生光风霁月，仰无愧于天，俯无愧于地，不仅为华夏的现在开辟出了灿烂的文化之源，也为中国的未来指出了光明的坦途。夫子！不仅赤相信，您所有的弟子都坚信，夫子的业绩将永垂史册！

孔子默然无语，一双浑浊的眼睛望着窗外灰蒙蒙的天空，看着看着，忽然，孔子的眼睛一亮，口中喊道：

由！那不是由吗？

公西赤顺着孔子的目光望去，只见远远的铅灰色苍穹下，一只雄健的苍鹰在上下盘旋，天空上乌云翻涌、寒流滚滚，而苍鹰却挥动着巨大的翅膀，悍然无所畏惧，勇敢地冲向云层深处去搏击长空。

孔子目光暗淡了，眼里涌出了晶莹的泪珠，他的眼前确实出现了子路，是年轻时的那个生龙活虎的子路……

> 子路戎服见于孔子，拔剑而舞之，曰：古之君子，以剑自卫乎？孔子曰：古之君子忠以为质，仁以为卫，不出环堵之室，而知千里之外，有不善则以忠化之，侵暴则以仁固之，何待剑乎？子路曰：由乃今闻此言，请摄齐以受教。
>
> （《孔子家语》卷二）

公西赤瞩望着孔子消瘦清癯的面容，尤其是刚刚呼喊由时眼睛里流露出的那种炽热的光芒及那种近乎绝望的音调，令公西赤心如刀绞。这时，他想起了老聃的一句话："天地不仁，以万物为刍狗；圣人不仁，以百姓为刍狗。"可是，我们的夫子！他博大宽广的心胸里却永远散发出太阳一样的仁慈光辉。

梦中世界何所觅

孔子虽然没有生病，身体却一天不如一天了。整个腊月里，孔子很少走出房门，经常仰卧在炕上。

腊祭后的第二天，曾参提着一个大包裹来看孔子，他包裹装的并不是什么珍贵礼品。曾参虽然不似颜渊那样穷困，但日子过得也不很宽裕，他几乎从来不能给夫子备上一份稍稍丰厚一点的礼品，为此，他心里一直怀着些许歉意。好在孔子并不在意这些东西，有人备礼而来，他当然不会推辞，但对于没有能力送礼的人，他从来没有丝毫冷淡，尤其是对待弟子，无论贫富，他都一视同仁。因此，曾参努力以自己刻苦的努力来回报老师的恩德，他知道孔子最看重的就是个人品质，而曾参品质之敦厚、待人之宽和、尊亲之周全，在孔门弟子中是数一数二的。孔子非常重视曾参，颜渊死后，年岁和精力都不能使孔子重新培养出一个能够全面继承自己思想衣钵的接班人了。所以，孔子把生平的学术思想分成了几个部分，在孝的思想和理论方面，他着意培养曾参。

看到了曾参的包裹，孔子脸上立刻布满了欣慰的笑容，他马上就猜到了曾参的包裹里装着些什么东西。原来，颜渊死后，孔子把自己关于孝道的研究体会笔记以及资料书简都郑重地传给了曾参，并嘱托他按照这些思想的基本精神和这些原始材料着手编写一部《孝经》，趁着自己精力尚好，可以帮助他进一步完善以传后世。现在，曾参经过一年多日夜兼程的工作，终于完成了初编，他怀着幸不辱命和忐忑不安的心情来拜谒孔子，他希望老师能够把这部尚未完善的著作加以斧正。

微笑着坐直了身子，孔子亲切招呼曾参坐到他身旁，就用一只手紧紧地握住了曾参的手，高兴地说：

参啊！真难为你了，为师要谢谢你啊！快把书简拿出来让我瞧瞧。

曾参感到了夫子布满青筋的手微微颤抖着，他看着老师虚弱的身体，心中一片酸楚。仅仅一年多的时间，昔日里那个高大魁梧、浑身散发出无穷力量的慈祥导师，已经成为卧床不起、风烛残年的老人。曾参是一个心灵淳朴、性情至孝的人，他敬爱孔子甚至超过了自己的父母。现在，曾参猛然感到夫子可能已经不久人世了，而自己写出的这部《孝经》，这部专门献给老师的作品，似乎很难得到老师的斧正了。他为自己的想法感到惶恐，加上屋里的温度很高，曾参的额头上冒出了汗珠。

曾参从一大堆竹简中找出了开篇第一章，它由五片竹子组成，曾参郑重地把它们递到了孔子手上。

孔子拿起了其中一片，先是用手反复摩挲再三，然后举到了眼前，看着看着，就高声地读了出来：

　　慎终追远，民归德厚矣。

（《学而》篇）

参啊！好！写得好！孔子说着，又拿了另外一片，看着看着，他的眼睛就发出了光芒，情不自禁地读道：

> 其为人也孝弟，而好犯上作乱者鲜矣；不好犯上而好作乱者，未之有也。君子务本，本立而道生；孝弟也者，其为仁之本与？
>
> （同上）

好！这一段写得更好。孔子击节赞叹。

这一段是有若加上去的。曾参站在一旁低声说。

哦，有若？不错，是有若！这语言，这字体，果然是子有的。看来你们的学术都已经出蓝而胜蓝，为师可以放心了。

孔子说着，神情显得极其疲惫，他有些无奈地放下了手上的竹简，斜靠在一个软榻上，对曾参说道：

参啊！很高兴你果然完成了这样一桩艰难的工作，我看写得很成功，暂时把它们放在这里，这几天，我一定要好好地读一读。参！我恐怕有些不行了，看到你们都学有所成，也可以死而瞑目了。

曾参急忙道：

夫子的身体素来康健，只是因为孔鲤、颜渊、仲由的去世，夫子伤心过度所致，过些时日自然会复原的。

孔子摇了摇头，未置可否。突然，孔子感叹道：

> 甚矣！吾衰也。久矣，吾不复梦见周公。
>
> （《述而》篇）

曾参愕然问曰：

难道夫子平素时时梦见周公？

孔子颔首道：

是的，自从30岁之后，我时时都会梦见周公，是他时时刻刻在指引着我，鼓励着我，给我以前进的力量。但是，最近一段时间以来，我一次也梦不见他了，没有了周公，我怎么能够活下去呢？唉！

孔子长叹道：

麒麟已经死在了这块土地上，凤凰也不再飞来了，河水不再出现河图洛书了，我的一生就要了结了！

　　凤鸟不至，河不出图，吾已矣夫！

（《子罕》篇）

　　曾参忽然感到一阵前所未有的恐惧席卷心头，夫子他老人家莫非真的已经到了寿终正寝的时候？这怎么可能？

托六尺之孤

　　冬日昼短，太阳刚一落山，天就黑下来了，曾参服侍着孔子吃毕晚饭。饭后，孔子一时高兴，就使曾参把暂时居住在阙里的子夏和子木找了来，师徒四人围坐在一大盆炭火前，就着一盏小油灯，促膝谈天。

　　看到孔子的精神如此之好，三个青年弟子都非常高兴。本来，在他们的意识里，孔子是一个顶天立地的巨人，即使无数次遭受了灭顶之灾，也没有办法使他垮下来，他们想象着孔子的身体很快就会完全复原，重新端坐在讲堂前，为弟子讲述一个个典故、一件件佚闻、一首首诗歌、一篇篇古文。

　　曾参是三个里面最高兴的一个，他刚刚完成了夫子委托的重任，写出了拥有几万字的煌煌大作，只要老师的身体一好起来，很快就会为这部著作进行修改，这样，自己就会因这部著作而名垂青史。他记得夫子说过：

　　君子疾没世而名不称焉。

（《卫灵公》篇）

夫子又说过：

　　年四十五十而不名，不足畏也。

（《子罕》篇）

　　自己今年刚刚三十，已经卓然而有所立，曾参心里有一种兴奋、激动的感觉，他知道，以自己的身份、地位和家族背景，如果不是有夫子的苦心栽培，安能有自己目前的学识和修养？夫子说过：

> 人未有自致者也，必也丧亲乎！
>
> > （《微子》篇）

孔子的话打断了曾参的思绪，他闻言后感到脸有点发热。这时，他听到夫子在问自己：

参啊！以你的看法，做一个士应该如何行事呢？

曾参犹豫片刻，小心地答道：

> 士不可以不弘毅，任重而道远。仁以为己任，不亦重乎！死而后已，不亦远乎？
>
> > （《泰伯》篇）

好！说得好！

孔子连声称赞，接着又问道：

然则，一个君子应该如何对待朋友的委托呢？

曾参心中有些奇怪，怎么夫子连续对我进行考核，莫非因为我一年多忙于著作而荒疏了学问？他认真地想了一想，答道：

> 可以托六尺之孤，可以寄百里之命，临大节而不可夺。
>
> > （《泰伯》篇）

孔子满意地微笑了，随后，他吩咐子夏带进了一个人来，曾参定睛一看，却是夫子唯一的孙子孔伋。孔伋字子思，是孔鲤的独生子，年方13岁，天资聪明过人，兼之幼承庭训，虽然是少年，其才智学识已不输于一般成年学者。曾参见到子思，急欲起身行礼，孔子却伸手拉住了他。

曾参不解地望着孔子，只见孔子神色庄严，似乎犹豫再三，乃对曾参郑重地说：

参啊！为师的这个孙子从此就只好交给你了。从现在起，他就是你的学生、你的晚辈，你就是他的老师、他的尊长。我知道这有点强人所难，但我们既然师徒一场，而你应该知道这孩子的底细，或许是个可造之才，这个责任你无论如何也要担下，这是我的唯一心事了。思儿！过去给先生行礼。

曾参一时惊慌失措，夫子把自己唯一的孙子交给自己做学生，这怎么可能？自己从小到大，一直是个反应迟钝、行动笨拙、头脑不很灵光的人，父亲曾点由于后母的关系，从来都不喜欢自己。记得有一次有因为拔错了一棵瓜秧，就一棒子把自己打昏在地。可以说，在这个冷酷无情的世界上，只有夫子最欣赏和关爱自己，不但把自己最重要的学术事业传给了自己，现在，又把最钟爱的孙子委托给自己，这无疑是对自己的器重。但自己实在是个天分不足的人，怎么能够承担下如此重托？

看到曾参沉吟不语，脸上一片茫然和不安。孔子握住曾参的手，慈爱地说出一番令曾参，也令子夏和子木大吃一惊的话：

参啊！鲤儿刚一死，我就打算让思儿跟随着你了，即使我的身体很好，但培养孩子这种事情，至亲尊长是无论如何做不来的。不错，在阙里学堂里，你的天分不是最好，更由于你入门较晚，知识和学养尚有不足，但你的人品和性情却超过了其他所有人，完全可以与子渊比肩而称。可惜子渊那种身体已经由来已久了，我怎么敢把所有希望都寄托在他身上？所以，这一年多给你增加了一些压力，把写作《孝经》的任务交给了你，我还准备继续交给你一些更重要的事情，但现在看来，恐怕不成了。况且，子思的性情与子有、子贡、子夏、子游都不相同，他的性格与你相近，所以，我才有此决定。不要有顾虑，我想，子有、子贡、子夏、子游他们也一定会全力帮助你的。

曾参顿时泪流满颊，他清楚地知道自己从即刻起，已经承担下了一个天一样大的历史责任，这个责任可以使自己名垂青史，也可以使自己遗臭万年。这样的神圣使命感使曾参在后来的漫长人生岁月里，始终以高度警惕的心态对待自己的一言一行，日日深刻地反省自己的言行。

据《论语》记载：

　　曾子曰：吾日三省吾身，为人谋而不忠乎？与朋友交而不信乎？传不习乎？

（《学而》篇）

一直到曾参以八十高龄即将去世时，他才获得了最终解脱，产生出一种如释重负的感觉。《论语》记载：

> 曾子有疾，召门弟子曰：启予足，启予手。诗云："战战兢兢，如临深渊，如履薄冰。"而今而后，吾知免夫！小子！
>
> （《泰伯》篇）

孔子在世之日，对于许多弟子在自己身后将会沿着不同的方向发展，已经有所预计，一个内涵丰富的思想学派必然走向如此结局。这样一大批才智出众的杰出人物，各自拥有丰富的知识、出色的才能和超人的天赋，当孔子在世的时候，他们能够追随孔子而努力向学问的高峰登攀，当孔子辞世之后，还有什么人能够率领他们呢？据记载：

> 孔子曰：吾死之后，则商也日益，赐也日损。曾子曰：何谓也？子曰：商也好与贤己者处，赐也好说不若己者，不知其子视其父，不知其人视其友，不知其君视其所使，不知其地视其草木。故曰：与善人居，如入芝兰之室，久而不闻其香，即与之化矣；与不善人居，如入鲍鱼之肆，久而不闻其臭，亦与之化矣。丹之所藏者赤，漆之所藏者黑，是以君子必慎其所与处者焉。
>
> （《孔子家语》卷四）

在孔子的教诲下，孔门弟子大多像曾参一样，以一种战战兢兢、如履薄冰的端庄严肃的生活态度，处处严格要求自己，不断地促进精神境界之升华，赢得了社会的赞美。

这是公元前480年，孔子72岁。

十九 · 成圣成仁的历程

哲人其萎乎

刚刚处理完颜渊的丧事不久，子贡就奉命先后出使吴国、齐国、晋国，转瞬将近一年，大量时间都耗费在崎岖曲折的道路上了。现在，列国之间的局面日益复杂，鲁国的国际处境也日益艰难，所以，子贡身上的负担也越来越重。自古弱国无外交，鲁国外交方面的一个大乱摊子，几乎全部压在了子贡身上，子贡实在太忙了。

一年了，夫子怎么样了？无论是在秋风萧索的夕阳古道上，抑或在春意盎然的边塞明月下；也无论是在豪华阔绰的宾馆里，还是在颠簸震荡的马车里，他无时无刻不在思念夫子。昨天，他向鲁君和季康子汇报工作一直到了大半夜，回家后迷糊迷糊地睡了一会，就从连绵不断的噩梦中醒来，看看窗子外曙色初露，急忙驱车赶到了阙里。远远望见了阙里的高大屋脊，子贡就下了马车，吩咐车夫把车子赶回去，他想独自留在阙里陪夫子多住几日，他心里预感到这样的日子已经不多了。

孔子正扶着一根藜杖，独自一人默默地站立在庭院里，仰首向东北方向张望。子贡静静地站在孔子旁边不到十米的地方，他没有惊动孔子，他觉得眼前的场面有些神秘，而且散发出一种神圣的光辉。

四月的黎明，大地上弥漫着一层淡淡的薄雾，使孔子的身影看起来有些模糊；晨风清清凉凉地轻轻吹过，掀动起老人的一头白发，使孔子的面目看起来有些模糊；模模糊糊中，子贡仿佛看到了一尊神圣的偶像。

不久，东方天际的光芒越来越浓艳了，初升太阳的巨大能量把天地染成一片金黄色，孔子身上披着万道霞光，就宛如一尊已经在历史长河中浸透了千万年的古老雕塑，他会丧失在这沧海横流的世道中吗？

子贡心中猛然涌起一阵激情，20年来的不平凡岁月在脑海里急速地一幕幕闪过，斥于卫、齐，阻于宋，厄于陈、蔡，困于楚，受难于匡；自返鲁后，第一年失去了心爱弟子冉耕，第二年失去了唯一的儿子孔鲤，第三年失去了心爱弟子子牛、宰予以及最器重的弟子颜渊，第四年失去了感情最深厚的弟子仲由。现在，进入到了返鲁后的第五个年头，夫子已经由一个自强不息的强者变成了垂暮老人。

孔子远眺着北方辽阔大平原的尽头处，那里有群山的模糊轮廓，他知道那里便是泰山之巅，一个时时令他心神向往的神圣所在。在孔子的意识里，泰山是华夏文明的象征，从神农氏开始，每一个为华夏建立了不朽功勋的王者，都一定要亲自到泰山之巅去祭拜上天，这在华夏历史上被称为"封禅大典"。迄今为止，好像已经有72个帝王在那块神圣的土地上获得了上天的承认。孔子一时处于一种忘我状态。

蓦然，一阵歌声荡入子贡的耳鼓：

泰山其颓乎，梁木其坏乎，哲人其萎乎！

（《礼记·檀弓》）

只见孔子一面高歌着，一行清泪就顺着双颊流了下来，随后，他长叹一声，就颤巍巍地走回屋子里。

子贡闻歌后大吃一惊，一种不祥的预感刹那间袭遍周身，他急忙整肃衣衫，跟进屋里，叩见孔子。

看见子贡，孔子苍白的脸上突然放出了异彩，眼睛里居然流出了眼泪，他拍着炕沿让子贡坐下，然后道：

赐！尔来何迟也？

（同上）

子贡把自己的一年来的列国奔波的情形扼要地向孔子做了汇报，他极力地避免提及子路之死。几个月前，子贡在齐国的国宾馆里听到了子路的死讯，他当时没有办法分身赶回来奔丧，又听说子路的尸骨已被砍得粉碎，事实上已不能以礼成葬。他记得自己当时的感觉是，这简直是上天有意要夫子的命。

亿则屡中

孔子眯起眼睛来细细地端详着子贡，心里不禁感到一阵欣慰。20年了，赐啊！居然也已经40多岁了。看着子贡方正、英俊的面孔上眼窝深陷、布满了血丝，孔子知道子贡年来的南北奔波，正在苦苦地支撑着鲁国的危局，眼下还没有洗尽一身风尘，就马上赶来了这里，孔子深感满意。

是的，孔子非常想念子贡，孔子私下里庆幸自己在流亡途中收下了这个晚年弟子。子贡的聪明和善解人意，时时化解了孔子对世道的绝望；子贡的出色才智和雄辩滔滔，使孔子在周游列国时排除了许多危机；尤其是子贡在商业市场上，准确把握时机，屡发屡中，他的财富有力地支持了孔子的晚年事业。子路不幸遇难后，孔子时时都牵挂着长途跋涉的子贡，虽然他知道子贡的机智足以应付任何突然事变。

无疑，子贡是极其出色的，子贡永远是一个能够把自己立于不败之地的强者，无论在怎样的局面里，从来没有人能够击倒子贡。这时，孔子不自觉地想起了颜渊，回啊！与子贡仅仅相差一岁，两个人都是不世出的出色人才和天之骄子，一个秀慧于中，一个明敏于外；一个安贫乐道，一个求富求贵。但回已经死去一年多了。

这时，孔子不禁开口道：

赐啊！你和颜回比，哪个更优秀些呢？

子贡一听夫子把自己与颜渊相比，深感意外，他一时想不出合适措辞来回答。在孔门三千弟子中，颜渊是无可争议的仁义典范、道德楷模、学术宗师，是夫子思想、道德、文化事业的当然继承人。现在，夫子居然以自己与颜渊相比，虽足见夫子的器重，但自己却怎么敢当！子贡马上诚惶诚恐地说：

赐怎么敢与颜回相比啊！在学业上，回是听了一就能知道十，我听到一不过能够知道二罢了。

孔子闻言，神情一片黯然，一只手捋着一大把白胡子，另外一只手拍着子贡的肩膀亲切地说：

是啊！也许是不如吧？我与你一样，也不如呀！

> 子谓子贡曰：汝与回也谁愈？
> 对曰：赐也何敢望回！回也闻一以知十，赐也闻一以知二。
> 子曰：弗如也，吾与汝弗如也。
>
> （《公冶长》篇）

想起了颜渊，孔子的话就愈发多了起来，他笑着对子贡道：

回的道德学问应该说是绰绰有余了吧，可是却经常处于物质匮乏中。你不能听从我的话而去投机商业，却经常能够猜测得准确。

> 回也其庶乎，屡空。赐不受命而货殖，亿则屡中。
>
> （《先进》篇）

看到孔子神色欢娱，子贡感到非常高兴，心头中笼罩着的一片阴霾也一扫而光，他顺着孔子的话头，笑道：

夫子啊！赐虽不敏，却何尝不想像子渊那样身居陋巷而安贫乐道，但试想子渊的天资才智既是出自天成，又加以夫子这样的圣贤之亲自教导和栽培，天下谁人能及？以赐的出身，在遇到夫子之前，不过是个不学无术、钱迷心窍的势利商人而已，哪里晓得什么天下国家、学术文章、仁义道德？幸赖夫子不弃愚顽，超脱赐于淤泥粪壤之中。是以，赐虽仍然没有放弃货殖，然向道之心早已超然于金钱之上矣。

孔子正色道：

赐啊！你如何可以如此自卑自贱！我何曾说过货殖有什么不对？其实，金钱财富也不是什么坏东西，一个人能够取财有道，应该是值得赞扬的事情啊！我的意思不过是比较你与回的不同而已，这不只是天分方面的原因，也还有命运和天意的影响啊！回啊！是因为穷困而死，这样的死法并不值得鼓励，值得鼓励的是他不屈服于命运的精神，命运可以使他穷困，而他却坚决不肯低头，于是，回只有走了。

子贡一时默然。

过犹不及

看着子贡，孔子和蔼地说：

赐啊！能为我做件事情吗？

子贡大惊，立即拜倒在地，惶恐地说：

夫子但有所命，赐虽粉身碎骨而不辞！

孔子拉起了子贡，正色说：

赐啊！万万不可轻谈死字，虽然人不能不死，但死有泰山之重，死亦有鸿毛之轻。我一旦不在之后，在两三年之内，你要多照拂一下曾参、子夏、子张、子游和有若，他们虽然都已在学业上有所建树，但年纪还轻，尚不足以自立，你可以代替我照拂和管教他们。两三年之后，你就可以完全撒手了，记住，一定要撒手！

子贡满腹狐疑，他当然不能拒绝夫子的委托，可是，自己凭什么能够代替夫子来管教师弟们呢？

看到子贡的神情，孔子苦笑道：

赐啊！不必有什么顾虑了，这不过是为师的一个很自私的请求，做与不做，完全在你选择，我并不勉强。

子贡不再犹豫，他很坚定地说：

赐一定按照夫子的意思做。只是不很了解这几位师弟的性情。比如，颛孙师与卜商相比，谁更贤明一些呢？

孔子沉思了片刻，说：

师啊！常常是走得过了头；商啊！却往往有些跟不上趟。

子贡道：

那么说，是颛孙师略胜一筹了？

孔子果断地说：

过与不及是没有什么分别的。

子贡问：师与商也孰贤？

子曰：师也过，商也不及。

曰：然则师愈与？

子曰：过犹不及。

（《先进》篇）

子贡道：

高柴、曾参、颛孙师和卜商，这四个人比较起来，各有什么特点呢？

孔子毫不犹豫地说：

柴的性情笨拙而敦厚，参的性情耿直而坚定，师的性情偏颇而极端，而由的性情却是刚烈而急躁……

说到这里，孔子猛然发现自己的失口，不觉长叹道：

赐啊！我没有办法再介绍下去了。

《论语》写道：

柴也愚，参也鲁，师也辟，由也喭。

（同上）

孔子神情萧索地沉默了一会，对子贡道：

赐啊！能听为师的几句忠告吗？

子贡眼睛里噙满泪水，神情肃穆地答道：

无论夫子有什么嘱托，赐都愿以生命相许！

孔子颔首微笑道：

赐啊！我不在之日，便是你脱离学术之时！你暂且不要说话，听我讲下去。20年来，我把你与子渊、子路、子有三个人同等对待，我对你们四个人分别寄予了极大的期待。回和由已经不在了，子有就不去说他了，现在，我最关心的就是你。

子贡听到这里，无法再控制自己，不禁痛哭失声。

孔子道：

不要哭，听我说下去！你在几个师弟完全自立之后便离开阙里，到列国去，发挥你的长才和智慧，扭转这混乱失序的世道。你不必拘于任何教条，不必遵循任何成规，只能成功，不能失败！努力培养出一批才智之士，为华夏的未来政局服务。

赐啊！能做到吗？

子贡一时木立当场，良久，惊魂不定地说：

夫子的话，赐听来如晴天霹雳！不敢相信出自夫子之口。

孔了黯然道：

我数十年如一日，倡仁义、行教化、立道德、树礼仪，试图恢复先王之道，然华夏大局仍然颓败如此。是可知救乱世当用非常之手段而不必拘泥于传统。我终生努力不能成功的事业，至少眼下断无成功之理，我不想使你重蹈覆辙。

至于曾参、子夏、子游、子张、有若，我已把未来的文化传播任务委托给了他们，相信他们会勉力而为之。

说到这里，孔子戛然而止。

子贡没有继续追问下去，他突然想起了刚才在庭院里听到的那首歌，不禁心中一片凄然，便试探着问道：

适才听夫子之歌，赐也不无疑虑，敢问夫子：

泰山其颓，则吾将安仰；梁木其坏，哲人其萎，则吾将安放？

（《礼记·檀弓》）

孔子面色微变，没有说话。

子贡道：

赐始终有一个疑问在心中，长久不敢动问夫子。

孔子道：

作为一名不能算是很优秀的教师，不管自己的学问是好是坏，知识是多是少，却永远欢迎学生提出任何疑问，我对于所有的人来说没有任何个人秘密，你如果有什么疑问，现在不提出来，尚待何时耶？

子贡道：

赐想知道夫子的学习和生活经历。

一生的概括

孔子沉默了许久，经子贡的提示，他亦感到有必要把自己的一生做个扼要的总结，尤其是在子贡面前。孔子认真地清理着自己的思绪，一个清晰的轮廓就慢慢地出现在脑海里。

接下来，他对子贡道：

赐啊！往事不堪回首！我三岁丧父，十几岁丧母，少小年纪，就不得不独立谋生了。所以，我的学习过程实在是一言难尽。大致说，我大约在15岁时，在孤苦伶仃的生活中，在举目无亲、形影相吊的处境中，忽然心中有所感悟。生命到底是什么？我们可以不必苦心去寻觅它的源头，生命既然已经存在，就按照生命现在的样子来合理地安顿它。对于生命形成之后的主要目标和方向，我们不是要寻找它虚无的过去，而是要落实它真实的存在，所以，生活中具有生命的一切意义。

然则，在我们所生活的这个时代，每一个生命在降临之后，都面临了完全不同的人生处境。有些人一生下来就命中注定地要做君主、做贵族、做人上人；另外一些人则注定了要做平民、贫民乃至奴仆。如果那些君主、贵族们确实在智慧、才能、道德、品质、人格方面超过了一般平民、贫民和奴仆，则人们尚可勉强地加以接受这种不平等的人生命运，如尧、舜、禹、汤、文、武、周公等先王们，就是以自己出色才能和高尚品质，赢得了万民拥戴。但自东周礼坏乐崩以来，人们眼界所及的那些高贵者、权势者、富贵者们，却大多属斗筲之徒，他们凭什么凌驾于万民之上？他们凭什么来主宰天下的一切？是大可提出疑问的。这些想法是我15岁时获得的，基于这样一些认识，我开始立志学习经典，我以为知识的力量可以也应该战胜身份、地位和门第。我相信，在一个结构合理的社会，血缘只局限于凝聚家庭及宗族关系，而以知识、道德和才能作为个人身份、地位的评判标准。

15年之后，我进入到30岁了。在这15年中，我经历了许多人情世故，做过仓廪登记员和会计，做过管理牛马的管理员，也多次为不同的人主持丧礼和葬礼，先后进入朝廷的祖庙、各个公卿的家庙观瞻过各种礼器；同时也学习并掌握了许多谋生手段，诸如射箭、驾车、骑马、算术、礼仪、历法、丧葬等方面的技能。这时，开始有人认为我有才能，就把他们的子弟送来学习。当时，我所能教导的主要是技能，这些技能可以使人获得一技之长，但对于高深的学问，我还不能掌握。

31岁的时候，由于鲁国发生内乱，我避难去了齐国，从齐国的乐师那里获得许多已经近乎于失传的古典音乐知识，尤其是获闻了久已失传的韶乐。34岁的时候，得到了鲁君的资助，曾经有洛阳之行，不但参观了天子的礼器以及周朝的典章制度，且在老聃先生的指导下，进一步研习了礼仪、数术、天文、道学等方面的学问。

再10年之后，便进入到了40岁。这时，我基本上已经读尽了当日留存世间的所有经典书简，感到自己已经领会了华夏一脉相承的传统学问的根本精神。这时，来求学的人数增多了，当时，在教授六艺之外，开始教授一些道德、礼仪方面的知识。这时，颇感自己在学问和知识方面，不会再受一些流行学说的迷惑和影响了。

再10年之后，就是50岁了。定公九年，我出任了中都宰；定公十年，出任司空，不久转任司寇；同年，曾辅鲁定公赴齐鲁的夹谷之会，最终与齐国成功结盟，并使齐国归还了侵占的鲁国土地；定公十二年，则有堕三都之举，这一年年终，我离开了曲阜。此后开始周游列国，这些你都已经知道了。这10年算是我一生中起伏比较大的阶段，一系列重要的事变以及许多重要的命运转折，都表现得异常隐蔽，令人难以捕捉。通过流亡生活的磨难，我感到自己多少有些理解天命的意义了。

再10年之后，进入了60岁。这10年来的生活大多是在流浪的路途上度过，这应该是我一生中最富有意义的阶段，也是我的思想和信仰最后得以与知识融会贯通的时期。在此期间，我重新理解了人生，完成了对仁义和道德伦理方面的研究，并总结出自己的体会，这些东西或许能对后世君子的修身进德有所助益。10年来，在颠沛流离中、在生死考验中，尤其是在返回鲁国后，鲤死了，我也完成了自我人格的最后训练。这时，我即使听到怎样不合理的意见，也不会感到刺耳了。

进入70岁后，我不会再有一个10年了。宰予和伯牛去了，回去了，由也去了，我马上也就要去了。赐啊，这三年该怎样总结呢？只能勉强地说，在这个阶段里，我即使遭遇到再大的打击，也基本上能够做到心里想什么就做什么，却绝对不会违背自己的立身原则，也不会触犯任何社会规则。

孔子的自述在《论语》中被记载下来：

> 吾十有五而志于学，三十而立，四十而不惑，五十而知天命，六十而耳顺，七十而从心所欲，不逾矩。
>
> （《为政》篇）

子贡痴痴地望着老态龙钟的孔子，心中不禁感慨系之。是的，也许正如夫子自己所说，他就要走了，一代伟人就要与世长辞了！子贡因此而深切地感到了人生的短暂。按照夫子的自述，从15岁的少年时代之后，夫子与自己、与生活、与社会、与愚昧、与习俗、与天地之间的所有一切互相进行着切磋和对话，马不停蹄、风雨兼程，苦苦奋斗了将近60年，终于亲身创立了一个史无前例的庞大思想体系，亲手缔造了一个规模空前的学术阵营。这样的人物，他会死吗？不！夫子不会死！

予始殷人也

子贡的问话引起了孔子的诸多感慨。生活经历，那是何等漫长的道路，该从哪里谈起呢？孔子一时感到茫然。他眺望着窗子外的景物，树已抽芽、草已泛绿，庭院里春意盎然，一幕幕往事浮现在心头。

自己的身世究竟怎样？孔子知道的并不多，母亲在世的时候，很少提及自己的婚姻以及家庭情况。孔子根据后来所了解的零碎信息，知道自己的家庭是一个非常不幸的畸形婚姻的组合。父亲叔梁纥的出身很高贵，但由于随祖父逃难到了鲁国，便与自己的贵族血缘完全割断，在鲁国只做了一个防地的大夫。叔梁纥以勇武著称，据说曾以双手托起了城门，可见其力大如牛，但却不像是个有学问教养的君子。叔梁纥的行事似乎亦不能遵循传统礼数，他的第一次婚姻成果是得到了九个女儿。由于没有儿子，叔梁纥再纳一妾，于是得到了一个儿子——孟皮，孟皮天生残疾，是个跛子。

叔梁纥在63岁时与一个17岁的少女颜徵邂逅相遇，似乎没有经过什么父母之命、媒妁之言等合法手续，也没有经过什么行聘纳礼、明媒正娶的过程，就有了孔子。所以，在孔子幼小的时候，人们都视他为私生子，说他是叔梁纥与颜徵"野合"的产物。真相究竟如何？孔子从来没有从母亲口中获得证实，反正自己和母亲自从父亲过世之后，从来也没有生活在孔氏家族中，可见，母亲始终没有获得孔家的承认。母亲也始终没有向自己说出父亲的埋骨之处，就是说母亲死后并不准备与父亲合葬。这样的事实，如果不是说明母亲对父亲没有丝毫夫妻之情，就说明母亲不具有与父亲合葬的合法身份。孔子成年之后，获得了父亲的葬地后，还是把他们合葬了。

父亲在孔子三岁的时候死了，母亲在孔子十几岁的时候死了，少年孔子从此凭借自己的顽强奋斗和不懈努力，开辟出个人辉煌的一生。

绵绵的思绪忽然终止了，孔子头脑中突然呈现一片空白，他觉得自己恍恍惚惚地进入到了一个非常熟悉却又有些陌生的去处。啊！这里不是死人的殡仪场所吗？孔子曾经为数不清的贵族、大夫以及庶人百姓主持过各种规格的丧葬仪式，所以，一看到这里的情形，就发生了浓厚的兴趣。

这里应该是夏人的丧葬之处了，看他们把灵柩停放在东阶上，这是把死人仍然看做是主人，所以，使灵柩也占据了主位；

这里应该是殷人的丧葬之处了，殷人把灵柩停放在东西两楹之间，这是把死人看做是处于主人和宾客之间的地位，所以，灵柩也停放于宾主之间；

这里一定是周人的地方了，周人把灵柩停放在西阶上，就是把死人完全视为宾客了，所以，把灵柩也停放在宾客的位置上。

孔子不禁暗暗寻思，我应该算是殷人吧？那么，我的灵柩应该停放在两楹之间了。唉！乱世既没有英明的君主出现，则天下有谁能够尊重我死后的地位呢？为什么看到了这些？我是快要死了吧？

远方的歌声

孔子猛然清醒，觉得周身大汗淋漓，一眼看见子贡仍坐在旁边，就握住了他的手，气喘吁吁地说：

赐啊！我就要走了，就按照殷人习俗来处理后事吧。

据《史记》记载：

> （孔子）谓子贡曰：天下无道久矣，莫能宗予！夏人殡于东阶；周人殡于西阶；殷人两柱间。昨暮，予梦坐奠两柱之间，予始，殷人也。
>
> （《史记·孔子世家》）

猛然，孔子抬起了头，睁大眼睛，竖耳倾听。

子贡也听到了窗外传来一阵歌声：

> 黄鸟黄鸟，无集于谷，无啄我粟。
> 此邦之人，不我肯谷。
> 言旋言归，复我邦族。
> 黄鸟黄鸟，无集于桑，无啄我梁。
> 此邦之人，不可与明。
> 言旋言归，复我诸兄。
> 黄鸟黄鸟，无集于栩，无啄我黍。
> 此邦之人，不可与处。
> 言旋言归，复我诸父。
>
> （《诗经·小雅·黄鸟》）

歌声凄婉哀伤，孔子流下了滚滚热泪。

一瞬间，子贡感到了一阵无名的悲哀和巨大的震撼笼罩着周身，这歌声难道是在向一代伟人送行吗？

这之后，孔子病倒了。七天之后就与世长辞了。这是公元前479年4月，孔子享寿73岁。

风萧萧兮泗水寒

天空上布满了大块大块的乌云，好像就要下雪或下雨了。眼下虽然是周历的夏四月，不过相当于夏历的春二月，正当阴阳势均力敌、交互僵持的时候，天气也就反复无常，忽雨忽雪，并没有一定之规。

曲阜城里、泗水岸边，孔子阙里故居一片银装素裹，一阵阵哀乐声、呜咽声、哭泣声，时时传出狭小的庭院，震撼着春寒料峭的中州大地。孔门弟子从天南地北、四面八方云集曲阜，来向孔子做最后的诀别。

孔子几乎所有弟子都是熟谙丧葬礼仪的专家，他们对于各种各样的丧葬仪式都非常熟悉，但怎样给老帅戴孝，则因华夏历史上从来不曾有过平民教师，古代典籍中没有任何记载，夫子平素也从来没有讲到，大家一时委决不下。

这时，子贡说道：

记得在颜渊死的时候，夫子是按照死了儿子的方式而没有穿丧服，子路死的时候，夫子也是如此。夫子与我们情同父子，所以，我们就按照死了父亲的方式给夫子服孝，如何？

> 孔子之丧，门人疑所服。子贡曰：昔者夫子之丧颜渊，若丧子而无服，丧子路亦然。请丧夫子，若丧父而无服。
>
> （《礼记·檀弓》）

众弟子一致同意。

最后，大家公推子贡为治丧总管，公推公西赤为治丧司仪。结果，公西赤根据孔子的生前遗愿，把棺材四周装饰起来，在帷幕的外面设置了一块三尺宽、二尺四寸高的木板，上面裹上白布，白布上画了云彩，有一只五尺长的柄，整个形状像一柄长把的扇子，用来遮挡灵柩；另外以两条曛布拴在棺木上，用来把棺木固定在灵车上面。曛布很长，多余的部分使送葬者牵引，使棺木不致倾斜。这些都是周人的丧葬方式。此外，又设置了旄头旌旗一类，这是殷人的丧葬方式。由于孔门弟子共同认为孔子是融合了夏、商、周三代学术文化传统于一身的学术巨人，公西赤便用白布缠裹了一根大木杆，木杆上悬挂了一条旒长八尺的巨幅白旗，这则是夏人的丧葬方式。

据记载：

孔子之丧，公西赤为志焉。饰棺，墙置翣设披，周也；设崇，殷也；绸练设旐，夏也。

（同上）

又据《孔子家语》记载：

（孔子）既卒，门人所以服夫子者？子贡曰：昔夫子之丧颜回也，若丧其子而无服，丧子路亦然。今请丧夫子如丧父而无服。于是弟子皆吊服而加麻，出有所之，则由绖。子夏曰：入宜绖可居，出则不绖。子游曰：吾闻诸夫子，丧朋友，居则绖，出则否；丧所尊虽绖，而出可也。

孔子之丧，公西（赤）掌殡葬焉，含以疏米三贝，袭衣十有一称，加朝服一，冠章甫之冠，佩象环径五寸而綦组绶。桐棺四寸，柏棺五寸，饬庙置翣。设披，周也；设崇，殷也；绸练设旐，夏也。兼用三王礼，所以尊师且备古也。

葬于鲁城北泗水上，藏入地不及泉，而封为偃斧之形，高四尺，树松柏为志焉。弟子皆家于墓，行心丧之礼。

（《孔子家语》卷九）

这是一次规模空前的丧葬的盛会，是对孔门礼仪知识的实践检阅，也是中国传统丧葬的最后一次盛大表演。

旻天不吊一老翁

鲁国的国君鲁哀公亲自参加了葬礼，并说出了一番发自肺腑的话，他在献给孔子的悼词上写道：

苍天不怜悯我这个可怜的人，居然不能把这位老人留在人间，却把我一个人扔在这个位置上。我这个孤苦伶仃的可怜人，心里感到很是愧疚。悲痛欲绝啊！孔老夫子！我简直不能克制自己了。

史书郑重地记录下哀公的悼词：

> 孔丘卒，公诔之，曰：旻天不吊，不慭遗一老，俾屏余一人以在位，茕茕余在疚。呜呼哀哉！尼父，无自律。
>
> （《左传·哀公十六年》）

哀公的这种有些反常的表现，被子贡看在眼里。孔子的辞世，使子贡处于极度悲伤之中，说话也就失去了平日的委婉。面对哀公的不正常表现，子贡并没有被哀公的眼泪打动，他冰冷冷地说道：

作为鲁国的君主，陛下好像是不能寿终正寝于鲁国了。我记得夫子说过："失去礼的人就会行为失常，丧失了名誉的人就会精神错乱。没有志向会失常，没有了立身根本会错乱。"夫子在世时不能予以重用，死后却装模作样地来哀戚，这是不符合治国礼数的。而且，自称为一人，这是不符合自己名位的，只有天子才能自称余一人。可见，陛下的这种表现，既失礼又失名，可谓两失。

> 子贡曰：君其不没于鲁乎。夫子之言曰："礼失则昏，名失则愆；失志为昏，失所为愆。"生不能用，死而诔之，非礼也。称一人，非名也，君两失之。
>
> （同上）

在鲁哀公的带动下，鲁国绝大部分士大夫都出席了孔子的丧礼，曲阜的普通百姓也全都观摩了这次盛会。此外，还有专门从各国赶来观摩的人，他们既出于对孔子的景仰，也出于一种好奇，不远数百里乃至千里地赶了来。子夏家来了一个客人，便是从遥远的燕国赶来的，就住在子夏家。

子夏为此感到奇怪，他对客人说：

这难道是圣人在葬人吗？不过是普通人在葬圣人罢了。你们又何必要大老远地跑来观瞻呢？过去，我曾听夫子说："我见过把坟墓建筑成有四四方方而像是堂屋的模样，见过像是狭长牌坊的样子，见过两旁伸出飞檐、好像是夏代的屋顶的样子，见过像一把斧头的样子。"夫子好像是比较欣赏斧子形状的坟墓，这就是现在所说的马鬣封的说法。我们现在为夫子建筑坟墓，一天之内就换了三次板，然后就上了封顶，这也许能够符合夫子的平素心愿吧！

据记载：

> 孔子之丧，有自燕来观者，舍于子夏氏。子夏曰：圣人之葬人与？人之葬圣人也。子何观焉？昔者夫子言之曰："吾见封之若堂者矣，见若坊者矣，见若覆夏屋者矣，见若斧者矣。"从若斧者焉。马鬣封之之谓也。今一日而三斩板，而已封，尚行夫子之志乎哉！
>
> （《礼记·檀弓》）

与其说人们是为了观瞻孔子的葬礼，毋宁说人们是赶来向孔子告别。也许人们还不能深刻理解他们送走的究竟是怎样伟大的一位人物，但他们知道这是一位非常了不起的伟人，随着他的去世，有些东西就成为历史的绝响了。

结庐于孔里

经过数日的紧张忙碌，众弟子总算处理毕孔子的丧事。在子贡、子夏、公西赤、曾参等人的主持下，丧礼隆重而不炫耀，坟茔庄重而不奢华。安葬之后，许多弟子都留了下来，他们愿意为自己尊敬的老师服丧三年，也有一些弟子由于出任了各国的职务或有其他事情，就先后告辞了，他们将为孔子服心丧三年。这当然也是子贡的主意，三千弟子如果都留下来，偌大的墓地岂不是成了剧院？而且，这样一大队人马一起服丧，有谁养活得起？就算子贡颇富财货，也难以承受。

转眼三年之丧就结束了，大部分守丧弟子将辞别阙里，回归自己的家乡故国。于是，大家一同来向子贡告别，子贡决定要继续为夫子守丧三年。

据记载：

> 孔子没，三年之外，门人治任将归，入揖于子贡，相向而哭，皆

失声，然后归。子贡返，筑室于场，独居三年，然后归。

（《孟子·滕文公上》）

又有记载说：

孔子葬鲁城北泗水上，弟子皆服三年。三年心丧毕，相诀而去，则哭，各复尽哀。或复留。惟子贡庐于冢上凡六年，然后去。

（《史记·孔子世家》）

若干年后，许多弟子又重新返回了阙里，他们的精神已经与孔子融合为一体，一旦离开了孔子，在饱尝了乱世的无数磨难之后，便情愿再回到老师的身边，与老师的灵魂厮守在一起。于是，孔子的坟茔之地就日益扩大了面积，逐渐有了人家，后来，居然成为一处热闹的市镇。

据史书记载：

弟子及鲁人，往从冢而家者，百有余室，因命曰孔里。鲁世世相传，以岁时奉祠孔子冢。而诸儒亦讲礼乡饮，大射于孔子冢。孔子冢大一顷。故所居堂，弟子内，后世因庙藏孔子衣冠琴车书。至于汉二百余年不绝。

（同上）

距离孔子将近400年之后，太史公马迁曾专程趋曲阜拜谒孔子故里，耳闻目睹之后，感慨系之，他动情地写道：

诗有之，"高山仰止，景行行止。"虽不能至，然心向往之。余读孔氏书，想见其为人。……适鲁，观仲尼庙堂，车服礼器，诸生以时习礼其家，余祗徊留之不能去。……天下君王，至于贤人，众矣！当时则荣，没则已焉。……孔子布衣，传十余世，学者宗之。自天子王侯，中国言六艺者，折中于夫子，可谓至圣矣！

（同上）

此后，孔子的故里成为中华民族的千古圣地，孔子以他的伟大思想和高贵品质，赢得了千秋万代的景仰。可谓永垂不朽！

仲尼不可毁也

子贡在为孔子守丧期间，也时常到鲁国宫廷里服务。这时，孔子的思想，已经在民间产生了巨大的影响力，孔子的声望与日俱增；相反，在鲁国的士大夫之中，却暗暗地鼓动着一场诋毁孔子的运动。

某日，子贡在朝中遇到了来访的卫国大夫公孙朝，早年孔子在卫国的时候，公孙朝经常登门求教，与许多孔门弟子都很熟稔。他向子贡表达了哀悼之意后，就坐下来聊天，忽然，公孙朝很客气地问子贡道：

仲尼的学问是从哪里获得的呢？

子贡一听公孙朝的口气，心里就很不高兴，肃然道：

文王武王时期的道理，并没有完全坠落到了尘土中，仍然留存在人们的心中。贤德的人能够认识其中的大道理，不贤德的人则只认识了其中的小道理，他们都普遍地带有了文武之道。以夫子的德行，从哪里学不到？但是，哪里有人配做夫子的固定老师呢？

> 卫公孙朝问于子贡曰：仲尼焉学？
>
> 子贡曰：文武之道，未坠于地，在人。贤者识其大者，不贤者识其小者，莫不有文武之道焉。夫子焉不学？而亦何常师之有？
>
> （《子张》篇）

又一日，子贡正在孔墓边的茅庐中读《春秋》，子服景伯跑了来对子贡说：

叔孙武叔那个老武夫，在朝廷中赞誉你，说你的才能和品德超过了仲尼呢！

子贡闻言，冷冷地说道：

就譬如一堵高墙吧，我这道墙只有肩膀那么高，所以，即使矮小的人也能够探望到房屋的美好。而夫子这道墙却有几丈高，寻找不到正确的门径走进去，就根本看不见里面宗庙的华美，房屋的富丽。但能够寻找到门径的人应该是很少的吧！所以，那位老武夫说出那样的话，不是很自然吗？

> 叔孙武叔语大夫于朝曰：子贡贤于仲尼。
>
> 子服景伯以告子贡。
>
> 子贡曰：譬之宫墙，赐之墙也及肩，窥见室家之好；夫子之墙数仞，不得其门而入，不见宗庙之美，百官之富。得其门者或寡矣！夫子之云，不亦宜乎？
>
> （《子张》篇）

更加令人匪夷所思的是，孔门中也有人通过吹捧子贡来贬低孔子。某日，始终对子贡很崇拜的同门师弟子禽（陈亢），对子贡从容而言曰：

平素里你对仲尼的恭敬是客气吧，仲尼哪里比你更贤德呢？

正满面笑容的子贡，忽然面若冰霜，他对子禽一字一句地说道：

子禽，你仔细听着！君子说出一句话就可以体现出他认识问题的能力，说出一句话也可以表现出他的无知，所以说话不能不慎重！夫子是别人永远赶不上的，就犹如上天是不能用阶梯登攀上去一样。夫子之所以获得国家和人民的怀念，正如我们通常所说的"站立的时候就能够在国家立得起来，说了的就能够行动，安抚着的就会投奔而来，行动起来却能够充满和谐中正"。所以，夫子活着的时候，人们都感到光荣；夫子死了之后，给人们留下无尽的悲哀。别人怎么赶得上呢！

> 陈子禽谓子贡曰：子为恭也，仲尼岂贤于子乎？
>
> 子贡曰：君子一言以为知，一言以为不知，言不可不慎也！夫子之不可及也，犹天之不可阶而升也。夫子之得邦家者，所谓"立之斯立，道之斯行，绥之斯来，动之斯和"。其生也荣，其死也哀。如之何其可及也！
>
> （《子张》篇）

谣言和诽谤仍然继续，有一次，子贡在朝廷里与叔孙武叔正面相遇，他居然当着子贡的面诋毁孔子。叔孙武叔是鲁国朝野之间举足轻重的实权人物，勇武过人，在鲁国的军事行动中屡立战功，所以为人也很狂傲无礼。但涉及孔子，一贯圆滑处世的子贡就变得很尖刻，他无法忍受任何人对孔子死后的攻击。面对着高大魁梧、白发苍苍的武叔，子贡很不客气地警告道：

不要做这种事情吧！仲尼是任何人都毁谤不了的。其他人的贤德，就像丘陵，还可以追赶上去。仲尼，是天上的太阳和月亮，是没有办法可以超越上去的。一个人纵然要自决于日月，于日月又有什么伤害呢？不过显示出他自己的不自量罢了！

> 叔孙武叔毁仲尼。
> 子贡曰：无以为也！仲尼不可毁也。他人之贤者，丘陵也，犹可追也；仲尼，日月也，无得而逾焉。人虽欲自绝，其何伤于日月乎？多见其不知量也！
>
> （《子张》篇）

孔子死后，以子贡为首的孔门弟子，继承孔子遗志，坚定不移地维护了孔子的文化巨人和民族导师的崇高形象。

不死的孔子

一代伟人，在兵荒马乱、礼坏乐崩的世道里，经历了73个春秋岁月，终于长眠于九泉之下。

孔子在孤独中度过了一个失去双亲照拂的苦难童年；自15岁而后，致力于学问、从事于杂役、习乐于临淄、问礼于洛阳、办学于曲阜、出任于中都、执政于鲁国；54岁之后，为实现三代的王道理想，流亡14载，阻于齐、卫，厄于宋，困于陈蔡而矢志不移；晚年为使华夏文明的传薪之火得以传承不绝于世，正雅颂、删诗书、著春秋、定易理，一步步走向了人生的巅峰。他第一个兴办私学，把文化教育从贵族特权中解放出来而普及于民间，一生以教育为主业，呕心沥血、惨淡经营，孔子学堂弟子三千、桃李满天下，使华夏传统文化由星星之火而成燎原之势。

《孔子家语》写道：

> 孔子生于衰周，先王典籍错乱无纪，而乃论百家之遗记，考正其义，祖述尧舜，宪章文武，删诗、述书、定礼、理乐、作春秋、赞明易道，垂训后嗣，以为法式，其文德著矣！然凡所教诲，束修已上三千余人，或者天将欲与素王之乎？夫何其盛也！

> （《孔子家语》卷九）

孔子的一生，是自强不息的一生、是风雨兼程的一生、是鞠躬尽瘁的一生；孔子的一生，是理性的一生、探索的一生、进取的一生、成就辉煌的一生。他为源远流长的传统文化注入了新时代的思想和内容，他为一个古老的民族树立了充满时代精神的价值标准，他为人民大众寻找到安身立命的理想，他为整个中华民族的未来承担下无尽的灾难，他为一个四分五裂的国家开辟出一条光明而畅通的坦途，他为后来的大一统国家确立了治国立国的道德理念。他一手开凿出生命的根本意义，他为神州大地遍处撒下了文明的种子。现在，他经历了人生一系列的惨痛打击，安眠于泗水河畔。

在接踵而来的漫长历史岁月中，在专制主义横行的苦难时期，在兵荒马乱的年代，在民不聊生的岁月里……在孔子的高大身影之下，无论是那些口是心非的政客以及打家劫舍的盗贼，抑或是那些双手沾满鲜血的屠夫以及穷兵黩武、一手遮天的独夫民贼，都会立即感觉到自身人格的渺小和品质的卑劣，都会顿然生发出来自心灵的忏悔。一个站在了历史发展前沿的高瞻远瞩者，一个伟大的思想启蒙者，不论出现在何时何地，不论置身于如何孤立无援和艰难困苦的环境中，都会对时代有所贡献，都会引起一场洗刷旧时代的潮流和接引新时代的风暴，使每一个人都从中受到思想启蒙和道德洗礼。

孔子精神是永远不会灭绝的，它已融入到民族血液之中，成为中华民族永不枯竭的思想源泉！华夏文明因孔子的存在而焕然大放异彩，华夏民族因孔子的存在而凛然不可屈服，华夏精神因孔子的存在而熠熠光芒四射。

此后2500年，无论是在焚书坑儒的专制暴政沉重压迫下，抑或在蛮族铁蹄和屠刀的血腥屠戮下，还是在现代侵略者的猛烈炮火袭击下；无论是在苦难和强暴屡屡袭击中华民族的时候，还是在阴风凄雨频频降临中华大地的时候，一代又一代儒家仁人志士，在孔子崇高精神感召下，勇敢地挺身直立于风雨沧桑之中，以一介书生的柔弱肩膀承担起天下复兴的重任。在皇帝专横、朝廷腐败、暴政频袭、动乱不已、山河破碎、神州陆沉之际，他们纷纷集结在孔子的旗帜下——或游走于草莽、或栖身于暗室、或寄身于异域、或离群索居、或苦心孤诣，不惜以青春和苦难做代价，含辛茹苦地为古老华夏保留下残存的文化硕果；或大义凛然地走向刑场和战场，慷慨悲歌、壮怀激烈、义无反顾、前赴后继，以头颅和鲜血做武器，为维护华夏的尊严，不惜杀身而成仁。

诚如《中庸》所言：

> 仲尼祖述尧舜，宪章文武，上律天时，下袭水土，譬如天地之无不持载，无不覆帱。譬如四时之错行，如日月之代明。万物并育而不相害，道并行而不相悖。小德川流，大德敦化，此天地之所以为大也。
>
> （《四书·中庸》）

孔子的浩然正气将永远存留于中华的天地之间，孔子的精神将永远存留于亿万中华儿女的内心深处，孔子是不死的！

尾言·桃李遍天下

孔子身后

孔子死后不久，随着"三家分晋"的历史演变，中国进入到了战国时代。一时间，华夏上空腥风血雨，神州大地战云笼罩，声势浩大的大一统运动裹胁着时代风云，把酷烈的兼并战争渗透到了中国大地的每一个角落。从公元前479年到公元前221年，整整两个半世纪里，是暴力者、强大者、强梁者们随意横行的罪恶时代！没有任何人和任何学派能够阻挡这股声势浩大、来势汹汹的时代潮流，拥有坚定信仰且阵容强大的儒家队伍也同样不能。在漫天凄风苦雨之中，孔门弟子一如先师孔子，栖身于陋巷漏屋，秉承着孔子的遗志，高擎着孔子的旗帜，以个人的苦难生活做代价，默默地温习和积蓄着正在散落着的文明成果，为未来的统一国家保留下了传承的火炬。

孔门弟子三千，他们虽然来自于各个不同国家，国情不同、身世不同、出身不同以及生活环境、乡土习俗、文化背景都不相同，但当孔子在世之日，曾以一种博大精深的传统文化知识和高尚的道德理念把他们以及他们的命运连接到了一起。所有的孔门弟子都以孔子的思想为自己思想的归依，以孔子的人品道德为自己的立身榜样，以孔子的学问为自己的学术方向，以孔子的救世精神为自己的精神追求，以孔子的行动为自己的行动指南。

颜回的早逝，使孔子的思想文化事业丧失了一个能够全面继承、捍卫和发扬光大的合格接班人，使孔子身后的儒家团体失去了一个能够在学养、知识、人品各个方面都当之无愧的领袖，这是儒家学派和儒家阵营无可弥补的损失。

因孔子在教学中贯彻了"因材施教"的教育方针，所以，孔门的主要弟子都分别接受了孔子文化、学术、思想的某个侧面而各走极端。当孔子在世之日，孔门弟子的思想行为已经体现出各立门户的趋势。此处引用一长段史书记载，以说明孔门弟子的思想行为之分别。

《孔子家语》引子贡之言曰：

卫将军文子问于子贡曰：

吾闻孔子之施教也，先之以诗书，而道之以孝悌，说之以仁义，观之以礼乐，然后成之以文德。盖入室升堂者七十有余人，其孰为贤？……

子贡曰：

夫子之门人，盖有三千就焉，赐有逮及焉，未逮及焉，故不得遍知以告也。

文子曰：

吾子所及者，请问其行。

子贡对曰：

夫能夙兴夜寐，讽诵崇礼，行不贰过，称言不苟，是颜回之行也。孔子说之以诗，曰："媚兹一人，应侯慎德，永言孝思，孝思惟则。"若逢有德之君，世受显命，不失厥名，以御于天子，则王者之相也。

在贫如客，使其臣如借，不迁怒，不深怨，不录旧罪，是冉雍之行也。孔子论其材，曰："有土之君子也，有众使也，有刑用也，然后称怒焉。"孔子告之以诗曰："靡不有初，鲜克有终。"

匹夫不怒，唯以亡其身。不畏强御，不侮矜寡，其言循性，是仲由之行也。孔子和之以文，说之以诗，曰：受小拱大拱而为下国骏庞，荷天子之龙，不戁不悚，敷奏其勇，强乎武哉！文不胜其质。

恭老恤幼，不忘宾旅，好学博艺，省物而勤也，是冉求之行也。孔子因而语之曰：好学则智，恤孤则惠，恭则近礼，勤则有继，尧舜笃恭以王天下，其称之也，曰：宜为国老。

齐庄而能肃，志通而好礼，摈相两君之事，笃雅有节，是公西赤之行也。子曰：礼经三百，可勉能也；威仪三千，则难也。公西赤问曰：何谓也？子曰：貌以傧礼，礼以傧辞，是谓难焉。众人闻之，以为成也。孔子语人曰：当宾客之事，则达矣。谓门人曰：二三子欲学宾客之礼中，其于赤也。

满而不盈，实而如虚，过之如不及，先王难之。博无不学，其貌恭，其德敦，其言于人也，无所不信，其骄于人也，常以浩浩，是以眉寿，是曾参之行也。孔子曰：孝德之始也，悌德之序也，信德之厚也，忠德之正也，参中夫四德者也。以此称之。

美功不伐，贵位不善，不侮不佚，不傲无告，是颛孙师之行也。孔子言之曰：其不伐，则可能也，其不弊百姓，则仁也。诗云："恺悌君子，民之父母。"夫子以其仁为大。

学之深。送迎必敬，上交下接若截焉，是卜商之行也。孔子说之以诗，曰："式夷式已，无小人殆。"若商也，其可谓不险矣。

贵之不喜，贱之不怒，苟利于民矣，廉于行己，其事上也，以佑其下，是澹台灭明之行也。孔子曰：独贵独富，君子助之，夫也中之矣。

先成其虑，及事而用之，故动则不妄。是言偃之行也。孔子曰：欲能则学，欲知则问，欲善则详，当是而行，偃得之矣。

独居思仁，公言仁义，其于诗也，则一日三覆白圭之玷，是宫绍之行也。孔子信其能仁，以为异士。

自见孔子，出入于户，未尝越礼，往来过之，足不履影。启蛰不杀，方长不折，执亲之丧，未尝见齿，是高柴之行也。孔子曰：柴于丧亲，则难能也，启蛰不杀，则顺人道，方长不折，则恕仁也，成汤恭而以恕，是以日隮。

（《孔子家语》卷三）

子贡把自己对孔门弟子的评判告诉孔子之后，孔子基本上同意子贡的看法，许子贡为知人。当孔子辞世之后，阙里学堂因缺少了众望所归的主持者而一时陨落。各自持有孔子专门之学的孔门弟子纷纷回归家乡故国，或游说诸侯以干俸禄，或游学四方以弘扬孔子之道，或设私学、课门徒以传播儒家的文化、思想和学术。一时间，孔门弟子星落云散于中国的四海九州，儒学学说及儒家的道德价值开始风行天下。

韩非子说：

> 自孔子之死也，有子张之儒，有子思之儒，有颜氏之儒，有孟氏
> 之儒，有漆雕氏之儒，有仲良氏之儒，有孙氏之儒，有乐正氏之儒。
>
> （《韩非子·显学》）

韩非子距离孔子200多年之后，他所罗列的儒家八派也跨越了一个相当漫长的战国时代，前后顺序颇不正确。子张与漆雕氏是孔门弟子；子思是孔子之孙及曾子之徒；至如颜氏、仲良氏皆孔门弟子之后裔；乐正氏乃子夏之高弟；孟氏即孟轲，乃子思一派的弟子，距离孔子一个多世纪之后；孙氏即荀况，已距离孔子200年后。

距离孔子将近400年后的司马迁为了书写孔子世家及仲尼弟子列传，不但翻阅了大量史书记载，且亲自到山东曲阜的孔子故里进行实地调查，掌握了比较翔实的资料，所以记载亦较正确，他在《史记》里很慎重地写道：

> 自孔子卒后，七十子之散游诸侯。大者为师傅卿相，小者友教士
> 大夫，或隐而不见。故子路居卫，子张居陈，澹台子羽居楚，子夏居
> 西河，子贡终于齐。如田子方、段木干、吴起、禽滑厘之属，皆受业
> 于子夏之伦，为王者师。
>
> （《史记·儒林传》）

但子贡、子夏、子张之外的一些孔门主要弟子，在孔子身后都做了些什么？他们的分布情形是怎样？连2000多年前的司马迁也无法了解清楚了。

可以想见的是，孔门的三千弟子，大多生活在学术空气自由、思想辩争激烈、政治变革频繁的战国时代，这样一支规模庞大的学术团体，即便分散地出现在列国，以他们的知识、智慧和才能，就算不能叱咤风云、力挽狂澜，却怎么会在战国时代的历史舞台上无声无臭？而且，人们在春秋

末期的记载中，除了孔子及其弟子之外，无从发现任何关于平民学者、文人、思想家的活动痕迹。孔子身后不过数十年，中国政治、思想、军事、文化领域里，突然出现了"百家争鸣"的灿烂局面。

如果追问历史，则春秋以降的思想学术之兴盛局面是如何形成的？那些立身于超然地位而可以对各个国家政治发生重要影响的平民学者们，他们的知识、思想、学问以及人格力量究竟来自何处？熟悉一点春秋晚期历史的人都知道，在那个时代里，除了孔子举办私人教育之外，并没有其他人进行效法。如果根据事实立论，则可以认为战国时代的知识普及，正是孔子所一手造成。孔子之后，孔门的许多优秀弟子都纷纷效法先师的做法，致力于文化教育事业，从而使孔子的知识、思想、学问、理想、是非观、道德观、人生观以及价值标准，迅速地传播到了各个诸侯国，并深入地进入到了民间社会。民间的一些优秀才俊纷纷经由儒家的知识道路，达成了个人学问的开展。

因此，客观地评判中国历史文化之开创、确立、形成和发展，必须追溯到孔子，可以说，战国时代的"百家争鸣"正是孔子终生推行平民教育的必然结果。战国时代的各个思想、文化流派及其代表人物，基本上都出身于平民家庭，他们的知识和学问来源，都不能不出自儒家，即使他们没有师从儒者，或者他们后来脱离了儒家，或者他们也都创立了自己的思想体系和学派，但追本溯源，他们都应该是孔子平民教育的受益者。从这个意义上未尝不可以说，孔子及其弟子开创了中国文化。

战国历史之残缺不全，为后人了解孔门弟子的活动制造了非常大的困难。秦始皇统一中国之后，为了造成由集权政府所垄断和控制的国家意识形态，不得不强行扼杀人们对历史的记忆。焚书的重点就是针对列国的史记，坑儒的重点就是打击力量日益强大的儒家势力。妄图一手遮天的秦始皇，断然不能容许大一统国家里存在任何持不同政见的社会力量，亦不能在国家意识形态之外存在任何异己思想，而具有巨大道德感召力的儒家思想与大一统中央集权及君主独裁在思想上格格不入。

所以，当汉朝学者力图追寻战国时代的历史遗迹，已经感到了文化残缺之不易弥补，即使以司马迁的谨慎，书写400年前的史实也已经难以正确。他写的是孔子既卒之后的弟子分布及生活状况，但子路却分明死于孔子之前。所以，后人不要说对孔门三千弟子自孔子辞世之后的事业情形全无了解，即使对孔门七十二高徒的最终去向也难闻其详焉，这是历史文化在政治剧烈大变动时代必然出现的空白。

但事情也还不至于绝望，秦始皇的君主独裁权威，固然能把保存于各国宫廷里的史书史料都一把火烧个干净，但即使有严厉的禁书令，流传于民间的"诸子百家"之书却很难斩草除根。这样，人们在战国时代的历史残骸上，惊奇地发现了上层贵族文化的一片荒凉和下层平民文化的一派繁荣，两者的严重失衡，对秦汉的历史走向发生了重要影响。于是，热心历史文化的人们不能不在这里暂时驻足；于是，人们在这里发现了孔子的历史意义。教育平民化，使古老的华夏文明传统在山崩地陷的历史大变局中，非但没有灰飞烟灭，反而在声势浩大的统一运动中与民间社会紧密地衔接到了一处。

遥想2500年前，当孔子辞世之后，孔门弟子分别以孔子所传授的学问、知识、技艺和礼仪、道德、伦理以及思想、文化、信仰，纷纷游走于天下列国之间，致使一种带有鲜明华夏文明传统的文化知识、思想信仰、社会伦理，都以孔子的学术思想为载体而迅速传播于中华大地的各个角落。如果大胆地说，战国时代突然磅礴兴起的"百家争鸣"局面，正是孔子亲手造成的新文化运动，是一点也不过分的。

子贡的影响力

子贡是孔子生命最后20年的最大安慰。孔子死时，子贡42岁，正当年富力强且思想成熟的不惑之年，他前后在泗水岸边的孔庐为孔子服丧六年之后，便是48岁的中壮之年了。果然如孔子所料，在孔子死后，子贡似乎彻底脱离了学术，充分展开了他的外交辩才，先后活跃在鲁国、卫国以及齐国政界，成为声名动天下的风云人物。事实上，当孔子在世之日，子贡已经在列国之间的政治舞台上频频露相，公元前488年，公元前485年，子贡代表鲁国先后出使齐、晋、吴、越，使这几个国家的政治局势在后来的十年之中发生了很大变化。但当时孔子能够时时纠正子贡行为方面的偏颇，使他不致走得太远，孔子一旦不在，而师门中比较能够让子贡服气的颜回、子路、冉耕也都已作古，子贡的性情便不再受到任何约束。

站在一个比较宽容的立场上，则可以说子贡真正地继承了孔子的"士志于道"的精神衣钵，但子贡显然并不具有孔子那种深厚的道德修养及高尚无私的殉道精神，所以，他虽然在鲁、卫两国政界得志，却没有使这两个国家的局面得到根本改变，反而每况愈下。可见，子贡虽然聪明绝顶，也具有排纷解难的能力，甚至拥有纵横捭阖的才智，但对于国家存亡来说，毕竟只能济一时之急，而不能长治久安。

子贡是不是也教导了一些弟子，没有任何材料记载，后人不得而知。按照正常道理，他是应该有一些弟子的，即使他没有正式开门办学，以他的左右逢源的善于交际本领，也一定会有许多拥戴者追随在他左右，即使孔门之中，也有许多从事政治活动的青年弟子是很拥戴子贡的，如陈亢等。

子贡对列国的政治影响是很大的，他以一介平民子弟而跻身上层社会，富贵双归、名动天下，无疑会引起人们的羡慕和效法。子贡身后，从以卫国为中心的河洛一隅之地先后出现了商鞅、吴起、苏秦、张仪、吕不韦、韩非、李斯等著名游说之士，并不是偶然的，说子贡是他们的授业之师或有悖事实，但说子贡是他们事业上的成功榜样，是完全可以成立的。如果把《史记》中关于子贡游说齐、吴、越、晋的说辞与《战国策》中关于苏秦、张仪、范雎等纵横家的说辞，与商鞅、韩非等法家的说辞加以对比，其间思想脉络之一脉相承则明晰可辨。诚然，这些人在许多方面比起子贡来，就更加每况愈下了。他们在学问上没有多少建树，在理想上没有自己的固定信仰，在人品上不讲道德礼仪，在追求上则唯利是图。但他们皆有丰富的知识、过人的才能、雄辩的口才，不但善于揣摩人意，且能切中时弊。

子贡虽然不能全面继承孔子的学问道德及操守，却毕竟没有违背孔子的基本原则去全力追求功名利禄。但子贡的追随者和效法者们，则根本不理会孔子的道德和信仰，他们大多出身于平民家庭或来自于破败的贵族群体，他们受益于孔子的教育事业之蓬勃开展，虽然未必是孔子学说的信仰者，却应该是出身于孔门的不同旁支。这些人扬弃了孔子的三代先王理想，顺应历史潮流，一手开创出战国时代的政治新格局。在商鞅、公孙衍、张仪、吕不韦等人身上，可以清晰地看到子贡的巨大影响力。

子夏与法家

子夏是孔子晚年最器重的专家型学者，颜回死后，子夏俨然为孔子学术事业的衣钵传人，孔子曾传授给他诗、书、礼等方面的知识。在孔子晚期弟子中，大致以子夏最为博学多才。根据比较模糊的历史记载，子夏亦是比较标准的学者，他在教育方面完全继承了孔子的事业，生平以教授为主。他主张通过学习来完善自己，也主张把学习和前途事业连在一起，他的一句非常著名的格言，在中国家喻户晓：

> 仕而优则学，学而优则仕。
>
> （《子张》篇）

在孔子的教育和教学思想宗旨中，通过学习而晋身仕途仅仅是学习的一个方面。一个人能否使知识与前途事业连在一起，并不完全在于学习的努力程度。学习优秀不一定就事业成功，学习不佳亦未必不能出将入相。所以，孔子主张学习的目的主要在于完善自己，提高自己的道德修养，以成为一个在行为上彬彬有礼、言辞上温文尔雅、思想上循规蹈矩、信仰上追求道义所在的独立知识分子，最终成为一名持身严谨、好学不厌、雍容祥和的君子。孔子不反对弟子投身政治，他自己也是力图使知识能够结合实践，所以，他亦屡屡向列国君主推荐自己的弟子。但在孔子心目中，能够在陋巷低屋、疏食淡饭的贫困生活中坚守学术阵地而不越雷池一步的颜回，才真正是学者的行为典范。

后来，子夏引申了孔子教育思想的一个侧面——学以致用，其影响是极为深远的，读书人从此名正言顺地走上了读书做官的道路，悻然放弃了理想、信仰、责任、义务、道义，削弱了读书人对事物原理深入探微的求索精神。

子夏小孔子45岁，相当长寿，在孔子之后半个多世纪的风云变幻中，子夏居住于魏国西河地区。据载：

> 卜商，卫人，无以尚之。尝返卫，见读史志者，云：晋师伐秦，

三豕渡河。子夏曰：非也，己亥耳！读史志曰：问诸晋史，果曰己亥。于是，卫以子夏为圣。孔子卒后，教于西河之上，魏文侯师事之，而咨国政焉。

（《孔子家语》卷九）

他在魏国生活期间，很受魏文侯的礼遇，有些像孔子晚年在鲁国为国老的样子，可以参与国家大事。他在魏国的教育事业也似乎很成功，后来在历史上发生重要影响的著名人物田子方、段木干、李克、吴起（曾在鲁国受业于曾子）、禽滑厘等都直接或间接出于他的门下。子夏的儒学教育，好像已经开始直接为政治服务了。

由于年岁及志趣相近，在孔门弟子中，子夏与曾参、子张的来往较多，彼此间固然切磋学问，却不能如孔子在世时那样亲密无间。而且，一些同门对子夏在西河一带以孔子的风格办学，似乎心存芥蒂，如：

子夏丧其子而丧其明。曾子吊之曰：吾闻之也：朋友丧明则哭之。曾子哭，子夏亦哭，曰：天乎！予之无罪也。曾子怒曰：商，女何无罪也？吾与女事夫子于洙泗之间，退而老于西河之上，使西河之民，疑女于夫子，尔罪一也；丧尔亲，使民未有闻焉，尔罪二也；丧尔子，丧尔明，尔罪三也。而曰女何无罪与！子夏投其杖而拜曰：吾过矣！吾过矣！吾离群而索居，亦已久矣。

（《礼记·檀弓》）

子夏晚年丧子，应该算是人生之致命打击，子夏为之而哭瞎了眼睛，虽然有些过分但亦为人之常情。曾参亦对子夏的遭遇感到同情，但子夏说到他没有犯什么错误，而上天为什么要这样报应他？曾参就很严厉地指责子夏，以孔子的姿态立于河西，使河西的人民都把子夏当成了孔子，是最重要的谴责。子夏一听到这里，也立即表示知罪。这个记载颇可说明孔门弟子在孔子身后不能继续集中在一起，也说明子夏在行事上确实有意模仿孔子，并以孔子的继承人自居。曾参对此深为不满。

曾参的正统地位

曾参由于父亲的关系，自少年时代就离开家乡，远赴楚国去跟随流亡中的孔子，所以年岁虽少，学问根底却非常扎实。孔子生前针对曾参性情所在，把编著《孝经》的任务交给了他。孔子身后，他是比较能够遵守孔子学问真谛的忠实继承者，在个人进退及学问事业方面也把持得比较好。据载：

> 曾参，南武城人，字子舆，少孔子四十六岁。志存孝道，故孔子因之以作《孝经》。齐尝聘欲以为卿而不就，曰：吾父母老，食人之禄，则忧人之事，故吾不忍远亲而为人役。参后母遇之无恩，而供养不衰，及其妻以藜烝不熟，因出之。人曰：非七出也。参曰：藜烝，小物耳！吾欲使熟，而不用吾命，况大事乎？遂出之，终身不娶。其子元请焉，告其子曰：高宗以后，妻杀孝己；尹吉甫以后，妻放伯奇。吾上不及高宗，中不比吉甫，庸知其得免于非乎？
>
> （《孔子家语》卷九）

曾参之遵守孔子思想，可谓一丝不苟。家里穷困潦倒，却拒绝齐国的聘请；在鲁国，身穿破衣服进行耕作，鲁国国君欲致封邑，曾参固守儒家气节而坚辞不受。因蒸梨不熟而出妻，似乎是拘泥于道德而有些不近人情，明明是苛刻已甚，偏偏又能说出一番小事不能从命而况大事的道理，似乎有强词夺理之嫌。但是，他也能"终身不娶"来成就他的道德。根据《论语》记载，亦可见曾参确实是言必孔子，如：

> 曾子曰：吾闻诸夫子，人未有自致者也，必也亲丧乎！
>
> （《子张》篇）
>
> 曾子曰：吾闻诸夫子，孟庄子之孝也，其他可能也，其不改父之臣与父之政，是难能也。
>
> （同上）

不但言必称夫子，也无处不强调"孝"，他把孝道作为一种精神而贯穿到了人的日常生活及一举一动的行为之中。

> 居处不庄，非孝也；事君不忠，非孝也；莅官不敬，非孝也；朋友不信，非孝也；战阵无勇，非孝也。
>
> （《大戴礼记·曾子大孝》）

曾参甚至把孝道上升为充塞于天地之间的真理，它无所不在，无处不有，无所不能，它是天地运行的法则，他说：

> 夫孝，置之而塞乎天地，衡之而衡于四海，施诸后世而无朝夕，推而放诸东海而准，推而放诸西海而准，推而放诸南海而准，推而放诸北海而准。
>
> （《礼记·祭义》）

关于曾参的一生，各种传闻以及逸闻很多。据说他先出仕于莒国，又为楚国令尹，再为晋国上卿，但所有这些传闻都缺乏史实证实。观乎其生平言论，不似曾出仕高官显宦而飞黄腾达过，倒可能像原宪一样，贫贱而不改其志。曾参与子夏一样，一辈子战战兢兢地做人。

据《论语》记载：

> 曾子曰：吾日三省吾身，为人谋而不忠乎？与朋友交而不信乎？传不习乎？
>
> （《学而》篇）

以个人坚韧不拔的意志，刻苦努力，先后编撰了传诵千古的《大学》和《孝经》两部巨著，确实是成就非凡。

所以，从曾参到子思，再到孟轲，形成了儒家思想的主流精神。中国历史文化基本上沿着这个方向演进。

子张氏之儒

子张亦是孔子晚年的得意门生。其为人性情疏阔、不拘小节、才大志远、胸襟抱负很大，每每向孔子直接问及政治及出仕问题，毫不掩饰自己对政治的关注和爱好。孔子评价他"师也过"，即表明子张是锋芒毕露的人，似乎与子路的性格相近。他比孔子小48岁，是孔门才俊中最年轻的后进，但他在《论语》中问话的次数却居于第三位，仅次于子路和子贡，此亦可见子张之心直口快的爽朗性格。据记载：

颛孙师，陈人，字子张，少孔子四十八岁。为人有容貌，资质宽冲博接，从容自务居，不务立于人意之行。孔子门人友之而弗敬。

（《孔子家语》卷九）

他与同门师兄弟尽多朋友，却不能赢得尊重，这是所有心直口快者避免不了的命运。观乎《论语》记载，亦可见一斑：

子游曰：吾友张也，为难能也！然而未仁。曾子曰：堂堂乎张也！难与并为仁矣。

（《子张》篇）

子游是子张关系密切的朋友，认为他诚然是难得的人才，却不是仁者；曾参赞美子张是堂堂正正的男子汉，但却不能与他共赴仁义之途。看子张对待同门的态度，也体现出他的狂放不羁的性格，如：

子夏之门人，问交于子张。

子张曰：子夏云何？

对曰：子夏曰：可者与之，其不可者拒之。

子张曰：异乎吾所闻，君子尊贤而容众，嘉善而矜不能。我之大贤与，于人何所不容？我之不贤与，人将拒我，如之何拒人也？

（同上）

关于子张的性格，在《论语》中子张向孔子问话中处处可见，孔子似乎很欣赏他的作风。在孔子身后，他似乎并没有从政，他的言行也处处贯彻着孔子精神，没有严重的背离之处。

《论语》记载：

> 子张曰：执德不弘，信道不笃，焉能为有？焉能为亡？
>
> （同上）

尤其是子张对于士的看法，可以说是完整地继承了孔子的精神衣钵，《论语》记载说：

> 子张曰：士，见危致命，见得思义，祭思敬，丧思哀，其可已矣。
>
> （同上）

"杀身成仁"是孔子对士的要求，在这一点上，能够真正继承并具体实践了孔子精神的只有子路。与孔门其他弟子一样，子张对于自己的行为是十分注意的，他也是战战兢兢地度过了一生，据载：

> 子张病，召申祥而语之曰：君子曰终，小人曰死，吾今日其庶几乎？
>
> （《礼记·檀弓》）

史书中关于子张的记载甚少，但《论语》中关于子张的问话却相当丰富，有学者认为《论语》是子张、子夏、曾参等人的弟子门人所编撰，可备一说。韩非子书中说孔子死后，有子张氏之儒，可见，子张在孔子身后，并没有出仕为官，亦是以文化教育为主业。可以推测，以子张的性情，他必然是主张积极进取的路子，而后来中国文人学者纷纷走上"天下兴亡，匹夫有责"的道路，可能与子张氏之儒有密切关系。

有若氏之儒

有若追随孔子的时间较短，在《论语》一书中的问话绝少，但地位似甚高。当孔子流亡在外的时候，有若似乎在鲁国。有若在孔门中的地位，在孔子去世前后似乎有浸浸然向上的趋势，他的相貌有几分与孔子相像，所以，当孔子去世之初，弟子们思念不已，就想使有若继承孔子的地位。据载：

> 孔子既殁，弟子思之。有若状似孔子，弟子相与共立为师，师之如夫子时也。他日，弟子进问曰："昔夫子当行，使弟子持雨具，已而果雨。弟子问曰：'夫子何以知之？'夫子曰：'诗不云乎："月离于毕，俾滂沱矣。"昨暮月不宿毕乎？'他日，月宿毕，竟不雨。商瞿年长无子，其母为取室。孔子使之齐。瞿母请之。孔子曰：'无忧。瞿年四十后，当有五丈夫子。'已而果然。敢问夫子何以知此。"有若默然无以应。弟子起曰："有子避之，此非子之座也。"
>
> （《史记·仲尼弟子列传》）

孔子的崇高地位当然没有其他人能够替代，如果颜回在世，至多可以继承孔子的文化事业，却仍然无法代替孔子。所以，有若的代替终不能成为事实。但有若之所以一度被众弟子拥戴，也并不是没有缘由，据载：

> 有子问于曾子曰：问丧于夫子乎？曰：闻之矣：丧欲速贫，死于速朽。有子曰：是非君子之言也。曾子曰：参也闻诸夫子也。有子又曰：是非君子之言也。曾子曰：参也与子游闻之。有子曰：然，然则夫子有为言之也。曾子以斯言告于子游。子游曰：甚哉，有子之言似夫子也。昔者，夫子居于宋，见桓司马自为石椁，三年而不成。夫子曰：若是其靡也，死不如速朽之愈也。
>
> （《礼记·檀弓》）

《孔子家语》说有若博闻强记，喜好古道，似乎颇得孔子历史知识方面的传授。子游认为有若谈论问题的方式与孔子颇为相似而表示赞佩，此亦可见有若是孔子身后的儒家重要代表人物之一。

原宪氏之儒

原宪与颜回、冉求、冉雍一样，是孔子出仕之前的弟子之一，素以操守、道德、气节著称。据载：

> 原宪……清净守节，贫而乐道。孔子为鲁司寇，原宪尝为孔子宰。孔子卒后，退隐于卫。
>
> （《孔子家语》卷九）

当孔子出任鲁国大司寇时，原宪曾任孔子家宰。孔子发给原宪的薪水是小米九百，原宪却不好意思接受，固辞之。孔子告诉他说：不必推辞，可以把多余的用来接济自己的穷亲戚、朋友和乡邻们。

> 原思为之宰，与之粟九百。辞。子曰：毋！以与尔邻里乡党乎！
>
> （《雍也》篇）

原宪究竟是否接受了老师发的薪水？没有记载。但原宪的生活确实是非常穷困的，甚至比颜回还要糟。据载：

> 原宪居鲁，环堵之室，茨以蒿莱，蓬户瓮牖，上漏下湿，匡坐而弦歌。
>
> （《韩诗外传》）

孔子死后，原宪的情形每况愈下，但他全然置贫苦生活于不顾，致力于道德修养之心不为之稍减。子贡在孔子去世若干年后，在卫、齐诸国很得意，忽然想起了原宪，他知道这位老兄的日子一定不十分好过，就前去他的住所拜访，似乎想接济他一下。没想到，好心的子贡被以贫困为荣的原宪劈头盖脑地抢白了一顿，据载：

> 孔子卒，原宪遂亡在草泽中。子贡相卫，而结驷连骑，排藜
> 藿、入穷阎，过谢原宪。宪摄敝衣冠，见子贡。子贡耻之，曰：
> "夫子岂病乎？"原宪曰："吾闻之，无财者谓之贫，学道而不能
> 行者谓之病。若宪，贫也，非病也。"子贡惭，不怿而去，终身耻
> 其言之过也。

> （《史记·仲尼弟子列传》）

可以想象得到，子贡贸然地说出了原宪是否有病的话，不免触及原宪的痛处。作为相处多年而相互了解底细的学友，这种口不择言的问话当然是很刺激人的，尤其子贡又是结驷连骑地大摆阔气——如果子贡也与原宪一样是"摄敝衣冠"地穷困潦倒就什么问题都没有了——也难怪原宪的回答大不客气。原宪的骨气始终是硬朗的，而且，他自己心甘情愿地过一种贫困生活也没有什么不对，但原宪在坚持孔子安贫乐道精神方面确实走到了极端状态。在不丧失道义和原则的情形下，孔子是主张富贵的，孔子从来也不认为贫穷是光荣的事情，原宪却以此为荣，以此而骄人。

差不多与原宪同时或略晚些时候，中国思想文化界出现了一位主张恶衣粝食而行道的苦行者，这个人叫墨翟。如果墨翟果真出于孔门某弟子的门下，则这个人非原宪而莫属。差不多100年后，孟子大力提倡一种"富贵不能淫，贫贱不能移，威武不能屈"的大丈夫精神，应该就是颜回、原宪精神的发扬，虽然孟子的日子过得并不坏。

在后来的历史岁月里，中国的读书人之中出现了一个个讲求以苦行来砥砺道德正气的群体，他们以一种低调的生活态度而坚持着高尚的人格，不媚世媚俗，不随波逐流，不食嗟来之食，不以降低人格换取富贵，不以品质堕落逢迎权势，所以，他们在行为上也保持了一种"无欲则刚"的狂傲不羁风骨，他们赢得了世人尊重。

商瞿氏之儒

孔子在世时，子贡就哀叹：

> 子贡曰：夫子之文章，可得而闻也。夫子之言性与天道，不可得
> 而闻也。
>
> （《公冶长》篇）

孔子当然不是不懂或轻视性与天命，但关于性与天命这些问题都是些
非常复杂的抽象问题，在日常的教学活动中不易探讨这些原理性很强的学
问。所以，至少在《论语》中，孔子确实比较少言性与天命。

商瞿的名字未见于《论语》，据《孔子家语》记载：

> 商瞿，鲁人，字子木，少孔子二十九岁，特好易，孔子传之志焉。
>
> （《孔子家语》卷九）

后来学者进一步把商瞿《易经》之学的传承贯穿起来，一直延续到了
汉代中期。司马迁写道：

> 孔子传易于瞿，瞿传楚人馯臂子弘，弘传江东人矫子庸疵，疵传
> 燕人周子家竖，竖传淳于人光子乘羽，羽传齐人田子庄何，何传东武
> 人王子中同，同传菑川人杨何。何，元朔中，以治易为汉中大夫。
>
> （《史记·仲尼弟子列传》）

以司马迁的史德，写史当然不会毫无根据，只是史料漶灭，后人已经
难得其详焉。可以揣测，商瞿在《易经》及易理方面受到孔子的亲授，但
在随即到来的战国时代，士大夫大多奔竞于社会流行的大潮流之下，天道
隐晦、天理不明，传统天道观沦落为巫卜、阴阳之学，是以，易理亦久隐
难明，而关于商瞿其人的事迹也湮没于世。当天下归一之后，大一统帝国
时代的统治者为了寻求合理统治的依据，《易理》之学于是大盛于世。司

马迁关于易学传承的排列大体上是可以相信的，如是，则商瞿便是易学之最早的传播者了。

道术将为天下裂

随着孔子的身死，春秋242年的历史正式结束，唯春秋战国史的划分年代始终不能确定。孔子所著《春秋经》始于鲁隐公元年，迄于鲁哀公十四年，凡242年；而左丘明之《春秋左氏传》则下延至鲁哀公二十七年，凡255年。但事实上，西周自平王东迁已告结束，如果以公元前770年西周覆灭平王定鼎洛邑为春秋历史时代的开端，则春秋历史从公元前770年到公元前467年，已达303年之久。

自《左传》结束之年，华夏历史进入到了战国时代。经过春秋两三百年的分化组合，战国之后仍然存在的独立国家已不满二十，中国政治由列国分封开始疾步进入政治统一时期。中国的学术文化本来被垄断在官府手中，在春秋晚期的政治文化衰败中，孔子率先举办私学，使贵族文化下落到了民间。

此后，兴起于民间的读书人、文化人、学者、知识分子开始迅速崛起，他们以"天下兴亡，匹夫有责"的时代使命感，以"天降大任于斯人"的理想抱负，以"杀身成仁"的道德勇气，更以崭新的知识信念及救亡图存的强烈责任感，力图以书生身份而干预政治，决策国家大事，促成天下盛世之早日来临。学术至此走向了社会、走向了政治、走向了天下。随着不同大量平民学者视角和立场皆不相同的思想创新之层出不穷，中国进入到"百家争鸣"时代。

庄子说：

> 天下大乱，贤圣不明，道德不一，天下多得一察焉以自好。譬如耳、目、鼻、口，皆有所明，不能相通。犹百家众技也，皆有所长，时有所用。虽然，不该不遍，一曲之士也，判天地之美，析万物之理，察古人之全，寡能备于天地之美，称神明之容。是故，内圣外王之道，暗而不明，郁而不发，天下之人各为其所欲焉，以自为方。悲

夫！百家往而不反，必不合矣。后世之学者，不幸不见天地之纯，古
人之大体，道术将为天下裂。

（《庄子·天下》）

庄子距离孔子几近200年，看到的是学术思想界里呈现出的一片愁天
惨地！孔子时代纯粹的仁义、道德、礼仪学说在新形势下被分裂为诸子百
家之学术，由诸子百家揭橥，中国学术出现千川百谷、万舸争流的全新局
面。从此，战国时代的诸子百家各持一己之见而"判天地之美，析万物之
理，察古人之全"，诚然难得"备于天地之美，称神明之容"。春秋时代
尚且残存的"内圣外王"之道，至此晦暗不明。

墨家对儒学的冲击

大约在孔子去世前后，墨子及墨家学派开始出现并日趋活跃。在孔
子身后，儒家团体开始多元分化，为墨家的兴起提供了有利契机。墨子名
翟，身世及年岁均不详。根据较为模糊的历史记载，墨子之知识学问亦出
自儒家（《淮南子》有此说，可备一说）。孔子乃春秋末期第一位和唯
一一位平民教育家，孔子时代以及孔子后来的大多平民学者、思想家以及
其他具有专门知识的文化人，理所当然地尽皆出自孔子及其弟子之门下，
否则，想象不出一个平民接受文化知识的渠道在哪里？

墨翟的基础教育出自儒家，而且可能是出自颜回、原宪以苦行来砥
砺志节、提高品质、兼善天下的一派。墨翟虽入儒出儒，但在思想观念及
信仰上与儒家亦颇有共同点，儒家倡导尧舜禹汤文武周公之道，墨家倡导
大禹之道；儒墨两家都反对战争；儒家主张爱人及推己及人，墨家主张兼
爱天下。但在个人行为、操守及生活方式等诸多方面，墨子全面地提出了
与儒家截然不同的社会伦理观。如：儒家强调以血缘关系为基础的宗族孝
道，人际关系随血缘之疏远而爱有等差；墨家则主张没有等差之别的兼爱
和泛爱，以人之父母为己之父母，以人之子女为己之子女，天下之人，皆
无血缘、地位、阶级、知识、信仰之区别而一律划一。儒家主张兴礼乐，
认为礼是人们行为的基本准则，乐是人类性情的真实表达，以礼乐而行教

化，进而移风易俗。礼乐是儒家学术思想的核心，故孔子说："克己复礼为仁，一日克己复礼，天下归仁焉。"墨家反对礼乐，反对厚葬，反对享乐，反对音乐，进而反对一切感官方面的娱乐，提倡"节用""节葬"，奉行大禹的艰苦精神。

孔子身后，孔子所倡导的儒家仁义道德学说最先遭到墨翟的激烈攻击和全面否定，墨子以纪律严格的团队精神，成功地组织起了一批为了理想主义而进行不屈不挠奋斗的勇敢献身者，他们的思想信仰中富有浓厚的宗教气息，他们的社会实践活动义无反顾、慷慨悲壮而一往直前，他们的强烈的救世精神风靡天下、感人肺腑。

在墨家精神的挑战下，已经缺少了孔子救世精神的儒家后进，无力应付墨家思想的挑战。事实上，孔子晚年的后进弟子，大多是学有专精的学者，他们对学问和知识的兴趣超过了对社会的责任感；而孔子早期那些富有救世精神的弟子如子路、宰予等已经死在了孔子生前，残存的弟子大多具有孔子的理想却不拥有孔子的精神，他们大多是缺少救世精神的道德家。学者和道德家可以成为社会的榜样，也可以成为哺育后学的出色教育家，却很难承担起兴利除弊、力挽狂澜的历史责任。

李克与吴起

孔子之后，孔子的思想、学问以及孔子的精神势必要离析和瓦解，没有任何后来者能够全面继承一个伟大学派开创者的全部思想遗产，有没有优秀的继承人都一样。不仅如此，由于孔子思想广泛涉及人生、社会、国家、思想、文化、传统、历史各个方面，致使孔门弟子亦因各人性情及志趣之不同，往往各执孔子思想的一个侧面而越走越远。现在，孔子已经不在人世，担负着儒家学术及孔子思想传播使命的主要是曾参、卜商、言偃、颛孙师等少数人。令人感到遗憾和震惊的是，在传播孔子思想的儒家队伍中，在孔子思想面临老庄及墨家思想全面冲击的时候，没有发现冉有、端木赐、闵损、冉雍、公西赤等孔门才俊勇敢地挺身而出，如果不是他们有意脱离了儒家救世理想，则不应该在战国历史舞台上默默无闻、无声无臭。

最先在行动中做出积极反应的是客居魏国的卜商，他努力效法孔子的作为，积极地参与魏国的政治活动，赢得了魏国朝野的尊重。同时，他似乎是采用了一些新思想来教授学生，所以，魏文侯执政后，非常尊崇子夏。在此期间，魏国政坛先后出现了一大批举世瞩目的政治明星，如田子方（子夏弟子）、段木干（似亦子夏弟子）、李悝、翟璜、吴起、西门豹、乐羊子等，他们大多是子夏的弟子或再传弟子。

李悝，又名李克，受学于段木干——属子夏的再传弟子，颇受魏文侯之重用。公元前406年，李悝在魏国领导了一次规模很大政治变法运动，推行"尽地力之教"，"平籴之法"等新法，使魏国称霸诸侯从而开启了战国时期列国变法图强之先河。

吴起是鲁国人，曾经受学于曾参，因鲁国日益衰落而不足以大展宏图，乃转赴魏国。在魏期间，担任魏秦接壤处的西河地区长官，也以实用主义的态度刷新地方政治，使秦人不能东下一步。公元前382年，吴起离魏赴楚，立即受到楚悼王重用，在楚国实行了一场涉及范围很大的变法，其重点为：裁抑贵族权力，赏拔能力超群之士，徙贵族于边地，这些措施大致不出100多年前孔子在鲁国所行新政的范围。

现在，儒家自孔子之后，经过了很短时间的沉寂，开始重新出现在历史舞台上。这些在儒家学者手中接受了最初教育的英才，经过了新时代思潮的洗礼之后，思想已经发生重要变化，与儒家学说只有文化知识上的传承，而比较少有精神信仰上的联系。他们唯一保留下来的，只是孔子的救世精神。

商鞅变法

在孔子的言行中，救世不是思想方法，而是具体行动；救世不是坐而论道，而是身体力行；救世不是安贫乐道，而是游说四方；救世不是学术研究，而是社会实践；救世亦不是寻找真理，而是制定适应新形势所需要的新法。

所以，所有事业成功的救世者，都一定是一往无前的勇敢献身者，是义无反顾的大胆行动者，是讲求手段而不注重原则的果决实行家，甚至是为了贯彻新法而不惜人头落地的冷酷无情者。公元前4世纪中叶，从魏国逃亡到秦国的一位出色政治家商鞅，他的出现，导致了中国传统政治的全面变革。

商鞅出身于卫国贵族家庭中的庶系子弟，似乎没有儒家学术背景，但他精通王道、霸道、帝道等政治学方面的广泛知识。商鞅游说秦孝公，先以王道，次以帝道，皆不能中孝公意，复以霸道说之，乃获致成功。商鞅之所以能够掌握当时最新的文化知识，应该是得自儒家学者，卫国在孔子时代曾经汇集了许多孔门精英，商鞅如果出自某一孔门再传弟子门下，是毫不奇怪的。商鞅的青年时代是在魏国度过的，虽然魏国在魏文侯时代的辉煌局面已经结束，但子夏、田子方、段木干等儒者及其子弟的文化教化所及，国势依然保持兴盛发展，这些势必对青年商鞅产生了相当深刻的影响。

商鞅在秦国的变法获得了巨大成功，从而为秦朝统一六国奠定了雄厚的政治、经济基础。他本人虽然在变法20年后（公元前338年）被族诛，但大一统的局面已经形成为声势浩大的历史潮流，气势汹涌地逼近到了全体中国人的视野之内。无论商鞅是以什么方式来进行变法，无论商鞅变法的目的和宗旨是什么，无论商鞅距离孔子道路背离了多么远，也无论商鞅个人的道德品质是如何不足道，都不能掩饰变法的救世用意。变通地说，这是孔子救世理想的切实实现，是孔子精神的放大。

在春秋晚期乃至战国初期的儒、道、墨三大学派中，老子所代表的隐士派显然是缺乏救世精神的，墨家是主张兼爱天下的普世之爱，只有儒家思想中，才能孕育出通过变法而达到救世目标的维新派政治家，后人称之为法家。

苏秦和张仪

儒家学者既然把文化的知识和思想通过教育手段而传播到了整个社会，就引起了中国社会的全面变化，从而使春秋时代仅仅发生于社会上层的礼坏乐崩变成了普及整个社会的全面思想解放运动。知识落在不同人的手中，就变成了不同的工具。一般性格沉稳内向的读书人，毅然坚守在学术领域的某一块前沿阵地上，日益在思想道德方面砥砺自身之品格提高，退出了社会的实践活动；一般性格外向、富有朝气、积极进取的人，便逐渐向事业和功名靠拢，日益脱离了学问道德上的追求。而且，在学术界，因各自之学术偏重不同也分化得相当剧烈，概念化的文化知识与不同的地域环境融合之后，便涌现出了各具特色的学术流派，但比起进取者来，就是小巫见大巫了。

在各国变法运动频频发生，新思想、新理论方兴未艾的时候，乱糟糟的时局中，突然出现了一对同门师兄弟——公孙衍和张仪，他们甫一踏入政界，就使得中原大地变得风声鹤唳、草木皆兵，列国也真正地变成了战国。

公孙衍又名苏秦，出生于洛阳的普通市民家庭，他的同门师弟张仪，则出身于魏国大梁（开封）一个没落的贵族家庭。这一对试图并真正以口舌开创出了一番雄壮大局面的文士，同出于一位神出鬼没的鬼谷子先生门下，这位鬼谷子先生还调教出了另外一对谋略高超而品格低下的著名将军——孙膑和庞涓。但野史逸闻不足为凭。后人能够知道的是，苏秦和张仪兄弟二人，分别以自己朝秦暮楚、翻云覆雨的高超谋略，连手书写了一部令后人读之不寒而栗的《战国策》，他们公然撕破了国家与国家之间外交关系中的一切文明礼仪之帷幕。

师弟张仪服务于以法家思想所打造出来的新型帝国——秦，专门制造列国之间的事端，以便给秦国的统一造成空隙，他领导的运动叫做连横派；师兄苏秦则服务于六个日趋没落的封建国家之间，大抵以赵国和燕国为主，主张六个日趋没落的封建国家联合起来抵制秦国的统一，他领导的运动叫做合纵派。这一对师兄弟，无论他们的个人才智如何高，但人格毫无值得称道之处；他们虽然博学广闻，却没有自己固定的信仰、道德、操守以及行为准则，一般以利益之归趋为自己的行动指南。

张仪自公元前328年在秦国为相，迄公元前309年客死魏国，一生三度相秦，二度相魏，一度相楚，正所谓"朝秦暮楚"的势利小人和无耻政客。苏秦的情形与乃弟基本相似，一生功业完全建立在对搬弄是非、挑拨离间、大言惑众等卑劣手段的娴熟运用，只要是利益之所在，则无处不见他们招摇撞骗的身影。在他们别有用心的一张利口挑拨下，列国之间的政治和外交舞台上黑幕重重、阴风习习、机诈百出、战火绵延、大乱不止。正是这一对兄弟，摄取了儒家文化的营养而抛弃了其内涵，借鉴了子贡的辩才而丢掉了其准则，甚至吸收了孔子的入世精神而舍弃了其原则。他们不费吹灰之力所达到的呼风唤雨的巨大才智效果，使儒家的救世精神连同法家的踏实苦干精神黯然失色；他们为一切不知廉耻的文化人提供了一条成功之路。从此，中国知识界出现了重要变化。

孟子的出现

法家救世思想中的个人意识过于强烈，新法制定者们通过帝王的信任而悍然不顾朝野之间的意愿，就难免引起社会的反感。此外，法家的所有人物都用事心理太强，权力欲望过重，功利思想太浓，做事只考虑眼下利益和当下之成效而决不讲究道义、品德、信誉、原则等文化传统，把个人意志强加于整个社会，造成了社会各阶级之间的矛盾之激化。纵横家们则以个人利益为归依，使文化人的本色荡然无存。至于孙膑、庞涓等军事家的出现，则是儒家知识在谋略方面的伸延，军事家们在人格方面的表现，非但不能与法家人物的救世相提并论，而在为达目的而不择手段方面亦远远超过了纵横家，所以，军事家的出现使中国社会新产生出了一个强悍的集团，他们割断了与贵族礼仪和平民习俗之间的所有联系，以战争为解决问题的法宝。这个集团中的出色人物们把智慧与残忍连在一起，把知识和狡诈连在一起，把强弱与人性连在一起，把国家与战争连在一起，把力量与勇敢连在一起，把生活与斗争连在一起，就直接地泯灭了人性而高昂了本能，他们与法家结合到一起，构成了大一统帝国的雄厚基础，春秋时代的精神信仰已扫地以尽了。

这时，在法家努力纳中国于统一法律网络之中的高潮中，在纵横家翻云覆雨的阴谋策划中，在军事家们肆意扩大着胜利战果的哀鸿遍野中，在墨家之徒兼爱天下的叫嚣中，在老庄之徒纷纷走避深山密林中孤芳自赏的凄冷时节，在杨朱之徒拒绝为天下人牺牲一根汗毛的逆流滔滔中，已经被时代流行思想肢解得面目全非的儒家阵营中，终于出现了一位顶天立地的思想文化巨人——孟轲。

儒家开始站出来自觉地承担历史责任，儒家开始面对各家的挑战作出思想上的全方位回应，儒家开始对严峻的形势全面阐述自己的鲜明立场。孟子的出现，表明了儒家的思想资源在新的时代土壤上诞生出新的内容；孟子的出现，向世人昭告了儒家思想的不朽生命力；孟子的出现，显示出儒家开始试图把混乱的局面引导到一个有利于文化、传统、道德的继续存在的方向以及迫使国家政权把施政重点向民众、民生和民主的方向转化。

据载：

> 孟轲师子思，而子思之学，盖出曾子。自孔子没，独孟轲之传得其宗，故求观圣人之道，必自孟子始。
>
> （《孟子·序说》）

孟轲出生于邹县的一个早已没落的贵族家庭，与孔子的出生地在一处，所以，可以说是孔子的同乡。与孔子少年时期的经历一样，孟子也是三岁丧父，但孟子的母亲却很长寿，一直到孟子成名以后很久才作古，这对孟子一生的成长影响极大。孟子不是子思的弟子，子思比孟子年长100多岁，不可能与孟子相遇，但完全可能是子思的再传或三传弟子。再之，在儒家思想相当流行的鲁国，孟子依靠着自己无比贤德的母亲——这是中国历史上最优秀的母亲，也完全可以自学成才。在孟子思想中，后人无从发现他的师承，他无论在思想上、信仰上、理论上、行为上，都自觉地以孔子为标准。

在举世滔滔的乱世之中，在为了个人私利而不惜牺牲天下的气氛中，孟子自觉地担负起了孔子之后的传统文化之继往开来的历史重任。为了恢复读书人的真面目，为了确立符合人性的道德标准，为了使天下人的精神信仰有所寄托，为了使已经比较少有人性的社会恢复人性，为了矫正时代的歪风邪气，为了使天下国家重新步入正途，孟子激烈地抨击墨家学说，坚决地抵制杨朱的谬论。他声称：

> 予岂好辩哉！予不得已也。……圣王不作，诸侯放恣，处士横议，杨朱、墨翟之言盈天下。天下之言不归杨，则归墨。杨氏为我，

是无君也；墨氏兼爱，是无父也。……杨墨之道不息，孔子之道不著，是邪说诬民，充塞仁义也。……吾为此惧，闲先圣之道，距杨墨，放淫辞，邪说者不得作。……能言距杨墨者，圣人之徒也。

（《孟子·滕文公下》）

为了制止文化人的堕落，孟子响亮地提出了士大夫的做人标准："富贵不能淫，贫贱不能移，威武不能屈。"

为了制止那些胆大妄为的君王们的一意孤行，孟子提出了"民为贵，社稷轻之，君主又轻之"的民本思想。

孟子反对墨家的兼爱，反对杨朱之流的极端自私，反对许行之流的复古，反对公孙衍、张仪之流的欺世盗名行为，反对那些包藏祸心的军事家们穷兵黩武式的野蛮手段。行仁政、道义、礼仪于天下，孟子基本上遵循着孔子思想脉络，而着重在人性方面进行了全面继承和发扬。至此，中国传统文化中即将灭绝的道统精神得到了衔接，道统和学统的有机结合，构成了中国大一统国家和社会的魂魄。

尧以是传之舜，舜以是传之禹，禹以是传之汤，汤以是传之文、武、周公，文、武、周公传之孔子，孔子传之孟轲，轲之死，不得其传焉。

（《韩愈·原道》）

孟子的生平行为一如孔子，自壮年之后，经常连骑结驷，从者数百人，周游列国，先后赴魏见梁惠王，赴滕见滕邾文公，数次入齐见齐宣王、齐威王。他气节森然，正气磅礴，所至之处无不与王侯分庭抗礼；他亦性情豁达、博学多识、格物致知、言行合一，且雄辩滔滔，天下诸子莫敢撄其锋芒。

孟子之后，儒家精神基本上确立起来。孟子弥补了孔子思想体系中的缺欠部分，尤其是进一步发掘出人性善的内容，从而使仁义、道德、礼仪、道义等传统精神，都能够在人性善中得到落实。

荀子与国家意识形态

　　约距孔子200多年之后，距孟子将近一个世纪之后，中国历史进入到了公元前3世纪晚期。这时，先后经历过商鞅、张仪、魏冉、范雎、蔡泽、吕不韦等功利主义者整顿治理的秦国日渐强大，又网罗起了一大批非常优秀的军事人才，随时变换着远交近攻或近交远攻的不同外交政策，使统一六国的战略部署正在卓有成效地稳步前进，天下归一的历史大趋势已经不可阻挡。

　　孟子之后，儒家刚刚昂扬起来的救世精神又开始衰落了。不仅儒家，在大一统运动以风卷残云之势咄咄逼来之际，在法家思想家、理论家和战略家们的凌厉进攻面前，墨家、道家、农家、纵横家、阴阳家都因无力招架而先后销声匿迹了。

　　这时，日益萎缩的儒家阵营中又出现了一位试图以孔子的精神来迎合历史潮流的出色人物——荀况。关于荀子的生平，后人了解得很少，只模糊地知道他可能出生在宋国，曾经三次在齐国官办的稷下学宫担任祭酒，亦曾到秦国考察了该国政治及社会状况，晚年时接受楚国春申君的邀请，到楚国游历并担任兰陵的地方官，最后死于兰陵。对于他的学术思想之来源，后人不能确知。

　　荀子与孟子一样，毫不讳言地表明自己是儒家人物，是孔丘之徒。但事实上，荀子除了比较坚决地捍卫孔子的礼的理想外，在许多极其重要的政治思想理论方面都与孔子有着明显的差别，如：孔子主张恢复和效法古代的先王之道，而荀子主张弃先王而法后王；孔子基本上倾向于人性善，荀子主张人性恶；孔子主张以仁义道德作为治理国家的准绳，荀子主张以严密的法律管理国家；孔子主张对人民以道德教育为主，荀子主张以严刑酷法管理为主；孔子主张对知识分子中的贤者应予以优待，荀子主张对异端学说的鼓吹者们都予以严惩；孔子主张列国并立而以天子为天下共主的封建政治结构，荀子主张国家大一统的中央集权之帝国政治；孔子主张承认贵族阶级的合法地位，荀子主张唯才是举。此外，孔子对于前代或同时代的文化学术思想，无论是否赞成，都抱着一种比较宽容态度，而荀子则对各家学派痛加针砭，决不有少许通融。荀子在批评春秋战国的"诸子百

家"时指出:

> 墨子蔽于用而不知文，宋子蔽于欲而不知得，慎子蔽于法而不知贤，申子蔽于势而不知知，惠子蔽于辞而不知实，庄子蔽于天而不知人。
>
> （《荀子·解蔽》）

可见，儒家思想发展到了战国晚期，随着中国政治局势的剧烈变化，开始出现了因应潮流的必要举措，荀子是其中之佼佼者。荀子的出现，使正在呱呱落地的中央集权政治获得了合法的理论根据，虽然儒学及孔子的地位并没有因此获得提高，但儒家在得到了荀子的思想补充之后，具备了与大一统中央集权政府进行政治合作的可能性。后人在荀子的著作中可以随处看到对儒学的张扬和对先秦诸子的攻击，他指出:

> 上则伐禹之利，下则法仲尼子弓之义，以务息十二子之说，如是则天下之害除，仁人之事毕，圣王之迹著矣。
>
> （《荀子·非十二子》）

接下来就会看到，荀子的两位出色弟子，经过了严格的儒学训练之后，终于破儒入法。在大一统帝国形成的前夕，他们以一种综合了先秦诸子思想之后而发明的法家理论，成功地塑造出了一个为国家政权服务的官僚集团。

韩非和李斯

对于韩非和李斯这一对师兄弟——同出自荀子门下，人们的看法一般不会高过苏秦和张仪及孙膑和庞涓，他们都是功利主义的典型代表者，为了达到目的而不惜掀起漫天腥风血雨，他们都缺少人性到了同门相残的程度。

韩非子被后世学者称为中国封建专制思想的集大成者。其实，韩非子的学说与封建制度及封建文化没有特别密切的关系，即使他的学术确实是集中了封建文化中的所有重要成果，但在最根本处却破门而出了。韩非子是中国也是全世界中央集权专制帝国的国家意识形态之最早发明者和缔造者，他也是使中国学术、文化思想沦为专制理论之附庸的发明者。如果进一步展开讨论，则韩非子试图以制造国家和君主神话来代替学术，以国家意识形态来取代思想，他的名言"以吏为师"足以说明他的真实意图之所在。

韩非子在思想信仰上全面继承并极大地发展了荀子的"人性恶"思想，所以，他以人性恶的理论为出发点，不但主张在整个国家加强中央集权和君主独裁，并进一步提出了一套完整细密的国家刑罚来管理和控制全天下的芸芸众生。韩非子是使中央集权和君主独裁合理化的始作俑者，他从上下利害相侵的理念出发，提出了加强君主权力的法、权、势三者的结合，这样，在至高无上的君主面前，就没有任何独立的人格存在，所有的政府大臣都由国家的管理者变成了君主的鹰犬和爪牙。

韩非子为了满足那些自大狂君主的富国强兵的愿望，建议驱使全国人民进行耕战，除了国家官吏之外，每一个国民如果不能出现在战场上就一定要出现在农田里。除了这三种身份合法外，社会上不要存在任何其他阶层，而对于游侠之士、文学言谈之士，口吃而不善言谈的韩非尤为痛恨，主张斩草除根。

韩非的理想社会蓝图是："无书简之文，以法为教；无先王之语，以吏为师；无私剑之捍，以斩首为勇。"

孔子最早开创了中国私学教育，以六种最贴近人生的技艺和传统的诗、书、礼、乐来教育就学者，因材施教、不耻下问、温故知新、有教无类，形成了一套完整的教育体系。尤为重要的是，孔子不以教授知识为最终目的，而以培养完善人格为最高理想。所以，孔子在教学过程中，每每以做人的道德，行为的礼仪，探求知识的毅力，积极进取的救世热情，安贫乐道的性格，公正无私的态度以及杀身成仁的气节作为知识的底蕴，成功地树立起中国知识分子的整体精神。孔子之后，儒家学派中的道德内容不断递减，最后，传递到了荀子手中，则已经发生了性质变化，再到了韩非和李斯手中，便与法家的功利主义结合到了一处，成为即将到来的独裁君主们得心应手的工具。

《论语》之结集

现在，当以武力和强大为后盾的大一统战争日益扩大了规模、加快了步骤，把种种残暴和武力随心所欲地强加给全体人民的时候，上面所说的一切就渐渐地走向了尾声，轰轰烈烈的百家争鸣开始偃旗息鼓了。

关于《论语》之结集，历来众说纷纭而莫衷一是。一种比较权威的说法是，《论语》结集于孔子身后的弟子手中，这些弟子主要是子夏、曾参、子张等人，也可能是他们的弟子，理由是：《论语》中关于子夏、曾参、子张的问答较多。应该承认，说《论语》结集于子夏、曾参、子张一系的弟子，是很有道理的，但如果指的是他们以及他们的及门弟子，则不是没有破绽。许多学者都认为，《论语》结集于孔门弟子或再传弟子之手的说法是根本不能成立的，理由是：《论语》书名未见于《墨子》书中，以墨翟及其弟子的激烈排儒态度，如果有《论语》而不敢提及，就未免有些令人不解。而且，《论语》亦未见于与墨翟大致同时的子夏、曾参、子张、子游、有若等孔门弟子的言谈记载中，关于他们的言谈经常出现在《礼记》、《大戴礼记》、《庄子》、《尸子》、《荀子》、《韩非子》等先秦诸子书中，其中却丝毫不见《论语》一书的踪影。

如果是子夏等人的及门弟子所编辑，则生活于战国中期的孟子应该看到，作为儒家思想的中兴人物，如果世上确实存在《论语》一书，则孟子即使没有亲眼见到，也当有所听闻，断不会置之不理。

不仅孟子从来没有见到和听说过《论语》，战国晚期的荀子在他的洋洋洒洒的十几万言的煌煌大作中，也没有一处提及《论语》。通过荀子的著作可以了解到，荀子也是连听说也没听说过《论语》的。以荀子在当时学术界的地位，只要有《论语》存在，他是不会不知道的。齐国的首都（临淄）文化发达，稷下学宫里人物众多，没有什么重要学术信息会隐瞒到了连荀子都不知道的地步。

韩非子死于秦国统一中国前12年（公元前233年），他生平著作的几十万言文字中，对先秦诸子百家均有非常透彻的研究，对于已经成书的老子，他专门著有《解老》《喻老》篇，对隐晦艰深的《道德经》文字颇有会心。如果有《论语》在，以韩非子的博学及批评勇气，是不会提也不提一句的。

可见，《论语》之结集成书不会早于韩非子之前。

是否可以认为当大一统思潮甚嚣尘上之际，一种极端蛮横霸道的国家主义学说在武力和暴力的鼓动下，以不可抗拒的力量笼罩了整个中华大地，各种各样的思想和学说都被迫偃旗息鼓，儒家当然也不能例外。然而，势力庞大的儒家阵营尽管已经分化瓦解，但在儒家思想深入人心、孔门后学力量根深蒂固的齐国地区、卫国地区、鲁国地区以及原宋国地区，孔子的学说仍在，孔子的精神仍在，孔子思想中的巨大道德感召力仍然鼓舞和震撼着许多知识分子的信心和勇气。他们在无力扭转乾坤的形势下，便把一切希望和理想都寄托在一个不可预知的未来。他们相信，只要孔子的精神不死，古老的华夏文化就不会灭绝。在一种近乎绝望的心理支撑下，他们汇集到了一起，精心编辑了《论语》一书，其中尽多散见于书简中的材料，也有及门弟子的语录相传。

终于，在大一统专制帝国到来之前夜，一部划时代的伟大著作诞生了！在接踵而至的黑暗时代，在焚书坑儒的血腥政策围剿下，儒家随同着诸子百家一起消失在华夏土地上。大一统帝国以极其强悍的姿态临于中国。

> 六合之内，皇帝之土。西涉流沙，南尽北户。东有东海，北过大夏。人迹所至，无不臣者。
>
> （《史记·秦始皇本纪》）

数十年之后，当中国经过了暴秦苛政和秦末兵燹的巨大灾难之后，《论语》立即风行于世，世道人心为之巨变。

从此，历尽2200年之岁月沧桑，《论语》一书所散发出的巨大力量，无数次挽救了中华民族的巨大劫难，无数次支撑起沉沦的神州土地。在《论语》中，人们看到了一位华夏历史上空前绝后的文化巨人，他以个人力量清理了文化、传播了文化、创造了文化；他以个人力量创办了私人学校、开辟了平民教育、培育了社会英才；他以个人力量书写了历史、创造了历史、扭转了历史。他为时代而呐喊，为未来而奔走，为山河破碎而忧心如焚，为生灵涂炭而痛心疾首。他在生命的最后20年，以个人的苦难生活做代价，在960万平方公里神州大地的上空托起了一轮火红的太阳。

接孔子回家（代后记）

横决一时的秦王朝，因实行了法家路线而成功地建立起大一统帝国。但在天下一统之后，不知权变的帝国统治者，悍然无视传统，试图以穷兵黩武和严刑酷法来维持中央集权政府和君主独裁制度于百世、千世乃至万世。然而，与狂妄的秦始皇大帝的愿望恰恰相反，短命的秦王朝仅仅存在了13年，就在举国民众风起云涌的反叛起义中顷刻覆灭了。一支由刘邦统帅的农民军踏着战争的废墟残骸，建立起大汉王朝。

诚如孔子"善人为邦百年，亦可以胜残去杀矣"之断言，汉朝经过了四个皇帝连续推行了半个多世纪的"休养生息"政策后，国力获得了迅速提高。公元前140年，雄才大略的汉武帝即位伊始，即接受董仲舒"罢黜百家，独尊儒术"的建议，以儒学独行天下，使已经中断了数百年的中国之政统和道统重新获得了统一。中央政府和皇帝号令天下，圣人教化天下，二者职责分明而步调一致。至此，中国中古时代的政治、文化、教育等领域里的思想活动，通被纳入到儒家体系之中。

从此，孔子的知识成为中国人的学问，孔子的思想成为中国人的思想理念，孔子的精神成为中国人的心理慰藉，孔子的人格成为中国人的行为榜样，孔子的追求成为中国人的神圣理想，孔子的格言成为中国人行动的座右铭。孔子，他所有的一切——人格、学识、言行、精神和理想，经过漫长岁月的侵蚀，已渗透到了中国人的血液中，成为中华民族所共同拥有的东西。可以毫不夸张地说，有了孔子，中国才成为中国；有了孔子，中国人才成为中国人。没有了孔子，中国可以成为美国，可以成为日本，可以成为印度，唯独不再是中国；没有了孔子，中国人可以成为世界上其他种族的人群，只不再是中国人。中国和中国人之所以有别于世界其他国家和民族，就在于有了孔子以及孔子的精神。

悠悠2000年，岁月如云烟，中华民族在孔子思想指引下，恪守着仁义道德的坚定信念来凝聚自己的民族，建设自己的家园，确立自己的生活方式，树立自己的人生价值观，维护自己与外部世界的和睦相处。

2000年来，中华民族默默地守护在一块资源贫瘠、物产贫乏的黄土地上，忍受着生活的无比艰辛而艰苦创业；

2000年来，中华民族发挥着自己的智慧和才能，以坚韧卓绝的毅力把自己的家园建设成世界发达地区；

2000年来，中华民族以智慧的心灵，创造发明出举世闻名的先进技术、工艺及精美的制造品，华夏的文明成果远播世界；

2000年来，中华民族以健全的心态，不断地丰盈、完善着自己的生活，为全世界树立了朴素健康生活方式的范例；

2000年来，中华民族从来没有解体而成为一个个流亡集体，流浪到世界各地去进行物质掠夺、武装殖民以及什么"新大陆"探险、开发和掠夺，把物质贫乏和人口过剩的灾难强加给其他的所谓"落后民族"；

2000年来，中华民族的军队即使在最强大的时候，也只是肩负着保卫固定疆域的任务，从来没有跨越出自己的国境线去进行那些以"传播先进文明"为借口的侵略活动，把自己的贪婪和残忍强加给弱小民族；

2000年来，几乎每一个中国人都是孔子的学生，他们始终牢记着孔子的教导："己所不欲，勿施于人。"

孔子无负于中国！中国无负于世界！

1839年鸦片战争的隆隆炮火声，惊醒了酣睡中的中华民族。随着侵略者步履的步步深入，一个以古老理想为依托的古老民族突然间失去了精神支柱。从此，中华民族断然抛弃了自己的文化导师和传统信仰，追随在那些"先进文明传播者"们之后，去强行改变自己的知识、信念、精神、理想和信仰。

炮火笼罩了神州的锦绣山河，阴霾弥漫了中华的朗朗晴空。

为什么会如此？实行和平中庸居然成了被动挨打的根源，提倡艰苦朴素居然成了虚弱的标志，遵守礼仪道德居然成了愚昧的象征，讲求忠孝节义居然成了陈腐的表现，与大自然和谐共处居然成了落后的原因。事实果真如此吗？

"文明传播者"们在强大武力的支撑下，开始以所谓科学方法来离析和解剖中国、中国社会、中国文明、中国文化、中国传统以及中国人，然后，他们郑重地向中国人指出了中国处境之所以如此狼狈的根源所在。这些热情洋溢并把握了少许当代科学知识的现代学者，固然努力矫正着自己狭隘的民族中心的视野，而事实上却做不到，他们的文化传统中——也包括他们的最高经典中——从来没有产生出孔子那样的平和、中庸和仁义道德。他们以武力和武器作为衡量文明进步的新标准，就为自己民族野蛮残忍的文明开拓找到了充分的理由和借口，也为自己文明使者的冠冕戴上了色彩艳丽的花环；他们努力使用一些闪烁其辞、似是而非、强词夺理、蛮横霸道的理论和方法，替中国人挖掘出了中国文明之落后、古怪、丑陋的源远流长之传统根源。就这样，他们在奋力地扫荡了中国文明持久不衰的特殊内涵——截断了中国传统一脉相承的历史之线——取消了中国文化对亚洲和世界的影响——抹杀了中国传统政府的管理能力——丑化了中国人的祖先形象——贬低了中国人的优秀才能和出色智慧——瓦解了中国人吃苦耐劳的坚强意志——毁灭了中华民族的神圣理想和坚定信仰之后，便神态肃穆、毕恭毕敬地为中国文明和中国文化举行了场面庄严而气氛热烈的追悼大会和送葬仪式。接下来，他们哪怕干的是赤裸裸杀人放火的勾当，也可以说成是传播文明。

"哀莫大于心死"！是不是果真如此？情绪焦躁、心理激愤的中国人向遥远的历史文化发出了疑问！

这时，从海内外施施然走出来几名学贯中西的现代学者。他们面对着西方国势的蒸蒸日上，震撼于文明传播者的强权和霸道，不得不坦承自己的落后；他们面对着中华大地上的群魔乱舞，不得不追溯灾难产生的根源。无疑，他们是用心良苦的，而且他们也是有学问的，但学问再大仍抵不上他们的非凡勇气。

于是，一场声势浩大的"打倒孔家店"运动在没落帝国960万平方公里的土地上获得了相当普遍的响应。当中华民族面临着灭顶之灾的时候，一些懵懂的后代们，既没有能力复原出汉唐时代的辉煌，也没有能力保持明清时代的强大，就只能以绝望的眼光来审视中国的过去。绝望的眼光里看到的自然是一团漆黑，绝望的心境里也自然会升腾起万丈怒火，出于一种泄愤心理把老祖宗拉出来游街示众，就成为愤怒青年们救亡图存的一时权宜之计。

一时间，中华上空乱云飞渡，所有老派人物都如丧考妣，他们以为中国会因此而灭亡；所有新派人士都弹冠相庆，他们以为寻找到了中国贫弱了2000年的病根。

用科学技术来解读人类的古代文明和文化，虽然不无缺欠，却是可以尝试的做法，考古学和人类学的出色成就可以证实这一点。但对于思想、精神、心灵、信仰、习俗、价值观、生活方式等方面的历史文化传统，是不是可以贸然动用科学技术来进行解剖式研究？这是颇可提出疑问的。采取一种比较中庸的态度来判别和界定人类的文化传统：科学的历史既然证实了人类起源于猴子，则人类在先天本质上并无差别，但后天的文化差别却相当巨大——甚至猴子的不同种属也表现出诸多习性方面的差异，这为地理环境、气候条件、食物结构等综合条件所辐辏而成。倘若以后天的文化演变来判别进步，则中国传统文化诚然有所不足，却并无多少可供指摘之处。5000年不衰落、不中断、不瓦解、不离析、不消亡而保持连续一致并促成了中华民族不间断地远程奔波，已经说明了华夏文化传统之优良和持久。

为什么人类的二十几种原创文明在5000年来的历史演变中纷纷解体或灭绝，至今只保留下一个差不多仍是原汁原味的中国？其中并没有任何神秘之处，只在于中国和中国人从来不崇尚武力和暴力，从来也不依赖某种先进武器或先进思想来试图主宰世界。所以，他们从来也不会在战场上耗尽自己的生命力。而埃及、巴比伦、斯巴达、马其顿、亚述、以色列、波斯、罗马、法兰克、土耳其、蒙古，尽管都强大一时，最终无不倒毙在自己的强大中。

新文化运动的领袖们，都是很勇敢的思想斗士，这种人物在中国历朝历代都有，不过不似近100年这样令人瞩目罢了。这些往往代表了文明古国脊梁、传统社会良心、古老文化发言人的饱学之士，由于置身于一个天翻地覆的大变动时代，国家面临了"亘古未有之巨变"，社会面临了分崩离析之巨大危机，个人面临了进退维谷之不幸境遇，所以，其身体尚根植于传统的土壤上，而思想却早已跨越出了国界而与一股正流行于全世界的时代思潮相衔接，从而造成了精神与身体的分离。因此，他们普遍患有一种深刻而强烈的时代忧郁症，不过其中有冷静、保守和狂热、激进之鲜明区别。

这些具有感情、热情和激情的读书人，往往脚踏在东西方文化的交叉点上，满怀了一腔愤懑之情是可以理解的，至于有一些过激的思想和行为，也完全是可以理解的。而且，他们在许多方面的做法——如提倡白话文、妇女解放，反对缠足、纳妾、吸食鸦片、包办婚姻等，都无疑切中了时弊。但是，在如何对待文化传统方面，他们显然是操之过急了。须知，每一个人都从传统中走来，传统之与个人，犹如个人与家庭之居所，发现了家庭的房屋破败是应该进行维修的，发现了房屋内部设备残缺是可以添置的，但一旦发现环境不如意，就动手揭房扒瓦，则显然是不负责任的行为。他们确实应该想一想，在新华厦建起之前，有一处简陋的处所总比幕天席地要好；而且，就算他们自己有"宁为玉碎，不为瓦全"的大丈夫气概，总不能鼓励一个民族全都去舍生取义！

更有甚者，许多激奋之士于羞怒悲切之中，就把眼前所出现的一切不幸遭遇以及由此而生发出的一腔子怨愤都归咎于祖先。如果把这100年的怨愤统摄在一起，可以看到，无论他们的本意如何，但无不认为祖宗当年——大致从孔子开始甚至更早——就是一群窝囊废，是一群智商低下的白痴。而且，他们好像是要故意坑害自己子孙一样，除了不负责任地把先天具有的劣质血液——怯懦、虚弱、自私、愚昧、内讧、散漫、狡诈、欺骗、吝啬、残忍、贪婪、安土重迁、崇古恋旧、不守诺言、没有纪律、不懂法律——都遗传给了子孙们，又心怀叵测地把后天出现的不利局面——庞大、拥挤、贫穷、衰弱、疾病、贫血、落后、动乱、封建、专制、集权、独裁、不人道——都作为历史遗产留给了子孙们。

近100年来，好像每一个读过几天书的人都有权力指责，中国的祖先为什么居然愚蠢得没有留下任何发明、创造、科学、文化、学问、知识、技术、理性、法律、民主、自由、平等、宪法、逻辑、语法以及一点点优秀遗产给子孙？这些谴责的声势是如此之巨大，就像山呼海啸一般，几乎可以把中国淹没！

以新文化运动领袖们的博学广闻，就应该知道，他们所推崇的西方，即使把全世界都搅得鸡犬不宁，即使把整个人类文明都用手术刀解剖得血肉淋漓，却仍然为自己保留下了传统信仰——基督教，尽管这个信仰早已破绽百出。

于是，2000年来与中国和中国人民血肉相连的文化圣人——他的思想曾经滋润了中华儿女干渴的心灵，他的学说曾经创造出了中华民族丰富的历史文化遗产，他的理想曾经成就了中国人民雍容博大的气度，他的追求曾经造就出中华民族盛久不衰的光辉业绩——可是，在近100年的衰败时期，一些性情急躁的中国人却无法耐下心性来认真地审时度势，他们轻率地以100年的历史来否定2000年的业绩。

从此以后，孔子连同他的思想，成为西方学术意义上的历史垃圾，默默地退出了中华历史的前沿。从1916年到1976年，恰好是中国历史的一个甲子年之循环，但5000年的传统，2500年的学统，却几乎是扫地以尽了。没有了孔子思想的指引，没有了孔子精神的影响，没有了孔子理想做目标，中国人——整整几亿中国人心甘情愿地匍匐在"先进文明"的脚下，奉献上一颗古老的心灵。献出了心灵后，思想和身体也就不再能够自主了，他们追随在文明传播者们的身后亦步亦趋，开始竭尽全力且痛心疾首地鞭挞自己的灵魂。

有充分的理由来重新调整我们的视野，并向半个多世纪前的令人眼花缭乱的历史提出后人的质疑。曾几何时，一伙伙军阀、政客、军人、财阀、盗贼和政治强人，他们一旦撕下了礼义廉耻的面纱，就把种种罪恶手段和变态心理都变本加厉地施展出来。这些无耻的民族败类，相互间沆瀣一气，把一个古老的文明国家变成了暗无天日的人间地狱。他们或赤裸裸地草菅人命，或明目张胆地杀人放火，或恬不知耻地招摇撞骗，或以民主名义而行独裁之实，或以进步名义而攫取个人私利，或以强国名义而强奸民意……

历史走到了这里，就变得莫名其妙！一个传统的文明礼仪之邦，一个5000年的文明古国，突然间变成了人类的蛮荒之地，好像从来就没有文明出现过。于是，从所谓现代文明发源地散发出来的各种各样主义、思潮、学派、思想、信仰——宗教主义、自由主义、民主主义、无政府主义、科学主义、唯物主义、唯心主义、实证主义……都蜂拥而入中国，犹如闯入到无人之境，它们被一些出色人物运用来改造落后中国。

面对着历史的瞬息万变，中华民族由沮丧、悲哀、失望而逐渐走向激昂、亢奋和神经质，在"先生"们的信手指引下，身陷于一个个漩涡激流之中，身不由己地顺流沉浮。后人面对此景此情，禁不住目瞪口呆！什么是人类文化的精华？什么是人类理想的辉煌顶点？哪里是人类心灵的安顿处？当中国人跋涉了万水千山，当中华民族走过了千谷百川，当中国经过了千折百回的痛苦遭遇……蓦然回首，就不能不痛感到：中国和中国人可以失去所有的一切，却不能失掉自己的国魂！

中国的国魂是孔子！是孔子的精神！是孔子的理想！

遍瞩人类典籍，人们不能不感慨万千！从南亚的沙漠荒原到欧洲的辉煌殿宇，一部部被奉为经典的著作，哪一部不透露出隐隐的杀机？哪一部不叫嚣着复仇？哪一部不高喊着扩张？哪一部不狂呼着种族至上？

人类——几十万、几百万或几千万年发展而来的人类，在他们漫长岁月的经验里，无不对武力津津乐道！如果说人类曾经在一个地方，或在一个群体中，发明出了一种能够覆盖全人类的仁义、和平、公正和友爱精神，那就是中国和中国人，因为中国和中国人拥有了一个跨越了国界的伟人——孔子。

半个多世纪前，正是960万平方公里的神州大地上列强交侵、强暴横行、豺狼当道、民生涂炭、文化断绝、斯文扫地的时候，也正是中华民族处于生死存亡的关键时刻，一位在中国长大的中美文化混血儿——赛珍珠，她伫立在大洋彼岸，忧心如焚地注视着她灾难深重的半个祖国，满怀殷切期待地指出：

> 今天，也许这个国家对孔子已经不再熟悉，他在十几个世纪前花毕生精力从混乱中创造秩序，从不道德中创造道德来拯救它。然而，他的话是永存的，因为它们是真理，真理总有一天要胜利的。会有那么一天，孔子将回到他自己的国家。……然而，孔子的理想已成为中国社会的基础，尽管他一而再、再而三地受到冲动的青年改革者和革命的否定。当革命过去之后，秩序恢复时，这一秩序总是基于孔子的教义和哲学之上。确实，健壮的、有生气的、有感情的中国人处在克制之中——不是对暴君的克制，暴君们从来不会长命——而是自我克制。

（《世界名人论中国文化》第580页）

最终消失在历史舞台上的只是那些大言不惭的政治家、恬不知耻的政客、信口雌黄的强人以及所有那些"损天下而肥一己"的投机者,在浩荡不息的历史长河中,他们只是些匆匆过客,他们只手遮不住太阳的光辉!

是的!孔子当然是要回家的,他原本就是这个家的主人,虽然一时被怒火中烧的叛逆者们赶出了家门,但他不回家还有什么人配留在家里?在排天的历史浪潮汹涌澎湃之际,他怎么能不回家?在古老的中国处于振兴崛起的时候,他怎么能不回家?在中华民族处于历史发展的关键时刻,他怎么能不回家?

事实上,孔子根本就没有离开家,他怎么能离开自己多灾多难的祖国?在近100年的苍白岁月里,当个别"文明"教士别有用心地传播上帝福音时,孔子的微笑使他们沮丧!当异族侵略者们张牙舞爪地舞起屠刀时,孔子的目光使他们颤抖!当政客们信誓旦旦地做出承诺时,孔子的语录使他们心虚!当独裁者为所欲为地行使权力时,孔子的格言使他们胆寒!甚至当盗寇和草头王们肆无忌惮地草菅人命时,孔子的愤怒使他们惶恐!

每一个中国人都不会也不该忘记,当厄运突然降临在中华民族头上的时候,当灾难频频袭击中华大地的时候,孔子始终与中华民族站在一起。他的精神鼓舞着整个民族顽强生存的勇气和信心,他的思想指引着中华民族从衰败中重新崛起,他的行为激励着一代又一代仁人志士冲破牢笼而走向世界,他以个人的人格力量弱化了强暴者的凶蛮——击退了侵略者的进犯——阻挡了历史潮流的逆转。

有孔子在,任何外来的思想、流派、学派、教派,都不能不融合到儒家文化主流之中接受检验和考验。如果这些理论、学说和思想不能也不敢与孔子思想发生面对面的交锋,不能也不敢与孔子的精神和人格进行货真价实的对比,只是以权力来进行声讨、批判和辱骂时,则无论它们能够一时制造出多么巨大的轰动效应,即使一时红得发紫,却永远也无法在中国立足落户。

100年来,中国人打倒了、批臭了、驱逐了、毁灭了自己的圣人,从世界各处请来了无数思想伟人和圣人,但一旦拨去了蒙蔽在历史岁月中的漫天云雾,人们就会发现,只要有孔子在,就没有任何人可以公然在中国充当圣人！

无疑，孔子是中国的，但他也属于整个人类。每一次当孔子被迫隐没的时候，中国的灾难就不绝如缕；而当孔子一旦现身，历史的面目就焕然一新。可以相信，当孔子的思想光芒最终普照到地球的各个角落之后，一切鬼怪神魔、魑魅魍魉都将消失！正义、公正、和平和友爱，就来到了人类中间。

公元1999年元月1日，拟目于孔子诞辰2550年后。
公元2001年11月16日，完稿于孔子辞世2480年后。
公元2002年元月6日，定稿于孔子流亡2500年后。